TINTA
SANGRE
HERMANA
ESCRIBA

TINTA SANGRE HERMANA ESCRIBA

EMMA TÖRZS

Traducción de Icíar Bédmar

◑ UMBRIEL

Argentina • Chile • Colombia • España
Estados Unidos • México • Perú • Uruguay

Título original: *Ink, Blood, Mirror, Magic*
Editor original: William Morrow, un sello de HarperCollins*Publishers*
Traducción: Icíar Bédmar

1.ª edición: septiembre 2023

Plaza de los Reyes Magos, 8, piso 1.° C y D – 28007 Madrid
www.umbrieleditores.com

ISBN: 978-84-19030-62-7
E-ISBN: 978-84-19699-43-5
Depósito legal: B-13.024-2023

Fotocomposición: Ediciones Urano, S.A.U.
Impreso por: Romanyà-Valls – Verdaguer, 1 – 08786 Capellades (Barcelona)

Impreso en España – *Printed in Spain*

Para Jesse, mi hermana mágica.

Abe Kalotay murió en la entrada de su casa a finales de febrero, bajo un cielo que estaba tan pálido que tenía un aspecto enfermizo. Había una cualidad en el aire inmóvil como a invierno helado y húmedo, y las páginas del libro totalmente abierto que yacía a su lado se habían humedecido un poco para cuando su hija Joanna llegó a casa y encontró su cuerpo sobre la hierba, junto al alargado camino de tierra que llevaba hasta la entrada.

Abe estaba boca arriba, con los ojos medio abiertos hacia el cielo gris, la boca entreabierta y la lengua reseca y azul. Tenía una de las manos, con sus uñas mordisqueadas, apoyada sobre el estómago. La otra descansaba sobre el libro, con el índice aún metido dentro de las páginas, como si hubiera marcado por dónde iba. Una última mancha de un color rojo intenso se desvanecía lentamente sobre el papel, pero el propio Abe estaba de un color blanquecino, y extrañamente marchito. Joanna supo enseguida que aquella sería una imagen contra la que tendría que luchar durante el resto de sus días, y que debería tratar de que no suplantara los veinticuatro años de recuerdos que tenía mientras él estaba vivo, los cuales, en solo unos segundos, se habían convertido en lo más preciado que tenía en todo el mundo. No hizo ningún sonido cuando lo vio; tan solo cayó de rodillas y comenzó a temblar.

Más tarde, pensaría que probablemente su padre había salido porque había sido consciente de lo que el libro estaba haciendo, y había tratado de alcanzar la carretera antes de desangrarse, ya fuera para pedirle a algún conductor que llamara a una ambulancia o para salvar a Joanna de tener que arrastrar su cuerpo hasta la parte trasera de la camioneta, de llevarlo por la entrada hasta traspasar los límites de las protecciones. Pero en ese preciso momento, no se preguntó por qué estaba fuera.

Tan solo se preguntó por qué había sacado un libro.

Aún no había comprendido que era el mismísimo libro el que lo había matado; tan solo entendió que su presencia era un quebrantamiento de una de las normas sagradas de su padre, una norma que a Joanna jamás se le habría ocurrido romper... Aunque, en algún momento, lo haría. Pero incluso más inconcebible que el hecho de que su padre hubiera sacado un libro al exterior, fuera de la seguridad de su hogar, era el hecho de que aquel fuera un libro que Joanna no reconocía. Se había pasado toda su vida cuidando la colección de libros, y conocía cada uno de ellos de forma tan íntima como cualquiera conocería a sus familiares. Y, aun así, el libro que yacía junto a su padre le era totalmente ajeno, tanto en apariencia como en sonido. Sus otros libros zumbaban como abejas en verano, pero aquel palpitaba como un trueno a punto de estallar, y cuando abrió la cubierta, las palabras escritas a mano danzaron frente a ella, reorganizándose cada vez que casi conseguía distinguir una letra. Un trabajo en curso, ilegible.

Sin embargo, la nota que Abe había metido entre las páginas sí que era perfectamente legible a pesar de que la había escrito con la mano izquierda y la letra era algo temblorosa; su mano derecha había estado atrapada en el libro, mientras este bebía.

«Joanna», había escrito su padre. «Lo siento. No dejes entrar a tu madre. Mantén este libro a salvo y alejado de tu sangre. Te quiero muchísimo. Dile a Esther».

Y así acababa, sin ningún signo de puntuación. Joanna jamás podría saber si había querido escribir algo más, o si simplemente había querido que le transmitiera un mensaje final de amor a su hija, a la que no había visto en años. Pero allí, arrodillada sobre la fría tierra y con el libro entre las manos, aún no tenía los recursos para considerar ninguna de esas posibilidades.

Lo único que podía hacer era quedarse mirando el cuerpo sin vida de Abe, tratar de respirar, y prepararse mentalmente para el siguiente paso.

PARTE UNO

MAGIA DE ESPEJOS

1

Esther no podía superar lo azul que estaba el cielo iluminado por el sol.

Era una variante de azul casi blanco donde se unía al horizonte nevado, pero se intensificaba conforme subía la mirada hacia arriba: pasaba de un azul turquesa a cerúleo, hasta un calmado y luminoso azul celeste. Bajo él estaba el brillante y cegador hielo antártico, y los edificios dispersos que Esther podía ver desde la estrecha ventana de su dormitorio dibujaban sobre los surcos blancos de la carretera rayas de un azul índico con sus sombras.

—Disculpa —dijo Pearl, empujando a Esther con la cadera hacia un lado para poder encajar un trozo de cartón cortado a medida en el marco de la ventana. Esther cayó hacia atrás sobre su cama sin hacer, y se apoyó sobre los codos para observar cómo Pearl se inclinaba sobre el diminuto y atestado escritorio para poder llegar hasta el cristal.

—Si me hubieras dicho hace dos semanas que estaría tapando el sol en cuanto saliera, me habría reído en tu cara —le dijo Esther.

Pearl cortó la cinta adhesiva con los dientes.

—Bueno, hace dos semanas dormías toda la noche. Para que no digas que la oscuridad nunca te ha dado nada bueno. —Puso el último trozo de cinta y añadió—. O yo.

—Gracias, oscuridad. Y gracias, Pearl —dijo Esther.

Aunque dormía mal desde que el sol había reaparecido después de seis meses de invierno, aún era algo desalentador ver desaparecer la luz y las montañas en la distancia, y volver a sumergirse en la realidad de su habitación-celda: la cama, con sus sábanas moradas arrugadas, iluminada por la siniestra luz del techo; las baldosas del suelo con sus desperfectos y el escritorio de madera contrachapada, con todos los papeles apilados y dispersos, la mayoría de los cuales eran de la novela mexicana que Esther estaba traduciendo por gusto. La susodicha novela estaba sobre su cómoda, a salvo de la colección de vasos medio llenos de agua que dejaban su marca en forma de aro sobre los papeles.

Pearl se sentó frente a Esther, a los pies de la cama, y le dijo:

—Bueno. ¿Estás lista para enfrentarte al populacho?

Esther se puso el brazo sobre los ojos y dejó escapar un quejido en respuesta.

Esther y Pearl habían pasado todo el invierno con tan solo otras treinta personas que trabajaban en la pequeña estación del Polo Sur, pero noviembre había traído consigo el verano, y en los últimos días habían llegado los pequeños pero atronadores aviones de carga, que habían arrojado a casi cien personas nuevas a los pasillos de la estación. Ahora los dormitorios, la cocina, el gimnasio y los despachos superiores estaban repletos de científicos y astrónomos: extraños que se comían todas las galletas de madrugada, encendían ordenadores que llevaban mucho tiempo dormidos y hacían constantes y nerviosas preguntas sobre a qué hora del día se encendía el satélite de internet.

Esther había pensado que se alegraría de ver tantas caras nuevas; siempre había sido extrovertida por naturaleza, no era la típica candidata a estar encerrada bajo el hielo en una estación de investigación que se parecía mucho a su diminuto y campestre instituto. Había vivido en Minneapolis el año antes de llegar a la Antártida, y los amigos que había hecho allí habían reaccionado totalmente horrorizados cuando les había dicho que había aceptado un trabajo en la estación del polo como electricista durante el invierno. Todo el mundo conocía a alguien que conocía a otro alguien que lo había intentado, lo había odiado, y se había marchado a casa antes de tiempo para escapar de aquel aislamiento tan extremo. Pero a Esther eso no le preocupaba.

Supuso que la Antártida no podía ser mucho peor que el aislamiento y las condiciones extremas en las que se había criado. Le pagarían bien, viviría una aventura, y lo que era más importante, sería totalmente inaccesible para la mayoría de la gente del planeta.

En algún momento durante el largo invierno, sin embargo, la extroversión de Esther había comenzado a atrofiarse, y con ello, la máscara de alegría que solía ponerse cada mañana junto a su uniforme. En ese instante, observó el techo de un blanco industrial, tal y como las paredes de un blanco industrial, y los pasillos de un blanco industrial, y sus compañeros de un blanco industrial…

—¿Y si, de hecho, llevo toda mi vida siendo introvertida? —preguntó—. Todos estos años… ¿me estaba engañando a mí misma? Los extrovertidos de verdad están ahí fuera diciendo: «¡Sí, joder, por fin gente nueva, fiesta sin final, vivan los Estados Unidos!».

—Viva el territorio internacional del Tratado Antártico —la corrigió Pearl, quien era australiana con doble ciudadanía.

—Bueno, sí —dijo Esther—. Eso mismo.

Pearl se arrodilló y gateó por la cama hacia Esther.

—Me imagino —le dijo— que seis meses de celibato indeseado, además de un avión entero lleno de caras nuevas, podría hacer que cualquiera se volviese extrovertido.

—Umm —dijo Esther—. Entonces, ¿me estás diciendo que me he convertido en una introvertida gracias al increíble poder de…?

—De mi cuerpo, sí. Por supuesto —dijo Pearl, la cual estaba trazando una línea con los labios por la oreja de Esther.

Esther alzó la mano y agarró entre los dedos el pelo rubio de Pearl, el cual, de alguna forma, siempre parecía que acababa de estar bajo el sol, a pesar de la completa y total falta de luz natural. «Estos australianos…». Siempre tan infatigablemente playeros y listos para todo. Pasó los dedos a través de los mechones enredados, y después tiró de Pearl hacia ella para besarla. Sintió la sonrisa de sus labios contra los suyos cuando Esther la atrajo más aún hacia sí.

Durante la última década, desde que tenía dieciocho años, Esther se había mudado cada noviembre: de ciudad, de estado, de país. Hacía amigos y encontraba amantes de forma despreocupada, al ritmo al que otros piden comida para llevar, y acababa con ellos igual de rápido. Caía bien a todo el mundo, y como mucha otra gente que caía bien, le preocupaba que, si la gente *de verdad* llegara a conocerla, si consiguiera atravesar el escudo de simpatía, de hecho, no les caería nada bien. Pero esa era una de las ventajas de no quedarse jamás en un solo sitio.

La otra y más importante ventaja: que nadie la encontraría.

Esther deslizó la mano bajo el dobladillo del jersey de Pearl. Encontró la suave curva de su cadera al tiempo que Pearl empujaba una de sus alargadas piernas entre los muslos de Esther. Pero incluso mientras movía las caderas para conseguir la fricción que tanto buscaba, las palabras que su padre había pronunciado tanto tiempo atrás resonaron de repente en su cabeza, como un jarro de agua fría sobre su subconsciente.

«El dos de noviembre, a las once de la noche en punto de la hora del este de América del Norte», había dicho Abe el último día que lo vio, diez años atrás en su hogar en Vermont. «Estés donde estés, debes marcharte el dos de noviembre, y no parar de moverte durante veinticuatro horas, o las personas que mataron a tu madre vendrán también a por ti».

El verano había empezado oficialmente hacía un par de días: el cinco de noviembre. Tres días después de que, según el mandato tan insistente de su padre, Esther tuviera que irse.

Pero no se había ido. Aún seguía allí.

Abe llevaba dos años muerto ya, y por primera vez desde que había empezado a huir, hacía ya una década, Esther tenía una razón para quedarse. Una razón cálida, sólida, y que en ese momento estaba besándole el cuello.

Técnicamente, Esther había conocido por primera vez a Pearl en el aeropuerto de Christchurch, junto al gran grupo de trabajadores que esperaban para embarcarse en el vuelo en dirección la Antártida. Ambas habían estado escondidas bajo tantísimas capas obligatorias para subirse al avión (un gorro de lana, un anorak gigantesco y naranja, guantes, las enormes y aislantes botas, las gafas de protección con los cristales oscurecidos puestas sobre la cabeza), y Esther tan solo había vislumbrado de forma breve unos ojos brillantes y una risa gutural antes de que todo el grupo fuera guiado al avión, y Pearl y ella fueran asignadas en partes totalmente opuestas de la bodega de carga.

Por sus diferentes obligaciones y horarios, sus caminos no se habían cruzado de nuevo hasta casi un mes después, cuando Esther había colgado un cartel en el gimnasio para buscar compañeros con los que pelear. «Boxeo, muay thai, jiu-jitsu, artes marciales mixtas, krav magá… ¡Vamos a pelear! ☺ ☺ ☺». Había añadido las caritas sonrientes para contrarrestar la hostilidad de la palabra «pelear», pero enseguida se arrepintió cuando otro electricista (un tipo blanco y ofensivamente alto de Washington que insistía en que todo el mundo le llamase «J-Dog») lo vio y comenzó a burlarse de ella sin parar.

—¡La asesina de los emojis sonrientes! —cacareaba cada vez que entraba a una reunión de su turno. Si se cruzaban en la cafetería durante la comida, fingía acobardarse—. ¿Vas a darme en la cabeza con esa gran sonrisa?

Pero el colmo había sigo cuando comenzó a contarle en voz alta a todos que tenía cinturón negro en kárate, y que le encantaría encontrar un compañero para luchar que «fuera en serio».

Ciertamente, no le dejó a Esther ninguna otra elección. Después de una semana de soportar aquello, el tipo se le acercó un día en la cafetería y se plantó en su camino para que así no pudiera alcanzar la pizza, con una sonrisa tan amplia que podía verle hasta las muelas.

—¿Qué haces? —le había preguntado ella.

—¡Pelear contigo! —dijo él.

—No —dijo ella, dejando su bandeja—. Esto es pelear conmigo.

Unos minutos después tenía a J-Dog en el suelo, agarrándole la cabeza con una llave, con una de las manos de él atrapada también mientras con la otra trataba de alcanzar la cara de Esther, y pataleaba de forma inútil contra las baldosas. Los espectadores no dejaban de gritar y vitorear.

—No te voy a soltar hasta que sonrías —le dijo ella, y él gimió y trató de forzar la misma sonrisa que le había dedicado antes.

En cuanto lo soltó, se puso en pie de un salto y se sacudió la ropa.

—¡Eso no ha estado guay, colega! ¡Nada guay!

Cuando Esther se giró para recuperar su bandeja de comida abandonada, tratando de esconder su sonrisa real, se encontró cara a cara (más o menos, por la diferencia de altura) con Pearl. Ya libre de todas las capas que había llevado en el avión, Pearl era alta y dura, con una mata de pelo recogido en un moño algo precario que parecía estar en peligro de deslizarse hasta caérsele de la cabeza. Tenía los ojos marrones y brillantes, tal y como Esther recordaba. Solo que mejor aún, porque ahora brillaban en su dirección.

—Eso ha sido lo más mágico que he visto en toda mi vida —le dijo Pearl, y le puso un delgado y alargado dedo en el brazo a Esther—. Por casualidad, no te habrás planteado dar clases, ¿no?

A Pearl se le daba fatal la defensa propia. No tenía instinto asesino, y siempre se cuestionaba a sí misma, no daba todo lo que podía en los puñetazos, se contenía con las patadas, y se reía ella sola tanto que se quedaba sin fuerzas cuando Esther la agarraba. Tras tres lecciones, las «sesiones de entrenamiento» se convirtieron en «sesiones de darse el lote» y del gimnasio se mudaron a la habitación. La primera vez que se acostaron, Pearl la agarró por las caderas cuando Esther comenzó a quitarse los vaqueros, y le preguntó:

—¿Has estado alguna vez con una mujer?

Esther alzó la mirada de donde había estado mirándola, entre las piernas, ofendida.

—¡Sí, con un montón! ¿Por qué?

—Tranquila, don Juan —le dijo Pearl con una risa—. No pongo en duda tu técnica. Es solo que pareces algo nerviosa.

En ese momento se percató de que puede que Esther estuviera en un aprieto. Porque no solo era cierto que sí que *estaba* nerviosa, y sentía mariposas en el estómago de una forma que no había sentido nunca... sino que Pearl además se había dado cuenta. Lo había notado de alguna forma en la expresión controlada de Esther, o en su cuerpo bien entrenado. Esther no estaba acostumbrada a que la gente viera lo que ella no quería que vieran, y la forma en que Pearl la miró, y la *vio*, era algo inquietante. En respuesta, le había dirigido a Pearl su sonrisa más confiada y reconfortante, y después le había dado un delicado bocado a Pearl en el muslo desnudo, lo cual había sido una distracción lo suficientemente buena como para que la conversación se diese por terminada. Pero incluso entonces, al principio, había sospechado lo difícil que le resultaría dejar a Pearl.

Ahora, una estación entera después, pensar en ello (en marcharse, en quedarse, en el eco de la advertencia de su padre) tenía el indeseado efecto de cambiarle el estado de ánimo. Hizo girar a Pearl hasta ponerla de costado, e interrumpió el beso con cuidado para después dejarse caer contra las almohadas. Pearl se acomodó contra el hombro de Esther.

—Me voy a poner muy pedo esta noche —le dijo Pearl.

—¿Antes o después de tocar?

—Antes, durante y después.

—Yo igual —decidió Esther.

Esther y Pearl estaban en una banda tributo a Pat Benatar, y tenían que tocar en la fiesta de esa noche. Habían estado practicando durante todo el largo invierno, y haciendo conciertos exclusivamente para las mismas treinta y cinco personas que las animaban con pocas ganas. Para ese entonces, era como poner una grabadora frente a un padre cuyo orgullo no podía contrarrestar lo cansado que estaba de escuchar la misma nana una y otra vez. Tocar delante de nuevos oídos y miradas les parecía igual de estresante que subirse al escenario en Madison Square Garden.

—Deberíamos beber agua para prepararnos —dijo Pearl—. Para no acabar vomitando como los cerebritos.

Fue a buscar un par de vasos, y Esther se incorporó sobre los codos para no tirarse el agua encima al beber. Aquel era el lugar más seco en el que había estado nunca, y cada gota de humedad que había en el aire se convertía en hielo, así que era muy fácil deshidratarse.

—¿Crees que los científicos beben tanto para compensar todos los años que se pasaron estudiando? —le preguntó Esther.

—No —dijo Pearl sin ninguna duda. Ella trabajaba con los carpinteros—. Los cerebritos son unos fiesteros de cuidado. Solía ir a unas noches de fetiches, y eran todos cirujanos, ingenieros, ortodoncistas… ¿Sabías que la gente a la que le va el BDSM tiene un cociente intelectual mucho más alto que la gente a la que le va lo convencional?

—No creo que eso sea una hipótesis que se pueda comprobar.

Pearl sonrió ampliamente. Tenía unos colmillos muy afilados en una boca que, por lo demás, era todo líneas suaves. Una de las incongruencias que mostraba que había cosas extrañas dentro de Esther.

—¿Te imaginas las variables?

—Me encantaría —le dijo Esther—, pero no ahora mismo. Tenemos que ponernos en marcha.

Pearl miró su reloj y dio un salto.

—¡Joder! Tienes razón.

Llevaban encerradas en el agujero que era su dormitorio desde la cena, hacía ya unas horas, así que Esther se levantó y se estiró antes de meter los pies, los cuales ya tenía embutidos en unos calcetines, dentro de las botas.

—Dios, me alegro tanto de que decidieras quedarte —le dijo Pearl—. No puedo ni imaginar enfrentarme a todo esto sin ti.

Esther quería decirle algo en respuesta, pero de repente no podía mirar a la mujer que tenía frente a ella, a esa persona que le gustaba más de lo que le había gustado nadie en muchísimo tiempo. Sintió el anhelo expandiéndose por su pecho; no era deseo, sino algo incluso más familiar, algo que siempre la acompañaba. Era como si *echara de menos* a Pearl incluso cuando estaba allí. Como una anticipación de cuando la echara de menos, como si sus emociones no se hubieran hecho a la idea de que esta vez era diferente, de que, en esa ocasión, iba a quedarse.

La paranoia de su padre había comenzado a susurrarle en el oído, a decirle que se fuera, a decirle que estaba cometiendo un grave error, que era una egoísta y estaba poniendo a Pearl en peligro. Pearl seguía mirándola, con una expresión honesta y afectuosa, pero que empezó a flaquear un poco cuando Esther no le respondió.

—Yo también me alegro —le dijo Esther. Ahora ya tenía más práctica, y sabía que podía confiar en que la expresión de su rostro no la traicionaría y revelaría su repentino humor melancólico. Observó a Pearl relajarse con una sonrisa—. Ven a recogerme cuando te vistas —añadió—. Podemos ponernos a tono con un chupito.

Pearl alzó la mano con sus largos dedos envueltos alrededor de una copa imaginaria.

—Por el público. Ojalá les gustemos.

* * *

Al público le gustaron. Los cuatro miembros de la banda se tomaban los ensayos muy en serio, e incluso consiguieron hacerse unos trajes que pasaban por los de una banda de los ochenta, con vaqueros negros y chupas de cuero. Esther y Pearl se habían hecho un peinado que conseguía alzar su pelo a una altura inesperada, aunque definitivamente habría sido incluso más convincente con algo de laca, pero nadie tenía en la base. Aun así, tenían buen aspecto y sonaban bien, y les ayudaba el hecho de que, para cuando enchufaron los amplificadores y empezaron a tocar, todos estaban ya algo borrachos, y más que encantados de vitorearlas.

Esther era la bajista y corista, y para cuando terminaron de tocar «Hell is for Children», la última canción del repertorio, tenía la garganta en carne viva y los dedos doloridos. La fiesta tenía lugar en el comedor, el cual durante el día se asemejaba al comedor de un instituto, con sus mesas de plástico grises y todo, pero que habían apartado y colocado contra las paredes para dejar libre el espacio. Incluso sin los focos fluorescentes del techo, y con unas luces de fiesta parpadeantes de color rojo y morado, había un claro ambiente de instituto que hacía que Esther se sintiera joven y algo atolondrada, de una forma agradablemente inmadura. El grupo tocó en la parte delantera de la habitación, bajo una maraña de guirnaldas de luces, y una vez que acabaron, la música pop comenzó a sonar por los mismos altavoces que la propia Esther había instalado en las esquinas de la habitación meses atrás.

El amplio y alicatado suelo estaba lleno de gente yendo de un lado a otro, la mayoría de los cuales eran desconocidos para Esther, y había incluso más de ellos sentados en la fila de sillas que bloqueaba las puertas que llevaban a la parte de atrás del mostrador de estilo bufé, y hasta la oscura cocina de acero inoxidable. Esther se fijó en que los del equipo nuevo de verano tenían todos un aspecto increíblemente bronceado y sano comparados con sus colegas, con el pálido antártico. Los nuevos olores también eran abrumadores por lo distintos que eran. Cuando se vive con la misma gente, se come la misma comida y se respira el mismo aire reciclado, empiezas también a oler igual, incluso para un olfato tan fino como el de Esther. Y esa gente era, de forma muy literal, un soplo de aire fresco.

Y un soplo de algo más, también.

Esther estaba en mitad de una conversación con un carpintero nuevo de Colorado llamado Trev, un hombre al que Pearl había descrito como «impaciente por complacer», cuando de repente Esther alzó la cabeza como si fuese un sabueso, abriendo las fosas nasales.

—¿Llevas puesta alguna colonia? —le preguntó.

Había notado algo por encima del olor de la fiesta a alcohol y plástico, algo que le recordaba, de forma discordante, a su hogar.

—No —dijo Trev, y sonrió algo divertido mientras ella se acercaba de forma descarada y le olfateaba el cuello.

—Umm —dijo ella.

—Quizás es mi desodorante —le dijo él—. Es de cedro. Muy varonil.

—Sí, huele bien —le dijo ella—. Pero no, creía... Bueno, da igual.

Estaban mucho más cerca el uno del otro de lo que habían estado antes, y la mirada amable de Trev se había transformado en una insinuante. Claramente se había tomado el hecho de que ella le oliera el cuello como una declaración de intenciones. Esther retrocedió. Incluso si no estuviera en una relación, tenía pinta de ser el tipo de hombre que probablemente tendría un montón de equipo para actividades recreativas al aire libre y querría enseñarle cómo usarlo. Sin embargo, admiraba la forma controlada en que movía el cuerpo: le recordaba a algunos de los entrenadores que había conocido en los gimnasios de artes marciales que había frecuentado a lo largo de los años.

Abrió la boca para decir algo encantador, ya que, después de todo, no quería oxidarse, pero captó con su sensible olfato el otro olor de nuevo, el que la había distraído hacía un momento. Dios, ¿qué *era*? La catapultaba directa a la cocina de su infancia, casi podía ver el ineficiente y protuberante frigo de color verde, las marcas y abolladuras de los armarios de madera de arce; podía recordar cómo se sentía al caminar por el linóleo torcido. Era algún vegetal, pero no exactamente, casi aromático, y olía fresco, lo cual no era muy común aquí. ¿Era romero? ¿Crisantemo? ¿Repollo?

Milenrama.

La respuesta acudió a ella de repente, y las palabras que había tenido en la punta de la lengua se le atravesaron en la garganta. Milenrama, achillea, *millefolium*, plumajillo.

—Discúlpame —dijo Esther, rompiendo con el decoro social, y se apartó del confundido carpintero.

Se abrió paso entre la marea de personas que comparaban sus tatuajes cerca del rincón de los cereales, y se agachó para pasar por debajo de los banderines de color azul que alguien había colgado del techo, aparentemente al azar. Respiró por la nariz en inhalaciones cortas para rastrear el inconfundible aroma de la hierba, el olor de su infancia… Pero sabía que era inútil incluso mientras se esforzaba por hacerlo. Volvía a ser un recuerdo, suplantado por el olor a pizza, cerveza y cuerpos humanos.

Se quedó plantada en medio de la habitación, rodeada de música y de extraños que no dejaban de hablar, y aturdida por lo fuerte que el olor la había golpeado justo en el pecho. ¿Lo llevaría alguien en el perfume? Si era así, quería abrazarlo y enterrar la cara en la piel de quien fuera. Normalmente Esther mantenía el dolor bien alejada de ella. No pensaba en toda la gente a la que había dejado atrás a través de los años, no pensaba en ninguno de los lugares a los que había llamado *hogar*, y aparte de las postales que le mandaba a su hermana y a su madrastra una vez al mes, no pensaba en su familia. Era un esfuerzo constante y extenuante para conseguir no pensar, como un músculo que mantenía flexionado en todo momento. Pero el olor a milenrama había hecho que ese músculo se relajara, y con ello llegó una variante de la misma tristeza que la había invadido antes en la habitación con Pearl.

La mismísima Pearl se encontraba al otro lado de la habitación, con el rostro sonrojado y el pelo enredado como si acabara de bajarse de una moto, o de salir de la cama de alguien. Llevaba los labios pintados de un color morado oscuro, y hacía que sus ojos pareciesen dos bayas brillantes. Estaba hablando con una mujer que era casi tan alta como ella. Esther se dirigió hacia ellas, con la intención de salir del estado de ánimo en el que se había sumergido.

—Tequila —le dijo a Pearl.

—Esta es Esther —Pearl le dijo a la mujer con la que estaba hablando—. Electricista. Esther, esta es Abby, de mantenimiento. ¡Vivió en Australia el año pasado!

Abby y Pearl estaban riéndose, borrachas y alegres. Pearl sirvió tres chupitos, y enseguida le sirvió a Esther uno más después de que inhalara el primero. Ya empezaba a sentirse mejor, a desprenderse del malestar que la había invadido. Ella estaba hecha para vivir en el presente, no en el pasado. Y no podía permitirse olvidarlo.

La fiesta había cumplido su objetivo de romper la barrera protectora de aislamiento que se había formado durante el invierno, y enseguida la gente comenzó a bailar, a beber más, a jugar a un extraño juego que consistía en gritar nombres de pájaros, y a beber aún más. Como era de esperar, uno de los cerebritos vomitó. Pearl y Abby pasaron un rato hablando a gritos de forma animada sobre alguien que, de alguna manera, habían conocido ambas en Sídney, alguien que tenía un perro muy malo. Después, Pearl arrastró a Esther hacia la pista de baile improvisada, y enredó su cuerpo de piernas largas con el de Esther. La música era grave y vibrante, y enseguida estaban bailando pegadas como si estuvieran en un club de verdad, y no en una caja recalentada en medio de un grandísimo pedazo de hielo, miles y miles de kilómetros alejadas de lo que podría llamarse «civilización».

Esther le apartó el pelo a Pearl del rostro sudado e intentó no pensar en su familia, o en las advertencias de su padre, o en cuántos días habían pasado desde el dos de noviembre. Se centró en su lugar en el presente, en el golpeteo del bajo, en cómo el cuerpo de Pearl estaba contra el suyo. Y pensó: *Ojalá pudiera hacer esto para siempre.*

Pero en lo que respectaba a los cuerpos, no había un «para siempre», y al final, tuvo que retirarse para ir al baño.

En contraste con el ruido escandaloso de la fiesta, el baño al final del pasillo estaba silencioso casi de forma siniestra cuando Esther entró dando un portazo y se peleó con sus vaqueros. El sonido de su orina retumbó con fuerza contra el tazón de acero inoxidable. Escuchó su propio aliento ebrio, ya que estaba respirando con dificultad por todo el baile, y tenía la garganta seca de hablar. Cuando tiró de la cadena, fue un estruendo. En el lavabo, se remangó e hizo una pausa frente al espejo. Con un dedo, se peinó una de sus oscuras cejas, pestañeó frente a su reflejo y enrolló unos cuantos de sus rizos alrededor del dedo para darles más definición. Y entonces, se quedó parada. Entrecerró los ojos.

Había una serie de pequeñas marcas alrededor del contorno del espejo, unas manchas de un marrón rojizo sobre el cristal. Eran simétricas pero no idénticas, una en cada esquina, como si alguien hubiera dado una pasada con un pincel o con el pulgar. Se inclinó para acercarse y examinarlas. Mojó un trozo de papel para frotarlo, pero aquello no hizo nada, ni siquiera cuando añadió jabón. Sintió que se le hacía un nudo en la garganta. Trató de nuevo de limpiar las marcas, pero estas permanecieron inalteradas.

Retrocedió tan rápido que casi se tropezó.

Nadie crecía como lo había hecho Esther sin reconocer la sangre seca a simple vista, y mucho menos, un patrón que no podía ser borrado. Y nadie crecía como ella lo había hecho sin reconocer qué podía implicar ese patrón de sangre. Volvió a oler la milenrama, aunque no estaba segura de si se lo estaba imaginando o si realmente olía en el baño.

Sangre, hierbas…

Alguien tenía un libro.

Y alguien estaba haciendo magia.

—No… —dijo Esther en voz alta.

Estaba borracha y paranoica. Llevaba encerrada en una caja de cemento seis meses, y ahora había empezado a ver cosas.

Se apartó del espejo con la vista puesta en su propio reflejo aterrorizado, ya que le daba miedo desviar la mirada del cristal. Cuando se chocó contra la puerta del baño, se giró rápidamente y salió. Después, atravesó el pasillo corriendo en dirección al gimnasio. La habitación para el cardio estaba tan iluminada que casi parecía zumbar, con todo el equipo colocado en filas idénticas sobre el suelo acolchado gris, y las paredes verdes que hacían que todo pareciese de un color pálido casi enfermizo. Había una pareja besándose sobre uno de los bancos para pesas, y chillaron alarmados cuando Esther pasó corriendo junto a ellos en dirección al baño blanco y de un solo compartimento del gimnasio.

En el espejo de allí había las mismas marcas de un marrón rojizo, el mismo patrón. Estaban también en el espejo del baño junto a la sala de juegos, y en el que estaba junto al laboratorio, y también en el que estaba junto a la cocina. Esther trastabilló hasta llegar a su dormitorio con un nudo en la garganta, pero gracias al cielo, su espejo estaba libre de marcas. Probablemente solo habían marcado los baños públicos... algo que era un consuelo bastante pequeño. No podía destrozar todos los espejos de la estación sin llamar la atención ni meterse en problemas.

Esther echó el pestillo a su espalda, y se quedó de pie frente a su espejo, con las manos puestas sobre su cómoda para volcar el peso sobre la madera y poder pensar. Claramente era un tipo de magia de espejos, pero estaba demasiado alterada y borracha como para recordar qué implicaba aquello. Uno de los libros de su familia podía transformar un espejo en una especie de anillo de estado de humor, en el que el cristal reflejaba las emociones reales de una persona durante una hora más o menos. Y después estaba el espejo de Blancanieves, el cual le decía a la reina malvada quién era la más bella del reino... pero ese era el tipo de mierda típica de los cuentos de hadas... ¿O sería así también en la vida real?

Claramente necesitaba serenarse. Dejó caer la cabeza y reguló su respiración. Sobre la cómoda, encajonada entre las manos, estaba la novela que estaba traduciendo del español al inglés, así que se quedó mirando la ya familiar cubierta de color verde, el borde decorativo y el estilizado dibujo de una puerta ensombrecida bajo el título *La ruta nos aportó otro paso natural*, de Alejandra Gil, 1937. Hasta donde Esther sabía, aquella era la primera y única publicación de Gil. Y también era la única pertenencia de Esther que había sido antes de su madre, Isabel.

Dentro de la cubierta había una nota escrita en la pulcra letra cursiva de su madre, una traducción del título. «Recuerda», había escrito su madre en inglés, para sí misma. «El camino provee el siguiente paso de forma natural».

Cecily, la madrastra de Esther, le había dado aquella novela cuando cumplió los dieciocho años, el día antes de marcharse de casa para siempre, y en aquel momento Esther había necesitado la traducción. El español debería de haber sido su lengua materna, pero Isabel había muerto cuando Esther era demasiado joven para aprender el idioma, así que tan solo era la lengua de su madre. Pero era el título en español el que se había tatuado en las clavículas unos meses más tarde: «la ruta nos aportó» en el lado derecho, y «otro paso natural» en el izquierdo. Era un palíndromo, así que se podía leer en el espejo.

Le parecía como si la fiesta hubiese ocurrido hacía horas, aunque aún podía sentir el sudor de haber bailado, secándosele en la piel. Se quitó toda la ropa hasta quedarse con solo una camiseta de tirantes negra, y comenzó a temblar. En el cristal podía ver las letras del tatuaje, rodeando los tirantes de la camiseta. Cuando se hizo el tatuaje, acababa de huir de su casa y de su familia, y se había sentido a la deriva, aterrada en un mundo que, de repente, no contaba con ningún tipo de estructura para ella. Así que la sola mención de un camino, y mucho más, de un paso que se abría de forma natural, le había parecido algo increíblemente reconfortante. Pero ahora que casi tenía treinta años, hablaba un español excelente y, lo más importante, había leído por fin la novela, entendía entonces que el título de Gil no había pretendido ser reconfortante para nada. En su lugar, hablaba de un movimiento predeterminado, un constructo social que obligaba a la gente, y particularmente a las mujeres, a tomar una serie de pasos, haciéndoles creer que los habían escogido ellas mismas.

En los últimos años, esas palabras le parecían más bien un grito de guerra: no sigáis el camino, desviaos de él. De hecho, esa misma frase la había ayudado a tomar la decisión de ignorar las órdenes de su padre de hacía tanto tiempo, y a quedarse en la región antártica durante el verano.

Una decisión de la que ahora le aterrorizaba acabar arrepintiéndose.

«Márchate todos los años, el dos de noviembre», le había dicho. «O las personas que mataron a tu madre vendrán también a por ti. Y no solo a por ti, Esther. También vendrán a por tu hermana».

Durante los últimos diez años le había hecho caso, había obedecido. Cada uno de noviembre, había hecho las maletas. Y cada dos de noviembre se había puesto en marcha, a veces conduciendo durante todo el día y la noche, y a veces subiéndose a autobuses, aviones y trenes, sin pararse a dormir. Desde Vancouver a Ciudad de México. Desde París a Berlín. Desde Minneapolis a la Antártida. Cada año, como un reloj… excepto este. Este año había ignorado la advertencia. Este año, se había quedado allí.

Y ahora era el cinco de noviembre, la estación estaba llena de extraños, y uno de ellos había traído un libro.

2

El gato había vuelto.

Joanna podía escucharlo rascar la puerta principal. Un sonido lastimero, como el de unas ramas resbalándose por un tejado. Eran las cinco de la tarde y ya estaba empezando a oscurecer: el trozo de cielo que se veía por la ventana de su cocina se estaba destiñendo, del blanco a un color gris como el de una mancha de carbón. El hombre del tiempo en la radio había dicho aquella mañana que quizá nevara, y llevaba todo el día esperándolo: le encantaba la primera nevada de la temporada, cuando todos los marrones desteñidos del suelo somnoliento despertaban como si cobrasen vida de una forma totalmente nueva. Todo lo áspero se volvía delicado de repente, y todo lo sólido se tornaba débil, insustancial. Era magia que no necesitaba palabras para cobrar vida año tras año.

El gato rascó de nuevo, y Joanna se sobresaltó. Lo había visto acechando por el jardín muerto la semana pasada, un gato con la cabeza cuadrada, delgaducho y a rayas, así que le había dejado un cuenco con atún una noche, unas sardinas la noche siguiente, y ahora se había vuelto atrevido. Pero ahora mismo no podía prestarle atención: la cocina estaba encendida, y ella tenía hierbas cocinándose en una olla, y las manos manchadas de sangre.

Eso último era culpa suya; se había hecho un corte demasiado profundo en el dorso de la mano izquierda, así que, en lugar de un chorrito, había salido un caudal. Incluso después de haber pesado lo que necesitaba, la mano había seguido sangrando lentamente a través del vendaje, y le dolía más de lo que había pensado. Pero merecería la pena si funcionaba, aunque aquel era su intento número treinta y siete desde que había empezado hacía ya un año y medio. Y, hasta ahora, lo único que había conseguido con sus esfuerzos era una colección cada vez más grande de delgadas cicatrices blanquecinas en las manos. No tenía ninguna expectativa real de que este ensayo fuera a ser diferente en absoluto.

Y, aun así, debía intentarlo. *Quería* intentarlo.

Esta noche estaba experimentando con la luna nueva, después de que las últimas lunas llenas no hubieran dado ningún resultado. Ni siquiera cuando, en lo que creía que era una idea ingeniosa, había conseguido reunir media copa entera de sangre menstrual. Había esperado que esa fuera la clave. De acuerdo con su, ciertamente, nivel superficial de investigación, la sangre periférica era casi indistinguible de la menstrual para la medicina forense, y solo había conseguido que analizaran tres de los muchos libros que poseía de igual forma. Así que era totalmente posible que los test que habían enumerado "sangre" como el principal ingrediente para la tinta hubieran sido engañosos en términos del lugar del que debía provenir esa sangre.

Pero no. El libro en el que había escrito con su sangre menstrual fue igual de inefectivo que todos los demás con los que lo había intentado.

Tan inefectivo como sabía que resultaría este.

Aun así, la esperanza y la curiosidad la mantenían allí, junto a la cocina, moliendo las hierbas ennegrecidas en un molinillo, y después mezclándolas con la sangre de su mano, una yema de huevo, una pizca de goma arábiga y miel. El resultado fue una pasta densa y oscura que escribiría la mar de bien cuando se mezclara con agua, pero que probablemente, no haría mucho más. Se mantuvo atenta a cualquier sonido que pudiera sugerir que la tinta era algo más que un pigmento hecho a mano, por si escuchaba ese zumbido corporal que le atravesaba las venas como si fuera melaza cada vez que se acercaba a un libro… Pero la tinta se mantuvo oscura y silenciosa.

Había planeado escribir el libro esa noche, copiar el texto de uno de los hechizos más pequeños de su colección, un conjuro persa de diez páginas del siglo XVI, que ahora había disminuido bastante, pero que en su día había conjurado un fuego que ardía durante unos diez minutos, pero sin llegar a quemar. «El cuecehuevos», lo llamaba su padre en broma. Pero al mirar ahora esa pasta silenciosa, con la mano aún dolorida, sabía instintivamente que el acto de escribirlo sería inútil.

Se tragó las lágrimas de frustración y dejó aquel desastre sobre el mostrador para atravesar la cocina, pisando el linóleo verde y blanco de los setenta, que estaba abollado aquí y allá. Aquel suelo siempre le recordaba la voz de su padre, grave y animada, a la cual echaba tanto de menos. «Cambiaré las baldosas muy pronto», una frase que repetía tan a menudo que había adquirido la cadencia de un ritual. Pero no había cambiado las baldosas, y nadie lo haría jamás. Abrió una lata de atún para echarlo sobre un cuenco, pero cuando salió al porche, temblando con el aire que olía a nieve, no vio al gato por ninguna parte.

Ya había oscurecido por completo, sin luna alguna para iluminar el cielo, pero las nubes que lo cubrían provocaban un resplandor plateado y destilado que se quedaba atrapado en las ramas de los abedules, lo que hacía que se asemejaran a unos dedos huesudos. Entre los abedules nacarados, las píceas y los pinos no eran más que sombras susurrantes que se disolvían en la oscuridad del bosque que había más allá. Joanna entrecerró los ojos para buscar algo de movimiento entre los árboles, pero aparte de una suave brisa, la noche estaba totalmente estática.

La decepción la invadió por completo, negra como la tinta de sangre que estaba enfriándose en la taza, así que trató de librarse de ella con una risa. ¿Qué estaba haciendo, de todas formas? Tratar de atraer a un animal salvaje a su puerta, para después… ¿qué? ¿Invitarlo a entrar? ¿Ofrecerle una cama junto al fuego, acariciarle el suave pelaje, hablar con él y hacerse su amiga?

Pues sí.

Dejó el cuenco con el atún en el suelo, sobre el escalón superior, y entró de nuevo a la casa.

Joanna había nacido en aquella casa, y allí había vivido toda su vida; primero, con su familia al completo, y después, cuando su hermana se escapó y su madre se mudó no mucho después, solo con su padre. Durante ocho años, habían vivido allí Joanna y Abe solos, y desde la muerte de Abe dos años atrás, tan solo estaba ella. Era una vieja casa victoriana, demasiado grande para una persona, con su pintura anteriormente blanca manchada ahora de un color grisáceo como el de un diente antiguo, y los trozos de madera habían pasado de la elegancia del color de una galleta de jengibre a un agotamiento rancio. Incluso los escarpados arcos del techo y de las ventanas se habían apagado, como si fueran cuchillos con demasiado uso. La puerta chirrió sobre las bisagras cuando la cerró.

Dentro estaba tan silencioso como en el bosque. Como siempre. La madera oscura del vestíbulo daba lugar a la luminosidad artificial de la cocina, teñida de forma débil de color ambarino por el tono del cristal que tenía la luz del techo. La ventana que había sobre el fregadero (a través del cual durante el día podía verse el jardín de hierbas de Joanna) era ahora un turbio espejo negro. De forma intencionada, Joanna controló los pasos para adaptarlos a la quietud que había a su alrededor, como si estuviera intentando no molestar a la casa vacía.

El silencio constante parecía cada vez más otra función de las protecciones con las cuales Joanna había vivido toda su vida; otra clase de burbuja invisible que la separaba del resto del mundo, protector y sofocante. Durante el primer año después de la muerte de Abe, se lo había imaginado en cada rincón, había escuchado su voz mientras cocinaba la cena («¿Otra vez espaguetis? Se te va a poner cara de pasta») o practicaba canciones de pop en el piano («Fiona Apple, esa sí que es una buena voz»), o sentada en el porche, con las acuarelas que le había regalado su padre («Este talento te viene de tu madre, yo no podría dibujar ni un oso polar en mitad de una tormenta de nieve»). Pero poco a poco, incluso su voz imaginaria se había ido desvaneciendo, y ahora tenía que esforzarse para evocarla.

A veces, Joanna no podía evitar imaginarse a alguien más con ella en la casa: la figura de ensueño cambiante de un hombre alto, fuerte y bueno. Había leído una gran cantidad de novelas de romance, y no tenía problema alguno para fantasear sobre las posibilidades físicas: la boca de él contra su cuello, unos amplios hombros que la apretaban contra una pared, las manos que le subían la falda alrededor de la cintura… Aunque no era que ella llevara muchas faldas, pero en su subconsciente sexual, su armario estaba lleno de enaguas. Era el resto de la fantasía con lo que tenía problemas. La parte en la que intentaba posicionar a alguien que no fuera su familia allí, en esa casa con ella. Tan solo con tratar de vislumbrar al pequeño gato a rayas alrededor de sus pies, ya estaba poniendo a prueba su imaginación, aunque cada vez se le daba mejor. Casi podía verlo ahora saltar a la mesa blanca alicatada para tratar de atrapar una de las ramitas de hierbas secas que colgaban de la ventana.

Su padre había sido alérgico a la mayoría de los animales, pero incluso ahora no se veía a sí misma teniendo una mascota, aunque de niña había pedido una sin parar. Su hermana mayor había atrapado ranas para ella, culebras rayadas, había coleccionado caracoles en tarros… pero no era lo mismo. Quería algo blandito que pudiera aceptar su amor y devolvérselo. Ahora había algo doloroso en la idea de dejar que un animal entrase, en hacer que el propio hogar de Abe se volviera inhóspito para él, para cualquier voluta de su espíritu que aún siguiese allí.

Aunque eso era si uno creía en los espíritus, y Joanna no creía. De los cientos de libros escritos a mano que su padre había acumulado (libros que, al leerlos en voz alta, podían hacer cosas como afinar un piano, o formar nubes durante una sequía), ninguno de ellos contenía hechizos para hablar con fantasmas, o para contactar con el reino de los muertos. Esa debía de haber sido una de las primeras cosas que los escritores primigenios trataron de hacer, fueran quienes fueren, y más allá de lo que hubieran escrito.

—No nos corresponde a nosotros preguntar cómo —le había dicho su padre, una y otra vez—. Estamos aquí para proteger los libros, para darles un hogar y para respetarlos, no para interrogarlos.

Pero ¿cómo podía Joanna no hacerse preguntas?

En especial después de que uno de los libros que Abe había protegido toda su vida se hubiese vuelto en su contra.

Solo le había llevado seis meses después de su muerte romper una de sus reglas más inflexibles, y había sacado tres libros (aunque todos ellos tenían la tinta muy descolorida y los hechizos muy usados) fuera de las protecciones de su hogar, y los había llevado a un laboratorio de conservación en Boston. Incluso para los conservacionistas, que no sabían en realidad qué era lo que tenían delante, los libros eran objetos fascinantes, antiguos y extraños, así que Joanna los había donado los tres a cambio de acceso a los informes del laboratorio una vez que hubieran analizado el ADN y las muestras de proteína.

Si podía aprender por fin cómo habían sido escritos, quizás entendería por qué y cómo uno de ellos había acabado con la vida de su padre. Y, si sabía cómo habían sido escritos, bueno... era lógico pensar que entonces sería capaz de escribir uno por su cuenta, ¿no?

Pues aparentemente, no.

Los resultados del laboratorio la habían emocionado y asustado a la vez, aunque en retrospectiva, pensaba que debería de haberlo sospechado. La magia que había en aquellos libros necesitaba sangre y hierbas para ser activada, después de todo, así que tenía sentido que la propia tinta estuviera hecha de lo mismo. Pero aquello hacía que mirase, aterrada, algunos de los libros más largos. ¿Cuánta sangre había en esas páginas? ¿Y de quién era esa sangre?

Extendió el envoltorio de plástico sobre el cuenco con la pasta de tinta, y después volvió a vendarse la mano, la cual por fin había dejado de sangrar. Con el fuego apagado, la cocina se había quedado algo fría, así que se preparó una taza de té y se la llevó al salón. Solo había una lámpara encendida, la alta con la pantalla de flecos verdes, así que bajo la luz verdosa, la habitación parecía incluso más abarrotada que nunca, como si fuese un nido: había mantas de lana apiladas sobre el descolorido sofá rojo, tazas de té a medio beber abandonadas y mezcladas entre los libros en el suelo, los cuales estaban apilados en los estantes que llegaban hasta el techo, y jerséis enredados entre las brillantes patas del piano que había en una esquina, con las mangas estiradas sobre la harapienta alfombra persa. La estufa de madera, la cual Abe había instalado en el hueco de ladrillo donde en algún momento hubo una chimenea, estaba encendida y calentita. Joanna se sentía, de una forma reconfortante, como un ratón que volvía a su madriguera. Llevaba durmiendo allí abajo junto a la estufa desde mediados de octubre, para intentar conservar el calor. Ya había sellado con plástico las altas y estrechas ventanas, que tenían unos cristales retorcidos, y había clavado gruesas mantas al techo y a las paredes de las escaleras, para separar la parte de abajo de la de arriba, donde hacía más frío. La parte superior permanecería sin calentar y sin ser pisada hasta marzo. Su mundo se había visto reducido a cuatro habitaciones de manera funcional: la cocina, el comedor, la sala de estar y el baño. Y, por supuesto, el sótano. Había comenzado a hacer aquello el invierno en que su padre murió, y descubrió que era económico, no solo en términos de propano y madera, sino también de comodidad. Una sola persona no necesitaba toda una fría y oscura casa.

Echó más leña en la estufa y comprobó el polvoriento reloj de pie que hacía tictac junto al desvencijado sillón de cuero. Eran las siete menos cuarto, lo cual significaba que tenía quince minutos antes de que las protecciones tuvieran que ser establecidas. Así que se sentó frente a la mesita baja con un cuaderno y un bolígrafo para hacer una lista con todos los recados que debía hacer en su incursión a la ciudad al día siguiente.

La lista era bastante corta:

«Ir a la oficina de correos.

Comprar pan y ver a mamá en la tienda.

Comprobar el e-mail en la biblioteca».

Al igual que el tema de una mascota, el internet era algo que le habría encantado introducir en su casa, pero las protecciones interceptaban la mayoría de las tecnologías aplicadas a la comunicación: los móviles morían, los cables se cruzaban, etc. La radio funcionaba, y también los walkie-talkies, que era con lo que su familia se había comunicado cuando habían vivido todos en la casa, antes de que Esther y después Cecily se marcharan. La banda sonora de la infancia de Joanna era la voz entusiasmada de su hermana sonando a través: «¡Esther a Joanna! ¿Me escuchas? ¡Recibido! ¡Cambio y fuera!».

Comprobó de nuevo el reloj. Era la hora.

De vuelta en la cocina, agarró un cuchillo plateado del escurreplatos. No le echó un vistazo al frigorífico cuando pasó al lado para ir hacia el sótano, pero pudo ver la puerta colorida por el rabillo del ojo, las postales sujetas con imanes en toda la superficie. Una postal por cada mes que su hermana llevaba fuera, las equivalentes a diez años. Muy pronto llegaría otra. Cada mes, Joanna recogía la postal de Esther de la oficina de correos, y cada mes se decía a sí misma que esa vez no la colgaría, pero no podía evitar añadirla a la colección del frigorífico, incluso si no había hablado con Esther desde que su padre había muerto.

Esther tenía una dirección de e-mail, aunque parecía que no la comprobaba con mucha frecuencia. Después de la muerte de Abe, Joanna había necesitado cinco variaciones diferentes de «Esther, tenemos que hablar» antes de que su hermana respondiera con un número de teléfono. Joanna había ido a la casa de su madre, a las afueras de la ciudad, y la había llamado sentada en el suelo de la cocina de Cecily, con una mano apoyada contra los fríos azulejos, y sujetando con la otra el teléfono contra la oreja. Cuando Joanna le dijo lo que había pasado, Esther comenzó a llorar de forma inmediata y muy fuerte, con unos gritos roncos y la garganta llena de flema. Exactamente de la misma forma en que había llorado cuando era niña, cuando Joanna se había sentido brevemente cercana a ella.

Y entonces le había pedido a Esther que volviera a casa.

De hecho, se lo había rogado. Se lo había gritado, enajenada por el dolor, y mientras Esther había llorado y repetido: «No puedo, no puedo, no puedo». Hasta que Cecily le arrancó el móvil de las manos a Joanna y se retiró para hablar con Esther de forma reconfortante, en voz baja.

Joanna había intentado perdonar a su hermana por marcharse, por desaparecer sin explicación alguna, pero nunca podría perdonarla por negarse a volver cuando Joanna más la necesitaba, cuando ella era la única persona viva que sería capaz de leer el libro que había matado a su padre, la única que podría haberle ofrecido alguna respuesta. La única que podría haberle ofrecido un consuelo.

Joanna no había vuelto a ponerse en contacto con ella de nuevo.

Sin embargo, las postales no dejaban de llegar: una para Cecily y otra para Joanna, como un reloj.

La silueta del cielo, iluminada por un viejo cartel de neón de Gold Medal Flour:

«Querida Jo, aquí en Minnesota todos tienen una sauna en su jardín trasero. Creo que Vermont debería de unirse a esa moda. Tu sangre norteña te lo agradecería. Te quiere tu hermana sudorosa, Esther».

Una reproducción de *Las dos Fridas*, con el corazón doble de la artista conectado por las delicadas y ensangrentadas venas: «Querida Jo, si quieres entender esta postal en su totalidad, tendrás que aprender español. Estoy en Ciudad de México, cagándola con las conjugaciones y fallando estrepitosamente en mi misión de encontrar información sobre la familia de mi madre. Un beso muy fuerte de tu hermana errante, Esther».

La última tenía pingüinos. «Querida Jo. ¿Sabías que la palabra "ártico" proviene de la palabra griega para "oso"? "Antártico" significa "sin osos". Así que recuerda, no me imagines entre osos polares, si es que alguna vez piensas en mí. Te quiere tu hermana que se congela, Esther».

¿Cuántas noches había pasado Joanna mirando fijamente aquellas postales sin poder dormir, releyendo las palabras que ya se sabía de memoria? ¿Cuántas horas había pasado en la biblioteca, o en el ordenador de su madre, buscando todos aquellos paisajes lejanos que nunca vería por sí misma? Era una experta en cada uno de los sitios en los que su hermana había estado. Una experta en montañas por las que jamás ascendería, mares en los que nunca nadaría y ciudades por cuyas calles jamás caminaría.

No se molestó en encender la luz al abrir la puerta del sótano. Incluso si no la guiaran los años y años de sabérselo de memoria, el zumbido dorado que cada vez se escuchaba más y más habría sido suficiente para orientarla. Se abrió paso escaleras abajo en medio de la oscuridad y la humedad que olía a moho, pisando los escalones de madera chirriantes. Pasó junto a la pálida figura que era la lavadora, hasta donde estaba la lona, estirada sobre el suelo y sujeta por bloques de cemento. La trampilla estaba justo debajo. La abrió de un tirón, y la vieja madera soltó un quejido. Descendió la segunda tanda de escaleras.

El zumbido le invadió la mente.

En la última escalera, hizo una pausa para palpar la pared de cemento hasta dar con el interruptor de la luz, y un segundo después el pequeño pasillo se iluminó. La puerta que llevaba a la colección estaba hecha de acero, con un vinilo que estaba descascarillado por la parte de abajo, y con un cerrojo por encima del mango. Colgada de un clavo a su izquierda descansaba la llave, que estaba atada a un lazo rojo, así que la introdujo en la cerradura con un ruido que ya le era familiar.

Como siempre, le llevó un momento aclimatarse al estrépito que invadió los oídos de su mente, un sonido que había intentado describir a su hermana y a su madre más de una vez, pero nunca era capaz de hacerlo. Era como estar llena de abejas doradas que eran, de hecho, una sola abeja, las cuales eran, de hecho, un campo de trigo radiante, meciéndose bajo un resplandeciente sol. Era un sonido, pero a la vez no lo era. Estaba en sus oídos, pero estaba en su cabeza. Era como saborear un sentimiento, y el sentimiento era poder.

«Suena incómodo», había dicho Esther.

Y lo era.

Pero también era magnífico.

La puerta se cerró tras Joanna, y se apoyó contra ella sin abrir los ojos, esperando el momento en el que el sonido dejara de ser tan físicamente abrumador. Entonces, encendió la luz del techo. Allí abajo se estaba calentito: siempre a diecinueve grados Celsius, con un cuarenta y cinco por ciento de humedad (allí era donde iban toda la electricidad y el gas de la casa). Al frente de la habitación cuadrada, lo que Abe llamaba «el lado de los negocios», aunque no se había llevado a cabo ningún negocio allí, había un pequeño fregadero de acero inoxidable, varios archivos gigantescos, un conjunto de imponentes estantes de roble, sobre los cuales había tarros y tarros de hierbas, y un enorme escritorio de nogal que habían encontrado en una liquidación de patrimonio en Burlington, años atrás.

El resto de la habitación estaba repleta de libros.

Había cinco estanterías de madera, cada una de casi dos metros de ancho, y mucho más altas que Joanna, y todas tenían puertas de cristal herméticas. Estaban colocadas en fila sobre una vieja alfombra de lana roja, que había reemplazado a otra alfombra roja que la madre de Joanna había quemado hacía ya una década, aunque a Joanna no le gustaba pensar en aquel día. Grabado al final de cada estante, como una placa con el sistema decimal de Dewey, había una lista de qué libros había en cada estante, y en qué orden.

Algunos de los más grandes estaban colocados de plano, pero la mayoría de los libros estaban ubicados en los estantes, y Joanna los limpiaba cada mañana con un pincel y buscaba signos de deterioro, pececillos de plata, polillas del papel o ratones, aunque el sótano era hermético y no había tenido ningún problema de plagas durante años. Llevaba haciendo aquello desde que su padre había puesto su talento a prueba a los cinco años.

Los libros estaban más o menos organizados por una fecha aproximada, aunque todos eran antiguos. El más antiguo de la colección de Joanna era de alrededor del año 1100, y el más nuevo, del 1730. No sabía qué se había perdido en los últimos siglos: ¿sería el conocimiento de cómo escribir los libros, o la magia que una vez habían tenido? Aquella era una pregunta que la perseguía desde que era niña, una pregunta que Abe siempre había sostenido que no solo ignoraba, sino que tampoco le producía ninguna curiosidad.

«No nos corresponde a nosotros preguntar cómo».

Abe parecía creer que la protección no se correspondía con el conocimiento, como si no pudieran proteger correctamente los libros si sabían demasiado sobre ellos.

Esta creencia (en el silencio, en la ignorancia) se extendía a los libros y a otros aspectos de su vida, particularmente en lo que respectaba a sus hijas. Él parecía haber creído que mantenerlas en la ignorancia era el equivalente a mantenerlas a salvo.

—Es una respuesta al trauma —le había dicho Esther en una ocasión a Joanna, con ese insoportable aire de superioridad de listilla que había adoptado en la adolescencia—. Cree que, si habla sobre las cosas malas que han pasado, entonces pasarán más cosas malas.

Este optimista análisis llegó después de los muchos años poco optimistas que Esther se pasó rogando saber más sobre su madre, Isabel, sobre cuya muerte Abe tan solo había compartido algunos escasos detalles: cómo había llegado a casa un día, a su apartamento de Ciudad de México, y se encontró a Esther llorando en la cuna. Todos los libros habían desaparecido, e Isabel yacía en el suelo, con un disparo en la cabeza.

Abe dijo que Isabel había sido asesinada por la gente que veía los libros como una mercancía, como los diamantes o el petróleo: productos que podían ser comprados y vendidos, y por los que era posible matar, en lugar de un fenómeno que debía de guardarse. Durante todo el tiempo que los libros habían existido, también había existido gente como aquella. Y, como muchos otros que trataban con mercancías, los cazadores de libros a menudo se aprovechaban de la agitación y la opresión para llevarse un beneficio. Abe sabía aquello mejor que la mayoría de la gente. Sus propios abuelos paternos habían poseído la misma habilidad de escuchar la magia que Joanna había heredado de Abe, y habían tenido un pequeño teatro en Budapest, muy conocido por sus increíbles efectos en escena: actores que pasaban a través de objetos sólidos, piezas de atrezo que flotaban sin cables visibles, cortinas envueltas en llamas que no soltaban humo... Hasta 1939, cuando fueron saqueados bajo patrocinio de una ley que limitaba el número de actores judíos que se permitían en un teatro.

Tanto el marido como la mujer desaparecieron en el saqueo, así como los libros que hacían posibles sus efectos especiales imposibles. Todo, excepto los pocos volúmenes que los Kalotays habían mantenido escondidos en su hogar: volúmenes que el abuelo de Joanna consiguió llevar a los Estados Unidos, cuando llegó en un barco carguero en 1940 para vivir con un tío suyo en Nueva York. Tres libros, ocultos en el falso fondo de un baúl.

Aquellos tres libros aún seguían estando tras un cristal en el sótano de Joanna, herencias familiares mantenidas allí con mucho esfuerzo, y una prueba de lo peligroso que era usar magia tan abiertamente.

O, al menos, según Abe. Según Cecily, el peligro no estaba en usar la magia; el peligro había estado en vivir bajo un régimen fascista. Ella declaraba que los libros robados simplemente eran otro botín de guerra nazi más, más cosas preciadas a las que creían tener derecho, como los cuadros, las joyas, los empastes de oro o las vidas. Era cierto que Abe tenía la frustrante tendencia de atribuir las atrocidades históricas a una subyacente caza de libros: una vez, cuando Esther trajo *Las brujas de Salem* a casa a principios del instituto, trató de sugerir que los juicios de Salem de las brujas quizás habían estado orquestados por cazadores de libros, lo cual había perturbado a Cecily hasta casi hacerla llorar.

—Esa es la clase de lógica de la que se nutren los fanáticos —le había dicho Cecily—. Hace que parezca que las acusaciones eran ciertas, y que la gente que murió por brujería estaba, de hecho, practicando magia. Pero no: odio y miedo. Eso es lo que era, y eso es todo lo que fue. Piensa en las mentiras que se contaron sobre el pueblo judío, las mentiras sobre rituales de sangre y sacrificios humanos... Odio, miedo, y el deseo de tener el control. Llámalo por su nombre, Abe.

Sin embargo, dada la historia familiar y lo que le había pasado a la madre de Esther, Joanna suponía que no podía culpar a su padre por su paranoia. Era asombroso que hubiera seguido coleccionando después de la muerte de Isabel, que hubiera construido de nuevo la biblioteca, hasta el punto de que los estantes de Joanna ahora contenían doscientos veintiocho volúmenes mágicos.

Doscientos veintinueve, si contabas el libro de cuero marrón que Abe había sacado consigo al jardín cuando murió.

Pero Joanna no lo contaba.

Ese libro era un caso aparte en casi todos los aspectos. Todos los libros requerían sangre para activarse, pero aquel no solo había aceptado la sangre de su padre: lo había dejado seco. Y era el libro más gordo que había visto jamás: tenía las páginas atestadas de texto, lo cual significaba que había sido escrito con tanta sangre que hacía que la suya propia se le quedara helada. También estaba relativamente segura de que el hilo que sostenía las páginas era pelo. Pelo humano. Y también era uno de los únicos dos libros en su colección que era, como diría su padre, «un trabajo inacabado»: un trabajo cuyo hechizo aún seguía en funcionamiento.

Joanna no sabía qué era lo que hacía el libro, ya que no podía leerlo. La única imagen clara era un pequeño relieve dorado de un libro, en la cubierta trasera. Las propias palabras se le escapaban, danzaban y se movían como los colores de un caleidoscopio. Aquello era como los libros en activo se mostraban para cualquier persona excepto el lector, aunque Esther podría haberlo leído. Podría, pero no lo haría. Un libro activado no podía ser destruido tampoco: ni roto, ni quemado, ni ahogado. Solo la persona que había leído el hechizo por primera vez podía darlo por finalizado, ya fuera por elección propia, o por su muerte.

Los libros en activo sonaban sutilmente diferentes a los libros inactivos, y además el zumbido era más como un enjambre. Y este libro, el que su padre había escondido durante años y el cual lo había llevado a su muerte, sonaba más extraño que ningún otro. Era un sonido profundo, como un diente podrido.

Cuando Abe murió, ella había asumido que el libro era nuevo para él, que lo había adquirido recientemente. Y había asumido que, alzándose bajo la sombra de su paranoia, su muerte no había sido accidental. Parecía seguro que alguien le había dado el libro a propósito, alguien que lo había matado para poder quedarse con los libros. El mismo destino que habían sufrido Isabel y los bisabuelos de Joanna.

Su padre había adquirido su colección de varias formas diferentes: yendo a librerías de segunda mano y liquidaciones de patrimonio, asistiendo a convenciones de libros extraños, comprando de forma regular conjuntos gigantescos de libros en eBay mientras rezaba para que las cajas llegaran con algún zumbido, y, por último, comprándolos directamente de gente que sabía lo que estaban vendiendo. Había mantenido un minucioso historial de cada transacción, y en los días posteriores a su muerte, Joanna había repasado cada cosa que había anotado para buscar sospechosos... Pero entonces encontró algo diferente. Un cuaderno que no había visto jamás, escondido bajo sus calcetines, en el cajón de arriba de su cómoda.

Era un cuaderno antiguo, con las páginas amarillentas, y las fechas anotadas databan de veintisiete años atrás. Abe llevaba anotando ese cuaderno desde antes de que ella naciera. No había muchas entradas, quizás una o dos por año, pero mientras leía le quedó claro que el libro en curso no era nuevo para Abe, para nada.

Sin que ella lo supiera, durante todos los años de la vida de Joanna Abe había tenido ese libro, y durante todos esos años, había intentado destruirlo. Lo había empapado de aguarrás y prendido fuego; había probado con una motosierra, le había echado lejía. En la última entrada, antes del día de su muerte, se leía: «Tengo curiosidad por qué pasará si añado a la mezcla mi propia sangre. ¿Invalidará o interrumpirá el hechizo? Merece la pena probar mañana».

Abe llevaba intentando terminar el hechizo, fuera cual fuere, que estaba activado en las páginas del libro. En su lugar, el libro había acabado con él.

Ahora descansaba encima del escritorio en la parte delantera de la habitación, y Joanna tenía mucho cuidado de no tocarlo jamás con las manos. Tampoco lo acercaba mucho a los libros que contenían las protecciones, los cuales eran demasiado preciados para mancillarlos.

(Escuchaba la voz de Abe en su cabeza, poniéndola a prueba como había hecho cuando era más joven: «Técnicamente no es un libro. ¿Cómo llamamos a estos primeros manuscritos?».

Un códice. «Semántica, papá».

«Precisión del idioma, Jo»).

El libro de protecciones (códice de protecciones) estaba en latín, y a pesar de su pequeño tamaño, era el más poderoso y extraño de la colección. No solo por lo que el libro podía hacer, lo cual era considerable, sino porque, a diferencia de los otros, cuya tinta se desvanecía en algún momento, y con ella su magia, la tinta de las protecciones podía ser recargada. El códice había pertenecido a Isabel, y cuando ella murió, había estado guardado en un almacén con otros cientos de libros, a salvo de quien fuera que la hubiera asesinado. Tres días después de que ella muriera, Abe había agarrado a su hija y había conducido sin descanso hasta cruzar la frontera; luego había recorrido el continente hasta la antigua casa familiar en Vermont. Aquella noche, había establecido las protecciones por primera vez, y no había permitido que cayeran durante el resto de su vida. Y tampoco lo haría Joanna.

Se acercó al fregadero y se lavó las manos concienzudamente. Después, las sostuvo durante un largo rato bajo el chorro de aire del secador eléctrico, hasta que sintió que cada gota de humedad se había desvanecido. Entonces, fue hasta el armario de las hierbas y puso una pizca de milenrama y verbena en un pequeño cuenco, el cual llevó hasta el escritorio.

Las hierbas y plantas no eran estrictamente necesarias para leer hechizos (la sangre sola sería suficiente), pero sí aumentaban el efecto de toda la magia, la potenciaban e incrementaban la duración. Nunca había una respuesta «correcta», sino mucho posibles factores, y

Joanna había memorizado todo: desde las propiedades mágicas innatas (verbena para la protección, datura para el conocimiento y la comunicación, belladona para la ilusión) hasta las correspondencias físicas (hierbas delicadas para una magia delicada), así como la especificidad (camomila para los hechizos polacos, chincho para los peruanos). Aquello último era útil solo si Joanna sabía más o menos de dónde provenía un libro, y la milenrama era una de las hierbas más usadas porque era de fácil acceso y crecía ampliamente en todo el mundo.

Dejó la milenrama y la verbena a un lado por ahora, agarró el diminuto códice de quince páginas con tapa de cuero y lo apoyó en el soporte alargado de madera que Abe había hecho. Lo abrió con cuidado. Con el cuchillo plateado en mano, consideró incidir de nuevo sobre el corte que tenía en la mano, pero aquello le dolería de forma innecesaria, así que optó por su lugar habitual y se clavó la afilada punta en el dedo hasta que brotó una gota de sangre de forma obediente. Era el color más intenso de toda la habitación, más vivo incluso que el cuerpo del que acababa de salir. Sostuvo el dedo ensangrentado sobre las hierbas en polvo, y dejó que la brillante gota se deslizara por su piel. Después metió el dedo en la mezcla y presionó el corte contra el mismísimo códice.

A diferencia de la mayoría de los libros, que simplemente absorbían la gota de sangre que se les ofrecía, los libros de protecciones bebían. En cuanto tocó la página con el dedo, comenzó a tragarse su sangre de forma avariciosa. Le dolía ligeramente el dedo por la succión, como si una boca diminuta se hubiera agarrado de él, y la tinta se volvió más y más nítida, más negra, más fiera sobre la página de lino. Llevaba levantando aquellas murallas de protección toda su vida, y la succión siempre le había parecido reconfortante. Pero después de que Abe muriera, se había pasado meses aterrorizada de que las protecciones se volviesen contra ella, como aquel libro había hecho con su padre. Sin embargo, eso no ocurrió, y para entonces ya se había vuelto a acostumbrar. Conforme alimentaba las palabras, el latín (idioma que no conocía muy bien) empezó a surgir de nuevo ante ella, transformándose en algo que sí podía entender. Respiró hondo lentamente, y se puso a leer.

—Que la todopoderosa Palabra le otorgue a este hogar un silencio nacido del silencio, y que el silencio despierte en el cielo una bandada de ángeles sin malas intenciones, para que el cielo se cierre a sí mismo por completo con un manto de nubes, y para que los ángeles oculten este hogar de los ojos de aquellos que buscan en este mundo cruel. Que la vida convierta las hierbas en oscuridad, y la vida haga oscuridad de estas palabras, y que la Palabra...

Y siguió y siguió leyendo, quince páginas de ángeles, alas y miradas maliciosas, hasta que la última frase resonó con un murmullo, como un millón de plumas volando. Joanna sintió cómo las barreras se establecían de nuevo. Notó, además del zumbido siempre presente, una sensación como de taponamiento, como si el sello que había alrededor de la casa fuera hermético de forma científica, además de etimológica y mágicamente. La casa, de nuevo y como siempre, era ilocalizable, ni siquiera en los mapas. Nadie malintencionado podría encontrarla.

De hecho, nadie en absoluto podría encontrarla. Las protecciones que instalaba cada noche a la misma hora se aseguraban de ello, rodeando la frontera de la propiedad para que la carretera y la casa fueran esencialmente invisibles para cualquiera cuya sangre no estuviese en el libro de protecciones. Era una invisibilidad que iba más allá de la vista, dado que también afectaba a los sentidos y a la mente: ni siquiera se podía pensar en la localización de la propiedad, y mucho menos podrían buscarla y encontrarla. La gente de la ciudad había conocido a Abe y a Joanna durante casi tres décadas y, sin embargo, si alguien le preguntaba a alguno de los dos dónde vivían, enseguida el rostro de sus vecinos se quedaba en blanco, y después se encogían de hombros y sonreían, confundidos. «¿En las montañas?» sugerían ellos mismos. O algunas veces: «¿En la parte baja de la montaña?».

Ni siquiera la madre de Joanna podía localizarla si venía a buscarla: no desde que se había mudado y había dejado de añadir su propia sangre a las protecciones cada noche. Si Cecily quisiera visitarla, Joanna tendría que ir a buscarla, recogerla y traerla, lo cual Abe le había hecho prometer que nunca haría.

Y esa promesa, al menos, no la había roto.

45

Tan solo Esther, a quien la magia nunca había podido tocar, sería capaz de encontrar la casa si lo intentaba. Tan solo Esther podría presentarse en la puerta, abrirla, y llamar a Joanna.

Pero Esther no haría tal cosa.

Una vez que las protecciones estuvieron instaladas, Joanna volvió a colocar el códice en su estuche protector. Se levantó del escritorio y lo ordenó. Después, apagó la luz y cerró la puerta. A su espalda, los libros zumbaban y resonaban, dulces y a salvo en su hogar subterráneo.

3

A la mañana siguiente, el cuenco con atún del porche estaba completamente vacío. Joanna se puso su chaqueta de cazador de lana roja y se bebió su café mañanero fuera, sentada en los escalones mientras temblaba y observaba los árboles, esperando vislumbrar entre ellos el pelaje oscuro antes de irse a la ciudad.

Era un día frío y húmedo, y la humedad daba lugar a que pareciese que no hacía tanto frío; el tipo de clima que le recordaba al día en que había encontrado a su padre tirado en el jardín, pero tenía ya suficiente práctica para apartar aquel recuerdo y centrarse en cambio en el paisaje familiar. Su camioneta roja era un corte de color brillante en el barro congelado de la entrada, y a la distancia podía ver el lateral verde de la montaña, que se volvía azul conforme ascendía la niebla. Todo tenía un olor metálico que se le quedaba en la lengua, como a agujas de pino y a invierno que se acercaba.

Un movimiento en el filo de los árboles captó su atención por el rabillo del ojo, pero era tan solo una ardilla dando saltitos encima de los viejos columpios de madera. Cuando ella y Esther eran niñas, sus padres habían mantenido el jardín delantero podado y limpio de forma diligente, pero a lo largo de los años el bosque lo había rodeado, y ahora el desgastado plástico amarillo de los columpios estaba prácticamente cubierto por las zarzas y los matorrales.

Joanna recordó de forma repentina y muy vívida estar sentada en los columpios, con todo el cuerpo en movimiento: el viento bajo su pelo, los puños apretados alrededor de la cuerda mientras echaba hacia atrás todo su peso, las piernas estiradas, los dedos apuntando hacia afuera, y Esther en el otro columpio gritando: «¡Dale una patada al cielo!».

En su séptimo cumpleaños, de regalo, su padre le dejó leer un hechizo que le otorgaba la habilidad de caer flotando desde alturas moderadas, así que se había pasado la hora entera que duraba el hechizo en aquel columpio, alzándose tan alto como podía para después saltar de él y flotar hasta el suelo, tan ligera como si fuera un diente de león.

Cecily y Abe la habían observado desde el porche, comiéndose la tarta de cumpleaños de Joanna y riéndose, y una Esther de diez años se había columpiado a su lado todo el tiempo, animándola. Si había estado celosa de ella, no se le había notado.

Normalmente sus padres tenían mucho cuidado de darles a sus hijas magia que Esther pudiera disfrutar también, magia que afectara al entorno, o a objetos físicos: el hechizo flotador había sido una anomalía. Quizá, como compensación, las chicas se habían despertado unos días más tarde en la habitación que compartían y habían encontrado allí a su madre, sentada en una silla junto a la cama de Esther, y a su padre sentado sobre la andrajosa alfombra de piernas cruzadas, con un libro encuadernado de azul en las manos.

Joanna lo había reconocido de inmediato. Era el libro que había unido a sus padres, el que Cecily le vendió a Abe en una exposición de anticuarios en Boston, más o menos un año después de que Esther y él se mudaran de México a Vermont. Era una historia que se repetía a menudo en su familia: cómo a Abe le había llamado tanto la atención la bella mujer belga encargada de la caseta de libros usados, cómo había valorado en tan solo siete dólares el pequeño librito azul, sin saber que su magia estaba zumbando en la cabeza de Abe. Y cómo, aunque Cecily se había sentido atraída por la intensidad de las pobladas cejas de Abe, que contrastaban con su risa fácil y atronadora, también había estado interesada en la niña de dos años colgada de sus caderas, la cual se reía cada vez que Abe reía, echando hacia atrás su pequeña cabeza rodeada de rizos oscuros e imitando el buen humor de un adulto.

—Me enamoré primero de ti —le decía Cecily siempre a Esther—. Tu padre fue un extra.

La mañana después del séptimo cumpleaños de Joanna, Joanna y Esther se despertaron y, mientras se incorporaban en la cama, Abe ya estaba leyendo la última página del hechizo, con su resonante voz retumbando en el aire. Les habían dicho lo que hacía el libro azul, pero nunca lo habían visto en acción, y Esther dejó escapar un chillido de alegría mientras las primeras vides comenzaban a retorcerse por las paredes; eran de un color verde brillante y echaban capullos grandes que aparecían con rapidez y que florecían a la misma velocidad, transformándose en flores de pétalos aterciopelados.

Las flores eran rosadas como un atardecer, tan grandes como la cabeza de Joanna, y tenían un aroma tan dulce que se le saltaron las lágrimas. Cecily se inclinó hacia delante en la silla para rodear con los brazos los hombros de Abe, y Esther se puso en pie sobre la cama. Pero Joanna se quedó totalmente quieta mientras observaba las vides y sus flores gigantescas que cubrían el techo y llenaban la habitación de un olor increíble: como rosas caramelizadas y la piel blanda de una naranja. Incluso después de que los pétalos se marchitaran y cayeran, y las vides se pudrieran, la casa mantuvo aquel olor durante días.

El recuerdo era tan fuerte que Joanna casi podía olerlo ahora, un indicio de algo rico y floreciente que se elevaba tras hibernar de la tierra fría. Libros como el azul, que no servían a ningún propósito excepto el estético, eran muy raros. Cecily se lo había llevado consigo cuando dejó a Abe muchos años después, así como algunos otros: un hechizo que arreglaba objetos rotos, otro que extraía esferas perfectas y jugosas de tomates rojos de cualquier planta viva, otro para atrapar a alguien dentro de una barrera invisible...

Joanna creía que era algo hipócrita que ella se los hubiera quedado, teniendo en cuenta lo intensamente (y violentamente) que se había opuesto a la colección de libros hacia el final. Pero aun así le reconfortaba la idea de que el resentimiento de Cecily hacia los libros no fuera más grande que el amor fascinado que una vez había albergado por ellos.

Joanna dejó su taza de café ya vacía en el primer escalón del porche y miró desde los columpios hacia la vieja camioneta roja de su padre.

Solía tomar el camino más largo hacia la ciudad, evitando la carretera principal, y siguiendo en su lugar una carretera rodeada de pinos que serpenteaba junto al río verde. Cuando Esther se sacó el permiso de conducir, solía llevar a Joanna en la camioneta los fines de semana, solo para conducir, escuchar música y hablar, y ambas hablaban más y más honestamente cuando tenían la mirada puesta en el horizonte. Una vez que Esther se marchó, cuando Abe aún estaba vivo y Joanna no era la única responsable de alzar las barreras protectoras cada noche, todavía había conducido sola bastante a menudo, buscando libros que añadir a la colección (husmeando en algunas ventas de patrimonio, rebuscando en las estanterías atestadas de las librerías de los pueblos, procurando hallar libros escritos a mano y que tuvieran un título sinónimo y repetitivo y hubieran sido categorizados erróneamente como diarios históricos o libros de contabilidad). Siempre atenta por si escuchaba el extraño murmullo de la magia. De acuerdo a la gran tradición americana, aún asociaba el coche a la embriagadora sensación de libertad basada en el movimiento, y cuando estaba al volante, sentía una especie de optimismo salvaje, un sentimiento de que quizá su vida fuera suya, y en cualquier momento podía tomar un inesperado giro.

Cuando se imaginaba un mapa, sin embargo, siempre lo veía como una serie de venas, en las que su casa era el corazón. Tal vez se dejara llevar de vez en cuando, puede que se sintiera como si se estuviera moviendo hacia afuera, pero siempre volvería atrás; un ciclo cerrado, y no un camino abierto.

Se preguntó, no por primera vez, cómo conceptualizaría el mundo Esther. ¿Cómo pensaría en el pequeño trozo de tierra donde había vivido (felizmente, había pensado Joanna en su momento) durante dieciocho años? Hasta el momento en que Esther se marchó sin avisar, no había habido muchos secretos entre ellas, y en especial no en esa camioneta. Pero Joanna no había sabido nada sobre el plan de su hermana de marcharse, no más que cuál había sido la razón para hacerlo. Tampoco podía imaginar cómo se sentía Esther cuando pensaba en su hogar, si era que pensaba en Vermont como en su hogar en absoluto. O si acaso pensaba en algún lugar como su hogar.

* * *

La ciudad, tal y como era, era descrita de forma optimista en los panfletos turísticos como «pintoresca», lo cual, en este caso, significaba que los viejos edificios eran todos de ladrillo medio en ruinas o de pizarra pintada de blanco, con carteles de madera con letras hechas a mano que se balanceaban con el viento. Un puente de un solo carril cruzaba el pequeño y pedregoso río de piedras lunares, con los bordes ahora decorados con el hielo. El puente separaba los dos bloques que constituían el centro, conocidos coloquialmente como «la ciudad vieja» y «la ciudad nueva».

La ciudad vieja incluía la ferretería, la oficina de correos con escaparate de cristal, el bar y asador, el cual tenía una entrada al estilo de las tabernas antiguas. También albergaba el "verde de la ciudad", que era un cuadrado de hierba a la orilla del río, con un banco de piedra y la bandera de los Estados Unidos. Al otro lado del río, la ciudad nueva atraía a los turistas esquiadores con una cafetería temática de alces y mariposas, una tienda de ropa de deporte en un lateral de la calle, y al otro la tienda de Cecily y la librería de segunda mano.

Joanna aparcó en la ciudad vieja, frente a la oficina de correos. La camioneta dio un tirón cuando paró tras un Subaru que estaba tan oxidado que se podía ver el motor a través del chasis. La pequeña salita principal donde estaban los apartados de correos de metal estaba vacía, pero el buzón de Joanna no lo estaba; dentro había dos postales. El corazón enseguida se le aceleró, pero esperó hasta estar fuera, sentada en el banco de piedra del verde de la ciudad, antes de permitirse mirar las postales, escritas con aquella letra que le era tan familiar como una vez lo había sido la voz de su hermana.

La carta que iba a su nombre representaba un cielo nocturno con pinceladas de una luz verde, y con *Aurora Australis* escrito en cursiva en la parte inferior.

Querida Jo, he decidido quedarme en la estación una temporada más. Es verano, lo cual significa que el sol nunca se pone. No hay árboles que florezcan aquí, y los echo de menos, y a ti también. Te quiere tu hermana que trabaja duro, Esther.

La de Cecily era similar, como casi siempre. Otra escena de las luces del sur, aunque ese cielo era más rosa, y la letra no era cursiva.

Mamá, me voy a quedar otra temporada más aquí, entre la nieve. Me gustan la gente y el trabajo, aunque la comida deja mucho que desear. Echo de menos el sirope de arce... y te echo de menos a ti. Te quiere, Esther.

Joanna se quedó mirando fijamente la letra de su hermana hasta que empezó a fallarle la vista. «Te echo de menos». Las palabras y la mentira edulcorada hicieron que se le encogiera el estómago. Si Esther realmente las echara de menos, vendría a casa a verlas, pero no lo hacía. No lo haría.

Se levantó del banco, y deseó tener la fortaleza necesaria para tirar las postales a la basura. En su lugar, las guardó con cuidado en el bolsillo interior de su abrigo y echó a andar a través del estrecho puente, espantando a una bandada de cuervos que estaban posados en la barandilla de metal. Se fueron volando entre un coro de graznidos recriminatorios que se apagaron poco a poco. Una pluma, negra como el petróleo, flotó hasta posarse sobre el hormigón.

Donde la ciudad vieja estaba casi toda hecha de pizarra blanca, los pocos edificios de la nueva eran casi todos de ladrillos cuadrados. Paró en la librería por costumbre, primero para prestar atención por si escuchaba el zumbido de la magia (nada), y después para ir al mostrador y rebuscar entre las pilas de romances históricos que Madge, la dueña, había seleccionado para ella. Madge tenía setenta y tres años, era delgada y enérgica, y a pesar del hecho de que se había pasado la mayoría de su juventud en el movimiento separatista lesbiano, se declaraba a sí misma una «fanática» de las novelas de romance heterosexuales casi exasperantes que tanto le gustaban a Joanna, en las que a unos duques taciturnos les derretía el corazón el pasional encanto de las mujeres anacrónicamente feministas.

—Esta fue increíble —le dijo Madge, dándole un golpecito a una cubierta en la que aparecía un hombre muy peludo subido a un caballo, con la camisa blanca vaporosa desabrochada hasta casi el ombligo—. Y de hecho he aprendido muchísimo sobre la fiebre amarilla.

Joanna lo compró. Había probado los romances modernos, pero todo lo que estuviera basado después del 1900 no le decía nada, quizá porque ella misma vivía una vida que se parecía al pre-1900, aunque con la bendición de la fontanería de interior. Era difícil imaginarse a sí misma llevando lencería de encaje y mandando mensajes de texto sexuales, pero era fácil imaginarse con muchísimas capas de ropa complicadas, y rodando frente a una chimenea.

Aunque no era que hubiera conseguido nada parecido nunca. Su única experiencia sexual (acompañada) hasta el momento había sido con los chicos de las fiestas a las que Esther la había arrastrado en sus primeros años de instituto. Habían sido encuentros con besos y manos torpes, y no habían requerido nada de ella más allá de su buena disposición, y buscar algo real no tenía mucho sentido. No había forma de poder explicarse, ninguna forma de conocer realmente a otra persona, o dejar que la conocieran a ella, sin explicarles todo el asunto de los libros. Y eso era algo que no podía hacer.

La tienda de su madre estaba en el mismo edificio de ladrillo alargado donde estaba la librería, así que Joanna miró calle abajo y se paró junto a una camioneta aparcada para mirarse en el espejo. Su madre solía preocuparse menos por ella si tenía un buen aspecto físico, pero lo máximo que Joanna pudo hacer fue deshacerse la larga y encrespada trenza y sacudirse el pelo alrededor de los hombros. Lo tenía grueso y ligeramente ondulado, de un color castaño claro, como la miel de trigo sarraceno, y enseguida se le encrespó con la electricidad estática sobre la lana que llevaba puesta. Pensó en ponerse el gorro verde que Cecily siempre decía que le resaltaba los ojos de color avellana, pero al final decidió que no. Pensó que, en ese momento, probablemente le resaltaría las ojeras en lugar del color de los ojos. Intentó esbozar una sonrisa, pero la borró enseguida. Cada vez que veía sus propios hoyuelos se asustaba un poco, ya que la hacían parecerse a Esther.

Cuando Joanna entró en la tienda, sonó la campanilla. Como siempre, olía a incienso y vitaminas, un olor a tiza que se te pegaba a la garganta y que a Joanna no le gustaba necesariamente, pero que siempre echaba de menos cuando no lo olía. Era el aroma de la propia Cecily: intenso, acogedor, saludable. Cecily había trabajado allí durante toda la infancia de Joanna, y la habían ascendido a gerente unos años después de dejar a Abe. Aunque había comenzado como una cooperativa a granel de comida saludable, poco a poco se iba pareciendo más a una especie de tienda *new age* como las que uno veía en las ciudades más pudientes y turísticas de Nueva Inglaterra: con cristales y cartas de tarot mezclados con tarros de avena orgánica, talleres de astrología junto con clases de fermentación, y «mezclas de hierbas espirituales» invadiendo el pasillo del té en hojas.

Cuando Joanna entró, había un cliente que ella pudiera ver, un hombre al que no conocía y que estaba mirando las manoplas de alpaca, probablemente un turista, aunque no era aún la temporada del esquí. La misma Cecily estaba de pie junto al frigorífico de las verduras, rociando con cuidado el perejil y el cilantro con una botella llena de agua. Al igual que Joanna, era alta, aunque a diferencia de Joanna, ella tenía una postura excelente y aparentaba su altura. Tenía unos pómulos altos y planos, y aún le quedaba algo de su acento germánico, a pesar de que llevaba sin vivir en Bélgica más de cuarenta años.

—¡Ay, mi pequeñina! —gritó cuando vio a su hija, y soltó la botella junto al brócoli para poder abrazarla.

El cliente alzó la vista de las manoplas para mirar de reojo a Joanna, la cual no era ninguna *pequeñina*, ni en tamaño, ni de ninguna otra manera. A Joanna no le importó la expresión de cejas alzadas del hombre, ya que había abandonado la vergüenza hacía más de diez mil términos cariñosos. Abrazó a su madre y después se separó de ella, y dejó que Cecily le tocara el pelo para poder chasquear la lengua al ver las puntas abiertas.

—Podría cortártelo un poco en cinco segundos —afirmó Cecily—. ¡En cuatro! —Entonces soltó un grito ahogado—. Cariño mío, ¿qué te ha pasado en la mano?

—Ah, no es nada… Me la corté abriendo una lata.

—¿Te la limpiaste bien?

—Sí, estoy bien. Mira, he recogido las postales de Esther.

La expresión de Cecily no cambió, pero se giró para recoger la botella de agua y se puso de nuevo a ocuparse de las verduras.

—¿Dónde está ahora? ¿En algún lugar soleado, con palmeras? ¿En Barcelona, comiendo nueces?

—¿Es que la gente come muchas nueces en Barcelona?

—Yo sí que lo hice cuando estuve allí —dijo Cecily—. Pero así eran los ochenta.

Joanna dejó aquel tema.

—No —le dijo—, no está en Barcelona. Se va a quedar en la estación.

Cecily se giró a medio rociar y le echó agua a Joanna en el filo del abrigo.

—¿Cómo? ¿En qué estación?

—La misma estación donde lleva un año —le dijo Joanna, sobresaltada por la reacción de su madre.

—¿En la antártica?

—Sí, ¿dónde si no?

—No, debes de haberlo entendido mal —dijo Cecily—. Deja que la vea.

—Estoy listo, cuando pueda —dijo el cliente desde detrás del mostrador.

Cecily dudó, y al final le dejó la botella de rociar a Joanna en la mano y se apresuró para ir al mostrador, esquivando por muy poco un estante giratorio de aceites esenciales. Joanna la siguió, aunque más lentamente. En general, Cecily era todo un encanto de vendedora: «¿Ha encontrado lo que necesitaba?». «¿Ha visto nuestro nuevo hidratante de leche de cabra?». Pero en ese momento empaquetó las manoplas y le cobró al hombre sin dedicarle siquiera una sonrisa, como si estuviera impaciente por que se marchara. Cuando lo hizo y la puerta repiqueteó tras él, Cecily alzó la mano.

—Cielo, las postales.

Joanna se las entregó, y Cecily las puso ambas sobre el mostrador, murmurando algo entre dientes mientras leía la primera, y después la otra. Se metió el pelo liso detrás de las orejas y negó con la cabeza, y después las leyó de nuevo, como si estuviera buscando algo que se le pudiera haber escapado.

—¿Qué pasa? —preguntó Joanna.

Su madre parecía más preocupada de lo que Joanna la había visto en muchísimo tiempo, y sintió una oleada de pánico surgiendo en su pecho, aunque no entendía por qué razón debía de preocuparse.

—¿Qué ocurre?

—Debería saberlo —dijo Cecily—. Tendría que saber que no debería quedarse, tiene que... —Dejó de hablar, ahogándose.

Joanna se obligó a permanecer totalmente inmóvil mientras Cecily giraba la cabeza y tosía de forma áspera contra su hombro; una tos con la que llevaba mucho tiempo y que al principio había preocupado mucho a Joanna. Ahora, sin embargo, sospechaba que era simulada. Solo parecía brotar cuando hablaban sobre Esther o sobre otras cosas que a Cecily no le gustaba discutir. Por fin Cecily recobró el aliento y cerró los ojos, con las manos puestas sobre las postales.

—¿Por qué estás tan alterada? —le preguntó Joanna, y cuando Cecily no respondió, añadió—: ¿Es porque está muy lejos? Siempre está lejos. La Antártida, Barcelona... todo está realmente a la misma distancia.

—Está demasiado alejada. —dijo Cecily, tocándose la garganta—. ¿Quizá sea algo bueno? Quizá sea algo bueno. —Pareció recomponerse, echó hacia atrás los hombros y le sonrió a Joanna—. Y si me paso por la casa esta noche para cenar, ¿eh? Puedo llevar una lasaña, una botella de vino, y te puedo cortar el pelo en el porche como cuando eras una niña...

Joanna sintió un amargo nudo en la garganta.

—Mamá —le dijo—. No.

—Joanna, parece como si te hubiera pedido que me dejases cortarte la garganta en vez de ir a tu casa. La cual solía ser *mi* casa, por cierto. Esto es una tontería, ¿es que no lo ves?

Lo que Joanna sí que veía como si la tuviera delante era la nota que su padre había escrito en los últimos momentos de su vida. «No dejes entrar a tu madre». Era la petición más difícil que su padre le había hecho, y la que más le había costado mantener, en especial en los meses después de su muerte, cuando estaba sola en aquella grandísima casa vacía, llorando sobre sus propios brazos en lugar de sobre los de su madre. Su madre, la cual estaba a solo unos kilómetros, y la cual se habría presentado allí en minutos si Joanna se lo hubiera pedido.

Pero Cecily había renunciado a su derecho de ser invitada hacía diez años, una semana después de que Esther se marchara, cuando

Joanna se había despertado con unos gritos amortiguados. Era su padre, que había alzado su potente voz de barítono a un nivel que ella jamás había oído, y el cual parecía estar enfadado y aterrorizado. Se bajó trastabillando de la cama, bajó las escaleras, y siguió el sonido hasta que se frenó en el pasillo trasero con el corazón martilleándole. Sus padres estaban en el sótano con los libros, y desde la puerta le llegó el inconfundible y punzante olor del humo.

Corrió escaleras abajo y se encontró ante una desafiante y llorosa Cecily, de pie frente a Abe, quien estaba arrodillado delante de sus protecciones, echando agua de forma frenética sobre el fuego que aún dejaba marcas de quemaduras en la alfombra que había entre los pasillos. El fuego había sido cuidadosamente construido, con varios troncos colocados sobre el pequeño códice en un triángulo para prenderlo, y después empapado de gasolina. Pero, aunque la alfombra y el suelo bajo ellos estaban chamuscados, las protecciones en sí mismas estaban intactas, no las habían alcanzado el fuego ni el agua. Se habían salvado por su propio hechizo en curso, en un estado indestructible. Pero algunos de los libros colindantes no habían tenido tanta suerte: entre el daño por el humo y el papel quemado, muchos de ellos no tenían salvación. Era obvio que, aunque el principal objetivo de Cecily habían sido las protecciones, se alegraba de cualquier destrucción que hubiera conseguido causar. Cuando se giró y vio a Joanna, que estaba allí, observándolo todo desde la puerta y horrorizada, no había arrepentimiento alguno en su rostro.

—Tu padre ha dejado muy claro que le importan más estos libros que su propia familia —había dicho Cecily—. No puedo seguir así, me voy. Por favor, Joanna, ven conmigo. Por favor. Ahí fuera hay todo un mundo para ti.

Abe había alzado la mirada desde el fuego que acababa de apagar, con uno de los libros estropeados entre sus brazos, como si fuese un pajarillo herido. Con una claridad total, nacida de la conmoción, Joanna se fijó en los bordes ennegrecidos de las páginas del libro, en la cubierta, que estaba enroscada y con burbujas, y en el pegamento del lomo, que se derretía. Era un libro que conocía a la perfección, el que una vez la había elevado hacia el perfecto cielo azul desde un pequeño columpio amarillo. Miró la cara lúgubre de su padre, que mostraba una devastación que sintió en lo más profundo de su ser. Cuando miró de nuevo a su madre, las lágrimas de Cecily caían por sus mejillas. En ese momento ya había sabido que no había duda alguna de a quién escogería Joanna.

Ahora, en la tienda, Cecily tenía los ojos secos, aunque una expresión desafiante.

—No puedo dejarte entrar —dijo Joanna—. Sabes que no puedo. No lo haré.

Cecily se alejó del mostrador mientras parpadeaba con rapidez.

—Eres una prisionera, Joanna. Prisionera de tu propia paranoia, tal y como lo era tu padre. Puedo verlo en tu rostro, puedo ver los barrotes, y se me rompe el corazón.

Joanna apartó la mirada. Ya estaba demasiado cansada para discutir sobre eso hoy.

—Los libros dominaban la vida de Abe —dijo Cecily, alzando una mano hacia ella—, pero no tienen por qué dominar la tuya. Puedes alejarte, salir al mundo, puedes tener una vida de verdad…

—Esta es mi vida de verdad —dijo Joanna—. Y no soy ninguna prisionera, yo escojo esto, tal y como tú escoges quedarte en esta ciudad incluso cuando podrías hacer lo que quisieras e irte adonde quisieras, y aunque te haya dicho un millón de veces que no me importa si no te quedas. Si yo estoy encadenada a los libros, bueno… tú estás encadenada a mí. Así que ambas estamos tomando nuestras decisiones. Yo respeto las tuyas, ¿por qué no puedes respetar tú las mías?

La expresión de Cecily había sido fiera y engreída, pero de repente se transformó. Se pasó las manos por la cara, manchándose del pintalabios rojo sin el cual jamás salía de su casa.

—Tienes razón, Joanna —dijo, y sonó casi formal—. Lo siento. Es tu vida.

—Así es —dijo Joanna, sin saber si lo estaba diciendo por apaciguarla o no, pero quería que la discusión se terminara de todas formas—. Gracias.

—Te quiero —le dijo Cecily, y le agarró la mano. Joanna le devolvió el apretón.

—Yo también te quiero. —Por alguna razón, decir aquello la cansaba y la ponía triste, porque era cierto.

Cecily se arregló el pintalabios con un dedo infalible, quitándose las manchas rojas de la barbilla.

—¿Y si vienes a comer a casa mañana, cielo? Te haré una barra de pan y podemos comernos la sopa de zanahoria que te gusta.

Un acuerdo mutuo.

—Vale —le dijo.

—¿A la una? ¿Dos?

Las protecciones tenían que erigirse a las siete, pero aquello le dejaba tiempo de sobra.

—A las dos —le dijo—. Quizás incluso te deje que me cortes el pelo.

Agarró su postal del mostrador, y Cecily la siguió con la mirada hasta que se la metió en el bolsillo. Tras un último abrazo, Joanna era libre.

* * *

Una vez en casa, fue hasta el sótano y llenó un envoltorio de aluminio con hierba gatera, acónito y álsine, y después bajó uno de los libros de las estanterías. Era del siglo XVII y escrito en francés, y Joanna recordaba cuando Abe lo había traído a casa: ella tenía diez años. Lo había leído cuidadosamente con un diccionario para entender qué podía hacer el hechizo antes de probarlo en voz alta. La tinta estaba desvaneciéndose, pero aún le quedaban unos cuantos usos, así que Joanna se lo llevó escaleras arriba, agarró el cuchillo de plata de donde siempre lo dejaba junto al fregadero, y volvió al exterior.

Se alejó del porche y de la entrada de la casa, introduciéndose entre los árboles. Había una roca plana a unos metros, y se sentó encima de ella. El frío de la piedra le traspasó los vaqueros, enfriándole las piernas. Abrió el papel de aluminio, se pinchó un dedo y lo metió entre las hierbas. Después, abrió el libro sobre su regazo. Apretó el dedo ensangrentado contra las páginas y esperó a que el francés se reorganizara en un idioma que pudiera entender. Entonces comenzó a leer.

—Deja que mi voz llegue a cualquier parte donde el viento llegue, y deja que me escuchen y vengan a mí con serenidad…

El libro era largo y poderoso, y le llevó casi media hora leerlo entero. Mientras lo hacía, sintió cómo la energía a su alrededor empezaba a cambiar, escalofriante y específica, una sensación como cuando se te pone el vello de punta, pero como jamás había sabido que era posible. El zumbido y el enjambre del hechizo la rodearon, y los demás sonidos del bosque comenzaron a titilar y magnificarse ante su voz; los cuervos graznaban más alto, el viento se escuchaba entre los árboles, y su propio corazón latía como un ritmo.

Durante los treinta minutos en los que leyó, mantuvo la mirada fija en las páginas, los sentidos alerta a los cambios que sucedían a su alrededor, pero con la vista enfocada solamente en las palabras. Escuchó las hojas crujiendo, unos pies pisando las ramitas mientras atravesaban el bosque en su dirección, las ramas partiéndose, el pesado sonido de una respiración... pero no alzó los ojos. Si lo hacía, el hechizo se rompería y tendría que empezar de nuevo. Mantuvo la voz fija, y no se apresuró para llegar hasta el final, sino que dejó que las palabras se deslizaran por su lengua y resonaran en el aire frío como un cristal rompiéndose.

Cerró el libro. Solo en ese momento, elevó la mirada.

Estaba totalmente rodeada de animales. Estaban tan inmóviles como las piezas de un tablero de ajedrez que esperaban la mano que las agarrara y las moviera. Había varios ciervos posados como estatuas, con sus piernas alargadas, su pelaje exuberante de invierno, y el pulso de sus corazones latiendo bajo la piel aterciopelada de los cuellos. Una osa estaba sentada sobre las enormes y peludas ancas traseras, con las fosas nasales húmedas abriéndose y cerrándose con su respiración, y con las patas del tamaño de una cabeza humana posadas sobre las hojas. Un alce rojizo, tan alto que era aterrador, y que estaba tan cerca que Joanna podía ver la pelusa de las astas, se lamió el morro con una lengua rosada y delicada. Un coyote descuidado se rascó lentamente una oreja copetuda. Los árboles estaban repletos de pájaros silenciosos, sentados como adornos en las ramas. Había un zorro, e incontables ardillas.

Pero no había ningún gato a rayas.

Joanna se tragó su decepción, estiró las piernas y bajó con los animales.

Aquel era el primer libro que su padre le había dejado leer en voz alta cuando tenía diez años, e incluso ahora sentía la misma sensación de asombro y la misma impresión que había sentido cuando era niña. Abe le explicó que el libro había sido escrito con la intención de que fuera un hechizo para cazar, una forma rápida y fácil de conseguir carne antes de que los animales volviesen de donde hubieran estado merodeando, pero ellos no lo usarían jamás así.

A la osa le tembló la oreja cuando Joanna le acarició la cabeza y el pecho; tenía el pelaje tan grueso y suave que casi era pegajoso. Le abrió uno de los labios y le pasó los dedos por los dientes amarillentos. Olía a almizcle y a manzanas. La osa la miró con aquellos pequeños ojillos negros suyos, sin curiosidad alguna pero con una ausencia total de angustia o intención. Puso las manos en el hueso en lo alto de la cabeza del animal y hundió los dedos en el pegajoso pelaje. Le pasó ambas manos alrededor del cuello.

Estar tan cerca de un animal como ese era una sensación electrizante, una que le recorrió el cuerpo entero; le hormiguearon los dedos, se le aceleró el pulso, y le zumbó la cabeza de alegría. Los ciervos la dejaron rodearles el cuello y apretar la mejilla contra su pelaje calentito. El alce no se retiró cuando se puso de puntillas para tocarle las astas; tan solo suspiró, disparándole una ráfaga de su fuerte aliento en la cara. Un diminuto conejo se sentó en la palma de sus manos y movió la nariz, con el cuerpo entero temblándole con el latir del corazón.

En la casa, rodeada por los restos de la vida de su padre y con los libros zumbando bajo sus pies, a veces se sentía tan sola que le preocupaba que pudiera desvanecerse como la tinta de un libro demasiado usado. Pero aquí, con la vida salvaje rodeándola por completo y el olor dulce de la magia como si fuera una buena sidra, sintió que le volvían el color y las líneas, los filos se le oscurecían, y se le llenaba el interior de tinta.

Le rodeó al coyote la preciosa cabeza y lo miró fijamente a los ojos, que eran de un color verde como el de una hoja cambiante, y él también la observó fijamente. ¿Cuánta gente podía decir que había hecho algo así? ¿Cuánta gente había tenido un poder como aquel?

¿Cómo se atrevía ella a anhelar una vida diferente?

4

A pesar de lo que pudiera aparentar, Esther era una criatura de rutina. Eso, más que ninguna otra cosa, la convertía en la hija de su padre, y a lo largo de los años había aprendido que la flexibilidad era en sí misma una rutina que podía aprenderse. Establecer hábitos era algo que hacía de forma automática, y en la estación se regía por una disciplina que habría sorprendido a sus amigos y colegas si se hubieran fijado. Cada mañana recorría los mismos pasos: se despertaba exactamente a la misma hora, se ponía la ropa en el mismo orden exacto, usaba el mismo baño, entreteniéndose junto a los lavabos y fingiendo que estaba peinándose si el que ella usaba estaba ocupado. Tomaba avena cada mañana para desayunar, y cada mañana, mientras medía la cantidad de azúcar moreno con la cuchara, la comparaba de manera desfavorable con la avena de su niñez, la cual había estado regada de grandes cantidades de sirope de arce.

Aquella mañana fue igual que las otras, excepto por que la ansiedad hizo que la avena le supiera a pegamento, y ver los espejos con marcas de sangre sobre los lavabos hizo que se sintiera como si estuviera mirando el puto ojo de Sauron. Además, tenía resaca. A su alrededor, sus colegas, tanto los nuevos como los de siempre, estaban charlando entre ellos o mirando fijamente con frustración sus portátiles abiertos, tratando en vano de conseguir una conexión lo suficientemente buena para llamar a sus familiares o enviar un e-mail.

Habían pasado dos años desde que Esther había escuchado la voz de alguno de sus familiares. Cuando Esther no había vuelto a casa después de que su padre muriera, Joanna había jurado no hablar con ella de nuevo. Y, aunque sabía que a su madrastra Cecily le habría encantado hablar con ella, le parecía más fácil pensar que su familia estaba ilocalizable.

Lo único que importaba era que Joanna estuviese a salvo tras las protecciones.

El hombre que había flirteado con Esther la noche anterior, el carpintero de Colorado, se deslizó en el asiento que había frente a ella con el plato tan lleno que le habría hecho alguna broma de haber estado de humor para ello. Él le sonrió con la boca llena de huevos en polvo.

—Buenas —le dijo—. Era Esther, ¿no?

—Hola —dijo ella—. Y tú eres… Trevor.

—Trev —le corrigió él—. Bueno, ¿qué tienes en tu lista de tareas hoy?

Bueno, Trev, me voy a pasar la mañana de resaca, con náuseas y en un estado de pánico, hasta que mi determinación de acero tome el control y pueda empezar a averiguar quién demonios ha traído un libro a la base, y si pretende matarme o no.

—Aún no estoy segura —le dijo, y dejó caer la cuchara en la avena, que estaba casi entera—. Estoy a punto de irme al taller para ver qué tareas tengo. De hecho, debería irme ya.

—Ah —dijo él, que parecía decepcionado, aunque le dedicó una sonrisa—. Claro, guay. ¿Te veo por ahí?

Consiguió esbozar lo que esperaba que pareciese una sonrisa amistosa. Conforme dejaba los platos en la cinta que llevaba hasta la cocina, avistó el pelo exuberantemente rubio de Pearl, que hacía cola para la comida. Lo que había sido una expresión de falsa alegría se convirtió en una real. Pearl también la vio, y fue hacia ella en línea recta.

—¡Aquí estás! —le dijo—. Estaba preocupada, ¿a dónde te fuiste anoche?

—Me pasé —le dijo Esther, que se sintió culpable por la mentira—. Estaba mareada, así que me fui a la cama.

—Ay —dijo Pearl—. Tendrías que habérmelo dicho, habría ido a cuidar de ti.

—No tenía muy buen aspecto —le dijo Esther.

—¿Y acaso ahora sí? —dijo Pearl, haciendo un gesto al mono a juego que llevaban ambas.

—¿A ti? —preguntó Esther—. A ti te queda genial.

Pearl negó con la cabeza.

—En fin, ¿te sientes mejor ya?

—Bastante. ¿Podría recomendarte agua? Litros y litros de agua.

—Me lo anoto.

Pearl se inclinó para besarla, y Esther, que era demasiado consciente del tintineo de los tenedores contra los platos, las conversaciones, y los ojos que las observaban, se echó hacia atrás antes de poder pensarlo. Mientras echaba la cabeza hacia atrás, supo que había sido un error, y en el rostro de Pearl se vio claramente que le había dolido.

—Lo siento —dijo Esther—. Lo siento, es que... aún me siento asquerosa por lo de anoche.

Incluso en sus mejores días, Esther no estaba muy cómoda con las muestras públicas de afecto, aunque no era porque se avergonzara. Era la declaración abierta de sus sentimientos lo que la aterraba. Un sentimiento al descubierto era una vulnerabilidad que podía ser explotada con facilidad, y ahora alguien podía estar observando y planeando.

—Vale —dijo Pearl, aunque con un tono extrañamente plano. Retrocedió un poco, y Esther inmediatamente lamentó la distancia—. Bueno, ¿te veo en la cena?

—Sí, en la cena —repitió Esther, con el pecho vacío.

Hizo una pausa en la puerta para observar a Pearl, que atravesó el comedor y se paró una o dos veces para charlar con la gente. Abby, la mecánica, se sentó en el asiento ahora vacío de Esther junto a Trev, y le hizo un gesto a Pearl. Trev la saludó con un golpe de cabeza.

Esther se marchó de la habitación.

Aquella mañana hacía veintitrés grados bajo cero y el viento era feroz cuando recorrió el camino desde los dormitorios hasta el taller de electricidad. La nieve estaba tan seca que chirriaba bajo sus botas. Tuvo que entrecerrar los ojos contra el poderoso resplandor del sol, que reflejaba contra el suelo blanco y las paredes de los chatos edificios. Supo que Pearl llevaría sus enormes y falsas Ray-Ban rosas para protegerse la vista con la resaca que tenía, las cuales le hacían parecer un cruce entre una supermodelo de los 70 y un mecánico. Si había una estética mejor que esa, Esther no la había visto aún.

Debería haber besado a Pearl.

El taller eléctrico estaba en un edificio con techo de cúpula que era poco más que un armario de suministros con aires de ser algo más grande, lleno de tantas herramientas que Esther se había quedado boquiabierta cuando lo vio por primera vez. Había cables y alambres de todos los tamaños y colores enrollados alrededor de los carretes de pared, y las propias paredes estaban rodeadas de armarios unos encima de otros, llenos de conectores coaxiales, conectores de empalme, bridas y tableros de clavijas con pinzas de todas las clases conocidas en la Tierra.

Ese día el taller estaba también atestado de gente. La reunión matutina estaba llena de caras desconocidas, las cuales normalmente le habrían interesado, pero tenía la cabeza en otro sitio, así que solo unos minutos después, parecía haber recibido su tarea y se encontraba fuera, en el viento gélido, y dirigiéndose a uno de los laboratorios para sustituir unos cables.

Era un trabajo sencillo pero incómodo: pasar horas embutida en un subsuelo, la mayor parte del tiempo tumbada boca arriba o boca abajo para taladrar agujeros aquí y allá. Hacía frío, porque se había quitado el mono y solo tenía los vaqueros debajo para poder moverse mejor. Normalmente no era claustrofóbica, pero ese día la estrechez del espacio del que disponía le estaba pasando factura: pensó en que no tenía ningún sitio al que huir si alguien la atrapaba allí, así que le llevó más tiempo de lo normal completar el trabajo, porque no dejaba de sacar la cabeza fuera del agujero para calentarse las manos, agarrar una palanca, o cambiar algo del taladro, o simplemente quedarse allí, tratando de calmarse.

Deseó que el trabajo fuese más difícil para poder distraerse de la cantidad de pensamientos que tenía. Pensar en libros y en magia hacía que fuera imposible no pensar en su familia, en especial en su hermana, que vivía sola en aquella casa con tanto viento, con sus libros como única compañía. Cada vez que Esther dejaba que su mente vagara, lo hacía en dos direcciones: miedo, o Joanna, y en ocasiones las dos direcciones se cruzaban entre sí.

Su primer recuerdo era del día en que Joanna nació, cuando Esther tenía tres años. Aquel también era el día en que había aprendido (o, al menos, comprendido) la verdad sobre que Cecily no era su madre biológica, que había nacido de una mujer enteramente diferente, y que esa mujer había muerto. No sabía con certeza si realmente recordaba ese día, o si solo recordaba la historia que le habían contado. Pero tanto si el recuerdo era falso como si no, Esther lo tenía.

Jo había nacido en casa, en el baño de la planta inferior, en la gigantesca bañera de hierro fundido con patas, porque Cecily dijo que una piscis debía entrar al mundo a través del agua. Abe se pasó nueve meses estudiando obstetricia para poder atender el parto él mismo, no solo porque Cecily quería un parto en casa, sino también porque la paranoia de Abe no habría permitido ir al hospital. Aunque no era que Esther supiera todo aquello en aquel momento.

Lo que recordaba de aquel día era lo siguiente: el sabor mantecoso de las galletas que Abe preparó para distraerla; ver una nube de color rojo flotando entre las piernas sumergidas de Cecily; los gritos de Cecily, que eran un sonido mucho más alto de lo que Esther había creído que una persona era capaz de producir. Y la voz de su padre mientras respondía una pregunta y le originaba muchas más: «No, cielo, tu madre te tuvo a ti en un hospital». Y entonces, llegó Joanna, arrugada y rosada como una tirita usada, pero con unas manitas humanas perfectas, y unos ojillos luminosos y humanos perfectos.

Más adelante, conforme las hermanas crecieron, Esther se centró en sus diferencias. Pero de niñas, le habían fascinado más sus similitudes: a ambas les encantaba morder la cáscara de los limones y de la sandía, les encantaban las fotos de cabras, pero no las cabras en sí mismas, les encantaba llenarse el pelo de arena para luego quitársela, les encantaba ver a sus padres bailar en el salón con discos de Motown. Les encantaba el sonido del viento, del hielo rompiéndose, de los coyotes aullando en la montaña.

No les gustaban las cremalleras, el jamón, la palabra «leche», la música de flauta, el sonido del frigorífico que era como un gorjeo, cuando Cecily se iba fuera los fines de semana, la insistencia de Abe en jugar de manera regular al ajedrez y los días sin nubes. No les gustaban las cajas de libros que llegaban cada día a su casa, o que su padre traía y arrastraba dentro, no les gustaba que olieran a polvo y soledad, y cómo consumían la atención de Abe. No les gustaba cuando sus padres cerraban la puerta del dormitorio y se peleaban en susurros. Odiaban la expresión "hermanastra", ya que ellas eran cien por cien hermanas.

Al menos, hasta el día en que Esther tenía nueve años y Joanna casi seis, cuando Abe había sentado a Joanna en el salón, con Cecily rondando a su espalda con una expresión reconfortante pero un aire inquieto que no podía controlar. Joanna se había sentado en el sofá frente a la mesa baja, y en esa mesa había siete libros. Los libros, como la mayoría de los ejemplares con los que su padre ocupaba su tiempo, eran muy viejos.

—Solamente vamos a probar una cosa —dijo Abe, lo cual no era extraño: siempre andaba probando cosas.

Tan solo unos días atrás, le había puesto un libro en las manos a Esther, uno muy antiguo con la cubierta de cuero suave y las páginas que parecían hojas secas, y le había preguntado:

—¿Puedes romperlo?

Ella lo observó con recelo y pensó que debía de ser un truco… ¿Cuántas veces le había dicho su padre que tuviera cuidado con los libros? ¿Y ahora de repente quería que arruinara uno?

—Adelante —la animó él.

Así que se había volcado a ello por completo. Y, aun con lo frágil que el papel parecía entre sus dedos, no había sido capaz de romper ni una sola página. Ni siquiera había sido capaz de arrugar el papel. Bajo la mirada atenta de su padre, había intentado prenderle fuego y destruirlo con agua sin ningún resultado; se mantuvo totalmente intacto. Abe se había mostrado frustrado, aunque no con ella, y ella había disfrutado de su atención.

Así que ella había dicho:

—¿Puedo intentarlo yo también?

—Ahora mismo no, cariño —dijo él—. ¿Has visto mis libros importantes, los libros que pueden hacer cosas? ¿Te acuerdas de que no funcionan contigo?

Sí, Esther lo sabía.

—Bueno, pues eso es algo especial. Es algo especial que solo tú tienes. Estoy comprobando si Joanna también es especial.

—Tú ya eres especial —le dijo Cecily a Joanna, quien pareció alarmada ante aquello.

—Por supuesto —dijo Abe—. Por supuesto. Ambas sois unas pequeñas terrícolas increíbles. —(En ese entonces habían estado obsesionadas con los alienígenas)—. Bueno, Jo. —Se puso en cuclillas frente a ella, con la barba temblando de la emoción contenida—. ¿Ves estos libros? Quiero que me digas si notas algo inusual en alguno de ellos.

Joanna aceptó la tarea con su habitual solemnidad. Un segundo después, proclamó:

—Este es muy feo.

Abe miró el libro que estaba señalando, un libro de tapa dura envuelto en un material marrón con manchas, y que era mucho más grueso que los demás. Esther pudo ver que su padre estaba decepcionado, pero ella sintió una punzada de alegría. Fuera cual fuere la prueba, quería que Joanna la fallara. Aquello era algo nuevo para ella, y no le gustaba ese sentimiento.

—De acuerdo —dijo él—. Está bien. ¿Algo más?

Joanna negó con la cabeza, así que Abe se echó hacia atrás con un suspiro. Cecily parecía inmensamente aliviada. Pero un momento después, Joanna dijo:

—Aunque uno de ellos suena raro.

El ambiente de la habitación cambió al instante. Abe se incorporó enseguida, totalmente alerta, y Cecily inhaló una bocanada de aire de forma brusca. Ambos estaban concentrados por completo en Joanna.

—¿Cómo suena, cielo? —preguntó Abe.

—Como un zumbido —dijo Joanna, y se encogió de hombros; un gesto que había aprendido recientemente, y que ahora usaba cada vez que podía—. Zumbido, con algo de purpurina. Y sabe como a... tortitas.

—¿Cuál es el libro que suena como un zumbido? —dijo Abe, que estaba casi gritando, lo cual significaba que estaba emocionado. Casi nunca gritaba cuando se enfadaba.

—Ese —dijo Joanna, dándole un golpecito al libro más delgado de todos, encuadernado en un cuero desgastado de color rojo—. ¿Puedo comerme una galleta?

—¡No! —gritó Abe, entusiasmado—. ¡Las galletas se comen después de la cena! ¡Ay, lo sabía! ¡Lo sabía!

Envolvió a Joanna en sus brazos y le dio un beso en la coronilla, y otro, y otro más, eufórico como Esther jamás lo había visto. Ella miró a Cecily queriendo saber qué estaba pasando, pero Cecily miraba fijamente a Joanna con una mano sobre la garganta y los ojos llorosos. Parecía tan triste que aquello asustó a Esther.

—Mamá —dijo ella—. ¿Qué pasa?

Pero, fuera lo que fuere, aquello no incluía a Esther. Cecily siguió mirando a Joanna y a Abe, y Joanna estaba encantada con la atención, aunque también desconcertada por la razón. Y, mientras, Abe estaba radiante de felicidad.

Ese día, Esther dejó de centrarse en lo que las hacía iguales, y empezó a fijarse en las diferencias.

En ese momento no lo entendía, por supuesto. No sabía que acababa de vivir un punto de inflexión en su vida, una línea que se había dibujado entre su hermana, la cual no solo podía leer magia sino también escucharla, y ella, que no podía. Era una línea que, conforme el tiempo pasó, se convirtió en una muralla de piedra como las que serpenteaban por el bosque de Vermont en su infancia, reliquias de un tiempo antes de que los árboles hubieran reclamado el espacio, y en el que las murallas eran divisiones entre propiedades, entre familias.

Pensándolo ahora, le parecía una tontería no haber atado cabos. Las protecciones eran magia; Esther era inmune a la magia; Esther era inmune a las protecciones. Pero hasta que su padre no se lo explicó claramente cuando cumplió los dieciocho años, no había entendido la gravedad real del problema.

Mientras siguiera viviendo en la casa, las protecciones no podrían proteger a nadie: ni a Abe, ni a Cecily… ni a Joanna. Cualquiera que quisiera encontrar a la familia de Esther, tan solo tenía que encontrarla a ella.

Esther suspiró. No era una persona dada a la introspección o a la nostalgia. En su lugar, había apagado cualquier tendencia que pudiera tener hacia cosas como esas años atrás. No tenían ninguna utilidad para ella en una vida como la suya. Pero ese día estaba regodeándose de verdad.

Normalmente, si estaba de mal humor lo arreglaba socializando o con sexo, pero las marcas de sangre que había encontrado en todos los espejos comunales hacían que sospechara demasiado como para procurar compañía alguna, y no podía ir a buscar a Pearl. Así que, después de haber concluido el trabajo, se dirigió a su habitación y se propuso recordar todo lo posible sobre la magia de espejos.

Que ella supiera, había dos clases, dos que su familia tuviera en su colección: la magia que afectaba a un solo espejo y la magia que conectaba dos espejos. La magia de un solo espejo podía alterar el reflejo que veía una persona en el espejo y probablemente hacer otras cosas que Esther desconocía. Requería una sola persona para leer el hechizo, una sola para activarlo con su sangre. Los hechizos de dos espejos, sin embargo, requerían dos personas: una en cada espejo. Después, podían usarse para comunicarse, como una especie de videollamada esotérica, y para pasar cosas de un lado a otro.

Sin embargo, nada de *seres vivos*. Ahora lo recordaba (y desearía no hacerlo): la tarde en que su padre y su hermana habían estado experimentando con marmotas. Joanna había acabado llorando, y Esther había escuchado a Abe, que sonaba ligeramente traumatizado también, decirle a escondidas a Cecily: «Se cargaron nuestros pepinos, pero ninguna criatura se merecía *eso*».

Aparte de eso, no sabía mucho más. Después de todo, la magia era irrelevante para Esther. Su sangre era particularmente inútil para activar hechizos, y la magia no tenía ningún efecto en ella. De niña, le había fascinado el trabajo de su familia (como a todo niño, ¿no?), pero conforme pasaron los años, les dio la espalda firmemente a los libros, la sangre y los hechizos, y se volvió hacia lo tangible: las cosas que podía tocar, ver, manipular y arreglar. La magia para ella era como una deprimente extensión del mundo en sí mismo, un mundo de gente que buscaba, se aferraba y perdía un poder al que ella misma ni siquiera tenía acceso.

Se estiró sobre su cama, y lanzó su bolígrafo hacia el techo para después atraparlo cuando cayó. Dejó un diminuto y casi imperceptible punto negro, el cual se unió a todos los otros diminutos puntos, de todas las otras veces que había lanzado un bolígrafo. Ciertamente era una criatura de hábitos.

Que hubiera llegado una sola persona con un libro hasta aquí era extraordinario, aunque no tenía por qué ser alarmante. Dos personas, sin embargo… dos personas en lugares separados, trabajando desde dos espejos que funcionaran a la vez…

Aquello sugería intención. Una razón. Un plan.

Esther había intentado limpiar la sangre, pero no había funcionado. Así que, fuera cual fuere el hechizo, estaba aún activo. Lo cual significaba que, si había alguien observando desde el otro lado, sabría que Esther se había dado cuenta.

Sabría que *ella* lo sabía.

De repente, la puerta de su cuarto comenzó a traquetear y moverse, y se incorporó tan rápido que se mareó un poco. La luminosidad fluorescente de la habitación se reafirmó, como si hubiera estado en un sitio tenue hasta ese momento. Cuando se levantó, asumió automáticamente una postura que había perfeccionado después de años de entrenar en gimnasios de artes marciales.

—¿Sí? —dijo ella.

—Soy yo —dijo Pearl en respuesta, y Esther reaccionó de inmediato a la voz familiar y se le asentó el pulso. Abrió la puerta, y Pearl la recibió con una sonrisa—. ¿Quieres que vayamos a cenar?

Esther había perdido por completo la noción del tiempo.

—Ah, sí, deja que me ponga un jersey.

Pearl se entretuvo alrededor de la diminuta habitación mientras Esther se ponía su jersey de lana rojo, sacándose del cuello el pelo enredado y con electricidad estática. No sabía muchas cosas de Isabel, su madre, pero por la única fotografía que había visto, sabía que tenía el pelo precioso, liso y brillante. Era un poco injusto que, de todos los rasgos que Esther podía haber heredado de su padre, como… Ah, no sé, ¿la habilidad de escuchar magia? En vez de eso, le habían tocado sus rizos propensos a encresparse, y su intolerancia a la lactosa.

—¿Cómo va la traducción? —preguntó Pearl, agarrando la novela de Gil de la mesita de noche de Esther, y echándole un vistazo a las notas marcadas con Post-its.

—De aficionada, como siempre —dijo Esther.

Pearl se dejó caer sobre la cama.

—He buscado el libro —dijo—. ¿Sabías que vale como miles de dólares?

—Sí —dijo Esther—. Podría haberme financiado la universidad con él, si hubiera ido a la universidad.

En cuanto dijo aquello, deseó no haberlo dicho; sabía que el tema de la universidad era delicado para Pearl, aunque ella no lo admitiría. Pearl tan solo dijo, en su tono despreocupado de siempre:

—Ah, la educación superior está sobrevalorada.

Esther alargó la mano para darle un apretón en el pie, el cual tenía metido en un calcetín. Los padres de Pearl se habían separado cuando ella aún era bebé, y ambos eran alcohólicos. Pero, mientras que su padre estadounidense apenas había estado presente, su madre lo había mantenido todo a flote con determinación para su hija de la mejor forma que pudo. Había trabajado durante veinte años como recepcionista en la misma oficina dental, había ahorrado dinero para que Pearl pudiese ir a la universidad, y solo bebía por las tardes. Esther sabía que Pearl había vivido muchas mañanas en las que pasaba de puntillas alrededor de su madre inconsciente, normalmente sobre el sofá, pero en ocasiones incluso sobre el suelo, que había retirado y limpiado botellas y pastillas pegajosas por el alcohol de la noche anterior, para que así su madre al despertar no llorase de vergüenza por el desastre que había a su alrededor.

Habían estado muy unidas, y cuando Pearl se fue al extranjero para estudiar en California, su madre la había echado mucho de menos. Sin nadie más a quien cuidar, alguien por quien forzarse a tener la estabilidad que había mantenido con valentía durante años, el poco control que ejercía sobre la bebida se desvaneció con rapidez. Pearl había vuelto a casa el verano después de su primer año, y se había encontrado a su madre en un estado tan deteriorado, que se había quedado en Sídney y no había vuelto a retomar sus estudios, incluso después de que su madre muriera seis años después. Para Pearl, la universidad era sinónimo de una culpa y un dolor inmensos, mientras que para Esther tan solo era otra amarga cuenta más en el rosario de oportunidades perdidas.

—Bueno, y ¿de dónde sacaste el libro? —le preguntó entonces Pearl, pasando las páginas con sumo cuidado.

Esther podría haberle dicho la verdad a Pearl sin revelar ninguna otra verdad; era un regalo de su madrastra, quien lo había encontrado en el ático; no había nada extraño en eso. Pero hablar de su familia no era algo que hiciese a menudo, ni siquiera cuando le habría gustado hacerlo, porque mientras respondía, sentía una emoción que la dejaba casi mareada por lo extraña que era. Pearl ofrecía sin reservas todas las alegrías y tristezas de su propio pasado, y en respuesta, Esther tan solo le ofrecía mentiras.

—En una librería de segunda mano de Ciudad de México —mintió.

—¿Me lees un fragmento? —le preguntó Pearl—. En inglés, quiero decir. Tu traducción.

Esther se ruborizó.

—No, está bastante mal.

—No me interesa si está bien o mal —le dijo Pearl, y alargó la mano para acariciarle la única parte del cuerpo a la que llegaba desde su posición: la rodilla de Esther. Era un truco muy sucio. Pearl sabía que Esther siempre estaba más dispuesta a acceder a las cosas cuando la tocaba—. ¿Por favor? ¿Solo un fragmento?

—Si insistes… —dijo Esther, porque al menos podía ofrecerle eso. Pearl se enderezó, se sentó contra la pared, y la observó con atención. Esther fue a por su antiguo y voluminoso portátil, y dejó que se encendiera con un quejido. Después, se sentó en el escritorio y se desplazó por el documento—. Es malo —advirtió de nuevo a Pearl—. Mi español no es perfecto, y no soy escritora.

—Soy tu devota fan —dijo Pearl—. Estaré orgullosa pase lo que pase.

Esther se aclaró la garganta tímidamente y comenzó a leer.

—«Después de que el espejo que me diste se rompiera, doña Marcela exigió que lo cubriera. Nadie sabía cómo se había roto el cristal en primer lugar, pero estaba convencida de que mirarse en un espejo roto traía mala suerte. Estaría horrorizada si descubriera que la noche anterior había perdido el control y lo había destapado… Estaba tumbada en la cama, sin poder dormir, mirando fijamente el espejo colgado de la pared y cubierto por una bufanda blanca, cuando de repente no pude soportarlo más. Me levanté y crucé la habitación de puntillas, pero cuando retiré la tela, descubrí que el espejo ya no estaba roto. O quizá las grietas fueran invisibles bajo la tenue luz de la vela. Al mirarlo, sentí el mismo escalofrío que había sentido aquel día en el pabellón: como si estuvieras observándome a través del espejo. Y cuando lo toqué, juro que tembló y cedió bajo mis dedos como si fuese la superficie de un lago».

Pearl aplaudió cuando acabó, pero Esther se quedó mirando el documento durante unos segundos antes de cerrar el portátil. Había leído el libro cientos de veces, pero nunca había sentido un escalofrío de inquietud como el que acababa de recorrerle el cuerpo al leer aquellas palabras en voz alta.

Era magia de espejos.

—Me he enganchado —dijo Pearl—. ¿Quién le dio el espejo? Tuvo que ser un amante.

—Sí —dijo Esther—. La llama por su nombre de noche, y ella trata de ir hasta él a través del espejo.

Pearl sonrió.

—Entonces es un romance.

—No exactamente —dijo Esther—. El espejo no la lleva hasta él; la lleva a un mundo totalmente diferente donde él no puede seguirla.

—Ah —dijo Pearl, y su expresión se apagó un poco.

Esther quería explicarle que aquello era algo bueno: que, en primer lugar, la narradora no pertenecía al mundo de su amante, y que la novela era una historia de liberación. Pero, a pesar de las horas que había pasado estudiando el libro y tratando de encontrar las palabras correctas en inglés, no le vino ninguna en ese momento.

* * *

Más tarde, horas después de que hubiese terminado el horario de la comida de medianoche para el tercer turno, y cuando la estación se asentó en su ritmo nocturno, Esther se desenredó del cuerpo calentito de Pearl y se bajó de la cama con cuidado. Pearl se despertó, con los ojos brillando en la oscuridad, pero Esther le hizo un sonido reconfortante, y un segundo después se quedó dormida de nuevo. Esther se puso las botas sin atárselas, y después palpó el escritorio en la oscuridad hasta que encontró su cuaderno y su bolígrafo. Los sostuvo en las manos y se obligó a afrontar lo que pretendía hacer. En demasiadas ocasiones había tomado decisiones sin pararse a sopesarlas detenidamente, y dejaba que las elecciones la obligaran a actuar para así más tarde poder pensar: *Bueno, realmente no tenía elección, ¿no? Tan solo ha pasado, no ha sido culpa mía.* Desafortunadamente, saber que tenía esta tendencia y reconocerla mientras se manifestaba eran normalmente dos cosas diferentes. Ahora, sin embargo, se obligó a afrontarlo.

Estoy haciendo esto a propósito.

El baño que había al final del pasillo era, como la mayoría de los baños, comunitario y compartido por las otras seis personas que tenían habitaciones en ese pasillo, así que Esther preguntó en voz baja si había alguien al entrar. Abrió cada una de las tres cabinas para cerciorarse de que no hubiera nadie allí, y después echó el pestillo y se colocó frente al espejo que había sobre el lavabo. Veía su propia cabeza y sus hombros, con una luz pálida reflejada sobre su piel, que era de un moreno claro, los ojos blancos con la pupila agrandada a pesar de la luz que caía sobre su cabeza. Era miedo. Se mojó un dedo con agua y tocó el patrón de sangre que había en el lado derecho del espejo, un último intento de borrar el hechizo, pero era tan terco como el barniz seco, y no se movió ni cuando lo rascó con la uña. Se preguntó si otros se habrían dado cuenta, y qué razón se darían a sí mismos para explicarlo. ¿Pintauñas, un defecto del color negro, un mensaje en código del equipo de limpieza?

—Hola —dijo Esther en dirección al espejo. Vio cómo se movía la boca. Tocó la superficie con cuidado. Lo notó como un espejo: frío y suave—. Si hay alguien ahí, me gustaría hablar contigo —dijo.

Pasaron los minutos con lentitud, y con el corazón latiéndole con fuerza. Nada. Ni un destello, ni un sonido. El reflejo se mantuvo fiel, representando a Esther y el baño, perfectamente opuestos.

Esther sacó el bolígrafo y el cuaderno. En grandes letras, con tanto cuidado como su letra desordenada se lo permitió, escribió (tanto hacia delante como del revés, ya que no estaba segura de cuál era la lógica en la magia del espejo):

¿QUIÉN ERES?
¿QUIÉN ERES?

Sostuvo el cuaderno frente al espejo contra su pecho, como si estuvieran haciéndole una foto policial, y esperó. Sentía el latir de su corazón en todas partes: en la garganta, en la sien, las muñecas, el estómago. Se sentía como una niña en una fiesta de pijamas, diciendo a coro: «Bloody Mary, Bloody Mary, Bloody Mary», y temiendo que una cara horrible apareciese. De alguna forma, sabía que Bloody Mary no aparecería (no *podía* aparecer), pero sabía también, de alguna otra forma, que por supuesto que sí podía aparecer.

Pero los minutos pasaron y… nada.

Esther dejó escapar un suspiro. Estaba aliviada, decepcionada y furiosa. Si fuese el tipo de persona que recurriera a golpear las cosas, ese sería el momento en que los nudillos estarían sangrándole por haberlos estrellado contra el plateado cristal. En su lugar, estampó el cuaderno contra el espejo con la fuerza suficiente como para que el golpe resonara contra los azulejos, pero no lo suficiente como para dañarlo. Lo golpeó con los nudillos, como si fuese un pájaro que hubiera confundido el espejo con el cielo.

¿QUIÉN ERES? ¿QUIÉN ERES? ¿QUIÉN ERES?

Nada, nada, nada.

—Vale —escupió Esther, y agarró el cuaderno.

No había esperado realmente una respuesta, pero la impenetrabilidad de aquello la ponía hecha una furia.

Estaba empezando a girarse para marcharse cuando lo vio.

Una distorsión. Un destello, como una piedra rebotando en un estanque y dejando ondas que se expandían hacia el exterior: el reflejo del espejo estaba aún intacto, pero ondeaba. Esther se quedó sin aliento, y se giró de nuevo.

Algo plano y de color crema estaba atravesando el cristal. Era un papel. Un papel del bueno, grueso, rugoso, del caro. Atravesó el espejo y cayó al lavabo, donde las gotas de agua que quedaban inmediatamente comenzaron a curvar los extremos. Esther lo agarró antes de que la tinta se difuminase. Había unas cuantas frases en una letra cursiva preciosa y anticuada, aunque había sido escrito de forma apresurada y atropellada. En la parte inferior había algo que parecía una huella de sangre. Lo leyó con las manos temblorosas.

Esther: te ruego que confíes en mí. Tú y todos los que te importan se encuentran en peligro. Vuelve a casa con tu hermana inmediatamente. Hay un avión de carga que sale en tres días, y debes subirte a él. Llévate esto, y no te comuniques a través del espejo de nuevo. No solo te observo yo.

Antes de poder asimilar del todo aquellas palabras, vio que había algo más pasando a través del cristal: un sobre de papel manila, con algo de sangre también en la esquina. Esther lo abrió con la respiración tan acelerada que podía escuchar cómo el sonido rebotaba en la habitación de azulejos, y del sobre sacó un pequeño cuaderno forrado en azul, y varios papeles impresos en un papel lustroso.

Le dio la vuelta al cuaderno y pestañeó. Era un pasaporte. Un pasaporte de los Estados Unidos, y unos cuantos billetes de avión. Esos también estaban minuciosamente manchados de la sangre que les había permitido pasar a través del espejo.

Abrió el pasaporte por la primera página y encontró allí su propio rostro, mirándola. Su rostro tal y como como había estado justo la noche anterior, cuando había mirado fijamente el espejo con curiosidad, con el fondo gris superpuesto. Alguien le había hecho una fotografía mirando al espejo. Alguien había hecho un pasaporte bajo el nombre de Emily Madison, que era un escalofriante facsímil de Esther Kalotay. Los billetes también estaban a nombre de Emily Madison, y eran para tres días a partir de ese momento. Trazaban una ruta que salía de la Antártida, pasaba por Nueva Zelanda hacia Los Ángeles, Boston, y finalmente… Burlington.

El pequeño aeropuerto que estaba más cerca del hogar de su infancia.

Se dejó caer en el suelo, con los billetes temblándole en las manos y la mente a mil por hora. Estaba tan mareada y confusa que casi no vio lo último que atravesó el espejo, pero el golpe del plástico contra la porcelana la alertó de que algo había caído en el lavabo. Se levantó y encontró allí un vial de plástico sellado, con unas medidas en milímetros marcadas en un lado. Dentro había tres milímetros de un líquido rojo.

Sangre.

Había una etiqueta en el vial, llena de unas letras muy apretadas. Era la misma letra, en miniatura.

Este es el camino. Proveerá el siguiente paso natural.

5

El agua que había en la copa de Nicholas comenzó a burbujear. A su alrededor, los otros invitados (cada uno sostenía una copa idéntica en la mano), irrumpieron en murmullos de emoción, y durante un breve momento, Nicholas apreció lo extraño de la escena como si la viese desde arriba: un grupo de unas veinte personas, vestidas de esmoquin y de noche, de pie alrededor de unos sofás elegantes de cuero blanco, y con mesas de centro lacadas en negro, en el ático que actuaba como salón, las paredes de rojo damasco que exhibían un Rothko, un Auerbach, y con una espléndida vista de la resplandeciente noche londinense fuera. Y, sin embargo, nadie de los allí presentes miraba con atención el arte, o a través de la ventana, o a los demás invitados, sino a sus copas de vino.

Nadie, excepto Nicholas.

En la parte delantera de la habitación, con una postura dramática frente a la chimenea de mármol negro, estaba el anfitrión de la tarde, sir Edward Deacon. Estaba de pie con un libro en las manos, hablando sin parar con una voz adornada y cavernosa. Los murmullos de los invitados cambiaron a gritos ahogados de emoción y asombro cuando las burbujas del agua se transformaron de un tono transparente a uno turbio, adoptando un aspecto marrón y mineral primero, y después intensificándose en color mientras el anfitrión seguía leyendo. La gente comenzó a acercar la nariz a las copas, inhalando el tánico aroma y susurrando necedades como: «¡Rojo! ¡Se está volviendo rojo de verdad!» o «¡Dios mío, huele a vino!».

Por encima del hombro de Nicholas le llegó un largo y poco elegante resoplido, así que echó un vistazo a su costado para ver a su guardaespaldas inclinándose para oler su copa, imitando claramente a los otros invitados, pero haciendo un mal trabajo con ello. Para empezar, Collins era la única persona en la habitación que estaba sujetando la copa por el cáliz en lugar de por el tallo. Y, en segundo lugar, a pesar del traje decente que Nicholas había escogido para él, aún parecía como un extra de última hora de una película sobre la mafia irlandesa de Boston, el novio pugilístico de la hija de alguien, quizá. Desentonaba en aquel entorno tan elegante.

Sir Edward terminó por fin de leer, con la última palabra resonando en una especie de graznido triunfal. Los invitados guardaron silencio, alzando los ojos del líquido que había en sus copas (que ahora era oscuro, de un burdeos casi violeta) hacia su anfitrión. Sir Edward se tomó su tiempo para cerrar el libro, saboreando claramente la anticipación de la audiencia, y después lo alzó con una mano. Su ayudante, que había estado apartado a un lado con una bandeja en la que había un pequeño plato de hierbas en polvo y un poco de sangre, y una copa de vino llena, dio un paso adelante. Sir Edward agarró la copa, la reemplazó con el libro, y el ayudante se retiró de nuevo.

—Queridos amigos —dijo sir Edward—. Tienen en sus manos el añejo con el que se fundó una de las mayores compañías de más calidad del mundo, una copa de vino que ningún ser vivo puede afirmar haber probado. —Hizo una pausa y recorrió la habitación con la mirada—. Nadie, claro está, a excepción de nosotros. Es un inmenso placer compartir con ustedes esta noche este Domaine de la Romanée-Conti de 1869.

Hizo otra pausa, y todo el mundo aplaudió con cuidado por las copas de vino que sostenían.

—Como muchos ya sabrán, este proyecto lleva años en proceso, desde que soñé por primera vez con él en los viñedos de caliza de Borgoña, y es un sueño que nunca podría haber hecho realidad sin la cooperación y la colaboración de Richard Maxwell y de la Dra. Maram Ebla.

Richard estaba al otro lado de la habitación de donde se encontraba Nicholas, pero era fácil de vislumbrar por su altura, así que Nicholas apretó la mandíbula mientras veía a su tío inclinar la cabeza, sonreír y aceptar el suave aplauso. Maram probablemente estaría haciendo lo mismo junto a él, pero Nicholas no podía verla, ya que la tapaba un hombre particularmente fornido con una chaqueta de Tom Ford de la temporada pasada.

—Y ahora, alcemos nuestras copas para brindar.

Alrededor de Nicholas, todo el mundo elevó los elegantes brazos, pero él no pudo forzarse a moverse. *«Cooperación y colaboración», vaya patraña.* Sir Edwards puede que hubiese tenido la idea, al igual que Richard puede que hubiese hecho el trato, y Maram puede que hubiese enviado a su gente a Francia para recoger las hojas de las uvas y el suelo del viñedo, pero era Nicholas el que se había pasado casi seis meses redactando el libro, de hecho. Él era el que tenía una cicatriz recién curada en el recodo del brazo, y a él era al que le faltaba casi un litro de sangre.

El brindis terminó, y a su alrededor todos hicieron girar su vino y se llevaron la copa a los labios. Le daban un sorbo, exclamaban, lo felicitaban y le daban palmadas a Richard en la espalda, le daban la mano a sir Edward… Ni uno de ellos estaría en esta habitación si no fuese por Nicholas. Y ninguno era consciente de ello.

Se giró hacia Collins, que tenía la boca llena de vino, pero no parecía muy feliz por ello.

—Voy a que me dé el aire —le dijo—. No me sigas.

Collins escupió el vino de vuelta a la copa.

—Eso ha sido asqueroso —dijo Nicholas.

—Estoy de acuerdo —dijo Collins—. Sabe a calcetines.

La mujer que estaba más cerca de ellos escuchó esa frase y giró su alargado cuello recubierto de perlas para dirigirle una mirada de puro horror. Él hizo una mueca para disculparse, y le dijo a Nicholas en voz mucho más baja:

—Sabes que seguirte es básicamente mi trabajo, ¿no?

Nicholas puso los ojos en blanco y se giró para marcharse, sorteando una escultura de metal puntiaguda y a varios invitados que sorbían vino, y dirigiéndose hacia la puerta corredera que conducía al balcón. Escuchó los pesados pasos de Collins a su espalda mientras abría la puerta y salía al frío y húmedo aire de noviembre, pero el guardaespaldas le hizo caso y se quedó dentro. Nicholas lo vio a través del cristal, adoptando su incómoda pose frente a la puerta. Se metió una mano en el bolsillo, la sacó, y después se echó sobre la pared con una informalidad estudiada y probó de nuevo el vino, haciendo una mueca con la boca.

Nicholas le dio la espalda a la puerta, a Collins, a la fiesta, y a todas esas copas de un reluciente color granate. Le cayeron sobre la cara diminutas gotas de fina lluvia que le humedecieron el pelo, y comenzó a temblar un poco bajo su esmoquin de color verde oscuro. Pero el fresco aire le sentó bien después del calor que hacía en la fiesta. El balcón tenía dos sofás de exterior y una pequeña mesa con la superficie de cristal, con un par de sillas alrededor. Nicholas se quedó de pie, y apoyó los brazos contra la barandilla de metal del balcón para observar las intensas luces de la ciudad por la noche. Podía ver la cúpula y las columnas iluminadas de la catedral de San Pablo, y a la distancia, el radiante círculo que era el London Eye, que brillaba de azul contra el apagado color como a carbón del cielo.

Aún no había probado su propia creación, así que se acercó la copa a los labios. A pesar de su irritación con sir Edward, con su tío, y con... bueno, con todo, en realidad, debía admitir que aquel encargo en particular había sido interesante. Había disfrutado con la investigación, para lo cual había hecho falta contactar con un historiador botánico de Cambridge para averiguar qué hierbas podían haber crecido en un viñedo de Côte de Nuits en el año 1869, y qué eventos meteorológicos pudieron haber afectado a las uvas (resultó que había habido una primavera particularmente calurosa). Y el acto de escribir en sí mismo había sido un desafío extraño, una manipulación serpenteante del lenguaje para replicar no solo el sabor del vino, sino el color y sus efectos embriagantes. Tenía curiosidad por saber cómo había salido al final.

El gusto le llegó primero por el olfato, una intensa y vívida explosión de frutas del bosque antes de resbalar por la lengua de forma pétrea y sedosa, un eco mineral y polvoriento, y a fruta roja madura, el lánguido final de un largo día de verano, como el canto de un pájaro en la noche. Una nota de especias como a madera que te guiaban a un final maravillosamente estructurado.

—Joder, me cago en todo —dijo en voz alta. Le dio otro sorbo, y después otro.

En el fondo, había esperado que supiera a sangre, pero no era así. Sabía a vino; a un exquisito, dulce y terroso vino. (Nada de calcetines, *Collins*).

Sintió una oleada de orgullo que, durante un momento, consiguió hacer que olvidara su amargura. No había manera de saber realmente si era una copia perfecta del añejo que sir Edward había pedido, pero Nicholas estaba muy seguro de que la ilusión estaba muy cerca de ello.

Porque, al fin y al cabo, eso es lo que era: una ilusión.

Con media copa ya vacía, Nicholas empezó a sentir cómo la delicada quemazón del alcohol pulía los afilados bordes de su mal humor. Pero eso también era una ilusión, más o menos. Una vez que el hechizo se acabase, y lo haría en una hora más o menos, el vino que había en su cuerpo se convertiría de nuevo en agua.

Cuando era joven y había empezado a dar clases de historia y de sucesos actuales, Nicholas se había imaginado a sí mismo escribiendo libros que pudieran convertir las piedras en pan y el barro en manzanas; un futuro heroico en el cual acabaría con el hambre en el mundo para siempre. Maram lo había hecho bajar a tierra rápidamente, quitándole de la cabeza aquellas nociones tan ambiciosas. Las piedras y el barro hechizados, sin importar lo mucho que supieran a pan o a fruta, se convertirían en piedras y en barro antes de que pudieran ser procesados por el cuerpo. La gente bien podía estar comiéndose la tierra.

Escuchó la puerta de cristal abriéndose a su espalda, y el ruido de la conversación que había en la fiesta se intensificó antes de que la puerta se cerrara de nuevo, silenciándolo todo. La voz de Maram le llegó desde algún sitio a su izquierda.

—¿Disfrutando del fruto de tus esfuerzos?

A Nicholas no le gustaba cuando la gente aparecía por su espalda. Siguió observando la ciudad, sin girarse hacia ella.

—Preferiría beberme un vino de verdad horrible a beber un vino falso excelente —dijo él.

Maram se movió deliberadamente para entrar en su campo de visión, y alzó una sola ceja. Era una mujer menuda pero fuerte, con la piel dorada y el pelo negro, aunque ahora ya estaba salpicado de gris, y vestía a menudo en tonos similares: blusas de seda castañas, abrigos largos beis, pendientes de ónice de biseles plateados. Esa noche llevaba un brocado marrón oscuro y un chal de seda negro. Aquella paleta de colores le otorgaba la impresión de que estaba ante una fotografía en color sepia, una persona en una pose perpetua, y en su rostro se reflejaba una expresión que Nicholas conocía bien: la línea grabada sobre su ceja, que a menudo estaba alzada; la ligera sonrisa, la mirada firme.

—«Falso» no es un término preciso —dijo ella, que siempre era rigurosa con la semántica.

—Fugaz, entonces —dijo Nicholas.

—Todo en esta vida es fugaz —recitó ella, aunque Nicholas notó que estaba sonriendo por su voz; sabía cómo odiaba los típicos dichos estereotipados.

—¿Cómo va todo ahí dentro? —preguntó él—. ¿Sir Edward aún está jugando a ser Jesús para sus devotos admiradores? ¿Han empezado a besarle los pies ya?

—¿Por qué? —dijo ella—. ¿Preferirías que te los besaran a ti?

Aquello le dolió un poco. Quería reconocimiento, no genuflexión.

—¿Para que me estropeen los zapatos con el pintalabios? —dijo él—. No.

—Al menos Richard se lo está pasando bien —dijo Maram, y Nicholas siguió la dirección de su mirada a través de las cristaleras.

Más allá de la ligera distorsión por las luces de la ciudad, y de su propio reflejo, podía verse la mayoría de la fiesta, y era fácil localizar el rostro atractivo y atemporal de su tío, que se elevaba más de una cabeza por encima de todos los allí reunidos mientras se reía. El padre de Nicholas, el hermano pequeño de Richard, había sido teóricamente también alto, así que, de niño, Nicholas había esperado que él también llegara a serlo. Pero aquella particular promesa familiar había resultado ser una mentira, y él se había quedado en un metro setenta y cinco.

—Está en su elemento —dijo Maram, y era cierto.

Los invitados eran todos gente pudiente que se consideraban mecenas de las artes, y Richard no era una excepción. Pero más que un mecenas, más bien era coleccionista (el arte era, de hecho, lo menos valioso de todas las cosas que coleccionaba), pero le encantaba cualquier oportunidad que tenía de codearse con otros entusiastas.

Nicholas trató de alzar también una sola ceja, aunque supo que el intento estaba siendo un desastre. Tras años de practicar el sello distintivo de intriga de Maram en el espejo, tan solo era capaz de conseguir una expresión cómica de sorpresa.

—Ojalá me hubiera dejado ir con él a la fiesta del West End la semana pasada en lugar de aquí —dijo Nicholas—. Me gustan los actores.

Su madre había sido actriz, una actriz de teatro, y Nicholas aún guardaba los programas de sus obras en su mesita de noche.

—Por supuesto que te gustan los actores —dijo Maram, apretándose más el chal a su alrededor. El pelo le brillaba por la llovizna—. Narciso mirándose en el estanque.

Nicholas ignoró la pulla.

—Lo único que digo es que esto no es lo que quería decir cuando pedí salir más, y lo sabes.

Otra ceja alzada.

—¿Y qué es lo que querías, Nicholas? ¿Un sitio con la música tan alta que no pudiéramos escucharte pedir ayuda si la necesitaras? ¿Una pista de baile tan atestada que Collins no pudiera llegar hasta ti a tiempo?

—No necesito que sea un club —dijo Nicholas—. Un pub me serviría. Con... ya sabes, gente de menos de treinta años, por una vez.

—Collins tiene menos de treinta.

—Gente a la que no se le pague para hacerme compañía.

Se arrepintió en cuanto lo dijo, porque el rostro de Maram (que normalmente controlaba a la perfección) se ablandó con su compasión. Sintió que se sonrojaba, así que se giró. Se había permitido olvidar que ella era una de esas personas a las que les pagaban por su compañía.

Llevaba trabajando para Richard y la Biblioteca desde que Nicholas tenía uso de razón, y después había actuado como tutora principal de Nicholas, y ahora como jefa bibliotecaria y como la... bueno, la novia de Richard, supuso Nicholas. Aunque eso parecía una forma infantil de expresarlo. Compañera, en todos los sentidos de la palabra. Maram siempre había dejado claro que no tenía interés alguno en ser una madre sustituta, ni siquiera una tía, y, aun así, era lo más cerca que Nicholas había estado de tener cualquiera de las dos cosas. Y ahora que más o menos había crecido, a veces se le olvidaba, y la consideraba una amiga.

Pero no lo era. Era una empleada de la Biblioteca, al igual que Collins, igual que su médico, su chef, y toda la gente que le traía el desayuno o le hacía la colada. Igual que todo el mundo que había en su vida, a excepción de su tío, porque Richard era la Biblioteca. Uno podía decir incluso que Nicholas era técnicamente su empleado, así como su sobrino, y el heredero de la Biblioteca.

—Sé que te has sentido solo —empezó a decir Maram. Le puso una mano en el brazo. Nicholas se apartó, y lo que le quedaba de vino se derramó de la copa.

—Estoy *aburrido* —le dijo—, no solo.

Sin embargo, ella consiguió agarrarlo de la muñeca, y sus uñas pintadas de rojo se le clavaron en la piel incluso a través de la lana del esmoquin. Se dio cuenta de que aquello no era para consolarlo, sino para advertirle. Un hombre abrió la cristalera y salió con ellos al balcón, alguien al que Nicholas no conocía. Vio a Collins emerger de entre las sombras junto a la puerta con el ceño fruncido, tratando claramente de decidir si debía seguirlo o no. Maram negó con la cabeza brevemente y de forma sutil, y Collins se quedó atrás.

—Puff —dijo el hombre mientras cerraba la puerta—. Hace un frío que pela aquí fuera.

Era blanco, de mediana edad, con un fuerte acento estadounidense, y unos dientes perfectos que, sin duda, pretendían hacerle parecer más joven, pero que producían el efecto contrario y le envejecían el resto de la cara por la falsa juventud.

—¡Señor Welch! —dijo Maram, ofreciéndole una sonrisa que reservaba para la gente que no le caía bien; usaba las mejillas, pero sin que la alegría le llegara a los ojos—. Ha pasado mucho tiempo, ¿no es así?

—Cinco años —dijo él, estrechándole la mano. La sostuvo durante un momento más de lo normal—. Debería de haber sabido que la encontraría aquí. Solo el Señor sabe que hay suficiente gente entre este público que podría permitirse su... —se atragantó, tosió y se aclaró la garganta antes de encontrar una forma delicada de decir lo que había estado a punto de decir—. Su producto.

Maram retiró la mano de forma elegante.

—Y yo que suponía que los americanos creían que era de mala educación hablar de finanzas en una fiesta.

El señor Welch se rio de una forma que probablemente pretendía ser «a carcajadas».

—Bueno, aunque la mona se vista de seda, mona se queda, e incluso después de llevar años aquí en la querida Inglaterra, como tejano que soy, me gusta que las cosas sean directas.

Nicholas estaba tratando de recordar quién era, y probablemente parecía demasiado interesado en él, porque el señor Welch le dirigió una mirada.

—Eres el sobrino de Richard, ¿no es así? ¿Eres parte de su…? —Otra tos, aunque esta más fuerte, y sonó dolorosa—. Parte de… de…

Incluso si el señor Welch no se hubiese anunciado como un cliente del pasado, Nicholas habría sabido por las pausas forzadas que estaba haciendo el hombre al hablar que se encontraba bajo uno de los hechizos de confidencialidad de la Biblioteca.

—¿El negocio familiar? —terminó la frase Nicholas en su lugar—. Cielo santo, no. No tengo la capacidad para eso. —Extendió la mano, la cual tenía bastante mojada de la llovizna, y estrechó la del señor Welch con demasiada energía—. Estoy en Oxford, en Saint John's, estudio teología.

Estaba, de hecho, matriculado en la universidad. O, al menos, su nombre aparecía en todas las listas, si es que alguien lo buscaba.

—Teología —repitió el señor Welch.

—Debo admitir que obligué a la Dra. Ebla a ofrecerse como asesora independiente para mi tesis. Me consiguió acceso a las vestimentas laudanistas, un bordado extraordinario… ¿Ha tenido la oportunidad de verlo?

—No puedo decir que haya tenido la oportunidad, no —dijo el señor Welch, al que claramente le aburría la mentira, tal y como Nicholas había pretendido. Volvió a centrar toda su atención en Maram—. Oxford debe ser donde consiguió el título de doctora que acompaña su nombre.

—Así es —dijo Maram.

—Pero no es originalmente inglesa —dijo el señor Welch; una pregunta que habría interesado a Nicholas también si no hubiera escuchado a Maram evadirla un millón de veces ya.

—No, no lo soy —dijo ella aún con una sonrisa, aunque el tono de su voz cambió sutilmente.

—Nunca lo habría adivinado por su acento —dijo el señor Welch—. ¡Suena como la mismísima reina de Inglaterra!

—Y ¿cómo lo adivinó, entonces? —preguntó Maram de forma agradable, aunque después añadió—: Supongo que se podría equiparar mi acento a… Bueno, a una falsificación muy buena, supongo.

A Nicholas le interesó ver cómo el rostro rubicundo del señor Welch se tornaba de un tono pálido.

—Bueno —dijo él, retrocediendo—. Mejor salgo pitando antes de que mi esposa venga a buscarme. Encantado de conocerle, jovencito. Dra. Ebla, un placer como siempre.

Se retiró de vuelta a la fiesta, y Maram dijo:

—Deberíamos volver también adentro. Estás temblando.

—No estoy temblando —dijo Nicholas, y enseguida hizo una mueca por cuán pueril había sonado—. Bueno, sí que lo estoy —se corrigió—. Pero preferiría estar aquí temblando, que ahí dentro intentando ser amable con… Ay, cielo santo.

Acababa de vislumbrar a Richard pasando junto al señor Welch en el interior, y ambos hombres asentían mientras Richard se dirigía hacia el balcón. Un segundo después, su tío abrió la puerta corredera. Vaya con su idea de querer salir allí a estar a solas.

—¿Qué quería el señor Welch? —preguntó Richard de inmediato, inclinándose hacia Nicholas, preocupado—. ¿Quería hablar contigo?

—Estaba interesado en Maram, no en mí —dijo Nicholas—. Y solo una idea… Quizás perseguirme hasta aquí no es la manera más inteligente de desviar la atención de la gente, si eso es lo que tanto te preocupa. Al menos Collins ha tenido el buen juicio de quedarse dentro.

Richard parecía sorprendido, y después algo avergonzado, así que hizo un esfuerzo evidente por relajarse. Le echó un vistazo a Maram, la cual asintió en un gesto reconfortante.

—Está bien, querido —le dijo ella.

—¿Cómo estás? —dijo Richard, que le puso la mano en el hombro a Nicholas y estudió su rostro—. Hace muchísimo frío aquí, y pareces un poco…

—Estoy fantástico —dijo Nicholas—, gracias por fijarte. La corbata es *vintage*.

Richard sonrió, pero no podía ocultar del todo su preocupación. *Siempre preocupado, siempre*, pensó Nicholas. Siempre estaba tan agobiado. Era agotador soportar el constante peso de toda esa preocupación. El mismísimo Richard nunca se ponía enfermo, y nunca había sabido cómo llevar exactamente la salud de Nicholas, o la falta de salud, mejor dicho.

—Quizá sea mejor irnos de aquí —dijo Richard.

Nicholas frunció el ceño.

—El señor Welch era un cliente que tenía curiosidad… ¿y qué?

—Para empezar —dijo Maram—, él es quien nos encargó el hechizo de falsificación con el que te enfadaste tanto, para vender un De Kooning falso…

—Uff, ese encargo fue una indecencia.

— … y es posible, incluso probable, que algunas de las falsificaciones mágicas con las que ha lucrado hayan sido vendidas a gente aquí presente hoy.

Nicholas no pudo evitar reírse. Aquello le daba una nueva perspectiva al comentario de Maram sobre su acento, y a la rápida retirada del hombre después.

—Y segundo —siguió diciendo Maram—, no te lo estás pasando bien. Tú mismo lo has dicho.

—¡Me lo estoy pasando mejor que encerrado en la Biblioteca con sir Kiwi!

Pero ella le puso la mano sobre el codo, apartándolo del balcón. Él se lo permitió porque, en realidad, sí que tenía bastante frío. Entraron de nuevo en el salón, el cual olía a colonia, a vino y a los terribles canapés que habían servido antes de la lectura, y que ahora los empleados de la casa estaban pasando alrededor, todos vestidos de negro. Al entrar, vio que Collins se estaba comiendo una miniquiche como si estuviera atacándola.

—Collins —dijo Maram—. El coche.

Collins asintió y se marchó, atravesando la cocina.

—Esto es ridículo —dijo Nicholas—. Si me mandaras a casa cada vez que alguien me hace una pregunta, nunca saldría de la Biblioteca. Uy, espera, es que ya *no* salgo nunca de la Biblioteca.

—Traerte aquí era un riesgo, de todas formas —dijo Richard—. Ya me han preguntado varias personas por ti.

—La gente solo se interesa por mí porque les interesáis vosotros y la Biblioteca —le dijo Nicholas.

—No —dijo Maram—. Tú llamas la atención por ti mismo.

Nicholas se encogió de hombros. De forma objetiva, no era diferente de cualquier otro hombre blanco normal de veintipocos años; quizás un poco más atractivo, y mejor vestido, pero incluso él, que se suponía que era un narcisista, podía admitir que eso era mayormente por el dinero. Y, aun así, estaba acostumbrado a que la gente, los extraños, se quedasen mirándolo un poco más de tiempo de lo habitual, entrecerrando los ojos como si creyeran que debían reconocerlo de algún sitio...

Los únicos rasgos que podían hacerlo resaltar eran sus múltiples cicatrices, que normalmente tenía tapadas por la ropa, y el ojo izquierdo prostético que era exactamente igual que su ojo derecho, tanto en apariencia como en movimiento. Pero aquellas dos cosas eran muy difíciles de observar, a no ser que alguien estuviera buscándolas a propósito, lo cual muy pocos hacían. Y, aun así, aunque Richard y Maram deberían de ser los más llamativos, la gente siempre se centraba en Nicholas, como si, de alguna manera, pudieran sentir el poder de su sangre.

—Eso no es culpa mía —dijo él.

—No —le dijo Richard—. Es culpa *mía*, por haberte dejado venir aquí esta noche, para empezar.

Nicholas tomó aire lentamente e intentó controlar su enfado, pero fracasó.

—Sabes, las elecciones de mi padre tienen más y más sentido cada día que pasa.

Los tres estaban separados de los demás, de frente al salón, como actores que estuvieran frente a su público, pero ante aquellas palabras,

Richard se medio giró, como si no pudiese contenerse. Parecía más angustiado que enfadado, y Nicholas sintió un poco de culpa.

—Las elecciones de tu padre hicieron que tanto él como tu madre murieran —dijo Richard en voz muy baja—. Y me he pasado toda mi vida asegurándome de que no te ocurriera también a ti.

—Querrás decir que te has pasado toda mi vida.

—Y me pasaré el resto de ella haciendo lo mismo —dijo Richard.

Nicholas se quedó mudo durante un momento. Aquella era una vieja discusión que habían tenido muchas veces a lo largo de los años, y hasta hacía poco, las protestas de Nicholas habían sido algo débiles, más para exhibir su independencia que para hacer uso de ella. Pero últimamente, cualquier pensamiento sobre «el resto de su vida» lo hacía caer en picado en una desesperanza frustrada que no podía ni articular.

El problema era que sabía exactamente cómo sería el resto de su vida: una continua monotonía de pasillos de mármol, agujas, calderos de sangre hirviendo, hierbas malolientes, papel totalmente nuevo, dedos agarrotados, visitas del médico, suplementos de hierro y las mismas caras que iban y venían. Y, muy de vez en cuando, como esta noche, lo sacarían para exhibirlo con una correa muy corta, y se le permitiría olfatear unos cuantos tobillos antes de ser arrastrado de nuevo a casa.

La última vez que se había sentido así de asfixiado, desesperado por un cambio, había sido diez años atrás, en San Francisco, cuando tenía trece años. En aquel momento, llevaba semanas enfadado con Richard, rogándole y exigiéndole más libertad. Y ¿qué había pasado? Los peores miedos de Richard se habían hecho realidad: Nicholas había perdido un ojo, y casi había perdido la vida, al igual que sus padres antes que él.

Le recorrió un escalofrío al recordar el pánico que había sentido, y de repente su ira se apaciguó, como si alguien hubiera cortado un cable en su interior.

—Entiendo cómo te sientes —dijo Richard, observándolo desde arriba con un afecto tan compasivo que Nicholas no pudo mirarlo a los ojos—. Pero estar en peligro es también una especie de jaula en sí misma. Hay libertad en estar a salvo, Nicholas. Recuérdalo.

—¡Richard! —lo llamó sir Edward desde el otro lado de la habitación, haciéndole un gesto para que fuera hasta él—. ¡Quiero que conozcas a alguien!

Probablemente fuera un posible cliente, lo cual, sin duda, era por lo que Richard se había dignado a ir a aquella ridícula fiesta, y por lo que se iba a quedar. Para promocionar sus productos. El producto que era Nicholas, y a quien Richard despachó con una palmadita compasiva en el hombro antes de caminar sobre la alfombra y desaparecer entre la gente.

—Venga, vamos —dijo Maram—. El coche nos espera.

Uno de los empleados fue a buscar sus abrigos, y la ira restante de Nicholas desapareció cuando se lo puso y el peso le cayó sobre los hombros. Últimamente había estado sintiendo estas oleadas de humor, aquellas pequeñas explosiones de ira, seguidas por un estado de agotamiento, en un bucle que se retroalimentaba. Probablemente necesitaba dormir más, y hacer más ejercicio. («Y más hierro», resonó la voz de su médico en su cabeza).

En lugar de todo eso, lo que obtuvo fue un largo y silencioso viaje en ascensor hasta la mojada y oscura calle londinense, donde caía una fina lluvia de noviembre y las luces de los faros de los coches se reflejaban sobre el asfalto. Collins estaba esperándolos de brazos cruzados. Uno de los coches de la Biblioteca, un elegante y anónimo Lexus negro, se paró frente a Nicholas y a Maram, y el aparcacoches se bajó y soltó las llaves en la palma de la mano de Maram, algo indeciso. Sin duda había esperado a un conductor profesional, no a una mujer en un vestido de noche. Pero un conductor no entraba en los planes: tan solo la sangre de Richard y de Maram estaba en las antiguas protecciones de la Biblioteca, así que solamente ellos dos podían encontrar el lugar. Y Nicholas, por supuesto, dado que la magia no le afectaba como a los demás, pero él no sabía conducir.

Nicholas se sentó en el asiento trasero del coche, de cuero impecable, y Collins se unió a él; sus hombros de repente hicieron que el espacio pareciese mucho más pequeño.

—¿Te has divertido esta noche? —le preguntó Collins con una sonrisilla.

—No tanto como tú —le dijo Nicholas—, que has custodiado a la joya de la corona de la fiesta.

—Quieres decir que he hecho de niñera —dijo Collins.

Habían contratado a Collins hacía seis meses y, aunque probablemente no había sido el primero de los guardaespaldas de Nicholas que lo había odiado, sí que era el primero en mostrarlo tan claramente. Y, por alguna razón, a Nicholas le parecía reconfortante. Su último guardaespaldas, Tretheway, que también era estadounidense, siempre había tenido los ojos muy abiertos y había sido respetuoso con Nicholas, pero también indiferentemente cruel con los otros empleados. Así que Richard le había pedido que se marchara, perturbado por sus dos caras. Collins tan solo tenía una: la del ceño fruncido. Era evidente que le molestaba que su jefe fuera un chico de su misma edad, y además uno al que consideraba débil y consentido. Aquello solo hacía que Nicholas quisiera mangonearlo incluso más.

—Ponte el cinturón —le dijo.

Collins lo ignoró, y se entretuvo en aflojarse la corbata y abrirse el primer botón de la camisa.

—Fortinbrás —intentó Nicholas.

Aquello sí que obtuvo una reacción. A Collins le tembló el labio, y negó con la cabeza.

—Casi —dijo él—. Cualquier día de estos lo consigues.

—Qué pena. Fortinbrás Collins habría sonado muy bien.

Las ruedas resbalaron por el asfalto con la nieve medio derretida, y Nicholas vio por la tintada ventana trasera cómo el edificio se volvía indistinguible, una luz más de una ciudad compuesta por ellas. Pensó en el encargo de tan mal gusto del señor Welch, y después en cómo la mayoría de sus encargos eran de mal gusto. No había arte alguno en ellos, tan solo una exigencia directa. Incluso este último libro, aunque había tenido desafíos interesantes, al final no era más que un fatuo sinsentido, todo hedonismo y estatus.

¿Había sido siempre así de tedioso? ¿O sería solo que Nicholas se estaba haciendo mayor? Últimamente le era más difícil recuperarse después de escribir un libro, y su sangre parecía reponerse más lentamente, dejándolo débil, tembloroso y lento durante días. Y ¿para qué? ¿Por dinero? No necesitaba más dinero. Ni tampoco necesitaba que la gente le besara los pies, obviamente... Pero un «gracias» habría estado bien, o incluso un golpe de cabeza de reconocimiento de alguien que no fuera Maram o su tío. Solo quería que, por una vez, alguien lo mirara y viera lo que era capaz de hacer. Y que viera, quizá, el precio que estaba pagando por ello.

Maram lo miró a los ojos por el espejo retrovisor, y le dedicó una pequeña y compasiva sonrisa.

—A ver qué te parece esto —le dijo—. Te llevaré a cenar mañana. Podemos venir otra vez a la ciudad temprano, ir a la librería esa que te gusta, observar a la gente tanto rato como te apetezca, y si escoges el restaurante, me aseguraré de hacer una reserva. Lo que sea, menos la maldita pasta.

Su chef era de Italia, y se notaba. Aunque las comidas de Nicholas tendían a ser algo diferentes a las del resto.

—Lo que sea menos un maldito filete —le respondió él.

Maram se paró frente a un semáforo en rojo.

—¿Y si es un filete bendito?

Nicholas abrió la boca para responder, pero de repente, sin advertencia alguna, la puerta del pasajero se abrió de un tirón, y un hombre se lanzó al interior del coche. Cerró la puerta y se giró en un solo movimiento fluido, arrodillándose sobre el asiento junto a Maram y con la mano estirada hacia atrás. Nicholas vio algo de piel pálida, un cuello grueso, unos hombros robustos y una cara que no le resultó familiar, y entonces vio que en la mano sujetaba un arma, y que la tenía apuntada directamente a su cabeza.

Hubo un segundo de silencio absoluto.

—Suéltala —dijo Collins.

—Si me disparas, le disparo —dijo el hombre.

Collins había sacado también su arma, pero no la había levantado lo suficientemente rápido como para apuntar, así que la tenía sobre el regazo, y estaba totalmente rígido. A través del parabrisas, Nicholas vio la luz verde borrosa cuando el semáforo cambió.

—Conduce —le dijo el hombre a Maram.

—Dios mío —murmuró Maram, y sonaba tan extraña que la mente congelada de Nicholas por fin se desperezó lo suficiente como para sentir miedo—. Dios mío...

—He dicho que condujeras.

A Nicholas se le nubló la vista y lo vio todo como a través de un túnel. Escuchó un estruendo en los oídos: el latido de su propio corazón.

—Por favor —graznó. Fue lo único que se le ocurrió decir. Había suplicado por su vida una vez antes de eso, y en aquella ocasión también había dicho «por favor», y después «no»—. No —intentó decir.

Maram comenzó a conducir, mirando aterrada desde la carretera hacia el extraño que había en el asiento del pasajero, y a Nicholas, en el trasero.

—¿Qué quieres? —le preguntó ella.

—¿Tú qué crees que quiero? —dijo el hombre. Era galés, con una voz grave y ronca que parecía hecha a medida para intimidar—. Quiero que me lleves a la Biblioteca.

Maram, que siempre estaba a cargo de la situación, y tan tranquila, ahora estaba temblando.

—Y luego, ¿qué?

—Tranquila, no voy a por ti. Lo quiero a él. —No le había quitado los ojos de encima a Nicholas—. Llevamos buscándote mucho tiempo, chico. ¿Qué hará la Biblioteca sin su mascota Escriba?

A Nicholas le hirvió la sangre, y después se quedó helado. No podía estar pasando aquello. Nadie sabía lo que era, lo que podía hacer. Quería negarlo, pero era como si lo de San Francisco se estuviera repitiendo: el terror, la incredulidad, y el no poder hablar porque se había quedado mudo.

—Lo necesitas vivo —dijo Collins—. No le harás daño.

—¿Quieres ponerme a prueba? —dijo el hombre.

Y entonces, todo explotó.

O, al menos, eso fue lo que pareció: se escuchó un crujido ensordecedor en todo el coche, y a Nicholas le explotó un dolor en la cabeza. Alguien gritó en el asiento delantero, y Nicholas estaba seguro de que le habían disparado, estaba seguro de que estaba muerto. Pero, un segundo después, vio que Collins había alzado la pistola, y que el hombre del asiento delantero se había caído de espaldas, contra el salpicadero. Tenía la cara oculta por el cabezal del asiento.

Collins saltó fuera del coche y dejó su puerta abierta de par en par, haciendo que se encendieran las luces del interior. Un segundo después estaba en la parte delantera, tirando del cuerpo del hombre para sacarlo del asiento, y sentándose en su lugar.

—Nicholas, cierra la puerta —dijo Maram.

Su voz carecía por completo de miedo, y en su lugar había una fría determinación. Ya estaba acelerando, y Nicholas, que estaba acostumbrado a que le dijeran lo que tenía que hacer, se inclinó, entumecido, para cerrar la puerta de Collins. Antes de que las luces se apagaran de nuevo, vio que había un gran agujero en el asiento, junto a su cabeza: un disparo que había fallado por solo unos centímetros. Le pitaban los oídos, y le costaba enfocar la vista. Parecía haber cosas diminutas flotando en el aire en el coche, así que pestañeó, aturdido y sin comprender nada.

—¿Abejas? —dijo él.

—¿Qué? —preguntó Maram de forma brusca—. ¿Te han dado? Collins, comprueba si...

—Está bien —dijo Collins.

—Un poco de aire —dijo Maram, bajando su ventanilla. Algunas de las cosas diminutas se fueron volando por la ventana.

—¿Le has... le has disparado? —preguntó Nicholas. No podía entender qué había pasado. No parecía haber sangre alguna.

—Sí —dijo Collins.

—¿Lo has *matado*?

Normalmente, Collins hablaba con un desdén que apenas se molestaba en ocultar, como si él fuese el único adulto en un mundo de niños. Pero, por una vez, Collins sonó como lo que era: joven. La voz se le quebró al hablar.

—Eso creo.

—Gracias —dijo Nicholas, porque parecía la respuesta adecuada.

Después bajó su ventanilla, se asomó, y vomitó al aire, con el ilusorio ácido que le quemaba la garganta conforme iba saliendo. Habría jurado que una abeja, redonda y peluda, pasó volando a su lado en la noche.

Cuando terminó, Collins estaba al teléfono, con la voz bajo control ya.

—Recibido —decía una y otra vez—. Recibido.

Nicholas escuchó la voz de Richards, que sonaba a metálico a través del altavoz.

—Quiere saber si lo has reconocido —le dijo Collins a Maram.

—No —le dijo ella—. Dame el teléfono.

Ella y Richards continuaron hablando, una conversación tensa, pero Nicholas no podía centrarse en las palabras. Aún tiritaba, y las manos le temblaban en el regazo como ratones atrapados. Fuera de las ventanas tintadas, Londres se veía como una acuarela borrosa.

Habían pasado diez años desde que se despertara en aquella cama de hospital en San Francisco, con la cara cubierta de vendas. Diez años desde que su tío se agachara junto a su cama con las lágrimas cayéndole por las mejillas, le agarrara la mano a Nicholas, y le dijera:

—Te prometo que nunca dejaré que te pase algo como esto de nuevo.

Diez años desde que lo había creído.

Richard tenía razón. Estar a salvo era una forma de libertad en sí misma, y Nicholas llevaba tanto tiempo estando a salvo que había subestimado esa libertad. Se echó hacia delante para apoyar la cabeza entre las piernas, y dejó que lo llevaran, como siempre hacía: nunca en control, siempre en el asiento trasero de su propia vida.

—Y yo que pensaba que nada podía superar los canapés de la puta fiesta —dijo Nicholas, agachado entre sus rodillas.

Y Collins, probablemente porque él también estaba en estado de shock, pareció olvidarse de su juramento personal de no reírse jamás con nada de lo que Nicholas dijera, e hizo justamente eso.

6

Volar fuera del Polo Sur no era una decisión ni una proeza que tomarse a la ligera: los aviones no arribaban ni partían durante el invierno, e irse durante el verano implicaba subirse a una diminuta aeronave programada para soltar suministros, un avión en el que normalmente se calibraba hasta el último kilo de peso. Esther tendría suerte si encontraban espacio para una electricista inquieta de casi sesenta kilos.

Aunque no era que fuera a marcharse.

¿O sí?

Otro desayuno en el comedor, otro cuenco de avena que no le supo a nada. Pearl estaba sentada frente a ella, charlando con Trev el carpintero, pero mirando a Esther tantas veces que estaba claro que notaba que algo no andaba bien. Al investigar un poco, se había enterado de que la nota que le habían pasado por el espejo decía la verdad: había un avión de carga programado para llegar y marcharse con el tiempo exacto para alcanzar el vuelo que figuraba en los billetes, bajo su nombre falso. Pero usar esos billetes y ese pasaporte… sería una locura. Por supuesto, todo esto era una trampa.

Se dio cuenta de que Pearl le estaba hablando, así que alzó la mirada del cuenco.

—Perdona, ¿qué has dicho?

—He dicho que si quieres ir a esquiar mañana. Se supone que va a hacer buen tiempo.

Mañana. Esquiar. Esther no podía centrarse.

—Tal vez.

—Bueno, dímelo y así reservo dos pares. —Pearl le echó un vistazo—. ¿Estás bien?

—Puede que esté incubando algo —dijo Esther, abandonando finalmente la idea de trabajar ese día—. Creo que voy a ir a echarme un rato.

Para su consternación, Pearl se levantó y la siguió hasta el pasillo, donde la agarró de la muñeca.

—No estás enferma —le dijo, examinando su rostro, aunque Esther se aseguró de que no pudiera notar nada excepto un interés neutral—. Algo te está molestando.

Esther se liberó con cuidado del agarre de Pearl, y trató de no darse cuenta de la expresión dolida que había atravesado su mirada.

—Claro —dijo Esther—, el estómago.

Pearl la acorraló contra la pared, decidida a no dejar el tema, y la rodeó con los brazos tan largos que tenía, así que Esther se vio obligada a mirarla a la cara. Era una jugada de poder, pero cuando Pearl habló, su voz sonó de cualquier manera excepto poderosa.

—¿Te he hecho algo? —dijo ella.

—¿Qué? No, claro que no.

—Tienes una energía diferente desde la fiesta —le dijo Pearl—. Estás rara, distante. Como si estuvieras alejándote.

Aunque técnicamente estaban en público, el pasillo estaba vacío, y no había ningún espejo cercano por el que pudieran estar espiándolas, así que Esther se permitió alzar la mano y tocarle el labio inferior a Pearl, el cual le temblaba ligeramente, con el pulgar.

—Sea cual fuere la energía que sientes, no es por ti —le dijo—. Te lo prometo.

—¿Entonces por qué es?

Alguien entró caminando por el pasillo, así que Esther bajó la mano.

—Quizá solo sea que estoy aceptando que nos hemos apuntado a pasar otros seis meses sin ver ni un árbol.

—No estarás… arrepintiéndote, ¿no?

—No —le dijo Esther, dándole a su voz y a la expresión de su rostro suficiente convicción, aunque no la sintiera de verdad. Pero la línea de preocupación que había entre las cejas de Pearl se alisó ante aquello—. De verdad, no me siento bien —añadió Esther—. Así que también es eso. No te preocupes, por favor.

Pearl la miró, y en su bello rostro aún se reflejaba claramente la preocupación. Durante un loco segundo, Esther se imaginó contándole todo: lo de los libros, la magia, los espejos, el asesinato de su madre, las reglas de su padre... Pero se escuchó un portazo al fondo del pasillo, y toda esa fantasía se apagó. Desde la primera frase, aquella explicación sería irrisoria. Sintió una oleada de enfado recorriéndola de forma inesperada: estaba enfadada con su padre, por no encontrar una forma de protegerla; enfadada con la persona tras el espejo, que era una voz más que le decía que *huyera,* y enfadada incluso con su pobre madre, quien había muerto por los libros en lugar de seguir viva por su hija. Aplacó aquella oleada de ira con esfuerzo, hasta que se calmó de nuevo. Los sentimientos no la ayudarían a decidir qué debía hacer.

—¿Me dirás si necesitas algo, al menos? —le dijo Pearl.

—Sí —dijo Esther—. Te lo prometo.

Le envió un aviso a su supervisor para hacerle saber que estaba enferma, y después se metió en la cama para pensar. El espejo le había dicho que no volviera a intentar contactar, pero el espejo probablemente no estaba pensando en su seguridad.

¿Debería encontrar otro de los espejos marcados, plantarse delante, y exigirle respuestas de nuevo?

«No solo te observo yo».

Si aquello era cierto, entonces había más de una persona tras el cristal. Y si decidía realmente confiar en el espejo, significaba que estaría confiando en una sola persona de varias, o de muchas. Y había al menos una de ellas allí, en la cabeza, con el libro que había activado el cristal desde este lado. Se estaban comunicando, y pasándose cosas de un lado al otro.

Así que el primer paso que debía dar Esther era encontrar a la persona de este lado: la persona que tenía el libro.

Deseó repentina e intensamente que su hermana estuviese allí. No solo porque Joanna era como un sabueso de libros y habría olfateado la magia en unos diez minutos, sino porque Joanna, más que nada, era una experta en estas cosas. Y Esther necesitaba, y mucho, a una experta.

Habría indicios físicos del hechizo marcados en el cuerpo de alguien, pero los cortes y rasguños no eran algo extraño en un sitio como aquel: a Esther se le había curado recientemente una raja en el dedo anular de cuando se le había resbalado el destornillador, y la mayoría de los libros no necesitaban más que un pinchacito y una gota de sangre. Así que no, buscar las heridas no sería de gran ayuda. Abrió su portátil y esperó a que se cargaran sus e-mails del trabajo. Después, sacó una lista de todos los nuevos empleados que habían circulado las semanas anteriores. Pero no sabía exactamente qué estaba buscando, así que lo cerró, frustrada.

La única ruta que parecía tener a su disposición era la de tomar una decisión.

Usar los billetes de avión, o no usarlos. Confiar en la persona del espejo, o no confiar. Había citado a Gil, lo cual, de una manera o de otra, significaba que la conocían más allá de su nombre. Pero un enemigo también podía conocerte.

O quien estaba al otro lado simplemente había visto sus tatuajes y lo había usado en su contra.

Parecía muy injusto que, justo cuando había decidido quedarse, otra persona estuviera diciéndole que se marchara. Y no podía fingir durante más tiempo que los espejos no tenían nada que ver con ella, lo cual significaba que la paranoia de su padre había estado justificada, después de todo.

Aunque, en el fondo, ya lo había sabido.

Solo lo había puesto a prueba una vez, cuando tenía veintidós años, después de haber pasado tres años sacándose meticulosamente una licencia de electricista de cuatro instituciones diferentes. Su última escuela había estado en Spokane, Washington, y había salido con un chico que le gustaba, aunque no tanto como Pearl; un estudiante de periodismo llamado Reggie, quien se había mudado a Spokane solamente porque a la ciudad le encantaba el baloncesto, y también a Reggie.

A finales de octubre, había roto su alquiler de mes a mes, había hecho la maleta con las pocas cosas que llevaba encima, como hacía cada año, solo que esta vez las metió en un pequeño Honda con el que pretendía cruzar la frontera a Vancouver. Reggie había llorado cuando le dijo que se marchaba y, sorprendentemente, ella también lloró, y se había dejado convencer para cenar una última vez el día que debía irse a las once de la noche. Supuso que podía quedarse hasta las diez y media, y después empezar a conducir.

En su lugar, a las diez de la noche, agotada tras haberse acostado con él, se había acurrucado en sus brazos y se había quedado dormida. No había tomado de forma consciente la elección de poner a prueba las advertencias de su padre y quedarse; simplemente no había llegado a marcharse. Había sido una falta de elección, una acción que había sido realizada de forma pasiva para no tener que pensar en ello ni enfrentarse a lo que estaba haciendo.

Se despertó con el sonido de alguien gritando en su oreja.

Le llevó unos segundos de pánico darse cuenta de que no era un grito, sino la alarma de incendios del edificio. Y le llevó otro momento ver que había alguien de pie junto a la cama. Aún adormilada y sacada del sueño de forma repentina, miró hacia su lado y comprobó que Reggie estaba junto a ella, pestañeando y confundido. La persona que había en el dormitorio era un hombre grande, blanco, rubio, y sostenía una pistola en la mano.

En ese momento, llevaba moviéndose casi cuatro años, y había adquirido algunas habilidades por el camino. Una de ellas era leer a la gente, lo cual siempre se le había dado muy bien, aunque lo había perfeccionado hasta convertirlo en un arte después de haberse dado cuenta de que, si no hacía amigos con rapidez, nunca podría tenerlos. Y podía ver en el rostro del hombre, escasamente iluminado por la luz de una farola distante que entraba por la ventana, que estaba tan sorprendido como ella por la alarma y por que se hubiera despertado. La ventana estaba abierta de par en par, con el frío colándose dentro. Estaba a punto de amanecer.

—¿Qué significa esto? —dijo Reggie. Era un chico grande, con la voz grave, y vio que el extraño se ponía tenso. La alarma de incendios siguió resonando, y a su lado, Reggie se quedó muy pero que muy quieto—. ¿Acaso buscas dinero? ¿Qué es lo que quieres?

El hombre alzó la pistola.

—Sal de la cama —le dijo, haciéndole un gesto a Reggie—. No busco dinero, solo busco a tu novia. Si te levantas y te largas, no te haré daño.

—¿Lo conoces? —le preguntó Reggie a Esther, y ella negó con la cabeza.

Al parecer su voz aún seguía adormilada, inaccesible, pero estaba segura de que el hombre era un completo desconocido para ella. Lo habría recordado, con la barbilla partida y las cejas rubias prácticamente invisibles que tenía. Pensó que podía verse la forma de algo cuadrado metido en el bolsillo delantero de su fino jersey negro; una forma que podía ser un libro. Pero estaba imaginando cosas, debía de ser eso.

—Levántate —dijo el hombre rubio de nuevo, y entonces, cuando ninguno de los dos se movió, le dio un golpe en la cabeza a Reggie.

Esther gritó, y Reggie se cayó contra la almohada, con la sangre brotándole del rostro como si se le hubiera roto una costura. Trató de incorporarse, así que el hombre le propinó otro golpe. En esa ocasión, Esther vio que se le ponían los ojos en blanco, y se quedaba inmóvil e inconsciente. Esther estaba temblando de forma descontrolada, y alzó las manos.

—Bien —dijo el hombre, que la agarró de la muñeca. Aquel contacto a ella le pareció como el de unas esposas—. Ahora ven conmigo.

De repente, alguien comenzó a aporrear la puerta del apartamento.

—¡Departamento de bomberos! —gritó un hombre, y la voz les llegó amortiguada, pero audible—. ¡Abrid! ¿Hay alguien en casa?

Esther miró al extraño a los ojos.

—Estate callada —le dijo, apretándole la muñeca y apuntando a Reggie, que seguía inconsciente—, o le disparo.

—¡Vamos a entrar! —bramó el bombero que estaba fuera—. ¡Alejaos de la puerta!

Un segundo después se escuchó un gran crujido, y el extraño dijo:

—Me cago en la puta.

Dudó, pero se oyeron los golpes secos de unos pasos que se acercaban al dormitorio, así que maldijo de nuevo. Le soltó el brazo a Esther, se metió la pistola en el pantalón, y se lanzó de cabeza por la ventana abierta. Un segundo después el dormitorio se llenó de bomberos, quienes habían esperado ver llamas pero, en su lugar, se encontraron a un hombre sangrando por una herida en la cabeza, y a una mujer que no dejaba de gritar su nombre.

Resultó que alguien había llamado a emergencias e informó de un fuego en el piso de Reggie, quizá como una broma, o tal vez por error. Pero fuera cual fuere la razón, probablemente les había salvado la vida. Los técnicos de emergencias que acudieron le aseguraron a Esther que Reggie estaría bien, pero ella jamás olvidaría su expresión aturdida y estupefacta, su rostro cubierto de sangre mientras lo metían en la ambulancia.

Más tarde, trató de convencerse a sí misma de que no había sido más que una coincidencia, que el hombre rubio había ido buscando dinero o, peor aún, para abusar de ella, pero que no iba tras ella específicamente. Pero para cuando se le pasó el pánico inicial, habían transcurrido meses y estaba viviendo en una granja orgánica al norte de la Columbia Británica, tan desconectada de todo que hacía sus necesidades en un cubo con serrín. Cada pocos días conducía más de cincuenta kilómetros hasta la ciudad más cercana para asistir a clases de defensa personal para mujeres, porque jamás quería volver a sentirse tan físicamente desprotegida ante un peligro como aquel.

Las clases duraron ocho semanas, y cuando terminó, se apuntó a otra. Y cuando esa acabó, se unió a un gimnasio de boxeo. Cuando se mudó de Vancouver a Ciudad de México, se cambió al jiu-jitsu; en Oaxaca, al muay thai; y en Los Ángeles, a artes marciales mixtas, las cuales le habían sentado bien. Se sentía brutal, poderosa, en control, y siguió haciéndolo durante años antes de volver al boxeo. El recuerdo de ver a Reggie inconsciente sobre la cama a su lado, y la mano del hombre agarrándole la muñeca, se había disipado a lo largo de los años, pero aún era lo suficientemente fuerte como para que en todas las rutinas de ejercicio que hacía siguiera prefiriendo los sacos de boxeo a las esterillas de yoga.

* * *

En la estación, era como si estuviese reviviendo lo de Spokane, solo que esta vez se había quedado más tiempo del debido por elección propia, confundiendo el propósito con deliberación, y la deliberación con lógica. Pero su elección de quedarse nunca se había basado en la lógica. Se había basado en el vertiginoso sentimiento que sentía, como si estuviera cayendo en picado, que la embargaba por completo cada vez que Pearl la tocaba, y en la forma en que su mera presencia hacía que Esther sintiera el pulso de su corazón entre sus piernas. Lujuria, pasión, debilidad, daba igual qué nombre le pusieras. Los demás sentimientos relacionados… Bueno, la mente y el corazón de Esther siempre habían sido prisioneros de su cuerpo.

Cuán necia había sido al pensar que podía tener esto, algo real. Si no lo zanjaba ella misma, acabaría como con Reggie: en una matanza. Y no podía poner en peligro a Pearl.

Sin pensarlo, se levantó de la cama y se ató las botas antes de ser consciente de ello. Su cuerpo había tomado una decisión mientras que su mente aún no se había puesto al día, y se dejó llevar por los laberínticos pasillos que tan bien conocía. Atravesó la cafetería, el gimnasio, la clínica, y la zona de oficinas donde siempre podías encontrar a alguien sentado en un escritorio metálico frente a un gigantesco ordenador, sellando el famoso papeleo y aprobando peticiones.

Ese día esa persona era Harry, un hombre algo mayor con un rostro amable y curtido, el cual escuchó consternado mientras Esther le explicaba la posición en la que se encontraba: su padre había muerto, y le habían pedido que volviera a casa con su familia de inmediato. Aquellas afirmaciones eran lo suficientemente ciertas para que fuera fácil decirlas con una emoción real. Y tampoco fue difícil hacer aparecer las lágrimas que brotaban de sus ojos.

Después de haber conseguido un asiento de sobra en el siguiente avión de carga con dirección a Auckland, Esther se dijo a sí misma que tan solo era una medida de seguridad. Tenía dos días para resolver las cosas, para evaluar el nivel real del peligro y lidiar con él de forma apropiada. Harry le mandó el papeleo con la terminación del contrato a su e-mail, pero hasta que no lo firmara no estaría dejando aquello de forma oficial. Aún tenía tiempo. Quizás aún decidiría quedarse.

* * *

Más tarde, simplemente porque no sabía qué otra cosa hacer, fue a sentarse en el invernadero. Había pasado muchos almuerzos allí, leyendo en el desgastado sofá que siempre estaba algo húmedo, el cual alguien había colocado entre macetas de plantas de pimientos y tomates. El invernadero era pequeño y cuadrado, y siempre olía de forma deliciosa, de una forma que hacía que su alma reviviera: como a tierra saludable y a la promesa de un mundo autorregulado. Aunque el sofá en sí olía a sótano enmohecido. Pero, mezclados, aquellos olores la reconfortaban. Si los humanos alguna vez viajaban al espacio, cajas brillantes como esas los mantendrían vivos, al igual que la habían mantenido viva a ella en los últimos meses. Se metió un diminuto trozo de lechuga en la boca, y se dejó caer en el sofá para mirar fijamente el techo. Las luces parecían una colección de soles.

La mismísima Esther había sido responsable de aquellas lámparas, de mantener la estación, al menos ocasionalmente, provista del sabor de la vida. Recordaba sus primeras semanas allí, arrastrando cables congelados de muchísimos metros desde el generador hasta el edificio principal, tropezándose con el hielo y las piedras sueltas, sintiéndose torpe e incómoda bajo su traje térmico, como un niño pequeño con una chaqueta demasiado apretada. Los días que había pasado en el beis opresivo de los pasillos interiores bajo tierra, y el desastre del cableado de las paredes; algunos de los cables habían sido instalados hacía solo una semana, pero había otros que no habían sido cambiados desde 1968. Estaba tumbada en la caja de zapatos que era su habitación mientras veía parpadear las luces del techo, sabiendo que sería ella la única que podría arreglarlas. Una sensación de aislamiento tan vasta que era casi como un sonido, un nefasto zumbido, como la manera en que imaginaba que sonaba la magia.

La asombraba que, una vez que lo extraño se convertía en algo familiar, no había vuelta atrás. ¿Cómo sería no saber cómo era el terrible y aullador sonido de una puerta cuando se abría en medio de una tormenta de condición uno? ¿La textura de la goma congelada, y el inconfundible hedor como a cigarro y peces que desprendía la mierda de pingüino? ¿Cómo sería no entender de forma visceral la emoción particular de atravesar carreteras esculpidas en la nieve, y saber que, si el sensor del radar fallaba, podías precipitarte al hielo?

Si se marchara... *cuando* se marchara, la Antártida solo sería un recuerdo, y después el recuerdo de un recuerdo, y al final, tan solo sería una historia. Pearl sería tan solo una historia, una mezcla de sentimientos recordados, alguien de quien hablaría en los bares con extraños, quienes se convertirían en sus amigos, y después de nuevo en extraños.

Todas estas historias... ¿qué es lo que daban como resultado?

¿Una vida?

Se quedó en el invernadero hasta pasado el almuerzo, esperando.

Pero ¿esperando qué? No se permitió articular siquiera la respuesta, y tampoco se permitió tomar una decisión, porque si se enfrentaba a ello, puede que descubriera que era una decisión errónea. Estaba allí por la calma, se dijo a sí misma. Estaba allí porque el invernadero era tranquilo, aislado. No había mucho tráfico de personas a esas horas.

Si alguien quería hablar con ella o verla... o incluso atacarla... Bueno, sería la oportunidad perfecta. Una oportunidad excelente para que el peligro diera la cara y ella pudiera enfrentarse a él, despacharlo, y seguir adelante.

Pero no apareció nadie.

Al final, se levantó, estiró los músculos y volvió a la estación principal. Recorrió los pasillos, dejando un rastro invisible con la mano por el revestimiento beis. Aquel sitio era un sistema tan perfecto y cerrado de la necesidad humana... Cada trabajo era para apoyar otro trabajo, y cada trabajo era para apoyar la continuada funcionalidad de la vida. Allí fuera, el mundo real era mucho más desastre.

Pero no importaba. Esther podía lidiar con los desastres.

Perdida en sus pensamientos y tensa por la adrenalina sin descargar, dobló por la esquina de su pasillo y vio justo a Pearl saliendo de espaldas de su habitación. Casi la saludó en voz alta, pero algo la frenó. Pearl estaba algo girada, así que no le veía la cara, y estaba mirando al otro lado del pasillo de una manera peculiar, casi furtiva, lo cual le erizó el vello a Esther. *No*, se dijo Esther a sí misma. *No, estás paranoica, estás tensa, Pearl no tiene nada que ver con esto.*

Pearl se volvió y la vio entonces, y su expresión estaba entre la sorpresa y el alivio.

—Ahí estás —le dijo.

—Hola —dijo Esther, sonriendo a su pesar, y a pesar de todo.

Normalmente, su rostro era como las manos en las que tanto confiaba, y con ambas se sentía bajo control, pero la presencia de Pearl parecía estar conectada a los pequeños músculos de las mejillas encargados de alzar la comisura de sus labios.

—No estabas en la comida —le explicó Pearl—, así que te he traído un poco de sopa. Aunque se me ha olvidado la cuchara; tendrás que bebértela, lo siento.

—Qué considerada —le dijo Esther. Ambas estaban de pie frente a la puerta cerrada.

Pearl llevaba puesto un mono y un jersey ancho. Tenía el pelo recogido, así que podía verle el alargado y delgado cuello, que era tan expresivo como el resto de su cuerpo. Esther resistió la necesidad de tocarlo.

—Ya me conoces —le dijo Pearl—. Siempre dándole vueltas a la cabeza. ¿De dónde vienes?

—Del baño —le dijo Esther, y Pearl miró confusa el baño, el cual estaba en la otra dirección—. Ese estaba lleno —le dijo Esther, y fingió un bostezo—. Voy a echarme un rato, pero gracias por la sopa.

Pearl se agachó y metió dos dedos por el cuello del jersey de Esther, acercándola a ella.

—¿Crees que lo que tienes es contagioso?

Esther sintió algo amargo subiéndole por la garganta. Aquella era una forma de decirlo.

—Mejor no arriesgarnos —dijo, agarrándole la mano a Pearl para suavizar el gesto de retirarle la mano de la garganta. Pero no funcionó. Pearl se echó hacia atrás mientras asentía.

—Claro —le dijo ella—. Te dejo que descanses, entonces.

El instinto de Esther le gritaba que le dijera algo o hiciera algo para relajar la tensión de la cara de Pearl: una palabra amable, un beso… Pero hasta que no supiera si iba a quedarse o no, debía acallar aquel instinto. Si iba a marcharse, era mejor que Pearl empezara ya a aceptar la separación.

—Gracias de nuevo por la sopa —le dijo.

No entró en su habitación hasta que Pearl hubo desaparecido por el pasillo. Tal y como le había dicho, había un cuenco de sopa humeante sobre su mesita de noche, y aunque tenía bastante hambre, se sentó en la cama para mirarla, ya que no podía comer. En la oficina se había obligado a sí misma a llorar, así que su pecho y sus ojos parecían listos para repetir su actuación de antes. Y quizá lo habría hecho, si algo no le hubiera ocasionado un cosquilleo.

Había algo en su mesita de noche, entre el desastre de los libros, la crema, los coleteros… Algo parecía diferente, como si alguien hubiera reordenado las cosas.

O como si faltara algo.

Supo de inmediato lo que era, y se puso en pie con tanta rapidez que empujó el cuenco. La sopa se derramó por el borde y formó un charco sobre el aglomerado blanco. Se puso a cuatro patas para mirar debajo de la cama, y después comenzó a buscar por el montón de ropa que había junto a su escritorio mientras sentía el pánico acumulándose en su estómago. Esther era desordenada, pero no era irresponsable ni olvidadiza, y definitivamente no con algo tan preciado para ella como la novela de Alejandra Gil. El valor monetario era solo una fracción de lo que significaba para ella.

Pero no importó dónde buscara, ni lo frenética que se pusiera; el libro de Gil, con su distintiva cubierta verde de tapa blanda, no apareció por ningún lado. Se sonrojó, y a pesar del frío que hacía en la habitación, estaba sudando, y el pelo se le escapaba de la coleta formando un halo alrededor de su cara mientras buscaba. Desordenó por completo su habitación, que ya había estado desordenada de por sí. Las lágrimas que había reprimido ahora se asomaron por sus ojos. Estaba allí, estaría por allí, tenía que estar allí…

Pero no estaba.

Por fin, tras lo que le parecieron horas, paró. Se sentó sobre los talones y se permitió unos segundos de total desesperación pura y dura, enterrando la cabeza en las manos. Después se limpió las mejillas y estudió la situación. La novela había desaparecido. No, desaparecido, no. La habían robado. Alguien había entrado y la había robado.

Solo había una persona que pudiera haber sido. Solo había una persona que supiera que la novela estaba allí, y que supiera el valor que tenía, y solo había una persona que Esther supiera con certeza que había estado allí mientras ella no estaba.

Pearl.

7

Nicholas se despertó con un grito ahogado, moviendo las piernas contra las plantas trepadoras de la pesadilla que había tenido. Tenía el pelo pegado a la piel por el sudor, se sentía como si estuviese bajo el agua. El corazón le iba tan rápido como un tren bala, a pesar de que estaba totalmente quieto, y pestañeó con rapidez para aclarar la vista y poder concentrase en el dormitorio donde se encontraba. La luz que entraba por el hueco entre las cortinas de lino era borrosa y gris, y no podía centrar la vista en las enredaderas del papel pintado, pero sí que escuchaba alto y claro los ladridos de sir Kiwi, que lo ayudaron a centrarse. Alargó la mano y le tocó el pelaje, sintió la pequeña lengua de la perra contra la palma de la mano, y el agarre que el pánico tenía sobre él comenzó a soltarse.

—Vale —dijo Nicholas, y puso la mano sobre la diminuta cabeza de la testaruda perra, que seguía ladrando—. Vale, ya está, estoy despierto.

Sir Kiwi se calmó a la vez que él, y le puso las patas sobre el hombro, mirándolo fijamente con la cabeza inclinada a un lado. Nicholas rodó hacia el costado y tanteó la mesita de noche hasta encontrar la novela que siempre tenía allí: una edición dorada de 1978 de *Los tres mosqueteros*. La abrió de manera aleatoria, y leyó el centro de la página.

—«Para vengarse a sí misma, debe ser libre. Y para ser libre, un prisionero debe atravesar una pared, abrir unos barrotes, abrirse camino a través del suelo… Todas ellas son tareas que un hombre paciente y fuerte podría realizar, pero antes de las cuales las irritaciones febriles de una mujer han de ceder el paso».

Leyó unos cuantos párrafos, apaciguando su respiración al ritmo de la rabia que le era tan familiar de Milady, hasta que los últimos restos de su pesadilla desaparecieron.

De niño, había tenido pesadillas a menudo, y uno de sus primeros recuerdos era del rostro severo de su institutriz, cerniéndose sobre él en la oscuridad, y diciéndole una y otra vez con su voz ronca: «Despierta, despierta, solo es un sueño». Durante años, las únicas noches en las que dormía de un tirón eran aquellas en las que Richard le leía algo. Habían leído todo tipo de novelas juntos, pero a Nicholas la que más le gustaba era *Los tres mosqueteros*, de Alejandro Dumas. Tenía ocho años cuando Richard se la leyó por primera vez, y probablemente la había leído una gran cantidad de veces desde entonces. El libro parecía crecer junto a él, y cada año que pasaba, se revelaban ante él nuevas bromas e insinuaciones, el mundo se volvía más rico, las amistades más fuertes. ¡Cómo había deseado vivir en ese mundo! Incluso había convencido a su tío durante un tiempo de contratar a un instructor de esgrima, pero los ejercicios y espadazos constantes no se parecían en nada a los duelos de la novela. ¿Para qué iba a luchar, si no había nada ni nadie *por* lo que luchar?

Pero, últimamente, las pesadillas se habían vuelto más frecuentes, y había tomado la costumbre de tener el Dumas junto a su cama para leer unos cuantos párrafos cuando se despertara; una medicina que le calmaba los nervios.

Soltó la novela en la mesita y miró el pequeño reloj de latón. Eran las nueve de la mañana, más tarde de la hora a la que solía despertarse. Cuando bostezó, sir Kiwi se lanzó hacia delante para intentar lamerle la boca, un hábito realmente asqueroso que tenía, y consiguió esquivarla en el último segundo.

—Sí —le dijo—, ya sé lo que quieres. Dame un momento y nos vamos.

Empujó a la perra a un lado, y se incorporó para centrarse en la tarea asquerosamente satisfactoria de despegarse las pestañas que tenía pegadas al ojo prostético. Las pestañas de su ojo izquierdo eran más escasas que en el derecho por este hábito matutino, pero disfrutaba demasiado del proceso de limpieza como para cedérselo a un trapo con agua templada, que quizás habría salvado más pestañas.

Enseguida, echó las mantas hacia atrás y se levantó, esperando un momento a que se le pasara el mareo, y temblando dentro de su pijama de seda. Los mareos y el frío constante eran encantadores efectos secundarios de la pérdida permanente de sangre. Se vistió rápidamente, y después se ató un par de sólidas botas Brioni. Al menos, sus pies estarían estables.

Por las protecciones especializadas de la Biblioteca, este era el único lugar del mundo donde Nicholas no debía tener un guardaespaldas apostado en el exterior mientras dormía, así que le sorprendió ver a Collins de pie en posición de firmes allí fuera, mientras él estaba durmiendo. Ahora no tenía el esmoquin decorando su gran cuerpo, sino que se había puesto su habitual uniforme que "no era un uniforme", de pantalones negros con múltiples bolsillos, camiseta blanca, botines, y la cazadora negra de fieltro y cuero de Gucci que Nicholas le había comprado hacía un mes, porque no soportaba ver la colección de chaquetas de chándal baratas que se ponía.

—¿Qué haces aquí? —le preguntó Nicholas.

—Haciendo de guardaespaldas —dijo Collins, arrastrando las palabras y sacando a relucir su acento de Boston. Le extendió una mano a sir Kiwi—. ¿Qué pasa, perra mala? Choca esos cinco.

Sir Kiwi estrelló las patas contra la palma de su mano, y él se sacó un premio del bolsillo.

—Pero estamos en casa.

—¿Acaso se te ha olvidado lo que pasó anoche? —Se sacó una linterna del bolsillo que iba unida a un llavero, la encendió y apuntó al ojo derecho de Nicholas—. Déjame ver esa pupila.

—No, sí que me acuerdo —dijo Nicholas, apartándose—. Es solo que… ¿Es que Richard piensa que aquí también corro peligro?

Intentó que su voz no reflejara sus nervios.

—Más vale prevenir que curar —dijo Collins, y puso la mano contra el auricular de su oreja—. ¿Quieres desayunar?

—Café —dijo Nicholas.

—Me meteré en un lío si te doy cafeína.

—Eres el héroe de moda, no te vas a meter en un lío. Y, además, que yo sepa mi dieta no entra en tu jurisdicción.

Collins se apuntó con un dedo.

—Guarda —Lo apuntó entonces a él—. Espaldas. —Pero entonces entrecerró los ojos y le dijo—. Vale, tienes pinta de necesitar un café.

Collins llamó por radio a la cocina y pidió dos cafés, y después echó a andar por el pasillo sin decir nada más.

Las habitaciones de Nicholas estaban en el segundo piso de la mansión, en el ala oeste, tras un gran pasillo lleno de ventanas que iban desde el suelo hasta el techo, y con pequeños bancos de terciopelo y jarrones decorativos que le llegaban a la altura de la cadera, aunque sin ninguna flor en su interior. Había llovido aquella noche, y los cristales estaban llenos de agua. El cielo estaba del luminoso color del nácar, y eso llenaba el pasillo de una extraña y pesada luz, resaltando los intensos rojos de la alfombra que había a los pies de Nicholas, pero haciendo que los demás colores pareciesen más apagados.

La casa había sido construida en el siglo XVII por uno de los parientes ducales de Nicholas, y la habían renovado a finales del siglo XVIII, así que el interior era todo columnas dóricas neoclásicas, pilastras doradas con marcos decorados de estuco y los techos enlucidos tallados. En el exterior, las paredes eran de piedra, y estaban rodeadas de un terreno lleno de recovecos, al cual Richard se refería como el «parque de ciervos», aunque habían transcurrido años desde la última vez que alguien había cazado allí. Los muebles eran un testamento de la sucesión de siglos por los que había pasado la casa: alfombras Savonnerie de colores azul intenso y rojo del periodo de los Estuardo, escritorios Boulle del siglo XIX incrustados de latón y carey, papeles pintados de seda china, espejos dorados rococó… Una capa tras otra de lujo temporal elegido con cuidado.

Nicholas bajó por la gran escalera, con sir Kiwi dando saltitos por delante de él. Era una Pomerania, cuyo pelaje pelirrojo era casi exactamente igual que el pelo de Nicholas, como si ambos fueran de la misma camada. Tenía nueve años, parecía una bola de algodón, y pesaba más o menos lo mismo. Había sido el premio de consolación que su tío le había dado cuando había perdido un ojo, una rendición después de años pidiendo un perro. Siempre se había imaginado teniendo un elegante pastor alemán, o un pit bull de cabeza cuadrada, algo peligroso y leal. En su lugar, había recibido a sir Kiwi. Quizás era la idea de Richard de una broma, pero ahora el que se reía era Nicholas, porque sir Kiwi era una criatura excelente. Tal vez no fuera peligrosa, pero era fiera, leal e inteligente, y era una fuente sin fin de ánimos. Era la mejor amiga que Nicholas había tenido nunca. En realidad, su única amiga.

La gran escalera y el pasillo del recibidor inferior estaban rodeados de retratos al óleo de gente muerta, todos ellos antepasados de Nicholas, algunos de los cuales eran bastante evidentes. Estaba su prima la viuda de nariz alargada, un tío abuelo de mentón robusto, y su padre, John, inmortalizado en un retrato como un hombre con unos risueños ojos marrones. Nicholas sabía que, algún día, se añadiría allí su propio retrato.

Richard no estaba entre ellos. Cuando Nicholas le preguntó, había afirmado que la razón era por humildad, pero la única vez que había permitido a Nicholas entrar a su despacho para celebrar que había completado su primer libro a los ocho años, había visto que Richard tenía un retrato del abuelo de su bisabuelo (el fundador de la Biblioteca, un pariente muy alejado de Nicholas), quien se parecía tanto a Richard que al principio Nicholas había pensado que se trataba de la misma persona. De niño le había asustado, porque este antepasado fundador, un cirujano muy conocido por lo rápido que usaba la sierra para amputar, había sido plasmado con un delantal quirúrgico ensangrentado y sosteniendo un cuchillo. Y Nicholas se había fijado en que el marco del cuadro de marfil solo era de ese material en tres de sus lados: el lado inferior estaba compuesto de forma indudable del hueso de una pierna humana. Era inquietante ver a alguien que se parecía tanto a su amable tío, empapado por completo de sangre y rodeado de huesos.

De niño, Nicholas de forma ocasional había tenido algunos compañeros de juegos supervisados, que eran los niños de algunos de los socios de la Biblioteca, pero nunca allí en su propia casa. Y, aparte de las lecciones que le daban, casi siempre estaba solo. La casa en sí misma había sido una especie de amiga para él, y se había pasado incontables horas jugando a juegos con ella: echarle una carrera al eco que resonaba de sus propios pasos al atravesar el suelo a cuadros blancos y negros de mármol de la sala de banquetes vacía, tumbarse bajo el piano blanco Steinway en la sala de estar verde que jamás se usaba, y mirar fijamente las costillas silenciosas de la panza del piano, mientras jugaba al escondite con su propia respiración. Los niños de las novelas que Richard le traía a montones siempre se topaban, asombrados, con misteriosas mansiones antiguas en busca de la magia, y Nicholas había tenido la suficiente suerte de haber nacido en una, estar rodeado de ella, y estar hecho de ella. Hubo un tiempo en que aquello también lo asombraba.

Sin embargo, durante la última década, los pasillos sin final, los recargados muebles antiguos y la enrevesada decoración de las paredes y techos no parecían cosas asombrosas, sino sombrías y opresivas. Y, aun así, a veces todo volvía a parecerle bello, como ahora mismo. Era reconfortante estar entre aquellas familiares paredes de piedra, a salvo tras las protecciones.

Al bajar las escaleras, Collins hizo una pausa para escuchar algo en su auricular.

—Richard y Maram quieren verte en la sala de estar invernal.

—Sir Kiwi necesita salir primero.

Collins puso los ojos en blanco, pero transmitió aquella información por la radio.

—Richard dice que diez minutos como máximo.

—¿Es que no se me permite salir ahora? —dijo Nicholas.

—Yo solo te repito lo que me han dicho —dijo Collins, y entonces dudó—. Deberías saber que… el resto del personal ha sido confinado a sus puestos hoy. Yo soy el único al que se le permite andar por ahí.

Nicholas se giró con rapidez.

—¿Por qué?

—Precauciones de seguridad hasta que tu tío los entreviste a todos con un hechizo de la verdad. Para asegurarse de que no haya… no sé, ningún informante infiltrado, ningún topo ni nada por el estilo.

Nicholas soltó un quejido.

—Supongo que eso significa que me pasaré el resto del día escribiendo hechizos de la verdad. —Apenas acababa de recuperarse del último libro—. ¿Y tú eres la excepción por lo que hiciste anoche?

Collins frunció el ceño.

—Supongo que sí.

Collins parecía tan cansado como se sentía Nicholas, y sus ojos, que normalmente eran de un azul brillante, estaban opacos por el cansancio. De repente, Nicholas recordó cómo se le había quebrado a Collins la voz después del disparo. Nicholas quería preguntarle cómo se sentía, si estaba bien, pero sería muy raro hacerlo.

—Doug —dijo en su lugar, volviendo al juego habitual de intentar adivinar el nombre de pila de Collins.

Collins le puso de nuevo los ojos en blanco y se giró hacia la entrada principal.

—Vamos a sacar a tu perra.

—¿Y Dougie? ¿Douglas?

Tan solo Nicholas, Richard y Maram podían caminar por el parque de ciervos; el terreno de la Biblioteca estaba incluido en las protecciones, y Collins no le habría servido de nada. Habría estado demasiado aturdido por la magia protectora como para mantenerse en pie una vez que traspasara la puerta principal. Ciertamente nadie más sería capaz de seguirlo, así que, en realidad, el nivel de peligro era muy bajo. Sin embargo, Collins se quedó de pie bajo la puerta abierta, con los brazos cruzados y observando mientras sir Kiwi atravesaba como una bala la hierba mojada, con Nicholas tras ella.

Le había llevado un tiempo a Nicholas entender cómo el resto de la gente percibía la casa y la tierra colindante. Y lo cierto es que no lo hacían. Incluso aquellos que sabían que la enorme casa estaba allí no podían recordar cómo verla; tenían que centrarse, y volver a centrarse, y discutir con sus propios sentidos hasta que estos les fallaban. Era por lo que el escaso y cuidadosamente elegido personal de la Biblioteca residía allí; si se marchaban del lugar, nunca recordarían cómo volver.

Sin embargo, para Nicholas, que era inmune a la magia, y para Maram y Richard, cuya sangre estaba incluida en el hechizo protector que alzaban cada noche, la casa parecía tan sólida y obvia como cualquier otra cosa. Una casa parroquial de piedra gigantesca establecida en las verdes colinas de West Berkshire. Las zarzas rodeaban la base de la casa, aunque en verano aquellas ramas desnudas estarían repletas de rosas amarillas, rosadas y de un rojo aterciopelado.

117

Y lo que parecían ahora grietas en las paredes de piedra sería hiedra verde que trepaba delicadamente hacia arriba.

Los jardineros no podían soportar el esfuerzo mental de recordar los terrenos en los que habían trabajado, así que el césped salvaje se mantenía solo por un pequeño rebaño de cabras con ojos de gato, varias de las cuales estaban ahora paseándose por allí, mascando y sin prestarle ninguna atención a sir Kiwi, que saltaba hacia ellas y después huía ladrando, feliz.

Nicholas caminó hasta el lago artificial y se sentó en uno de los húmedos bancos de piedra, respirando hondo el frío y mojado aire. Fingió que simplemente estaba apreciando el saludable aire fresco, y que no estaba recobrando el aliento tras el lastimoso paseo corto que acababa de dar, pero no podía ignorar la forma en que se le nubló la vista. Cerró los ojos durante un momento y escuchó el sonido del agua, que se movía con el viento. Escribir un hechizo de la verdad probablemente lo dejaría postrado en la cama durante días, pero no era necesario centrarse en eso ahora. En su lugar, se centró en lo bien que le sentaba estar fuera. No se había dado cuenta de lo agobiado y claustrofóbico que se había sentido hasta que estuvo ligeramente mejor.

Cuando abrió de nuevo los ojos, se centró en el camino de gravilla mojado que desaparecía por las distantes y neblinosas colinas. La carretera más cercana estaba a casi un kilómetro, y durante un segundo la imaginación entrenada de Nicholas se puso al mando, y se lo imaginó: caminando por aquel camino, llegando al suave pavimento negro, haciendo parar a alguien con el pulgar, y desapareciendo.

Pero aquella fantasía le atraía menos aún después de que alguien le hubiera apuntado con un arma a la cabeza. De todas formas, no tenía ningún sitio al que ir.

Se levantó, y silbó para llamar a sir Kiwi. Dejó que la perra lo guiara hasta la casa, hasta la sofocante y acogedora seguridad.

* * *

En la sala de estar invernal, Maram y Richard estaban sentados juntos en el sofá de color crema y oro, con unos cuantos papeles esparcidos por la mesa baja que había ante ellos, así como un paquete que tenía una pinta interesante, envuelto en lona encerada. Los paneles de las ventanas estaban decorados por unas pesadas cortinas de terciopelo, que habían abierto lo suficiente para que Nicholas pudiera ver a través de ellas el terreno neblinoso del que acababa de venir, y había un pequeño fuego encendido en la chimenea de piedra blanca.

Ambos estaban vestidos con ropa cómoda: Richard con un grueso cárdigan y Maram con una blusa marrón de seda. Había un cuenco de plata con una boquilla sobre una bandeja, con una taza vacía y una jarra de leche. Nicholas se dirigió hacia aquello último con avaricia.

—Solo una taza —dijo Richard.

Nicholas se sentó al otro lado de la mesita baja, en un sillón rosa cuyos brazos eran cabezas de león talladas, y bajó la mirada hacia el café. Richard se echó hacia atrás en el sofá, con el tobillo apoyado en la rodilla. Pero, a pesar de su postura relajada, tenía el ceño fruncido en un claro gesto de preocupación silenciosa.

—¿Cómo has dormido? —le preguntó Maram.

—Como los ángeles —dijo Nicholas—. Bueno, casi como los ángeles.

—Si tienes ánimos para bromear, entonces es que no entiendes el peligro al que estuviste expuesto anoche —dijo Richard.

—Tuve un arma apuntándome a la cara —dijo Nicholas—. Yo me atrevería a decir que sí que lo entiendo.

—Si Collins no llega a estar allí…

—Ya, soy plenamente consciente de ello, gracias —dijo Nicholas.

—¿Cómo te sientes? —le preguntó Richard.

En realidad, Nicholas no se sentía del todo como si fuese él mismo; no dejaba de ver el cañón de metal apuntándole, no dejaba de escuchar el repentino sonido del disparo, de sentir el fuerte latido de su corazón, y entonces estaban las abejas con las que probablemente había alucinado (había decidido que probablemente se había tratado del relleno del asiento, que era lo que había recibido el disparo).

Esquivó la pregunta e hizo una propia.

—¿Esto ha tenido algo que ver con lo que pasó en San Francisco?

—Estamos intentando descubrirlo. Pero quien fuera que estuviera implicado, su intención probablemente era la misma.

Causar un gran daño corporal, entonces. Fantástico.

—¿Sabéis qué pasó con el hombre después de que Collins le disparara?

Richard se encogió.

—Murió —dijo Maram de forma brusca.

—¿Y su cuerpo?

—Con alguna de nuestra gente en el Met —dijo Maram—. Están intentando identificarlo, aunque aún no ha habido suerte.

—Habría estado bien —dijo Richard— si Collins no hubiera disparado tan alegremente, y si se hubiera parado a pensar en el hecho de que podríamos haberle hecho unas preguntas antes de matarlo.

—No hubo mucho tiempo para pensar nada —dijo Maram.

Richard se frotó los ojos con un gesto elegante.

—Aun así.

Nicholas sintió algo nuevo: la necesidad de defender al hombre que había sido contratado para defenderlo a él.

—Collins me salvó la vida.

—Ciertamente, lo hizo —dijo Richards—. Y por ello, recibirá un aumento.

—Genial —dijo Nicholas—. ¿De cuánto es el aumento por salvarle la vida a alguien hoy en día?

—Tu vida no tiene precio —dijo su tío, con la mandíbula tensa.

A Nicholas le habría conmovido aquello si no fuera porque no era profundamente consciente de la realidad financiera. Desde que su padre muriera cuando él apenas tenía dos años, él era el último Escriba con vida. Aquel conocimiento llegó gracias a un hechizo que Richard había heredado, que rastreaba la tierra para encontrar a gente como Nicholas: rastreaba año tras año, pero sin hallar nada. La colección de la Biblioteca era la mayor del mundo, y su vasta reserva de libros era ofrecida a quienes estaban al tanto a un alto coste y con gran secretismo, y culturalmente, Richard mantenía la influencia asociándose con universidades y museos de toda Europa.

Pero, económicamente, prestar viejos libros no pagaba tan bien como ofrecer unos nuevos y personalizados. Mientras Nicholas siguiera vivo, escribiendo, y al cuidado de la Biblioteca, la Biblioteca sería rica; y mientras fuese rica, sería poderosa. Lo de la noche anterior había ocurrido porque alguien había rastreado la fuente de poder hasta Nicholas.

—Los misterios dan lugar a las intrigas, lo cual genera deseo, lo cual crea comodidad —dijo Nicholas—. Quizá si no me mantuvieras tan en secreto, no tendría una diana tan grande en la espalda.

—De verdad que no tengo fuerzas para mantener esta discusión hoy —dijo Richard, pero claramente no pudo evitar añadir algo—. Además, esa lógica es absurda. Una persona no intentaría robar las Joyas de la Corona a menos que supiera que esas joyas existen.

—Por favor —dijo Maram—. Vamos a centrarnos en el asunto que nos atañe, ¿de acuerdo?

—¿Falta alguno de los libros? —preguntó Nicholas.

Si el hombre era, de alguna forma, un ladrón además de un asesino en potencia, serían capaces de encontrarlo con facilidad. Cada libro de la Biblioteca tenía una «fecha de caducidad», un hechizo recargable que databa de finales del siglo xx, que había sido asignado a cada título de la colección, y se añadía a cada libro nuevo en cuanto Nicholas lo escribía, en forma de un pequeño símbolo de un libro grabado al final de la contraportada. Era, de hecho, un hechizo de seguimiento que se activaba en caso de que un libro no se hubiera devuelto a la Biblioteca cuarenta y ocho horas después de que el periodo de préstamo venciera. Alertaba a Richard de la ubicación exacta del libro, y no solo había servido para salvar varios libros a lo largo de los años, sino que también le había salvado la vida a Nicholas.

Aun así, Maram negó con la cabeza, irritada ante la sola idea de que alguien pudiera haber robado un libro que estaba bajo su cuidado.

—No falta nada —dijo ella.

—Eso nos haría la vida más fácil, ¿no? —dijo Richard—. Pero no, en este momento no tenemos ni una pista, así que hasta que eso cambie, te quedarás aquí en la casa. Al menos hasta que consigamos algunas respuestas… Como, por ejemplo, cómo supo ese hombre quién eras. Y cómo supo lo que puedes hacer.

—Y ¿cuánto tiempo llevará eso? —dijo Nicholas, con un sentimiento de desazón.

—Tanto como haga falta.

—Y ¿qué hay de vosotros? ¿También os vais a encerrar?

—Bueno... no, no podemos —dijo Richard—. Hay demasiado de lo que encargarse.

—Eso me recuerda —dijo Maram— que tenemos la reunión en el Museo Británico con el departamento de investigación científica y de conservación el viernes, tienen un *emakimono* del siglo XI al que quieren que le eche un vistazo, pero...

—¿Acaso esperáis tenerme aquí encerrado durante días? ¿Semanas? —dijo Nicholas, manteniendo el tono de su voz lo más civilizado posible. Incluso la amenaza de muerte no frenó el pánico que se instaló en su interior al pensar en estar allí atrapado de forma indefinida. Atrapado en aquella gigantesca y vacía casa en la campiña inglesa durante el invierno—. ¿Meses?

En ese momento, la puerta de la sala se abrió, y Collins apareció allí con otra bandeja cargada con dos tazas humeantes.

—Té —dijo él, y dejó la bandeja frente a Richard y a Maram con un traqueteo. No parecía gustarle mucho que le hubieran obligado a hacer de criado.

La taza de café de Nicholas estaba ya casi vacía: se la había bebido casi sin apreciar el excepcional sabor, aunque sí que podía sentir la energía de la cafeína recorriéndole la sangre.

—Ni siquiera te darás cuenta del tiempo que pasa —dijo Richard, asintiendo para darle las gracias a Collins a la vez que alargaba la mano para agarrar la taza de té—. Vamos a interrogar a todos los empleados de la Biblioteca en los próximos días y solo quedan una o dos lecturas en el hechizo de la verdad, así que vas a tener que escribir otro en cuanto puedas. Mañana sería lo ideal.

—Así que lo que me estás diciendo es que estaré demasiado ido por la pérdida de sangre como para aburrirme.

—Mejor ido y a salvo que despierto y en peligro.

—Richard, no puede —dijo Maram antes de que Nicholas respondiera—. El médico dijo que debíamos esperar al menos cuatro meses, y acaba de terminar el encargo de sir Edward.

—Un poco de anemia no lo matará —dijo Richard—. Pero un traidor entre nuestras filas puede que sí.

—Estaré bien —le dijo Nicholas a Maram, intentando no ceder ante la irritación de que hubiera hablado por él, e interrumpiéndolo—. Me siento bien. Y, de todas formas, Richard tiene razón. ¿Para qué necesito tener fuerzas, si estoy atrapado aquí?

Ella se quedó mirándolo, con aquellos ojos marrones suyos que eran indescifrables. Entonces, volvió a mirar a Richard.

—Las interrogaciones pueden esperar —probó de nuevo—. La salud de Nicholas…

—No puedes estar sugiriendo de verdad que no quiero lo mejor para él —dijo Richard.

Era una orden, y tanto Nicholas como Maram lo sabían. Tiempo atrás, Nicholas había admirado la sutilidad de las órdenes de su tío, aunque nunca le había visto lanzarlas en dirección a Maram; en parte porque no disfrutaba que le recordaran que el hecho de que ella cuidara de él era algo retribuido, pero también porque su preocupación por ella no era algo pagado ni regulado, y nunca estaba seguro cuánto le estaba permitido sentir. Especialmente cuando se encontraba atrapado entre ambos. Cada uno, a su modo, era su única familia, con pago o sin él.

—Por supuesto que no —dijo Maram por fin, y Richard se giró hacia Nicholas de nuevo.

—De todas formas —dijo él—, antes de que te pongas con los hechizos de la verdad, tengo una tarea que sí que vas a disfrutar.

Le dio unos golpecitos al paquete envuelto que Nicholas había visto antes.

La curiosidad de Nicholas despertó.

—¿Un vampiro?

—¡Lo has adivinado a la primera! —dijo Richard.

Se sacó del bolsillo interior de su chaqueta un cuchillo plateado envainado en cuero, y Nicholas no pudo evitar soltar una risa. El cuchillo era totalmente innecesario, pero agradecía la teatralidad. «Vampiro» era el término que le daba la Biblioteca a un conjunto de hechizos de protección que databa del siglo xv en Rumanía, más o menos en el reinado de Vlad iii, o como se le conocía coloquialmente: Vlad el Empalador, el Drácula original. El hechizo del vampiro se unía a aquellos libros cuyos conjuros ya habían sido activados, como una forma de castigo cruel por intentar manipularlos. Cualquiera que añadiera su propia sangre a uno de aquellos libros activados se drenaba hasta quedarse seco. A todos los efectos, se desangraba hasta morir. Un tema bastante desagradable. Tanto, de hecho, que los vampiros eran los únicos libros que la Biblioteca destruía.

O, al menos, Nicholas era el que los destruía. Tan solo un Escriba podía destruir un libro cuyo hechizo estuviera activo, y a Nicholas siempre le parecía que aquella destrucción era inmensamente satisfactoria. Se había pasado gran parte de su vida creando libros, y había algo retorcidamente suntuoso en hacer exactamente lo opuesto.

Sacó al vampiro de la tela en la que estaba fuertemente envuelto, y le echó un vistazo a las páginas, intrigado como siempre por el hechizo que aún estaba activo en su interior. Richard y Maram lo observaban mientras leía, también curiosos.

—En algún lugar —anunció después de unos minutos— hay una manta de lana que ninguna polilla puede tocar.

—¿Un hechizo repelepolillas? —preguntó Richard—. Dios mío, cuánta protección para una sola manta.

—Debe de ser una manta muy buena —dijo Maram, y alargó la mano hacia el libro antes de pensarlo mejor y frenarse, aunque aun así lo miró con anhelo. Iba en contra de su naturaleza tener un libro frente a ella y no examinarlo.

Nicholas desenvainó el cuchillo y lo colocó sobre la cubierta de cuero desgastada. Sintió una extraña punzada de arrepentimiento. En cuanto el hechizo fuera destruido, las polillas descenderían sobre ella. Donde fuera que estuviera aquella manta, alguien se había tomado muchas molestias por protegerla, y ahora sucumbiría ante la destrucción del tiempo, como todo lo demás. Cuando Nicholas hizo descender el cuchillo, cortó a través de las páginas con tanta facilidad como si fuese mantequilla. Después de aquella primera puñalada ceremonial, destrozó el resto del libro con sus propias manos, arrancando las páginas y rasgando el lomo con un placer casi salvaje. Richard lo observó, disfrutando del disfrute de Nicholas. Maram parecía mareada, y apartó la mirada tras un momento. No le gustaba ver ningún libro siendo objeto de violencia, ni siquiera los vampiros.

Cuando el libro estuvo totalmente destripado, Nicholas se levantó y echó los restos al fuego, donde comenzaron su segunda vida como ceniza y ascuas.

—Bravo —dijo Richard—. El vampiro ha sido víctima de una estacada.

Nicholas hizo una lenta inclinación para no marearse y darle más razones a Maram para preocuparse, como había dicho antes.

—Supongo que será mejor que me ponga a escribir, entonces —dijo él.

Collins podía estar todo lo resentido que quisiera con Nicholas por disfrutar del lujo, pero nunca lo había acusado de ser un holgazán. Aunque no era que le importara lo que Collins, que era un empleado, pensara de él. Nicholas disfrutaba del lujo por la misma razón que disfrutaba del trabajo y de los estudios: eran lo único que tenía.

—Buen chico —dijo Richard mientras se ponía en pie—. Collins, me encantaría darte el día libre, bien sabe Dios que te lo mereces… Pero entenderás que, hasta que no haya hablado con todos los miembros de la casa, necesitamos que sigas trabajando. Tú, al menos, has probado más que de sobra tu lealtad.

—Sí, señor —dijo Collins, pero la mirada del guardaespaldas no estaba puesta en Richard. Miraba a Nicholas. La expresión de su rostro le resultaba desconocida: tenía la mandíbula menos tensa de lo habitual, la barbilla algo gacha, y cuando Nicholas lo miró a los ojos, apartó la vista, como si lo hubiera pescado haciendo algo. No parecía irritado. Ni entretenido. Ni siquiera era pena.

Era culpabilidad.

Pero ¿por qué razón iba a sentirse Collins culpable?

—Maram, querida —dijo Richard—. Vamos a mi estudio.

Maram le tocó el hombro a Nicholas y siguió a Richard fuera de la habitación, dejando a Nicholas y a Collins a solas en la sala de estar.

—¿Qué…? —comenzó a preguntar Nicholas, pero fuera cual fuere la expresión que creía haber visto en Collins, se había esfumado. Tenía la vista puesta en el suelo, y parecía aburrido, cansado y algo gruñón. Como siempre.

—¿Qué? —repitió Collins.

—Nada —dijo Nicholas, y se giró para marcharse.

8

A Joanna le gustaba limpiar el polvo de los libros. Era satisfactorio pasar el lujoso y suave pincel por las cubiertas y los lomos. Le recordaba a cuando había peinado a Esther, puesto que Esther era una avariciosa cuando se trataba del contacto, y siempre había rogado que le cepillara el pelo cuando eran pequeñas. Cada uno de los volúmenes de la colección era como un viejo amigo para Joanna: conocía todos sus rasguños e imperfecciones, y los aceptaba tal y como eran. Y, excepto el libro con el que Abe había muerto, conocía la historia detrás de cada uno. Este, cosido cuidadosamente con hilo de seda y encuadernado con algodón rojo, había sido encontrado por su fallecida abuela paterna en un mercado de Montreal, en los años sesenta. A este otro, con una rígida cubierta de cuero, lo había localizado su padre a través de un anuncio clasificado a principios de los noventa. Este, un pergamino árabe de Palestina, había sido de la madre de Esther, Isabel, de antes de conocer a Abe. Algunos de los hechizos en la colección estaban agotados, pero esos libros sonaban igual que los que aún tenían la tinta de un fuerte color negro, como si el poder que hubieran contenido una vez aún yaciera enroscado en su interior.

No quitó el polvo del libro que había matado a su padre.

Le había preguntado a su madre por ese libro multitud de veces. Sin embargo, Cecily se había mantenido en silencio, y se había negado por completo a responder ninguna de las preguntas de Joanna, o le daban uno de sus irritantes ataques de tos que solo le afectaban cuando no le apetecía hablar de algo. Quizá Joanna lo intentaría de nuevo hoy, cuando fuera a casa de su madre para almorzar. Probablemente acabaría en una discusión, pero al menos sería un cambio de aires de la conversación habitual que habían tenido el día anterior.

La nota que su padre le había dejado aún estaba junto al libro, y le echó un vistazo antes de seguir con el códice de protecciones, aunque el códice apenas necesitaba ningún cuidado; lo usaba demasiado a menudo como para que se le acumulara el polvo.

Cuando subió desde el sótano a la cocina, escuchó un largo sonido como de arañazos en el vestíbulo, y el corazón se le aceleró, dándole esperanzas. Echó rápidamente una lata de atún en un bol, y se apresuró a cruzar la cocina de puntillas. Consiguió abrir la puerta principal con tanto cuidado que no hizo ningún ruido. Allí, en el porche, como un invitado que esperaba ansioso, estaba el gato sentado. Tenía una pata alzada, como si hubiera estado a punto de llamar a la puerta, pero la retiró en cuanto la vio, y retrocedió unos cuantos pasos.

Lentamente, muy lentamente, se agachó y dejó en el suelo el cuenco con atún. Lo puso a medio camino entre ella y el gato, y esperó con la respiración contenida. El gato estiró el cuello hacia ella ligeramente y olfateó el aire. Se giró para darles la espalda a los escalones del porche, y a Joanna se le cayó el alma a los pies. Pero entonces se giró de nuevo, y saltó. De repente, estaba con la cara metida en el cuenco, haciendo ruido al masticar, así que Joanna se arrodilló para observarlo. Era del color del otoño: rayas plateadas y remolinos marrones, y los ojos, que eran solo dos rayas de placer mientras comía, eran del color ambarino del zumo de manzana.

Hacía frío aquella mañana, ya que la temperatura había caído durante la noche y Joanna se había despertado temblando, con las ascuas de la chimenea prácticamente cubiertas de ceniza. ¿Dónde habría dormido el gatito? Tenía pinta de tener un pelaje grueso, pero ¿sería lo suficientemente grueso como para el invierno que se avecinaba? Quería acariciarlo con todas sus fuerzas. El gato terminó de comer y se sentó mientras se lamía el hocico y la observaba.

Ella alzó un dedo con cuidado, apuntándolo hacia él. Había leído en una ocasión que a los gatos les gustaba la punta de los dedos de los humanos, porque les recordaba a la nariz de un gato. El animalito acercó la nariz para olfatearla, con la cola temblando. Entonces, como si hubiese tomado una decisión en ese momento, de repente dio un paso hacia delante y estrelló la cabeza contra su mano.

La alegría que sintió Joanna ante el inesperado contacto fue tan plena que casi le dolió. Le acarició la cabeza y las mejillas, y le rascó detrás de las orejas. Era tan cálido y suave, tan sólido, con unos ojos curiosos… De pronto le estaba sonriendo de oreja a oreja conforme se acercaba más, y la cola del gato le pasó entre las piernas. Sintió un zumbido en la mano, y por un momento pensó que se trataba de uno de los libros, con aquel murmullo en el mismo tono, pero entonces se dio cuenta de que estaba ronroneando. Por alguna razón, se le llenaron los ojos de lágrimas.

Lo acarició tanto rato como el gato se lo permitió, y cuando comenzó a alejarse, se levantó con el cuenco a medio comer de atún. Sosteniéndolo frente a ella, retrocedió hasta entrar en la casa, tratando de convencerlo.

—Ven, gatito, ven aquí —le dijo—. Entra, que aquí se está calentito.

Pero el gato giró la cabeza ante algún sonido que ella no podía percibir, saltó de los escalones del porche, y atravesó el jardín embarrado hasta perderse entre los árboles.

Ella lo observó desaparecer, y sintió un extraño orgullo y alegría por que le hubiera permitido tocarlo. Pero enseguida la invadió la preocupación. Le preocupaba que lo atrapara un coyote, o que lo pisara un coche, o que cayera una nevada por la noche y se quedara enterrado y congelado antes de que hubieran tenido la ocasión de conocerse el uno al otro y de cuidarlo.

Había un edredón estropeado en la antigua habitación de Esther: quizá, si lo ponía en el porche, el gato podría hacerse una especie de nido para mantenerse calentito. Podría asociar el porche con comida y comodidad, y por extensión, relacionar también a Joanna con eso. Y muy pronto, a lo mejor se dignaría a entrar.

Dejó la puerta medio abierta, en caso de que cambiara de opinión y quisiera entrar. En el salón, empujó la pesada manta de lana que usaba para cubrir las escaleras, y subió las chirriantes escaleras hasta el piso superior, que estaba mucho más frío y oscuro. En la habitación de Esther se dio cuenta de que la bombilla del techo se había fundido, pero no importaba. Aún era por la mañana, así que por la ventana grande entraba una luz blanquecina, de modo que pudo ver bien mientras se abría paso hasta el armario. La cama de Esther estaba tal y como ella la había dejado cuando había vivido allí, hecha con el primer y el último edredón que Cecily había hecho, antes de decidir que aquel pasatiempo no era lo suyo, y con un póster de Nirvana algo caído en la pared. Por lo demás, parecía lo que era: una habitación de almacenaje.

A veces le era difícil recordar un tiempo en el que su familia al completo hubiera vivido bajo un mismo techo, cuando su hermana aún estaba en su vida y sus padres se llevaban bien. Los meses después de que Esther se marchara de casa sin advertencia alguna, Abe y Cecily habían discutido casi a diario, y durante un tiempo, Joanna creyó que aquellas peleas eran la razón de que Esther se hubiera ido. Abe y Cecily se esforzaban por mantener sus discusiones lejos de sus hijas, a veces incluso yéndose al bosque para ello, fuera del alcance de cualquier oído humano, pero la tensión entre ambos era tan espesa y pegajosa que casi era visible, como si fuesen capas de una telaraña.

Por lo que habían escuchado a escondidas Joanna y Esther, el meollo del asunto era este: Cecily estaba cansada de vivir tras las protecciones, estaba cansada de vivir conforme a los libros de Abe, y quería dejar caer las protecciones y vender los libros para abrir sus puertas al mundo. Abe creía que era evidentemente una locura.

Esther y Joanna habían hablado sobre las peleas de sus padres, pero evitaban cuidadosamente decir en voz alta sus opiniones al respecto, en parte porque no era necesario: cada una sabía de qué lado estaba. A pesar del hecho de que el asesinato de su propia madre podría haber sido evitado con las protecciones, Esther siempre había dejado claro que no tenía ningún plan de quedarse en Vermont para siempre.

Cuando se marchó, había estado hablando sobre echar solicitudes para la universidad en algún lugar: en Massachusetts o Nueva York, algún lugar cercano, le había prometido a Joanna. Compraría un coche viejo y vendría a visitarla, o a recoger a Joanna para llevársela fuera durante los fines de semana.

—Estoy segura de que podrías ignorar tu *vocación* durante unos días —le había dicho Esther—. Lo suficiente para ir a una o dos fiestas.

Pero entonces, a principios de noviembre, unas semanas después de cumplir los dieciocho, Esther entró en la habitación de Joanna. Era ya por la noche, tarde, y Joanna recordaba haber pensado lo extraño que era que Esther estuviera totalmente vestida, con vaqueros negros y botas militares, y el pelo recogido en una coleta. Joanna ya estaba acostada y tapada con las sábanas, leyendo una novela sobre unas lejanas islas neblinosas, y sobre cierta magia que ninguno de los libros de su padre podía realizar.

—Perdona, pero no has tocado a la puerta —le dijo Joanna, de una forma tan adolescente que ahora el recuerdo le provocaba vergüenza.

Esther entró y se sentó a un lado de la cama. Tenía el rostro extrañamente vacío. Joanna dejó la novela boca abajo sobre el regazo, que tenía cubierto por el edredón. El aire que rodeaba a su hermana parecía cargado.

—Esther, ¿qué pasa?

—Nada —le dijo Esther—. Solo quería desearte las buenas noches.

—Buenas noches —dijo Joanna, medio respondiéndole, medio preguntándole.

Esther se inclinó hacia delante y le dio un abrazo, algo incómodo por el ángulo, clavándole su afilada barbilla en el hombro a Joanna.

—Te quiero, Joanna.

—Yo también te quiero —dijo Joanna, algo desconcertada, y le dio una palmadita en la espalda—. ¿Estás bien?

—Sí, sí, estoy bien —dijo Esther.

A la mañana siguiente ya había desaparecido. Al igual que toda su ropa favorita, y la nueva ranchera de Abe. Sin nota, sin explicación alguna. Tras ella, la casa se transformó en un campo de batalla. Abe la atravesaba con los ojos inyectados en sangre y la mandíbula tensa para tratar de luchar contra las lágrimas, mientras Cecily lo seguía, discutiendo una y otra vez a diferentes volúmenes, pero con un tema central: dejar caer las protecciones.

—Esta no es manera de vivir —decía Cecily, con la voz ronca de gritar, rogar y llorar—. Has perdido a una hija, que está deambulando por el mundo sin un hogar, y la otra está encerrada en una mazmorra para siempre. ¡Esto no es vida, Abe! Deja que vengan, deja que vengan y se lleven lo que quieran, ¡cualquier cosa es mejor que este infierno!

Durante aquella época, Joanna dejó de ir al colegio. Habría sido su último año de instituto, pero no tenía la energía suficiente para preocuparse por ello, o para salir de la casa siquiera. Parecía como si alguien le hubiera metido la mano dentro del pecho y hubiera transformado su corazón en cemento. Algo le oprimía los pulmones, y no podía respirar bien. Se quedaba sin aliento con solo bajar las escaleras, y casi todo el tiempo lo pasaba en su habitación, observando el techo y repitiendo aquella última conversación que había tenido con su hermana, intentando encontrar pistas en vano.

En el caos que Esther dejó atrás, nadie se dio cuenta de las ausencias de Joanna hasta que fue demasiado tarde como para recuperar las clases a las que había faltado, y para entonces, ya había tomado la decisión de no volver. Ni Cecily ni Abe podían convencerla de lo contrario, y más adelante, ese mismo año consiguió que su padre firmara una exención parental para poder sacarse el título en Burlington… Pero en aquellas largas semanas después de que Esther se marchara, el instituto (y su futuro en general), habían sido lo último en lo que había pensado. Ahora, medio presente, Joanna abrió la puerta del armario de Esther. Cuando algo se movió en el interior, saltó hacia atrás de forma violenta, pero un segundo después se puso la mano sobre el pecho y se rio. Era su propio reflejo. Se le había olvidado que había empujado el viejo espejo de Esther allí dentro: un enorme espejo de cuerpo entero con un pesado marco de madera y con racimos de uvas tallados. A Cecily le había encantado aquel espejo, limpiar el cristal a menudo y encerar la madera hasta que estuviese brillante. Ahora estaba deslucido debido al desuso. Joanna pasó la mano por el polvo, y vio en su reflejo la sonrisa que aún tenía por el gato, los hoyuelos en las mejillas, que se asomaban de su escondite. Hacían que pareciese joven, de una forma que normalmente le parecía poco atractiva, pero hoy no le importaba demasiado. Dejó que se quedaran allí mientras buscaba el edredón.

Con las manos llenas, hizo una pausa en el rellano. Su habitación estaba al final del pasillo, y la de su padre al otro lado. La única vez que había pisado la habitación desde su muerte había sido para buscar sus diarios. Rara vez había entrado allí cuando estaba vivo, de hecho, aunque sí que había pasado frente a la puerta a menudo para desearle buenas noches, ya que Abe casi siempre estaba despierto sin importar la hora que fuese, incorporado en la cama con un portátil gigantesco, con una pila de papeles, o a veces con una novela, un libro con una clase de poder muy diferente. Joanna en aquellas ocasiones abría la puerta, se asomaba y le lanzaba un beso.

—Descansa un poco, papá.

—Tú también, Jo.

Si el gato entraba a la casa, su padre jamás lo haría.

Era un pensamiento absurdo, pero aun así se le ocurrió. Cuando extendió el edredón en el porche, algo arrugado para que pareciese tentador, se sintió como si estuviera tomando una decisión. Y, quizás, estuviera haciendo un cambio.

* * *

Eran justo pasadas las dos cuando Joanna aparcó frente a la casa de su madre. Cuando Cecily se había mudado hacía ya una década, había vivido en un bajo que siempre estaba a oscuras sin importar la hora que fuera, y que siempre olía a vinagre. Ahora vivía en una pequeña y adorable casa en casi una hectárea de campo. Normalmente la tierra (y la casa que había en ella) parecía una escena falsa puesta allí por la agencia de turismo de Vermont, puesto que era una imagen perfecta: la extensión llana de campo que llegaba hasta las montañas, la casa de campo blanca como el azúcar, con un porche delantero con columnas y un techo de lajas, y el perfecto pequeño establo rojo.

Hoy, sin embargo, las uniformes nubes bajas de color gris en el cielo hacían que la casa pareciese solitaria y desnuda, y el establo, una mancha roja en un mar acromático. Había una sola alpaca en el pasto, con la cabeza gacha para comer la hierba marrón. El resto del rebaño debía estar en el establo.

La alpaca no era de Cecily: ella le alquilaba el establo y el terreno cercado al departamento de agricultura de la diminuta facultad que había un par de pueblos más allá. Y, de forma ocasional, Joanna había

132

llegado y había encontrado estudiantes allí en el campo, jóvenes con la mirada iluminada y dando voces de forma autoritaria mientras charlaban sobre vacunas para los camélidos, cómo cortarles las uñas, y otros temas de conversación igualmente incomprensibles. Trataban a las alpacas y a cualquier otro ser con un afecto familiar y competente, siempre riéndose, aunque Joanna no sabía de qué. Cecily no dejaba de invitar a los estudiantes a que entraran cuando Joanna estaba allí, especialmente a los chicos de pelo despeinado, pero no le atraían demasiado ni ellos ni las chicas: todos parecían, de alguna forma, mucho más jóvenes que ella, y mucho mayores, al mismo tiempo, y miraban a Joanna como si fueran a practicar taxidermia con ella.

Hoy no había ningún otro coche allí aparcado.

Gretchen salió corriendo para saludarla, ladrando de forma eufórica, así que Joanna le acarició las orejas marrones y sonrió ante la alegría de la perra. En cuanto se había mudado, Cecily no malgastó tiempo en conseguir una mascota. Y, aunque Gretchen ya estaba algo mayor, la border collie cruzada aún se movía como un cachorro, agachándose mientras jugaba y saltando, emocionada. Siguió a Joanna hacia el porche dando saltitos. Joanna tocó la puerta, y después la abrió para que ambas pasaran.

—¡Estoy aquí! —dijo Cecily, así que Joanna siguió el sonido de su voz hasta la cocina, donde su madre estaba agachada junto al horno, echándole un vistazo dentro. La habitación entera estaba calentita y olía de forma deliciosa a pan, un cambio que agradecía del frío tan severo que hacía afuera—. Casi he acabado —dijo Cecily, que se incorporó y se acercó a ella para darle un beso. Después, limpió su propia mancha de pintalabios de la mejilla de Joanna—. Quítate el abrigo, cariño mío.

Joanna se quitó el abrigo y se desenredó la bufanda del cuello, y dejó ambas prendas sobre el respaldo de la silla. Los libros de Cecily zumbaron en alguna parte de su mente, como siempre hacían, aunque hoy parecían sonar más alto que nunca. Quizá Cecily los había trasladado de su sitio habitual en la habitación de la planta superior.

—¿Un café? —dijo Cecily, que ya estaba sirviendo una taza, y después rellenó la suya.

Joanna creía que su madre probablemente ya había tomado suficiente cafeína, ya que parecía algo inquieta y había depositado la leche con demasiada fuerza sobre la mesa. Cuando apoyó la taza sobre el plato, esta repiqueteó. No dejaba de mirar una y otra vez por encima del hombro mientras se movía por la cocina. La perra también parecía nerviosa, y se paseó unas cuantas veces de un lado a otro antes de echarse en el suelo junto a los pies de Joanna, hecha un ovillo, pero con la cabeza erguida, alerta.

La extraña energía era contagiosa, así que Joanna luchó contra una oleada de inquietud. Le dio un sorbo al café y trató de relajarse.

Hubo un tiempo en que a Joanna le había asombrado ver a su madre allí, le había asombrado ver a cualquier miembro de su familia vivir una vida tan normal y al descubierto, pero ahora apenas podía recordar cómo había sido ver a Cecily en la cocina de la casa de Abe. Los recuerdos que tenía de vivir con su madre eran tenues, o tal vez su madre había vivido aquella vida de forma tenue. Ahora, Cecily tenía amigos, un trabajo, una perra adorable y había salido con un horticultor de la universidad. En ocasiones, Joanna se sentía como si fuese una reliquia de la antigua vida de su madre, como si fuese una pieza parlante y caminante de la casa que Cecily había abandonado tan alegremente.

—¿Qué has estado haciendo hoy? —le preguntó Cecily cuando se sentó frente a ella. Estaba mirándola a la cara, pero Joanna sentía como si estuviera centrada en otra parte, y no dejaba de mover ligeramente una pierna.

Joanna pensó en la mañana que había pasado, la cual había estado bastante bien, en realidad. Tan bien que le cansaba solo pensar en maquillarlo para su madre. Pero sabía que una cosa haría feliz a Cecily, así que le contó lo del gato. Cecily era una gran creyente en que los animales eran buenos para el alma.

—Creo que no se esperaba lo mucho que le ha gustado que lo acariciaran —dijo Joanna—. Esta noche veré si quiere entrar a la casa.

Cecily sonrió, pero aún parecía distraída, y se levantó para comprobar el pan.

—¿Qué nombre le vas a poner?

—No lo sé —dijo Joanna—. Es un gato salvaje, marrón y con rayitas, y con unos ojos ámbar muy bonitos. ¿Se te ocurre algo?

—Bueno, tendría que verlo en persona —dijo Cecily. Lo dijo de forma informal, pero aun así Joanna sintió que sus defensas se erigían.

Cecily sirvió con el cucharón dos cuencos de sopa de zanahoria, y rellenó el café de Joanna. Las dos comenzaron a comer en silencio.

—Está buenísimo —dijo por fin Joanna, en un intento por sacar a su madre de aquel estado de estrés en el que estaba—. Yo la intenté hacer, pero me salió aguada.

—Le añado una patata machacada —dijo Cecily.

—Leí en internet que los cocineros de la Antártida solo reciben un cargamento de verduras frescas una vez por estación —dijo ella—. En invierno hace demasiado frío para que vuelen aviones, porque el combustible se congela. Así que, si acaba de empezar el verano, Esther probablemente esté comiendo verdura fresca por primera vez en meses.

Cecily hizo una pausa muy obvia, con la cuchara a medio camino de la boca.

—Sí —dijo ella. Aquella sílaba estaba tan impregnada de ansiedad que Joanna también dejó de comer.

—¿Qué pasa? —dijo ella, adoptando un tono de voz más amable. No le gustaba ver a su madre tan preocupada, sobre todo cuando no entendía cuál era la causa—. Siempre dices que te entristece lo mucho que Esther se muda, que no pueda establecerse en ningún sitio. Pensaba que te alegrarías al ver que por una vez se va a quedar en algún lugar.

Cecily dejó la cuchara junto a su cuenco. Tenía los labios rojos tan apretados que la piel de alrededor se le puso blanca y le salieron finas líneas. Negó con la cabeza de forma enérgica.

Joanna sintió una oleada de intranquilidad.

—Por favor, dímelo.

—Quiero ir a la casa —dijo Cecily, y, por una vez, no era lo que Joanna había esperado—. Solo esta noche.

—¿Qué tiene eso que ver con Esther?

Cecily comenzó a hablar, pero tosió en su lugar, aquella misma arcada repentina de siempre.

Joanna comenzó a ponerse en pie, pero Cecily le indicó con un gesto que se sentara y negó con la cabeza.

—Estoy bien —dijo tras un momento—. Lo siento, es solo que... —hizo una pausa, y pareció recuperarse—. Es solo que no he visto a una de mis chicas en diez años, y Dios sabe cuándo la veré de nuevo. Y la otra... a veces me da la sensación de que estás tan lejos como Esther.

—Estoy aquí mismo.

—Tu cuerpo está aquí, en la cocina —dijo Cecily—. Sí, vienes, me visitas, o vienes a verme a la ciudad, damos paseos... Y me alegra verte cada vez. Cada una de las veces, sea como fuere. Pero eres mi hija, y no he pisado tu casa desde que tenías dieciséis años. —A Cecily le tembló ligeramente la voz—. No sé cómo estás viviendo, no sé cómo es tu vida, ni cómo te sientes respecto a ella. E incluso cuando estás aquí, cuando puedo verte y tocarte, sé que no te tengo por completo. Una parte de ti sigue en ese sótano, con tus libros, encerrada en esa casa... y no me dejarás entrar. Jamás.

Joanna se sentó, y rozó la taza de café con la punta de los dedos. Aquello no era como las quejas habituales de Cecily. Su madre tenía los ojos llenos de lágrimas.

—Mamá —le dijo—. Les prendiste fuego a las protecciones.

—Sí, lo hice.

—Papá me dijo que lo harías de nuevo. Porque lo harías si tuvieses la oportunidad, ¿no es así?

Cecily guardó silencio, y aquello fue respuesta suficiente.

—No puedo permitirlo —dijo Joanna—. Me hizo prometerlo.

—Tu padre está *muerto*, Joanna —dijo Cecily—. Se ha ido, pero yo sigo aquí.

Joanna pensó en su padre, con la lengua seca. Pensó en el libro que había sostenido.

—Cuando me cuentes lo del libro que dejó atrás —dijo Joanna—, entonces quizá te deje entrar.

Cecily lanzó su servilleta al suelo, como un niño con una pataleta. Pero, como todas las otras veces que Joanna le había preguntado por el libro, no dijo nada. Se quedó completamente en silencio, con la mirada encendida de frustración y rabia.

Joanna cerró los ojos durante un momento para tratar de deshacer el nudo que tenía en la garganta.

—No puedo dejarte entrar en la casa si no puedo confiar en ti —dijo ella—. Quieres derribar las protecciones, lo has admitido, y papá murió sosteniendo un libro del que te niegas a hablar. Sé que me estás ocultando algo, y llevas haciéndolo años. Quizás toda tu vida.

—¿Así que, para vengarte, tú también me ocultas cosas? —preguntó Cecily—. ¿Es eso? ¿Me estás castigando?

—Siento que te parezca un castigo.

—¿Cómo te has vuelto tan fría? —dijo Cecily, y Joanna se encogió.

Durante un largo e insoportable momento, ninguna de las dos se movió: Cecily se quedó mirando fijamente la mesa, y Joanna tenía las manos entrelazadas sobre el regazo. Entonces, de repente, Cecily dejó escapar un largo suspiro. Sonó casi como si fuera a sollozar, pero, cuando alzó la mirada, tenía los ojos secos y el rostro sereno.

—De acuerdo —dijo ella—. ¿Quieres que te cuente algo de ese libro?

Joanna se incorporó y se le aceleró el pulso.

—¡Sí!

—Ve al salón —dijo Cecily en un tono de voz apagado, sin vida—. Siéntate en el sofá, y espérame ahí. Enseguida me uniré a ti.

La comida quedó completamente olvidada. Joanna se levantó, lo cual asustó a Gretchen, que había estado dormida en las baldosas calentitas. Después, a pesar de que estaba ansiosa ante la promesa de obtener por fin respuestas para las preguntas que tanto tiempo se había hecho, Joanna dudó. Su madre tenía los hombros caídos, la cabeza gacha. Mostraba una expresión tan lúgubre que apenas era una expresión, sino tan solo una colección de rasgos que componían una cara. Por primera vez, Joanna pensó que puede que hubiera cosas que era mejor dejar en incógnita.

Pero era demasiado tarde para tener dudas, y sentía demasiada curiosidad, así que se giró e hizo lo que su madre le había pedido. Atravesó el pasillo y fue hasta el acogedor salón, donde se sentó en el sofá de cuero desgastado y se cruzó las piernas. Desde la cocina, escuchó los lejanos sonidos de su madre moviéndose, la silla arrastrándose contra el suelo, una puerta cerrándose. Y, al filo de todo aquello, el zumbido de los libros de Cecily, que le daba la sensación de tener sirope en los márgenes de su conciencia.

Entonces, se dio cuenta de que el sonido iba en aumento.

Los lugares abiertos de su mente que estaban en sintonía con aquella sensación específica se rellenaron poco a poco, como miel que se derrama sobre las celdillas de un panal, y el zumbido se incrementó. Se giró hacia él, hacia la amplia puerta del salón, y se encontró a su madre allí con una mano puesta en el suelo.

Al principio, Joanna no entendió qué era lo que estaba viendo.

Cecily arrastró los dedos por el dintel, y cuando se puso en pie con lágrimas en los ojos, Joanna vio la mancha de color rojo intenso que tenía en la mano, y el rojo que brillaba como si fuese agua sobre el suelo de madera. Tenía un libro bajo el brazo, y el zumbido de este se había intensificado, se había *activado*, como un enjambre de abejas sueltas en un campo de flores.

Un hechizo activo.

Cuando Joanna y Esther habían compartido habitación de niñas, Joanna a veces se despertaba aterrada por las pesadillas y quería llamar a sus padres, pero no había sido capaz de emitir ni un sonido. No tenía aire, ni fuerza, nada excepto un siseo sibilante. Y, sin embargo, Esther siempre lo había sabido, siempre se había despertado y había gritado por ella para despertar a sus padres, que dormían en la cama al otro lado del pasillo. En ese momento se sentía así: congelada. Y su voz, que siempre era muy baja, se encontraba atascada en la garganta, pero Esther no estaba allí para ayudarla.

—Cielo mío, perdóname, por favor —susurró Cecily.

Joanna se levantó del sofá y trastabilló para atravesar el salón y llegar hasta ella, pero cuando arribó a la línea de sangre que su madre había dibujado, se topó contra una muralla, tan dura como la madera. Retrocedió un poco, pero más despacio, con las manos alzadas, aunque ya sabía lo que encontraría: sangre seca dibujada en el alféizar y en la entrada, una resistencia invisible en todos lados, un círculo de magia y sangre que la había encerrado como una cerca para que una oveja no se escape.

Años atrás había visto a Cecily usar aquel hechizo en una ocasión para atrapar a un coyote rabioso que había entrado en la propiedad gruñendo, para que así Abe pudiera dispararle.

—Solo será durante unas horas —dijo Cecily con las lágrimas cayéndole por el cuello—. No me queda otra elección. No puedes… Tengo que… No puedo hacer que lo entiendas.

Sus palabras se estrellaron de forma inútil contra los oídos de Joanna como si fueran el latido de un corazón: todo ruido, sin sentido alguno. Sin elección. Entender. Unas horas. Y entonces, lo comprendió.

—Las protecciones —dijo ella—. Me has encerrado para que no pudiera alzarlas.

—Lo siento —dijo Cecily de nuevo, y Joanna cayó al suelo y gritó.

9

Las habitaciones de Nicholas originalmente se habían construido para un secretario privado, y como tal, constaban de un vestíbulo que conducía a su dormitorio y a un estudio adjunto. Este diseño estaba repetido en las habitaciones de Maram en el ala este, aunque las suyas se habían diseñado con la intención de que fueran para una dama de visita, así que lo que ahora era su estudio había sido anteriormente un vestidor. Quedaban aún unos cuantos restos de la vida pasada del estudio en forma de un armario de madera de nogal y un espejo dorado de cuerpo entero Louis Philippe, aunque el armario estaba lleno de papeles en lugar de albergar ropa.

Nicholas le hizo un gesto a Collins para que entrara en su pequeño vestíbulo, y señaló en dirección al sofá bajo de terciopelo, de color salvia, y a los sillones a juego.

—No hay necesidad de que estés en el pasillo de pie —dijo él—. Te puedes quedar aquí. Juega al solitario o lo que sea que hagas para distraerte.

Collins tenía una bandeja que le habían dado los encargados de la cocina, y se esperó hasta que Nicholas abrió la puerta de su estudio, lanzando miradas curiosas por encima del hombro de Nicholas hacia la oscura habitación, hasta que Nicholas agarró la bandeja y cerró la puerta.

Nicholas había aprendido con los años que la privacidad era el lujo más preciado y raro de su vida llena de lujos, así que, siguiendo el ejemplo de su tío, no dejaba que nadie entrara en su estudio. Sin embargo, a diferencia de Richard, quien tenía un elaborado sistema de pestillos y hechizos para mantener fuera a la gente, Nicholas cerraba la puerta con una simple llave, y tanto Richard como Maram tenían copia. «Por si acaso», decían siempre. Dejó la bandeja de comida sobre su escritorio, y cerró la puerta tras de sí con sir Kiwi pisándole los talones. Aunque en ese momento estaba más interesada en su comida que en el propio Nicholas.

Su almuerzo consistía en una jarra de té de ortiga, una ensalada de espinacas, un plato de ternera asada fría y un cuenco con mostaza. Rico en hierro y, en general, no muy interesante, en especial con su estado de ánimo actual, aunque habría preferido carbohidratos, dulces a poder ser. Encendió un fuego en la pequeña chimenea de mármol para contrarrestar el frío húmedo que había en el aire, y después se sentó en el escritorio, moviendo la silla hacia un lado para poder seguir viendo la puerta.

Cuando era niño, aquella habitación había sido donde había dormido su institutriz, pero una vez que la señora Dampett se marchó y él empezó a escribir libros en serio, se había instalado allí. Las estanterías estaban llenas de novelas totalmente inútiles, sin un hechizo entre ellas, y había colocado el escritorio de madera de caoba y recubierto de cuero justo entre las tres ventanas en mirador que daban al lago.

Lo veía desde allí en ese momento, con el agua oscura y ondeando por el viento, mientras sir Kiwi se hacía un ovillo en su posición favorita, justo encima de sus pies. Le sonrió a la perra, y le dio un bocado a regañadientes a la ensalada de espinacas. Después abrió el portátil y su cuaderno, y los colocó como a él le gustaba. El portátil, como todo lo demás que poseía, era de primera calidad, aunque estaba seguro que muchas de sus funciones se malgastaban en una casa sin conexión a internet. Sobre todo, lo usaba para redactar borradores de las palabras que más tarde trasladaría al papel, o para ver las películas de acción que descargaba a montones cada vez que se encontraba fuera de las protecciones y podía conectarse al wifi.

Había escrito muchos hechizos de la verdad en su vida, así que el trabajo mayormente consistía en repasar sus anteriores borradores y ver si había algo que necesitaba mejorar o personalizar. Un hechizo de la verdad, de hecho, había sido el primer libro que había escrito él solo con éxito: un encargo que Richard le había hecho cuando tenía ocho años. Su tío había guardado la copia terminada tras un cristal, y este se encontraba sobre un pedestal al final de uno de los estrechos pasillos de la Biblioteca, con su placa y todo inscrita con la fecha de cuando lo había completado. Según Richard, el primer libro de su padre también había sido un hechizo de la verdad. En ese momento, Nicholas había estado increíblemente orgulloso. Quizá lo más orgulloso que se había sentido en toda su vida.

Él no había sido más que un bebé cuando sus padres fueron asesinados, así que no tenía recuerdos de ninguno de los dos. Según Richard, después de que Nicholas naciera, habían escogido abandonar la seguridad de las protecciones de la Biblioteca y habían elegido «fingir que eran independientes» en Edimburgo, y allí había sido donde habían sido asesinados. Nicholas sabía que Richard aún estaba enfadado con su hermano menor por marcharse, y era una rabia que Nicholas había heredado, en mayor o menor medida. Si sus padres simplemente hubieran hecho como él (si hubieran hecho lo que él hacía), y se hubieran resignado con una vida en la Biblioteca, ahora seguirían vivos.

Aunque su padre había sido un Escriba, su madre había sido como Richard y Maram, que eran capaces de sentir la magia pero no de crearla, y como los padres de ella antes: una de las familias de legado mágicas creadas cuando el antepasado de Nicholas había fundado la Biblioteca a finales del siglo XVIII, y ordenó hacer el hechizo que confinaría toda la magia a las familias mágicas.

A Nicholas le costaba imaginar cómo había sido el mundo de los libros antes, con el talento mágico apareciendo en las personas sin importar si los miembros de su familia tenían las mismas habilidades o no. Había visto el libro que contenía el hechizo del linaje solo una vez, casi quince años atrás, en el estudio de Richard: era un libro grueso y complicado, y de forma inmediata había sabido que se había cobrado la vida de más de un Escriba para poder escribirlo. Tres, más concretamente, como le confirmó su tío después.

Y aún más difícil que imaginarse un mundo en el que la magia era aleatoria era imaginar un mundo en el que había tantos Escribas que podían desangrarse tres hasta morir para que un cuarto escribiese el hechizo.

Richard sostenía que los ancestros de Nicholas habían encargado el hechizo del linaje para asegurarse de que el conocimiento mágico pasara de unos a otros, en lugar de estar prácticamente perdido entre una gente dispersa e inconexa. Pero, en privado, Maram le había contado una vez a Nicholas que su ancestro había querido que el hechizo funcionara de una forma ligeramente diferente. Había pretendido que se confinara toda la habilidad mágica tan solo a *su* linaje, a sus hijos, y a los hijos de sus hijos, durante generaciones. Pero el hechizo había rechazado aquella intención, y en su lugar se había generalizado.

A Nicholas le parecía que, si Maram decía la verdad, y pensaba que así era, la intención original del hechizo era totalmente despiadada. Todo lo que sabía sobre su ancestro hacía que le pareciese inequívocamente desagradable. Aunque tenía que admitir que el retrato con el delantal manchado de sangre que había contemplado en una ocasión no le había hecho muchos favores a su ancestro para su imaginación hiperactiva.

De todas formas, el hombre había conseguido lo que quería al final, ¿no era así? Tan solo quedaba un Escriba, y era su propio descendiente. Maravilloso para su antepasado, una mierda para Nicholas, quien había tenido que aprender todo sobre escribir de los montones y montones de notas que la Biblioteca se había pasado los últimos siglos buscando por todo el mundo, pagando exorbitantes precios por ellas a vendedores privados e instituciones públicas por igual.

Maram había sido contratada en primer lugar para la recopilación y conservación de aquellas notas unos años después de graduarse en Oxford con un doctorado en teología. Entonces, había diseñado el plan completo de educación de Nicholas, había contratado a los tutores necesarios y, en general, se había vuelto tan indispensable que ahora era parte casi en igual medida de la Biblioteca como el mismísimo Richard. Era probable que ella supiera más sobre las particularidades de los Escribas que ninguna otra persona viva.

Mientras comprobaba las notas y bostezaba, Nicholas se preguntó, y no era la primera vez, quién organizaría sus notas si él moría. Quizá su propio hijo, aunque era difícil imaginarse cómo surgiría ese supuesto hijo, teniendo en cuenta el poco tiempo que pasaba en compañía de gente fuera de su casa. Prueba de cuán trágica era su vida social era que sus únicos enamoramientos hasta entonces habían sido ficticios, como los mosqueteros y las mujeres que los amaban.

Volvió a bostezar. A pesar del café, no dejaba de cabecear sobre su portátil, y tras un rato, se levantó para librarse de la modorra y la rigidez de mediodía. Estaba estirándose cuando sir Kiwi se levantó de un salto y comenzó a ladrar, y un segundo después alguien llamó a la puerta.

—¿Nicholas?

Era Maram. Abrió la puerta un poco.

—¿Sí?

Ella le sonrió, y movió un bote con algo que traqueteaba dentro frente a él.

—Te he traído un poco de paracetamol —dijo ella—. ¿Puedo pasar?

Ella sabía muy bien lo de su privacidad, así que no le pediría entrar si no tuviera una razón concreta. Retrocedió con cautela. Ella se agachó para acariciarle la cabeza a sir Kiwi, y después se sentó junto a la impresora y observó las páginas deslizarse fuera de la apertura casi silenciosa. Nicholas echó un par de pastillas en la palma de su mano, porque ciertamente le dolía la cabeza, y se las tragó con lo último que le quedaba de té. Alzó la vista para mirar a Maram.

Ella lo contemplaba con una intensidad extraña, una quietud que chocaba con su rostro expresivo. La luz blanca que entraba por la ventana le iluminó los surcos de la frente, las arrugas de la boca, y de repente la hicieron parecer mayor e infeliz.

—¿Qué? —dijo él—. ¿Qué pasa?

—Nada, no pasa nada —dijo ella—. Solo he venido a decirte que Richard y yo estaremos en la sala de estar invernal desde las ocho hasta medianoche, arreglando algunas cosas para las semanas siguientes. No queremos que nos molesten.

—Recibido.

Ella agarró un pisapapeles de latón en forma de gorrión y lo observó.

—Hasta medianoche —repitió—. Y quizá te apetezca irte a la cama temprano. Richard te ayudará a hacer la tinta mañana por la mañana a las siete.

—¿A las siete? —Nicholas soltó un quejido.

—Tiene una reunión en Londres a las diez.

—Soy perfectamente capaz de hacer la tinta yo solo, sobre todo si eso significa que puedo dormir hasta después del amanecer.

—Richard quiere que lo esperes. —Maram lo observó con una expresión que alguien que no la conociera podría confundir con irritación. Sin embargo, Nicholas reconoció su preocupación—. He intentado de nuevo convencerlo de no obligarte a hacer esto tan pronto, pero ambos al parecer pensáis que no pasa nada.

—Y no pasará nada —dijo Nicholas—. Otro tema es si será agradable.

Maram soltó un suspiro insatisfecho, y Nicholas la observó más de cerca. Se fijó en que tenía el ceño fruncido, la piel algo cansada. Lo de la noche anterior la había inquietado tanto como a Nicholas.

—Solo quiero que descanses un poco —dijo ella, alejándose—. Necesitarás las fuerzas.

—¿Para qué? —preguntó Nicholas—. ¿Para pasear a sir Kiwi hasta el lago y volver? ¿Para estar tumbado y leer novelas de espías? Tú también necesitas descansar, así que no malgastes todas tus fuerzas preocupándote por mí.

Maram negó con la cabeza.

—En cualquier caso, Richard y yo estaremos en la sala de estar invernal de ocho a doce.

—Ya lo has mencionado.

—Estaréis Collins y tú solos durante esas cuatro horas, dado que Richard y yo estaremos ocupados. Muy ocupados.

Dijo aquellas palabras lentamente, con firmeza, como si estuviera informándolo de algo mucho más importante que simple logística. Era bastante inquietante.

—Los adultos necesitan pasar tiempo a solas —dijo Nicholas con las manos alzadas—. Entendido.

Ella dejó el pisapapeles sobre el escritorio con un golpe seco, y le dedicó una sonrisa rápida y nerviosa.

Y entonces, se marchó.

—Qué raro —le dijo Nicholas a sir Kiwi, agachándose para rascarle tras las orejas—. ¿No ha sido raro? ¿A que sí? Sí… Casi tan raro como tú. ¿A que eres una extraña y pequeña…?

Pero antes de que pudiera seguir hablándole a la perra como si fuese un bebé, vio algo que lo hizo ponerse en pie de nuevo.

El pisapapeles de gorrión estaba puesto sobre la madera de su escritorio... Solo que ahora había algo atrapado debajo: un pequeño trozo de papel. Nicholas tiró de él y se quedó mirándolo, más perplejo que nunca.

La nota estaba escrita con la elegante letra de Maram. Una serie de números y letras que no tenían ningún sentido, hasta que se dio cuenta de que era el equivalente de la Biblioteca a un número de catálogo: su propio sistema decimal Dewey especializado.

«PR1500tt».

Era la localización de un libro de la colección.

Nicholas leyó el número dos veces, y entonces miró a través de la ventana que había sobre su escritorio. Miró la neblina que se había instalado entre los pliegues de las colinas, aunque sin verla realmente, ya que estaba preocupado por el papel que tenía entre el pulgar y el índice. Maram quería que fuera a la Biblioteca y encontrara aquel libro, y quería que lo hiciera mientras ella y Richard estaban ocupados, eso estaba claro. Maram en ocasiones le decía que repasara ciertos hechizos, y después le hacía preguntas sobre ellos. Lo que no entendía era por qué no se lo había dicho claramente en primer lugar. No veía la razón para que una tarea como aquella exigiera ese secretismo.

Comprobó su reloj: eran pasadas las cinco. No podía empezar a escribir el hechizo de la verdad hasta haber hecho la tinta de todas formas, lo cual, aparentemente, debía esperar hasta la mañana siguiente. Así que, si comenzaba a las ocho, tendría tiempo suficiente para encontrar el libro y tratar de averiguar a qué se debía el extraño comportamiento de Maram. Por ahora, terminaría de escribir el borrador, y quizá se echaría una siesta.

Se sentó de nuevo en el escritorio y dejó la nota de Maram a un lado, pero le costó mucho volver a centrarse. En el exterior, el cielo estaba gris y parecía tan liso como una caracola, de un nacarado brillante en los lugares donde las nubes cubrían menos y se veía el sol del atardecer a través de ellas. Un pájaro pasó frente a la ventana. Era precioso, como una vez Nicholas había pensado que era la magia.

¿Cuánto tiempo había pasado desde la última vez que había escrito un libro solo por el placer de hacerlo, y no por servir a la Biblioteca o por cumplir el sueño de algún millonario? Cuando era más joven, antes de empezar a ocuparse de los encargos, lo había hecho muy a menudo; de hecho, lo habían animado a ello, a pensar en ideas excéntricas y ver si podía escribirlas y hacerlas realidad. Era considerado parte de sus lecciones. Como la mayoría de los niños, a Nicholas le habían encantado los mitos y los cuentos de hadas, pero a diferencia de los demás, no se había imaginado a sí mismo como el valeroso héroe o la heroína que escupía joyas de la boca bendita, o que fabricaba oro del trigo, o que se topaba con judías mágicas, lámparas mágicas u ocas mágicas. Su lugar estaba fuera de aquellas historias, donde él imaginaba que alguien escribía todos los hechizos que hacían que aquella magia fuera posible. Así que había basado muchos de sus primeros libros experimentales en los cuentos que le gustaban: un encantamiento para un arpa que hacía que todos los que la escucharan lloraran; un hechizo para robarle la voz a alguien y esconderlo en una caracola marina.

Él no podía leer sus propios libros, así que se veía obligado a pedirles a sus guardianes o tutores que los leyeran por él, y los observaba sin aliento, esperanzado, para ver si su magia había funcionado. Había tenido algunos fallos, lo cual suponía que era precisamente el objetivo de aquellos ejercicios. Por ejemplo, había aprendido por sí mismo que no se podía transformar directamente un cuerpo viviente, sin importar cuántas veces intentara escribir un par de alas o conseguir que un animal hablase. Pero las veces que había tenido éxito habían sido emocionantes. Durante un tiempo, se había sentido como si pudiera hacer cualquier cosa.

Aquella sensación se había disipado con los años, así como el placer que una vez le habían generado sus propias habilidades. Los encargos sin fin habían minado cualquier sensación de estar jugando cuando escribía, y conforme se hacía mayor, se volvió más y más difícil convencer a sus tutores de leer los pocos hechizos que escribía por placer. Le daba la sensación de que algunos incluso le tenían miedo, aunque lo más cerca que había estado de herir a alguien había sido cuando había escrito un encantamiento para un par de zapatos que hacían que el que los llevara puestos bailara; un hechizo que su tutora de clásicos había leído en voz alta a regañadientes, una mujer de setenta y dos años, con un estado físico menos que ideal para pasarse media hora bailando un vals frenético.

Había habido un día particularmente deprimente cuando tenía unos diez años, después de haberse pasado casi un mes haciendo un borrador de forma obsesiva sobre un libro para hacer una alfombra mágica en la vida real. Lo había escrito con sumo cuidado para que fuera la clase de magia que funcionaba solo con un objeto, y no con el lector, para así poder experimentar sus propios libros por una vez; podría subirse a la alfombra y volar sobre el campo, sobre el estanque, alejarse de la Biblioteca...

Si era que alguien podía leerlo por él.

Sabía muy bien que, aunque Maram y Richard podrían dignarse a leer el hechizo, ninguno lo dejaría subirse a la alfombra y probarlo. Pero habían pasado unos días fuera, en un viaje para la colección en Chile, y esperaba poder evadir su cautela y convencer a otra persona, alguien que quizá fuera menos severo en prevenir lo que Richard llamaba «comportamientos de alto riesgo», lo cual incluía: nadar, escalar, correr demasiado deprisa, deslizarse por la barandilla de las escaleras, montarse en un coche con alguien y que no condujeran Richard o Maram y pasar tiempo con otros niños, a excepción de los adustos y sosos hijos de los socios de la Biblioteca, a quien a veces se les permitía visitarlo.

Su tutor por aquel entonces, el señor Oxley, se había retirado recientemente de Eton, y le había dado a entender de forma bastante clara a Nicholas que no había aceptado el puesto en la Biblioteca porque le gustara enseñar, sino por la considerable remuneración. El hombre se había reído en voz alta cuando Nicholas le pidió que leyera el hechizo de la alfombra mágica.

—¿Para qué, para que puedas irte volando y romperte el cuello? —preguntó el señor Oxley—. Un cuello que, por cierto, vale muchísimo más que mi propia vida, al menos para cierta gente. Aunque mi mujer, mis hijos y mis nietos puede que no estén de acuerdo. Así que, por su bien, creo que voy a negarme.

Después, Nicholas fue a la cocina de los empleados, donde el cocinero estaba cortando puerros y dos de los empleados estaban bebiendo café sentados a la mesa. Se levantaron rápidamente en cuanto Nicholas entró, se alisaron los delantales y le ofrecieron una sonrisa. Ya estaba acostumbrado a eso, a cómo todos se ponían firmes en cuanto entraba en una habitación, pero últimamente se había dado cuenta del cambio en sus rostros cuando lo hacían: se fijó en que fuera cual fuere la expresión natural que habían tenido, se borraba enseguida y se instalaba en ellos la misma sonrisa insípida y cortés. Había empezado a preguntarse cómo sería que alguien le sonriera solo porque realmente quería hacerlo.

—Necesito que alguno lea un hechizo por mí —les había dicho él. Se esforzó por imitar la voz grave de su tío, la autoridad natural en ella. Pero en su lugar, le salió un lloriqueo, un tono infantil, así que se aclaró la garganta—. No necesitáis saber lo que es, tan solo debéis leerlo.

—Con mucho gusto —dijo el cocinero—. En cuanto tu tío y la Dra. Ebla vuelvan y podamos pedirles permiso.

—¡*Yo* os estoy dando permiso!

El cocinero era un hombre delgado y de piel oscura, calvo como el hueso de un aguacate, y llevaba más tiempo en la Biblioteca que cualquiera de las sirvientas. Dejó el cuchillo y estudió con seriedad a Nicholas.

—¿Sabes lo que significa «cadena de mando», Nicholas?

—Sí —dijo Nicholas, y enseguida se arrepintió de admitirlo. Era muy fácil ver a dónde quería ir a parar.

—Tu tío y la Dra. Ebla están en lo más alto de esa cadena. Así que, al igual que tú, no puedo hacer nada sin que lo aprueben.

—Y ¿dónde estoy yo en esa cadena, entonces? —preguntó Nicholas.

—Bueno, es complicado —dijo el cocinero, volviendo a blandir el cuchillo—. Hay algunas cosas que sí puedes ordenarme hacer. Por ejemplo, si bajaras aquí ordenando que te diera una de las galletas de chocolate que acabo de hacer, esas que están ahí, las grandes. En ese caso…

Nicholas sabía que estaba intentando distraerlo, pero también le apetecía mucho una galleta de chocolate. Exigió una, y la obtuvo, así que se marchó para comérsela en su escritorio, escaleras arriba. Mientras la masticaba, se quedó mirando el libro en el que había trabajado tan duro, lleno de semanas de investigación, días enteros de escribirlo, y mililitros de su sangre. Pensó en lo buenas que estaban las galletas siempre que se las comía, pero en cuanto tragaba el último bocado, el placer desaparecía. Montarse en una alfombra mágica probablemente habría sido lo mismo; maravilloso mientras estaba pasando, pero entonces terminaría, y el asombro con ello. Así que, de todas formas, ¿qué más daba? La magia era estúpida e inútil. Su talento era estúpido e inútil. Y probablemente él también debía ser estúpido e inútil.

Ahora, años después, estaba sentado en el mismo escritorio, aunque no tenía galleta alguna. Pasó la vista del borrador del hechizo de la verdad, el cual apenas había cambiado del aburrido encantamiento que había escrito infinidad de veces, hacia la extraña nota de Maram. «PR1500tt». Un libro en inglés, magia de transformaciones.

Definitivamente, muy curioso.

10

A las ocho, Nicholas se despertó de una siesta y se dirigió hacia la Biblioteca, con Collins siguiendo sus pasos por la gran escalera y a través del gran comedor.

La colección había estado en una ocasión contenida dentro solo de la biblioteca de la casa original, la cual había sido un espacio modesto adyacente a la capilla y al comedor formal. A finales del siglo XIX, sin embargo, el bisabuelo de Nick había echado abajo las paredes y había expandido la Biblioteca con dos habitaciones, así que ahora ocupaba la mitad del primer piso, con la temperatura y la humedad controladas con cuidado de acuerdo a las especificaciones de los archivos. La entrada era una puerta de metal que exigía un escaneado de retina y una huella, y tan solo Richard, Maram y Nicholas tenían acceso, aunque algunos empleados entraban regularmente para limpiar, bajo supervisión.

Collins se quedó a un lado con los brazos cruzados mientras Nicholas alineaba el ojo con el escáner.

—¿Qué hacemos aquí abajo?

—Voy a buscar algo —dijo Nicholas—. No hace falta que entres conmigo.

Collins asintió, y Nicholas no se había fijado en lo tenso que estaba su guardaespaldas hasta que observó cómo los hombros se le relajaban.

—¿Por qué odias tanto los libros? —preguntó Nicholas, curioso. Siempre había creído que el evidente odio de Collins hacia la magia era una parte integral de su naturaleza, pero se preguntó de repente si habría algo más en el asunto que una simple hosquedad.

Collins se aclaró la garganta. Parecía a punto de decir algo, y movió los labios, pero no salió ningún sonido, así que paró, se aclaró de nuevo la garganta y tragó saliva. Dejó escapar una fuerte tos áspera y negó con la cabeza.

Nicholas lo miró, sorprendido. Por supuesto, sabía que Collins estaba bajo los efectos de un acuerdo de confidencialidad, pero reconoció el inconfundible sello de intentar hablar a través de la orden de silencio mágica. Sin embargo, no entendía por qué el acuerdo de confidencialidad iba a frenar a Collins de decir su opinión. Él escribía todos los acuerdos, aunque eran Richard y Maram los que los leían en voz alta, y eran una magia algo delicada, que permitía al lector completar los términos exactos del silencio obligatorio. Hasta donde él sabía, los empleados tenían prohibido decir «extravagante», una palabra que Nicholas sabía con certeza que a Maram no le gustaba.

Por fin, Collins dijo:

—Todos los libros están escritos con sangre.

Bueno, sí, eso era cierto. A Nicholas a veces se le olvidaba que no todo el mundo estaba tan íntimamente familiarizado con la sangre en todas sus formas como él.

—Vale, me parece justo —dijo él.

Presionó el pulgar contra el panel táctil, y la puerta de metal se abrió con un zumbido. Entró y volvió a accionar el cierre con el dedo. Después, agarró un par de guantes de algodón blancos de la mesa redonda alta que había justo allí, y se los puso mientras los engranajes hacían que se cerrara la puerta. En el último segundo, le echó un vistazo a Collins, y vio el rostro infeliz de su guardaespaldas justo antes de que el grueso metal los separara.

Las luces de la Biblioteca se activaban con el movimiento, así que en cuanto Nicholas entró en la habitación, se encendieron con un parpadeo, iluminando las estanterías una a una hasta que dio una fuerte palmada y tres candelabros de cristal gigantescos expulsaron la oscuridad que restaba. Las paredes tenían distintos ángulos, curvas donde la biblioteca original lo había sido, y rectas a través de lo que había sido el antiguo comedor, para después virar y alzarse en la parte que antiguamente había sido la capilla. Cada centímetro de esa pared estaba lleno de estanterías con libros.

Algunas tenían puertas de cristal, otras no, pero todas estaban talladas de forma suntuosa en madera oscura de roble inglés. Las intricadas curvas de las flores y la vid brillaban bajo las lámparas de latón adheridas en la parte alta de cada estante. También había estantes independientes de doble cara, igual de altos y tallados de la misma manera, algunos colocados en línea recta, y otros en espiral para acompañar las curvas de las paredes y darle al lugar un ambiente laberíntico y cerrado. Aquí y allí había escaleras en espiral de madera de caoba portátiles, con remates de latón, y con la parte de debajo de cada escalón pintado en un carmín brillante que aparecía y desaparecía conforme Nicholas se movía por los pasillos, como si viera echar a volar a un cardenal por el rabillo del ojo.

Los propios libros estaban organizados según un sistema de clasificación creado por el bisabuelo de Nicholas, que los separaba por año, lugar de origen y función. Había más de diez mil, y no todos eran libros en el sentido más estricto de la palabra; algunos de las estanterías con puertas de cristal contenían pergaminos, algunas páginas, y el «libro» más antiguo de la colección era, en realidad, fragmentos de un papiro de tres mil años escrito en arameo, con las letras tan desgastadas por el uso que solo podían leerse bajo un microscopio especializado. En su día, fue un hechizo que hacía que un burro tuviera el doble de fuerza durante un día entero.

—¿Para qué lo tenemos? —Nicholas había preguntando mientras observaba los fragmentos delicados y amarillentos que estaban preservados tras el cristal. Tenía unos nueve años—. Si ya no sirve para nada y no puedes prestarlo… ¿por qué conservamos libros que no sirven para nada?

—Todo lo que podemos aprender de un libro es valioso, no solo lo que puede hacer ese ejemplar —le había dicho Maram—. Las trazas de tinta. Los métodos de encuadernación. La composición del papel. La Biblioteca es la única portadora de una línea de conocimiento muy antiguo: cómo hacer esta tinta especial, cómo hacer estos libros especiales. Tenemos una gran responsabilidad, tanto de preservar el conocimiento como de mantenerlo a salvo. En las manos equivocadas…

—Pero yo soy el único que puede hacer la tinta —dijo Nicholas.

—Exacto —dijo Maram, que lo miró directamente con los oscuros y luminosos ojos—. Así que tú tampoco puedes caer en las manos equivocadas.

Pero sí que lo había hecho.

Había ocurrido en el último día de octubre, cuando tenía trece años, en San Francisco, cuando aún se le permitía salir del Reino Unido más a menudo. Richard y él habían estado caminando por la calle y discutiendo. Aquel año había sido durante el que Nicholas había estado más enfadado, un embotamiento de la pubertad en el que había querido cualquier otra vida que no fuera la que se le había asignado. Y, en ese día en particular, había estado recuperándose de un encargo bastante complejo: un volumen que había causado una granizada de dos días, con sus rayos respectivos, el cual lo había comprado un multimillonario de Sonoma County con el singular objetivo de arruinarle la boda al aire libre a su exmujer.

Nicholas había querido empezar la discusión que estaban teniendo. La había provocado al meterse el libro de la granizada con demasiada fuerza en el bolsillo de la chaqueta, lo cual sabía que haría que Richard no pudiera evitar regañarle, y entonces Nicholas podría comenzar a gritar, y así había sido. La pelea con Richard había sido tan intensa que ninguno de los dos había prestado atención a la furgoneta que había parado en la calle, junto a ellos. Un vehículo estridente que publicitaba una empresa local de fontanería.

—Están siguiéndonos —había dicho Richard entonces, en un tono de voz que Nicholas jamás le había escuchado.

Un segundo después, agarró a Nicholas del brazo y tiró de él para alejarlo de la calle, pero para entonces ya era demasiado tarde. La puerta de la furgoneta se abrió, y varias figuras con máscaras negras saltaron fuera, con instrumentos de metal resplandeciendo en las manos. Unos días más tarde Nicholas se había encontrado moretones aún pintados en los brazos con la forma de los dedos de Richard, cuando lo había agarrado. Pero, para ese momento, aquellas eran las heridas menos graves.

Habían dejado a Richard inconsciente y apresado a Nicholas, llevándoselo con los ojos vendados y aterrorizado, durante lo que le parecieron horas. Después, lo ataron a una silla y lo dejaron allí (donde fuera que era «allí»), solo. No sabía cuánto tiempo había pasado, pero fue lo suficiente como para mearse encima varias veces. Entonces, por fin, sus secuestradores volvieron. Se escuchaban varias pisadas diferentes. Él preguntó si eran la gente que había matado a sus padres, y alguien se rio y le dijo que sí.

Por la cantidad de preguntas que le hicieron, estaba claro que querían el secreto mejor guardado de la Biblioteca: el secreto de los mismísimos Escribas. Querían saber cómo se escribían los libros, y quién los escribía, sin darse cuenta de que la respuesta estaba atada a una silla justo delante de ellos. Nicholas no les dijo nada. Por fin, después de horas de interrogatorio y dos dedos rotos, una persona que olía a detergente de lavanda llegó y le clavó una aguja en el brazo, y allí era donde sus recuerdos acababan.

Cuando se despertó, estaba en una cama de hospital. Abrió lo que resultó ser el ojo que le quedaba, y vio a Maram echada en una silla junto a él, agotada de una forma en que jamás la había visto, y jamás la vería de nuevo. A su espalda, Richard se paseaba de un lado a otro.

Después de que los médicos le contaran el alcance de sus lesiones, y después de que Richard y Maram le explicaran que lo habían encontrado y le habían salvado la vida gracias a la fecha de caducidad activada del libro de la granizada que aún tenía Nicholas en el bolsillo, por fin, luego de que él les dijera todo lo que sabía sobre sus secuestradores, lo cual no era nada, Richard se arrodilló junto a su cama y le agarró la mano a Nicholas.

—Si llegamos a encontrarte quince minutos más tarde... —dijo él con la voz temblorosa, y se frenó, incapaz de terminar la frase. Cuando habló de nuevo, lo hizo con la voz estable y fuerte—. No dejaré que esto vuelva a pasar jamás.

Nicholas agachó la cabeza, avergonzado por la emoción que le producían las palabras de Richard, pero agradecido por ellas. Richard le apretó la mano y dijo:

—No, Nicholas. Quiero que me mires mientras te lo digo. Quiero que me creas cuando te digo que no volverá a pasarte nunca más nada como esto. Te mantendremos a salvo, la Biblioteca, Maram y yo. Te lo prometo.

Y había mantenido su promesa. Desde aquel momento, Nicholas había estado a salvo... muy a salvo. Había agradecido la protección, no había cuestionado su necesidad. Y ya no soñaba con una vida diferente a esta.

Y, dado que esta era su vida, y más o menos había aceptado que era la única que tendría jamás, decidió sentirse orgulloso de lo que podía hacer de ella. Se centró incluso más en estudiar los libros, las notas de su padre, en aprender a escribir, y desde hacía mucho tiempo había memorizado el plano de la Biblioteca.

Así que sabía exactamente dónde encontrar la información que Maram había copiado en la nota. Estaba en una de las baldas curvadas de la librería original, en un punto muy alto, así que Nicholas empujó el globo del siglo XVII a un lado, y arrastró una de las escaleras en espiral para poder alcanzarlo. Estaba encuadernado de forma bastante tosca con un cuero sin tintar, de modo que estaba áspero. Lo bajó y leyó la tarjeta con la información que había en la portada de plástico.

País de origen: Inglaterra.
Año estimado de la escritura: 1702.
Conseguido en: 1817.
Efecto: causa que todas las mezclas de químicos propulsores (e.g., pólvora) se conviertan en Bombus terrestres al explotar.
Muestra de tinta: tipo de sangre O negativa, se detecta trébol y bálsamo.

Ahora recordaba el libro; lo había estudiado cuando estaba aprendiendo sobre magia transformativa. Se ajustó los guantes y comenzó a ojear las páginas. No tenía ni idea de qué era lo que Maram quería que buscara, y estaba listo para pasar las páginas rápidamente y leerlo por encima hasta que encontrara algo, pero enseguida vio que no sería necesario.

Al principio del libro, entre la cubierta y la primera página, había una nota.

Esta también estaba escrita con la letra de Maram, y la leyó mientras comenzaba a sentir un dolor de cabeza formándose tras sus ojos.

Era otro número de catálogo.

¿Qué era esto, una especie de búsqueda del tesoro? Dejó el libro que transformaba balas en abejas de donde lo había sacado, y se abrió paso hasta el otro lado de la biblioteca, donde la antigua capilla había estado. Estaba tan centrado en el camino que se chocó contra el filo de una estantería con su lado ciego, y soltó una maldición en voz alta, aunque al sonido de su voz se lo tragó el zumbido del deshumidificador junto con las capas y capas de papel que había.

El siguiente libro estaba en una de las estanterías bajo las ventanas de vitral que habían pertenecido en una ocasión a la capilla, en una tarima donde se habría pronunciado el sermón. Estaba justo detrás de uno de los dos sillones orejeros de cuero georgianos de color rojo que rodeaban la vitrina de cristal que le llegaba por el pecho. Dentro de la vitrina había un fragmento de caliza de cuatro mil años de antigüedad tallado en bajorrelieve, que representaba a la diosa egipcia de la escritura, Seshat, la señora de los libros. Su nombre significaba «la Escriba».

Pero aquello no era una simple reliquia, claro. Al otro lado del fragmento de caliza había una serie de jeroglíficos meticulosamente tallados que abarcaban casi la piedra entera. Y si se miraban esos caracteres tallados bajo un microscopio, se podían ver trazas de sangre en los surcos. El Escriba que había tallado aquel hechizo, que había muerto hace muchísimo tiempo, había mezclado su sangre con hierbas y arcilla, y lo había sellado sobre el relieve. Era lo que Maram llamaba un «hechizo acompañante», que se escribía para aumentar los efectos de otra magia, en lugar de tener un efecto por sí mismo.

Aquel hechizo acompañante en particular podía prolongar los efectos de cualquier libro durante tres horas, y el tallado era de un valor incalculable, no solo por lo antiguo que era sino porque la magia estaba aún intacta, aunque escasamente. Había suficiente sangre en él para una última lectura, lo cual era casi un milagro si se tenía en cuenta que los hechizos tallados o grabados por lo general solo admitían un par de lecturas en total. Pero mientras Seshat estuviera bajo la protección de Maram, Nicholas sabía que aquellas trazas de sangre permanecerían allí, y la magia de cuatro mil años de antigüedad permanecería sin leer para siempre.

Según Maram, el abuelo de Nicholas había adquirido aquella reliquia en 1964, en una reunión de conservación para un museo de Nueva York, a través de un poderoso hechizo de persuasión, que hacía que el lector pareciese alguien en quien se podía confiar por completo para cualquiera con quien hablase en los siguientes treinta minutos. Maram le contó a Nicholas que el hechizo originalmente había sido escrito para la Compañía Neerlandesa de las Indias Orientales, para que lo usaran los esclavistas.

Nicholas tenía trece años cuando Maram le contó aquello, con la cuenca del ojo vacía que aún se le estaba curando bajo el parche. Ella estaba sentada en uno de los sillones rojos mientras él observaba el antiguo tallado y rozaba con los dedos el cristal de la vitrina. Pero aquella última parte hizo que se echara hacia atrás.

—Eso es terrible —dijo.

—Sí que lo es —dijo Maram—. Fue escrito en 1685.

La Biblioteca se había fundado en el 1685. O, al menos, ese era el año en el que el ancestro de Nicholas había decidido transformar su colección de libros personal en el comienzo de una organización. Aquel era el año en que había contratado a los primeros empleados de la Biblioteca, y el año en el que había designado al primer Escriba de la Biblioteca oficial: su hermana.

Nicholas sintió que se le caía el alma a los pies.

—¿Escribió ese libro un Escriba de la Biblioteca?

—Así es —dijo Maram—. De hecho, fue la primera petición, y las ganancias se usaron para renovar la capilla.

Nicholas bajó la mirada de la tarima hasta el patrón de colores que el sol que entraba por la vidriera pintaba sobre la alfombra.

—Pero… —dijo. Supo que lo que estaba a punto de decir era muy infantil, pero no podía no continuar—. Pensaba que mi tatarabuelo o lo que fuera fundó la Biblioteca porque quería ayudar a la gente.

Aquella era la historia que le habían contado: que el cirujano había presenciado tanto sufrimiento por su profesión que a la mediana edad había transformado su propósito de la medicina a la magia, esperando encontrar una manera de curar de forma milagrosa el cuerpo humano. Pero los libros no podían interferir con la biología, al menos no de manera permanente, así que, con el tiempo, los auspicios de la Biblioteca se expandieron del simple estudio para incluir la colección, la preservación y los encargos. Escribir hechizos para esclavistas no había estado incluido en la historia de origen, tal y como Nicholas la había escuchado.

—La Biblioteca alberga poder —dijo Maram—. Y el poder siempre es un reflejo del mundo que lo ha creado, sin importar la intención.

—Pero la magia podría ayudar a mejorar el mundo —probó Nicholas.

—No, no puede —dijo Maram en un tono brusco—. Tu tío entiende este concepto, y tú también has de entenderlo. Es por lo que mantenemos los encargos pequeños y personales, por lo que nunca escribirás para gobiernos o corporaciones, o para líderes de rebeliones políticas, sin importar lo interesantes que parezcan sus causas o el dinero que te ofrezcan. No estamos aquí para cambiar el mundo con los libros, Nicholas. Parte de la razón por la que los coleccionamos es para mantenerlos a salvo *del* mundo, porque el mundo hace un mal uso del poder, y la Biblioteca ha participado en ese mal uso durante siglos. ¿Entiendes lo que te digo?

Nicholas lo había entendido. Pero, incluso ahora, no le gustaba mirar el tallado, y no le gustaba ver las duras líneas del perfil de Seshat, y evitó mirarlo mientras subía las escaleras de la tarima.

En el exterior, los libros de la sección de la capilla eran tan coloridos como los demás ejemplares, con los lomos de un color de cuero intenso, o de una tela opaca, o incluso de metal amartillado, pero en el interior estaban pálidos como un fantasma. Allí era donde la Biblioteca guardaba los libros con tinta descolorida, que significaba que la magia se había agotado. El libro al que Maram hacía referencia era un volumen delgado y estirado, con una cubierta de cuero rojo, y con la habitual placa en su sitio.

País de origen: Hungría.
Año estimado de la escritura: 1842.
Conseguido en: 1939.
Efecto: provoca que objetos sólidos inanimados se conviertan en translúcidos y puedan traspasarse; permite a un cuerpo pasar a través de algo. Máximo seis minutos por lectura.

Por lo que Nicholas sabía, no había nada de extraordinario en aquello a primera vista. El libro no parecía ser más que lo que era, un hechizo de apenas cuarenta páginas, y con la tinta casi tan descolorida que había perdido todo su poder…

Pero no del todo.

Nicholas alzó el libro a la altura de los ojos y los entrecerró para mirar la primera página. La tinta era muy débil, sí, pero a diferencia del resto de los libros de la sección, no estaba del todo usada. Aún quedaba algo de magia en él. Comenzó a mirarlo de nuevo y, en esa ocasión, cuando llegó al final vio algo bastante interesante.

En la última página alguien había escrito algo. La tinta, la cual se había desgastado y era casi inutilizable, se volvió de repente fuerte. Otra mano había cambiado las palabras finales del hechizo.

La última página había sido reescrita por un Escriba totalmente distinto para hacer que el libro fuera recargable.

A Nicholas se le aceleró el pulso. Esto… esto sí que era algo interesante. Un libro recargable necesitaba más sangre de lo habitual; necesitaba toda la sangre que alguien pudiera darle.

Lo cual significaba que alguien, en algún momento, había muerto para reescribir el libro.

Apretó el dedo cubierto por el guante contra la leve mancha marrón donde la página aceptaría la sangre del lector, y leyó de nuevo la nota.

Provoca que objetos sólidos inanimados se conviertan en translúcidos y puedan traspasarse; permite a un cuerpo pasar a través de algo.

Alzó la mirada hacia la estantería, la cual estaba hecha de una madera de roble robusta y clavos de metal, y los estantes estaban repletos de libros de cuero y papel. Objetos sólidos e inanimados. Había una sección de madera a la vista donde el libro había estado colocado, y la parte trasera del estante estaba pegada a la pared. En la madera había un símbolo tallado que no era más grande que la uña de su dedo meñique, pero que era una clara y deliberada «X».

Retrocedió para examinar la alfombra que había bajo sus pies. Era como todas las demás alfombras que había en la Biblioteca: de lana entretejida, desgastada por los años. ¿Se lo estaba imaginando

Nicholas, o el camino desgastado parecía sutilmente diferente allí? Se arrodilló ante la base de la estantería y se quitó los guantes para poder pasar los dedos por la tela, y no, no se lo estaba imaginando: la alfombra era más delgada, no solo en el centro del pasillo sino también en el costado. Había un giro que apenas era perceptible en el camino que llevaba hasta el libro, a la estantería. La sección más delgada se introducía hasta la base de la estantería, como si no solo llegara hasta ella, sino que la atravesase.

Se puso en pie, y miró fijamente el libro recargable que tenía en las manos, y después de nuevo el camino que había en la desgastada alfombra.

Permite a un cuerpo pasar a través.

Había algo más allá de esta estantería. Algo a lo que solo se podía acceder al usar el libro hasta el que Maram lo había guiado, un libro que cualquiera podía leer. Cualquiera podía apretar el dedo contra la página y dejar que el papel bebiera su sangre; cualquiera podría leer las palabras que harían que aquella estantería se volviera permeable, unas palabras que disolverían la barrera de los estantes, el marco, y permitirían al lector moverse a través para acceder a lo que esperara al otro lado.

Cualquiera, excepto alguien que no podía tocar ni ser tocado por la magia.

Cualquiera, excepto Nicholas.

Fuera lo que fuere lo que hubiera al otro lado, estaba fuera de su alcance a propósito, para él y solamente para él.

Dejó el libro en su sitio con una mano temblorosa, tapando la «X» tallada de forma tan delicada. De repente se sentía como si todas las estanterías se cernieran sobre él, observándolo. Si Maram quería que descubriera aquello, ¿por qué no simplemente se lo había contado? ¿De verdad creía que estaba tan aburrido que necesitaba un juego de niños para matar el tiempo?

Collins estaba sentado en el suelo en el pasillo exterior, con la barbilla apoyada en la mano. En cuanto Nicholas salió por la puerta de metal, se levantó, y dio un paso hacia atrás cuando vio que Nicholas no cerraba la puerta tras de sí.

—¿Has encontrado lo que buscabas? —le preguntó.

A Nicholas le iba la cabeza a mil por hora. Él mismo no podía hacer funcionar la magia, pero eso no significaba que alguien no pudiera hacerlo por él.

—No te va a gustar esto —dijo Nicholas—, pero necesito que entres conmigo y me hagas un favor.

Collins soltó un quejido.

—Ya te hice un favor anoche cuando no dejé que te mataran.

—Necesito que leas un hechizo.

—No —dijo Collins—. Ni hablar, yo no hago eso. No entra dentro de mis tareas.

—¿Por favor? Te daré… —Nicholas hizo una pausa, porque no tenía nada de dinero en efectivo, tan solo tarjetas de crédito y una cuenta bancaria casi ilimitada, lo cual era inútil para gastos extra secretos—. Mi reloj —dijo por fin—. Costaba once mil libras nuevo. Probablemente podrías venderlo por…

—¿Pagaste once mil libras por un *reloj*? —preguntó Collins.

—De hecho, fue una ganga, normalmente se venden por…

—A mí el mío me costó treinta pavos, y funciona de maravilla —dijo Collins—. No necesito uno nuevo.

—Entonces, ¿qué? —preguntó Nicholas entre dientes, echándole un vistazo al pasillo a ambos lados—. Tengo gemelos, alfileres para corbatas, un par de anillos, y sir Kiwi tiene un collar que nunca…

—No quiero tu dinero —Collins entrecerró los ojos, molesto.

Nicholas pensó en la reacción que había tenido Collins cuando le preguntó por qué odiaba los libros. Bajó la voz incluso más.

—Escribiré un hechizo para revertir tu acuerdo de confidencialidad.

La expresión de Collins cambió tan deprisa que Nicholas casi se rio en voz alta.

—Lo haré —dijo Nicholas—. Y, por si acaso te preguntas si de repente me he vuelto un altruista, no es ese el caso. Preferiría que mi guardaespaldas pudiera responder a mis preguntas cuando se las hago… y parece que no puedes si debes respetar el acuerdo de confidencialidad. Así que ambos ganaremos.

Collins apretó una mano y la apoyó con mucho cuidado contra la pared.

—¿Quién me lo leerá a mí? —dijo Collins—. Tú no puedes hacerlo.

—Lo leerás tú mismo.

—¿Cómo? No funciona así.

Nicholas negó con la cabeza.

—¿Qué es lo que os cuentan cuando os contratan? Sí, sí que funciona así. La gente se lee sus propios hechizos todo el tiempo.

—¿Cómo puedo saber que no me estás mintiendo?

Nicholas alzó las manos.

—¿Qué te parece porque me salvaste la vida y te debo una?

Collins desvió la mirada.

—Escribe primero el hechizo y después te ayudaré —dijo entonces.

—No puedo —le dijo Nicholas, frustrado—. Y lo sabes. Tengo que escribir los hechizos de la verdad, y necesitaré descansar al menos unas cuantas semanas después de eso. Ya he perdido demasiada sangre últimamente. Pero necesito que leas ese libro por mí ahora, esta misma noche.

—¿Entonces tengo que fiarme de ti?

Nicholas se dio cuenta de que quería que alguien confiara en él.

—Sí.

Collins frunció el ceño mientras pensaba, y Nicholas esperó con la respiración contenida. No estaba acostumbrado a que le costara conseguir algo, especialmente no de alguien que en teoría estaba bajo su mando, o mejor dicho, bajo el de Richard, lo cual era lo mismo.

—De acuerdo —dijo Collins—. Uff.

Nicholas debatió brevemente sobre si debía de ir al herbario para hacerse con algunas cosas con las que mezclar la sangre de Collins (el hechizo era húngaro, así que las elecciones obvias eran pimentón o ulmaria), y la tarjeta de información decía que duraría seis minutos como máximo, lo cual significaba que, sin ninguna hierba para intensificar los efectos, tendrían suerte si duraba tres minutos… pero le preocupaba que Collins cambiara de idea si tardaba mucho tiempo. Y, de todas formas, tres minutos eran suficientes para ver lo que había tras la estantería. Así que renunció a la idea de las hierbas e hizo entrar a Collins en la Biblioteca.

Esperó hasta que ambos estuvieron dentro para asegurarse de que la puerta electrónica estuviera firmemente cerrada tras él, y cuando se giró, se encontró a Collins apoyado con una mano contra la pared, y con la otra puesta sobre sus ojos, como si la luz lo abrumara. Nicholas frunció el ceño. Vale, estaba bien iluminado allí dentro, pero no era tan agobiante... Las lámparas de latón que había en las estanterías daban una luz baja y ambarina, y los candelabros del techo tenían un brillo acogedor. Pero entonces Collins bajó la mano y se quedó mirando la habitación con la boca ligeramente entreabierta.

—Nunca jamás has estado aquí dentro —recordó Nick, viéndolo a través de sus ojos: los miles de libros en fila, los estantes tallados en cada serpenteante pared, los brillantes candelabros, los techos cambiantes, todos los colores, texturas, siglos y magia. No era de extrañar que estuviera abrumado—. ¿Qué te parece?

—Vista una biblioteca, vistas todas —dijo Collins—. Esta no es diferente a las demás.

Pero su cara de asombro decía exactamente lo contrario.

—Mentiroso —dijo Nicholas, que se rio—. Ten, ponte los guantes.

Collins metió sus manazas en los guantes de algodón blancos de forma distraída mientras seguía mirando a su alrededor.

—¿Estos libros...? ¿Todos estos libros son...?

—Sí, hechizos. La mayoría —Nicholas echó a andar por los pasillos—. Casi todos son bastante antiguos, como se puede ver. Todos los escritos por los Escribas de la Biblioteca están por esa esquina.

—Antes había muchos más como tú, ¿no? ¿Escribas?

—En teoría —dijo Nicholas.

—Me sorprende que no te estén cruzando como a un caballo de carreras.

—No estoy muy dispuesto a ello. Y, además, no hay absolutamente ninguna garantía de que mis hijos vayan a ser Escribas. Mi padre fue el primer Escriba nacido en nuestra familia desde la fundación de la Biblioteca. Y mi propio nacimiento parece que fue pura suerte. —Nicholas echó un vistazo hacia atrás—. De todas formas, ¿qué sabrás tú de caballos de carreras?

—Puede que sepa un montón. Puede que creciera en un rancho.

164

Pensar en Collins mientras crecía era una idea sorprendentemente fascinante. Nicholas se imaginó a un chico cuadrado con unos intensos ojos azules y un ceño fruncido como el de un adulto.

—¿*Creciste* en un rancho?

Pero Collins no respondió, así que a Nicholas se le borró la sonrisa. Debería de saber ya que Collins no respondería; entablar conversación no formaba parte de su trabajo. Entonces escuchó una tos seca. No se giró, ya que no quería ver el rostro de Collins mientras luchaba contra el acuerdo de confidencialidad, y era reacio también a preguntarse por qué le había sido prohibido revelar una información que parecía tan inocua. Probablemente fuera tan solo una tos natural. Además, Nicholas tenía intención de mantener su promesa y revertir el hechizo, así que quizá, más pronto que tarde, Collins sí que podría responder.

—Aquí estamos —dijo, guiando a Collins hasta el pasillo bajo la ventana de vidriera, hasta la tarima.

Collins observó con inquietud cómo Nicholas tomaba el libro húngaro del estante y lo sostenía hacia él.

—Esto es lo que necesito que leas. Échale un vistazo, no funcionará si te trabas.

Collins miró la tarjeta de descripción.

—Está en húngaro.

—El idioma no importará una vez que el libro tenga tu sangre y sepa que pretendes leerlo. Cuando empieces, lo entenderás como si fuera inglés.

—Ya, eso lo sé —dijo Collins.

—No tengo una aguja ni un cuchillo ni nada —recordó Nicholas—. ¿Tienes algo con lo que puedas pincharte?

Collins rebuscó entre sus bolsillos y sacó un llavero con una pequeña navaja suiza.

—¿Tienes un mechero para esterilizarlo?

—¿Un *mechero*? —preguntó Nicholas—. Hay unos mil kilos de papel irreemplazable en esta habitación.

—Entonces… no.

—No te va a dar un *shock* séptico por un pinchazo en el dedo, confía en mí.

Collins rotó los hombros como si fuese un hombre a punto de meterse en una pelea, y se quitó los guantes.

—Vale. Venga, hagámoslo.

A pesar del estado de cansancio general de Nicholas, de su irritación con Maram y su resentimiento ante aquel hechizo en primer lugar, lo invadió una sensación de emoción. La Biblioteca estaba llena de secretos, pero hacía mucho tiempo que no se encontraba con uno nuevo. Collins presionó el cuchillo contra el dedo y esperó a que la sangre brotara, y entonces lo apretó firmemente contra la página y comenzó a leer. Leyó con algo de torpeza al principio, y después de forma más natural, y el acento les prestó a las palabras una cadencia casi hipnótica.

Le llevó unos veinticinco minutos hasta que, de forma silenciosa, la estantería comenzó a desdibujarse. Al principio simplemente parecía estar desenfocada, pero entonces los filos se fueron disolviendo como si fuesen una nube de tormenta de la que empezaba a salir la lluvia, y para cuando resonó la última palabra, Nicholas podía atravesarla con la mano sin resistencia alguna. La estantería y los libros que había en ella eran como una neblina vaga y oscura, y Nicholas podía ver la pared que había tras esa neblina.

Solo que no se trataba de una pared.

—Una puerta —dijo Collins.

Y así era. La estantería se había disuelto hasta revelar un pomo de latón, la madera simple, y las bisagras que estaban unidas a la piedra de la pared: una pared como las demás, solo que oculta. Y tras la puerta, cuando Nicholas alzó la mano y atravesó la estantería intangible y la abrió, había una escalera oscura que iba hacia arriba.

11

—¿Estás segura de que no quieres nada? —le preguntó Cecily—. ¿Una taza de café? ¿Té?

Joanna ni siquiera se molestó en alzar la mirada hacia su madre mientras negaba con la cabeza. Estaba tumbada en el sofá, con la mirada puesta en la ventana mientras veía cómo el sol se hundía y la luz se desvanecía lentamente. Parecía una moneda brillante que se hundía en un agua oscura. Con cada rayo que se apagaba, se alejaba más y más de la posibilidad de salir de allí y llegar a casa a tiempo de alzar las protecciones.

—No te terminaste la comida —dijo Cecily—. Podría recalentarte la sopa.

—No puedes alimentarme para que así te perdone —dijo Joanna, que tenía la voz ronca de gritar.

—Lo sé —dijo Cecily, aunque el tono de su voz sugería que, de hecho, pensaba seguir intentándolo.

Joanna llevaba ya más de una hora atrapada tras el hechizo de su madre, y se había pasado los primeros quince minutos gritando, sollozando y suplicándole una explicación. Y lo único que Cecily había dicho, una y otra vez, era: «No puedo decírtelo, lo siento, no puedo decírtelo». Ella también había llorado, pero ahora ninguna de las dos lo hacía. Joanna casi se sentía en calma, quizá porque había usado todas las emociones furiosas que se le permitían en un año. Cecily había recolocado la silla del pasillo para observar a su hija con una lamentable determinación desde el exterior de la sala de estar. Gretchen estaba dormida a sus pies.

—Quieres robar la colección y vendérsela al mejor postor —dijo Joanna. Había estado lanzando sus suposiciones, aunque su madre no le decía que sí o que no—. Te vas a retirar a París, y comerás cruasanes todas las mañanas.

—No —le dijo Cecily—. Hay demasiadas palomas en París.

—Vas a quemar la casa entera para que así no tenga ningún sitio donde vivir y nada que hacer, y dependa de ti para todo —dijo Joanna.

Cecily guardó silencio un momento.

—Espero que no creas de verdad que yo haría una cosa así —dijo entonces.

Joanna se incorporó contra el brazo del sofá.

—Tampoco habría imaginado nunca que me atraparías en tu salón.

—No tiene por qué ser así —dijo Cecily—. Detendré el hechizo ahora mismo e iremos a la casa a tiempo para que puedas alzar las protecciones si me dejas ir contigo.

—Si no son las protecciones lo que quieres deshacer, ¿entonces qué es? —dijo Joanna.

Cecily abrió la boca y negó con la cabeza, así que Joanna se tumbó de nuevo. Encontró con la mirada de nuevo el cielo de la tarde a través de la ventana.

—Ya suponía yo —dijo Joanna.

Había una parte de ella, oculta tan profundo en su miedo que necesitaría una pala para desenterrarlo, que tenía curiosidad por ver qué pasaría cuando las protecciones cayeran. Una parte de ella que sentía un extraño y desorbitado interés… casi eufórico. Las protecciones eran una atadura además de una salvaguardia. ¿Qué pasaría si se cortaba la atadura? La casa no había pasado ni una noche desprotegida desde que Abe había puesto un pie en ella hacía ya casi tres décadas, con una hija pequeña en brazos y el cuerpo de su amante asesinada a miles de kilómetros. ¿Qué pasaría cuando las protecciones que él y Joanna habían mantenido con tanto cuidado desaparecieran?

Había (o, al menos, había habido) gente ahí fuera que había mostrado disposición a matar para acceder a la colección de Abe… Pero de eso hacía casi treinta años. Dejar caer las protecciones significaría solo que la casa sería como todas las demás: visible y accesible si tenías una dirección, y, que Joanna supiera, nadie tenía la dirección. Así que era posible que el cataclismo que tanto había temido (¿una oleada de hombres armados colándose por las ventanas? ¿La malicia y la violencia llevándose todos sus libros?) quizá no llegara a pasar en absoluto, o al menos, no enseguida.

Pero ¿qué era lo que Cecily quería, si no era exponer la casa *ante* algo, o alguien? En aquellas semanas después de que Esther se marchara, Cecily había sido como una persona poseída, discutiendo con Abe constantemente, tratando de convencerlo de que dejase caer las protecciones, que abandonase los libros y el trabajo de toda su vida. Pero ¿por qué? ¿Para quién?

Cecily era la única persona que podía darle aquellas respuestas, y se negaba.

Joanna lo intentó una última vez.

—Te llevaré a la casa —dijo ella, y su madre se irguió— si me respondes a tres preguntas bajo un hechizo de la verdad.

La expresión de Cecily, que había estado alerta y esperanzada, se desvaneció enseguida.

—No podré hacerlo.

—Eso no es posible —dijo Joanna, exasperada. Abe lo había probado con ella una vez, para mostrarle lo que se sentía. Había tenido unos doce años más o menos, así que solo le había hecho preguntas tontas y simples para las que ya sabía la respuesta: «¿Cómo haces un huevo frito? ¿Cuál es mi canción favorita de Allman Brothers? ¿Por qué se enfadó Esther contigo ayer?». Le había dicho que intentara mentir.

Y no pudo. Sentía como si la verdad fuera un lazo que le desplegaba la lengua cada vez que abría la boca. No servía de nada tratar de evitarlo o incomodarse: tan solo decía la verdad una y otra vez, y sus intentos de mentir se transformaban en algún punto más allá de su laringe.

—No es que no quiera responderte —dijo Cecily—. Es que no puedo. Sé que no lo entiendes, y lo siento. Créeme, si pudiera explicártelo, lo haría.

Joanna sintió una oleada de ira y frustración en su interior, así que cerró los ojos con fuerza y aguantó la respiración hasta que se le pasó. Había procurado ya recurrir a la ira y a las lágrimas, y ninguna de las dos cosas había dado fruto. Quizás una parte de ella sintiera curiosidad, vale, pero en todo lo demás era la hija de su padre. Y no podía permitir que las protecciones cayeran.

Cecily se había negado ante el hechizo de la verdad, pero había visto que la postura de su madre había cambiado ante la posibilidad de negociar, así que eso significaba que Joanna también tenía una esperanza. Para Joanna, negociar era una posibilidad de llegar hasta las protecciones a tiempo, y para Cecily era una oportunidad de restaurar una parte pequeña de la relación que había roto cuando había dibujado la línea de sangre bajo la puerta.

Se levantó del sofá y cruzó la habitación hasta estar frente a su madre y la barrera invisible, y cruzó los brazos. Cecily cambió de postura en la silla, como si ella también fuera a ponerse en pie, pero no lo hizo. Tan solo miró a Joanna con cautela.

—Dices que no haces esto para destruir las protecciones.

—No —dijo Cecily de inmediato—. Solo necesito que las protecciones caigan para poder entrar. Puedes volver a restaurarlas mañana, lo juro.

—Pero no me dirás lo que quieres hacer.

—No *puedo* decírtelo.

Joanna suspiró, frustrada. Cecily no dejaba de repetir aquel latiguillo, *no puedo, no puedo, no puedo,* como si su silencio fuese una cuestión de habilidad, y no de voluntad. Joanna decidió tomárselo al pie de la letra.

—¿Es algo que, si estuviera en mis manos, yo te impediría hacer?

—No —dijo Cecily lentamente—, no veo por qué ibas a hacerlo.

—¿Me dejarías observar mientras lo haces? Si te dejo entrar en la casa.

Cecily se quedó muy quieta, como un perro que avista a un conejo. Joanna podía verla pensar y considerar aquello mientras movía los ojos de un lado a otro.

—Sí —dijo por fin.

Joanna sintió que había logrado una victoria. Podría colocar las protecciones, y además averiguar algo sobre los motivos de su madre, al mismo tiempo.

—Entonces esto es lo que te propongo —dijo Joanna—. Tenemos unas dos horas antes de que tenga que alzar las protecciones. En esas dos horas, romperás este hechizo, me dejarás que te vende los ojos, te llevaré a la casa y te dejaré entrar. Puedes hacer lo que tengas que hacer, y después te traeré de vuelta. Si intentas hacerles algo a las protecciones, o si tratas de bajar al sótano, o si te digo que no hagas algo y aun así lo haces, no te dirigiré la palabra nunca más. —Cecily abrió la boca para responder, pero Joanna la interrumpió—. Lo digo en serio, mamá —dijo, con la voz cargada de convicción—. Y si te niegas, si me dejas aquí atrapada mientras las protecciones caen y te metes en mi casa, pasará lo mismo. Me perderás de forma tan completa como a Esther, y nunca me recuperarás.

Sintió que la amenaza le pesaba en la lengua, como algo pegajoso y podrido. Lo dijo sabiendo que era el miedo más profundo y antiguo de su madre. A Cecily se le llenaron los ojos de lágrimas, y Joanna sabía que su propia expresión probablemente reflejaba algo de la pena que había blandido como un arma apuntada al vientre de su madre. Nunca había sido capaz de esconder sus sentimientos, no como Esther, pero no importaba. Dejó que su madre lo viera.

—Vale, amor mío —dijo Cecily—. Trato hecho.

Se pasó el pulgar por la lengua, se agachó y borró la barrera de sangre.

12

Esther no sabía cómo abordar lo que sospechaba con Pearl, o si debería de intentarlo siquiera. Pero al final resultó que la decisión fue tomada por ella.

No había abandonado su habitación después de haber descubierto la ausencia del libro de su madre, y tampoco había dormido. Había cerrado el pestillo y empujado su cómoda frente a la puerta, y luego se sentó en la cama, tan alerta que casi parecía estar hipnotizada. Le habían robado dos veces anteriormente: una en Buenos Aires, un grupo de chicos de once años que la habían amenazado con botellas rotas, y otra en Cleveland, un hombre al que le asqueó encontrar que lo único que llevaba en el bolsillo era un móvil de prepago barato. «Joder», le dijo. «Quizá deberías robarme tú a *mí*», y entonces ambos se sorprendieron al estallar en carcajadas. Ambas veces había estado asustada y cabreada, pero no se había sentido profanada.

Ahora sí que se sentía así.

Si Pearl había robado el libro para venderlo por internet, o si estaba conectada de alguna manera con la gente que había perseguido a Esther todos esos años, apenas importaba. De una manera o de otra, era una traición. A las cuatro de la madrugada, con la cabeza embotada, Esther pensó que tal vez podría evitar a Pearl totalmente durante dos días, montarse en el avión, y marcharse sin tener que enfrentarse a ella, sin tener que afrontar el hecho de que una de las pocas relaciones de verdad que había tenido en su vida había resultado una mentira.

A las ocho, tras una noche sin dormir en absoluto, aún estaba completamente despierta y tan tensa que cuando alguien tocó a la puerta, se sintió como si cuarenta voltios le hubieran atravesado el pecho. Se quedó totalmente quieta, agarrándose las rodillas y rezando por que quien fuera que estuviera allí se marchara, pero siguieron tocando, y para su horror, fue la voz de Pearl la que se escuchó al otro lado.

—¡Esther, sé que estás ahí dentro! ¡Abre la maldita puerta!

Esther se levantó y respiró hondo. Se permitió cerrar los ojos y sentir su respiración entrando por su cuerpo, sintió los pies puestos sobre el suelo. Solo entonces, abrió la puerta.

En lugar de dejar pasar a Pearl, se deslizó hacia el pasillo. No quería estar en una habitación tan pequeña con la persona a la que creía haber conocido. El rostro de Pearl reflejaba una expresión desconocida en ella, y un momento después Esther la reconoció como rabia; nunca había visto a la buena de Pearl enfadarse de verdad.

—¿Podemos entrar a tu habitación? —exigió Pearl.

—No —dijo Esther.

A Pearl se le hincharon las aletas de la nariz y se le movió la barbilla. Sorprendida, Esther se dio cuenta de que estaba a punto de echarse a llorar.

—No estabas en el desayuno —le dijo Pearl.

—No tengo hambre.

A Pearl le tembló la barbilla de nuevo, y dijo:

—¿Pensabas decírmelo en algún momento?

—¿Decírtelo…?

—Ni se te ocurra, Esther. He visto a Harry en la oficina hoy, y me ha preguntado cómo me siento sobre lo de tu marcha. Me he reído y le he dicho que no te ibas, le he dicho que hemos decidido quedarnos una estación más juntas, y él me ha mirado como si fuese una pobre idiota. Y me *siento* como una pobre idiota.

Así no era como Esther se había imaginado que sucedería si se enfrentaba a Pearl.

—Yo… No me voy, yo…

—¿No? —dijo Pearl, con las pestañas húmedas—. ¿Y por qué iba a mentirme Harry? Quiero decir, o me está mintiendo él o me estás mintiendo tú, así que ¿cuál de las dos es?

Esther trató de centrarse, sincronizarse con su respiración, sentir el pecho moverse hacia fuera y hacia dentro. No le ayudaría de nada ponerse emotiva.

173

—¿Es por esto por lo que te has llevado mi libro? —le dijo. Quería que Pearl supiera de forma absoluta que lo *sabía*.

—¿De qué estás hablando?

—Sabes perfectamente de lo que hablo. *La ruta*, la novela que estoy traduciendo. Ese libro en el cual estabas muy interesada por su precio.

La rabia de Pearl desapareció un poco de su rostro, y comenzó a parecer que estaba asustada. Bajó la mirada, y se obligó a mirar a Esther de nuevo.

—Yo no me he llevado tu libro.

—¿Te dijeron que eso haría que no me marchase? —le preguntó Esther, calmada y en voz baja—. ¿Fue por eso que te lo llevaste, para frenarme?

—No, Esther... ¿qué? —Pearl dijo en un tono agudo, y un par de personas curiosas se pararon al final del pasillo, atraídas por el drama—. No intento frenarte, pero no entiendo qué está pasando. Decidimos quedarnos, decidimos quedarnos *juntas*, ¿y ahora te marchas? ¿Sin decírmelo siquiera? No entiendo tu razonamiento, o... ¡esta reacción que estás teniendo!

—¿Para quién trabajas? —preguntó Esther, aún en voz baja.

Pearl abrió los ojos de par en par.

—No tiene sentido nada de lo que dices.

Esther ya sabía que no iba a llegar a ningún lado con aquello. La interacción se había escapado tanto de su control que no sabía cómo volver a tomar las tiendas de la situación. Era una táctica brillante por parte de Pearl hacer que Esther bajara la guardia con lo recelosa que estaba, en lugar de ir al ataque, pero no iba a seguirle el juego. Estar a la defensiva hacía que las personas dijeran cosas de las que luego se arrepentirían.

—Hemos acabado —dijo ella.

Pearl se echó a llorar, y las lágrimas le bajaban por las mejillas. A Esther se le hizo más difícil de lo que creía que no la afectara aquello. *¡No quieres hacer llorar a Pearl!*, la regañó su estúpido y blando corazón. *¡Pídele perdón!*

—De acuerdo —dijo Pearl—. Me voy a ir a esquiar con Trev, así que tienes unas horas para decidir si quieres que hablemos como personas adultas. Si quieres, te daré una oportunidad más de explicarte, porque te quiero. Pero solo tienes una última oportunidad. No me merezco esto.

«Porque te quiero».

Esther la odiaba por haber dicho aquello. Retrocedió lenta pero firmemente hacia el interior de su habitación, y cerró la puerta ante el rostro lleno de lágrimas de Pearl.

—¡Que te jodan! —dijo Pearl, y se escuchó un golpe seco, como si le hubiera dado una patada a la pared.

Esther se quedó quieta, en alerta a escasos centímetros de la puerta que acababa de cerrar. Tras un minuto, escuchó a Pearl alejándose, y sus pasos se perdieron por el pasillo vacío. No se movió durante un largo rato, y cuando se giró por fin, lo hizo para sentarse sobre la cama y volver a mirar fijamente la puerta.

Pearl le había dicho específicamente que se iba a esquiar con Trev, el entusiasta y ligón de Trev, un dato que parecía innecesario compartir, a no ser que pensara que Esther estaría celosa. Pero eso sería digno de una amante desdeñada y mezquina, y Pearl no era realmente así. Sabría que lo primero que Esther querría hacer sería ir a su habitación para buscar el libro, y declarar que pretendía estar ausente todo el día no era más que una invitación.

Lo cual, probablemente, significaba que el libro *no* estaba en la habitación de Pearl… sino que había otra cosa. Era una trampa.

Pearl tenía un espejo sobre su lavabo, igual que Esther. Debía de ser un truco para que Esther fuera a la habitación de Pearl y pudieran observarla, desde donde fuera que la persona que estaba al otro lado podría verificar que ella se había dado cuenta de lo que pasaba.

Esther se agarró la cabeza, que empezaba a dolerle como si fuera a partírsele por la mitad. La paranoia y los pensamientos en bucle eran como su padre debió sentirse toda su vida. Aún estaba muy enfadada con él, pero por primera vez entendió de forma visceral el miedo con el que había vivido. Y entendió también que era un miedo en el que siempre había confiado, en el fondo… hasta que decidió dejar de confiar en él e hizo que el caos descendiera a por ella.

Lo siento, le dijo a su padre, y a pesar de todo, se le llenaron los ojos de lágrimas. Daría lo que fuera por ser capaz de llamarlo, de escuchar aquella voz suya tan grave y atenta. Su padre solía ir a la biblioteca pública en la ciudad, para usar los ordenadores y llamarla por Skype. Y también había hablado con Joanna a veces así. Cecily, que se había comprado un móvil una semana después de mudarse de la casa de Abe, a menudo la llamaba y le mandaba mensajes, y dos veces había volado al otro lado del país para verla durante un fin de semana, yendo en contra de los deseos nerviosos de Abe. Había seguido en contacto con su familia, hasta que decidió que ese contacto le era demasiado difícil. Hasta que había sido más fácil cortar todo vínculo en lugar de esforzarse por mantener la poca relación que había, y que algún día se rompería por sí misma, y además le rompería el corazón a ella.

Esther se levantó, frustrada consigo misma por regodearse en cosas sensibleras en un momento en el que precisamente no le era muy útil. Puede que estuviese siendo paranoica como su padre, y tenía razones para ello, como su padre... pero ella no era Abe. No podía apoyarse en suposiciones y corazonadas. *Tenía* que saberlo.

Caminó de un lado a otro de la habitación y esperó durante media hora, tiempo suficiente para que Pearl y Trev se prepararan y marcharan, y entonces pasó junto a la habitación de equipamiento para ver si Pearl había sacado sus esquíes y su *walkie-talkie*. Y sí que lo había hecho, lo que significaba que estaba fuera de la estación.

Esther había estado en la habitación de Pearl incontables veces, así que no tenía problemas para imaginarse la distribución. Podía abrir la puerta, caminar agachada y entrar sin miedo a verse reflejada en el espejo junto a la cómoda. Y, si se ponía en el ángulo correcto, creía que sería capaz de ver la superficie del espejo lo suficiente como para saber si había alguna marca de sangre en él. Vería las marcas, pero el espejo no la vería a ella.

Esther reptó a través de la puerta de la forma más silenciosa que fue capaz, y la cerró tras ella con un *clic* que apenas sonó. Estaba arrodillada en el suelo, en la oscuridad de la habitación de Pearl, con la luz apagada y sin la ventana abierta. Pudo distinguir la forma de la cómoda de Pearl y el resplandor del espejo encima, pero no había suficiente luz como para comprobar el cristal. Alzó la mano y abrió de nuevo la puerta, aunque solo unos centímetros, lo justo para dejar que algo de luz se colara dentro. Aun así, no fue suficiente.

Se levantó, se quitó el polvo de las rodillas, cerró la puerta y encendió la luz. Que la vieran; de todas maneras, no habría diferencia alguna. Fuera lo que fuere lo que estuvieran planeando hacerle, lo habían planeado de todas formas.

Y, a pesar de las pruebas, de las sospechas y la paranoia, se dio cuenta de que una parte de ella aún confiaba en Pearl; una parte de ella confiaba en que, cuando se diera la vuelta y mirara el espejo, no encontraría nada en absoluto excepto el cristal limpio y absolutorio. Cruzó los dedos sin darse cuenta de lo que hacía, y aguantó la respiración, totalmente quieta mientras observaba el cristal. Vacío, vacío, vacío... Una sensación dulce de alivio comenzó a expandirse por su interior... Pero entonces, lo vio.

La oxidada mancha de sangre en las cuatro esquinas.

Dejó escapar una maldición explosiva, y se tambaleó hasta la cama de Pearl, el lugar donde había estado tantas veces antes, el lugar en el que hasta hacía muy poco, había sido feliz. No se había creído realmente la traición de Pearl hasta que había visto la sangre. No había querido creerlo. Pero las pruebas estaban allí, y eran bastante claras.

Bueno, pues si esos cabrones estaban observándola, quien quiera que fueran, que la vieran. Esther comenzó a poner la habitación de Pearl patas arriba sin orden ni sigilo algunos. Buscó no solo su libro, sino también el libro que Pearl debía de haber usado para activar el hechizo del espejo. Buscó en la cama, en las fundas de la almohada, bajo el colchón, vació todos los cajones de Pearl... Separó los escasos muebles de las paredes, comprobó por detrás del espejo, y buscó de punta a punta de aquella caja de zapatos... y no encontró nada.

Cuando terminó, se sentó en el suelo en medio de la pila de jerséis y ropa interior, enrojecida y prácticamente temblando de la frustración. Por supuesto que Pearl no había escondido allí los libros, *por supuesto*, o no le habría dado a Esther una pista concreta de que mirara en su habitación mientras estaba fuera. Esther había sabido que era una trampa, y había caído directamente en ella mientras se decía todo el rato que aquello había sido decisión suya, que lo tenía bajo control.

Se levantó del destrozo que había creado al buscar de forma frenética, y le dio una fuerte patada a la cómoda. Después agarró una de las botas de Pearl que había allí tiradas y la estampó contra el espejo. El sonido del espejo haciéndose añicos fue satisfactorio solo durante un momento, y los trozos plateados se aferraron al marco como unos dientes en una mandíbula machacada. Cerró dando un portazo al salir.

Apenas había comido nada en las últimas veinticuatro horas, así que fue hasta la cocina, aún temblorosa, y le pidió a un cocinero enfadado un plato con sobras del desayuno. Comió sola en una mesa del comedor con la vista puesta en la nada, y apenas saboreó la comida. Sentía como si las paredes de la estación estuviesen desapareciendo a su alrededor, y el frío estuviera colándose dentro.

Mientras masticaba los últimos restos, las puertas se abrieron de un golpe y Trev entró como una exhalación. Tenía un gorro de lana sujeto en el puño, las gafas de protección pendiendo del cuello, y el mono desabrochado y colgado de la cintura, con las piernas aún cubiertas por tela aislante. Tenía una expresión agitada, aunque se calmó en cierta medida cuando vio a Esther. Cuando se apresuró a ir hacia ella, Esther se levantó.

—¿Qué pasa? —le preguntó.

—El médico dice que se pondrá bien —dijo Trev primero, lo cual la alarmó en lugar de calmarla, que probablemente era lo que había pretendido—, pero Pearl se ha caído cuando estábamos esquiando y se ha fastidiado el brazo. Se ha roto la muñeca y también se ha llevado un golpe bastante fuerte en la cabeza.

—Ay, joder —dijo Esther, olvidándose durante un segundo de que se suponía que no debía de importarle, y que quizá debería de estar aliviada—. Pero has… ¿has dicho que se pondrá bien?

Trev se pasó una mano por el pelo con el rostro pálido.

—Sí. Quiero decir, se quedó inconsciente durante un minuto, lo cual me asustó bastante, sinceramente. Pero sabía qué fecha era, su nombre, y todo eso. Estaba demasiado asustado como para intentar moverla por mí mismo, así que pedí ayuda por radio y un grupo de gente llegó para llevársela a la enfermería. Está allí ahora mismo.

—Bueno —dijo Esther, que aún estaba dividida entre las emociones que debía sentir—, qué suerte que estuvieras con ella.

—Ya lo creo. Pero bueno, no deja de preguntar por ti. Y está... muy nerviosa con todo esto. Es muy raro. Así que le he dicho al médico que vendría a buscarte y te llevaría para que se calmase.

Esther dudó. Aquello tenía que ser otro de los trucos de Pearl, pero si era así, no lograba entenderlo.

—¿La *viste* caerse?

—No, iba detrás de mí. Pero definitivamente lo *escuché*.

Esther pensó que quizás estuviera fingiendo. Pero ¿para qué?

—¿Y la muñeca? ¿El médico ha dicho que estaba rota, o te lo ha dicho Pearl...?

—Ya se la han colocado y todo —dijo Trev.

Se medio giró, caminando hacia la puerta y claramente esperando que ella lo siguiera, y Esther no sabía cómo negarse sin quedar como una gilipollas de cuidado. Se había calmado un poco ahora que tenía el estómago lleno, lo cual significaba que su curiosidad era más poderosa que su instinto de supervivencia. Así que, tras negar con la cabeza para sí misma, echó a andar tras él.

Esther había estado en la enfermería un par de veces por heridas de trabajo, y siempre le había parecido muy luminosa y atestada de gente. Sin embargo, hoy la luz era algo más tenue y estaba más silenciosa de lo normal. Las luces del techo estaban apagadas, y las lámparas de escritorio se reflejaban en el espejo de cuerpo entero pegado en la pared contraria. No había nadie en aquellos escritorios, y Pearl parecía ser la única paciente. Estaba hecha un ovillo en una de las camas, con su melena de pelo rubio esparcida por la almohada, y el sonido de su respiración sugería que estaba dormida. Las otras cuatro camas estaban vacías.

Esther se acercó a Pearl. Tenía los ojos cerrados y el rostro sin fuerza. Dormida, o fingiendo estarlo. Aun así, verla hizo que el traidor de su corazón latiera de forma dolorosa.

—Parece haberse calmado perfectamente sin mí —dijo ella, pero Trev no le respondió.

Se giró y vio que estaba de espaldas a ella, con la cabeza agachada sobre el pomo de la puerta. Estaba echando el pestillo. Desde el interior.

—¿Qué...? —empezó a preguntar, y Trev se giró.

La expresión nerviosa que había tenido se había desvanecido, y en su lugar esbozó una sonrisa, totalmente calmado.

—Vamos a acabar con esto —dijo él, agitando las llaves en la mano izquierda.

En la mano derecha empuñaba un arma.

13

—¿Por qué aquí todo es tan jodidamente siniestro? —preguntó Collins, y su voz retumbó en el oscuro pasillo.

Iba subiendo las escaleras el primero, tal vez por la costumbre de protegerlo, aunque tanto él como Nicholas habían tenido un momento de dudas y pánico cuando la estantería comenzó a solidificarse tras ellos de nuevo. Para volver por la misma puerta, Collins tendría que leer el hechizo otra vez. Había un pequeño estante instalado en la pared de la escalera en la que cabía perfectamente el libro, así que lo dejaron atrás y comenzaron a subir por las escaleras de madera, guiados por la luz de la linterna de bolsillo de Collins.

A pesar de la luz, aún estaba muy oscuro, y a Nicholas no le gustaba la oscuridad. Había estado encerrado en la negrura durante días cuando lo habían secuestrado, y medio a oscuras desde entonces, siendo siempre consciente de que, si sufría una infección en el ojo, se sumiría en la oscuridad total para siempre. Esto, unido a la inclinada subida de los escalones y su agotamiento general, hizo que le latiera el corazón como un caballo desbocado para cuando llegaron a lo que parecía ser un rellano alargado y oscuro que los llevó hacia la izquierda. Las escaleras se movieron en zigzag tres veces más, subiendo por los pisos de la casa.

—¿Estamos en el ático o algo así? —dijo Collins, mirando al otro lado del oscuro pasillo.

—Debe ser —dijo Nicholas, e intentó que Collins no notara que estaba sin aliento.

Estiró las manos para tocar la madera que había a ambos lados y calculó lo ancho que era el pasillo, lo cual no era demasiado.

—Para ser más específico —dijo él—, creo que estamos en las paredes del ático.

Collins soltó un sonido de disgusto.

—¿Es que Richard tiene escondida aquí a una esposa loca, o qué?

—Vaya, Collins, no te había tomado por un fan de Brontë.

—Me gustaba mucho Jane. Era una rarita sexi. Bueno, ¿qué hay aquí, entonces?

—Hasta donde yo sé, nada —dijo Nicholas—. Tablones de madera y mierda de rata.

Collins comenzó a andar. A su espalda, Nicholas registró los pasos que estaban dando: habían subido a través de la pared del sur y habían girado a la izquierda, lo cual significaba que iban hacia el este caminando en fila y en paralelo al pasillo que llevaba hasta las habitaciones de Richard en la tercera planta, y a las de Maram en la segunda. Tras unos minutos, Collins se frenó de repente, y Nicholas vio que el pasadizo se había acabado. No había puerta allí, ni ninguna apertura, así que Nicholas asumió que no tenía salida. Pero entonces, Collins dijo:

—Oh.

Se agachó para apuntar con la luz hacia abajo. Bajo sus pies vio el mango de metal de una trampilla, y cuando tiró de ella con un gruñido, reveló otras empinadas escaleras hacia abajo.

—Muy pero que muy interesante —dijo Nicholas.

—Muy pero que muy siniestro —le corrigió Collins, y Nicholas no pudo contradecirlo.

Era menos dado a asustarse que Collins, pero la oscuridad y la imposibilidad de explicar las escaleras y los pasadizos eran inquietantes incluso para él. Sin embargo, Collins comenzó a bajar las escaleras a pesar de sus evidentes dudas, así que Nicholas lo siguió. Aquella escalera no era tan oscura como la del pasillo anterior, ya que había una ligera luz que se colaba bajo la puerta que había al final, y aquello parecía prometedor.

—¿Dónde crees que estamos? —preguntó Collins, cuyos pasos se escuchaban amortiguados en el pequeño espacio de madera.

—En el ala este —dijo Nicholas.

—Es donde vive tu tío.

—Sí.

—Mierda —dijo Collins—. A lo mejor sí que tiene a una mujer escondida. O quizá Maram y él usan los pasadizos para tener encuentros secretos a medianoche, y…

Dejó de hablar en cuanto abrió la puerta y encontró un interruptor para la luz, ante la cual tuvo que entrecerrar los ojos por el repentino resplandor. Se quedó muy quieto, observando a lo que fuera que hubiera al otro lado de la puerta, y justo cuando Nicholas estaba a punto de empujarlo hacia delante, comenzó a moverse por sí mismo.

—Espejos —dijo cuando Nicholas se unió a él.

Y así era. Estaban de pie en una habitación llena de espejos.

O, bueno, no exactamente llena: la pequeña habitación en sí misma estaba vacía, excepto por dos sillas de madera pesadas alrededor de una mesa redonda. Eran las paredes las que estaban totalmente llenas de espejos de cuerpo entero; diez en total, e idénticos entre sí. Eran más anchos de lo normal, lo suficiente como para que dos personas pudieran colocarse de pie una al lado de la otra delante de ellos. Estaban enmarcados de forma simple con madera oscura, y colgados sin ninguna decoración sobre las paredes blancas. En cada una de las cuarenta esquinas de los espejos había una mancha de sangre seca, de un color marrón rojizo.

Cada espejo tenía además una etiqueta escrita a mano pegada encima, y Nicholas reconoció la letra de Richard. Comenzó a leer las etiquetas de forma automática: cocina, gimnasio, baño norte, baño oeste, clínica… Pero entonces le echó un vistazo a los espejos en sí mismos, y se centró enseguida en algo.

—Hay otra puerta aquí —dijo Collins, pero Nicholas no le prestó atención.

Los espejos no reflejaban la habitación en la que estaban Collins y él. Ni siquiera reflejaban a Nicholas. O, al menos, no exactamente. Era como mirarse reflejado en un estanque: Nicholas podía ver la insinuación de su propio reflejo en la superficie, la refracción de la luz, pero también podía ver a través de ella, y se veían habitaciones enteramente diferentes. Muchas de ellas parecían ser baños, pero el espejo con la etiqueta «cocina» mostraba exactamente una cocina, una que parecía muy grande, con cubas de acero inoxidable y unas ollas gigantescas de más de treinta litros, y un hombre con el pelo recogido en un pañuelo teñido, que estaba agachado sobre una enorme sartén. El espejo del «gimnasio» mostraba varios bancos de pesas y, al fondo, lo que parecía una fila entera de cintas para correr. Había también alguien allí: un hombre con barba haciendo sentadillas, con el sudor chorreándole por la frente.

Nicholas había escrito el hechizo que conectaba aquellos espejos. ¿Sería esa la razón por la que Maram lo había enviado aquí? ¿Para que pudiera ver el resultado de su duro trabajo?

—Mira esto, hay otra habitación entera —dijo Collins, y Nicholas alzó la mirada para ver que estaba asomado por una puerta, haciéndole un gesto para que lo siguiera.

Nicholas les echó otro vistazo a los espejos, y entonces siguió a Collins a regañadientes. Aunque su reticencia se convirtió en asombro en cuanto atravesó la puerta y se encontró, sin ninguna duda, con el estudio de Richard.

Solo había estado en aquella habitación una vez, justo después de que hubiera escrito con éxito su primer libro, pero había sido consciente de que la visita era una excepción, así que sus recuerdos se habían intensificado, por lo que prestó especial atención. Por lo que podía ver, no había cambiado demasiado. Como la mayoría de las habitaciones en la casa, tenía ventanas amplias y unos techos altos, no muy diferentes a los del estudio de Nicholas, aunque todo era más grande y opulento. La chimenea de mármol estaba decorada de una manera que resultaba impresionante además de funcional. Había estantes en casi todos los espacios libres de la pared, torres de madera brillante que sostenían no solo libros, sino también objetos y artefactos que habían hipnotizado a Nicholas cuando había estado allí sentado de niño: un perro de arcilla roja del tamaño de su puño, un ánfora chipriota pintada con cuidado, un mono capuchino disecado con brillantes ojos de obsidiana, y una campana de plata de ley enorme. Era como la trastienda de un museo. Sabía que la mayoría de aquellos objetos estaban unidos a un hechizo en algún lado, o lo habían estado en una ocasión.

—No toques nada —le dijo a Collins.

—No pensaba hacerlo —dijo él.

—No sé cómo expresar lo mucho que no deberíamos estar aquí —dijo Nicholas.

—¿Quieres que nos vayamos?

Ciertamente, Nicholas *no* quería irse. Entendía ahora por qué Maram había sido tan extrañamente furtiva. Se metería en un lío incluso más grande que Nicholas si Richard descubría que le había contado cómo entrar allí, y, sin embargo, se lo había dicho. Sabía lo curioso que era sobre esta habitación, la única de la casa que permanecía tercamente cerrada a su paso. Quizás aquello fuera un regalo para hacer que esa semana tan espantosa mejorara un poco. No se acordaba de la última vez que Maram había ido de forma tan directa en contra de los deseos de Richard, y el gesto lo animó a la vez que le preocupó que los descubrieran.

Collins estaba frente al enorme escritorio de madera de nogal, mirando fijamente el cuadro del antepasado de Nicholas que había en la pared, detrás del escritorio. El retrato del severo cirujano con el delantal lleno de sangre enmarcado en marfil los observaba desde arriba, y el óleo hacía que la sangre brillara mucho y en un rojo oscuro. Incluso había sangre bajo las uñas del hombre, un delicado detalle que Nicholas notó con algo de respeto.

—¿Eso es un hueso de una pierna? —dijo Collins, señalando la sección inferior del cuadro.

—Así es —dijo Nicholas.

—¿Esto es alguna rara tradición británica? ¿Poner huesos humanos en los marcos de los cuadros?

—Era cirujano —dijo Nicholas—. Era famoso por la rapidez de sus amputaciones, con lo cual imagino que debió incluir multitud de piernas.

—¿Y luego qué, se las quedaba después de amputarlas para hacer mobiliario, a lo asesino en serie?

—Por lo menos se quedó con una —dijo Nicholas, que no quería darle la satisfacción a Collins de mostrarle su propia perturbación, pero en realidad le parecía inquietante imaginar a alguien atado a una mesa en un antiguo quirófano, gritando mientras su antepasado le cortaba el hueso y el tendón al tiempo que otros estudiantes de medicina curiosos tomaban notas.

Nicholas se giró y negó con la cabeza, y examinó el resto de la habitación. Había otros cuadros en la pared, pero en lugar de arte, tenían en su interior más objetos: un murciélago momificado sujeto tras el cristal, un broche victoriano con pelo humano en un nudo, una manta de lana bordada con polillas grises.

Sobre el escritorio de Richard había dos cosas que parecían interesantes. Una era una carpeta de cuero llena de antiguas páginas amarillentas, y cada una de ellas estaba laminada para detener el proceso de envejecimiento. Un vistazo rápido a las primeras páginas le mostró que eran borradores de texto de un libro que Nicholas no había visto jamás, ni escrito, y el drama de las primeras frases lo convenció de mirarlo más detenidamente. «Carne de mi carne», comenzaba. «Hueso de mi hueso. Solo mi propia sangre puede acabar conmigo».

Lo otro que le llamó la atención fue un libro encuadernado en tela que era casi tan grueso como una novela, y se vio atraído a él a pesar de la punzada de miedo y asco que sugería lo grande que era. Un libro de aquel tamaño llevaría al menos una hora leerlo en voz alta, lo que significaba, por segunda vez aquel día, que estaba ante un libro por el que un Escriba había dado su vida: alguien como Nicholas había dado toda su sangre para suministrar la tinta que hacía falta para escribir aquel libro. Abrió la cubierta y miró la letra elegante y apretada, y avanzó hasta el final.

El hechizo era recargable, aunque no para siempre, como las protecciones, o el hechizo que había desvanecido la estantería durante unos minutos. Tan solo podía recargarse una vez al año, en el aniversario de su primera lectura. Y, mientras se daba cuenta de aquello, se percató también de qué hechizo era el que tenía delante. Leyó las primeras páginas para hacerse una idea del texto y confirmar sus sospechas de que sí, era un hechizo para localizar Escribas. El mismo hechizo que Richard llevaba a cabo cada año solo para decirle a Nicholas, año tras año, que aún era el único.

Era un escrito complicado, y a pesar de la inquietud que Nicholas sintió ante la cantidad de sangre que habría requerido, comenzó a leerlo con interés. Era el tipo de hechizo al que su padre se había referido como «magia de bola de cristal» en sus notas, y lo que Maram llamaba «adivinación intuitiva»: un hechizo de objetos conectados que emitía información directamente a la mente del lector. La fecha de caducidad de la Biblioteca era el único otro hechizo como aquel que Nicholas había encontrado, conectando una y otra vez los libros a la mente de Richard.

Nicholas había escrito hechizos de objetos conectados antes, como el que vinculaba los espejos en la otra habitación, pero nunca había escrito aquel hechizo de «bola de cristal», ni jamás lo haría. La adivinación intuitiva exigía más sangre de la que un solo cuerpo podía aportar.

Aun así, era fascinante ver las decisiones que aquel Escriba anónimo había tomado, particularmente la estructura de los párrafos como un reloj, y la forma en que usaba la rima para redoblar la conexión cognitiva. Podía aprender mucho de un hechizo como aquel, que era tan poderoso de forma específica, y se preguntó por qué Richard nunca se lo había enseñado. Interesado por la naturaleza del objeto conectado, pasó las páginas con cuidado, buscando a qué había sido unido ese encantamiento.

Lo encontró en mitad del hechizo: una directriz para conectar el conocimiento del lector a «la vista del cuerpo que da vida al poder».

¿Qué demonios significaba eso?

Sabía que estaría repetido en algún punto de forma diferente al menos tres veces, así que se agachó y se acercó a las páginas para mirar. Encontró: «la vista del corazón que da pulso a la fuerza», lo cual no aclaraba mucho las cosas, así que siguió buscando. Estaba tan concentrado que se sobresaltó cuando Collins le habló.

—Creo que deberías ver esto —dijo Collins. Estaba al otro lado de la habitación, de pie frente a uno de los estantes.

—Dame un momento —dijo Nicholas, releyendo para encontrar el lugar donde se había quedado.

—Nicholas —dijo Collins, y el tono de voz que usó hizo que alzara la mirada—. Tienes que ver esto.

Con mucho cuidado Nicholas dejó el libro sobre el escritorio y fue a donde estaba Collins, que al parecer estaba paralizado mientras observaba un enorme tarro de cristal con algo suspendido en el interior.

—Míralo de cerca —dijo Collins—. A lo mejor estoy loco, pero...

Para seguirle la corriente, Nicholas miró el tarro. Estaba a la misma altura que su cabeza, y era más o menos del mismo tamaño. Tenía unas cuantas marcas de sangre que eran probablemente parte de un hechizo para evitar que el cristal se rompiera. Y la tapadera también parecía haber sido hechizada.

Nicholas se fijó entonces en el contenido del tarro, aunque no estaba seguro exactamente de lo que estaba mirando: una especie de orbe pequeño que flotaba en un líquido de algún tipo, pero que estaba seguro de que no era agua. Era más denso, una pringue viscosa translúcida, y el orbe no flotaba, sino que estaba suspendido en él.

Era un ojo.

O, para ser más precisos, un globo ocular que había sido extirpado del cráneo con una precisión quirúrgica. Y estaba de cara a ellos. Nicholas podía ver las nubes de venas rojas y los ligamentos unidos que hacían que pareciese un cometa. No era un experto en el tema, pero el iris se parecía tanto a la versión pintada de su propio ojo prostético que supuso que debía ser de un humano. Junto a él, Collins cambió el peso de un pie a otro, claramente perturbado ante aquello. Y Nicholas no se sentía mucho mejor. La cuenca de su ojo izquierdo le hormigueó en respuesta, y le dio un vuelco el estómago. Era muy extraño ser observado, y estar frente a algo tan espantoso y sin embargo tan reconocible. Tan familiar.

Demasiado familiar...

—Collins —dijo Nicholas, que tenía la voz ronca. Se giró para mirar a su guardaespaldas. Collins le devolvió la mirada con la mandíbula apretada, y sintió cómo le recorría un escalofrío—. Se parece al mío —dijo.

Collins tragó saliva, pero no dijo nada. Asintió.

Nicholas se giró de nuevo hacia el tarro. Se había pasado más tiempo que la mayoría de la gente mirando su propio ojo, en especial de adolescente, comparando en el espejo los dos ojos para ver si se notaba cuál era el falso. Y, a diferencia de la mayoría de la gente, en ocasiones había sostenido en las manos una réplica exacta de su propio ojo mientras lo limpiaba; lo había girado hacia uno y otro lado, había examinado la artesanía y las variaciones de color que hacían que pareciese tan realista, las motas de un amarillento verdoso entre el color verde, el anillo de un color ámbar más claro alrededor del iris, los vasos sanguíneos hechos de diminutas fibras rojas…

Sabía reconocer su propio ojo al verlo, y eso era lo que estaba haciendo en ese momento.

—Oye —dijo Collins—, para. Levántate.

Nicholas, que siempre estaba mareado, de repente se sintió mucho más mareado que de costumbre, y ahora estaba sentado en el suelo. Era como si su cuerpo hubiera decidido que sería capaz de usar mejor el cerebro si cortaba el resto de las fuentes de energía. Collins le dio un golpecito con la zapatilla, aunque no era exactamente un puntapié.

—¿Qué hace mi ojo en un tarro, sobre el estante del estudio de mi tío? —dijo él.

—Yo no lo he puesto ahí —dijo Collins.

—Richard debió haberlo conseguido de… de esa gente, los que me raptaron —dijo Nicholas—. ¿Verdad? Pero… ¿por qué iba a guardarlo? ¿Y por qué no iba a decirme que lo tiene? Parece estar perfecto, quiero decir… Podrían habérmelo puesto de nuevo, no sé cómo funcionan los ojos, pero puedes volver a coser dedos y manos si el corte es limpio, ¿por qué no me…?

Se restregó con fuerza la cara, tratando de centrarse y entenderlo.

—Nicholas —dijo Collins—. Quien quiera que te quitara el ojo, creo que… Quiero decir. Creo que es probable que fuera la misma persona que lo metió en el tarro.

La mente de Nicholas pasó de largo sobre aquellas palabras, ya que no estaba listo para centrarse en ellas. Se puso en pie por su cuenta, y trastabilló hasta el escritorio. Entrecerró los ojos cuando se mareó por haberse levantado demasiado rápido, y avanzó por las páginas del libro de hechizos que había estado examinando. No tenía que mirar para saber qué era lo que encontraría.

«La vista del cuerpo que da vida al poder».

«La vista del corazón que da pulso a la fuerza».

El ojo de un Escriba.

Nicholas recordó aquella habitación de San Francisco años atrás, el sonido de su orina goteando desde la silla, la sensación de las bridas clavándosele en las muñecas, la oscuridad sin final… No podía ignorar las implicaciones de lo que Collins estaba insinuando.

Había sido la propia Biblioteca la que lo había secuestrado. La propia Biblioteca la que le había quitado el ojo con cuidado y preservado en un tarro de cristal para usar aquel hechizo.

Y Richard era la Biblioteca. Richard y Maram.

Habían fingido un secuestro y le habían quitado el ojo, y después habían fingido que lo habían rescatado para probar sus propias advertencias y justificar lo tan de cerca que lo vigilaban desde entonces, afianzando su dependencia de ellos. Su *confianza* en ellos. El rostro de Richard cuando había despertado en el hospital, las lágrimas que tenía en los ojos. Maram caminando de un lado a otro… ¿Habría sido todo mentira?

Nicholas no quería creer nada de lo que estaba pensando en ese momento. Quería creer que estaba paranoico, que estaba siendo un estúpido, que solo estaba asustado. Pero estaba de pie en una habitación secreta que había sido perfectamente diseñada para mantenerla fuera de su alcance, para mantenerlo ignorante frente a ella.

Todo ese tiempo le habían dicho que debía de temer a lo que fuera que hubiera más allá de las protecciones de esas paredes tan familiares. Todo ese tiempo, había creído que el peligro era externo.

Pero a lo mejor la mayor amenaza había estado siempre en el interior.

Sin pretenderlo, apretó los dedos contra las páginas del hechizo por el que había sacrificado el ojo sin saberlo. Estaba enlazado a un objeto, lo que significaba que técnicamente aún estaba activo, y solo un Escriba podría destruir un hechizo activo. Si Nicholas hacía caso a sus instintos y destrozaba por completo aquel libro, Richard sabría sin ninguna duda que había sido él. Pero estaba tan enfadado que le daba igual. Agarró la página que estaba sujetando y tiró de ella con fuerza, esperando el satisfactorio rasgado cuando se separara de la encuadernación.

Pero no pasó nada.

La página ni siquiera se arrugó bajo sus dedos. Lo intentó de nuevo con otra página, y otra, y otra más. Ninguna de ellas mostró el menor signo de haber sido tocadas, y mucho menos de ser arrancadas.

Arañó la cubierta y le hincó las uñas a la encuadernación, desesperado y furioso, y quizás habría usado los dientes si Collins no hubiera alzado las manos para agarrarlo.

—Oye, oye, oye —le dijo Collins—. No está funcionando, y no va a funcionar, así que venga, respira un poco. —Tenía a Nicholas agarrado por los hombros, y lo giró para ponerlo de cara a él. Sentía el calor y el peso de sus manos sobre los hombros—. Respira —le dijo otra vez—. Me estás asustando.

Nicholas respiró, o al menos, lo intentó. Sabía que más tarde estaría avergonzado por que Collins lo hubiera visto perder el control, pero en ese momento agradecía demasiado su presencia estable como para que le importara eso. Tras un largo rato, Nicholas se calmó y comenzó a pensar con claridad.

Se dio cuenta entonces de que sí que tenía sentido que no pudiera destruir el libro. Dos Escribas lo habían escrito, así que harían falta dos Escribas para romperlo.

—Tenemos que salir de aquí —dijo Nicholas.

—Estoy de acuerdo —dijo Collins.

Soltó los hombros de Nicholas, y él retrocedió para mirar de nuevo el libro que yacía indemne sobre el escritorio. Junto a él, estaba la carpeta de cuero que parecía formal e inocente.

¿Quería saber siquiera qué otros secretos guardaba Richard? Nada podía ser peor que haber visto su propio ojo. Le temblaban las manos, pero una curiosidad enfermiza invadió su frenesí, y abrió la cubierta de la carpeta para mirar otra vez los papeles amarillentos que había dentro.

Leyó las primeras diez páginas más o menos, y después volvió al principio, incapaz o reticente de entender el hechizo que se insinuaba.

—¿Qué es eso? —dijo Collins.

—Es lo que intento averiguar —dijo Nicholas.

—En serio, deberíamos salir de aquí.

—Lo sé —dijo, pero siguió leyendo.

Como había sabido de manera subconsciente, aquel borrador de libro también exigía dos Escribas. Pero no solo parecía requerir sangre. «Lígalo con el cuerpo. Cóselo con el tendón. Únelo con los huesos».

El libro entero parecía estar hecho de los desafortunados Escribas que habían dado su sangre y su piel. Sus tendones, su pelo. Todo.

—Es imposible —dijo Nicholas.

Collins, que estaba caminando de un lado al otro desde el escritorio hasta la puerta mientras Nicholas leía, volvió al escritorio. Para alguien que decía odiar los libros y la magia, parecía muy interesado.

—¿Y qué no lo es aquí?

Nicholas leyó unas cuantas frases más para asegurarse.

—Son notas para otro hechizo que usa partes del cuerpo de un Escriba como objeto ancla… pero el objeto se conecta a una *vida*. Así que podrías conectar tu vida a… no sé, el diente de un Escriba, por ejemplo. Y mientras ese diente exista, también lo harás tú.

Collins frunció el ceño, y Nicholas se preparó para intentar explicárselo, pero Collins dijo:

—Inmortalidad. Es lo que estás diciendo.

—Básicamente, sí.

—Pero no es un libro. Quiero decir, no escrito.

—No —dijo Nicholas, que estaba mirando fijamente la primera página. «Carne de mi carne…»—. Solo es un borrador.

—Y harían falta dos como tú —dijo Collins.

—Sí —dijo Nicholas.

El tono de Collins era severo cuando habló.

—¿Por eso tu tío está buscando a otro Escriba?

Otro Escriba. Para que Richard pudiera fundir sus huesos para hacer pegamento, cortarles el pelo para hacer hilo, despellejarlos para hacer cuero. Hacer un bolígrafo de sus dedos, desangrarlos por completo. Y después, obligar a Nicholas a usar los cruentos restos para escribir un hechizo que mantendría vivo para siempre a alguien.

14

Durante semanas, después de escribirlo, el hechizo de la alfombra voladora de Nicholas había languidecido en lo más profundo del cajón de su escritorio. Lo había cubierto con un montón de papeles, e incluso con una camiseta, ya que no quería pensar en él. Pero conforme las semanas pasaron, sintió de forma extraña como si hubiera encerrado en ese cajón una parte de sí mismo también, cubierto por una capa de papeles y ropa. Parecía como si el volumen y el color del mundo se hubieran reducido, todo estaba en silencio y era beis, soso y agotador. Ni siquiera pudo reunir fuerzas suficientes para emocionarse cuando Maram le propuso ir a Londres a recoger un par de zapatillas Adidas nuevas que había estado pidiendo, y aquello había ocasionado que frunciera el ceño y le pusiera la mano sobre la frente.

No pudo evitar inclinarse sobre la mano, como siempre que recibía algo de contacto de forma inesperada. Maram retiró rápidamente la mano y le dijo a Richard:

—En todo caso, no parece tener fiebre.

Estaban en el comedor, tomando un costillar de cordero muy rosado con romero, y el aroma a hierbas y sangre estaba mareándolo. Le recordaba demasiado a cuando hacía tinta como para que le abriera el apetito.

—Llevas unas semanas muy raro —le dijo Richard—, y el señor Oxley me ha dicho que apenas has sacado un ocho en tu último examen. No es normal para el estudiante tan aplicado que sé que eres. ¿Te ocurre algo?

—No —dijo Nicholas, apartando una pila de espinacas salteadas al otro lado del plato de porcelana—. Es que todo es un aburrimiento.

—Podríamos ir al cine mañana —sugirió Richard—. O ir a ver una obra.

—No.

—Pues a la tienda de discos, entonces.

—No.

—¿A Madame Tussauds?

Nicholas alzó la mirada ante aquello, interesado a pesar de todo. Llevaba muchísimo tiempo queriendo ir al museo de cera. Richard sonrió.

—Puedo llamarlos mañana por la mañana y alquilarlo para una tarde entera para la semana que viene. Tendremos el sitio para nosotros solos —dijo.

Nicholas se desanimó de nuevo. No quería dar vueltas por un museo vacío mientras Richard lo observaba mirar figuras de gente totalmente inmóvil.

—No —dijo.

Maram, que claramente estaba impaciente ante la situación, dijo:

—Ay, déjalo. No puedes obligar a alguien a que no esté enfurruñado.

Dolido, Nicholas apartó su plato.

—¿Puedo excusarme?

—Adelante —dijo Richard con el ceño fruncido, y Nicholas sintió la mirada preocupada de su tío persiguiéndolo mientras escapaba del comedor.

Ya estaba arrepintiéndose de haber rechazado un viaje a Madame Tussauds, pero su dignidad requería tomarse unos días antes de anunciar que había cambiado de idea.

Sin embargo, a la mañana siguiente, Richard tocó a la puerta de su habitación y le dijo:

—Vístete, ponte algo cómodo. Tengo una sorpresita para ti.

Llevaba una bolsa de viaje colgada del hombro, y tenía unos vaqueros puestos, lo cual era una novedad sartorial tan grande que despertó el interés de Nicholas. Después de que Richard cerrara la puerta de nuevo, se bajó de la cama, se vistió, y encontró a su tío esperándolo en la antecámara, sentado en el sofá bajo con un tobillo sobre la rodilla, y moviendo el pie con una energía contenida.

Nicholas consiguió aguantarse las ganas de hacer preguntas, y siguió a Richard por las escaleras, a través de los pasillos y hasta el vestíbulo principal de la casa.

Richard abrió las puertas y los recibió una mañana perfecta de finales de primavera. El cielo lucía un color azul sin igual, y el parque de ciervos estaba cubierto de una frondosa hierba color esmeralda, salpicada de margaritas y tréboles, y por el intenso color amarillo como el sol de los ranúnculos. Había insectos y abejorros zumbando, pájaros piano, y todo olía dulce y fresco. Las cabras jardineras mascaban la tierna hierba y tenían el pelaje suave como la lluvia. Alzaron las orejas con curiosidad cuando Nicholas y Richard pasaron corriendo a su lado.

—¿Qué vamos a hacer? —preguntó por fin Nicholas.

—Dime —dijo Richard—, ¿dónde están los límites de nuestras protecciones?

No era ni mucho menos la primera vez que le había preguntado aquello a Nicholas, y tampoco era la primera vez que Richard contestaba una pregunta con otra pregunta, así que Nicholas le dio rápidamente una respuesta.

—La carretera al norte. La valla blanca en el este. La arboleda en el sur. El granero en el oeste.

—Muy bien —dijo Richard.

Habían llegado al lago, y se frenó, dejando la pesada bolsa de viaje sobre el banco de piedra para abrir la cremallera. Nicholas lo miró confundido, y su tío comenzó a sacar lo que parecían metros y metros de una tela áspera pero brillante. Se quedó sin aliento cuando se dio cuenta de lo que era: una alfombra plana y entretejida. Richard la sacudió y la dejó sobre la hierba, junto al agua. Después, sacó el otro objeto que tenía en la bolsa.

Era el libro del hechizo de Nicholas de la alfombra voladora.

—Cuentan por ahí que has hecho esto a mis espaldas —le dijo Richard, sosteniéndolo con ambas manos y pasando las páginas de forma distraída—. Les preguntaste a los demás si podían leerlo para ti. Claramente sabías que no estaría de acuerdo.

Nicholas se quedó callado, intentando averiguar el estado de ánimo de su tío para decidir si debía defenderse, protestar o pedir perdón. Finalmente, le dijo:

—Trabajé muy duro en él.

—Sí —dijo Richard, y lo cerró—. Está claro. Es un trabajo absolutamente brillante, Nicholas. Estoy muy impresionado.

Aquellas palabras fueron para él como la luz del sol bañando por completo una habitación a oscuras. Nicholas intentó fingir indiferencia, pero era demasiado difícil, y sintió que estaba sonriendo de oreja a oreja.

—Vale —dijo, luchando contra la vergüenza que le causaba su felicidad tan obvia—. Bien.

—Te diré lo que vamos a hacer —dijo Richard—. Leeré el hechizo y probaré primero la alfombra, y entonces, si es segura, te dejaré que te montes conmigo.

—¿En serio? —soltó Nicholas—. ¿Me lo prometes?

—Mientras que sea segura —dijo Richard—. Y mientras que no vayamos más allá de las protecciones.

—Será segura —dijo Nicholas, sin aliento ante su repentino y feroz entusiasmo—. Lo puse en el libro; te quedarás pegado a ella, así que no te caerás.

—Pero *tú* no te quedarás pegado.

—¡Pero me agarraré muy fuerte! ¡Lo prometo!

—Bueno, ya veremos —dijo Richard.

Sacó un cuchillo del bolsillo, así como una bolsa de lo que Nicholas supuso que era una mezcla de polvos de beleño negro, harnal y pétalos secos de *Cyclamen persicum*.

—Siéntate —le dijo, y Nicholas se sentó al filo del banco de piedra, casi temblando de impaciencia mientras veía a su tío pincharse el dedo y apretar la mezcla de hierbas con la sangre contra la página.

Dada la dificultad del hechizo, era un libro relativamente largo. Había sido el resultado de dos sesiones de sacarse sangre con más de un mes de separación, y Richard no se apresuró cuando lo leyó. Tal y como cuando le leía a Nicholas de noche, en un tono reverberante y cautivador. Y conforme Nicholas escuchaba sus propias cuidadas palabras leídas en voz alta de manera experta, sintió un orgullo que surgió y se extendió por su interior. Había hecho un trabajo brillante. Había impresionado de verdad a su tío. Y ahora iban a volar.

Para cuando Richard terminó de leer, el sol ya estaba muy alto en el cielo, y la alfombra se había alzado casi un metro por encima del suelo, y estaba allí flotando. Las borlas de las esquinas se movían con la suave brisa. Richard se apoyó con las manos sobre ella para probar si podía sostenerlo, y después se sentó con cuidado y despegó los pies. La alfombra no se movió en absoluto bajo su peso. Se sentó cruzando las piernas, agarró las borlas que había frente a él y tiró de ellas hacia arriba. La alfombra se elevó al instante otro metro. Tiró de la borla izquierda y la alfombra flotó hacia la izquierda.

—Maravilloso —dijo Richard—. ¿Cuánto tiempo durará?

—Una media hora, creo —dijo Nicholas, emocionado—. Y no se caerá simplemente, comenzará a hundirse poco a poco y después aterrizará sobre el suelo para que puedas bajarte.

Sin advertencia alguna, Richard tiró de las borlas con tanta fuerza que la alfombra se inclinó hacia arriba, saliendo disparada como una cometa mientras Richard, que parecía absolutamente valiente, permanecía sentado de forma increíble, atado a la superficie lanuda de la alfombra gracias a la magia. Nicholas prácticamente se torció el cuello para seguir con la vista a Richard mientras se alzaba más y más y más, y de repente torció hacia la izquierda y describió un estrecho círculo sobre el lago a casi veinte metros del suelo. Tenía la cara y el cuerpo tapados por la alfombra. Desde el punto de vista de Nicholas, parecía haberse hecho muy pequeño, y de repente se agrandó cuando Richard bajó hacia la tierra disparado, tan rápido que Nicholas temió que fuera a estrellarse, pero entonces se niveló justo a tiempo.

El abundante pelo de Richard, que estaba salpicado de canas aunque nunca habían pasado más allá de la sien, estaba despeinado por el viento, y él sonreía como un niño pequeño.

—Increíblemente fantástica —dijo—. Vale, Nicholas, súbete. Creo que lo más seguro será que te subas detrás de mí. ¿Me prometes que te agarrarás fuerte?

Nicholas ya estaba trepando sobre la alfombra, se arrodilló detrás de su tío y, tras un segundo de duda, le pasó los brazos alrededor de la cintura como si estuvieran montados en una moto. Richard no era muy dado a los abrazos, y Nicholas no había intentado darle ninguno desde que era muy pequeño, así que eso era lo más cerca que habían estado en mucho tiempo. Nicholas se apoyó sobre la espalda de su tío y miró por encima de su hombro cuando Richard ordenó subir a la alfombra, mucho más lentamente de lo que lo había hecho un momento atrás cuando había estado solo.

Conforme la alfombra se elevaba, también lo hacía el corazón de Nicholas, hasta que sintió que estaba a punto de explotar de felicidad. Cuando Richard hizo una pausa unos cinco metros por encima del lago, le dijo:

—¡Más alto!

Así que subieron más. Subieron lo suficiente como para que Nicholas se sintiera algo mareado, agarrándose a su tío con tanta fuerza que sentía sus costillas, pero Richard no puso ninguna objeción. Desde tan alto, el lago parecía un charco de agua azul y brillante, y las cabras eran como ratones, mientras que las grandes paredes de piedra de la casa, que tan frías e impenetrables parecían desde el suelo, se veían ahora endebles y pintorescas, como si fuera una casa de muñecas con todo lujo de detalles. Se mantuvieron allí flotando durante un rato sin moverse, señalándose cosas el uno al otro: el coche que parecía de juguete que pasaba por la carretera, las rosas como manchas de color causadas por un pincel, la bandada de pájaros que gorjeaban y que volaron de un árbol hasta posarse en otro. Entonces, Richard guio la alfombra hacia abajo, hasta una altura que causara menos impresión, e hizo que avanzara hacia delante.

Pasaron como una bala sobre el campo y por las copas de los árboles, y cuando le rogó a su tío que acelerara, Richard accedió, bajando a una altura tan escasa que la alfombra dejó una franja de hierba removida tras ellos conforme volaban sobre el campo. Dieron la vuelta hacia la casa, alzándose más y más hasta que estuvieron al nivel de los chapiteles superiores en las torretas cubiertas de guijarros de cobre. Nicholas se rio en voz alta de pura felicidad, ante el peligro y la emoción del vuelo.

—Has sido tú el que ha hecho esto, Nicholas —le dijo Richard—. Tu sangre, tus palabras… ¿qué se siente? ¿Te sientes poderoso?

—¡Sí! —gritó Nicholas, porque así era. Pero más que poder, lo que sentía era una felicidad pura y sublime.

Al final, la alfombra comenzó a descender, tal y como había escrito que debía hacer: hacia abajo, abajo y abajo, hasta que se posó sobre la hierba como un niño cansado que debía reposar. Nicholas rodó hasta bajarse, ya que sentía aún la emoción del vuelo en el vientre y el viento entre el pelo.

Richard le sonrió.

—¿Aún estás de mal humor?

Nicholas no podía negar que se sentía mejor de lo que se había sentido en las últimas semanas.

—No —dijo con sinceridad—. Ha sido increíble.

—Si me hubieras preguntado lo de tu libro desde el principio en lugar de mantenerlo en secreto, podríamos haberlo leído juntos hace días —le dijo Richard. Su tono de voz era tranquilo en lugar de recriminatorio—. Espero que la próxima vez confíes en mí. Los secretos no son buenos, Nicholas. Al final, solo te hacen sentir peor.

En ese momento, no se le había ocurrido pensar en cómo su tío había encontrado el libro en primer lugar; que debía de haber rebuscado en el estudio de Nicholas y quizás incluso en su dormitorio, hasta averiguar dónde lo había escondido Nicholas. En ese momento, había estado demasiado deslumbrado por la satisfacción y la gratitud que sentía. Pero esa noche, mucho después de haberle dado las gracias a Richard y de haberle prometido que no le guardaría ningún secreto más, cuando estaba tumbado en la cama y repasando los eventos del día, sintió algo de resentimiento. Incluso a los diez años, había comprendido que la manera en que Richard veía los secretos solo se aplicaba a uno de ellos: si él le guardaba secretos a Richard, era algo malo, pero ¿y secretos que Richard guardaba? Eso ya era otra cosa.

Muchos años después, en el estudio de Richard, pensó con furia en las palabras de su tío de aquel día.

«Los secretos no son buenos, Nicholas. Al final, solo te hacen sentir peor».

Aún estaba de pie junto al escritorio de su tío, mirando fijamente el borrador de aquel terrible hechizo. Collins se había metido en la habitación contigua, y de repente asomó la cabeza por la puerta.

—Ven aquí —le dijo—. Ahora mismo.

—¿Perdona?

Collins desapareció de nuevo.

Nicholas se tomó un momento para ordenar el escritorio para que estuviese igual que cuando habían entrado, y después le echó un último vistazo al estudio. Se obligó a sí mismo a no pasar la mirada por encima del grandísimo tarro y del grotesco objeto en su interior. Debía recordarlo.

En la otra habitación, Collins estaba mirando con atención uno de los espejos con los brazos cruzados. Nicholas se puso a su lado. Estaban frente al que estaba etiquetado como «clínica», por el cual se veía una habitación que parecía la enfermería de un instituto típica de las películas estadounidenses, con un gran escritorio y varias camas separadas por cortinas, aunque ninguna de esas cortinas estaba cerrada, y no había nadie sentado ante el escritorio.

Sin embargo, sí que había alguien en una de las camas: alguien dormido, con un montón de pelo rubio y el rostro pálido. Y de pie a los pies de la cama había otra mujer de perfil, de pelo oscuro y la piel morena, con un jersey que Nicholas no pudo evitar notar que era muy feo. Pero justo cuando empezó a girarse, Collins dijo:

—Espera.

Y entonces alguien más entró en escena desde el lateral, y se volvió para mirar fijamente hacia el espejo.

—Dime —le dijo Collins, señalándolo—. ¿Es ese Tretheway?

Nicholas se percató con asombro de que Collins estaba en lo cierto. Era Tretheway, su anterior guardaespaldas.

—Creía que habían despedido a ese cabrón —dijo Collins.

—Eso pensaba yo también —dijo Nicholas.

—¿Puede vernos a través del espejo?

—No si este es el hechizo que escribí el pasado mayo, el cual asumo que es —dijo Nicholas—. Puedes pasar cosas de un lado a otro, pero la visión es de un sentido único. Venga, no me importa una mierda qué está haciendo Tretheway.

—Espera —dijo Collins—. La chica.

La mujer de pelo oscuro se giró, y ella también miró directamente al espejo. Nicholas casi retrocedió, ya que su mirada era resuelta, intensa y luminosa bajo sus abundantes y expresivas cejas. Se quedó mirándolo inquisitivamente, y entonces se giró. Tretheway había desaparecido del espejo, y ella estaba observando en su dirección y diciendo algo.

—¿La conoces? —preguntó Nicholas. Quizás había algo familiar en ella—. ¿Es de los nuestros?

Collins no respondió. Estaba contemplando fijamente el espejo, como si estuviera hipnotizado, así que Nicholas fue a tirar de él, pero la mujer miró de nuevo al espejo, y Nicholas se quedó petrificado. Tretheway entró en el plano del espejo de nuevo, de espaldas a él, con lo cual tapó casi por completo a la mujer de pelo oscuro. Tenía una mano pegada al costado… y sostenía un arma.

—Joder —dijo Collins.

La mujer habló de nuevo con las manos alzadas, como si estuviera calmando a un perro. Tretheway inclinó el codo de forma casi casual y apuntó con el arma a la mujer. Durante un segundo, ambos se quedaron tan quietos que parecía que la imagen se había congelado en la pantalla. Entonces, tan repentinamente que Nicholas alzó la mano y agarró la manga de Collins, alarmado, la mujer saltó a la acción. Se lanzó hacia delante para placar a Tretheway, y aquello los lanzó a ambos al suelo. Collins soltó un grito, como si estuviera viendo un partido de fútbol. Los dos estaban casi fuera del plano del espejo, y solo se les veía de mitad de cuerpo para abajo, las botas y las rodillas enredadas en el altercado.

—¿De lado de quién estamos? —preguntó Nicholas con insistencia—. ¿Trabajan los dos para la Biblioteca?

—Me importa una mierda la Biblioteca —soltó Collins—. Espero que ella lo estrangule.

Nicholas no creía que eso fuera a ocurrir. Tretheway era fuerte y estaba bien entrenado. Pero justo cuando pensó aquello, la mujer retrocedió: había conseguido ganarle la posición a Tretheway, al que tenía debajo, aunque sangraba por el labio y Tretheway consiguió tirar de ella hacia delante con una mano, momento en el que ambos desaparecieron.

—Joder —dijo de nuevo Collins.

A través del espejo vieron a alguien aparecer de nuevo. Esta vez era Tretheway, ensangrentado y magullado pero sonriente. Estaba claro por la postura de los hombros y de los brazos que estaba estrangulando a la mujer bajo él.

—¡Levántate! —rogó Collins—. ¡Levántate y acaba con él!

En ese momento Nicholas se dio cuenta de que la persona rubia de la cama se había levantado. Llevaba puesta una bata, tenía un brazo sujeto contra el pecho en un cabestrillo, y no parecía caminar de forma muy estable. En la otra mano tenía un jarrón con lo que parecía ser una sola flor de plástico pegada al interior. Estaba arrastrándose al costado de Tretheway, y mostraba una expresión aterrorizada pero decidida. Alzó el jarrón con la mano temblorosa. Estaba claro que era la única arma que había conseguido encontrar, y parecía un intento inútil y patético.

Sin embargo, el golpe no fue ninguna de esas dos cosas. Con una fuerza sorprendente, consiguió golpear a Tretheway en la cabeza, y él se cayó hacia el costado, desapareciendo a medias de nuevo. La mujer rubia se agachó rápidamente, y cuando se puso en pie, estaba sosteniendo el arma.

La miró.

Miró a Tretheway, quien se estaba poniendo en pie. Al hacerlo, les tapó la visión con sus espaldas anchas de nuevo, tapando otra vez a la mujer hasta que lo único que podían ver era su jersey de color claro.

Lo que ocurrió después fue incluso más horripilante ya que ocurrió en completo silencio. Tretheway se agitó, y la lana de su jersey se manchó de rojo bajo el omóplato. Después, cayó redondo al suelo y desapareció de la vista. Lo único que pudieron ver entonces fue a la mujer rubia, con el arma apuntada, boquiabierta, y claramente temblando.

Nicholas aún tenía a Collins agarrado del brazo, y todo pensamiento racional lo había abandonado. La mujer del cabestrillo cayó de rodillas, y parecía gritar la misma palabra una y otra vez, quizás el nombre de su amiga. Nicholas pensó, entumecido, que era demasiado tarde. Sí, había disparado a Tretheway, pero no antes de que estrangulara a la mujer de pelo oscuro hasta matarla mientras Nicholas y Collins miraban.

Pero entonces apareció en el espejo con la cara enrojecida y las mejillas huecas mientras trataba de recuperar el aliento. Nicholas soltó un suspiro y escuchó a Collins hacer lo mismo a su lado. La mujer rubia soltó el arma y agarró a la mujer de pelo oscuro con la mano libre mientras ambas hablaban frenéticas. Nicholas no podía ni imaginar qué estarían diciendo, pero la mujer rubia había dejado de gritar y se había puesto a llorar, con los hombros temblándole. Le echó un nuevo vistazo al lugar donde Tretheway había caído, que ellos no veían.

—¿Crees que está muerto? —preguntó Nicholas.

Collins parecía estar mareado.

—No lo sé —le dijo.

De repente, las dos mujeres se giraron hacia el espejo a la vez. La rubia con el cabestrillo aún estaba llorando, pero comenzó a asentir con la cabeza, y se acercaron al espejo, agachadas donde Tretheway debía de estar tirado. La mujer de pelo oscuro al parecer estaba rebuscando en sus bolsillos, y sacó un delgado libro que Nicholas reconoció. Era uno de los muchos hechizos simples de borrado de memoria que había escrito a lo largo de los años, y sintió como si de repente estuviera viéndolo todo a través de otros ojos al ver a una extraña sostener un objeto por el que él había sudado y sangrado.

Un objeto diseñado para absorber al desafortunado lector que pusiera la vista sobre la primera página.

—No lo hagas —dijo en voz alta—. No lo mires, no lo leas.

Pero era demasiado tarde, porque ya estaba leyendo por encima la primera página del hechizo de borrado de memoria. Pasó a la siguiente página, y a la siguiente, pero no reaccionó de ninguna manera al hechizo escrito con la propia sangre de Nicholas.

La magia no le afectó.

—Eso es imposible —susurró Nicholas.

Un segundo después, se metió el libro en la cintura de los vaqueros y arrastró a Tretheway de las axilas hasta que pudieron verlo. La cabeza le colgaba sin fuerza del cuello, y la mujer rubia lo agarró por la pernera del mono que llevaba puesto con la mano sana. Lo arrastraron hasta estar justo al otro lado del cristal. La mujer de pelo oscuro estaba tan cerca que Nicholas podía ver las salpicaduras de la sangre de Tretheway en su rostro. Aferró la mano sin fuerza de Tretheway, y en el lado del cristal de Nicholas y Collins, el espejo ondeó. Como un gusano abriéndose paso a través de la tierra húmeda, el dedo de Tretheway se abrió paso hasta el último nudillo, con la uña negra y los huesos retorcidos por el viaje a través del espejo. El dedo desapareció, y las mujeres empezaron a forcejear con el cuerpo.

En cuanto Nicholas se preguntó qué estarían haciendo, lo entendió.

—Van a meterlo a través del espejo —susurró Nicholas.

El dedo había sido una prueba. El pelo de Tretheway atravesó el cristal como los extremos de la hierba que crece. Después apareció la frente magullada, después la cara, que estaba horriblemente desfigurada, con la nariz aplastada a un lado, la mandíbula descolocada, los ojos hundidos en las cuencas como si los hubiera aspirado una fuerza invisible.

Los hombros se le atascaron, y de repente dio un tirón hacia delante. Y alrededor del hombro había una pequeña mano morena con las uñas mordidas. Nicholas se quedó mirándola boquiabierto. En cuanto entró, la mujer de pelo oscuro la retiró de un tirón y se la llevó al pecho, agitada y examinándola. Claramente esperaba verla retorcida como el cuerpo de Trev, pero parecía estar bien. Un segundo más tarde, continuó forcejeando con el cuerpo, y el resto de los hombros de Trev entraron. En cierto momento, la magia hizo su trabajo, y se tragó el resto del cuerpo hasta escupirlo en la habitación, hecho un ovillo a los pies de Nicholas y Collins. El arma entró rodando justo después.

Ninguno de los dos pudo hacer otra cosa excepto quedarse mirando. Si Tretheway no había estado muerto antes, ahora ciertamente sí que lo estaba, y la contorsión de su cuerpo era nauseabunda. La piel seguía intacta, pero el interior no lo estaba. Todo estaba retorcido e inflamado bajo la superficie de la piel. Cuando Nicholas miró de nuevo el cristal, descubrió que el espejo y todos los demás espejos de la habitación se habían quedado en blanco. Volvían a ser simples espejos de nuevo, desconectados de la vida que los había cargado al otro lado. La vida que acababa de terminar.

15

El único aspecto positivo que había salido de aquella espantosa situación era que ahora Esther sabía con certeza que Pearl no la había traicionado.

El cuerpo de Trev había traspasado el espejo como si hubiera pasado por mercurio: no había ni un pequeño rastro de sangre en el frío y duro cristal. En cuanto se desvaneció, Pearl dejó escapar una queja y se desplomó sobre el suelo de la enfermería.

A Esther le dolía todo el cuerpo de la pelea, y la adrenalina aún la hacía vibrar después de la experiencia cercana a la muerte. Escupió de forma nerviosa en un trozo limpio de la manga de su jersey y comenzó a borrar las marcas de sangre del espejo, que eran las que lo habían abierto en primer lugar. Le aterrorizaba pensar que, si los dejaba abiertos, alguien podría cruzarlos y matarlas a Pearl y a ella allí mismo. Ella sabía que nada vivo podía pasar por los espejos, o al menos, creía saberlo. Pero, a pesar de la prueba que había hecho con el dedo de Trev, y a pesar de que había vuelto magullado, retorcido y extraño, hubo un aterrador instante en el que su propia mano se deslizó al otro lado de la superficie, y no había sentido nada en absoluto. Quizás era el pasar de un lado al otro lo que arruinaba un cuerpo, pero no la entrada.

Trev no había estado muerto del todo cuando lo habían empujado al otro lado, pero si había alguna duda de si el viaje a través del espejo había terminado lo que el disparo de Pearl había empezado, ahora que las marcas oxidadas de la magia se estaban borrando con facilidad, el asunto estaba claro. Su sangre había activado el hechizo desde aquel lado mientras vivía, y su sangre había permitido que el cuerpo pasara a través; ahora que estaba muerto, el hechizo se había roto desde este lado.

Limpió los últimos indicios del cristal, y se agachó junto a Pearl.

—Gracias —le dijo. Quería decirle muchas más cosas, como «lo siento», para empezar.

—Por favor, dime que estoy alucinando —dijo Pearl—. Por favor, dime que me han drogado, que es una pesadilla.

—Es una pesadilla —le dijo Esther. Examinó a Pearl en busca de los restos de la sangre de Trev. Tenía un poco en los dedos y en las muñecas—. Tienes que lavarte las manos.

—Tengo que lavarme el *cerebro* —dijo Pearl.

En cualquier otra situación aquello la habría hecho reír, pero claramente no era una broma. Y el hecho de que Esther estuviera pensando hacer más o menos eso hacía que tuviera incluso menos gracia.

Fue hasta el lavabo que había en una esquina y empapó de agua un montón de papeles. Después volvió junto a Pearl y le limpió con cuidado las manos, sosteniéndolas entre las suyas. También tenía un rastro de sangre en la cara, aunque Esther no estaba segura de quién era, pero aun así lo limpió. Después, se examinó a sí misma. Tenía el jersey ligeramente manchado, pero había unas cuantas manchas en el suelo, y tenía el vaquero empapado de rojo a la altura del muslo. Pearl también tenía el dobladillo de la bata de la enfermería mojada y roja.

Se encargaría de todo eso en un momento… si era que tenían un momento. Si nadie intentaba entrar en la enfermería, se encontraba la puerta cerrada y daba la alarma. No tenía ni idea de qué podía haberle dicho Trev a la médica para hacer que se marchara, ni cuanto tardaría en volver.

—¿Sabes dónde guardan las batas? —le preguntó Esther a Pearl, y ella asintió, lo cual fue un gran alivio—. Vale, pues cámbiatela y pon aquí la sucia. Después, métete en la cama, yo voy a limpiar el suelo.

Pearl hizo exactamente lo que le dijo, con unos movimientos vacilantes y automáticos. Una vez que se puso la bata (lo cual le costó por el cabestrillo) y se metió en la cama, Esther fue hasta el armario de la limpieza y llenó un cubo con agua y jabón.

—Me atacó —dijo Pearl—. Trev. Cuando estábamos esquiando. En un momento dado estábamos hablando, y al siguiente… le cambió la cara, avanzó hacia mí, y… —Guardó silencio, tenía la respiración agitada. Cuando recuperó el aliento, continuó—. ¿Quién *era*? ¿Qué acaba de pasar? ¿Cómo sabías que podías empujarlo a través de… de… empujarlo hacia…? —Parecía incapaz de completar la frase, así que suspiró de nuevo de forma temblorosa—. ¿Qué cojones está pasando, Esther?

—Me perseguía a mí, no a ti —dijo Esther.

—Sí, gracias, eso lo he entendido. Pero ¿por qué?

Esther estaba fregando tan rápido como podía, y vació y llenó el cubo hasta que todos los restos de sangre hubieron desaparecido, lo cual no le llevó tanto tiempo como había temido. Nada de aquello serviría de nada ante un equipo de forenses, pero para cuando alguien se diera cuenta de que Trev no estaba y comenzaran a preocuparse, Esther ya se habría marchado.

O eso esperaba.

Además, no había rastro de un cuerpo, ni arma del crimen, y no había cámaras en la clínica, ¿por qué iba a sospechar alguien que había pasado algo raro? Y tampoco había testigos. O, al menos, para cuando Esther acabara no habría testigos.

—¿Dónde ha puesto la enfermera la ropa que llevabas para esquiar? —le preguntó Esther a Pearl.

—No lo sé… Esther, por favor, mírame un segundo y *explícamelo*.

Esther cerró los ojos con fuerza, y después los abrió y se volvió. El libro que había sacado del cuerpo de Trev le borraría por completo la memoria a Pearl de las últimas veinticuatro horas. La llevaría de vuelta a antes del disparo, de irse a esquiar, de la discusión… Pero aquella Pearl, la que estaba temblando sobre la cama y mirando a Esther con desesperación, aún lo recordaba todo. Esta Pearl se merecía algo más, ¿no era así? Así que ¿por qué no contarle la verdad? Era una idea demasiado atractiva como para dejarla pasar. Durante un momento, Pearl y ella podrían vivir en el mismo mundo, juntas.

—Esto va a sonar a una locura —dijo ella—, pero intenta creerme. Recuerda que acabas de ver a Trev atravesar un espejo.

—No sé ni qué es lo que he visto.

—Sí, sí que lo sabes. Si no puedes aceptar eso, no podrás aceptar nada de lo que voy a contarte.

Pearl se mordió el labio y guardó silencio. Después, le dijo:

—Vale. Sí, eso es lo que he visto.

Esther volvió de nuevo a buscar la ropa de Pearl mientras hablaba.

—La magia existe —le dijo—, y se canaliza a través de ciertos libros. Mi familia puede sentir esos libros, pueden escucharlos, aunque yo no. Mi padre se pasó toda su vida coleccionándolos, y tiene… o tenía, al menos, ahora son de mi hermana. Tenía cientos. De un valor incalculable.

Encontró la ropa doblada en el armario de metal de las medicinas, en una bolsa de plástico. Se quitó su propia ropa manchada de sangre y la metió en la bolsa, en lugar de la de Pearl.

—Cuando era un bebé —siguió diciendo—, un grupo de gente entró en nuestro apartamento, en Ciudad de México, para llevarse la colección. No consiguieron los libros, pero sí mataron a mi madre. No sé todos los detalles, lo único que sé es que después, mi padre me agarró y nos escondimos. O, bueno, nos fuimos a Vermont.

Estaba temblando junto al lavabo y con solo la ropa interior puesta mientras se lavaba las manos y la cara tan bien como podía. Temía darse la vuelta y encontrarse una expresión de incredulidad en el rostro de Pearl.

—Y no se trata solo de que no pueda escuchar la magia, también soy inmune a ella. No sabemos por qué. Pero cuando tenía dieciocho años, mi padre se dio cuenta de que las protecciones que usaba para asegurarse de que nadie encontrara nuestra casa no funcionaban conmigo, así que lo único que debían hacer para hallar a mi padre, a mi madrastra, a mi hermana y la colección entera, era encontrarme a mí.

Hizo una pausa para ponerse los vaqueros limpios de Pearl y asegurarlos a la cintura. Pearl era más alta y delgada, pero podía enrollar la cintura, y el jersey enorme era más que suficiente para cubrir el hecho de que los pantalones apenas los tenía abotonados. En el espejo (que ahora solo era un espejo) Esther se miró, y parecía limpia y sin un rastro de sangre, tan solo con alguna magulladura en la cara.

—Mi padre me dio a elegir —dijo, volviéndose para mirar a Pearl—. Podía quedarme en casa y poner a mi familia entera en peligro, o podía marcharme y no volver. Obviamente, escogí la segunda.

Pearl estaba mirándola fijamente. Parecía haberse calmado un poco desde que Esther había empezado a hablar, o al menos ya no parecía estar temblando, aunque estaba casi tan pálida como las paredes.

—Cúbrete con las sábanas —le pidió Esther.

—Por favor, ven aquí —le dijo Pearl.

—No tenemos tiempo para…

—*Por favor.*

Esther tragó saliva y fue a sentarse en la cama junto a Pearl, rígida e incómoda, hasta que Pearl le puso el brazo bueno alrededor de los hombros, y enterró la cara en el cuello de Esther. Así que Esther hizo lo único que podía hacer: cambió de postura hasta que pudo sujetar a Pearl fuertemente contra ella, con cuidado de su brazo roto, con los labios sobre el suave pelo de Pearl. Podía sentir su propio rostro, que de forma normal era tan obediente, actuar por cuenta propia: apretó los labios, y se le llenaron los ojos de lágrimas.

—Te creeré —dijo Pearl, con la voz amortiguada contra la piel de Esther—, hasta que haya otra explicación posible.

—No hay ninguna otra explicación —le dijo Esther—. Te he contado la verdad.

—¿Es esa la razón por la que ibas a irte? —le preguntó Pearl, echándose un poco hacia atrás para mirar a Esther—. ¿Porque Trev te… perseguía?

—Sí —dijo Esther.

La esperanza que se reflejó en su rostro le dolió.

—¿Entonces eso significa que te quedarás?

Siempre se reducía a aquello. Con Joanna, Reggie, Pearl… Esther era un peligro para aquellos que amaba, simplemente por ser ella.

—No puedo —dijo Esther—. Saben dónde estoy. Ya te han hecho daño por mi culpa, podrían matarnos a ambas.

—Pero dijiste que Trev iba a usarte para llegar hasta tu familia, a los libros de tu padre. No iba a matarte —dijo Pearl—. ¿No? Solo quería interrogarte, o…

Esther negó con la cabeza.

—Lo que te he contado es todo lo que sé. —Se tocó la garganta, que muy pronto se pondría morada y le dolería donde Trev la había apretado—. Sí que *parecía* que iba a matarme.

—Pero en vez de eso —dijo Pearl—, yo le he matado *a él*.

—Técnicamente no lo has matado —dijo Esther—. Estaba vivo cuando lo hemos metido por el espejo.

—Ay, joder —dijo Pearl, y se limpió la mejilla mojada con el hombro bueno.

La habitación estaba lo más limpia que había podido dejarla. Esther tenía una bolsa llena de ropa manchada de sangre en una mano, pero cualquiera que entrara no vería nada fuera de lo común. Era absurdo lo normal que parecía todo. Pearl aún temblaba un poco.

—No tienes que recordarlo —dijo Esther.

A Pearl se le acumulaban las lágrimas en los ojos, y después se deslizaban por sus pálidas mejillas.

—¿Qué quieres decir?

Esther le mostró el libro que había sacado del bolsillo de Trev. Se dio cuenta de que era nuevo, encuadernado con una tapa dura moderna, a máquina. Nunca había visto un libro tan nuevo.

—¿Eso es un…? Me siento ridícula diciéndolo en voz alta —dijo Pearl.

—Un libro mágico, sí —dijo Esther—. Te borrará los recuerdos del último día, así que no recordarás que sostuviste el arma y disparaste, ni recordarás que te atacaron. No recordarás nada de eso.

Pearl no parecía aliviada, sino horrorizada. Se apartó de Esther, y se le ensancharon las aletas de la nariz.

—Y tampoco recordaré nada de lo que acabas de contarme.

—Bueno… no.

—Y cuando piense en Trev —dijo ella—, pensaré en él como en alguien divertido que acabo de conocer, y me preguntaré dónde está, y me preocuparé por él, sin saber que yo fui la que lo mató.

—Tú no lo has matado —repitió Esther.

—Le he disparado, y ahora está muerto —dijo Pearl—. Todo lo demás es semántica.

—A mí me gusta la semántica.

—No quiero olvidarme de lo que me has contado —dijo Pearl—. Meses juntas, y esta es la primera vez que has sido realmente sincera. —Durante aquella conversación, Pearl había estado llorando de forma constante, una lágrima tras otra. Esther pasó el dedo por una de las marcas que tenía en la mejilla, con tanta ternura de la que era capaz sin romperse—. Y me parece algo peligroso olvidarme de lo que hice. Lo siento *aquí* —dijo, y se apretó la palma de la mano contra el pecho—. Mi cuerpo lo recordará, incluso si mi mente no lo hace. ¿No es cierto?

—No lo sé —le dijo Esther.

Las lágrimas de Pearl cayeron algo más rápido, y le temblaron los labios descontroladamente. Inhaló de forma trémula, tratando de recuperar algo de control.

—Pero… pero si la gente se da cuenta de que Trev ha desaparecido y me preguntan qué ha pasado, no sé si… No creo que pudiera… No se me da bien mentir, Esther, y lo sabes. No sé cómo hacer esto, no sé qué debo hacer.

Esther no dijo nada, ni siquiera asintió. Pearl tenía que tomar una decisión por sí misma.

De repente, Pearl le agarró la mano con fuerza, hincándole los dedos en la piel a Esther.

—Prométeme algo —le dijo.

—Te prometeré lo que pueda sin mentirte de nuevo.

Pearl asintió.

—Si la magia existe de verdad, y realmente puedes borrarme la memoria y te dejo hacerlo… tienes que prometerme que vendrás a buscarme cuando estés a salvo. Tienes que prometerme que me dirás todo lo que ha pasado, me contarás lo de tus padres y los libros de nuevo. Rellenarás todos los huecos que tengo en la memoria. No quiero olvidarlo para siempre, quiero *saberlo*. —Inhaló de nuevo de forma temblorosa—. Pero no creo que pueda soportarlo ahora mismo, y estando sola.

Esther quería cumplir aquella promesa.

—Sí —le dijo—. Te lo prometo.

—Júramelo —dijo Pearl, extendiendo el dedo meñique. Pero en lugar de hacer lo mismo, Esther le abrió la palma de la mano y le dio un beso allí.

—Lo juro.

—Vale —dijo Pearl—. Hazlo antes de que me lo piense mejor.

—Yo no puedo hacer magia —dijo Esther.

—¿Entonces qué…?

—Tienes que hacerlo tú misma.

—¿Cómo es posible eso?

—Tienes que leer este libro en voz alta. Donde diga «tú» tienes que decir «yo», y donde haya un lugar para un nombre, di el tuyo. Cuando el hechizo empiece a funcionar, creo que te hará llegar hasta el final. No se interrumpirá a sí mismo con su propio efecto. Al menos, normalmente no lo hacen.

Pearl estaba mirándola fijamente.

—La forma en que hablas de esto… y en que lidiaste con lo de Trev… Siento que nunca llegué a conocerte realmente.

Lo que sintió a continuación la invadió con tanta fuerza que Esther no tuvo tiempo de alzar sus defensas.

—Sí que me conociste —le dijo—. Y me conocerás de nuevo, porque voy a volver, ¿recuerdas? Me conocerás. Si es que aún quieres hacerlo.

Pearl alzó la mano, y Esther pensó que iba a agarrar el libro, pero en su lugar, le puso la mano buena en la nuca, y Esther se inclinó hacia ella de forma instintiva. Su boca encontró la de Pearl, y sintió aquellos suaves labios abriéndose ante los suyos, y los afilados dientes contra su piel. Esther cerró los ojos y se permitió tener un segundo de aquel lujo: besar a alguien que la conocía por completo. Entonces, se apartó y dejó el libro sobre el regazo de Pearl.

Si la magia funcionara con Esther, quizás habría usado el hechizo para sí misma después, para borrar su propio recuerdo de todo lo que había ocurrido. Le llevó a Pearl veinte minutos leerlo, veinte minutos en los que Esther esperó nerviosa por si alguien trataba de entrar por la puerta, pero no fue nadie. Observó cómo la magia se apoderaba del control de Pearl palabra tras palabra. Vio cómo sus ojos se vaciaban, cómo se le movía la boca por la voluntad de otra persona, de una fuerza que le daba energía a la voz a la cual servía. La magia se movió por su propia voluntad, mientras que la mirada de Pearl se centraba más y más en las páginas, el tono de su voz se volvía monótono, y por fin dijo la última palabra y soltó el libro, echándose hacia delante como si fuese una marioneta abandonada en mitad de una representación.

—Pearl —le dijo Esther, aterrorizada de inmediato de que el hechizo hubiera salido mal de alguna forma y Pearl fuera a quedarse así para siempre: una cáscara vacía de magia.

Pero en cuanto escuchó su nombre, Pearl alzó la cabeza, confundida pero alerta.

—¿Esther? —Se incorporó—. Ay, qué demonios. Mi brazo, ¿qué…? ¿Dónde estoy, estamos en la enfermería?

Sonaba tan normal, y en su voz ya no había rastro del miedo que la había hecho temblar unos momentos atrás, que Esther sintió un escalofrío recorrerle la espalda. Le quitó a Pearl el libro del regazo y se lo guardó bajo el brazo.

—Has tenido un accidente —le dijo—. Estarás bien, pero… ¿qué recuerdas?

—¿Recordar…? —repitió Pearl, como si fuese un concepto desconocido para ella.

—Te fuiste esta mañana a esquiar y te caíste —dijo Esther—. Te rompiste la muñeca y te diste un golpe en la cabeza. Una conmoción, pero nada grave. La médica dijo que es normal que sufrieras algo de pérdida de memoria.

—Creía que la amnesia solo existía en las películas —dijo Pearl, tocándose con cuidado la cabeza. Parecía otra vez un poco asustada, pero de forma apropiada para la situación—. ¿Dónde está la médica?

—Ha salido un momento —dijo Esther, aunque tenía un nudo en la garganta tan grande que apenas pudo decir aquellas palabras—. Deja que vaya a ver dónde está.

Se levantó, preparada para irse, pero entonces se frenó.

—Hay una cosa que no quiero que olvides —le dijo a Pearl—, ni siquiera con la conmoción. Quiero que recuerdes que me importas, y mucho. Más que de lo que me ha importado nadie en mucho, mucho tiempo. Pase lo que pase… eso no va a cambiar.

Pearl parecía asustada.

—¿A qué te refieres con «pase lo que pase»? ¿Es muy grave la herida de la cabeza?

—No, no me preocupa la herida de tu cabeza —dijo Esther, sonriendo de la forma más reconfortante que sabía—. Solo quiero que recuerdes lo que siento respecto a ti.

—Vale —dijo Pearl con una media sonrisa—. De acuerdo. Yo —alzó las manos para hacer comillas en el aire— «te importo, y mucho». Esther sabía que Pearl quería algo más, algo distinto, oír otras palabras. Pero ahora no era el momento de decirle la verdad. Quizá cuando Esther cumpliera su promesa podría hacerlo.

—Así es —dijo ella—. Ahora, descansa.

* * *

Al final resultó que la médica estaba dormida en su habitación. Esther descubrió aquello después de haber alertado a la oficina, ya que la había buscado y no la había encontrado, con lo cual le preocupó que Trev le hubiera hecho algo. Ellos la llamaron por el interfono, y apareció diez minutos después con las marcas de la almohada en la mejilla y totalmente confundida. Tenía la impresión de que era el principio del día, y no el final, y no parecía recordar que Pearl hubiera sido admitida en la clínica, aunque no se la veía demasiado preocupada por su pérdida de memoria.

—Trabajar tantas horas hace que te pase eso a veces —le confesó a Esther.

Pero Esther pensó que no. La magia hacía que te ocurrieran esas cosas. Pero ella tan solo sonrió y asintió.

El primer turno de cena ya había comenzado, así que los pasillos estaban llenos de gente que volvía del trabajo. Algunos de ellos hablaban y se reían, otros bostezaban y caminaban en silencio. A Esther la tomaron por sorpresa todos los saludos, y esperaba que alguien le preguntara «oye, ¿has visto a Trev?». O quizás «oye, ¿cómo es que parece que te hayas pasado la tarde entera deshaciéndote de un cuerpo?». Pero ¿por qué iban a preguntarle tales cosas? Tan solo había sido el mundo de Esther el que se había torcido.

Con tanta sutileza como pudo, se paseó por toda la estación borrando las marcas de sangre de todos los espejos: el gimnasio, los baños comunitarios, la cocina… Cada vez que se acercaba a un espejo se le aceleraba el pulso, ya que pensaba que algo o alguien estaba a punto de traspasarlo. Pero nadie ni nada apareció por ellos. Para cuando terminó, eran las siete de la mañana. Su vuelo era en doce horas. En doce horas, se marcharía.

Por fin, fue hasta la que había sido la habitación de Trev, y se quedó frente a la puerta, armándose de valor, aunque no estaba segura de para hacer qué. En el interior, el pequeño espacio estaba organizado y despejado, excepto por una sudadera que había a los pies de la cama. Esther limpió las manchas de sangre del espejo que había sobre el lavabo personal de Trev.

Después, se movió por la habitación haciendo una búsqueda superficial. Buscó su novela robada, y respuestas a unas preguntas que no sabía cómo hacer. Abrió los cajones, buscó entre los jerseys doblados, incluso abrió la caja de las lentillas que había en la mesita de noche rebuscó y observó los diminutos charquitos de solución salina.

Encontró milenrama seca y algunas otras hierbas que no conocía. Y, envuelto en una toalla y metido bajo el colchón, se topó con el libro que debía de haber usado para los espejos. Al igual que el hechizo de borrado de memoria, aquel libro también era inexplicablemente nuevo, encuadernado de la misma manera, a máquina. Sabía que, en algún lugar, habría otro libro de espejos prácticamente idéntico, en manos de la gente que quería matarla.

Y quizás, alguien que quería salvarla. Alguien que estaba ayudándola a salir de allí.

Sin embargo, le dolió descubrir que la novela de Gil no estaba en ningún lado, y aparte del libro y las hierbas, no había ninguna otra prueba de que Trev fuera nada más que un carpintero de Colorado, como había estado fingiendo ser. Envolvió de nuevo el libro de los espejos en la toalla de Trev, y se lo llevó a su propia habitación, donde destrozó meticulosamente cada página de ese libro y el del borrado de memoria, hasta que su papelera estuvo llena de confeti, y los lomos de los libros estuvieron vacíos e inútiles.

Entonces, la invadió el pánico.

16

Solo cuando estaba guiando a su madre hacia las escaleras del porche y hasta la puerta principal, Joanna se dio cuenta de que jamás había visto a alguien moverse contra las protecciones y entrar a la casa.

Cecily tenía los ojos vendados y se aferraba al brazo de Joanna. No podía mantener el equilibrio, y no parecía tener conciencia de nada más excepto de Joanna, que tuvo que agacharse y darle un toquecito con la mano en los pies de su madre para que los alzara y subiera los escalones. Era aterrador ver a Cecily boquiabierta y tan incapaz de valerse por sí misma. Era como un recuerdo y una premonición al mismo tiempo, condicionado al círculo de la vida de los bebés y las personas mayores.

Joanna guio a Cecily a través de la puerta, y se tambaleó a través del recibidor con un grito ahogado, para después doblarse hacia delante y apoyar las manos sobre las rodillas. Joanna se quitó las botas y fue hasta la cocina para traerle un vaso de agua a su madre. Cuando regresó, Cecily se había quitado el pañuelo de los ojos, y estaba mirando fijamente la vieja chaqueta de cuero marrón de Abe, que aún estaba colgada en el perchero.

—Aquí tienes —le dijo Joanna.

Cecily se bebió el vaso y se lo devolvió con una marca de labios roja en el borde.

—Ha sido horrible —dijo ella.

Joanna resistió la tentación de decirle «me alegro».

—Quítate los zapatos.

Cecily obedeció. Era muy extraño tener a otra persona allí, en su casa. Y era aún más extraño que aquella casa hubiera sido de Cecily también, en algún momento.

—¿Qué has sentido con las protecciones? —le preguntó, ya que tenía curiosidad.

Cecily le echó un vistazo al espejo del recibidor y se pasó los dedos por el pelo, estudiándose a sí misma como Joanna la había visto hacer un millón de veces. Pero ante su pregunta, bajó las manos como si se hubiera sorprendido al hacer algo de forma instintiva.

—Ha sido como estar atrapada en un sueño en el que no puedes ver ni escuchar nada —dijo Cecily—, pero en el que sabes que estás en un barco, y que ese barco se está hundiendo.

Joanna no podía concebir del todo aquella descripción, pero la aceptó. Colgó sus abrigos junto al de Abe en el viejo perchero, y vio a Cecily pasar el dedo por uno de los ganchos de madera.

—Es el mismo —dijo ella.

—La mayor parte de la casa está igual —dijo Joanna, pero en cuanto dijo aquello, se preguntó si eso era cierto. Cecily no se había llevado muchas cosas cuando se mudó, y Abe y Joanna no habían añadido muchas cosas nuevas. Pero, aun así, sabía que la casa era diferente a cuando su madre (y su hermana) habían vivido en ella. También le había parecido más pequeña y acogedora en ese entonces.

Cecily caminó hasta la cocina, donde el sol de media tarde entraba por la ventana que había sobre el fregadero y encendían el hervidor de agua de cobre y las amarillentas paredes despegadas. Joanna agradeció aquella acogedora y halagadora luz, y agradeció que la cocina presentara su mejor faceta para que su madre la juzgara. Y después, se enfadó ante aquella gratitud. No le importaba lo que su madre pensara. Su madre la había engañado y la había atrapado.

—Nunca cambió las baldosas —dijo Cecily, pasando el pie sobre una ola de linóleo abollada.

Pero incluso Joanna, que se sentía expuesta y sensible bajo la mirada de Cecily, no sabría decir si aquello era una crítica; la voz baja de su madre albergaba complicadas emociones.

—No —dijo Joanna—. Aunque sí que compramos una tostadora nueva.

Cecily sonrió, y Joanna recordó demasiado tarde su enfado.

—Tienes media hora —le dijo—. Haz lo que sea que hayas venido a hacer.

—Necesito una aguja o un cuchillo —le dijo Cecily.

Joanna sacó su cuchillo plateado del escurreplatos.

—Yo lo llevo. Tú dime qué hacer con él.

Podía ver en la expresión de su madre lo mucho que Cecily odiaba que insinuara que era una amenaza.

—No pensarás que…

—Mi casa, mis reglas —dijo Joanna.

Cecily parecía a punto de discutir, pero entonces se rindió de forma obvia. Dio la vuelta y salió de la cocina a través del comedor, y Joanna recordó demasiado tarde que tenía un montón de materiales esparcidos por la mesa: las tiras de cuero, madejas de hilo, un tarro de pegamento, y diferentes tipos de papeles amontonados. Vio en la mirada de su madre cómo lo asimilaba todo, y deseó que Cecily no sacara una conclusión de aquel desastre. Pero Cecily inhaló repentinamente, y se volvió hacia ella con una expresión asustada que parecía demasiado para la situación.

—Jo —dijo ella—. No estarás… No puedes… ¿escribir los libros?

Comenzó como una declaración, pero terminó como una pregunta.

—Solo estaba experimentando —dijo Joanna, y los rasgos de Cecily cambiaron del miedo al alivio. Joanna no sabía qué se habría imaginado. Tal vez que, si Joanna aprendía a escribir ella misma los libros, estaría demasiado metida en ello como para volver a salir, y desaparecería para ella. Y puede que tuviera razón. Joanna nunca lo sabría.

Cecily hizo una pausa en el salón, observando las mantas, las almohadas, las pilas de ropa doblada sobre el sillón de la esquina.

—¿Duermes aquí abajo?

Joanna no le debía ninguna explicación a su madre, pero su necesidad de saltar a la defensiva se activó.

—Se está más calentito. Y así ahorro en la factura de la calefacción.

—Quieres decir que ahorras en el hechizo que usas para llenar el depósito de propano.

—En las facturas —repitió Joanna.

Cecily abrió las mantas unidas que separaban el salón de la escalera que llevaba al piso superior, y Joanna la siguió. La temperatura se desplomó cuando empezaron a subir, y Joanna tembló y deseó no haberse quitado la chaqueta. Pasó los dedos por el pasamanos, cuya madera aún estaba pulida de años y años de las manos de su familia deslizándose por allí.

A pesar de su ira y de lo dolida que estaba, y a pesar de lo que Cecily había hecho para llegar a esa situación, una parte de Joanna no estaba enfadada para nada ante el hecho de estar siguiendo a su madre por unas escaleras, las cuales había pasado años subiendo sola. Era la misma parte infantil de sí misma que se había emocionado cuando el gato había presionado la cabeza contra su mano.

Cecily paró cuando llegó al rellano del piso superior, y miró a su alrededor. Dio un paso hacia el final del pasillo, hacia el dormitorio grande, el que una vez había compartido con Abe. Después, le dio la espalda y observó las otras dos puertas. Joanna podía sentir en la garganta el corazón latiéndole con fuerza, y esperó a ver qué iba a hacer su madre. No tenía ni la más mínima idea.

Al final Cecily se dirigió hacia la antigua habitación de Esther. Empujó la puerta con cuidado, como si hubiera alguien durmiendo dentro, y después la abrió por completo y entró con Joanna siguiéndola. En aquella habitación hacía incluso más frío que fuera, y aquello hizo que pareciese deprimente, de una forma en que, si hubiera estado calentito, habría sido acogedor. Kurt Cobain las observó por encima de cajas y cajas de libros normales, la ropa antigua de Abe, y muebles rotos que Joanna pretendía arreglar algún día.

Cecily pasó la mirada por la habitación con una mano sobre la clavícula, como si quisiera ponerla sobre el corazón pero estuviera reteniéndose.

—Solía haber algo más en esa esquina —dijo Cecily.

Joanna miró la esquina que había junto al armario, que ahora la ocupaban unos cuantos cajones llenos de suministros para manualidades y para coser.

—¿Puedes concretar un poco más?

—No.

Joanna hizo memoria y visualizó la habitación tal como había estado cuando había sido de Esther.

—¿El espejo?

—¿Dónde está? —dijo Cecily.

Joanna respondió cruzando la habitación y abriendo la puerta del armario. Dentro, el gigantesco espejo les arrojó a la cara el reflejo de la luz invernal, y Cecily dejó escapar un sonido de alivio que casi se convirtió en gruñido. Cuando habló de nuevo, lo hizo de forma agitada, como si ver el espejo hubiera incitado un apremio en ella.

—Necesito un trozo de papel y un bolígrafo —dijo.

Había papel de libreta en los cajones, y Joanna encontró un viejo bolígrafo de gel azul que, por alguna razón, aún escribía. Le cedió ambos a su madre, con movimientos erráticos por la tensión, y Cecily hizo lo mismo cuando los aceptó.

Cecily apoyó el papel sobre la alta cómoda. Entrecerró los ojos para concentrarse, y paró una o dos veces para leer de nuevo antes de seguir. Joanna se quedó quieta en lugar de atosigar a su madre para ver lo que estaba escribiendo. Pero cuando acabó, Joanna abrió la mano para pedirle el papel.

Pudo ver la duda de su madre, su reticencia, pero al final le dio el trozo de papel.

Las palabras no tenían sentido alguno, y estaban divididas en dos párrafos con viñetas. Joanna lo leyó todo dos veces, sin entenderlo.

- No sé si aún sigues ahí, o si es demasiado tarde. Sabrás por qué estoy contactando contigo. Por favor, encuentra la manera de decirme si lo tienes todo bajo control, o si no, dime qué puedo hacer.
- Es hora de romper nuestro acuerdo por mi parte. En cuanto recibas este mensaje (si es que lo recibes), por favor, rómpelo.

–C.

—¿Qué es esto? —preguntó Joanna.

Cecily, como era de esperar, no dijo nada. Metió la mano en el bolsillo de su rebeca y sacó un trozo de papel rígido. Joanna reconoció el cielo rosa y la letra cuadrada. Era la postal de Esther desde la Antártida.

—Necesito el cuchillo ya —dijo Cecily.

Joanna pensó en negarse hasta que recibiera una respuesta directa, solo que, a estas alturas, estaba bastante segura de que negarse no le traería más respuestas, sino menos. El tiempo se estaba agotando, y quería ver qué planeaba hacer Cecily a continuación. Le dio a su madre el cuchillo por el puño, y con un corte rápido, Cecily abrió de nuevo el corte que había usado horas antes para dibujar la barrera de sangre que había atrapado a Joanna en su salón. Manchó de un rojo brillante la esquina de la postal y la nota que había escrito, y dobló la postal dentro del papel, como si fuese un sobre abierto.

Después, cerró los ojos y respiró hondo lentamente.

—Ni siquiera sé si esto seguirá funcionado —dijo ella—. Han pasado diez años desde que lo usé por última vez.

Joanna no dijo nada. Cecily estaba hablando sola, con una mirada interna y centrada. Joanna la observó alzar la mano y apretar el pulgar ensangrentado contra el espejo: una huella en la parte de arriba, en ambos lados, y abajo.

Joanna la observó de cerca mientras Cecily hacía aquello, pero su mirada no fue la que captó el cambio. Su otro sentido, el del oído interior, fue el que lo notó. Todo estaba en silencio, y de repente, no lo estaba del todo. Comenzó a escuchar en su interior un zumbido, grave y lento. El sonido de un hechizo surgiendo en ese momento, y sin ningún libro a la vista. Era un hechizo que, de alguna manera, estaba ya en progreso, un hechizo en marcha que necesitaba sangre, pero no para activarse, sino para reactivarse.

Cecily rápidamente estiró la mano y apretó la postal doblada contra el espejo. O bueno, no *contra* el espejo, dado que el espejo no ofreció ninguna resistencia. El cristal tembló y se apartó como si fuese agua contra una piedra. Y, al igual que una piedra, la nota y la postal se hundieron y el espejo se las tragó.

Joanna agarró a su madre de la muñeca en cuanto entendió lo que estaba pasando, pero fue demasiado lenta y llegó demasiado tarde. Cecily ya tenía la mano vacía. De forma frenética, Joanna alzó la mano para borrar la sangre de su madre del cristal, aunque sabía muy bien que las manchas, aunque aún estuvieran mojadas, no se moverían para nadie excepto para Cecily.

—Déjalo, cariño —dijo Cecily, con el rostro en calma, sin la urgencia que había invadido su postura; había hecho lo que había venido aquí a hacer.

—¿Qué has hecho? —dijo Joanna con un tono de voz tembloroso—. ¿Quién está al otro lado?

Dado que, claramente, había alguien. Tenía que haber alguien: una figura sin nombre, agazapada tras el cristal que había permanecido en el armario durante tanto tiempo, esperando a ser activado. Sintió cómo se le ponía la piel de gallina.

Cecily puso ambas manos en la cara de Joanna, y tras un intento instintivo de echarse hacia atrás, Joanna se quedó quieta y miró a su madre a los ojos. Incluso en ese momento, las manos frías de Cecily contra las mejillas acaloradas por la agitación la reconfortaron.

—Nada puede entrar a través del espejo —le dijo Cecily—. Tus protecciones lo evitan. Solo yo puedo pasar cosas a través de él.

—¿Pasar a dónde? ¿A quién?

—Sé que te pido algo muy difícil —dijo Cecily—. Pero tengo que pedirte que confíes en mí sin darte explicaciones. Algún día espero poder contártelo todo y que lo entiendas al completo. Pero, por ahora, necesito que me creas cuando te digo que las dos queremos cosas parecidas. No actúo en contra de tus intereses, y nunca jamás haría nada para hacerte daño. Dime que eso lo sabes.

Sí que lo sabía. O, al menos, su cuerpo lo sabía, su corazón y su instinto. Pero su mente insistía en que un concepto como aquel era incompatible con lo que Joanna había presenciado a lo largo de los años. Había visto a Cecily tratar de quemar las protecciones y después dejar a Abe cuando no había tenido éxito. Había escuchado a su padre decirle que no dejara que Cecily volviera a entrar, había escuchado a los dos discutiendo incluso después de que Cecily se mudara. Había respondido a multitud de peticiones indirectas de Cecily de volver a entrar en la casa, y a multitud de críticas directas que no podía evitar pensar que habían sido expresadas, en parte, para hacer que Joanna abandonara las protecciones por cuenta propia. Cecily no había ocultado que quería que Joanna dejara atrás la casa, los libros y las protecciones. ¿Acaso desear que alguien estuviera desprotegido era lo mismo que desearle el mal?

El único argumento en contra era el hecho de que sabía que Cecily la quería.

—Confía en mí —le dijo Cecily de nuevo—. Tres días. Después, volveré y suspenderé el hechizo.

—Lo detendrás —dijo Joanna.

—No puedo hacer eso —dijo Cecily, y soltó a Joanna—. El libro está al otro lado, lo envié al otro lado en cuanto lancé el hechizo hace años.

Cuando Joanna se miró en el espejo, tan solo se vio a sí misma y sus enormes ojos de color avellana con una fina capa de pestañas. Vio a Cecily junto a ella, la habitación que había a su alrededor, los montones de basura, el filo morado del antiguo edredón de Esther... Al tocar el cristal, lo sintió como cualquier otro espejo: frío, duro y frágil. ¿Dónde estaba esa otra habitación, y ese otro espejo? ¿Quién estaba al otro lado?

Al final, no fue la confianza en su madre lo que ganó la batalla. Fue su curiosidad.

—Te doy tres días —le dijo—. Entonces, suspenderás el hechizo y limpiarás por completo su sangre.

—Sí —dijo Cecily de inmediato, con el rostro impregnado de alivio.

Y Joanna quería, de forma desesperada, saber por qué. Pero Cecily no le diría nada. Aunque quizá sí que lo haría el espejo.

17

Desde que había empezado a escribir libros, Nicholas había fabricado todas sus tintas en una de las dos cocinas del sótano. Allí era donde había dado sus lecciones prácticas de niño. A diferencia de la cocina más nueva, la cual era donde estaba todo el personal, esta cocina no había sido renovada desde finales del siglo xix, y las paredes de madera, las baldosas del suelo con cráteres y la estufa de hierro estaban manchados de décadas de humo grasiento. De humo... y de sangre. Nicholas estaba bastante seguro de que una investigación forense haría que toda la habitación se iluminara como si fuese una fiesta de música electrónica.

En ese momento, la cocina tan solo estaba iluminada por el sol temprano de la mañana, y se veía la silueta de Richard contra la ventana, de espaldas a la puerta por la que Nicholas entró.

Nicholas podía hacer la tinta por sí mismo, pero era más fácil, rápido y menos doloroso cuando tenía la ayuda de alguien. Normalmente habría estado encantado de tener no solo la compañía de Richard sino también toda su atención, lo cual era reconfortante y excepcional. Sin embargo, esa mañana ver a su tío tan solo le provocó una oleada de intenso miedo en el estómago.

La noche anterior apenas había dormido, y se pasó horas dando vueltas en la cama, hasta que las sábanas se le enredaron en una maraña y sir Kiwi abandonó la cama en señal de protesta, prefiriendo dormir en el suelo. No dejaba de pensar en el tarro, en el ojo, en aquellas venas cortadas con tanto cuidado, en la fiera y protectora mirada de Richard cuando le había prometido que lo mantendría a salvo, y en el destrozado cuerpo de Tretheway, allí tirado en la habitación de los espejos.

La noche anterior, Collins y él habían dejado el estudio de inmediato, atravesando los pasadizos apresuradamente para que Collins pudiera leer el hechizo y pasar por la estantería. Nicholas había medio esperado que Richard y Maram estuvieran aguardándolos al otro lado, furiosos y listos para acusarlos. Pero allí no había nadie. Habían vuelto a las habitaciones de Nicholas sin encontrarse a nadie más. Y, a pesar del cuerpo sin vida en la habitación junto al estudio de Richard, nadie había ido a hablar con ellos.

—No tuvimos nada que ver con lo de Tretheway —insistió Collins—. Simplemente resultó que estábamos allí cuando ocurrió. Habría muerto incluso si nunca hubiéramos descubierto ese pasadizo.

Aquello era cierto, pero, aun así, Nicholas había estado seguro de que, en cualquier momento, Richard irrumpiría por la puerta de su habitación y lo acusaría de asesinato. Y ¿de qué iba Nicholas a acusar a Richard? Los posibles cargos eran demasiado terribles como para decirlos en voz alta.

Ahora, no pudo evitar ponerse tenso cuando Richard se giró de la ventana de la cocina para mirarlo; la luz que entraba hacía que fuera difícil para Nicholas verle la expresión.

—Buenos días —le dijo.

—Buenas —dijo Nicholas, intentando que la voz no le temblara. Ciertamente Richard habría encontrado ya el cuerpo, ¿no? Y ciertamente, sabría que Tretheway estaba muerto. ¿Sabría que Nicholas había estado allí cuando ocurrió?

Pero, cuando Richard se apartó del resplandor de la ventana, Nicholas vio que estaba sonriendo. Era una sonrisa natural, acogedora, relajada. De lo más normal.

—¿Estás bien? —le preguntó, y su voz también era de lo más normal—. Sé que es un poco pronto para ti.

Nicholas se obligó a sonreírle también.

—Me las apañaré. Gracias por prepararlo todo.

Entre los instrumentos allí dispuestos (agujas, un cuenco, tubos, goma arábiga, velas…) había una jarra enorme de zumo de naranja, la cual Richard señaló.

—Bébetelo —le dijo.

Nicholas agarró el vaso y le dio un sorbo, aunque le supo a ácido por lo seca que tenía la boca. Vio que Richard fruncía el ceño mientras observaba una caja de agujas de palomilla de calibre veintiuno.

—Con estas nos va a llevar una eternidad —dijo Nicholas. Su voz también sonaba totalmente casual, sin una pizca del temblor que podría traicionarle—. ¿Se nos han acabado las normales?

—No —dijo Richard—, pero se nos han acabado las venas buenas.

—Solo se me rompió una la última vez —dijo Nicholas—. Y fue hace casi dos meses.

—Esas venas son un producto muy valioso —dijo Richard—, tenemos que tener cuidado con ellas.

Nicholas le dio otro trago al zumo de naranja y esperó. Pero Richard no dijo nada más; tan solo comenzó a preparar el suelo de la cocina en un círculo, como siempre hacía. Lentamente, Nicholas comenzó a sentir que el pulso se le ralentizaba. Si Richard había visto el cuerpo, al parecer no lo había conectado de ninguna manera con él. Collins tenía razón. Lo único que Nicholas tenía que hacer era actuar de forma normal y no revelar nada.

Dejó el vaso y comenzó a remangarse la camisa. Se observó los antebrazos llenos de cicatrices para buscar un sitio posible, aunque le costaba centrarse. La calma momentánea había desaparecido, y el pulso se le aceleró de nuevo. Porque, a pesar de lo de Tretheway, a pesar de lo que fuera que Richard supiera o no supiera que había visto Nicholas, él *sí* que había visto su ojo flotando en un tarro.

¿Cuántas veces le había ayudado Richard a sacarse sangre? ¿Cuántas veces su tío le había puesto el manguito alrededor del brazo a Nicholas de forma capaz y cariñosa, y le había quitado la cubierta de plástico a una nueva aguja? ¿Cuántas veces se había quedado quieto Nicholas mientras Richard le daba toquecitos en las venas como si fuera un minero en busca de minerales? Aquellas eran las mismas manos que le habían extraído el ojo y habían culpado a unos extraños.

A Nicholas le temblaban las suyas.

Actúa de forma normal, se dijo a sí mismo de forma desesperada. *Actúa normal*. Pero ¿cómo podía hacer eso? ¿Cómo podía dejar que

Richard le clavara una aguja en el brazo después de haber visto aquel tarro?

—¿Sabes qué? —le dijo, bajándose la manga de la camisa—. De hecho, no me siento muy bien.

—Oh, vaya —dijo Richard, y alzó la palma de la mano. Nicholas trató de no echarse hacia atrás cuando su tío le palpó la frente—. No tienes fiebre.

—Es solo que no me siento bien.

—Es normal, después de lo que pasó la otra noche —dijo Richard—. Pero tenemos a los mejores investigándolo, y ya sabes que nadie va a hacerte daño aquí.

Mentira. Richard podía hacerle daño. Ahora Nicholas lo sabía.

—¿La tinta no puede esperar?

—No si queremos llegar al fondo de todo esto —dijo Richard—. Alguien le dijo a tu atacante lo que eres capaz de hacer, lo que significa que alguien cercano a nosotros, y cercano a la Biblioteca, nos ha traicionado. Necesitamos los hechizos de la verdad si queremos obtener respuestas. Y, cuanto más esperemos, menos probable será que lo descubramos.

—A lo mejor me da igual lo que pasó —dijo Nicholas.

—Ah —dijo Richard, alargando la vocal lentamente. Soltó la caja de agujas—. Cuando te atacaron la otra noche te hizo sentir impotente, así que estás reafirmando tu poder donde puedes… Lo entiendo perfectamente, es una reacción natural. —Alzó las manos, resignado—. Bueno, no puedo discutir con una reacción ante un trauma, supongo.

Richard estaba provocándole, y ni siquiera lo estaba ocultando. Nicholas lo sabía y, sin embargo, saberlo no ayudó. Los estúpidos juegos mentales de Richard funcionaban de todas formas. Incluso aunque Nicholas se dijo a sí mismo que se diera la vuelta y se marchara, le dijo:

—No me siento impotente, estoy enfermo.

—Debe ser influencia de Maram —dijo Richard—. No dejes que te trate como a un bebé, tú conoces tus límites mejor que nadie.

—¡Estos son mis límites!

El aire de buen humor y tolerancia de Richard se desvaneció, y observó a Nicholas más detenidamente. El tono de su voz reflejó una preocupación real cuando habló.

—¿De qué va esto, Nicholas? Si estás enfermo, estás enfermo, pero no creo que eso sea lo que te preocupe. Siéntate, habla conmigo.

Richard se sentó en la mesa y le hizo un gesto hacia la silla que había frente a él. Nicholas, a pesar de todo, se sentó.

—Bien —dijo Richard—. Entonces, dime. ¿Qué ocurre?

Nicholas apretó las manos temblorosas y las puso sobre su regazo. El rostro de Richard no había cambiado de forma notable desde que Nicholas era un crío. Conocía cada arruga y peculiaridad de cada una de las expresiones de Richard, e incluso había visto algunas de ellas reflejadas en su propio rostro ante el espejo, cuando el parecido familiar resurgía de forma inesperada. Era un rostro que lo había enfurecido incontables veces, y lo había reconfortado incluso más veces. Había confiado en su tío durante toda su vida. ¿Sería esa confianza tan fácil de romper?

—Disculpadme —dijo Collins desde la puerta. Tanto Nicholas como Richard se sobresaltaron, alzando los hombros ante el sonido de su voz.

—Cielo santo, Collins —dijo Richard— ¿Cuánto tiempo llevas acechando por ahí?

—Lo siento —dijo Collins—. Solo quería preguntar si has visto el cerdo que chilla de sir Kiwi. El que tiene un esmoquin. Está buscándolo como una loca.

Tanto Richard como Collins se quedaron mirando a Nicholas, expectantes. Trató de ordenar sus ideas.

—El cerdo… Es… Debería de estar en mi habitación, probablemente bajo la cama.

—Gracias —dijo Collins—. Perdonad la interrupción.

Richard ya se había girado y no lo estaba mirando, pero Nicholas le echó un vistazo más a la puerta, donde estaba Collins aún, sin moverse. Por encima del hombro de Richard, negó con la cabeza una vez, y luego otra, taladrando con la mirada a Nicholas. Entonces gesticuló con la boca de forma clara y exagerada: «No se lo digas».

Un segundo después, cerró la puerta de la cocina tras él y se marchó.

—Entonces, ¿qué ocurre? —volvió a preguntar Richard.

La cabeza le palpitaba de dolor. La dejó caer encima de una mano, y cuando la alzó de nuevo, se forzó a esbozar una triste sonrisa.

—En realidad, tienes razón —le dijo a Richard—. Lo siento, estoy siendo cabezota a propósito. Dios, ¿tan predecible soy?

Richard dudó y entonces sonrió también. Le dio una palmada en el hombro.

—Solo porque te conozco muy bien. ¿Entonces no estás enfermo?

—Solo estoy malhumorado. Sabes que no sirvo para madrugar tanto. Vamos a acabar con esto y así podré volver a la cama.

Vio que Richard se alegraba de confiar en su palabra, y se alegraba de volver a la acción y poder comenzar el ritual que habían hecho tantas otras veces juntos.

Nicholas se dijo a sí mismo que no sería para tanto. Un hechizo de la verdad necesitaba unas veinte mil palabras, así que podrían conseguirlo con algo menos de medio litro. Probablemente ni siquiera lo sentiría si iban lentamente y no intentaba levantarse demasiado deprisa después. Richard había hecho aquello con él cientos de veces antes, así que nada sugería que fuera a ser diferente en aquella ocasión.

La única diferencia era que ahora Nicholas no confiaba en él.

Bebió un poco más de zumo para prepararse para lo que venía. Lo que temía más eran los efectos mentales, la forma en que la pérdida de sangre hacía que sintiera los bordes de su mente embotados, sentirse más lento, y que después solo quisiera dormir y nada más. Y, además, hacer la tinta era lo que menos tiempo le consumía. Tendría horas y horas de trabajo por delante, y horas de escribir con cuidado y con el aliento contenido. ¿Cómo se suponía que iba a aclararse la mente si apenas tenía tiempo de pensar?

Se preguntó si el hechizo en sí mismo sufriría por las pocas ganas que tenía de escribirlo.

Richard estaba ordenando la bolsa con todos los artilugios. Nicholas se terminó el zumo y se obligó a ver el contenido de la mesa. Había un cuenco con tierra aún húmeda, piedras, agua y plumas.

—Ya veo que hoy estamos elementales —dijo, y agarró una vela roja.

—Si no hay ninguna objeción.

—Ninguna por mi parte.

La tinta necesitaba una ceremonia, pero así como ocurría con la incorporación de hierbas, no había unas reglas fijas para cómo debía de ser la ceremonia. Aunque la tinta salía notablemente más oscura si el Escriba tenía alguna conexión (emocional, geográfica, familiar, o todas las anteriores) con el ritual que había ayudado a crear. La imaginación mágica de Nicholas se había formado en gran parte con las novelas de fantasía que le habían encantado de niño, y muchas de esas novelas de fantasía habían sido influenciadas por tradiciones espirituales de las Islas Británicas basadas en la tierra. Así que, por ese motivo, había hecho su mejor tinta en un fuerte marco de simbolismo natural. La tinta que hacía bajo aquellas condiciones ceremoniales era más oscura que ninguna otra, lo cual significaba que un solo libro tendría más usos, los hechizos durarían más, y sus efectos serían más fuertes.

Había hecho el círculo tantas veces en aquella cocina que era casi como una segunda naturaleza para él: el cuenco de tierra al norte, con una montañita de tierra y la pequeña calavera de cordero; flores frescas e incienso al este; un plato de tierra del desierto y una vela ardiendo al sur; agua y seda azul al oeste. En el centro, una geoda de amatista que Richard le había regalado cuando era un niño.

—¿Estás listo? —dijo Richard cuando terminó.

Tenía el manguito en la mano, y Nicholas se sentó de nuevo y dejó que se lo pusiera alrededor del brazo. La familiar y restrictiva sensación era casi reconfortante, a pesar de su pulso acelerado. Richard le ató el velcro e hizo una pausa con la mano aún puesta sobre el brazo de Nicholas, y la mirada perdida.

—¿Qué? —dijo Nicholas.

Richard pestañeó, como si acabara de despertarse de un sueño, aunque tenía la mirada algo perdida aún.

—Ah —dijo él—. Nada, es solo que… recuerdo haber hecho esto con tu padre cuando éramos jóvenes. —Sonrió para sí mismo, una sonrisa frágil y melancólica que se solidificó cuando alzó la mirada hacia Nicholas—. Era cabezota, como tú… e igual que tú, podía admitirlo. A veces me recuerdas tanto a él, Nicholas, que apenas puedo… —Dejó la frase sin terminar, y se aclaró la garganta antes de volver a ocuparse de los instrumentos. Entonces, añadió—: Solo es que me siento muy afortunado de tenerte, eso es todo.

Nicholas tragó saliva. Tuvo que luchar con todas sus fuerzas para apartar el aluvión de sentimientos complicados que sus palabras despertaron en él.

Observó a Richard levantarse para encender las velas blancas en dirección a las agujas del reloj, y entonces comenzó a murmurar de mala gana las invocaciones de cada punto cardinal conforme las velas cobraban vida. Su propia voz sonaba ronca.

—¿No cantas hoy? —dijo Richard mientras volvía junto a Nicholas para clavarle la aguja en el brazo.

La magia siempre era más fuerte cuando Nicholas cantaba, especialmente en el contexto de hacer tinta para un hechizo de la verdad, como en ese momento. Normalmente, cuando escribía hechizos de la verdad, cantaba «The Bonnie Banks o'Loch Lomond», una canción folclórica escocesa que juraba recordar a su madre cantándosela. Aun así, la memoria era totalmente falsa. Había tenido unos dos meses cuando su madre murió, así que era demasiado pequeño para recordar algo tan específico. Sin embargo, emocionalmente, sentía como *cierto* el recuerdo, y la tensión entre la verdad y el producto de su imaginación daba como resultado una tinta fantásticamente poderosa.

Hoy, sin embargo, solo pensar en alzar la voz y entonar una estúpida canción mientras su tío lo observaba era insoportable. Negó con la cabeza una vez, y Richard no lo presionó más. Tan solo se sentó en la silla que había frente a él. El familiar y suave zumbido comenzó a sonar en los oídos de Nicholas y en sus huesos, e incluso ante una incertidumbre tan grande, se relajó al escuchar algo que era tan suyo, y ante la certeza de su propósito. Y, a pesar de todo, sintió que una gratitud lo invadía con el lento batir de unas alas. ¿Cuánta gente en el mundo podía afirmar saber exactamente cuál era su propósito?

Suspiró, y vio la sangre del color de una joya deslizarse por el tubo transparente hasta depositarse en la bolsa de plástico de hospital que Richard sostenía con cariño en sus elegantes manos. Se escurrió hasta el fondo como si fuese un espejo oscuro. Nicholas echó la cabeza hacia atrás y cerró los ojos.

Los horrores que había imaginado no llegaron a ocurrir. El proceso de hacer la tinta continuó sin ningún impedimento, como siempre, aunque Nicholas se sintió algo mareado cuando se inclinó sobre el caldero y vio las hierbas en polvo disolverse en la oscuridad espesa de la sangre. Había afirmado tener náuseas antes, pero ahora, como si se lo hubiera provocado a sí mismo, lo sentía de verdad, con lo cual la niebla mental que había temido fue en realidad un alivio. Sus pensamientos eran resbaladizos, menos urgentes, aunque su ansiedad no había disminuido.

—Tengo una reunión hoy en Londres —dijo Richard—, pero volveré mucho antes de la cena. Maram y yo interrogamos a algunos empleados ayer con el último hechizo de la verdad, así que me complace decirte que el chef es totalmente de confianza, y ya ha vuelto al trabajo. Así que hazle saber si te apetece algo en particular.

Solo con pensar en comida hizo que el estómago se le levantara. Aun así, Nicholas asintió. Richard lo observó y le dijo:

—Anda, vuélvete a la cama. Aunque, si consigues escribir un poco hoy, te lo agradecería. Cuanto antes volvamos a tener a todo el personal al completo, mejor. No creo que a Collins le haga mucha gracia hacer de guardaespaldas, mayordomo y sirviente de la trascocina a la vez.

—Yo diría que a mí tampoco me hace mucha gracia —dijo Nicholas—. Se le da fatal hacer de sirviente.

—Bueno —dijo Richard—, tendrá que aguantarse un poco más. Esta cocina necesita un poco de orden, y yo no tengo tiempo. —Richard miró la hora en su reloj y le dio una palmada en el hombro a Nicholas. Era un permiso para retirarse, y Nicholas estaba encantado de poder hacerlo.

* * *

El tarro de tinta estaba calentito, y él tenía las manos frías, así que Nicholas lo sujetó con fuerza contra el pecho mientras subía las varias escaleras y después atravesaba la galería de retratos hasta su habitación. Collins estaba en la antecámara, lanzándole sin energía una pelota de tenis en miniatura a sir Kiwi, que abandonó la persecución en cuanto vio a Nicholas. Siempre era muy satisfactorio que alguien te recibiera con tanto entusiasmo, así que Nicholas se agachó para saludarla también. Cuando se incorporó, sintió la sangre agolpándose en sus oídos, y se tambaleó antes de recuperar el equilibrio. Collins apartó la mirada.

—No me he olvidado de lo que te prometí —dijo Nicholas—. Necesito unos días para descansar, y entonces escribiré la inversión del acuerdo de confidencialidad.

—Para que puedas interrogarme —dijo Collins.

—Sí —dijo Nicholas, y sorprendentemente, ambos se rieron. No era que tuviera gracia, sino que nada tenía gracia. A Nicholas se le nubló la vista, así que se clavó el puño contra el ojo bueno mientras sentía que el agotamiento lo invadía—. Voy a dormir un rato —le dijo—. Me llevo a sir Kiwi. Si sigo ahí dentro en una hora, llama a la puerta, ¿quieres?

Collins comenzó a responder, pero se frenó, se puso de repente muy tenso y erguido, y miró algo por encima del hombro de Nicholas. Nicholas se giró para ver lo que estaba mirando, y se encontró a Maram de pie en la entrada de la antecámara. Tenía puestas una de sus blusas de seda de color beis, con un lujoso lazo en el cuello, un bolso colgado del hombro, y una chaqueta de color marrón claro en el otro brazo. También llevaba unas botas negras con tacón. Iba a salir.

—Estáis los dos aquí —dijo ella—. Bien. Nicholas, ¿podemos ir a tu estudio? Collins, tú también. Necesito hablar con ambos.

—Y tanto que tienes que hablar con nosotros —dijo Nicholas—. Seguí la nota que me dejaste.

—En tu estudio —dijo Maram—. Rápido, adentro. Richard va a subir para ver cómo estás en unos minutos.

Maram los empujó a través de la antecámara, y Nicholas buscó con torpeza la llave con una mano, ya que en la otra aún llevaba el jarro de tinta. Maram lo adelantó con una impaciencia impropia de ella, sacó su propia llave y la introdujo en la cerradura. Un segundo después, estaban en el interior del estudio de Nicholas, y ella echó la llave a su espalda.

Las cortinas estaban echadas, así que el estudio estaba a oscuras, pero Maram tiró del hilo de latón de la lámpara de pie, y la habitación se llenó de luz. Nicholas dejó la tinta sobre el escritorio y se sentó en la silla. Resistió la necesidad de dejar caer la cabeza entre las rodillas, ya que le daba vueltas. Sir Kiwi saltó a su regazo, así que se agarró al pelaje de la perra.

—¿Dónde estabais anoche cuando ocurrió? —preguntó Maram, en voz baja e insistente—. Lo de Tretheway. ¿Lo visteis?

Nicholas estaba demasiado sorprendido para responder, así que fue Collins quien habló:

—Sí, estábamos allí. Lo vimos todo.

—¿Quién fue? ¿Quién lo empujó a través del espejo?

—Dos chicas... Mujeres. Una de ellas rubia, la otra con el pelo oscuro.

Nicholas miró a su guardaespaldas. No había dudado en responder a Maram, y ella dejó escapar un suspiro, aunque Nicholas no estaba seguro de si era de alivio o de inquietud.

—De acuerdo —dijo Maram—. De acuerdo. —Se giró de repente hacia Nicholas, con todas sus capas de seda girando con ella—. Y tú. ¿Lo viste, en el estudio de Richard? ¿Viste lo que quería que vieras?

—Vi... Lo vi. No sé lo que vi, vi lo que parecía, pero no lo era, ¿no?

—¿El qué no lo era? Dilo.

—Mi ojo —dijo Nicholas—. Parecía que era mi ojo.

—Sí —dijo Maram.

Comenzó a decir algo, pero se atragantó, y se agarró la garganta con la mano de manicura. Cerró los ojos y luchó contra un ataque de tos repentino. Fue como si Nicholas se hubiera sumergido de pies a cabeza en hielo mientras ella tosía y tosía. Todos los empleados de la Biblioteca estaban bajo un hechizo de silencio, y Nicholas lo sabía. Pero lo que jamás había pensado, ni una vez en sus veintitantos años de vida, era que Maram pudiera estar bajo un hechizo de silencio también. Sí que era una empleada, pero también era la pareja de Richard. Era más de la Biblioteca que el mismísimo Nicholas. Y, sin embargo, había dejado que Richard le leyera un acuerdo de confidencialidad, y la había vinculado a su silencio, como a cualquier sirviente o guardaespaldas.

No era de extrañar entonces que no le hubiera contado lo de su ojo. ¿Qué más había sido incapaz de contarle durante todos estos años?

Maram se recuperó antes de lo que lo hizo Nicholas, y comenzó a rebuscar algo en su bolso. Sacó un grueso sobre de papel manila y se lo puso a Collins en las manos. Él lo abrió rápidamente, le echó un vistazo al interior, y dijo:

—¿Cómo? ¿Ahora mismo? ¿Hoy?

—En cuanto Richard y yo nos vayamos —dijo Maram—. ¿Recuerdas lo que tienes que hacer cuando llegues a donde vas? Las dejas caer, en cuanto puedas.

A Nicholas no debería de haberle sorprendido que Maram y su guardaespaldas le hubieran ocultado cosas, y que, al parecer, tuvieran una relación preexistente que les permitía hablar en clave. Todos tenían secretos que le ocultaban, uno más no debería de haberle sorprendido. Pero, aun así, los miró boquiabierto.

—¿Qué significa esto? —dijo—. ¿Maram?

—Tienes que confiar en mí —dijo ella—. Sé que va a resultar difícil, y lo siento, pero no puedo explicártelo. Todo esto sería mucho más fácil si pudiera hacerlo.

Sir Kiwi de repente saltó de entre sus brazos y salió disparada hacia la puerta de su estudio. Dejó escapar un ladrido chillón de emoción.

—Ese será Richard —dijo Maram, que cruzó la habitación con rapidez y abrió la puerta. Después, la atravesó de nuevo y se sentó en el sillón que había junto al fuego en una posición relajada y casual. Rápidamente, añadió—: Collins, escóndelo.

Collins se inclinó por encima de Nicholas para abrir el cajón del escritorio y meter el sobre de papel manila. En cuanto adoptó su habitual puesto junto a la puerta, Richard asomó la cabeza. Él también iba vestido para salir, con su abrigo negro de lana.

—¿Estás lista? —le dijo a Maram, y después se volvió hacia Nicholas—. Me la llevo conmigo hoy. ¿Estarás bien aquí solo? ¿No necesitas nada?

Canalizando las habilidades de actriz de su madre, Nicholas dijo de forma muy calmada:

—De hecho, sí que necesito algo. Si tenéis tiempo, ¿podéis ver si en la librería tienen ya mi pedido listo?

—Llamaré cuando estemos fuera de las protecciones —le prometió Richard—. ¿Estás bien? —le guiñó un ojo—. ¿No estás enfermo?

Nicholas puso los ojos en blanco de forma desenfadada.

—Estoy bien.

—Vale —Richard dio una palmada, con las manos que ya llevaba cubiertas por unos guantes—. Entonces quizá puedas tener ese libro escrito para esta noche.

—Volveremos en unas horas —dijo Maram, y se levantó, colocándose el abrigo sobre el brazo. Hizo una pausa junto a la silla de escritorio de Nicholas. Dudó, y vio que tenía la mano apretada con tanta fuerza alrededor de la correa de su bolso, que se le habían puesto los nudillos blancos. Cuando se inclinó hacia él, Nicholas se puso tenso; estaba realmente confuso sobre qué estaba pasando, ya que Maram nunca le había dado un beso. Pero en ese momento fue lo que hizo, rozándole la mejilla con los labios. Después, le dijo—: Adiós.

—¿Abierta o cerrada? —preguntó Richard, moviendo la puerta de forma exagerada.

—Está bien abierta —dijo Nicholas, y ambos desaparecieron.

Escuchó sus pasos contra la alfombra de la antecámara, y después resonaron contra el pasillo de mármol, más y más lejos, hasta que no pudo escuchar nada. En voz baja, le dijo a Collins:

—¿Qué hay en ese sobre?

—Shhh —dijo Collins, que cruzó en unas cuantas zancadas la habitación y abrió las cortinas.

Nicholas se puso en pie y se unió a él junto a la ventana. La luz del sol de la mañana se había desvanecido en una neblina, y los campos verdes estaban destellando. El largo y oscuro camino hacia la entrada brillaba como una serpiente entre la hierba, serpenteando hasta la carretera en la distancia. Collins y él se mantuvieron allí de pie, hombro con hombro, en silencio, observando hasta que el coche de la Biblioteca apareció en su punto de mira y comenzó a recorrer la carretera alejándose de la Biblioteca y dirigiéndose hacia Londres.

Una vez que desapareció de su vista por completo, Collins se apartó de la ventana y se dirigió al escritorio.

Abrió el sobre de papel de manila y vertió el contenido de forma brusca sobre el escritorio de Nicholas.

—Tenemos que irnos —dijo él.

—¿Irnos? —repitió Nicholas, agarrando lo primero que vio y examinándolo, totalmente desconcertado.

Era una novela de tapa blanda, delgada y verde, con el título en español, bastante vieja. Nicholas la abrió y encontró una nota escrita por Maram entre las primeras páginas. Comenzó a leerla («Enséñale esto a la mujer del…»), pero paró, ya que el resto de los objetos que habían caído del sobre lo estaban distrayendo.

Había un fajo de euros sujetos por una goma, y dos pasaportes azules.

Collins abrió los pasaportes uno a uno para examinar la primera página, y le cedió uno a Nicholas.

—Este eres tú.

Nicholas miró en el interior. Sí que era él, pero a la vez no lo era. La foto era suya, pero el nombre indicaba que era «Nathaniel Brigham», y la nacionalidad era canadiense. Dentro del pasaporte había una serie de billetes de avión y otra nota, también escrita por Maram:

«Confía en mí».

—Haz la maleta —dijo Collins—. Nos vamos.

Nicholas al fin pudo hablar.

—¿De qué demonios hablas? ¿Maram y tú habéis planeado esto?

—Más o menos —dijo Collins, metiendo el libro de nuevo en el sobre. Comenzó a observar los billetes de avión que había en su pasaporte, y asintió.

—¿Qué quieres decir con «más o menos»?

—Quiero decir que hagas la puta maleta —dijo Collins, y se metió los billetes y el pasaporte en el bolsillo trasero—. Nuestro primer avión sale de París mañana, así que tenemos que irnos a Londres, montarnos en el Eurostar y cruzar el canal esta noche, y ya vamos tarde, así que ponte a ello.

—¿Has perdido la cabeza? —dijo Nicholas—. No. Estos billetes son en turista, no voy a…

—Nick —le dijo Collins, y el uso de aquel apodo fue suficiente sorpresa para que Nicholas se callara—. Viste lo que había en ese tarro. Sabes lo que eso significa.

—Significa… Bueno, significa que…

—Significa que aquí no estás a salvo —dijo Collins—. Nunca lo has estado.

—Te acuerdas de que hace nada alguien ha intentado matarme, ¿no? Tampoco estoy a salvo ahí fuera.

Collins se pasó la mano por su pelo oscuro, y se quedó mirado a Nicholas con una expresión que era una mezcla entre frustración y pena. Nicholas de repente recordó haber visto aquella expresión tan extraña y de culpabilidad en él, en la sala de estar invernal, unos días atrás. De repente lo invadió una oleada de agotamiento, y se dejó caer contra el escritorio con la cabeza sobre los brazos.

—Nadie intentó matarme, ¿no? —preguntó, con la voz amortiguada contra el escritorio—. Fue Richard otra vez. Quería asustarme.

Collins no respondió, ya que probablemente no podía. Nicholas mantuvo la cabeza agachada, y se concentró en su respiración. Las abejas. Por supuesto. Podía ver claramente el cartel del libro que Maram le había enviado el otro día: «Causa que todas las mezclas de químicos propulsores (*e.g.*, pólvora) se conviertan en Bombus terrestres al explotar». Había hechizado el arma de Collins para que, al dispararla, salieran abejas en lugar de balas. Collins había fingido el rescate, al igual que Richard y Maram habían fingido estar preocupados. Nicholas, con su miedo real, era el único que no había estado fingiendo.

Necesitaba un segundo de oscuridad y calma, un segundo para ordenar sus pensamientos, pero Collins le dio un fuerte golpe en el hombro.

—No —le dijo, como si Nicholas fuera un perro que se estaba portando mal—. Puedes perder los papeles cuando estemos en el coche.

—¿Qué coche?

—El que vamos a robar en la carretera una vez que me saques de las protecciones.

Nicholas se quedó mirándolo completamente inmóvil, y Collins alzó las manos como si quisiera agarrar a Nicholas del cuello. Nicholas se fijó en que tenía los ojos azules dilatados, y su voz, normalmente lacónica, estaba más animada de lo que Nicholas jamás lo había escuchado.

—Tenemos una oportunidad —dijo Collins—. Una oportunidad de salir de aquí. Si no nos vamos ahora, Richard y Maram volverán, y nada será… No seré capaz de… Nunca tendremos… —Se atragantó con las palabras, así que soltó una maldición—. ¿Confías en Maram? Tienes que confiar en ella.

Nicholas lo miró.

—Y en ti.

—Sí —dijo Collins—. También tienes que confiar en mí.

De nuevo, Nicholas recordó el tarro en el estante del estudio de Richard. Recordó la cuerda clavándosele en las muñecas, la neblina luminosa de la habitación de hospital. Le había llevado un tiempo acostumbrarse a estar medio ciego. Al principio había sido un desastre, había tirado los vasos por el borde de las mesas, se había golpeado con multitud de cosas, le había dolido constantemente la cabeza por el esfuerzo… Ahora, sin embargo, estaba acostumbrado a ello. Aún tenía en bastantes ocasiones la espinilla izquierda amoratada, pero esas cosas no le molestaban de forma activa. Después de diez años, tener un solo ojo era una parte de él, como ser diestro o que le salieran pecas con el sol.

Pues ya lo ves, dijo una voz en su mente. *Lo que te hicieron tampoco fue tan malo. Mucha gente lo pasa peor, pero mírate, tienes una vida de lujos en un hogar precioso, no te falta de nada… No querrás de verdad dejar todo eso por rencor, por algo que pasó hace tanto tiempo, ¿no?*

La voz sonaba sensata, afectiva.

Era la voz de Richard.

Nicholas observó su estudio, la acogedora alfombra, los increíbles muebles, la preciosa vista al agua y el verde que se extendía más allá. Cómodo e invariable, como todo lo era en su vida. Pero su vida *había* cambiado. Cambió en el momento en que había visto su ojo perdido: el momento en que había entendido la verdad sobre lo que Richard le había hecho.

Y no solo eso. Había entendido la verdad sobre lo que Richard aún podía hacer. Después de todo, Nicholas aún tenía otro ojo. Tenía un cuerpo entero lleno de sangre para quitarle, y Maram, quien sabía todos los plane de Richard, le estaba diciendo que huyera.

Collins estaba observando a Nicholas y prácticamente temblaba por el esfuerzo de estar conteniendo su impaciencia. Tenía la mandíbula tensa y los labios apretados. Nicholas se dio cuenta entonces de que estaba asustado. Asustado de verdad.

Richard era la única familia de Nicholas, su único guardián, y aun así le había hecho aquello a su propio sobrino.

¿Qué le haría a Collins, que no era un familiar ni un amigo, sino un simple empleado?

Nicholas había discutido con su tío en multitud de ocasiones a lo largo de los años, había peleado por que aflojara las restricciones, todo para que después se volvieran aún más estrictas, y para que las cadenas hechas de un miedo duro y tintineante se apretaran más a su alrededor. Un miedo que Richard le había infundido, primero con historias de sus padres asesinados, y después con falsas amenazas y heridas reales. Y Nicholas aún estaba asustado, y mucho.

Pero lo único que le aterrorizaba más que pensar en dejar la Biblioteca era pensar en quedarse.

—Nos llevamos a sir Kiwi —dijo Nicholas.

Collins inhaló por la nariz y cerró los ojos. Cuando los abrió de nuevo, hizo algo inesperado, y sonrió.

—Pues claro.

PARTE DOS

EL ESCRIBA

18

El avión de carga estaba en la pista, y parecía un juguete en medio de la vasta extensión de nieve. Encima de ellos, el cielo lucía el intenso color azul oscuro de la noche, pero la línea del horizonte brillaba de un color rosa con el incipiente sol. Estaba amaneciendo en el último día de Esther en el continente antártico.

Charló sobre cosas sin importancia con la gente que estaba de guardia mientras esperaba a que cargaran el avión, y cada palabra o movimiento que hacía estaba cargado de un sentimiento de surrealismo, como si pudiera alzar la mano y alterar el tejido de la realidad. Pero, al fin y al cabo, en eso consistía matar, ¿no? Era borrar a alguien de la existencia, crear un agujero en la realidad. Su mano no era la que había disparado a Trev, pero aun así se sentía como si realmente lo hubiera hecho ella. Y sabía que, de haber estado en su mano, habría disparado igualmente aquella bala. De repente, matar se había unido a la lista de cosas que era capaz de hacer. Había pasado de ser algo impensable a ser algo posible. ¿Era así como la gente se sumía en la oscuridad?

Terminó de rellenar el papeleo como si estuviera en una nube. Se despidió también como si estuviera en una nube. La falta de comida y sueño agravaba el sentimiento de irrealidad, y conforme las caras de la gente se mezclaban y sus movimientos se volvían más y más mecánicos, le preocupó perder el conocimiento, pero eso no ocurrió.

Esa mañana, Pearl se despertaría en la cama de la clínica a solas, y Esther ya se habría marchado. Y no sabría por qué. Aquello le dolería, y su cuerpo le diría que algo horrible había sucedido, pero su mente no entendería lo que era. No recordaría la promesa que Esther le había hecho, la promesa de volver a por ella y contárselo todo, pero Esther sí que lo recordaría. ¿Volvería a hablarle Pearl después de lo que Esther estaba haciendo, después de que hubiera partido sin decirle nada? No tenía manera alguna de saberlo.

De alguna forma, consiguió subirse al pequeño avión. Se sentó en el diminuto asiento acolchado de color azul, se puso el cinturón y observó la nuca del piloto mientras hacía algunos ajustes que ella no entendía. De repente la invadió un fuerte sentimiento, y pensó en cuando había estado sentada en la vieja camioneta roja de su padre junto a su hermana, lo segura y en control que se había sentido al volante. El fuerte rugido del motor del avión ahogó el resto de sus sentidos mientras atravesaba la pista. Por la ventanilla vio la luz del día, igual que seguiría siendo durante meses allí. La tierra bajo ellos era infinita, blanca y cada vez se alejaba más. La estación se redujo al tamaño de una casa de muñecas, después al de una taza de té, y después al de una hormiga, para finalmente desaparecer por completo.

Apoyó la frente contra la fría ventanilla y trató de no llorar. Había hecho esto ya infinidad de veces: había visto cómo una vida de doce meses se desvanecía bajo ella conforme se alejaba volando. Un año parecía mucho tiempo, hasta que era lo único que tenías.

Antes de este momento (antes de Pearl) la despedida más difícil había tenido lugar al irse de Ciudad de México, ya que recordaba con mucha claridad cuando había llegado. Recordaba mirar desde el avión hacia abajo, a la alfombra infinita de luces, y pensar que quizás al menos una podría iluminarla y encontraría la respuesta.

Isabel, al igual que Abe, venía de una familia que podía sentir la magia, y al igual que la familia de Abe, habían sido coleccionistas. Abe nunca le había dicho a Esther el nombre de soltera de su madre, así que lo único que Esther sabía sobre sus abuelos era que tenían una librería llena de libros normales, tanto nuevos como de segunda mano… a no ser que supieras la combinación de frases correcta para ganar acceso a la trastienda, donde los libros eran definitivamente diferentes. Así era como Abe había conocido a Isabel; estaba de visita desde Nueva York, y ella había vuelto a casa tras haberse graduado para hacerse cargo del negocio familiar.

Las primeras palabras que le había dicho a Isabel habían sido en español, y ella le había corregido la pronunciación incluso mientras agarraba la aguja dorada que llevaba colgada al cuello, se pinchaba el dedo, y apretaba la punta ensangrentada contra una pared que de repente se convirtió en una puerta. Cuando Esther le preguntaba cómo había sido Isabel, siempre decía una frase: «Nunca vacilaba».

Abe afirmaba no recordar el nombre ni la localización de la tienda familiar, aunque Esther no lo creía en absoluto. En su primera semana en Ciudad de México, consiguió trabajo haciendo algunos arreglos eléctricos bajo cuerda para un diseñador de interiores expatriado, así que compró un teléfono inteligente de prepago. Cada tarde, después del trabajo, se guiaba por la aplicación de mapas para ir de librería en librería, en una ciudad que estaba llena de ellas. Entraba y salía de las polvorientas y abarrotadas tiendas de Donceles; entraba y salía de las tiendas más modernas y lujosas de La Condesa y Coyoacán. Incluso miró en las cadenas, en las Ganchi y Sanborn.

Al principio, todas las librerías le parecieron mágicas. No el tipo de magia con la que Esther había crecido, sino el tipo de magia del que había leído en las historias, el tipo de magia que abría un espectro de posibilidades ante ella, la oportunidad de que, al tomar el camino correcto en el bosque, o con una profética conversación con una anciana, la vida de una persona pudiera cambiar para siempre. Entraba en cada tienda y observaba la ristra de lomos alineados en las estanterías, las motas de polvo que brillaban contra los rayos de sol, el olor increíble a papel, cartón, pegamento y palabras… Y siempre pensaba: «Esta es». Cada una de las veces.

Pero nunca lo era.

Le repetía la misma frase a cada uno de los trabajadores y dependientes de cada librería, las primeras palabras que su padre le había dicho a su madre, la frase que le había permitido entrar a la habitación secreta de la librería: «Sé verlas al revés». Un palíndromo. Pero la única respuesta que Esther recibía eran sonrisas perplejas e inclinaciones confundidas de cabeza. «No he escuchado hablar de ese libro», decían ellos. «¿Es poesía? ¿Un libro de arte?».

Esther no era una criatura que se rindiera con facilidad. Había aprendido aquello de sí misma muy pronto, cuando se había dado cuenta de que gran parte de la vida era una oportunidad de desalentarse, o de seguir intentándolo. Y siempre había elegido seguir intentándolo. Aquel otoño visitó más de doscientas librerías, y no encontró ni un rastro de magia o prueba alguna de que su madre hubiera estado jamás allí.

Había hablado por Skype con su padre a finales de octubre, encerrada en su cuarto de baño para alejarse de sus compañeros de piso. Abe estaba iluminado desde atrás por las luces de la biblioteca de la ciudad. La hilera de ordenadores que había a su espalda estaba llena de adolescentes que jugaban a un agitado juego de disparos, y cada poco tiempo, escuchaba sus gritos triunfantes a través de los auriculares de Abe.

—¿No puedes darme algo más con lo que continuar? —le había suplicado—. Un barrio, algún monumento, el apellido de la familia, lo que sea.

En aquella ocasión, no había fingido no acordarse. En su lugar, se había pasado los dedos por la nuca, como hacía cuando le dolía la cabeza.

—Cielo, por favor. Es mejor que lo dejes.

—¿Qué pasa si me voy la semana que viene, me paso un año fuera, y después vuelvo? —preguntó.

En ese momento llevaba fuera cinco años, y Abe ya parecía algo mayor. Su rostro se endurecía en pliegues en los puntos donde el estrés era visible.

—Es un riesgo que debo pedirte que no corras.

Ella apretó la cabeza contra la pared del baño, frustrada.

—Sería mucho más fácil seguir las reglas si las entendiera.

—Sí que las entiendes, solo es que no te gustan.

—¿Por qué una vez al año? ¿Por qué en noviembre? ¿Por qué…?

—Preguntar «por qué» no va a cambiar nada. Podría explicártelo todo, podría contarte cada pequeño detalle específico de las palabras del códice, pero te conozco, Esther. Solo serviría para hacer que creyeras que puedes ser más lista que el códice y encontrar un tecnicismo. Pero si hubiera alguno, ¿no crees que lo habría descubierto hace años? ¿No crees que me gustaría que pudieras quedarte en un lugar y tener una vida normal y estable, o volver a casa?

Abe era como Joanna, y sus emociones siempre se mostraban claramente en su rostro, deseando salir a través de los ojos. Y, en ese momento, se le llenaron los ojos de lágrimas y se le enrojecieron por los bordes. Aquello hizo que pareciese aún mayor.

Esther fue repentinamente consciente de que no volvería a ver a su padre en persona nunca más.

Aquella idea la partió en dos de forma tan completa que tuvo que colgar la llamada para no echarse a llorar frente a él. Cerró el portátil y se quedó allí sentada, en la esquina del baño, con el frío de los azulejos contra los pies, y lloró hasta que una de sus compañeras de piso tocó a la puerta.

Y entonces, hizo algo que nunca había hecho antes. Se rindió. Decidió dejar de intentarlo. Podía sentir el desánimo absoluto en todo su cuerpo: las extremidades le pesaban, tenía un nudo en el pecho y en la garganta, que de repente parecía estar hecha de madera rígida. Unos días después, se subió a un avión. Era un vuelo de medianoche, y miró al océano de luces bajo ella y recordó cuando había descendido un año antes, cuando la ciudad le había parecido iluminada con las posibilidades. El avión ascendió mientras se marchaba, y las nubes oscurecieron las luces.

Ahora, Esther se quedó mirando fijamente al diminuto punto que era la estación de investigación conforme desaparecía de su vista, y sintió en todo el cuerpo el mismo pesado y poco familiar sentimiento que había experimentado en aquel baño de Ciudad de México. No quería usar la palabra «desesperanza».

Pearl estaba a salvo, y eso era lo que importaba. Y también lo estaba Esther, al menos por ahora. Había retrasado el desastre una vez más. Simplemente no sabía si tendría la energía de retrasarlo de nuevo.

—Lo he conseguido —dijo en voz alta para tratar de convencerse a sí misma de que era cierto. El rugido del avión ahogó su voz.

19

Al día siguiente de que Cecily hubiera estado allí, parecía haber un eco en la casa, como si el suelo y las vigas estuviesen aferrándose al sonido de las voces. El tiempo había abandonado su coqueteo con el invierno, y de nuevo se aventuraba en el otoño. Hacía el suficiente calor como para que Joanna dejase que las brasas ardientes de la estufa se redujeran a suaves cenizas blancas por primera vez en días. Comprobó el espejo de Cecily, pero nada había aparecido desde el otro lado, y cuando lo tocó, el cristal era sólido bajo sus dedos. Las manchas de sangre de su madre estaban aún allí, inflexibles e imposibles de borrar.

Cuando salió al porche para beberse el café y sacar más atún en lata, el gato estaba hecho un ovillo en el edredón que le había dejado. Se sobresaltó ante su llegada, pero entonces bostezó. El interior de su boca era rosa y tan complicado como una caverna.

—¡Buenos días! —le dijo, encantada de ver que había usado el edredón.

Le sirvió el atún, y el gato bostezó de nuevo y se levantó para investigar su desayuno. Ella se deslizó hasta sentarse contra el lateral de la casa y lo observó comer. Cuando terminó, el animalito comenzó a limpiarse a sí mismo de forma afanosa. Sus acciones eran reconfortantes por lo fáciles de explicar que eran.

Joanna siempre había sabido que había muchas cosas que ella no comprendía: sobre el mundo, los libros, sobre sus padres y su historia… Pero cuando los límites físicos y emocionales de la vida de uno son tan pequeños, y cuando uno ha caminado por cada centímetro del espacio que le ha sido asignado tantísimas veces, es fácil olvidar la ignorancia y sentir en su lugar una especie de maestría.

Esta casa, aquel camino, esos libros, la montaña… Joanna estaba acostumbrada a ser la experta, y estaba acostumbrada a la seguridad que acompañaba a esa maestría.

Pero los eventos del día anterior habían revelado (o recordado) exactamente lo inexperta que Joanna era en realidad. Durante todo este tiempo, en su propia casa, había existido un espejo mágico, agazapado, inactivo, y esperando. Durante todo ese tiempo, los secretos de Cecily habían ido más allá de su deseo de dejar caer las protecciones, aunque no había sido su deseo lo que era un secreto, sino sus razones. Durante todo ese tiempo, los engranajes habían estado girando, y Joanna ni siquiera había sido consciente de que había una máquina.

Y quizá lo peor de todo era darse cuenta de que no era una experta ni siquiera en sí misma.

No dejaba de repasar el momento en la sala de estar de su madre, cuando había estado atrapada bajo el hechizo, y había creído que las protecciones caerían, el momento en que había sentido un repentino y eufórico alivio. No había sido consciente de que en su interior habitaban esos sentimientos, y de repente allí estaban, como si alguien los hubiese llamado a gritos. Por primera vez, había entendido por completo que, si los límites de las protecciones caían, los límites de su vida también caerían con ellos.

¿Era eso acaso lo que ella quería?

Cecily llevaba años haciéndole esa pregunta de muchas maneras, y Joanna no la había escuchado realmente nunca, en parte porque nunca llegaba en forma de pregunta, sino de consejo que ella no había pedido, y siempre lleno de obligación. Una pregunta, sin embargo, dejaba espacio para Joanna, mientras que los consejos tan solo dejaban espacio para Cecily. Y Joanna necesitaba espacio.

El gato terminó su baño de saliva y se acercó a Joanna para investigar su taza de café. Cuando le puso las manos en el lomo, estaba aún ligeramente húmedo por su baño, pero el placer de ser capaz de tocarlo era demasiado grande para que eso la desalentara. Enseguida el gatito empezó a ronronear, un ruido sordo y bronco.

—Si entraras a la casa —le dijo al gato—, podríamos hacer esto siempre. Tendrías un millón de cosas suaves sobre las que tumbarte y hacerte un ovillo. Hay una estufa, y un sillón espantoso que podrías arañar hasta que se cayera a trozos. Cuidaría de ti.

Pero después de un rato, cuando se levantó y abrió la puerta, el gato se negó de nuevo. Pasó entre sus piernas y le dio con el morro de forma esperanzada al cuenco de atún vacío, y después echó a correr en busca de las aventuras que esperaban a un pequeño gato en medio de un enorme bosque. Lo siguió con la mirada hasta que lo perdió entre los troncos, las hojas muertas y las agujas de pino.

Joanna entendía su reticencia a entrar en la casa. Para él, el bosque era su mundo conocido. Podía anticipar los peligros y placeres de ese mundo. Y quizá, con su cerebro sin palabras de gato, podía presentir que entrar cambiaría para siempre su experiencia del mundo exterior. El frío es mucho más fácil de soportar si nunca has conocido el calor.

20

Esther consiguió atravesar Christchurch y llegar a su vuelo de conexión hacia Auckland sin ningún problema. No dejaba de esperar el momento en el que los documentos falsificados hicieran saltar la alarma, y de la nada surgiera un montón de gente para arrestarla, o seguirla, o matarla. «Emily Madison» pasó por la facturación de Christchurch con el pulso tan acelerado que le preocupaba que los escáneres lo detectaran de alguna forma. Pero nada de eso pasó.

Ahora, a salvo en Auckland y en fila para el vuelo 209 hacia Los Ángeles, Esther se recolocó la mochila en el hombro y respiró hondo. Para calmarse un poco en las horas que le quedaban antes de embarcar, había ido al bar y se había instalado en la barra para tomarse dos cervezas bien cargadas. Estaba confiando en que el alcohol, las conversaciones y el partido de rugby sin sonido harían que se calmara de forma mágica, pero el alcohol de hecho tuvo el efecto contrario. Se sentía más inquieta que nunca, y no dejaba de tratar de compensar sus reflejos ralentizados por la cerveza volviendo la cabeza por encima del hombro a cada momento, y de intentar localizar las miradas que estaba segura de que la seguían.

—Señorita, hágase a un lado, por favor.

Esther se dio cuenta de que la agente estaba dirigiéndose a ella, así que se quedó quieta, con la mano aún alzada para recibir su pasaporte, aunque no llegó.

—¿Disculpe?

—Al parecer ha sido elegida para unas comprobaciones de seguridad adicionales —dijo la agente de la puerta de embarque, la cual le dio el pasaporte de Esther al guardia de uniforme que acababa de aparecer a su lado—. Este caballero la acompañará.

Esther se quedó boquiabierta, demasiado confundida como para estar asustada aún. Llevaba tanto tiempo anticipando aquel momento desde que había puesto un pie en el aeropuerto con un pasaporte falsificado, que cuando había ocurrido cuando menos lo estaba esperando, la situación la había dejado desorientada y desprevenida.

—¿De qué se trata? —dijo ella, e intentó que su voz sonara calmada y autoritaria, pero solo lo consiguió a medias.

—Comprobaciones de seguridad adicionales —dijo el guardia de uniforme, repitiendo las palabras que había pronunciado la agente de la puerta de embarque.

Pero, en lugar de la reconfortante entonación del acento kiwi de la agente, el acento del guardia era de un americano plano. Era blanco y tenía la cara sosa, con el pelo oscuro y con un remolino, y un bigote a la defensiva, bajo el cual la boca apenas se movía cuando hablaba.

—Venga conmigo, señorita.

Le puso la mano cerca del brazo, como una amenaza de que podía ponerse físico.

—Pero… mi vuelo —dijo ella, tratando de forma inútil de retomar el control—. Voy a perderlo.

—No tardaremos —dijo el guardia.

Esther no se movió mientras su mente trataba de encontrar una manera de salir de esta. Se imaginó echando a correr y atravesando el aeropuerto a toda velocidad, esquivando la seguridad y llegando al aparcamiento. O quizá podría esquivar al guardia de alguna forma y escabullirse sin formar una escena. Quizá podría pedirle ir al baño, y quizás el baño tendría una ventana, y… y…

Sintió los dedos del guardia alrededor del brazo.

—Suéltame —dijo ella—. Ya voy.

Pero en lugar de soltarla, la agarró con más fuerza y la guio lejos de allí, saliendo de la cola de la que había formado parte hasta hacía un momento. La gente se volvía con miradas curiosas conforme pasaba. Una joven mujer asiática con unas enormes gafas de plástico rojas dio un par de pasos hacia ellos, y su expresión compasiva de preocupación sirvió para activar el miedo en el interior de Esther, como si hubiera necesitado un espejo para verlo por sí misma. Se quedó sin aliento y mareada mientras el guardia la llevaba por un pasillo, y hasta una puerta prácticamente invisible en una pared blanca, y antes de ser consciente de que estaba perdiendo la última oportunidad de escapar y correr, la guio hacia el interior.

Allí encontró a un grupo de gente de aspecto agobiado, y unos agentes de seguridad que tomaban muestras de sus zapatos en una mesa totalmente llena con maletas semideshechas, y unas máquinas de rayos equis que pitaban. Aparte del guardia que la llevaba, ella era una de las personas con la piel más clara que había en la habitación, así que casi se relajó. Pensó que tal vez sí fuera una comprobación de seguridad aleatoria después de todo (y aquella sería ciertamente la primera vez que *deseó* que se tratase de un poco de racismo común), pero el guardia la llevó más allá del equipo de seguridad y a través de otra puerta. Atravesaron un estrecho pasillo, y entraron en una diminuta habitación donde había un escritorio y una mujer con los labios pintados de rosa mirando fijamente una pantalla. Alzó la mirada cuando entraron, y asintió.

—Habitación número cuatro —dijo ella.

La habitación número cuatro estaba al final de otro pasillo más, y el guardia empujó a Esther y después cerró la puerta con pestillo tras él. El *clic* de la puerta resonó de forma horrible en el interior de Esther.

La habitación gris estaba casi vacía, a excepción de un gran objeto cubierto por una tela en una esquina.

Y en la otra esquina, había una persona.

Un hombre adulto sentado y desplomado contra la pared, con la cabeza colgada contra su pecho desnudo. Tan solo llevaba puestos unos calzoncillos y unos calcetines, y Esther sintió una oleada de pánico subiéndole por la espalda. ¿Tendría ella también que someterse a ser desnudada y registrada? El hombre de la esquina alzó la cabeza y la miró de forma cansada. Había algo en su rostro que era tan extraño, que al principio no se dio cuenta de qué estaba viendo exactamente. Pero cuando por fin lo comprendió, se le escapó un pequeño sonido involuntario.

Aparte de la sangre seca que tenía en la frente, era *exactamente* igual que el guardia. Exactamente. Los mismos rasgos sosos, el mismo pelo negro y el bigote a la defensiva. La misma cara.

—No le hagas caso —dijo el guardia con el mismo tono de voz plano americano. El otro hombre no dijo nada. Tenía la mirada perdida, la cabeza moviéndose de un lado a otro.

—¿De qué va esto? —preguntó Esther, y soltó su bolsa de viaje para girarse hacia el guardia. Sostuvo la voz firme para tratar de mantener un mínimo semblante de dignidad y control, pero el guardia tan solo le sonrió.

—Se ha tomado unos cuantos sedantes —dijo el guardia—. Estará bien, no te preocupes.

Esther no estaba preocupada por el hombre que había tirado en el suelo. Estaba preocupada por ella misma.

El guardia se inclinó hacia el hombre sin ropa y le agarró el pelo para tirar de él hacia atrás y observar su cara idéntica. Casi con ternura, como si fuese una madre quitando un poco de suciedad, el guardia se lamió el pulgar y se lo pasó por la frente al otro hombre, limpiándole la sangre.

—Te voy a dar un momento —dijo el guardia—, a ver si me reconoces.

Esther no tenía ni idea de quién era el guardia, y estaba a punto de decirlo cuando de repente vio que, de hecho, sí que le sonaba de algo. Había algo en la forma de su boca, quizá, o en la inclinación de sus cejas, que eran tan blancas que casi parecían desaparecer contra su frente…

Parpadeó. El bigote que escondía el labio superior desapareció mientras lo miraba, y el pelo marrón se aclaró de forma rápida hasta adquirir un tono rubio como los polvos de maíz, que sí eran iguales que las cejas. En unos segundos, de repente tenía una cara completamente diferente, y de pronto lo recordó. El apartamento de Reggie, en Spokane, el hombre de rostro pálido al que había visto sobre su cama, el resplandor de un arma en plena oscuridad. La forma en que a Reggie se le había doblado la cabeza cuando el hombre lo golpeó.

Esther no dijo nada, porque si hablaba, el hombre sabría sin duda alguna que estaba totalmente aterrorizada, y no quería darle esa satisfacción.

—¿Dónde has conseguido el pasaporte? —preguntó el hombre rubio, sacándolo de su bolsillo y echándole un vistazo—. Está muy bien hecho.

—¿No es así como me has encontrado? —dijo ella—. ¿No estabas rastreándolo?

Si le hacía un placaje en ese momento, podría tomarlo desprevenido, y podría golpearlo en un ángulo concreto para estrellar su cabeza contra la pared, y…

Con un gesto tan casual que Esther vio perfectamente que estaba disfrutando de la situación, se quitó la chaqueta y puso la mano en la empuñadura de la pistola. La línea tensa en el brazo indicaba que sabía perfectamente lo que Esther estaba pensando, y que no le daría tal oportunidad.

—¿Rastreando el pasaporte falso? —preguntó, y lo tiró a sus pies con una risa—. Venga ya. Solo había un vuelo que saliera de tu base de investigación, programado desde hace ya semanas. No ha sido muy difícil saber que irías en él. Llevo siguiéndote desde que llegaste a Auckland.

—¿Vas a intentar matarme otra vez? —le preguntó ella.

Como respuesta, caminó hacia atrás, hasta el objeto cubierto en la esquina contraria al hombre drogado, y quitó la tela con un movimiento de la mano. Debajo, reveló un gran espejo. Estaba apoyado contra la pared, y la superficie plateada estaba salpicada de sangre.

Esther, que ya había tenido el corazón en la garganta, entró aún más en pánico. Desde que había llegado al aeropuerto, había estado rodeada de magia, había estado acechándola, y ella se había ido al bar y había bebido como un cordero insensato antes de la matanza. Su hermana lo habría sabido, Joanna habría sentido la magia en el mismo momento en que el hombre rubio se le hubiera acercado con su hechizo robacaras. Pero Esther era una ignorante, y no sentía la magia. Era una inepta.

Estaba tan enfadada que casi se le olvidó asustarse.

—No voy a matarte —dijo el hombre—. Al menos, no de inmediato. Te voy a empujar a través de este espejo. ¿Sabes lo que le hace a una persona atravesar un espejo?

Esther no respondió.

—Sí que lo sabes —dijo el hombre—, porque fue lo que le hiciste a Tretheway. El cual, por cierto, era un buen amigo mío.

Trev. Probablemente hablaba de Trev.

—¿Me viste hacerlo? —dijo ella. Sintió un escalofrío al pensar que había sido él quien había estado tras el espejo todo ese tiempo, observándola.

—Vimos el resultado —dijo el hombre—. Con eso fue suficiente. Parecía como si hubiera pasado por una picadora de carne.

De nuevo hablaba en plural. Esther tragó saliva.

—¿Vas a dispararme primero, como le disparé a Tretheway?

Estaba ganando tiempo, y el hombre lo sabía, pero se lo permitió, tal y como ella había sospechado que haría. Porque, si esto era una venganza, querría hacerlo lentamente.

—Tal vez —dijo él—. Le disparaste justo aquí —dijo, y se dio un golpe en el hombro—. Pero creo que yo apuntaría un poco más abajo. Un disparo en el estómago suena muy bien, ¿no?

En mitad de su pánico, sintió un diminuto rayo de esperanza. El hombre pensaba que *ella* le había disparado a Trev, lo cual significaba que él (o *ellos*, fueran quienes fueren) no había visto a Pearl. No sabrían que estaba involucrada, y no irían tras ella. Al menos, Pearl estaría a salvo.

Pero ¿estaría mintiendo sobre dispararle a Esther allí mismo, en el aeropuerto? Ciertamente alguien iría corriendo allí al escuchar un disparo. A no ser que todo el mundo que estuviese lo suficientemente cerca trabajase con él… Y, entonces, ¿para qué cambiarse la cara con la del guardia? Pensó en la mujer de labios rosas sentada en el escritorio, en la forma en que había asentido al hombre. Ella, por lo menos, era probable que estuviese compinchada con él.

—Sé lo que estás pensando —dijo el hombre con una sonrisilla de superioridad—. Estás pensando en pelear conmigo, en que me quitarás el arma, le darás la vuelta a la situación, etcétera, etcétera…

Aquello no era para nada lo que Esther estaba pensando, pero era cierto que lo que acababa de describir era básicamente su única opción. Y su mejor baza, que era la sorpresa, ya no estaba disponible. Recordó de forma desesperada todas las oportunidades que había tenido de escapar: debería de haberse dado la vuelta y haber corrido cuando el agente de embarque le había confiscado el pasaporte; debería de haber corrido mientras estaba recorriendo el pasillo; debería de haber corrido antes de que la encerrara en aquella habitación. Pero no lo había hecho, se había quedado congelada, y ahora se había quedado total y completamente sin suerte.

A no ser que…

A no ser que Pearl tuviera razón cuando había dicho en la base que Trev nunca había pretendido matar a Esther para empezar. Si lo que Trev había estado buscando era información sobre su familia, y si lo que realmente quería era llegar hasta su hermana y hasta los libros de su hermana, entonces aquel hombre probablemente tampoco querría matarla. La pistola era tan solo una amenaza, y el espejo no estaba allí para matarla, sino para que, quien fuera la persona ante la que este hombre respondía, pudiera ver cómo la interrogaba.

—No voy a enfrentarme a ti —le dijo, y extendió ambas manos probando suerte para comprobar su teoría—. Así que, adelante, dispárame en el estómago.

Él negó con la cabeza, como si estuviera decepcionado con ella.

—¿Quieres ponérmelo fácil? —preguntó—. De acuerdo. —Y entonces quitó el seguro del arma.

A Esther se le entumecieron las extremidades. Se había equivocado. No iba a preguntarle nada, realmente sí que *había venido* a matarla. El hombre le apuntó con la pistola a las piernas, puso el dedo sobre el gatillo, y le dijo:

—Vamos a empezar con las rodillas.

Cada músculo de su cuerpo se endureció mientras miraba fijamente el dedo índice en el gatillo, y se preparó para lanzarse hacia el lado, se preparó para el sonido del disparo… Pero el siguiente sonido que retumbó a través de la habitación no fue un chasquido, sino un *clic*.

La puerta se abrió.

—Pero ¿qué…? —dijo el hombre rubio.

Dejó de mirar a Esther para mirar a la puerta, y de nuevo miró a Esther, aún apuntándola con la pistola. No ocurrió nada ni entró nadie. Sostuvo entonces el arma con las dos manos, como si pensara que estaba en una película de espías, y caminó de espaldas hacia la puerta abierta. Le echó un vistazo al pasillo, y dado que aquella era la única oportunidad que iba a tener, Esther la aprovechó.

Se hizo a un lado, y después hacia el otro por si el hombre disparaba, y se lanzó hacia la puerta... Justo en el momento en que se cerraba de nuevo sola.

—Joder —gritó el hombre rubio, y Esther se arrojó contra él.

Se acercó lo suficiente para que no pudiera apuntar y disparar, pero no tenía demasiada ventaja, así que se estrelló contra él con un suave y débil golpe. No debería de haber bastado para hacerle trastabillar, pero, sin embargo, aquello fue exactamente lo que hizo. Se tropezó y un segundo después cayó a los pies de Esther, golpeándose la frente contra el suelo. Se quedó totalmente quieto.

Esther lo miró fijamente. Esperó unos segundos en los que no se movió, y entonces reaccionó, ya que, si sobrevivía, tendría más tarde tiempo de tratar de entender aquel nuevo misterio. Incluso si aquella caída era otra trampa, también era la única esperanza que había tenido desde que el hombre le había rodeado el brazo con los dedos en la puerta de embarque, así que no pensaba malgastar más tiempo. Se colgó su bolso de viaje del hombro, recogió el pasaporte falso del lugar donde había caído, y le echó un último vistazo al hombre del bigote semidesnudo y drogado que había en la esquina, del cual casi se había olvidado. No sabía qué podía hacer por él en ese momento, excepto quitarle el arma de los dedos sin fuerza al guardia, vaciarla de balas, y romper el espejo con la culata antes de marcharse.

Su instinto le gritaba que corriera, pero no lo hizo, ya que correr daría lugar a que la persiguieran. En su lugar, recorrió el pasillo con rapidez, frenándose ligeramente solo cuando vio que la mujer de labios rosas estaba inconsciente, echada contra la espalda de su silla ergonómica con la boca abierta de par en par frente al ordenador. No había signo alguno de una pelea. Esther sintió que se le ponía la piel de gallina, pero no dejó de moverse. Tan solo soltó las balas que había vaciado en la papelera que había tras el escritorio mientras pasaba. Cuando volvió a la habitación principal, los pasajeros de aspecto cansado aún estaban sometiéndose a los registros e interrogatorios. Unos cuantos miembros de seguridad le echaron un vistazo sin demasiado interés cuando caminó hacia la puerta. Se concentró en dar una imagen de absoluta confianza en sí misma y tranquilidad, a pesar de que le temblaban las manos y estaba empapada en sudor frío. Incluso fue capaz de sonreírle a una mujer uniformada, y un momento después estaba de vuelta en el aeropuerto.

Todo parecía irreal y falso: las luces del techo, las baldosas manchadas del suelo, el zumbido de un carrito cargado de equipaje al pasar, toda la gente que llamaba a sus hijos, o hacían cola para embarcar mientras miraban sus móviles con el ceño fruncido… No miró a su espalda para ver si alguien la seguía, pero sí que aceleró ligeramente el paso y buscó los carteles que indicaban en qué dirección estaba la salida.

De repente, alguien le agarró la muñeca.

De forma instintiva, se zafó del agarre y se giró, pero no había nadie allí. De hecho, la persona más cercana, que era un hombre de traje formal, estaba a casi tres metros de ella, de pie junto a una máquina expendedora. Tenía la respiración alterada, casi jadeaba, y sentía todo el cuerpo en tensión por los nervios. ¿Se acababa de imaginar los fríos dedos que la habían agarrado?

—Estoy justo a tu lado —le dijo una voz junto a su oreja, y en aquella ocasión, cuando Esther se giró de nuevo, sintió el inconfundible roce de una tela contra su mano—. No digas nada —le dijo la voz, que era ligera y de mujer, y con un acento de Nueva Zelanda—. Y no salgas del aeropuerto. Tienen a gente esperándote por si lo intentas. Ve al baño más cercano y espérame allí.

—¿Esperarte…? ¿Quién eres? ¿Y *dónde* estás?

—Hablaremos en un momento —dijo la voz—. Lo único que tienes que saber ahora mismo es que soy la que te ha salvado ahí dentro. Te prometo que estoy de tu lado.

Esther echó a andar hacia la salida de nuevo, incluso más rápido que antes. Nunca había escuchado de ninguna circunstancia en la que hacerle caso a una voz sin cuerpo fuese la decisión correcta.

—Esther —dijo la voz, y volvió a sentir en la muñeca aquellos dedos fríos. Y entonces, en un mediocre y vacilante español, la voz dijo—: «La ruta nos aportó otro paso natural». ¿Lo he dicho bien? Por favor, créeme cuando te digo que no debes abandonar el aeropuerto.

No estaba segura de si fue por escuchar el sonido de su propio nombre, o el sonido de aquella frase tan familiar, pero algo hizo que redujera la velocidad, y después se frenó. Se quedó allí de pie con el bolso de viaje colgado del hombro, la camiseta bajo su chaqueta húmeda por los nervios, y la mandíbula apretada para no dejar escapar un grito de frustración. Tan solo quería dar un paso que le perteneciese a ella, hacer un solo movimiento que hubiera decidido hacer de forma independiente. Pero en todo momento parecía como si una mano invisible estuviese tirando de sus hilos.

—La última vez que confié en esa frase en concreto —dijo en voz baja— me llevó hasta aquí, directa a una trampa.

—La trampa no la ha tendido la persona que me ha enviado —dijo la voz—. Lo juro. —Y entonces la voz soltó un suspiro que hizo que el pelo de Esther se moviese—. Por favor, ve al baño y escucha lo que tengo que decirte. Ser invisible de hecho es una incomodidad, es como si tuviese abejas trepándome por todo el cuerpo. Estoy harta.

Si aquel pequeño destello de humanidad era un truco... Bueno, Esther estaba cansada, ni un amigo con ella, así que se permitió caer en él. En silencio y con la mandíbula aún apretada de la rabia, dio la vuelta y se dirigió al baño más cercano. Después se quedó allí de brazos cruzados mientras una diminuta pelirroja terminaba de aplicarse una capa de máscara en el espejo y se apresuraba a salir, dirigiéndole a Esther una mirada nerviosa. Una vez que la pelirroja se marchó, uno de los grifos se abrió solo, y un trozo de papel salió del dispensador, se separó del rollo y flotó hasta mojarse bajo el agua. Comenzó a limpiar algo que ella no podía ver, y entonces una joven mujer apareció junto al lavabo con un libro en la mano, y el papel manchado de los rastros de sangre del lugar donde los había limpiado en la página.

—¡Puaj! —dijo, sacudiéndose como si estuviese quitándole unas telarañas—. Eso ha sido de lo más desagradable. ¿Tú estás bien?

Esther se quedó mirándola. Era la chica a la que había visto en la cola lo que ahora parecían horas antes: la chica asiática con las gigantescas gafas rojas, quien la había mirado cuando el hombre rubio se la había llevado. Parecía unos años más joven que Esther, y llevaba una chaqueta negra, una bandolera negra y unas zapatillas blancas impecables. Parecía la típica joven emprendedora que Esther había visto en televisión, pero jamás en la vida real.

—Estás bien —dijo la chica, respondiendo a su propia pregunta—. Supongo que un poco alterada.

Una mujer con dos niños entró al baño, y tanto Esther como la extraña se quedaron calladas. Esperaron a que hicieran lo que tenían que hacer; tardaron lo que pareció una eternidad y además hizo falta una discusión sobre si la pequeña niña tenía que hacer pis o no (al final resultó que sí, y Esther tuvo que escucharla mientras lo hacía). Una vez que la familia se marchó, Esther le preguntó:

—¿Qué le hiciste a la gente ahí dentro? Al guardia y a la mujer del escritorio.

—Les inyecté un sedante —dijo la chica de forma sincera, y se recolocó las gafas sobre la nariz.

—¿Quién te ha dicho que hicieras eso?

—Ojalá pudiera responderte —dijo la chica—, pero... ya sabes. —Hizo un gesto como si estuviera cerrándose los labios y lanzando la llave al aire—. Ahora escúchame. Has perdido el vuelo, lo cual nos ha complicado las cosas, pero lo he solucionado. Es por lo que he tardado un poco más en sacarte de ahí, por cierto. Siento mucho el retraso, aunque no te habría hecho daño de verdad. Me han dicho que te quieren viva.

Y, tras aquella terrible declaración, metió el libro en su bandolera y le pasó a Esther un manojo de tarjetas de embarque, todas a nombre de Emily Madison.

—El nuevo vuelo para Los Ángeles sale en media hora, lo cual es bueno, porque el sedante solo dura una hora más o menos, y queremos que estés lejos para cuando esa gente se despierte y empiece a gritar.

Esther agarró las tarjetas de embarque. La alegría de aquella extraña y su actitud práctica le recordaron a Pearl, si Pearl fuera el tipo de persona que pudiera tener unas zapatillas así de limpias. Y, aunque quería resistirse, que una chica guapa y autoritaria le dijera lo que tenía que hacer era como un bálsamo para su alma cansada.

—¿No vas a decirme para quién trabajas?

—No puedo decirte quién me ha enviado —dijo la chica—. Lo que sí puedo decirte es que de día trabajo en el Ministerio de Cultura y Patrimonio. Pero eso no es exactamente relevante.

—¿Qué me pasará si me subo a ese avión? —preguntó Esther.

—Espero que nada malo.

No era exactamente el consuelo que Esther había esperado.

—¿Y si no me subo?

La chica le dirigió una mirada de compasión.

—Nada bueno.

21

Media hora más tarde, Esther se movía con cuidado por el pasillo del avión hacia su asiento, que estaba casi al final, y nada parecía estar fuera de lugar. Toda la gente que había a su alrededor estaba ocupada con sus cosas, guardando su equipaje, peleándose con sus bebés, y preguntándoles a las azafatas en voz alta si vendían calcetines de compresión en el avión, y cuando les decían que no, que por qué no. Pero cualquiera de aquellas personas podía estar bañada en magia, y Esther no lo sabría. Podían tener libros en las maletas de mano, estar trabajando bajo órdenes misteriosas para gente que no podían mencionar y por razones que nadie le explicaba. Todas ellas podían ser una amenaza.

Y, sin embargo, allí estaba ella, encerrándose de forma voluntaria en un tubo de metal volador en lugar de escapar al campo de Nueva Zelanda (¿tendría campo Nueva Zelanda?). Estaba confiando en una extraña de nuevo, simplemente porque resultaba que sabía decir una frase en español, una frase que significaba mucho para Esther, y una frase que servía para activarla. Y últimamente, de forma literal.

Le había tocado un asiento de ventanilla. Ni el asiento central ni el del pasillo estaban aún ocupados, así que metió su bolso de viaje en el compartimento superior y se instaló en su asiento, echándole un vistazo a la pista. Si alguien iba a matarla en aquel avión, bueno. Prefería morir arriba, en el cielo azul, que en una habitación de detenciones gris.

Cuando volvió a mirar hacia el pasillo, vio que había alguien bloqueándolo y observándola fijamente. De hecho, eran dos personas. Ambos eran hombres blancos jóvenes, más o menos de su edad. Uno de ellos tenía el pelo leonado, con barba pelirroja, bien parecido y bien vestido, mientras que el otro hombre, que estaba de pie, imponente, era muy alto y ancho de espaldas, tenía los ojos de un intenso color azul y los labios apretados, y parecía estar a punto de soltar una palabrota.

No había nada en su apariencia que explicara la forma en que Esther de repente tuvo la inexplicable convicción de que no quería que se sentaran a su lado.

Lo único que disparó las alarmas en su interior fue el modo en que la estaban mirando, y la ancha y ensayada sonrisa que el chico más joven le ofreció no hizo nada para acallarlas. El pulso se le aceleró mientras el chico comprobaba de nuevo sus asientos.

Aquí no, pensó ella. *Por favor, aquí no.* Pero un segundo después, el hombre metió su mochila en el compartimento superior y se deslizó al asiento junto al de Esther con otro bolso en el regazo. Su compañero se metió como pudo en el asiento del pasillo, frunciendo el ceño cuando vio que las rodillas le daban contra el respaldo del asiento que había delante.

El equipaje de mano del chico a su lado se movió ligeramente y se escuchó un gemido amortiguado. Esther comprendió, alegrándose muy a su pesar, de que dentro había un perro. El tipo rotó en el asiento y se giró por completo hacia ella. Se pasó las palmas de las manos por los muslos, como si estuviese nervioso, aunque aún tenía aquella sonrisa en el rostro. Parecía tener dinero.

—Hola —dijo el chico—. Dios, cómo me alegro de estar sentado. El aeropuerto era una locura, ¿verdad?

Su acento era el típico británico que hacía que Esther pensara en carreras de caballos y corgis. Asintió de forma mínima, pero no le respondió. Aquello no lo frenó.

—No pudimos subir al último avión, hubo un problema de pronto con nuestros billetes cuando estábamos a punto de embarcar, así que hemos tenido que remover cielo y tierra para conseguir billetes para este —dijo él—. ¡Qué tormento! ¿Hacia dónde te diriges?

Ella le dirigió la mirada más impasible de la que fue capaz.

—Al mismo sitio donde vas tú —dijo ella.

—Claro, por supuesto —dijo, y por fin pareció captar su indirecta.

Se inclinó para meter el transportín bajo el asiento frente a él, y después abrió la cremallera de una de las aperturas de rejilla para poder meter la mano. Esther entrevió un hocico negro y mojado, y un pelaje hinchado, así que apretó los puños. Hacía casi diez meses que no veía un perro, así que la necesidad de acariciarlo era casi incontenible. Esperaba que una vez que el avión despegara, el chico tal vez pusiera el transportín en su regazo, y quizás el perrito sacara la cabeza para saludar. Volvió a cerrar la apertura, y se echó hacia atrás en el asiento mientras se quitaba un pelo de sus pantalones oscuros.

—¿Qué tipo de perro es? —le preguntó, incapaz de contenerse.

—Un pomerania —dijo el hombre, dándole un golpecito con la bota de forma cariñosa al transportín. Las botas que llevaba eran de un cuero de buena calidad, y los cordones estaban encerados—. No te preocupes —añadió—. Se porta muy bien en los aviones, no va a estar ladrando todo el rato.

De cerca, Esther se dio cuenta de que el dueño del perro era más joven de lo que había pensado al principio, pero parecía mayor por la capa de agotamiento que lo recubría. Tenía la piel amarillenta, los labios agrietados y unas sombras moradas bajo los ojos, uno de los cuales estaba inyectado en sangre. La ropa de calidad y el acento pijo la habían distraído.

El hombre más grande y de ojos azules se inclinó sobre el regazo de su amigo y se quedó mirando a Esther con la intensidad de un perro mirando a una ardilla, hasta que el pijo le dio un codazo en las costillas en un gesto que claramente pensó que había sido sutil. No hablaron entre ellos, pero al menos tampoco intentaron hablar con Esther, así que poco a poco ella comenzó a relajarse. Después de todo, tenía los nervios destrozados y estaba viendo peligro donde no lo había.

El intercomunicador del techo se encendió con un restallido, y la azafata del vuelo agradeció de forma alegre a los miembros activos del servicio militar y a los miembros del programa Gold Wings Plus. Poco después, el avión comenzó a recorrer la pista. Esther sintió aquella sensación en el estómago cuando el avión se alzó en el aire y el suelo empezó a encogerse bajo ellos, del color de una gema verde, recortado por las carreteras y los edificios, y enseguida se vio reemplazado por el brillante azul de la bahía conforme volaban sobre el agua.

Dejó de mirar por la ventana y abrió la novela de misterio que había comprado en el aeropuerto horas atrás. Era más una actuación que otra cosa, ya que estaba demasiado intranquila para prestarle atención a lo que estaba leyendo. El hombre que había junto a ella sacó su propio libro, aunque no lo abrió. Y sí, puede que ella estuviera tensa, pero aun así habría podido jurar que había algo en él que no era normal del todo. No dejaba de mover la pierna, y se preguntó si sería porque le daba miedo volar. Había mencionado que la perra se portaba bien en los aviones, pero no había aclarado nada sobre sí mismo.

—¿Qué estás leyendo? —le preguntó de repente, girándose hacia ella de nuevo y moviendo la cabeza al completo, como si fuese una lechuza.

Ella le mostró la cubierta en lugar de decírselo, con la esperanza de que por fin captase la indirecta de que no quería tener una conversación.

—¿Te gustan los libros? —le preguntó él, con la voz acallada bajo el rugido del motor. Y ¿había sido su imaginación, o había enfatizado de forma sutil la palabra «libros»? Le echó un vistazo a su amigo, el cual estaba inclinado sobre el chico y mirándola fijamente de nuevo.

—Claro —dijo ella.

—¿Alguna vez has leído este?

Bajó la mirada con indiferencia hacia el libro que había en su regazo, y su cuerpo lo reconoció antes de que su cerebro lo hiciese. El corazón se le paró durante un segundo y después arrancó a diez veces la velocidad anterior, y la cara le ardió de la impresión. Era *La ruta nos aportó otro paso natural*, de Alejandra Gil. Y no solo eso, sino que, sin duda alguna, era su propia copia. La habría reconocido en cualquier parte: el pliegue en la esquina, la pequeña rotura en el lomo.

—¿De dónde lo has sacado? —susurró, aunque no por elección propia, sino porque las cuerdas vocales no le funcionaban. Tenía un nudo en la garganta, y apenas podía respirar.

De nuevo, las fauces de la trampa donde se había metido se cerraban a su alrededor.

—Maram me lo dio —dijo él, como si aquel nombre significara algo para ella.

—No sé… —Trató de respirar con normalidad—. No sé quién es esa.

—Ella sabe quién eres tú —dijo el hombre de los ojos azules, en un acento sorprendentemente fuerte de Boston.

—Pero *nosotros* no —dijo el inglés—. ¿Quién eres?

¿Cómo demonios se suponía que iba a responder a eso?

—Soy la persona a la que le robasteis ese libro.

—Nosotros no hemos robado nada —dijo el inglés, con una expresión ofendida, lo cual le parecía bastante injusto, dado el hecho de que él tenía el libro, y no ella.

—Entonces devuélvemelo —le dijo.

El hombre miró a su amigo, el cual se encogió de hombros y asintió. Y, para sorpresa de Esther, el libro apareció de repente en sus manos. Lo estrechó con fuerza contra su pecho, sin importarle que pareciese una niña pequeña con un osito de peluche.

—Si no conoces a Maram, entonces, ¿por qué nos ha enviado hasta ti? —preguntó el chico, que parecía estar hablando tanto con ella como con su amigo—. Porque nos ha enviado hasta ti, tiene que ser eso. Dijo que le mostráramos este libro a la mujer del espejo, y nuestros billetes nos llevaron desde París a Zurich, a Singapur y a Auckland. Si te soy sincero, casi me da algo cuando te reconocimos en la cola.

—Cuando *yo* te reconocí —corrigió el hombre a su lado.

—Vale, cuando Collins te reconoció.

—Sean.

El chico inglés pareció confundido durante un momento, y después asintió.

—Ah, eso, Sean. Este es Sean. ¿Cómo te llamas?

—No voy a deciros mi nombre —dijo Esther, que no podía creérselo—. No voy a deciros nada hasta que me expliquéis por qué tenéis mi libro, por qué os habéis sentado junto a mí, y quién demonios sois.

—Mira, nosotros estamos igual de confundidos que tú —dijo el inglés.

El hombre grande y de ojos azules (cuyo nombre claramente *no* era Sean) se inclinó hacia delante para mirarla por encima del regazo de su amigo.

—Te vimos —le dijo, en un tono de voz apenas audible por encima del rugido del avión—. Te vimos peleando con Tretheway por el espejo.

A Esther casi se le cayó el libro.

—¿Erais vosotros? —dijo ella—. ¿Al otro lado, todo este tiempo? ¿Vosotros sois los que me conseguisteis los billetes?

—¿Cómo? No —dijo el inglés.

—Shhh —dijo el otro, aunque todos estaban hablando en voz baja, y ella se dio cuenta de que los tres se habían inclinado hacia delante, juntando casi las cabezas.

De repente se echó hacia atrás y agarró el cinturón de seguridad, aunque el gesto era totalmente inútil, ya que ¿a dónde pensaba irse?

El hombre grande captó el movimiento y le dijo:

—No vamos a hacerte daño.

Tenía pinta de ser extremadamente capaz de hacerle daño.

—No —dijo también el inglés, y él al menos no parecía que pudiera hacer mucho. Ella ya los estaba categorizando en tipos de villanos: el fuerte y el cerebrito, aunque aún no había visto ninguna evidencia de aquello último—. Tan solo queremos respuestas —dijo él—. Como, por ejemplo, ¿por qué te perseguía Tretheway? ¿Qué conexión tienes con la Biblioteca? Y ¿dónde estabas cuando tuviste aquella pelea? Y ¿está bien la chica rubia? Y ¿por qué no tuvo ese libro ningún efecto en ti? Y…

—Para —dijo Esther—, ve más despacio, no entiendo ni la mitad de lo que dices. ¿De qué librería me hablas? ¿Y no fue Trev…, Tretheway, el que hechizó los espejos en primer lugar? Así que ¿no estáis en el mismo bando?

—Nosotros no estamos en el bando de Tretheway —dijo el hombre grande en voz alta, y después la bajó, aunque la rabia no abandonó su voz—. Tretheway es un puto imbécil.

Esther estaba demasiado asustada y cansada como para confiar en sus instintos en ese momento… pero no pudo evitar pensar que ninguna de aquellas personas parecía querer matarla, lo cual era alentador. Pero aquello era lo típico que decía antes de una catástrofe: ¡no *parece* que vayan a asesinarme!

El inglés alzó un dedo.

—Vale, vayamos por partes. Los libros mágicos, ¿por qué no funcionan contigo?

Esther se mareó de repente. Nunca había escuchado a nadie que no fuera de su familia más cercana ni siquiera mencionar la existencia de la magia, y mucho menos decirlo tan explícitamente: *libros mágicos*. Un término que parecía casi ridículamente encantador comparado con su experiencia de toda una vida. Fue la novedad de aquello más que nada lo que le aflojó la lengua.

—No lo sé —dijo ella—. Nunca han funcionado conmigo.

El chico tenía la mirada (uno de sus ojos inyectado en sangre y el otro extrañamente blanco en comparación) puesta en su rostro, como si fuese un manual de instrucciones en un idioma que no entendía.

—¿No puedes leer hechizos?

No veía razón alguna para mentir ya.

—No.

—¿Y no tienen ningún efecto en ti?

—Ninguno.

Él abrió aún más los ojos, y negó lentamente con la cabeza, y después más intensamente. Y entonces, de repente, se echó a reír.

Era la risa de alguien que estaba tan cansado, que aquel agotamiento se había transformado en una energía chirriante y nerviosa, medio histérica.

—Ay, Dios —dijo, dejando caer la cabeza entre las manos mientras seguía riéndose—. Ay, no.

—¿Qué? —dijo ella—. ¿Qué pasa?

Él negó con la cabeza mientras sacudía los hombros.

—¿*Qué*? —preguntó el hombre grande, y Esther se sintió ligeramente consolada ante la idea de no ser la única persona confundida.

—Lo he averiguado —dijo el inglés—. Ya sé por qué Maram nos ha enviado hasta ti. —Volvió a mirarla, y en su boca aún había una sonrisa de maníaco—. Eres como yo —dijo, y comenzó a reírse de nuevo—. Eres una puta Escriba.

22

Estaba nevando en Boston.

—Deberíamos de habernos bajado en Los Ángeles —dijo Nicholas, que temblaba en la acera frente al dúplex destartalado al cual Collins los había llevado.

Collins había subido los escalones de cemento y estaba esperando a que alguien respondiera a sus golpes retumbantes mientras sir Kiwi tiraba al otro lado de la cadena y buscaba un sitio para hacer sus necesidades en la pequeña área de hierba muerta que Nicholas suponía que actuaba como jardín.

—¿Cómo dices, Nicholas? —preguntó Esther. Collins y él habían dejado de usar sus nombres falsos en algún punto sobre el sur del Pacífico—. ¿Es que acaso no te encanta este precioso tiempo de Nueva Inglaterra?

Estaba caminando de un lado al otro del bordillo, con mucha más energía de la que Nicholas habría esperado de alguien que no había dormido desde que había abandonado Nueva Zelanda.

—Demasiado parecido a la Vieja Inglaterra para mi gusto.

Casi treinta horas atrás, justo cuando Nicholas y Collins atravesaron los jardines de la Biblioteca, había comenzado a caer aguanieve, y Nicholas no había dejado de tener frío desde ese momento. Gracias al cielo por el recordatorio de Collins de que necesitaba una chaqueta de verdad, o se habría escapado con tan solo un jersey. Había hecho su maleta y la de sir Kiwi en medio de esa neblina típica de los sueños que hacía que el tiempo pasara muy lento, y recorrió su dormitorio agarrando cosas y dejándolas de nuevo en su sitio. Necesitaba su cepillo de dientes, claramente, pero ¿le harían falta sus mocasines de Church? ¿Y su bata de lino? ¿Y los gemelos?

—No, no y no —le había dicho Collins, sacándolo todo de su mochila y empujando a Nicholas hacia la cama—. Siéntate, yo me encargo.

Nicholas había estado demasiado cansado y mareado como para discutir. Lo único que insistió en llevarse fue su vieja copia de *Los tres mosqueteros*, una bolsa enrollada para sacarse sangre, y varias agujas limpias, porque nunca había viajado sin ellas, además de una receta falsificada para la insulina para que la administración de seguridad del transporte no confiscara sus jeringas. Se había sentido algo humillado por lo rápido y eficiente que Collins había sido comparado con él, pero esa humillación se desvaneció cuando prácticamente tuvo que llevar a rastras a Collins durante las dos hectáreas que ocupaban los jardines protegidos de la Biblioteca.

Había visto a gente atravesar las protecciones antes, por supuesto, pero siempre había sido en coche, así que los efectos habían sido mucho más breves y menos patentes. Pero Collins apenas había sido capaz de mantenerse en pie, había rodado los ojos como un caballo con un ataque, y murmurado cosas sin sentido mientras Nicholas lo arrastraba a través de la hierba alta y hasta la carretera, trastabillando bajo el considerable peso de Collins. En cuanto atravesaron el perímetro de las protecciones, Collins cayó de rodillas mientras vomitaba, y soltó una maldición. Los pantalones se le humedecieron con la hierba mojada a la altura de las rodillas. Cuando se levantó, cuadró los hombros como si no hubiera pasado nada, y echó a andar por el pavimento negro en busca de un coche que robar.

Lo cual le daba a Nicholas una razón más para romper el acuerdo de confidencialidad de Collins en cuanto le fuera posible: quería saber dónde demonios había aprendido a hacerle un puente a un coche. Aunque eso no era lo que planeaban hacer ahora en Boston. En ese momento iban a conseguir un coche de forma legal, pidiendo uno prestado. Al parecer.

Había sido idea de Esther la de no tomar el último tramo de su vuelo hacia Burlington, y quedarse en su lugar en Boston para encontrar la forma de llegar a Vermont por su cuenta.

—Pero los billetes… —había dicho Nicholas en un avión, en algún lugar del medio oeste de Estados Unidos.

—Exacto —dijo Esther—. Tú puede que confíes en esa tal Maram, pero yo nunca jamás la he conocido. No me gusta pensar en que sabe todos nuestros movimientos, y que los conoce porque *ella* los planeó. Esta es nuestra última oportunidad de perderle un poco el rastro. Al final acabaremos donde ella quiere, pero lo haremos a nuestra manera.

—¿Cómo? —exigió saber Nicholas—. Necesitas una identificación y pasaporte y todo eso para alquilar un coche, así que sería igual de rastreable que subirse a un avión. Y supongo que igual pasa con los autobuses.

Esther se quedó callada, lo cual significaba que estaba admitiendo que llevaba razón… Y Nicholas se alegró en silencio que ya la conociera lo suficiente como para haber reconocido aquello. Veinticuatro horas de viaje en avión y conversación concentrada los habían lanzado rápidamente a través de las fases iniciales de ser conocidos. Y, tras un cuarto de vida, Nicholas pensó que quizás estuviera en proceso de hacer su primera amistad no remunerada.

—Yo puedo conseguir un coche —dijo Collins, que había estado callado durante la mayor parte de la conversación, dado que antes había sido precedida por el carrito de los tentempiés, del cual había pedido una porción de Cheez-its que habían requerido gran parte de su atención. Se volcó los restos del polvo naranja dentro de la boca y se limpió las manos.

—¿Cómo?

—Soy de Boston —dijo Collins—. Tengo gente aquí.

—¿Familia? —dijo Nicholas, interesado ante la posibilidad de ver el tipo de personas gigantes que debían de haber copulado para producir a Collins, pero él negó con la cabeza de forma brusca.

—Gente —repitió—. Gente que puede conseguirnos un coche.

—Tiene gente que puede conseguirnos un coche —le repitió Esther a Nicholas.

—Si, gracias, estoy aquí mismo.

—Entonces está decidido —dijo ella—. No nos subiremos al avión que va a Burlington.

Así que no lo habían hecho. En su lugar, en cuanto aterrizaron en la terminal de Logan, encontraron un teléfono público, algo que

Nicholas tan solo había visto en las películas. Collins se metió en el interior de la cabina, y tuvo una corta pero intensa conversación telefónica que resultó en un miserable y estruendoso viaje de metro hasta aquella casa horrible, en una insulsa esquina de una calle gris de la ciudad.

Desde donde Nicholas estaba, podía ver una lavandería, un pub irlandés, una tienda de caridad, otro pub irlandés, una pizzería, y una tienda cuyo cartel era una hamburguesa rodeada de anillos planetarios, como si fuese Saturno. Una mujer mayor con un cigarrillo entre los dientes paró cerca de ellos para dejar que su chucho diminuto alzara la pata contra la rueda del coche de alguien y lanzara una catarata de pis caliente.

—¡Cuánto pis para un chico tan pequeño! —exclamó la mujer.

Nicholas pensó que, si así era como la demás gente vivía, quizá debería de haberse quedado a correr el riesgo en la Biblioteca.

Esther dejó de pasearse de un lado a otro tan repentinamente que Nicholas la miró, y después siguió su mirada hasta la puerta, la cual se había abierto. La espalda ancha de Collins tapaba a quien estuviera dentro, pero Nicholas agachó la cabeza y aguzó el oído; luego Collins se giró y bajó la escalera de la entrada hasta donde Nicholas y Esther esperaban.

—Quiere que entremos antes de darnos el coche —dijo, pasándose la mano por el pelo—. No digáis nada, ¿vale? A no ser que sea «por favor» y «gracias» o algo así.

—¿Quién es? —dijo Esther.

—Lisa —le dijo Collins, que ya estaba subiendo los escalones.

Esther lo siguió a la velocidad del rayo (¿de dónde sacaba la energía?), pero Nicholas vaciló, y de repente se puso nervioso. A pesar de la curiosidad que sentía por echar un vistazo dentro de la vida de Collins de antes de la Biblioteca, le preocupaba que cuando Esther y él se marcharan hoy, Collins no los acompañara. Tal vez elegiría quedarse aquí, en su propia ciudad, con su propia gente, libre de Maram y de las maquinaciones de la Biblioteca. No era que Nicholas pudiera recriminarle aquella decisión. Después de todo, a su manera, ambos deseaban la libertad… aunque el aspecto que podía adoptar la libertad de Nicholas no estaba muy claro.

Esperaba que no fuera como en Boston.

Siguió a Esther hacia el interior.

La mujer que había abierto la puerta (presuntamente Lisa) los esperaba en el vestíbulo de madera oscura, el cual estaba atestado de abrigos, botas y gorros. Nicholas había esperado a alguien turbio y salvaje, alguien como Collins, pero Lisa no era nada de eso. Era una mujer negra de piel oscura de unos cuarenta años, con una cara ancha y animada, los labios pintados de morado, y una gorra de béisbol rosa de Cape Cod descolorida.

Observó a Nicholas y a Esther con curiosidad.

—¿Son compañeros de trabajo tuyos? —le preguntó.

—No —dijo Collins—. He dimitido.

Su expresión había sido tranquila y ligeramente burlona, pero entonces cambió.

—¿A qué te refieres con «dimitido»? Nadie dimite.

—Es complicado.

Lisa tenía una pequeña cruz dorada alrededor del cuello, y jugueteó con ella mientras lo observaba.

—Podemos darte un coche —dijo—. No podemos protegerte. Lo sabes, ¿no?

—¿He pedido yo protección?

Esther miró a Nicholas con una ceja alzada, y gesticuló «¿qué cojones...?». Nicholas negó con la cabeza.

Lisa miró fijamente a Collins hasta que él apartó la mirada, y entonces suspiró.

—Probablemente no debería molestarme en hacerte preguntas. ¿Podrías acaso decirme algo incluso aunque quisieras?

Nicholas abrió mucho los ojos.

—No —dijo Collins.

—Ya decía yo. —Bajó la mirada, y al parecer se percató de la presencia de sir Kiwi por primera vez—. *¡Anda!* —dijo—. Vale, esto sí que es *adorable*, ay, Dios. ¿Cómo se lleva con los gatos?

—De hecho, nunca ha conocido a ninguno —le dijo Nicholas.

—Es británico —le dijo Lisa a Collins en un tono que sonaba acusatorio.

—También lo era Bowie.

Lisa se puso la mano sobre el corazón.

—*Touché*.

—Yo no soy británica —dijo Esther de forma animada—. Gracias por prestarnos un coche.

—No me des las gracias hasta que lo veas —dijo Lisa—. Bueno, soltad vuestras mochilas aquí por ahora, y entrad. Tansy está trayendo el coche, pero le quedan unos diez minutos o así —dijo, hablando por encima del hombro mientras entraba por una pesada puerta hasta la parte que había escaleras abajo—. Hice bizcocho de naranja anoche, si tenéis hambre.

—¿El que lleva alcohol? —preguntó Collins.

—Si consideras «alcohol» dos cucharadas de ron de nada…

A Nicholas le daba igual el bizcocho. Se había detenido en la entrada del salón de Lisa, fascinado. Nunca había estado en una casa normal antes. Había estado en innumerables áticos, en hoteles, incluso en algunos hoteles de alojamiento y desayuno de lujo, pero nunca en un espacio que sirviera únicamente para el propósito de la vida diaria común de una persona.

—Sentaos —dijo Lisa, y señaló a Collins—. Tú no, ven conmigo a la cocina.

Se marcharon por un arco sin puerta al final de la habitación, y Esther inmediatamente se lanzó sobre el sillón, que estaba cubierto por una sábana de color fucsia. Aquello ocasionó que una nube blanca de pelo de gato se elevara en el aire. Nicholas miró su ropa oscura y, a pesar de estar bastante cansado, decidió que por ahora no se sentaría, así que se agachó para quitarle la correa a sir Kiwi para que pudiera explorar. Mientras se lanzaba a cada rincón que encontraba y catalogaba minuciosamente cada olor, Nicholas miró a su alrededor.

—¿Es normal que una casa sea tan… pequeña?

Esther miró a su alrededor sin poder creérselo.

—Esta habitación es enorme.

—Ah… —dijo Nicholas.

Esther se rio, echándose sobre el sofá cubierto de pelo de gato como si fuese terciopelo. Incluso en el breve tiempo que llevaban conociéndose, se había dado cuenta de que ella siempre parecía estar cómoda, de alguna forma.

—No estás muy acostumbrado a visitar las casas de los mortales, ¿no, príncipe Nicholas?

—No soy ningún príncipe —dijo Nicholas—. Técnicamente, soy un barón menor.

—Discúlpeme, su majestad.

—El término honorífico correcto es *señor*.

—No —dijo Esther—. Ni de broma.

Nicholas volvió a centrarse en catalogar los muebles que había a su alrededor, los cuales no combinaban. El sofá fucsia casi parecía de un color apagado al lado de uno de los sillones, que estaban tapizados con una tela a rayas de color naranja y amarillo. El otro sillón, aunque era de un prudente tono marrón, tenía encima una pila de cojines con los colores del arcoíris. Tan solo había una alfombra sobre la tarima desgastada, una alfombra marroquí de Bejaad de un color verde claro que quizás en el pasado había sido bonita, pero que ahora estaba harapienta.

Nicholas había leído alguna vez la palabra «harapienta», pero jamás había visto lo que significaba en persona.

Las paredes estaban cubiertas de cuadros, algunos de los cuales eran bastante agradables (como un retrato al óleo enmarcado en oro de un gato en blanco y negro con una protuberancia por rabo, dormido en un jardín) y otros sinceramente eran bastante inquietantes. Se acercó más para examinar un dibujo de una mujer desnuda, con una mata de pelo púbico bastante abundante, la cual se sacaba una serpiente de tres cabezas de la vagina. Y además parecía encantada con ello. Nicholas se alejó de nuevo.

Bueno, al menos el sitio estaba calentito. De hecho, de forma deliciosa; el tipo de calor acogedor que iba directo al núcleo frío de su interior y que le atravesaba los huesos como si fuese oro fundido. Era un calor que solo podía provenir de una llama, lo cual significaba que había una chimenea cerca en algún lugar, aunque no olía a humo.

Justo cuando estaba pensando aquello, Esther dijo:

—Nicholas.

Se giró. Se había levantado del sofá y estaba agachada en la esquina de una habitación observando algo. Se unió a ella, y vio que lo que le había llamado la atención no era más que una roca grande, allí sin adorno alguno, puesta sobre el suelo de madera. Aparte del hecho de que, por lo que Nicholas sabía, las rocas generalmente no pertenecían al interior de las casas, aquella además era totalmente ordinaria.

—Sí, tiene un gusto bastante extraño, ¿no te parece? —le dijo.

—Ven, agáchate —dijo Esther.

De forma reticente, Nicholas se arrodilló en el suelo junto a ella. Sir Kiwi, emocionada al ver que había humanos puestos a su altura, trotó para unirse a ellos. Nicholas le dedicó su atención a la roca, examinando los contornos grises, las motas de mica. Agachado hacía incluso más calor que antes, de alguna manera, así que se remangó el jersey.

—Tras examinarla más de cerca veo que sí, definitivamente es una roca —dijo Nicholas.

—Pon la mano sobre la roca —dijo Esther—. Pero no la toques.

Nicholas le siguió la corriente y obedeció, pero un segundo después retiró la mano con un quejido.

—¡Quema!

—Sí —dijo Esther—. De hecho, estoy bastante segura de que está dándole calor a la habitación entera.

Miró de nuevo la roca y advirtió algo que apenas era visible si no lo buscabas: manchas de un color marrón oscuro que debían de ser sangre.

—Pero eso es…

Esther asintió.

—Magia.

—No os creeríais lo que me ahorra en la factura de la calefacción ese hechizo —dijo Lisa, que había salido de la cocina seguida de Collins. Él sostenía una bandeja con un bizcocho cortado.

—¿De propano o eléctrica? —dijo Esther.

Lisa parecía divertida.

—Eléctrica. ¿Por qué?

—Curiosidad profesional.

Esther se puso en pie.

—Tienes un libro —le dijo Nicholas a Lisa, porque no podía pensar en la forma correcta de hacer aquella pregunta.

—Tenemos un montón de libros —dijo Lisa, y le echó una mirada de soslayo a Collins—. Aunque no gracias a tu jefe.

—¿Su jefe? —empezó a preguntar Nicholas, pero Collins le dirigió una mirada brusca para silenciarlo.

—El bizcocho está buenísimo —dijo Collins, dejando la bandeja sobre una mesita baja de espejo—. Cómete un poco.

Sir Kiwi soltó un ladrido tan emocionado que casi pareció un aullido, y Nicholas vio a un pequeño gato blanco que entraba pavoneándose en la habitación, con la cola en alto y contoneándose a cada paso. Miró a Nicholas con aquellos ojos verdes y pestañeó, y después le soltó un bufido de advertencia a sir Kiwi cuando esta se acercó, enseñándole los colmillos afilados como agujas. Sir Kiwi inmediatamente rodó para ponerse patas arriba.

—¿Cuánto tiempo dura ese hechizo de calefacción? —preguntó Esther con la boca llena de bizcocho—. Quiero decir, ¿cuántos usos le sacas al hechizo?

—Eso es lo que lo hace genial —dijo Lisa—. Una vez que se activa en la roca, emite calor hasta que das por finalizado el hechizo. Así que simplemente lo mantenemos en el sótano dentro de un minifrigorífico sin enchufar durante el verano, y nunca lo desactivamos.

—Me encantaría echarle un vistazo a ese hechizo —dijo Nicholas, y se contuvo para no repetir las palabras de Esther: «curiosidad profesional».

Lisa le echó una mirada a Collins.

—Lo siento —dijo ella—, he prometido que no te llevaría escaleras arriba. Citando a Tansy: «No les hacemos tours a los traidores».

Collins arrugó la expresión un poco ante aquello, viniéndose un poco abajo.

—¿Quiénes sois? —dijo Esther—. ¿Tansy y tú?

Lisa no dejó de mirar a Collins.

—Supongo que aún tienes la manía de ocultarles cosas a tus amigos. —Entonces se volvió hacia Esther—. Hay mucha más gente aparte de Tansy y yo. Había hasta veintiocho miembros en nuestra última reunión.

—¿Miembros? —preguntó Nicholas.

Lisa asintió, pero no explicó nada más.

—Oye, sé que ya nos estás haciendo un favor —dijo Esther—, pero ¿no tendrás por casualidad un ordenador que pudiera usar? Necesito enviar un e-mail. —Lisa pareció dudar, así que Esther añadió—: Te prometo que no tiene nada que ver con… todo esto. Es personal. Puedes mirar mientras lo escribo si te sientes mejor así.

Lisa se encogió de hombros y fue a traer un maltrecho portátil recubierto de pegatinas políticas. Lo abrió y escribió su contraseña con las malgastadas teclas. Nicholas se fijó en que la pantalla necesitaba una buena limpieza. Abrió un navegador web y empujó el portátil al otro lado de la mesita baja en dirección a Esther, quien se inclinó sobre él e inició sesión en su correo electrónico, leyendo la pantalla con impaciencia. Encontró algo en la pantalla que hizo que soltara todo el aire que tenía dentro, como si la hubieran golpeado. Nicholas decidió que el pelo de gato era un sacrificio necesario para saciar su curiosidad, así que se sentó junto a ella en el sofá. El e-mail que Esther estaba leyendo estaba todo escrito en mayúsculas:

ESTHER, ¿ESTÁS DE COÑA CON ESTO? ¿DESAPARECES EN MITAD DE LA NOCHE Y ME DEJAS UNA CARTA TOTALMENTE INSUFICIENTE PROMETIÉNDOME QUE ME DARÁS «EXPLICACIONES»? ¿«ALGÚN DÍA»? NO QUIERO QUE ME DES EXPLICACIONES ALGÚN DÍA, QUIERO QUE VUELVAS AQUÍ, EN PERSONA, Y YA. ¿DÓNDE COÑO TE HAS METIDO? NI SIQUIERA SÉ POR DÓNDE EMPEZAR A EXPLICARTE LO ENFADADA QUE ESTOY, O LO DOLIDA, O LO PREOCUPADA QUE ESTOY POR TI. TENGO EL BRAZO ROTO, POR TODOS LOS SANTOS, ¿ES QUE NO TIENES CONSIDERACIÓN? ESE CHICO NUEVO, TREV, SE HA PERDIDO Y TODO EL MUNDO PIENSA QUE SE HA COLADO POR UN AGUJERO EN EL HIELO EN CUALQUIER PARTE Y SE HA MATADO. ¡¡¡¡¡¡¡¡¡ESTOY TAN ENFADADA CONTIGO!!!!!!!!!!

Esther alzó la mirada con las mejillas sonrojadas. Lisa y Nicholas estaban leyendo descaradamente sobre su hombro, cautivados.

—¿Qué? —exigió saber Collins—. Léelo en voz alta.

—Ni en sueños —dijo Esther.

—Es de la chica a la que dejó tirada en la Antártida —le dijo Nicholas.

—¿Joya? —preguntó Collins.

—Pearl —dijo Esther, y se encorvó aún más sobre el ordenador para esconder la pantalla mientras escribía su respuesta, pero Nicholas y Lisa se inclinaron a su lado—. Chicos... —les pidió Esther.

—Dijiste que podía mirar —señaló Lisa.

Nicholas no se molestó en inventarse una excusa, así que lo leyó en voz alta para Collins mientras Esther lo escribía:

Querida Pearl, me alegra muchísimo saber de ti, incluso aunque me hayas escrito el e-mail gritándome. No me he colado por ningún agujero en el hielo, estoy bien, excepto por lo mal que me siento por haberte dejado allí. No puedo volver ahora mismo, pero te prometo que pronto contactaré contigo y te lo explicaré. Hasta entonces, por favor intenta confiar en mí, te prometo que *tenía* que marcharme. Pienso en ti todo el rato, y te echo de menos de una forma en que no puedo describir en un ordenador público.

—No, por favor, descríbelo —dijo Collins.

—Sí, no nos importa —dijo Nicholas.

—Bueno —dijo Lisa, echándose hacia atrás—, vamos a darle un poco de privacidad a la chica.

Nicholas le dirigió una mirada dolida, pero se giró para que Esther pudiera acabar de escribir el correo en paz. Nunca había sentido nada tan apasionado por otra persona como para escribirle todo en mayúsculas como Pearl parecía sentir por Esther. Esperó que darse cuenta de aquello lo pusiera triste, pero de hecho lo que más sentía era curiosidad. Quizá si de verdad lograba librarse de la Biblioteca de una vez por todas, y si comenzaba a llevar una vida como él quería, algún día podría sentir algo que diera lugar a un e-mail todo en mayúsculas.

Esther cerró el portátil al mismo tiempo que se escuchaba una pequeña explosión amortiguada desde la entrada de la casa.

—Esa debe de ser Tans con el coche —dijo Lisa, y se puso en pie—. ¿Habéis tomado suficiente bizcocho?

Todos se encaminaron hacia el oscuro vestíbulo, y Nicholas le dirigió una última mirada curiosa al salón calentado por la magia. Nunca había visto un libro empleado de aquella manera, para algo tan puramente práctico en lugar de lujoso, y aquello encendió en su pecho una brasa que había estado inactiva durante una eternidad. Por primera vez en mucho tiempo tuvo la necesidad de escribir algo sin encargo, puramente por su interés en la magia, y por pensar en lo que podría hacer, en cómo la magia podría ser útil. Y en cómo él podría ser útil.

Fuera, apoyada sobre el capó de un coche rojo lleno de arañazos, había una mujer blanca alta y corpulenta, con el pelo recogido en dos trenzas plateadas tan gruesas como dos serpientes. Probablemente tenía más de sesenta años, y llevaba puesto un mono de lana a cuadros que parecía tan calentito que Nicholas ni siquiera pudo ofenderse por lo feo que era. Supuso que aquella sería Tansy. Tansy miró a Collins con frialdad mientras hacía tintinear las llaves que tenía en la mano. Nicholas vio que tenía tatuajes descoloridos en los dedos, y reconoció los cuatro palos del tarot: copas, bastos, espadas y el pentáculo.

—El hijo pródigo ha regresado —dijo Tansy, con la voz rasposa pero reverberante. Miró entonces directamente a Esther—. Hola. ¿Sabes conducir un coche manual?

Esther dio inmediatamente un paso hacia delante con los ojos brillantes y una sonrisa que le sacó los hoyuelos.

—Y tanto que sí —dijo ella.

—¡Ni hablar! —dijo Collins.

Tansy se volvió para mirarlo fijamente, haciendo girar sus trenzas.

—La última vez que te vi agarrar un embrague, se te caló el coche en medio de la autovía.

—¡Eso fue hace diez años!

—Fue hace dos.

—De todas formas, yo soy la única que sabe a dónde vamos —dijo Esther, y estiró la mano para que Tansy le soltara las llaves en la palma—. *Muchas* gracias.

—Recuérdame algo, ¿por qué le prestamos un coche? —le preguntó Tansy a Lisa, y siguió hablando antes de que Lisa pudiera responder—. Creía que a estas alturas podría comprarse cien coches.

—Sí, pues anda —dijo Collins.

—¿Piensas llamar a tu hermana?

Nicholas se echó hacia delante, interesado.

—Ahora mismo no puedo —dijo Collins—. Pero no le digáis que he venido, ¿vale? No es seguro.

Lisa, que se había puesto junto a Tansy, frunció el ceño.

—¿Deberíamos preocuparnos?

—Eso lo dejo a vuestra elección —dijo Collins.

—Ah —dijo Tansy—. ¿Quieres que hablemos de elecciones?

—Venga ya, por favor, solo quiero el coche.

—Vale, vale… —dijo Tansy—. Llévatelo, para ti. No lo necesitaremos por un tiempo, por razones obvias. —Entrecerró los ojos para mirar a Collins—. Igual que tú, está muy cerca de ser basura.

—¡Tansy! —le dijo Lisa.

—Ay —dijo Collins, pero le dedicó una sonrisa a Tansy, así que ella estiró la mano y le apretó el brazo. Fuera lo que fuere lo que pasara entre ellos, también había afecto allí, y a Nicholas lo asaltó el repentino pensamiento de que Tansy debía de ser, de alguna forma, la familia de Collins.

—Súbete —le dijo Collins a Nicholas, así que se enrolló la correa de sir Kiwi alrededor de la mano para que se acercara más.

—¿Ese pompón peludito va con vosotros? —preguntó Tansy.

Collins le puso la mano a Nicholas en el hombro cuando pasó a su lado.

—Sí que viene, sí.

—Ja, ja —dijo Nicholas, que estaba centrado en abrir el maletero. El mango parecía haberse oxidado y estar atascado. Por fin crujió y se alzó, así que comenzó a cargar las pocas bolsas que tenían, arrugando la nariz cuando vio la tela tan sucia del interior.

El coche en sí era más viejo que cualquier vehículo en el que Nicholas se hubiera subido jamás: los asientos eran de vinilo y de color beis; algunas costuras se habían abierto, revelando el relleno de aspecto repugnante, y las partes metálicas que rodeaban las ruedas estaban absolutamente oxidadas. Nicholas se sentó en el asiento trasero por costumbre, y ató el transportín de sir Kiwi junto a él. Después, soltó un premio en el interior para engatusarla a entrar.

Esther y Collins se ubicaron en los asientos delanteros. Lisa estaba inclinada sobre la ventana del asiento del conductor, y le estaba explicando a Esther lo que parecía una complicada situación con los faros delanteros. Collins estaba doblado sobre el asiento del pasajero de brazos cruzados, claramente insatisfecho ante aquella situación, y Nicholas tan solo se alegraba de estar allí atrás, donde no se requería que hiciera nada.

Se despidió de las dos mujeres con un gesto de la mano a través de la ventanilla y echó la cabeza hacia atrás. Los párpados se le cerraron casi de inmediato, ya que le pesaban. El coche arrancó con un gruñido, y sintió que se alejaban del bordillo, pero no podía abrir los ojos.

—¿Quiénes eran esas personas? —preguntó Esther.

—Lisa y Tansy —respondió Collins.

—Me caen bien.

—Por supuesto que te caen bien.

Las voces sonaban como si estuvieran muy lejos.

Y entonces, tras lo que parecieron unos segundos, Nicholas se incorporó. El coche se movía deprisa, y fuera los árboles pasaban por la ventanilla como un borrón, en lugar de edificios. Collins estaba arrodillado en el asiento del pasajero y vuelto de espaldas, inclinado sobre el centro para abrir el transportín de sir Kiwi. Se quedó congelado cuando vio que Nicholas abría los ojos.

—Me he quedado dormido —dijo Nicholas.

—Sí —dijo Collins—. Sir Kiwi estaba lloriqueando por estar atrapada en su caja de perro.

Nicholas le hizo un gesto para que volviera a sentarse, ya que podía ocuparse de sir Kiwi él mismo, así que la dejó salir para que explorara el asiento trasero. Se sentía mareado y como si no hubiera descansado.

—¿Cuánto tiempo he estado dormido?

Collins miró a Esther.

—Una media hora, quizá —dijo Esther—. No ha sido mucho. Vuelve a dormirte si quieres.

Sí que quería, pero en su lugar rebuscó en el bolsillo de su chaqueta y encontró las gotas para los ojos. Sentía el ojo prostético como si estuviera lleno de arena.

—¿Quiénes eran tus amigas? —le preguntó a Collins.

—Lisa y Tansy —dijo Collins de nuevo, tal y como le había dicho a Esther.

—Ah, que te den. ¿A qué se refería Lisa cuando dijo que no podían protegerte? ¿Cómo saben lo de los libros? ¿De qué miembros hablaba? ¿Por qué Tansy está tan enfadada contigo? ¿Saben lo de tu acuerdo de confidencialidad? ¿Por qué…?

—Mira, puedes seguir haciendo preguntas hasta que te aburras, pero no puedo hablar de ello —dijo Collins—. Literalmente. No *puedo*. Si quieres respuestas, tienes que cumplir con tu parte del trato.

Tenía que romper el acuerdo de confidencialidad. Nicholas se echó otra gota en el ojo, y resistió el deseo de restregarse.

—¿Este vehículo no tiene calefacción? Estoy helado.

—Está puesta —dijo Collins tras apoyar la mano en el conducto de ventilación.

Nicholas se metió las manos heladas y rígidas en las mangas e hizo que sir Kiwi se sentara sobre él, pero incluso la manta más pequeña habría sido más efectiva y no se habría retorcido sin parar.

—Yo tengo calor —dijo Esther.

—Nicholas es algo enfermizo —la informó Collins.

—Ah, venga ya —dijo Nicholas.

—¿Lo eres? —preguntó Esther, mirándolo por el espejo retrovisor.

—Tiene anemia —le dijo Collins—. Por razones obvias.

Esther no lo entendió enseguida, pero entonces dijo:

—Los libros. —Bajó las cejas y apretó los labios—. Cuantas más cosas me contáis sobre la Biblioteca esa —dijo ella—, más me confunde el hecho de que pensaras que la gente que la llevaba eran… No sé, ¿los buenos de la película?

—Nunca he dicho que pensara que fueran buenos —dijo Nicholas—. Es solo que nunca me lo planteé. Cuando creces, no te preguntas si tu familia es *buena*, ¿no? En especial si son lo único que conoces. Simplemente son tu familia.

—Y supongo que ser, no sé, asquerosamente rico ayudó a maquillar las cosas. —Nicholas sintió un arrebato de irritación. Esther, que estaba mirando la carretera, debió de percibir su reacción de algún modo, porque enseguida añadió—: No me estoy burlando de ti por ser rico. Claramente eso es cosa de Collins, no me atrevería a quitarle el puesto.

—Gracias —dijo Collins.

—Solo quería decir —dijo Esther— que cuando las cosas son bonitas y cómodas en apariencia, puede ser más difícil ver el lado malo que hay bajo eso.

—No todo era malo —dijo Nicholas, aunque no estaba seguro de por qué sentía la necesidad de protestar. Estaba de lejos demasiado cansado para tener esta conversación—. Mi tío heredó toda la Biblioteca, heredó el legado de nuestra familia. Es mucha responsabilidad. Yo debería saberlo, ya que soy el siguiente.

—Es una responsabilidad ficticia —dijo Esther—. Tu familia se echó encima esa responsabilidad a propósito, tal y como lo hizo mi familia. Cuando dices «responsabilidad», lo que yo escucho es «poder».

—Bueno, ¿no son acaso lo mismo?

—¡No! Y, además, no sé cómo puedes defender al hombre del cual me has contado que fingió un secuestro y cometió un acto real de violencia contra ti para que te mantuvieras leal a él.

Nicholas agarró el pelaje de sir Kiwi con fuerza.

—No estoy defendiéndolo —dijo.

—Déjalo en paz —dijo Collins—. Se enteró de lo del ojo hace… ¿cuánto? ¿Setenta y dos horas? Le va a llevar un tiempo.

—¿El qué me llevará un tiempo? —exigió saber Nicholas—. Me he ido, ¿no? ¿No merezco algún puto reconocimiento por ello?

—Sí —dijo Collins.

El coche quedó de pronto en silencio, y el fuerte resuello del motor y el silbido de las ruedas contra el asfalto eran lo único que se escuchaba. Nicholas se encorvó y miró el borrón verde de los árboles que pasaban, y las constantes hileras de coches que hacían cola en las salidas.

—¿Qué hay de tu familia? —le dijo entonces a Esther.

—¿Qué pasa con ellos?

—¿Saben que vamos para allá?

—No —dijo Esther—. Joanna no tiene teléfono. Y Cecily, mi madre… Bueno, madrastra. Quiero dejarla al margen de esto por ahora.

—Así que simplemente te vas a presentar allí después de no se cuántos años y... ¡bam! ¿Sin avisar? —preguntó Collins.

—Cuanta menos gente conozca nuestros planes, mejor —dijo Esther—. Aún no estoy convencida de que vuestra amiga Maram no quiera meternos a todos en un mismo sitio para asesinarnos. Especialmente si tienes razón y soy... lo que sea que creas que soy.

—Lo eres —dijo Nicholas por millonésima vez.

Le frustraban sus dudas. Tenían dos argumentos indiscutibles: su total invulnerabilidad a la magia, y el hecho de que las órdenes de su padre de mudarse cada año coincidieran exactamente con la activación anual del hechizo de Richard para buscar Escribas.

Y luego estaba el hecho de que Richard le había dicho a Nicholas toda su vida, una vez tras otra, que él era el último de su especie.

Hace tan solo unos días, la insistencia de Richard puede que hubiera sido la prueba de lo contrario, pero, a pesar de lo que Esther dijera sobre su lealtad, Nicholas estaba empezando a aceptar que casi todo lo que había sabido sobre sí mismo había sido mentira. Así que le parecía lógico que aquella mentira, sobre la cual se había formado su identidad, fuera también falsa.

—Lo pondremos a prueba en cuanto lleguemos a la casa —dijo él—. ¿Crees que serás capaz de conseguir algo de endrino?

—No tengo ni idea —dijo Esther—, porque no tengo ni idea de lo que es eso.

—Es un árbol —dijo Nicholas—. Las bayas, ramas o semillas servirán, pero puede ser difícil de encontrar, quizá tengamos que llamar a una tienda especializada para conseguir algunas semillas, o... —dejó de hablar, porque vio que Esther sonreía mientras lo miraba por el espejo retrovisor.

—Nicholas —le dijo ella—, si lo que quieres son hierbas, creo que no te he descrito a mi hermana lo suficientemente bien. Ella es una tienda especializada en sí misma.

—¿Qué hace el endrino? —preguntó Collins, girándose en su asiento para mirar a Nicholas con una expresión cautelosa pero esperanzada en el rostro.

—Muchas cosas —dijo Nicholas—, pero en esta situación en particular nos ayudará a romper tu acuerdo de confidencialidad. Un hechizo que nuestra Esther va a escribir.

—Ah, genial —dijo Collins—. Me pones en manos de una aficionada.

A Collins le aparecieron arrugas de preocupación alrededor de los ojos.

Esther, por su parte, guardó silencio, como había hecho acerca de aquel tema desde que Nicholas había establecido la conexión en el avión de Nueva Zelanda. Podía sentir su incredulidad saliendo de ella en oleadas, pero bajo todo eso había algo más. Algo tenso y resentido que no tenía ningún sentido para él. ¿No debería de haber estado encantada de descubrir que lo que ella siempre había creído que era una debilidad fuera, de hecho, la mayor forma de poder?

Nicholas pensó que, si alguien tenía que estar infeliz, era él. Había una pequeña y pueril parte de su interior que no le gustaba creer que, después de todo, no era especial. Único. El único de su especie.

Pero cuando eres el único de tu especie, eso significa que estás solo.

Nicholas había estado solo toda su vida. Los últimos días, que ahora eran un borrón, habían sido espantosos: su vida entera se había puesto patas arriba, revelaciones horribles que ni siquiera había empezado a procesar, y no era *enfermizo*, Collins, pero no podía negar que se sentía como si alguien lo hubiera estrujado y tirado. Y, sin embargo, a pesar de todo aquello, estaba más emocionado de lo que había estado en años. Casi de forma vertiginosa. Y vale, había perdido mucha sangre y sufrido varias conmociones, y casi no había dormido, así que quizá sus sentimientos no fueran del todo racionales... Pero aun así...

Al ayudarle a escapar, Maram había probado de una vez por todas que sí que se preocupaba por él; Collins y él, posiblemente, estaban haciéndose amigos; Esther y él quizá se estaban haciendo amigos también; sir Kiwi estaba a salvo; y él no estaba solo.

—Oye, ¿Nicholas? —le dijo Collins por el espejo.

—¿Sí, Collins?

—Es jodidamente espeluznante cuando te pones a sonreír así tú solo.

Nicholas sonrió aún más. Esther tomó entonces una salida a demasiada velocidad. Collins se agarró contra la ventana.

23

Joanna estaba junto al mostrador de la cocina, intentando abrir un bote de tomates bien cerrado, cuando escuchó un motor. Se quedó congelada con el tarro en la mano, el cuchillo de untar puesto bajo la tapa para tratar de alzar el metal plano, y aguzó el oído. Allí estaba: un traqueteo que sonaba mucho más cercano que los zumbidos ocasionales de las camionetas que pasaban, y que podía escuchar en invierno cuando los árboles de hoja caduca soltaban sus hojas amortiguadoras, y los sonidos de la carretera del condado conseguían llegar hasta la casa.

Dejó el bote de tomate sobre el mostrador.

Seguramente sería un truco del viento, un sonido al que, de alguna forma, había arrastrado de la carretera lejana. Sus sentidos tiraron de sus correas, verificando lo que un perro podría haber sentido sin mover siquiera una oreja. Pero, en lugar de pasar y desvanecerse hasta desaparecer, el sonido se hizo más y más fuerte. Era un motor, un coche, y uno ruidoso, además, y estaba recorriendo su carretera.

Pero eso no era posible. Dio un paso y se frenó, dio otro y paró. Le latía de repente el corazón tan rápido que se quedó sin aliento. No sabía qué hacer. Eran más de las siete, y acababa de subir después de haber instalado las protecciones. Había sentido el hormigueo y el silbido de estas cuando se asentaron, así que aquel sonido de un coche acercándose... *no era posible*.

En unos segundos las palmas de las manos comenzaron a sudarle, así que se las limpió contra los vaqueros. Había un rifle de caza al fondo del armario del vestíbulo, por lo que se movió con rapidez para ir a buscarlo. Aun así, mientras sacaba las balas de una caja ablandada por los años y las metía en el cañón, retrocedió ante la idea de dispararle realmente a alguien. ¿Cuánto tiempo tenía para hacerse a la idea? ¿Un minuto? ¿Menos?

El vehículo estaba acercándose.

Joanna fue hasta la puerta y apagó la luz del pasillo. Desde aquel ángulo podía ver la carretera oscurecida a través de la pequeña ventana de cuatro hojas, pero no podrían verla a ella. El rifle se le resbalaba entre las manos sudadas, y podía escuchar su propia respiración jadeante. Entrar en pánico no iba a ayudarla. Se obligó a sí misma a adoptar una postura calmada, relajó los hombros, la mandíbula, y trató de obligar a su cuerpo a engañar a su mente. Pero mientras aún estaba en ello, los faros del coche se vieron entre las finas ramas, y otra oleada de adrenalina hizo que volviera a tensar todos los músculos que había conseguido relajar. El coche rodeó la curva de la carretera y pudo verlo por completo.

Joanna se inclinó hacia delante, desesperada por captar a los pasajeros a través del parabrisas delantero, pero ya se había puesto el sol, así que estaba demasiado oscuro para ver nada hasta que el coche se paró junto a su camioneta, y la luz del porche iluminó a las dos figuras que había en los asientos delanteros. Uno de ellos era grande y cuadrado, la otra era pequeña y con un montón de pelo oscuro. Eso fue lo único que Joanna pudo ver al principio. El pasajero grande atrajo toda su atención, pero mientras estaba mirando con miedo aquellos hombros anchos, una parte de ella trataba de forma lenta de buscarle sentido al otro pasajero. La silueta hizo que se le hiciera un nudo en lo más profundo de su ser, y de repente tuvo un ataque de vértigo. Su cuerpo reconoció al conductor incluso antes que su cerebro.

Y entonces, su cerebro también lo entendió.

La conductora se giró hacia la luz, y Joanna vio clara e increíblemente que era su hermana.

Cada parte de la conciencia de Joanna registró el rostro de Esther a la vez. Era como si una luz hubiera explotado en el interior de su cabeza: le pitaban los oídos y el corazón le iba a mil. Esther. Esther estaba *aquí*, en la entrada de su casa. Cerró los ojos con fuerza y los abrió de nuevo. Esther no desapareció. Esther apagó el motor del coche.

Joanna no podía moverse, apenas podía respirar, y cuando el rifle se le resbaló de entre los dedos y golpeó la tarima con un golpe seco, saltó visiblemente. Lo recogió de nuevo con las manos temblando. Observó cómo su hermana (su hermana, aquí, en casa) se pasaba las manos por el pelo y le decía algo a la persona que estaba junto a ella. Después, se bajó del asiento delantero del coche y cerró la puerta con un golpe tan fuerte, tan real, que reverberó a través del cuerpo de Joanna como si de un tiro se tratase.

Se balanceó lejos de la puerta y se puso la mano libre contra el pecho mientras con la otra aún sostenía el arma. ¿Cuántas veces había soñado con esto? Con su hermana, volviendo a casa. Y, sin embargo, lo único que podía hacer era observar a través de la ventana como si se tratase de la pantalla de una televisión, como si lo que fuera que hubiera al otro lado no pudiera pasar a este, a su vida.

Esther ya estaba fuera del coche, de pie junto al capó. Le echó un vistazo a la casa, aunque Joanna no podía interpretar su expresión en la oscuridad. Pero sí que estaba mayor, más adulta. A su espalda se bajó del asiento trasero una tercera persona que Joanna no había visto, así como una pequeña bola de pelo. Pero Joanna no podía apartar la mirada de su hermana.

Esther respiró tan hondo que la forma en que el pecho le subió y le bajó fue visible. Después se giró y fue hasta el lado del pasajero. Abrió la puerta y se inclinó para tirar de la otra persona hasta ponerla recta. Los otros dos parecían ser hombres, y, aunque el más grande era muchísimo más alto que Esther, y muchísimo más ancho, se colgó de su hombro como si fuera a caerse sin ese apoyo. Lo cual, gracias a las protecciones, probablemente fuera cierto.

De forma imposible, sin embargo, al pasajero del asiento trasero parecían no afectarle. Andaba de un lugar a otro del jardín delantero, con la cara inclinada hacia el cielo en lugar de hacia la casa, y no parecía mareado ni confundido en absoluto.

Había quizás una distancia de unos tres troncos de árbol hasta la casa, y escuchó sus voces, aunque no podía entender lo que decían. El hombre que andaba de un lugar a otro llegó al límite de los árboles, y Esther lo llamó de forma sonora, haciéndole un gesto para que volviese. Incluso sin saber qué había dicho, la voz de su hermana golpeó a Joanna como si fuese un martillo contra un cristal. Aquella voz era la misma. Sonaba a la niñez de Joanna, iluminada por el sol, a salvo, y desaparecida.

Tanto Esther como el otro hombre se pusieron a cada lado del hombre grande, sosteniendo todo su peso. Fueron hacia el porche y hacia la luz amarillenta. Llegaron a los escalones del porche. Si uno de ellos alzaba la mirada en ese momento, vería el pálido rostro de Joanna que los miraba fijamente a través del cristal, pero ambos estaban ocupados con su compañero, tratando de que doblara las piernas para ascender por las escaleras. Consiguieron hacer que subiera el primer escalón, y después el segundo. Les quedaban dos.

No había suficiente tiempo para que Joanna recogiese todos los trocitos de su interior que se habían roto al escuchar la voz de su hermana.

Así que se enderezó, cuadró los hombros, y asumió una postura de control. Esta era su casa. Encendió la luz del vestíbulo de nuevo, y abrió la puerta.

Esther estaba justo allí.

Se miraron. Joanna sabía cuán abiertos tenía los ojos en ese momento, y no podía controlarlo. Esther esbozó una sonrisa reflexiva, tan familiar. Durante un momento parecía exactamente ella misma, tal y como el recuerdo que tenía Joanna de ella, animada, agradable de una forma que parecía vívida y enérgica, pero entonces Joanna comenzó a catalogar los cambios. Tenía la cara aún redonda, pero más delgada, y con la barbilla más afilada. Los hoyuelos de los Kalotay eran todavía más profundos, y había ligeras arrugas en la frente que se profundizaron cuando alzó las cejas; una expresión tan reconocible que Joanna casi podía sentirla en su propio rostro.

—Hola, Jo —dijo Esther. Meneó la mano con la que no sostenía a su acompañante—. Sorpresa.

Joanna había querido que Esther volviera desde el momento en que se fue. Se había imaginado aquella escena exacta tantísimas veces a lo largo de los años, se había imaginado abrazando a su hermana mayor, se había imaginado llorando contra su pelo, ambas hablando al mismo tiempo y lanzándose preguntas y respuestas, había imaginado las acusaciones, disculpas y reconciliaciones. Pero ahora Esther estaba allí, y Joanna no podía hacer ninguna de esas cosas.

Estaba tan feliz de verla...

Y tan enfadada.

Hasta ese momento no había sido consciente de lo enfadada que estaba... En realidad, furiosa. Furiosa porque Esther se hubiera marchado sin mirar atrás, que hubiera abandonado al parecer toda pizca de amor entre ellas, no hubiera vuelto ni siquiera para el funeral de Abe, de que hubiera abandonado a Joanna allí para pudrirse y morirse en aquella casa podrida y moribunda. Estaba tan enfadada que no podía hablar.

El silencio lo rompió el grandullón, quien dejó escapar un quejido inarticulado.

—¿Podemos pasar? —preguntó Esther, y miró el rifle que aún sostenía Joanna—. Están de nuestro lado, lo prometo.

Joanna se aclaró la garganta.

—Y ¿qué lado es ese?

—Tengo un montón de cosas que contarte —dijo Esther.

—¿Unos diez años de cosas?

—Sí... pero no, específicamente unas setenta y dos horas de cosas.

—Mira al pobre Collins —dijo el pasajero del asiento trasero, y Joanna se sobresaltó al escuchar el acento británico.

Al grandullón (¿Collins?) le daba vueltas la cabeza, tenía la mandíbula sin fuerza y gemía de forma patética. *Era* una imagen patética, pero Joanna se distrajo cuando sintió dos pequeñas patas contra su espinilla, así que bajó la mirada y encontró a un perrito dando saltos hacia ella, con los ojillos brillantes y el hocico húmedo. Era tan descaradamente adorable que parecía de mentira.

—Para, sir Kiwi —dijo el inglés—. O esta señorita tan amable podría dispararte.

—¿Quién es esta gente? —le preguntó a su hermana. Había pretendido que sonara firme, pero sus palabras sonaron lastimeras—. ¿Por qué las protecciones funcionan con su amigo, pero no con él?

—Me llamo Nicholas —dijo el autodeclarado Nicholas, y alargó la mano con tanta confianza que Joanna la estrechó incluso antes de tomar la decisión. Tenía los dedos fríos, un agarrón firme, y una sonrisa convincente en medio de un rostro bien parecido y ligeramente travieso—. En cuanto a tu otra pregunta, esa es una respuesta más larga.

Joanna recuperó la mano. Miró de nuevo a su hermana, esperando, pero a Collins le fallaron las rodillas y comenzó a tener arcadas, así que se apresuraron a bajarlo hasta ponerlo a cuatro patas sobre el porche.

Nicholas miró a Joanna con total impaciencia. Se dio cuenta entonces de que el chico parecía estar muy cansado: tenía ojeras, los labios demacrados y las mejillas amarillentas debajo de una incipiente barba rojiza.

—No puedo leer magia ni hacer hechizos —dijo Nicholas. Su preocupación por Collins pareció volverlo más dispuesto que Esther a responder las preguntas de Joanna de forma breve—. Y tampoco funcionan conmigo, y eso incluye tus protecciones. Pero Collins, obviamente, no tiene tanta suerte.

Su explicación la dejó pasmada. Siempre había pensado que Esther era única en su habilidad para que la magia no pudiera tocarla.

—¿Es como tú? —le preguntó a su hermana. Esther se encogió de hombros y apartó la mirada. Fue Nicholas el que respondió.

—Más de lo que crees —dijo él—. Lo cual te explicaremos enseguida, pero Collins no tiene demasiadas neuronas de sobra, así que, por favor, ¿podrías dejarle entrar antes de que perdiera demasiadas?

No parecía haber ninguna razón para seguir reivindicando ninguna apariencia de poder, así que Joanna comenzó a hacerse a un lado, pero paró. Sí que tenía, después de todo, algo con lo que negociar.

—Puede entrar con una condición —dijo, girándose hacia su hermana y tratando de que no le temblara la voz—. Tienes que echarle un vistazo al libro que mató a papá.

Esther tragó saliva.

—Lo haré —dijo ella—. O lo hará Nicholas, él es el experto.

—No dijiste nada sobre un libro asesino —dijo Nicholas, y parecía alarmado. Pero entonces, añadió—: Le echaré un vistazo a lo que quieras, pero déjanos pasar.

Joanna se apartó y vio cómo Esther y Nicholas alzaban y arrastraban a su amigo. Observó mientras unos extraños entraban en su casa por primera vez en toda su vida.

—¡Sir Kiwi! —llamó Nicholas por encima de su hombro, y el perrito se coló entre las piernas de Joanna para seguirlos al interior. Ella cerró la puerta y se giró.

Collins estaba inclinado de forma pesada contra la pared y parecía ligeramente enfermo, aunque lúcido. Con la mirada ahora centrada y la cabeza alzada, Joanna vio algo que se le había escapado pero que no podía ignorar ahora, incluso en su estado: el hombre era, para alarma e interés de Joanna, muy atractivo.

—Jesús —dijo él—. Eso ha sido igual de horrible que las protecciones de la Biblioteca.

—Al menos esta vez no hemos tenido que ir muy lejos —dijo Nicholas.

Solo aquella corta conversación sirvió para que Joanna tuviera mil preguntas más. Collins había dicho «protecciones», de forma tan casual como si hubiera dicho «camioneta» o «bocadillo». Podía sentir la mirada de Esther clavada en ella, pero era demasiado volver a mirar a su hermana a los ojos, así que les habló en su lugar a los hombres, ayudándose del único guion que conocía para este tipo de situaciones: el de anfitriona de Cecily.

—¿Tenéis hambre?

—Estoy muerto de hambre —dijo Collins tan alto que interrumpió las respuestas de Nicholas y de Esther.

—Estaba a punto de hacer chili con carne —dijo ella—. Os cambio una cena por una explicación.

—Depende —dijo Esther—. ¿Le vas a echar al chili mantequilla de cacahuete?

Aquella vez, Joanna sí que la miró. En una ocasión, cuando tenía doce años, había hecho chili con mantequilla de cacahuete, un experimento culinario que Abe y ella habían disfrutado, y que Cecily y Esther habían considerado blasfemo. La mirada de Esther era brillante y resuelta. Le estaba diciendo: «Aún te conozco».

—Me encanta el chili —dijo Collins.

—Venid a la cocina —dijo Joanna.

Incluso cuando les dio la espalda, sentía la presencia de Esther, y cómo observaba la casa. Se preguntó lo que le estaría pasando por la cabeza después de tanto tiempo. Al igual que le había ocurrido con Cecily, no pudo evitar mirar la casa con otros ojos para verla a través de los de su hermana: todo parecía incluso más sucio y deteriorado de lo normal. La alfombra del vestíbulo, que una vez había tenido un color intenso, ahora estaba raída y descolorida. Las tiras de moldura estaban blandas por el polvo y la cocina estaba ladeada sobre el torcido centro de linóleo.

—Me encanta el estilo retro —dijo Nicholas—. ¡Mira este frigorífico-aguacate!

Joanna le echó un vistazo sin saber si se estaba burlando de ella o no, pero parecía sinceramente entusiasmado; tocó con una uña una de sus sartenes de cobre y asintió con aprobación. La perra, sir Kiwi, al parecer estaba muy ocupada oliendo cada rincón, y sus diminutas uñas hacían un ruidito mientras iba de un lado a otro.

—Está exactamente igual —dijo Esther—. Es como caminar por un recuerdo.

Abrió la panera, que no tenía nada de pan sino la colección de Abe de salsas picantes ácidas, tal y como habían estado desde que eran niñas, algunas ya oscurecidas por los años. Se quedó allí quieta, mirando las botellas rojas con una mano sobre la garganta. Joanna tuvo que darse la vuelta antes de que el dolor la envolviera por completo.

Los dos hombres se pusieron cómodos sentados a la mesa de la cocina, y aquello tuvo un extraño efecto transformativo en la habitación: tener extraños en un espacio en el que solamente había estado la familia. La cocina parecía más pequeña pero más animada a la vez.

—¿Agua? —preguntó Joanna—. ¿Cerveza?

—Creo que un café —dijo Esther—. Han sido unos días muy largos.

—Para él, no —dijo Collins, y se volvió hacia Nicholas—. Ya te has tomado uno antes.

—Creo que dejamos esa regla en la Biblioteca, ¿no te parece?

—Esa no es una regla de la Biblioteca, es una regla médica —dijo Collins.

—Bueno, no es que me haya traído nada de té de ortiga…

—Yo tengo ortiga —dijo Joanna.

—Os lo dije —les comentó Esther a los otros.

Los tres parecían estar siguiendo hilos de conversación anteriores que no habían incluido a Joanna. Se centró en la cafetera mientras ellos charlaban, y tiró los restos ya amargos del café de la mañana. Sentía tantas cosas en ese momento que era casi como si no sintiera nada. Sin embargo, había una palabra que no dejaba de repetirse y que destacaba para ella.

—¿Qué es la Biblioteca? —preguntó.

Aquello hizo que el grupo que había sentado a la mesa se quedara en silencio. Fue a girarse para mirarlos, pero se lo pensó mejor, ya que sus nervios no soportarían también tener tres pares de ojos pendientes de ella, así que se centró de nuevo en el tarro de tomate que había abandonado antes, tratando otra vez de abrir la tapa.

—Es tan buen punto de inicio como cualquier otro —dijo Esther.

—La Biblioteca —dijo Nicholas— es una organización dedicada a la colección y conservación de manuscritos raros y poderosos de todo el mundo. —Sonaba como un locutor de la BBC—. Tenemos colaboraciones con instituciones respetadas como el Museo Británico, la Biblioteca Ambrosiana, Oxford, Cambridge, las universidades americanas de la Ivy League, y también prestamos servicios creativos a individuos privados.

Collins dejó escapar un resoplido. El bote que tenía en las manos por fin se soltó con un *pop*, y el rico y ácido olor de los tomates llenó el aire; una brisa de otra estación.

—Con «manuscritos raros» —dijo Joanna—, ¿te refieres a...?

Nunca había hablado de libros con nadie fuera de su familia más cercana, así que no podía terminar la frase.

—Sí —dijo Nicholas—. Es una organización familiar, crecí allí. Igual que tú creciste aquí, según tengo entendido.

—¿Cuántos libros tiene la Biblioteca? —preguntó ella.

—Ah —dijo Nicholas—. ¿Unos diez mil más o menos?

Se giró para mirarlo.

—¿Diez *mil*?

—La Biblioteca lleva operando siglos y siglos —dijo él—. Un pariente lejano empezó a coleccionar como aficionado a principios del siglo xvii, y más recientemente, mi tatarabuelo comenzó a prestarlos, a construir conexiones y capital: él fue quien ofreció los primeros encargos.

Joanna se dio cuenta de que estaba boquiabierta, así que cerró la boca lentamente. Coleccionar a *nivel de aficionado*… ¿era eso lo que Abe y ella habían estado haciendo? Cuando pensaba en ello, siempre había asumido que su propia colección era una de las más grandes, si no la que más. ¿Por qué, si no, alguien los habría perseguido y matado a Isabel?

—Entonces realmente eres un experto —dijo ella, tragándose su orgullo—. Bien. Os dije que os dejaría entrar si le echabais un vistazo al libro de mi padre. ¿Lo harás?

—Lo verá mañana —dijo Esther—. Hay muchas más cosas que tenemos que contarte ahora.

Joanna estaba tan impactada al ver de nuevo a su hermana allí sentada, en la mesa de la cocina, tan guapa y adulta, y aun así tan lejana…

—Pero hemos hecho un trato —dijo ella.

—Jo —dijo Esther—. Nicholas no solo colecciona libros.

—Técnicamente yo ni siquiera los colecciono, para empezar —dijo él—. Maram tiene su pequeño ejército de empleados que recorren el terreno para eso.

—Él escribe los libros —dijo Esther.

Joanna sostenía media cebolla en la mano izquierda, la cual aún tenía vendada. El corte bajo la venda estaba curando bien, pero la tinta inútil y sin magia estaba en el frigorífico, en un ramequín, oscurecida con sangre y ceniza.

—¿Qué quieres decir? —preguntó ella.

—Sir Kiwi —le dijo de pronto Nicholas a la perra, que estaba enzarzada en el experimento de escarbar la esquina de una baldosa que se estaba despegando—. Deja eso. —Se giró de nuevo hacia Joanna y le dijo—: Ya. Esther ha mencionado que era una duda que tenías, sobre cómo se escriben los libros. Bueno… —Extendió los brazos, y torció la boca de una forma resentida y autocrítica—. Así es como se escriben. Yo siempre nos he conocido como Escribas, con «E» mayúscula, aunque eso probablemente sea algo dramático de la Biblioteca, no lo sé.

La cafetera emitió un borboteo de advertencia, indicando que había acabado de hacerse el café, así que Joanna se ocupó de ella de forma entumecida. Trataba de entender lo que Nicholas acababa de decir, de una forma que tuviese sentido. Aquel pijo y extraño joven con su perro de diseño no casaba con la idea que tenía ella de la gente que había creado los libros que ella había pasado toda la vida estudiando y protegiendo. En todas sus ensoñaciones y meditaciones, se había imaginado a mujeres. Mujeres mayores y sabias, brujas. Aquellos rostros amables y arrugados habían llenado su subconsciente durante tanto tiempo que ni siquiera sabía que estaban allí hasta ahora, que tenía que reemplazarlos con aquella otra cara: joven, de varón, y sin una arruga.

—¿Cómo lo haces? —dijo ella. Una pregunta que también era una prueba. No estaba del todo convencida de que estuviese diciendo la verdad.

—Con mi sangre —dijo él—. Y con hierbas, un ritual, y en ocasiones con las fases de la luna.

Joanna había intentado ya todo aquello.

—Pero la sangre es la parte más importante —dijo Nicholas—. Más específicamente, la mía. Podría escribir un libro sin hierbas, sin una ceremonia ni la luna, y aun así tendría un efecto, aunque más débil. Mientras que alguien como tú podría desangrarse hasta morir, quemar diez mil velas bajo un eclipse total de luna, y acabar con tan solo un montón de papeles.

Nicholas probablemente no había pretendido que aquello doliese, pero aun así lo hizo. De repente el corte de su mano le pareció una necedad, una mofa a todos sus intentos de los últimos años.

—¿Y tú? —le preguntó a Collins, cuya mirada (con aquellos ojos *tan* azules) estaba puesta en ella—. ¿Tú también eres uno de esos… Escribas?

Collins le echó un vistazo a Esther y negó con la cabeza.

—No —dijo él—. Yo soy como tú.

Volvió a mirar a Nicholas.

—¿Y qué hace que tu sangre sea diferente?

—No lo sé —confesó Nicholas—. ¿Qué hace que tú puedas escuchar magia y otra gente no pueda?

A Joanna le dio un vuelco el corazón. Miró a Esther, quien probablemente vio la expresión traicionada en su cara, porque apartó la mirada. Su hermana les había contado a aquellos hombres un secreto que Joanna se había pasado toda su vida guardando.

—Yo no puedo escuchar nada —siguió Nicholas—. Ni tampoco siento nada ni puedo hacer nada. Es por lo que las protecciones no nos afectan. —Señaló con un gesto a Esther, quien de pronto tenía una expresión muy calmada—. Ni tampoco la magia. Los Escribas no pueden hacer magia, tan solo escribirla.

Nicholas había dicho «nos». Joanna miró fijamente a su hermana.

—Nicholas tiene una teoría —dijo Esther, moviendo la mano como para quitarle importancia.

—Una teoría que comprobaremos muy pronto —dijo Nicholas—. Vas a romper el acuerdo de confidencialidad de Collins.

—Cuéntale a Jo lo de los acuerdos de confidencialidad —dijo Esther, como si quisiera cambiar de tema lo más pronto posible.

—¿Qué quiere decir? —le preguntó Joanna a Esther, pero respondió a su propia pregunta—. Está diciendo que puedes escribir magia.

—Quizá —dijo Esther.

Pero Joanna supo enseguida que era cierto. Lo supo, igual que sabía que la luna saldría noche tras noche, tanto si podía verla como si no. Joanna puede que fuera capaz de escuchar los libros, pero Esther era mágica de verdad: siempre lo había sido.

Qué equivocada había estado Joanna, acerca de todo.

24

—Aquí tienes —dijo Joanna, dándole una manta doblada a Esther, y añadió una almohada—. Dime si necesitas algo más.

—Gracias —dijo Esther, que se sentía algo incómoda y extrañamente formal.

Su hermana y ella estaban en el salón, donde Nicholas casi se había desmayado en el sofá y Collins estaba embutido en el sillón de cuero reclinable, tratando (y fallando) de mantenerse despierto. Eran ya más de las dos de la mañana cuando Nicholas había cabeceado mientras estaban sentados a la mesa y había roto la taza de café, y Esther tuvo que admitir que no le faltaba mucho para hacer lo mismo. Estaba en un punto de cansancio en el que nada parecía real, como si ya estuviese soñando. O quizás fuera el estar de vuelta en aquella casa lo que hacía que todo pareciese irreal y vertiginoso. Quizá fuera mirar a su hermana pequeña y ver a una mujer ya crecida.

Joanna había preparado la cena mientras sus tres invitados conseguían darle una explicación completa, de principio a fin, de qué los había traído allí, y después ella los puso al corriente de lo que le había pasado en los últimos días. Esther se había quedado helada cuando escuchó que Cecily había usado magia de espejos; era demasiado parecido a lo que ella misma había vivido. Había experimentado una chispa de esperanza de que quizás había sido su madre la que había estado tras el cristal todo ese tiempo, su madre la que había orquestado todo para traer a su hija allí a salvo, pero Joanna le dijo que lo que Cecily había metido a través del espejo no era un pasaporte. Era la postal de Esther, y una nota tan inexplicable como la propia Joanna.

Esther recordaba a su hermana como una adolescente callada, complicada y maravillosamente extraña, y aunque al crecer seguía siendo callada, complicada y una joven maravillosamente extraña, no era exactamente un desarrollo lineal. De niña había sido incapaz de esconder sus sentimientos, o de fingir que sentía algo que no era cierto, pero eso había sido encantador en su niñez. Una vulnerabilidad acogedora, pero que, de adulta, era desconcertante. Desconcertante, aunque no inquietante. De hecho, era lo contrario. El rostro de su hermana se movía y podía leerse como el rostro de alguien que no estaba acostumbrado a imaginarse que otra gente estaba mirándolo, y como resultado, era extrañamente difícil apartar la mirada. La torpeza dulce de Joanna se había transformado en una especie de carisma cautivador. No estaba segura de que la propia Joanna fuera consciente de ese cambio, aunque al menos, Collins sí que parecía haberse fijado. Esther lo había pescado observando a Joanna a hurtadillas de forma interesada desde que habían llegado.

En el rostro tan legible de su hermana, Esther vio dos cosas claras en relación a su repentina aparición: Joanna estaba absolutamente emocionada, y también estaba absolutamente furiosa.

Esther aún no había examinado al completo sus propios sentimientos, ya que eran tan considerables que le preocupaba que se la comieran viva si dejaba que abrieran la boca para hablar.

Ahora Joanna la guiaba de forma educada escaleras arriba en el hogar de su propia infancia, como si fuese una invitada en un hostal. Esther pensó que quizás empezaría a gritar por lo raro que era todo. De hecho, en ese momento pensó que era un testimonio de cuán extraña se había vuelto su vida en los últimos días, que le parecía que la educación de su hermana pequeña era incluso más rara que el hecho de que al día siguiente supuestamente iba a sangrar sobre un caldero y a avergonzarse a sí misma tratando de escribir un hechizo.

Había pelusas en los escalones, la alfombra estaba desgastada, y el piso superior tenía un aire vacío y con eco que le provocó un nudo en la garganta. Recordaba haber corrido a través de aquel pasillo, escaleras arriba y abajo, salido y entrado de las habitaciones, haberse reído y escondido en el armario de sus padres para saltar y dejar que fingieran que los había asustado. Recordaba haber pasado de puntillas junto a aquellas puertas para escabullirse y encontrarse con... ¿cómo se llamaba? El chico que había conocido en la feria del condado, Harry algo. Recordaba haber tocado a la puerta del baño con fuerza para que Joanna se diera prisa. Recordaba *haber vivido* allí.

—No puedes dormir en tu antigua habitación —dijo Joanna—. No mientras esté ahí el espejo.

—Pero no es peligroso, ¿no? Dijiste que las protecciones no dejarán que nadie pase nada a través, o vea nada a este lado.

—Así es —dijo Joanna—. Pero, aun así, es extraño. Puedes quedarte con mi cama, voy a poner un futón en el comedor y dormir abajo para vigilar las cosas por ahí.

—Quieres decir vigilar a Nicholas y a Collins.

—Sí.

—¿Podría...? ¿Te importa si le echo un vistazo?

—No, adelante. La luz del techo está fundida —añadió, y Esther abrió la puerta.

—Es una suerte entonces que tengas a una electricista en la casa —dijo Esther, pero Joanna ya estaba retirándose escaleras abajo.

Esther encendió la lámpara de la mesita de noche.

La habitación estaba llena de muebles viejos, pero que aún reconocía. Su póster de Kurt Cobain, su edredón morado, las estrellas en el techo que brillaban en la oscuridad, su cómoda blanca y la lámpara de lava en la esquina. Aquella era la habitación en la que Joanna y ella habían construido complicados pueblos de Playmobil, la habitación de la que había salido a escondidas incontables veces, donde sus padres habían ido a darle un beso de buenas noches... Y también recordaba todo aquello. Recordaba que Cecily le acariciaba la espalda y le cantaba nanas alemanas desafinadas mientras Esther se quedaba dormida; recordaba a su padre tumbado en su cama, con Esther a un lado y Joanna al otro, lo calentito que estaba su brazo bajo la mejilla de Esther, y cómo subía y bajaba la voz al hacer los diferentes personajes de la historia que les estaba leyendo.

Después de todo, se alegró de no poder dormir allí. Y cuando entró en ella, la alivió el hecho de que al menos la habitación de

Joanna sí que había cambiado en parte: tenía un nuevo escritorio, una nueva cómoda, y había pintado las paredes, pasando del lila de sus años de instituto a un color gris más adulto y fresco. Se veía bien. Se sentó en la cama durante un rato para mentalizarse, y después salió al pasillo.

Se paró frente a la puerta cerrada de la habitación de sus padres. Allí era donde Cecily y Abe habían dormido durante toda su infancia, y donde Abe debía de haber dormido solo después de que Cecily se marchara. Esther estaba tan cansada que le pesaba hasta el alma, y tan conmocionada que no tenía tiempo de ceder ante las emociones, pero la necesidad de echarle un vistazo al interior de la habitación era tan fuerte que era casi como un instinto. Necesitaba ver la prueba de que Abe había estado allí, y de que ahora ya no estaba. Incluso años después, era algo inconcebible.

Cuando él murió ella estaba viviendo en Oregón, y después de que se enteró, condujo hasta la emergente costa gris y se sentó sobre las rocas para llorar su muerte a solas. Aún escuchaba la voz de Joanna entre las olas: «Vuelve a casa, te necesito. No puedo hacer esto sola». No parecía el momento adecuado para explicarle que, al mantenerse alejada, estaba cumpliendo los deseos de su padre. No quería deformar el recuerdo que Joanna tenía de él. Pensó que era mejor dejar que su hermana fuera el único miembro de la familia a quien su padre jamás había decepcionado. En aquel momento le había parecido como un regalo, pero ahora no estaba tan segura.

La habitación estaba casi igual a como la recordaba, aunque limpia de todo rastro de Cecily. Las paredes de color verde claro estaban iguales, la colcha verde, la mesita de noche con una gran pila de libros, la cómoda llena de *tchotchkes*, con los últimos restos de la vida de Abe: un reloj, un peine, una foto enmarcada de sus hijas, y una fotografía de Isabel sosteniendo a Esther de bebé. Era la única foto de Isabel que Esther había visto.

Esther pasó el pulgar sobre la imagen de su madre, limpiándola de polvo. En la fotografía, Isabel sostenía a Esther sobre una rodilla como si fuese un diminuto muñeco de ventrílocuo, una postura que a Esther siempre le había parecido extrañamente distante en comparación con las fotos que tenía ella con Cecily. Cecily siempre tenía el rostro apretado contra Esther, y sonreía ampliamente. En aquella foto, la parte superior de la cara de Esther estaba recortada y solo se veía su boca, que mostraba una sonrisa enigmática, una que era para ella misma, y no para Esther ni para la persona que estaba tomando la foto. A Esther le encantaba aquella sonrisa. Hacía que su madre fuese una persona, y no un espectro.

Dejó la foto y fue a sentarse al filo de la cama de su padre, y vio lo que había estado leyendo en la mesita de noche. Un par de novelas de detectives, y una copia de *Cook's Illustrated*. Agarró la revista y pasó las páginas hasta encontrar una receta que había rodeado y fechado, como siempre hacía. Había querido hacer un *cassoulet*. Se preguntó si habría llegado a hacerlo.

Encima de una de las novelas estaban sus gafas de leer, tan familiares para ella que tuvo que apartar la mirada. Después las recogió, sintió el peso del metal larguirucho en la mano. Las abrió y se las puso, y la habitación que había a su alrededor aumentó de tamaño y se suavizó a través del cristal. Se le hincaron las almohadillas de la nariz, y recordó las marcas que le dejaban a Abe sobre el tabique, unos huecos rojos que resaltaban encima de su piel. Por alguna razón, aquel detalle abrió las puertas que había mantenido tan fuertemente cerradas.

Alguien tocó con suavidad a la puerta medio abierta, y de alguna manera a Esther no le sorprendió ver a Joanna allí de pie. Miró a su hermana, cuya cara estaba borrosa a través de las lágrimas y las gafas de Abe.

—Hola —dijo Esther.

—Hola —dijo Joanna.

Ninguna de las dos dijo nada durante un momento. Y entonces, con un gran esfuerzo por mantener la voz firme, Esther dijo:

—Ni siquiera me has abrazado.

Joanna dio un paso hacia el interior de la habitación.

—Tú tampoco me has abrazado.

Aquello era cierto. Esther tocó el espacio junto a ella en la cama, y Joanna dudó antes de avanzar lentamente y sentarse. Se puso su larga trenza sobre el hombro, y la sostuvo como si fuese una cuerda salvavidas. Esther se acercó más y alzó los brazos para ponerlos alrededor de los estrechos hombros de su hermana. Durante un momento, fue terrible: Joanna estaba rígida y extraña, como si fuese un desconocido. Y entonces, de forma infinitesimal, se relajó entre sus brazos y arqueó ligeramente la espalda, ya que Esther era más bajita y llevaba siéndolo desde que eran niñas. Y de repente Joanna apoyó la cabeza sobre el hombro de Esther, y Esther apretó la cara contra el pelo de su hermana. Se abrazaron de la misma forma que siempre se habían abrazado: Joanna entre los brazos de Esther como si ella fuera la más pequeña, y Esther apretándola con tanta fuerza que casi sentía sus huesos cediendo bajo su agarre. A Esther se le cerraron los ojos por su propio peso, pero aun así las lágrimas siguieron deslizándose por sus mejillas.

Cuando Joanna habló, Esther notó por el tono de su voz que estaba llorando.

—¿Por qué no volviste a casa?

Esther se dio un poco de tiempo, ya que llevaba sin abrazar a su hermana diez años, y aún no estaba preparada para que se terminase. Cuando se echó hacia atrás, se quitó las gafas de leer de Abe, se limpió las lágrimas y le contó a Joanna la verdad.

La verdad que Abe le había contado cuando tenía dieciocho años de que su inmunidad ante las protecciones ponía en peligro al resto de las personas de la casa. Que Abe le había dado una elección: podía quedarse y poner a su familia y a ella misma en peligro… o podía marcharse y pasarse el resto de su vida huyendo. Ni siquiera había sido una elección en realidad, dado que ambos sabían lo que harían.

Joanna guardó silencio mientras la escuchaba, aunque vio las emociones de su hermana en su rostro como si este fuese un escenario: conmoción, comprensión, consternación, ira, y finalmente, cuando Esther terminó de hablar, una tristeza tan profunda como asomarse por el filo de una cantera. Esther tuvo que apartar la mirada antes de perder el equilibrio y caer.

—Papá lo sabía —dijo Joanna—. Siempre supo que eras una… ¿cómo te llamó Nicholas? Una Escriba.

—Si es que lo soy.

—Lo eres —dijo Joanna—. Y él lo sabía.

—Sí —dijo Esther—. Es probable.

—Me usó —dijo Joanna—. Sabía que nunca te protegerías a ti misma de la forma en que me protegerías a mí, así que te pidió que huyeras por mi bien, no por el tuyo. Pero él no me dio elección a mí.

Esther negó con la cabeza.

—¿Qué clase de elección podría haberte dado?

—La misma —dijo Joanna—. Para protegerte a ti. Lo habría hecho, me habría ido contigo o tú te habrías quedado aquí y podríamos haber pensado en algo juntas. No fue justo que pusiera todo el peso en tus hombros. Eras una *niña*.

—Tú también lo eras.

—Le odio —dijo Joanna, aunque su rostro reflejaba otra cosa bien distinta.

—Yo no —dijo Esther, y sintió que los ojos le escocían de nuevo debido a las lágrimas—. Le echo de menos.

Joanna se tapó la cara con una mano, y su espalda subió y bajó, pero buscó la mano de Esther con la otra. A pesar del dolor por su padre, a pesar del cansancio y a pesar de todo, Esther notó un profundo sentimiento de... ¿qué era? Algo amplio y vertiginoso, como tumbarse boca arriba bajo un cielo nocturno lleno de tantas estrellas vetustas que sentía la insignificancia de su propia vida como si fuese la llama de una vela bajo ellas. Asombro. De que, después de diez años, Joanna aún siguiera siendo su hermana.

—Pero no entiendo qué significa esto —dijo Joanna tras un rato—. ¿Por qué esta persona...? ¿Cómo se llamaba?

—Maram.

—¿Por qué iba Maram a enviaros a todos aquí? ¿Confías en ella?

—No la conozco —dijo Esther—, así que no. Pero... —Trató de articular sus pensamientos—. Al menos está pasando algo. Algo diferente. No podía seguir igual que siempre.

Joanna le apretó los dedos con la mano, un apretón silencioso que pareció entendimiento. En la habitación que había a su alrededor, las pequeñas y corrientes reliquias de la vida de su padre seguían allí donde las había dejado, en silencio: un reloj que esperaba a ser puesto en hora, unas cuantas monedas que esperaban a ser gastadas, una novela que esperaba a ser leída. Durante un rato, Esther y Joanna se quedaron allí sentadas en la cama, sabiendo que pronto tendrían que romper aquella quietud, levantarse y avanzar. Pero todavía no. Durante un rato, el mundo (igual que el reloj, y las monedas, y la novela) podía esperar.

25

Esto es un vampiro —dijo Nicholas.

Aquella era una frase obviamente ridícula, pero, aun así, Esther miró el libro que Joanna había traído desde el sótano, y le dio un escalofrío. Estaba allí abierto sobre la mesita baja, bañado de una luz suave y con un aspecto más inocuo del que debía tener. Nicholas, Collins y ella habían dormido hasta tarde, así que ya casi era mediodía, y el día era tan gris y fresco como el anterior. El salón estaba caliente por el fuego de leña, y algo sofocante por las tres personas que habían dormido allí, pero Esther podía sentir el frío a través del cristal de la ventana. La cercanía que había sentido con Joanna la noche anterior había menguado ligeramente; por la mañana, su hermana estaba algo distante, sentada en el banco del piano con el pelo largo suelto y alrededor de los hombros, y la mirada puesta fijamente sobre el libro que había frente a Nicholas, tan preciosa y lejana como un retrato. Bajo la luz del día, vio que, mientras que Joanna seguía siendo indiscutiblemente la hija de Abe, con los mismos hoyuelos y el puente delgado de la nariz que Esther también había heredado, se parecía más a Cecily ahora que era una adulta. Y aquello también hizo que Joanna se sintiera muy alejada.

Esther probablemente no debería de haberse sorprendido al enterarse de que aún era capaz de sentir aquel dolor, aquellos celos que había sentido de niña mientras buscaba en su rostro los signos de su madre biológica, de su propia familia; pero allí estaba, como una vieja lesión de rodilla que duele cuando llueve. Otro dolor era el pensar en cuán físicamente cerca estaba de Cecily, a solo unos kilómetros, y, sin embargo, estaba aún tan lejos. Pensó que, si su madrastra la abrazara en ese momento, quizás empezaría a llorar y jamás podría parar.

—¿Un vampiro? —repitió Joanna.

Collins, quien había estado de pie en una esquina sorbiendo su café, dijo:

—Ay, joder.

—¿Has tocado esto con tus propias manos? —exigió saber Nicholas.

—Mi padre dijo que lo mantuviera alejado de la sangre, no de la piel —dijo Joanna, y sonó ligeramente a la defensiva—. ¿A qué te refieres con «vampiro»?

—Un vampiro es un hechizo del siglo xv que protege los libros activados —dijo Nicholas—. Se pone en marcha en cuanto alguien intenta añadir su sangre a un hechizo en marcha, lo cual es lo que tu padre probablemente hizo. Lo siento muchísimo —añadió, y sí que parecía sentirlo de verdad.

—¿Me estás diciendo que murió por un... por una especie de trampa mágica escondida?

—Lo siento —repitió Nicholas.

Joanna puso la cabeza entre las manos, y Esther, algo indecisa, fue a sentarse a su lado. Joanna la miró con una expresión miserable, con la boca retorcida de la misma forma en que la ponía de niña cuando trataba de no llorar.

—Debería de haberlo sabido —dijo Joanna, y Esther entendió por qué saber aquello le estaba afectando tanto. Para Joanna, su padre siempre había sido el pináculo del conocimiento y, sin embargo, había muerto por lo que había acabado siendo un estúpido error. Un error que le había llevado a Nicholas menos de un minuto descubrir.

—¿Alguna vez has visto algo como esto? —dijo Esther—. Un... ¿cómo lo has llamado? ¿Libro trucado? —Ya sabía la respuesta, así que Joanna negó con la cabeza de forma miserable—. Entonces papá no podía haberlo sabido —dijo Esther.

Joanna negó con la cabeza de nuevo con los ojos llorosos, y Esther sintió que le aparecía un nudo en la garganta como respuesta. No sabía qué decir para consolarla. Después de todo, su hermana había sido quien había encontrado a su padre. Había visto de primera mano el brutal coste del error de Abe.

—Joanna —dijo Nicholas de repente, y algo había cambiado en su voz—. ¿De dónde sacó tu padre este libro?

Joanna alzó la mirada con los ojos aún húmedos.

—No lo sé —dijo ella—. Nunca me habló de él. Ni siquiera sabía que lo tenía hasta que murió.

Nicholas alzó el libro de forma extraña, como si estuviera sosteniendo algo podrido que le había sacado de la boca a su perra.

—Este libro es de la Biblioteca. Era un libro de la Biblioteca.

A Esther se le aceleró el pulso de forma inmediata.

—¿Cómo lo sabes? —preguntó Joanna.

—¿Te has fijado en este símbolo? —preguntó, abriendo la cubierta trasera para enseñarles un pequeño estampado de un libro dorado. Joanna asintió—. No es decorativo, es funcional. Es la marca de un hechizo al que llamamos «fecha de caducidad»: lo ponemos en cada libro que entra en nuestra colección.

Esther subió los pies al banco y se abrazó las rodillas. La necesidad de un animal asustado de hacerse más pequeño y reducir el área de impacto.

—Y ¿qué hace? —preguntó—. La fecha de caducidad.

—Es un hechizo de adivinación intuitiva conectado a un objeto —dijo Nicholas, y Esther vio que Joanna, a pesar de todo, sonreía ante aquello, claramente disfrutando de la jerga. Vaya empollona. Esther pensaba de forma distinta.

—Dilo de nuevo, pero para tontos, por favor.

—El hechizo se adhiere a un objeto —dijo Nicholas—, y manda información directamente a la mente de alguien. En este caso, es una información de localización que va a la mente de Richard.

—Un hechizo de localización —dijo Joanna.

—Exactamente —dijo él, señalándola—. No, no te alarmes, la Biblioteca no puede encontrarnos a no ser que saques el libro fuera de las fronteras de las protecciones. No lo has hecho, ¿no?

—No —dijo Joanna—. O, al menos, no lo he hecho en los últimos dos años. No sé qué pasó antes. Pero ¿qué es lo que hace el propio libro?

—Bueno, no había visto este libro exacto antes —dijo Nicholas—, pero creo que… No, estoy seguro de que *he visto* un borrador.

Collins había estado de pie, y en ese momento se dejó caer sobre la superficie más cercana, la cual era el tocadiscos. Los casetes traquetearon, y la funda de un disco se cayó al suelo. Joanna se medio levantó, preocupada, aunque Esther no estaba segura de si era por Collins o por su tocadiscos.

Nicholas sostenía el lomo del libro muy cerca del ojo derecho, y lo entrecerró para mirar la encuadernación.

—Si este es el libro que creo que es… estoy relativamente seguro de que es humano.

Algo caliente y ácido subió por la garganta de Esther.

—¿A qué te refieres con «humano»?

—Me refiero a que el hilo parece hecho con una combinación de pelo y tendones. El pegamento es muy probablemente colágeno derretido. —Pellizcó la cubierta entre los dedos índice y pulgar—. Y el cuero probablemente sea piel humana.

—Vale —dijo Collins—. Genial, bueno, si me necesitáis estaré fuera gritando.

—No sé cómo consiguió tu padre esto —dijo Nicholas—, ni a quién está unido, pero…

—¿A *quién* está unido? —lo interrumpió Esther—. ¿No quieres decir a *qué*? Si es otro hechizo de permanencia a un objeto o lo que sea…

—Conectado a un objeto —dijo Nicholas—. Y sí, eso también. —Hizo una pausa para tomar aire—. Lo siento, se me olvida que soy literalmente la única persona viva a la que han obligado a aprender todo esto. Mirad, cualquier libro escrito por dos Escribas tiene dos puntos de acción mágica. Este tiene una conexión de objeto y una conexión de cuerpo.

—Así que está conectado tanto a un objeto como a una persona —dijo Joanna.

—Así es —dijo Nicholas—. Hasta hoy, ni siquiera sabía que esta clase de cosas eran posibles.

—Pero ¿qué es lo que hace? —dijo Esther.

Nicholas se masajeó las sienes de nuevo.

—Conecta la fuerza vital de una persona a un objeto —les dijo—. Así que, mientras ese objeto permanezca intacto, también permanece intacta la vida.

Esther miró a Joanna y esperó un resumen, pero ni siquiera Joanna entendió lo que les estaba diciendo de inmediato. Cuando lo hizo, abrió muchísimo los ojos.

—Es un hechizo de inmortalidad.

Nicholas asintió.

—Lo más cerca que se podría estar de uno, sí.

—Has dicho que está activo —dijo Collins—. ¿Eso significa que está conectado a alguien?

—Sí —dijo Nicholas, y le echó un vistazo a Joanna—. Obviamente no era a tu padre, ya que... Bueno...

—Si lo fuera, seguiría vivo.

Nicholas se pasó la mano por la cara de forma brusca.

—No sé qué pensar de todo esto. ¡Sir Kiwi!

Esther se volvió para ver que la perra había robado la bota de alguien y estaba tumbada frente a la chimenea mientras la mordisqueaba con entusiasmo. Se quedó congelada ante la voz de Nicholas, lo miró a los ojos, y después siguió mordisqueando.

—Debería sacarla —dijo Nicholas—. Seguiremos echándole un vistazo al libro después, cuando comprobemos mi teoría. —Miró de forma intencionada a Esther, quien mantuvo una expresión neutral.

Hoy iba a escribir un libro.

—¿Cuánto tardará? —preguntó Joanna.

—Bueno, dado que es el primero que hace, y todo debe ser escrito a mano, probablemente nos encontramos ante un proceso de unas ocho horas, teniéndolo todo en cuenta —dijo Nicholas—. Harás la tinta y lo escribirás esta mañana; las páginas se habrán secado para la tarde, y lo encuadernaremos después. Luego Joanna puede leérselo a Collins.

—Genial —dijo Collins.

—Si de verdad es tan importante que nos libremos del acuerdo de confidencialidad de Collins —dijo Esther—, y si tenemos tanta prisa por conseguir respuestas, quizás ahora mismo no sea el momento de comprobar una teoría alocada. Quizá deberías escribir tú el hechizo.

—No —dijo Nicholas, quitándose unos cuantos pelos de perro de su jersey de aspecto caro—. Cuanto antes lo comprobemos, antes tendremos al menos una respuesta. Y hablo por mí cuando digo que una respuesta definitiva sobre *algo* sería increíble ahora mismo.

—Además —agregó Collins—, si le sacamos más sangre a Nicholas, probablemente morirá.

Nicholas soltó un gruñido afirmativo.

—Así que, en su lugar, quieres sacármela a mí, ¿no? —dijo Esther, pero era una protesta falsa. Quería saberlo, sí que quería. Pero no estaba segura de qué respuesta la aterraba más.

—Sí —dijo Nicholas, y se levantó del sofá. Se tambaleó, y cuando recuperó el equilibrio, vio la mirada de preocupación de Esther—. No te preocupes —le dijo—. Solo vas a sangrar lo suficiente para un libro, ni siquiera lo vas a sentir. Por cierto, Joanna, ¿tienes alguna vela? Y, si es así, ¿cuántas?

* * *

La pregunta de las velas era simple, y también tenía una respuesta simple: muchas. La siguiente pregunta de Nicholas, sin embargo, era mucho más complicada. Quería saber si había alguna tradición simbólica con la que Esther tuviera una fuerte conexión: específicamente relacionada con compartir secretos o romper silencios.

—Tradiciones —repitió Esther—. Como… ¿la religión?

Nicholas negó con la cabeza.

—Las tradiciones extremadamente religiosas no suelen funcionar. Hablo de crear un contexto ceremonial que sea poderoso para ti de forma personal. Y vamos a hacer esta tinta para romper un hechizo de silencio, así que piensa quizás en… ¿volumen? Alguna tradición sobre hacer ruido, o sobre ser silenciosos. Contar secretos, compartir verdades… ¿Tiene sentido para ti?

Realmente, no lo tenía. Aun así, Esther se puso a pensar en ello. Nunca había sido muy dada a la espiritualidad, aunque había pasado por una fase religiosa muy corta y exploratoria de preadolescente. Cecily y Abe, aunque técnicamente eran judíos, apenas eran practicantes. Sin embargo, Esther había hecho suficiente investigación sobre sus raíces biológicas maternas para saber que la mayoría de los mexicanos eran católicos, así que a los doce años convenció a sus padres para que la llevaran a una misa en la ciudad contigua. La iglesia era preciosa, con piedras cubiertas de musgo y vidrieras dramáticas. Tras el púlpito, Jesús la miraba desde su enorme crucifijo. Esther había observado el heroico y apenado rostro, los músculos del pecho y los muslos desnudos, los delgados tobillos, y sintió la fe de su gente recorriéndole las venas, sagrada y hormigueándole.

Pero la misa en sí misma había sido tan aburrida que ni siquiera sus fantasías de rescatar a Jesús y ofrecerle un dulce y exhaustivo baño de esponja pudieron hacer que se mantuviese despierta. Para el final de su duodécimo año, Esther había perdido el entusiasmo por la religión, y lo canalizó por su entusiasmo por los ojos delicados y trágicos de Kurt Cobain.

Esther le contó todo aquello a Nicholas y él le contestó con un suspiro mal disimulado de frustración.

—Te sigues centrando en la teología —dijo él—. Eso no es lo que te he...

—La camioneta —dijo Joanna.

Los tres (Esther, Nicholas y Joanna) estaba sentados alrededor de la mesa de la cocina, con sir Kiwi a los pies de Nicholas. Collins estaba desaparecido (según les dijo Nicholas, siempre se esfumaba cuando podía), y hasta ese momento, Joanna había estado más bien callada. Esther la miró.

—¿La camioneta de papá? —dijo Esther. La había visto en la entrada cuando llegaron, desgastada, roja, y tan familiar como la propia casa.

—Sí —dijo Joanna—. Nicholas dijo que pensáramos en volumen, ¿no? En secretos.

—¿La camioneta hace mucho ruido? —preguntó Nicholas con el ceño fruncido. Claramente no estaba siguiendo la lógica de Joanna... Pero Esther sí.

Casi podía sentir el suave cuero del volante entre sus dedos, el traqueteo y la vibración de los altavoces cuando subía el volumen de la música hasta el máximo y gritaba la letra de las canciones por las ventanillas bajadas, y se giraba de vez en cuando para observar la expresión dolorida de Joanna en el asiento del pasajero, junto a ella. En aquella camioneta habían tenido las mejores conversaciones. La camioneta era donde Esther había admitido por primera vez en voz alta, tanto para Joanna como para sí misma, que le gustaba una chica, y esa camioneta era el único lugar donde Joanna se permitía quejarse sobre los libros, y el único lugar donde admitía sentirse algo resentida por la presión.

—Qué genialidad —dijo Esther. Por supuesto que a Joanna se le daba genial aquello. Se giró para mirar a Nicholas—. ¿Podemos hacer la ceremonia fuera, en la camioneta?

Nicholas apretó los labios mientras se lo pensaba.

—Sí —dijo, aunque alargó la palabra, dubitativo. Entonces, siguió hablando con más seguridad—. Sí, puedo hacer que funcione.

La disposición les llevó casi una hora. Nicholas consultaba con Joanna de vez en cuando si tenía disponibles ciertas herramientas, y delegó en Esther para que ella llevara todos los suministros en brazos hasta la camioneta. Nicholas claramente tenía una visión estética, y aunque Esther inicialmente había sido algo escéptica, tenía que admitir que, para cuando terminó, la cabina de la camioneta ya casi no parecía una camioneta. O, bueno, sí que parecía una camioneta, pero una en la que podía hacerse magia. Las ventanas estaban cubiertas por capas diáfanas de tela roja que oscurecían la luz invernal y llenaban el espacio de un resplandor escalofriante, mientras que los asientos estaban llenos de cojines y mantas coloridas, y había una gran cantidad de pequeñas velas que titilaban sobre el salpicadero. Aun así, a pesar de los cambios, la camioneta era tan familiar para Esther como el latido de su propio corazón. Agarró el volante con una mano y puso la otra en el cambio de marchas, asentándose en el espacio. La invadió toda la antigua comodidad y paz. Por primera vez en días, se sintió a salvo: un sentimiento que, por sí mismo, ya era mágico, y ninguna cantidad de velas o telas diáfanas podía aproximarse a él. Nicholas se acomodó junto a ella en el asiento delantero, y Joanna se metió en la parte de atrás. Todos ellos estaban arropados para combatir el frío, aunque Esther sintió el calor de las muchas velas acariciándole las mejillas.

—¿Estás preparada? —le preguntó Nicholas.

Esther no sabía exactamente cómo responder a eso. ¿Estaba preparada para dejar que le pinchara con una aguja y llenara una bolsa con su sangre? Claro. ¿Estaba preparada para, probablemente, reexaminar todo lo que había creído saber sobre sí misma y su relación con el poder, con su familia y con el mundo en general?

¿Alguien acaso estaba preparado para eso?

—Preparada —le dijo.

—Muy bien —dijo él—. Canta.

—¿Ya? —dijo Esther.

—Ya.

No conocía ninguna oración o cántico significativo, pero Nicholas le había prometido que aquello no importaba. Le había dicho que la religión no era relevante, era la conexión lo que importaba. Así que Esther se aclaró la garganta, puso ambas manos sobre el volante, y canalizó su devoción lo mejor que pudo.

Enseguida quedó claro que «Smell Like Teen Spirit» no era una canción hecha para cantarla a capela.

Vio a Nicholas retorciendo el rostro antes de obligarse a sí mismo a esbozar una sonrisa alentadora. Joanna y él movieron la cabeza al ritmo del primer verso, aunque dejaron de hacerlo más y más conforme avanzó a la sección compuesta únicamente por la palabra *hello* repetida una y otra vez. Intentó recordar cómo se había sentido cuando había conducido por aquellas carreteras secundarias de adolescente, con la música a tope y cantando a pleno pulmón sin importarle cómo sonaba, porque era el volumen lo que importaba, el poder de su propia voz... Pero no lo conseguía del todo.

Acabó el estribillo y el segundo verso, añadió algunos sonidos de guitarra, y entonces hizo una pausa.

—¿Debería de... sentir... algo? ¿Está funcionando?

—No sé qué sentirás —dijo Nicholas—. Yo lo que siento es... Es como si hubiera un lazo atado a mi pecho y alguien estuviera desenrollándolo. Y, además, abejas.

—¿Abejas?

—O miel. Es lo mismo.

Esther no pudo callarse ante aquello.

—Con el debido respeto, no, no es lo mismo.

—¿Joanna? —preguntó Nicholas.

—Sí —le dijo Joanna desde la oscuridad del asiento trasero—. Abejas o miel. Es lo mismo.

Esther se quedó callada, desconcertada ante aquella camaradería sin sentido.

Trató de sentir en su interior algo relacionado con abejas o miel, pero tan solo notó la marea de todos los días del pulso de su corazón.

—No siento nada —dijo ella—. Nada inesperado, quiero decir.

Por primera vez vio que la certeza total de Nicholas comenzaba a vacilar un poco, y le sobrevino un repentino sentimiento de decepción infantil. Por supuesto que no tenía magia. Era ridículo que se hubiera permitido a sí misma creer lo contrario. Ella era una persona corriente, con sangre corriente y habilidades corrientes, como leer planos o calibrar medidores de flujo.

—¿Hay alguna otra canción con la que tengas una conexión más fuerte? —dijo él—. ¿Una con menos… gritos, tal vez? ¿Y más… confidencias?

Esther comenzó a examinar la gramola de su mente, y dudó. Le vino una idea a la cabeza, aunque le daba vergüenza decirlo en voz alta.

—¿Tengo que sabérmela de memoria? —dijo ella—. ¿O podría leerla?

—No veo razón alguna por la que no pudieras leerla.

—Es un texto religioso.

Nicholas suspiró.

—¿Tienes alguna conexión con ello?

—Sí. Más o menos.

—Bueno, pues no está mal probar.

Esther tragó saliva y miró a Joanna.

—¿Qué pasó con el libro de oraciones que papá solía sacar a veces? —le preguntó—. Con el *kadish*. ¿Aún lo tenemos?

Joanna tensó el rostro cuando lo entendió, y asintió antes de abrir la puerta trasera y desaparecer en una ráfaga de aire helado y de luz de sol brillante. Esther se acomodó otra vez sobre el asiento y esperó que aquello funcionara. Y entonces se enfadó cuando se dio cuenta de lo mucho que quería que funcionara. Incluso después de todos esos años, incluso después de que Abe hubiera muerto y fuera demasiado tarde, aún trataba de encontrar un sitio para sí misma dentro de su familia, tratando de encontrar algo que le dijera: «Sí, perteneces aquí».

Joanna reapareció enseguida con el viejo libro de oraciones, con las páginas amarillentas por el tiempo y el lomo resquebrajado. Ya lo había desplegado por la primera página, y cuando abrió la puerta del conductor para entregárselo, Esther la agarró de la muñeca.

—¿Puedes sentarte aquí conmigo? —le preguntó—. Como solías hacer.

Joanna miró a Nicholas para ver si a él le importaba, pero ya estaba saliendo por la puerta y subiéndose al asiento trasero, colocando los suministros y a él mismo de nuevo.

—Es una buena idea —dijo él—. Podemos trabajar con el punto de vista.

Joanna tomó asiento junto a Esther, y se relajó contra el asiento del pasajero casi de forma automática. Subió uno de los pies sobre el salpicadero, y Esther sonrió, ya que aquello también le era familiar.

—Se supone que hay que decir esto de pie —le dijo Esther a Nicholas—, así que ¿puedo arrodillarme sobre el asiento?

—Da igual lo que se *supone* que debes hacer. Haz lo que te parezca que sea correcto.

Esther se alzó de forma torpe hasta colocarse de rodillas, y dobló la cabeza un poco para no darse contra el techo. Hasta ahora se le había olvidado que había tenido un breve resurgimiento de aquel viejo deseo por la religión en los meses que siguieron a la muerte de su padre, y había ido a varias iglesias y sinagogas de Portland, tratando de llorar su pérdida. El dolor que había sentido era tan pesado que quería algún lugar en el cual depositarlo, un lugar lo suficientemente grande, fuerte y antiguo como para soportarlo.

Había querido *compartirlo*.

Aquellos eran los sentimientos en los que se centró mientras entrecerraba los ojos ante las páginas y comenzaba a recitar el *kadish*; su profundo dolor por su padre, y el amplio abismo sin final que había en su interior que siempre había tratado de formar parte de algo más grande. Formar parte de una familia, de una tradición, de un mundo entero desconocido.

Pensó en Abe tal y como lo había conocido en su infancia: cariñoso, contento, excéntrico y poco práctico, un gran bailarín y un cocinero meticuloso que le hacía platos de cinco estrellas cada año por su cumpleaños. Pensó en lo a salvo que se había sentido cuando la abrazaba, cómo ella siempre parecía ser capaz de hacerle reír hasta acabar llorando. Se imaginó a todas las personas que habían recitado aquella misma oración por sus padres fallecidos durante miles de años, en miles de hogares, bajo miles de cielos, mientras los ancestros de su otra familia bebían vino juntos en la iglesia cada domingo, sosteniéndolo en la lengua como si fuese sangre. Sintió a Joanna, que leyó por encima de su hombro para recitar el *kadish* con ella en voz muy baja, aquella desconcertante persona que jamás había comprendido el doloroso deseo de Esther de pertenecer a algo, porque Joanna siempre había querido a Esther de forma tan plena, que para ella debía de haberse sentido como una totalidad. Había miles de años de vino y sangre compartidos entre las dos, un linaje de ritual, creencia, anhelo y conexión, de pensamiento mágico y de magia real.

Y, de repente, Esther comenzó a sentirlo.

Cristales de miel vetusta en la lengua de su cuerpo, que durante mucho tiempo habían permanecido endurecidos, comenzaron a derretirse con el calor de su sangre derramada. El grano se convirtió en sirope, y apareció un suave y dulce zumbido de alas desplegándose desde lo más profundo de su ser, describiendo un bucle hacia el exterior, sólido y multitudinario: el panal que había en su pecho, las trabajadoras de sus venas, la colmena que había a su alrededor.

—¿Esther? —dijo Nicholas.

—Puedo escucharlo —dijo Joanna al mismo tiempo.

Esther se estremeció. Aquello era lo que Joanna y Abe llevaban escuchando todos estos años. Aquel sonido era al que habían consagrado sus vidas, y mientras tanto, Esther había creído que ella residía en el exterior, cuando en realidad, había estado en el interior todo ese tiempo. Ella era el interior. Era el núcleo caliente, el zumbido. Provenía de ella.

—¡Funciona! —exclamó Nicholas.

Esther se rio, eufórica.

—¿Qué? ¿Ahora sí te sorprendes?

—Una cosa es tener la sospecha —dijo él—, o la creencia. Pero otra distinta es saberlo con certeza. Rápido, remángate.

Esther se retorció hasta sacar uno de los brazos del abrigo, y se remangó el jersey. Las herramientas que Nicholas había traído consigo tenían pinta de estar esterilizadas y ser médicas, tan fuera de lugar bajo aquella luz de las velas rojiza, y Nicholas se inclinó sobre la guantera para atarle una goma elástica alrededor del antebrazo, con la práctica de un doctor. Después le agarró la muñeca con los dedos fríos, y apuntó con una jeringuilla. Hizo una pausa para mirarla, como preguntándole. Ella asintió.

Sintió un ligero pinchazo cuando la aguja perforó la suave piel.

—Excelente —dijo él—. Tienes unas venas maravillosas, las mías son muy escurridizas. Continúa leyendo.

Esther siguió con la oración, hundiéndose en el cálido resplandor y el zumbido mientras la sangre comenzaba a fluir desde su brazo. Sintió un tirón desde algún punto de su pecho, una gran oleada de dulzura que abarcaba su cuerpo entero, se concentraba en su brazo y salía con un intenso color rojo a través del tubo, congregándose al final de la bolsa de plástico. La última vez que vio tanta sangre había sido cuando Pearl y ella mataron a Trev y lo empujaron a través del espejo. ¿De verdad eso había ocurrido tan solo hacía unos días? Había confesado aquel secreto: tanto Joanna como Nicholas lo sabían, y decírselo había liberado algo del peso que había soportado.

Pensó entonces en Collins, en cuánto tiempo había estado en silencio y a solas. Después de todo, aquello lo hacía por él: estaba volcando un trozo de su corazón para que él también pudiera compartir un pedazo de sí mismo.

Terminó la oración, y durante un rato, nadie dijo nada. Los tres estaban sintonizados a aquel sonido interno, aquel suave zumbido sin fin. Aquella era la primera vez que Esther lo escuchaba, y, sin embargo, sentía que llevaba escuchándolo toda su vida. Que, quizás, era el primer sonido que había escuchado, y tal vez sería el último, cuando le llegara su hora.

—¿Cuántos años tenías? —le preguntó entonces Esther a Nicholas—. Cuando sangraste así la primera vez.

—Ocho —dijo Nicholas—. Fui de desarrollo tardío.

Había pretendido que fuese una broma, y Esther sonrió de forma diligente, aunque no lo veía para nada gracioso. Nicholas no debería de haber sido obligado a hacer aquello con ocho años, igual que Esther debería de haber tenido la opción. Se dio cuenta entonces de que quería empezar a escribir con desesperación, ver cómo el sentimiento quizá variaría conforme el ritual cambiase, si el poder tendría altibajos o permanecería igual, con aquel firme flujo de sirope.

—Esto debería de ser suficiente —dijo Nicholas, inclinándose hacia el asiento delantero de nuevo—. Allá vamos…

Hizo algo de forma hábil y ligeramente incómoda con la aguja que había en el brazo de Esther, y de repente ya no estaba, aunque el sentimiento, aquel tamborileo tan precioso, permaneció aún allí.

—¿Estás bien? —le preguntó Nicholas.

Apretó unas cuantas servilletas contra la brillante gota de sangre que salió tras la aguja, y sus dedos estaban fríos, pero eran agradables. El recuerdo de aquel sentimiento que la había abarcado aún latía en su interior. Quería más.

Nicholas inclinó la bolsa para verla a la luz de las velas.

—Estás muy bien oxigenada, mira lo roja que está.

—Esto es mucho más clínico de lo que pensaba que sería —dijo Joanna.

—No siempre lo es —le dijo Nicholas—. A veces exige un método más específico para sacar la sangre. —Probó el peso de la bolsa en la palma de su mano, como si estuviera pesando la harina para hacer un bizcocho—. Todo lo que tiene que ver con calor o fuego, por ejemplo, exige que te cortes con fuego también. Lo cual es difícil, dado que la piel quemada tiende a derretirse, no a abrirse. —Le echó un vistazo a Esther y se rio—. Venga, sé un hombre. Nadie va a atacarte con una cerilla encendida. Aún.

La irritación por la expresión «sé un hombre» sirvió para distraer a Esther de los pensamientos que habían estado retorciendo su rostro. No había estado pensando en sí misma, sino, de nuevo, en Nicholas y en lo que le habían hecho.

Nicholas, ajeno a ello, le dio la bolsa de sangre a Esther.

—Vamos adentro a quemar algunas hierbas.

Apagaron las velas y dejaron la camioneta aún con la cabina llena de tela. En la cocina, Nicholas apagó todas las luces y encendió más velas, y los tres se reunieron alrededor de los fogones. Oscurecieron una olla llena de hierbas, y Nicholas las removió con una cuchara de madera mientras que Esther echaba la sangre lentamente. Era tan parecido a la imagen que siempre había tenido en mente de las brujas malvadas, que casi se rio en voz alta, y entonces comenzó a sentir algo de nuevo. Unas alas translúcidas que despertaban. Todo era tenue e intermitente, y la superficie de la tinta estaba tan oscura que reflejaba la luz de las velas: un charco de noche teñida de rojo, brillando con las estrellas.

—Así debería bastar —dijo Nicholas en un momento dado.

Esther tomó aire de forma lenta y dejó de remover. Permitió que el sentimiento se desvaneciera conforme el líquido se calmaba y se quedaba quieto.

—Ahora viene la parte más difícil: ponerse a escribir.

26

Joanna supuso que tenía sentido que Esther no escribiera ella misma el libro, sino que lo copiara. Fue Nicholas el que lo escribió, en el escritorio del comedor, hasta terminar un documento lleno del tipo de frases en bucle y repetitivas que Joanna reconocería en cualquier parte: no tenían sentido por sí mismas, pero unidas albergaban un significado con cada repetición: «…y desde la boca cerrada hay una cadena cerrada, y la cadena cerrada se abre como si fuese una boca. Cada conexión es una boca que se abre, como la boca cerrada se abrirá».

—Esto me recuerda a tu fase de poesía emo —dijo Esther, leyendo por encima las primeras páginas conforme salían escupidas de la impresora polvorienta de Joanna.

—Ya es malo que me robaras mi diario —dijo Joanna, que le quitó las páginas a Esther de las manos para mirarlas por sí misma—. Pero es peor que te acuerdes de lo que había escrito.

—No es poesía —les dijo Nicholas, que se había echado atrás en la silla y parecía ofendido—. Y que conste en actas que, si yo escribiese poesía, sería excelente. Esto es magia. Quizá pueda enseñarte los conceptos básicos para hacer tinta en una sola mañana, pero me llevó años dominar las palabras en sí mismas, así que un poco de respeto, por favor.

—Pero ¿funcionará? —preguntó Esther. Dejó la pila de papeles sobre la mesa del comedor, junto al tintero. Bajo la luz del candelabro de imitación de los 70, la tinta de sangre se veía tan oscura como sus ojos—. ¿Incluso si las palabras no vienen de mí?

—Sí —dijo Nicholas—. De hecho, me pregunto si se fortalecerá el efecto por la colaboración. O quizás eso solo funciona si uno de los dos da su vida para escribirlo. Hay muchas cosas que no sé sobre cómo se trabaja con otro Escriba.

—Hay muchas cosas que no sé sobre esta casa —dijo Collins, y Joanna se sobresaltó.

Había aparecido a su espalda sin advertencia alguna, y estaba justo detrás, casi una cabeza más alta y el doble de ancho que ella, aunque cuando se giró, se encorvó un poco, como si quisiera parecer menos intimidante.

—Lo siento —dijo él—, no quería asustarte.

—No me asustas —dijo Joanna, y era cierto.

A pesar de su tamaño y de la energía acumulada que parecía tener, su presencia tenía algo extrañamente tranquilizador. Nicholas era todo drama sarcástico, Esther todo actividad y energía, y la propia Joanna ya se había echado a llorar dos veces ese día. Collins era, con facilidad, la persona menos reactiva de la casa.

—Es solo que me preguntaba si podrías enseñarnos la casa —dijo Collins—. Mientras Esther está escribiendo.

—Ya habéis visto la gran mayoría —dijo Joanna.

—Quería decir tu colección —dijo Collins—. Los libros.

Nicholas, que había estado doblando y numerando las páginas mientras Esther se preparaba para escribir, alzó la mirada ante aquello.

—Sí —dijo él—, secundo esa moción por completo.

Joanna miró a Esther.

—¿No nos necesitas?

—Solo tengo que rellenar la pluma y ponerme a ello, ¿no? —le preguntó Esther a Nicholas.

—Si con «ponerme a ello» quieres decir concentrarte por completo en el proceso con el máximo esfuerzo posible, entonces sí. Recuerda que la letra tiene que ser lo más legible posible. Si escribes algo mal, no puedes tacharlo, tendrás que empezar toda esa página de nuevo.

—Entonces no, no os necesito. De hecho, probablemente sea mejor si salís de la habitación en lugar de estar respirándome en la nuca.

Joanna dudó. Esconder y proteger su colección había sido su único propósito en la vida, durante tanto tiempo que parecía imposible cambiar con tanta facilidad. Abe estaría horrorizado de saber que estaba considerándolo siquiera… Pero claro, Abe no tenía derecho a criticar. Confiar los unos en los otros sobre todos los demás era un dogma central de sus reglas, y él le había mentido toda su vida, lo cual significaba que sus reglas eran, como poco, hipócritas, y en el peor de los casos, irrelevantes. Si tan solo pudiera hacer que sus sentimientos se pusieran al día de su lógica… Cada vez que experimentaba con un sentimiento que no fuera dolor por su padre, como la rabia o el rencor, pensaba en cómo lo había visto la última vez, allí tirado sobre el frío y mojado suelo, desangrado por aquel misterioso libro.

Un libro que, gracias a Nicholas, ya no era tan misterioso.

—De acuerdo —dijo ella.

Nicholas se puso en pie y se tambaleó, agarrándose de la silla con el rostro pálido. La expresión de Collins pasó de neutral a amenazadora en un impresionante giro de sus rasgos, pero Joanna estaba empezando a entenderlo lo suficiente como para saber que probablemente estuviera preocupado, no violento.

—Se me ha subido la sangre a la cabeza —dijo Nicholas—. Adelante, guíanos.

* * *

Cuando Joanna se había imaginado a sí misma enseñando su colección, siempre era una fantasía con personas sin rostro, quienes se quedarían impresionadas. Había imaginado a alguien siguiéndola escaleras abajo hasta el sótano, pasando a través de la trampilla hacia la habitación secreta subterránea, donde exclamarían ante lo místico del pasadizo y la puerta cerrada, admirarían el armario de hierbas catalogado de forma impoluta, y se maravillarían ante los cientos de antiquísimos volúmenes que abarrotaban los organizados estantes. «¡Cielo santo!», exclamaría el extraño. «¡Es impresionante!». O algo parecido a eso.

Lo que no se había imaginado era abrirle las puertas a alguien que no solo poseía veinte veces más libros de los que ella tenía, sino una mansión inglesa entera donde atesorarlos, además de sangre mágica recorriéndole las venas, y siglos de linaje a sus espaldas. Cuando encendió las luces del techo y esperó al clamor de la magia, casi se sintió avergonzada por lo pequeña e insignificante que parecía su colección.

Pero Nicholas lucía entusiasmado de verdad.

—La Biblioteca compra colecciones privadas enteras muy a menudo —dijo él mientras le echaba un vistazo a un armario de cristal—, así que he visto los libros en sí, pero nunca he visitado las colecciones en la residencia de alguien. ¿Puedo?

—Adelante —dijo ella, y sintió algo de miedo y orgullo mientras abría uno de los armarios y sacaba un libro. Collins examinaba los estantes llenos de frascos con hierbas secas con el rostro imperturbable.

—No me queda verbena —dijo ella, que se sintió como una idiota cuando él la miró con el ceño fruncido. Claro. ¿Por qué diablos iban a importarle a él sus existencias?

—También tienes poco endrino —dijo él—. ¿Hay suficiente para una lectura?

—Suficiente para tres —dijo ella.

Tras ellos, Nicholas murmuraba algo para sí mismo sobre las fundas de los libros.

—Es increíble esta habitación —dijo Collins, y Joanna se sonrojó, incomprensiblemente encantada ante su aprobación. Aunque no debería importarle lo que aquellos extraños pensaran.

—¿Están organizados? —le preguntó entonces Nicholas—. ¿Qué sistema usas?

—Ahora mismo están agrupados por cuántos usos estimados les quedan —dijo Joanna, apartando la mirada de Collins—. Aunque los reorganizo bastante, por diversión.

Se dio cuenta, demasiado tarde, de lo increíblemente poco divertido que sonaba aquello, pero Collins la miró y dijo:

—No te preocupes, Nicholas tampoco sabe divertirse.

—Bueno, tampoco es que haya tenido mucha oportunidad de ello, ¿no? —dijo Nicholas, dejando con cuidado el libro en su sitio—. Podría dárseme increíblemente bien el karaoke, y no lo sabríamos.

—El karaoke es para la gente que baila de pena —Collins estaba mirando un tarro de caléndula en polvo con los ojos entrecerrados, pero alzó la mirada hacia Joanna de nuevo y le dijo—: Bueno, ¿dónde tienes las protecciones?

—¿Desde cuándo tienes tanta curiosidad? —preguntó Nicholas antes de que Joanna pudiera responder—. Normalmente ante cualquier mención de los libros, ya estás a medio camino de la salida.

Collins se encogió de hombros.

—Qué puedo decir, la cosa se ha puesto interesante.

—Las protecciones están aquí, en la parte de delante —dijo ella, y Collins fue hasta el escritorio para verlas, con Nicholas siguiéndolos más lentamente. El códice de protecciones yacía en primer lugar en el atril que Abe había construido para ello, apenas más grande que sus brazos extendidos, pero era lo más valioso que poseía. Cuando Nicholas alargó la mano, dijo en voz mucho más alta de lo que pretendía—: ¡No!

Se sobresaltó tanto que se chocó contra Collins, quien estaba inclinado sobre su hombro para mirar.

—Lo siento —dijo ella—. Es solo que… No lo toquéis, por favor.

Nicholas alzó ambas manos.

—No lo haré —dijo—. Lo prometo. ¿Podrías abrirlo para mí, quizá? Me gustaría ver el interior.

Joanna se dio cuenta de que estaba temblando ligeramente, sorprendida por su propia reacción tan violenta. Aún estaba intentando acostumbrarse a tener tanta gente en su espacio, y parecía como si el pulso de su corazón no se hubiera normalizado desde que habían llegado allí. Respiró hondo y fue hasta el fregadero para lavarse las manos. Dejó que el sonido del agua cayendo y después el chirrido del secador de manos llenaran el incómodo silencio que había provocado su arrebato. Cuando tuvo las manos perfectamente secas, abrió las protecciones por la primera página, calmándose un poco ante el tacto familiar de las páginas suavizadas por los años y el garabateo de las palabras en el interior.

Nicholas se quedó a un paso por detrás, doblándose por la cintura con las manos dentro de los bolsillos mientras ella le mostraba una a una las quince páginas.

—Increíble —dijo él—. Es idéntico a los que usa la Biblioteca, excepto que mi padre editó los nuestros para que los hechizos de comunicación sí pudieran pasar a través. Los hechizos de espejos y cosas así... no funcionarían aquí.

—Pero te dije que mi madre metió algo a través del espejo el otro día.

—Pero no puede pasar nada a este lado. En la Biblioteca sí que podría. ¿De dónde dices que sacó tu padre estos libros?

—Eran de la madre de Esther. Su familia los tenía.

—Curioso —dijo Nicholas.

—Joanna, ¿podrías añadir mi sangre a las protecciones mientras estamos aquí? —preguntó Collins—. Para poder salir sin desplomarme.

—No —respondió Joanna sin pararse a pensar en la cortesía.

—Ah, venga ya —dijo Collins—. Alguien tiene que sacar a pasear la perra.

—¿Hola? —dijo Nicholas, alzando la mano.

—Vale, pues alguien tiene que sacarme a pasear *a mí* —dijo Collins—. No puedo quedarme encerrado en la casa todo el día, necesito un poco de ejercicio o me volveré loco. ¿Por favor? Te lo ruego, soy el único que está encerrado aquí por las protecciones. Además, puedes sacarme de ellas en cualquier momento.

Joanna lo estudió. Sí que parecía muy grande como para permanecer confinado, y llevaba andando de un lado a otro de la casa toda la mañana, subiendo y bajando las escaleras, traqueteando en la cocina, peleándose con sir Kiwi muy por debajo de sus posibilidades. Además, había algo que hacía que confiara en él de forma implícita, y no era (se lo juró a sí misma) porque fuera atractivo. Los hombres atractivos y de ojos azules normalmente eran los menos fiables... ¿cuántas veces había leído sobre un villano de «ojos azules como el hielo»? Pero los ojos de Collins no eran como el hielo para nada. Eran acogedores, delicados, como unos pantalones vaqueros perfectamente usados. Y, en ese momento, esos ojos estaban puestos en ella, repletos de esperanza. Se dio cuenta de que no quería decirle que no. Y aun así...

—No —repitió.

Collins le dedicó una mirada de súplica a Nicholas, y Joanna recordó la forma en que Esther y ella solían pedirle a su madre algo, y después iban a Abe cuando Cecily decía que no, esperando una respuesta más satisfactoria. Vio perfectamente que, en esta situación, ella era Cecily.

—Estoy de acuerdo en que no parece muy justo que él sea el único confinado en la casa —dijo Nicholas, y entonces ambos la miraron. Dos pares de ojos suplicantes. Tan solo su familia había estado en aquellas protecciones… Pero claro, hasta hacía muy poco, tan solo su familia había estado en el interior de la casa. Las cosas estaban cambiando, tanto si ella estaba preparada como si no, y tras años de resistirse, era más fácil rendirse a esos cambios.

—De acuerdo —dijo ella, agarrando el cuchillo de plata que había en el escritorio—. Dame la mano.

Collins dio un paso al frente rápidamente, como si temiera que fuera a cambiar de opinión, y se arremangó sin necesidad. Vio que la mano de Collins era como el resto de su cuerpo: grande, fuerte y bien formada. La tenía ligeramente callosa, con unas venas tensas que recorrían el dorso de la mano y avanzaban hasta el antebrazo musculado, unos dedos largos y con el extremo cuadrado, y unas uñas bien cuidadas en el ancho espacio que tenían. Joanna se quedó mirándolo, y sintió el peso caliente de la palma de su mano en la de ella, hasta que Nicholas se aclaró la garganta y ella se sobresaltó.

Tragó saliva y apretó la punta del cuchillo contra el dedo índice de Collins. Lo observó mientras él presionaba el dedo contra la parte de atrás del códice, junto a su propia huella ensangrentada. Justo donde la sangre de Abe y de Cecily había estado en una ocasión. Le dio la sensación de que las protecciones temblaban al acomodar a Collins, y él dio un paso atrás, contemplando su propio dedo ensangrentado, como si no pudiera mirarla a la cara.

—Lo siento —dijo Collins en voz baja—. Sé lo duro que todo esto es para ti.

Joanna flexionó la mano con la que había sostenido la suya.

—No pasa nada —dijo ella.

Cerró las protecciones y las volvió a dejar tras la puerta de cristal, en el escritorio, y sobre el libro vampiro, el cual estaba fuertemente envuelto en una vieja funda ante la insistencia de Nicholas. Aun así, podía escucharlo, un grave ruido disonante que atravesaba el zumbido tranquilo de los demás libros, como una nota equivocada que fuera tocada una y otra vez.

Nicholas también estaba mirando el libro.

—¿Te importa si me lo llevo arriba otra vez? —dijo él—. Me gustaría echarle otro vistazo.

—Adelante —le dijo Joanna.

* * *

Escaleras arriba, Esther estaba encorvada sobre su trabajo, con las páginas acabadas acumulándose encima de la mesa del comedor mientras se secaban. Nicholas les echó un vistazo profesional, observándolas como un juez en un concurso canino.

—Muy bien, *muy* bien… Ah, muy bien —dijo una y otra vez, hasta que Esther estiró la mano y lo empujó para alejarlo.

—Estás haciendo que me sea muy difícil concentrarme —dijo ella—. ¿Y si copio una palabra mal y sin querer convierto a Collins en una gallina?

—La verdad es que me he fijado en que no te quedan huevos —le dijo Nicholas a Joanna.

El propio Collins había desaparecido con sir Kiwi en cuanto subieron las escaleras, dando un portazo tras de sí como si no pudiera esperar a salir. Joanna lo vio irse y sintió un ligero abatimiento, y decidió que eran celos. A ella también le habría gustado darse un paseo, pero se ponía nerviosa al pensar en dejar a Esther y a Nicholas a solas en la casa, escribiendo su magia. En parte era su paranoia (no quería dejarlos sin supervisión), y en parte era su deseo de ser incluida en ello, incluso aunque era incapaz de ayudarlos.

Tras un rato, se contentó con salir al frío porche, donde se llevó una ligera decepción al ver que Collins no estaba en ningún lado, ya que debía de haberse llevado a sir Kiwi al bosque. Pero sonrió, encantada, al ver que el gato la estaba esperando, restregándose contra la barandilla con la cola en alto. Le había preocupado que los olores extraños de la gente y un perro lo asustaran.

—Aquí dentro hay una fiesta —dijo ella, bajando la mano para acariciarle la cabeza. Como siempre, le fascinó lo caliente y sólido que era—. ¿Estás seguro de que no quieres entrar?

El gato le empujó la cara contra los dedos, y se restregó entre sus piernas. Se preguntó si le dejaría alzarlo. Quería sostenerlo en brazos con todas sus fuerzas, pero cuando bajó la otra mano y le tocó el costado, dio un salto.

—Vale, vale —dijo ella cuando se alejó. Sus ojos del color de la sidra la miraron como reprendiéndola—. Lo siento, no pretendía meterte prisa.

No pudo evitar pensar en cómo desearía que alguien con una voz agradable le dijera aquello mismo a ella.

Collins ya estaba de vuelta: podía ver su silueta a través de las ramas, y escuchó el crujir de las ramitas y hojas muertas bajo sus pies conforme avanzaba por el camino. Salió por el matorral que había tras el columpio descuidado, con la correa de sir Kiwi alrededor de una mano, la vista centrada en el suelo que había frente a él, y los labios fruncidos. Cuando alzó la mirada y vio a Joanna de pie en el porche, se quedó congelado.

—¿Qué haces? —le preguntó Collins.

—Saludando al gato —dijo ella.

Collins frunció el ceño, y solo entonces pareció notar la forma en que sir Kiwi resollaba y tiraba de la correa.

—El gato —repitió, justo cuando el animal en cuestión saltaba del porche y salía corriendo hacia el bosque.

Sir Kiwi soltó un ladrido atormentado, y Collins se quedó mirando los oscuros árboles entre los que el gato había desaparecido.

—¿Estás bien? —le preguntó Joanna.

—Es agradable esto —dijo él—. ¿Has despejado el camino tú misma?

—Hace años, cuando éramos niñas, lo hacíamos mi padre y yo —dijo ella—. Y Esther.

—Pero lo has mantenido despejado, debe de ser un montón de trabajo. —Sir Kiwi subió las escaleras del porche trotando y tiró de la correa para intentar saltar a las piernas de Joanna. Collins se quedó a unos pasos de distancia, en la hierba y mirándola desde abajo—. ¿Hasta dónde llega?

—Rodea la propiedad —dijo ella—. Traza el límite de las protecciones. Todo junto son unos cinco kilómetros. ¿Has llegado hasta el arroyo?

Collins asintió. Parecía estar relajándose del estado de ánimo extraño que lo había embargado.

—Sí —dijo él—. Es muy bonito.

Tal y como había sentido en el sótano, Joanna notó que el placer la embargaba. Y, de nuevo, se dijo a sí misma que no le importaba lo que pensara Collins. Pero tenía razón, ella había trabajado duro para mantener el camino, y en muchas formas, era una parte de ella al igual que lo eran los libros, o el porche, o su propia sangre. Después de todo, era su sangre la que mantenía la casa a salvo dentro del círculo del bosque.

Collins subió las escaleras haciendo que los escalones chirriaran, y ella dio un paso atrás para darle espacio. Hizo una pausa justo delante de ella, con la mirada puesta en algún punto por encima de su hombro y los labios apretados en una línea infeliz. Era un rostro lleno de malas noticias, y de repente tuvo la certeza de que fuera lo que fuere lo que estuviera por decir a continuación, no quería escucharlo. Se preparó, el pulso se le aceleró, y él la miró brevemente a los ojos.

—Aquí todo es precioso —dijo él.

Entonces pasó a su lado y entró en la casa, con sir Kiwi caminando delante. Joanna se quedó allí, estupefacta y confusa, y escuchó la puerta cerrándose tras él. Había tenido la expresión más nefasta que ella le había visto, la tensión irradiaba de cada parte de su cuerpo a pesar de sus palabras.

Trató de recordar que todos ellos estaban sometidos a mucho estrés, y Collins no era diferente. Debía de estar muy nervioso por el hechizo que Esther estaba escribiendo, y angustiado al pensar que quizá no funcionaría, o que, incluso si lo hacía, muy pronto el silencio al que había estado sometido se rompería. Las limitaciones a veces podían ser reconfortantes, y Joanna sabía aquello mejor que nadie.

Cuando abrió la puerta para volver al interior, el sonido del libro vampiro la golpeó de nuevo. Collins estaba en el vestíbulo, limpiándole el barro de las patitas a sir Kiwi con una toalla vieja, pero cuando Joanna entró, le soltó la pata trasera. Sir Kiwi se escabulló, y

Collins fue tras ella. Joanna lo siguió hacia el salón, donde encontraron a Nicholas sentado en el sofá con el libro a un lado, masajeándose las sienes. Joanna pensó, ligeramente impresionada, que nunca había conocido a ningún ser humano ni ningún objeto que consiguiera parecer tan lujoso y exhausto al mismo tiempo.

—¿Qué pasa? —exigió saber Collins, acercándose a él.

—Cielo santo, tranquilo —dijo Nicholas—. Ya no eres mi guardaespaldas, ¿recuerdas? No pasa nada, solo me duele la cabeza. Y este libro es horrible.

Joanna tenía el sonido metido en la cabeza, una capa de amargura adherida a la lengua, y notaba el sabor cada vez que tragaba. Saber de qué estaba hecho el libro no había cambiado el sonido en sí mismo, pero ahora era más difícil no escucharlo y no pensar en piel, hueso, tendones y sufrimiento.

—¿Has terminado de echarle un vistazo? —preguntó Joanna.

—Por ahora —dijo Nicholas con el ceño fruncido—. No dejo de pensar que tiene que haber algo más, algo que no estoy comprendiendo. Pero… no lo sé.

Esther entró entonces en la habitación, se estiró y se echó sobre el marco de la puerta.

—¿Puedo volver a bajarlo al sótano? —preguntó Joanna—. Es muy desagradable de escuchar.

—Sí —dijo Nicholas.

Collins, que había estado a punto de sentarse en el sofá junto a él, se levantó de nuevo. Entonces volvió a sentarse, y volvió a cambiar de opinión y se levantó. Nicholas lo miró con el ceño fruncido, y Joanna se alegró de no ser la única a la que le parecía que se estaba comportando de una forma extraña.

—Collins —le dijo Nicholas—. ¿Estás bien?

—¿Has terminado de escribir? —le preguntó Collins a Esther.

—Sí, justo ahora —dijo Esther.

Collins se giró hacia Nicholas.

—¿Ahora qué?

—Ahora tenemos que esperar a que las páginas se sequen para que Esther pueda encuadernarlas.

—¿Cuánto tiempo llevará eso?

—No mucho, ¿unos treinta minutos? ¿Cuarenta?

—No lleves el libro abajo aún —dijo Collins, que miró fijamente a Joanna. Tenía la voz extraña, como si estuviera esforzándose por mantenerla neutral—. Por favor. No hasta que el hechizo esté listo.

—¿Por qué demonios no? —dijo Nicholas.

—No puedo decírtelo.

Joanna intercambió una mirada perpleja con Esther mientras el libro zumbaba desde la mesita baja como si fuese una sierra mecánica a la distancia.

—¿Puedo ponerlo en otra habitación, al menos?

—En cualquier sitio excepto en el sótano —le dijo Collins.

Queriendo apaciguar la preocupación que parecía haberse apoderado de él, Joanna dejó el libro en la despensa, donde varias puertas amortiguarían aquel zumbido desagradable y sordo. Pero aún podía escucharlo levemente mientras se movía por la casa, aunque un sonido más bajo y soportable.

La tinta de Esther se secó con rapidez, así que Joanna observó con interés mientras Nicholas la guiaba a través del proceso para encuadernarlo. Al final acabó haciendo la mayoría del trabajo él mismo, una encuadernación copta rápida, cosida con un hilo de algodón negro y común. Cortaron una vieja chaqueta para hacer la cubierta de cuero, y la cosieron en lugar de pegarla para ahorrar tiempo. Nicholas les explicó que la encuadernación en sí misma no importaba demasiado, mientras que el libro estuviese encuadernado. Los tipos de magia antigua, como los pergaminos o la talla prelingüística, también habían tenido que ser «acabados» de cierta manera para que el hechizo surtiese efecto: la sangre mezclada con la arcilla debía ser cocida, o el pegamento del papiro, perfectamente alineado.

Observó a Nicholas coser la encuadernación con habilidad, se maravilló ante la gran cantidad de preguntas que había tenido toda su vida, y que podían ser respondidas con su mera presencia.

Nicholas terminó de coser, ató el hilo y lo cortó con los dientes. Después, le dedicó una sonrisa a Esther.

—Felicidades —le dijo—. Acabas de escribir tu primer libro.

—No me felicites hasta que sepamos si funciona de verdad —dijo Esther, pero Joanna escuchaba claramente que funcionaría. El producto final no se parecía en mucho a los otros libros que había en la colección de Joanna: las páginas se componían de un papel barato de impresora, y la encuadernación estaba bien, pero era muy simple, con una cubierta rígida y un cuero sin adornos. Pero a Joanna lo que le importaba no era la apariencia. Le importaba el sonido. Y aquel volumen casero, escrito en un solo día por su propia hermana, con la sangre del cuerpo de su hermana, zumbaba como una colmena en pleno calor de julio.

—Venga, vamos a ello —dijo Collins, que prácticamente vibraba con la anticipación—. Léemelo.

Más allá del reconfortante sonido del hechizo de Esther en sus manos, Joanna aún podía escuchar el horrible murmullo del libro en la despensa, que tiraba del oído de su mente. Dejó el nuevo libro sobre la mesa del comedor y se giró hacia la cocina.

—El vampiro me distrae. Dejad que lo baje…

—Déjalo —le dijo Collins de forma brusca, y ella se volvió hacia él, herida por el tono severo de su voz. Él se aclaró la garganta, esforzándose por modular el tono de voz—. Venga, Joanna, por favor. Léeme el hechizo primero, y después haz lo que tengas que hacer en el sótano.

A Joanna la recorrió un escalofrío de nervios.

—¿Por qué no quieres que baje al sótano?

Collins palideció.

—No es… Yo no he dicho eso.

—No ha hecho falta que lo dijeras.

Joanna se alejó de él, de los rostros perturbados de Nicholas y de Esther, y entró en la cocina, ignorando a Collins, que la llamaba por su nombre en un tono agudo de pánico que no lo había escuchado usar antes. No se paró a recoger el libro de la despensa; un instinto repentino y certero empujó sus preocupaciones hacia otro lugar.

Cuando abrió la puerta de madera del sótano, escuchó enseguida que había algo diferente… o que sonaba diferente. Era como oír una canción que se conocía de memoria y darse cuenta de que uno de los instrumentos faltaba de fondo. El pulso se le aceleró incluso antes de ir hacia el escritorio y ver que el espacio estaba desequilibrado.

El estante que contenía las protecciones, un estante que jamás había estado vacío en toda su vida, ahora lo estaba.

Se puso de rodillas y buscó tras el escritorio, debajo, alrededor... Como si, de forma descuidada, pudiera haber tirado las protecciones de alguna forma, pero ya sabía que ella nunca habría hecho eso, sabía que no era lo que había ocurrido, así que atravesó de nuevo el sótano corriendo y subió las escaleras sin cerrar siquiera la puerta tras de sí. Entró en el comedor a toda velocidad y fue directa hacia Collins, frenándose frente a él sin aliento por la ira, tanto que apenas podía hablar.

—¿Qué has hecho? —le exigió.

Collins bajó la mirada hacia ella con el rostro pálido y las pupilas dilatadas en aquellos ojos azules. Tragó saliva con fuerza, pero no dijo nada.

—¿Qué? —preguntó Nicholas—. ¿De qué hablas?

Mantuvo la mirada puesta en Collins, negándose a apartarla. Le temblaba todo el cuerpo con la adrenalina, el miedo y el dolor.

—Se ha llevado mi libro de protecciones —dijo ella.

Collins permaneció en silencio.

—Eso es ridículo —dijo Nicholas—. Collins no ha tocado las protecciones.

Collins se aclaró la garganta y negó con la cabeza. Cuando habló, lo hizo con la voz ronca.

—Sí —dijo él—. Sí que lo he hecho. Me las he llevado, y no voy a devolverlas.

27

Durante un momento, después de que Collins hablara, nadie más lo hizo. Pero para Nicholas no parecía un silencio. Había un rugido en sus oídos, la sangre que iba hacia su cabeza, y su mente, que trataba de encontrar una negación a pesar de la propia confesión de Collins. Collins retrocedió hasta chocarse contra la pared del salón, y miró de Joanna a Nicholas, con una expresión desalentadora. Nicholas sabía que su rostro debía de estar reflejando claramente la conmoción y el daño que sentía, pero no podía controlarlo ni siquiera para salvaguardar su orgullo herido.

—Collins —dijo Joanna con la voz quebrada. Puso ambas manos sobre la mesa del comedor, como si no pudiera mantener el equilibrio por sí misma. Nicholas se alegró de estar sentado—. Son las cinco de la tarde, tenemos que alzar las protecciones en dos horas, o la casa quedará indefensa. No estará oculta, y cualquiera que quiera encontrarnos sabrá dónde buscar.

Estaba tratando de darle el beneficio de la duda, lo cual Nicholas pensó que era ridículo. Collins obviamente sabía muy bien lo que haría esconder las protecciones. Esther rodeó la mesa con los puños apretados en los costados, como si estuviera preparándose para pelear con él. Collins se cruzó de brazos, aunque no de su manera habitual de tipo duro, sino como si estuviese tratando de protegerse a sí mismo, como si estuviese asustado.

—¿Dónde las has puesto? —preguntó Joanna, y cuando Collins no respondió, se volvió hacia Nicholas y Esther—. Tenemos que registrar la casa.

—No están en la casa —dijo Collins—. Joanna, lo siento mucho, pero no vas a encontrarlas.

Joanna dio un golpe en la mesa, un gesto tan inesperado que Nicholas se sobresaltó. Era el sonido más alto que había escuchado hacer a Joanna desde que habían llegado.

—Dime dónde están.

—Necesito que me leas el hechizo —dijo Collins.

—No hasta que me devuelvas mis protecciones.

Nicholas ya estaba reescribiendo su visión de los últimos días, sacándole brillo a la lente de cada interacción que había tenido con Collins y pintándola bajo una nueva capa de color amarillento de vergüenza. Pensó con una tambaleante repulsión en la versión de sí mismo que había sido tan solo unos minutos antes: una persona lamentable que había creído que Collins y él quizás estaban convirtiéndose en amigos.

—Maram me dijo que lo hiciera —dijo Collins, con la mirada pasando de Joanna a Nicholas—. Me dijo que el lugar a donde nos dirigíamos tendría unas protecciones, y que tenía que desactivarlas lo antes posible. Me dijo que os lo dijera cuando lo hiciese.

Maram también debía de haber estado fingiendo, entonces. Realmente nunca le había importado una mierda Nicholas; él era solamente un peón del inexplicable juego de la Biblioteca, tal y como siempre había sido un peón. No podía mirar a Collins. Se agarró del brazo de madera de la silla y miró fijamente la mesa en su lugar, donde estaba el primer libro de Esther. Tan solo unos momentos atrás había estado emocionado por su éxito, y emocionado ante el prospecto de romper el acuerdo de confidencialidad de Collins, y de saber, por fin, cómo se llamaba. Eran tan, pero *tan* estúpido.

—¿Por qué? —exigió saber Esther—. ¿Por qué te diría que hicieras algo así?

—¡No lo sé!

—¿Y no se te ocurrió *preguntar*?

—¡Pues claro que pregunté! —Collins y Esther se gritaban el uno al otro—. No podía decírmelo, probablemente porque está bajo el mismo... —Se interrumpió, tosiendo contra su brazo, incapaz de nombrar siquiera el hechizo que lo mantenía en silencio.

—Ah, qué conveniente —dijo Esther—. No te puedes explicar porque te atragantarás y te morirás si lo intentas. Perfecto.

—Espera —dijo Joanna—. Esa tos. —De repente parecía más resuelta que enfadada. Miró a Collins a la cara, y él estaba enrojecido por la falta de oxígeno—. Collins, ¿eso es lo que pasa cuando intentas hablar de algo y el hechizo te lo impide?

Collins no respondió, dado que el acuerdo de confidencialidad impedía responder preguntas sobre ello, pero Esther dijo:

—Si es que está siquiera bajo un acuerdo de confidencialidad…

—Espera —dijo Joanna, echando a andar tan rápido que se golpeó contra la pared del comedor. Una pintura a la acuarela de una montaña tembló dentro del marco—. Espera.

Collins ya había recuperado el aliento.

—Maram me dio un mensaje —dijo él—. Dijo que tenemos que encontrar lo que Richard usará para encontrarnos.

—¿Qué coño significa eso? —exigió saber Esther.

—No lo sé —dijo Collins, y se acercó a Nicholas, quien se echó hacia atrás por instinto. Collins se quedó quieto—. Di algo —le pidió—. Por favor.

—Espera —repitió Joanna, pero parecía estar hablando consigo misma.

A Nicholas le iba la cabeza demasiado rápido como para preocuparse por ella en ese momento. Estaba totalmente centrado en Collins, en Maram, en las protecciones robadas, y en el acuerdo de confidencialidad sin romper, pero nada parecía tener sentido.

—Incluso aunque esté diciendo la verdad —dijo Esther—, y piense que está, no sé, ayudando al esconder las protecciones…

—No piensa que está ayudando —dijo Collins—, ¡está seguro de ello!

—Aun así —dijo Esther, subiendo la voz—, aunque piense que está ayudando, ¿por qué demonios confía en Maram, y por qué demonios deberíamos confiar nosotros en ella?

—Léeme ese libro, Joanna —dijo Collins, y alzó la mano como si fuera a tocarla, pero cuando ella, al igual que Nicholas, evitó el contacto, enroscó los dedos—. Por favor, te lo suplico.

Nicholas vio que Joanna tenía el libro recién escrito en sus brazos, sosteniéndolo de forma protectora lejos de Collins. Retrocedió, alejándose de la mesa del comedor y avanzando hacia la puerta que llevaba hacia la cocina.

—Esa tos —le dijo Joanna a Collins—. La he escuchado antes, exactamente igual…

—¿Qué? —dijo Esther—. ¿Dónde?

—En mamá. —Apretó el libro con más fuerza, y miró a Nicholas—. Creo que nuestra madre está bajo el mismo hechizo. Bajo un contrato de confidencialidad.

Aquellas palabras instalaron un momento de quietud entre ellos.

—Esa tecnología en particular —dijo Nicholas— se desarrolló en la Biblioteca. La creó mi padre, he visto sus notas.

—Entonces, ¿qué significa eso? —dijo Joanna con el rostro pálido.

Nicholas pensó en el terrible libro de Abe.

—Significa que, en algún momento, vuestros padres debieron de tener alguna conexión con la Biblioteca.

Joanna alzó la barbilla y se estiró todo lo posible, y Nicholas se dio cuenta solo entonces de lo alta que era, quizá más alta que él. El pelo largo, los ojos grandes y la voz suave la hacían parecer pequeña, pero no lo era.

—Quiero usar esto con mi madre —dijo Joanna—, no con Collins.

—Joanna —dijo Collins, en voz baja y suplicante. Ella parecía como si estuviese a punto de empezar a escupir fuego.

—No te debo ni una maldita cosa —dijo ella.

—Pero te he robado las protecciones —le dijo—, ¿no quieres saber *por qué*?

—No funcionaría, de todas formas —dijo Nicholas—. Yo escribí el acuerdo de confidencialidad de Collins, conozco el lenguaje del hechizo original, así que conocía el lenguaje para deshacerlo. No hay posibilidad alguna de que yo haya escrito el de tu madre, así que imagino que es una versión más antigua, de los tiempos de mi padre como Escriba.

Joanna parecía destrozada.

—Pero…

—Parad, todos —dijo Esther, poniéndose las manos sobre las orejas—. ¡Paso a paso! Mirad, Nicholas le ha preguntado a Collins que por qué confía en Maram, y creo que es algo que deberíamos saber por encima de todo. Ella es la que ha movido los hilos para traernos aquí, tenemos que saber por qué.

—Sí —dijo Collins, señalándola.

—Yo he escrito este libro —le dijo Esther a Joanna—, así que creo que yo debería decidir qué hacer con él. Y quiero romper el acuerdo de confidencialidad de Collins.

—¡Gracias! —dijo Collins.

—¿Nicholas? —preguntó Esther.

Nicholas estaba acostumbrado a que le dieran órdenes. Quería protestar y mantenerse firme, pero lo cierto era que no sabía sobre *qué* quería mantenerse firme. Y había una parte de él que no era pequeña que asomó la cabeza ante la imponente voz de Esther.

—Es tu decisión —le dijo.

—¿Jo? —preguntó Esther, en una voz perceptiblemente más suave cuando se dirigió a su hermana—. ¿Todo bien? ¿Le leerás el hechizo?

Joanna bajó la mirada hacia el libro que tenía en las manos, y acarició la cubierta de cuero con los pulgares de arriba abajo. Por fin, resignada, asintió.

—Iré a por las hierbas y el cuchillo —dijo ella.

—Estaremos en el salón —dijo Nicholas—. Collins debería de estar sentado para esto.

Collins se sentó en el sofá, y Joanna fue a sentarse junto a él, pero pareció pensárselo mejor, y se sentó sobre la mesita baja que había frente a él con el libro en el regazo. Nicholas se quedó de pie a un par de pasos de distancia, de brazos cruzados. Mientras tanto, Esther se sentó sobre el sillón reclinable de cuero con un pie sobre el asiento, como si pensara echar a correr de un momento a otro. Joanna los miró a ambos, nerviosa.

—Nicholas, ¿podrías no estar ahí acechando?

—No estoy acechando, solo…

—Pues no estés ahí de pie mirándome fijamente —dijo Joanna—. Me estás poniendo nerviosa.

Nicholas retrocedió a regañadientes.

—¿Mejor así?

Joanna asintió. Comenzó a hablar de forma suave, pero su voz se volvió firme, como si se hubiera acordado de que estaba enfadada.

—Collins, ¿estás preparado?

—Estoy preparado.

Abrió el libro sobre el regazo y respiró hondo lentamente. Entonces, sin encogerse siquiera, se hundió la punta del cuchillo en el dedo anular y lo metió en el cuenco con las hierbas. Collins observó cada movimiento con una postura tensa y la respiración agitada, anticipando lo que vendría. Joanna apretó el dedo contra la página y comenzó.

Nicholas esperaba que Joanna fuera una lectora dubitativa, de voz suave e incierta, pero se le olvidaba que ella llevaba haciendo aquello toda su vida. Su tono de voz era seguro, continuo y modulado de forma preciosa, alzándose y bajando como si fuera una conversación entre las palabras y ella. Una vez que comenzó a leer, no perdió la concentración: ni cuando sir Kiwi saltó sobre el respaldo del sillón para ladrarle a una ardilla a través de la ventana, ni cuando Nicholas se mareó y tuvo que dejarse caer sobre el banco del piano, ni cuando a Collins le temblaron tanto las manos sobre su regazo que empezó a tragar saliva de forma compulsiva.

Nicholas y Esther se inclinaron hacia delante al mismo tiempo: Nicholas observando con tanta atención que se le resecaron los ojos, y unas cuantas veces Collins le devolvió la mirada con la mandíbula apretada y le hizo una pequeña inclinación de cabeza que Nicholas no supo cómo interpretar. Nicholas no sintió la magia cuando comenzó a funcionar, pero sabía que Joanna estaría escuchándola y podía ver sus efectos en el cuerpo de Collins: los hombros se le tensaron, en el cuello se le resaltaron los tendones, cerró las manos temblorosas para apretar los puños, y trató de respirar mientras el hechizo lo incomodaba.

Joanna pronunció la última palabra, y Collins emitió un grito ahogado, un sonido que era como el agua cuando se colaba por una rejilla. Se echó hacia delante con una mano sobre el sofá para apoyarse, y con la otra se agarró la garganta, resollando.

Joanna cerró el libro y lo dejó sobre la mesita baja.

—¿Y bien? —exigió saber Nicholas.

—Dame un puto segundo, joder —dijo Collins con voz ronca.

—Pero ha funcionado —dijo Esther, que se había puesto en pie y le temblaban los labios como si quisiera sonreír pero no estuviese permitiéndoselo—. He escrito un hechizo —dijo ella—. ¡Y el hechizo ha funcionado!

—No lo sabemos aún —dijo Nicholas—. Ha pasado algo, pero…

—Me llamo… —dijo Collins, probando— Nicholas.

—¿Qué?

Collins tenía una expresión que Nicholas jamás había visto antes, una sonrisa que le transformó la cara entera, le iluminó los ojos y borró las líneas enfurruñadas que siempre tenía alrededor de la boca.

—Es mi nombre —dijo él—. Nicholas.

—¿Cómo? —dijo Nicholas—. No.

—Nicholas Collins —dijo Collins, y alargó la mano hacia él.

Sin saber muy bien lo que estaba haciendo, Nicholas se inclinó sobre la mesa de café para estrechársela. La palma de la mano de Collins estaba caliente contra sus dedos eternamente helados. Se dieron la mano.

—Todo este tiempo he estado intentando adivinarlo —dijo Nicholas—, ¿y me estás diciendo que nos llamamos igual?

—Bueno, a mí siempre me han llamado Nick —dijo Nick Collins—. Hostia puta, ¡qué bien sienta decirlo en voz alta! —Miró hacia Joanna y, de forma algo más dubitativa, le ofreció también la mano—. ¿Nick Collins? —dijo él.

Nicholas vio la incertidumbre en el rostro de Joanna. Un segundo, dos, y no se movió. El rostro esperanzado de Collins comenzó a borrarse conforme pasaron los segundos. Y entonces, justo cuando Collins empezaba a retirar la mano, ella alargó la suya en un gesto repentino y decidido, y Nicholas no pudo evitar sentirse aliviado de forma indirecta mientras Collins le sonreía, agarrando la de Joanna con sus dos manos. Se volvió hacia Esther entonces, pero luego pareció pensárselo mejor, ya que ella estaba sentada literalmente sobre las manos.

—Espera —dijo Nicholas—. ¿Cómo se supone que debo llamarte ahora?

—Collins —dijo de forma decidida—. Y, por cierto, yo los escucho. Los libros, la magia. Lo que sea. Todos los guardaespaldas que has tenido podían escucharlos, es por lo que nos reclutaban.

—Pero tú odias los libros —le dijo Nicholas, aturdido.

—No solía odiarlos —dijo Collins—. Solían encantarme. Trabajé como personal de seguridad en Boston, en un grupo en el que compartían los libros que tenían. Su base central es la casa de Lisa, y ella y Tansy son miembros del grupo, como yo solía serlo. Angie, mi hermana pequeña, también lo es. Así me encontró la Biblioteca: querían comprar nuestra colección y terminaron comprándome a mí en su lugar. Mis amigos, incluyendo a Lisa y a Tansy, y probablemente Angie... Todos piensan que los traicioné por el dinero, pero no fue así. —El rostro se le transformó—. Resulta que soy un producto de lujo: un guardaespaldas entrenado que puede escuchar la magia. Cuando rechacé el trabajo la primera vez, Richard me hizo una oferta más atractiva añadiendo un poco de chantaje. La Biblioteca nos ofrecía dinero por la colección, por supuesto, pero Richard tiene suficiente magia como para no tener que pagar para quitárnosla. Comprar los libros era simplemente la forma más fácil. Dijo que, mientras que fuera a trabajar para la Biblioteca, si me sometía a un acuerdo de confidencialidad y acataba las normas, el grupo estaría a salvo. Y no se refería solo a los libros, también amenazó a mis amigos. —Le echó un vistazo a Esther, buscando algo de compasión—. Y a mi hermana.

—Pero ahora no estás acatando las normas —dijo Joanna.

—No —dijo Collins de forma lúgubre—, no lo hago. Pero Maram me dijo que si sacaba a Nicholas a salvo de la Biblioteca, se aseguraría de que nadie del grupo sufriera ningún daño.

Esther resopló.

—¿Y la creíste, así sin más?

—¿Te crees que soy imbécil? —le dijo Collins—. Me dejó que le leyera un hechizo de la verdad. No podría habérmelo prometido si no lo decía en serio.

Así que esa era la razón de que Richard hubiera encontrado el último hechizo de la verdad de Nicholas tan gastado. Comenzó a ponerse en pie, pero sintió una oleada de náuseas, y sin pretenderlo se apoyó con fuerza contra las teclas del piano. Un sonido discordante hizo que Joanna se sobresaltara como si fuese un conejo.

—Lo siento —dijo él.

—Siéntate —le dijo Collins, y así lo hizo.

No estaba seguro de si el mareo venía producido por las palabras de Collins o por una producción baja de glóbulos rojos, pero, de cualquier manera, se sentía inequívocamente mal. Chasqueó los dedos en dirección a sir Kiwi, que trotó hacia él con sus ojillos negros brillantes, pasándoselo en grande. Se sentó de forma obediente sobre su pie.

Esther se sentó de nuevo en la silla, pero no dejaba de cambiar de postura, incapaz de quedarse quieta.

—Entonces Maram te dio un montón de órdenes y te dijo que, si hacías todo lo que te decía, no mandaría a Richard a por tus amigos. Vale. Nada de eso me suena como una razón válida para confiar en otra persona. De hecho, suena bastante parecido a un chantaje.

—No es por eso por lo que confío en ella —dijo Collins—. Confío en ella porque ella también está protegiendo a alguien de fuera, solo que Richard no lo sabe.

Nicholas sintió una inquietud que no sabía cómo explicar, como si estuviera cayéndose. Collins se aclaró la garganta.

—La noche de la gala —le dijo a Nicholas, y titubeó—. Creo que ya sabes que fingieron aquel ataque, ¿no?

Nicholas asintió.

—Por las abejas —dijo él.

—¿Qué ataque? —dijo Esther—. ¿Qué abejas?

—Tuve que fingir que mataba a un hombre para asustar a Nicholas y que pensara que había gente que lo perseguía —dijo Collins—. Maram hechizó mi arma, lo cual convirtió las balas en abejas.

—Es un hechizo escrito de forma preciosa —murmuró Nicholas.

—¿Abejas de verdad, vivas? —preguntó Joanna, interesada.

—No lo sé, pero definitivamente zumbaban —dijo Collins, e hizo un gesto con la mano, ya que las abejas no eran el tema importante. Sir Kiwi interpretó aquel gesto como una invitación, y se levantó del pie de Nicholas para saltar al sofá junto a Collins, describiendo un círculo antes de sentarse junto a su pierna. Nicholas sintió un pinchazo de irritación ante su deslealtad—. Maram hizo aquel hechizo en su estudio, mientras Richard observaba. —Collins miró entonces a Nicholas, y después bajó la mirada. Puso la mano sobre la cabeza de sir Kiwi—. Obviamente no me gustó, pero no tenía elección. Y no podía decírtelo. Lo siento, lo habría hecho si hubiera podido. Quería hacerlo.

Nicholas estaba sintiendo demasiadas cosas como para añadir el perdón a la lista.

—¿Cuáles eran exactamente los términos de tu acuerdo de confidencialidad? —le preguntó.

—No podía decir nada sobre mi vida personal —dijo Collins, que subió un dedo—. No podía decir nada sobre la Biblioteca en sí misma, y no podía repetir ni una cosa que Richard y Maram me dijesen. Ni en voz alta ni por escrito. Es un contrato bastante común, por cierto. Maram probablemente tenga uno similar. Pero bueno, la cosa es que leyó el hechizo y me devolvió el arma. Richard se marchó de la habitación, y entonces me preguntó... —Tragó saliva—. Me preguntó qué me parecería verte desangrarte hasta morir.

Nicholas no se esperaba aquello, y las palabras lo golpearon en algún punto entre la garganta y el corazón.

—Yo... ¿qué? No estoy... No estaba...

—Sí, sí que lo estabas —dijo Collins—. Quizá de forma lenta. Pero incluso en los pocos meses en los que estuve en la Biblioteca, vi claramente que estabas empeorando y que Richard no te dejaba recuperarte. Sé cuánta sangre puede perder una persona antes de que se convierta en un problema, y sabía que se estaba convirtiendo en un problema. —Collins se aclaró la garganta—. Le dije que no me parecería demasiado bien.

—Qué virtuoso —comentó Esther.

—Fue entonces cuando Maram me comentó que tenía un plan —dijo él, fulminando a Esther con la mirada—. Un plan para acabar con todo: no solo con lo que te estaba ocurriendo, sino con la mismísima Biblioteca. Mi contrato, el contrato de todos, y aquel infierno de sitio... Todo echado abajo.

—Ah, qué divertido —dijo Esther—. Nada me gusta más que participar sin saberlo en la conspiración dramática de otra persona.

—No —dijo Nicholas, que negó con la cabeza—. Eso es imposible, Maram ama la Biblioteca. Siempre lo ha hecho. Ella contactó con la Biblioteca, no al revés. Convenció a Richard de que la contratara en cuanto salió de Oxford —dijo de nuevo, ya que valía la pena enfatizarlo—. Ama la Biblioteca. Y quiere a Richard. ¿Qué razón podría tener para querer destruirla?

Collins acarició el pelaje de sir Kiwi y de repente parecía nervioso.

—Le pregunté eso mismo. Se quedó mirándome durante un buen rato, como si estuviera decidiendo algo. Después fue hasta su dormitorio y volvió con una fotografía, una vieja, como de una cámara desechable, con la fecha en naranja, en la esquina. La imagen era algo borrosa, un poco verde, y parecía un paisaje lluvioso… pero había un poco de sangre seca en el ángulo, y cuando la limpió, la imagen cambió.

Collins no miraba a ninguno de ellos ya, y parecía centrado en acariciar a sir Kiwi, que tenía la lengua fuera, disfrutando de la atención.

—Era de una mujer en una cama de hospital —dijo él—. Y sostenía a un bebé. Me llevó un momento darme cuenta de que era Maram. Estaba muchísimo más joven, pero tenía básicamente el mismo aspecto.

Esther alzó una ceja, escéptica.

—¿Y qué tiene que ver un bebé con todo esto?

Nicholas la miró fijamente, y se fijó en sus cejas oscuras y arqueadas. Había visto esa expresión en algún sitio. La había visto casi cada día durante toda su vida. Incluso la había practicado ante el espejo. Y supo, de repente, por qué Esther le había parecido tan familiar la primera vez que la había visto a través del espejo hechizado.

Estaba justo allí, en la forma de su mandíbula, en el arco decidido del labio superior y en el punto donde le nacía el pelo, en forma de corazón. Aquellas suaves líneas de su frente que se hacían más y más profundas cuando las cejas comenzaban su baile constante. No era un parecido directo, era más una imitación que una copia de fotografía. Pero en cuanto se dio cuenta, no pudo dejar de verlo.

Se parecía a Maram.

Maram, la cual los había reunido allí a todos ellos, en aquella habitación, en mitad del campo de Vermont, y quien había aparecido en la vida de Nicholas al mismo tiempo que la madre de Esther había desaparecido de la suya.

—¿Qué? —preguntó Esther, porque Nicholas no dejaba de mirarla… así como Collins y Joanna.

Esther tenía una expresión de confusión desamparada, la cual ahora Nicholas sabía que no era confusión, en absoluto.

Ella, al igual que Nicholas y Joanna, estaba empezando a entender lo que Collins les estaba diciendo.

—El acuerdo de confidencialidad no le permitía explicarme nada de forma directa, así que en aquel momento solo entendí por la fotografía que Maram tenía un bebé —dijo Collins—. Y vale, era un gran secreto, pero no lo suficiente como para hacer que confiara en ella... así que se lo dije. Ella me dijo que esperase, que muy pronto lo entendería todo. Creo que es por lo que le dijo a Nicholas cómo entrar en la oficina de Richard: no solo para que viera su propio ojo, sino para que yo viera el hechizo buscador de Escribas, y para que mirara por aquellos espejos hacia la región antártica. Y lo entendí entonces. Entendí que el hechizo de Richard por fin había encontrado a otro Escriba: alguien más a quien desangrar, alguien más a quien matar. Y la persona a la que encontró fue a la hija de Maram.

PARTE TRES

LINAJE

28

Nicholas no tenía ningún recuerdo sobre sus padres: tan solo unas cuantas fotografías. Las únicas fotografías que tenía de su madre eran de su paso por el teatro, carteles publicitarios y fotos viejas del reparto en las cuales casi siempre estaba disfrazada, con los labios pintados, una sonrisa, la piel artificialmente lisa y sin brillo, y el pelo oscuro y rizado. Había leído el texto de todas las obras en las que había actuado, y sabía que en muchas ocasiones le habían dado el papel de la chica ingenua y adorable, cuya tensión narrativa existía no para hacer avanzar a su personaje, sino por el efecto dramático o cómico. Y aquel era también el papel que parecía jugar fuera de los escenarios. Una joven mujer que había tenido la desgracia de enamorarse del preciado Escriba de la Biblioteca, y cuya presencia en la vida de Nicholas fue como su presencia en aquellas obras: una tragedia que solo servía para alimentar a la de Nicholas. No la conocía lo suficientemente bien como para darle ningún otro papel. En todas las fotografías, no parecía ser la madre de nadie.

Maram tampoco parecía una madre. De niño, a veces se había permitido soñar que quizá se casaría con Richard, atándose de forma legal a Nicholas para siempre, y solidificando de forma oficial lo que él ya sentía como una unidad familiar. Pero en una ocasión había cometido el error de preguntarle, y ella se había reído.

—Mi relación con tu tío triunfa porque esta basada en nuestro amor por la Biblioteca —le había dicho—, no en el amor que tenemos el uno por el otro.

—¿No le quieres?

Habían pasado la tarde fuera ellos dos solos, una extraña ocurrencia, en un café de South Bank donde Nicholas estuvo la mayor parte del tiempo mirando a su alrededor, maravillado ante todos los extraños que charlaban entre sí. En ese momento, Maram dejó su tenedor sobre la mesa y lo observó de forma solemne.

—¿Quieres la respuesta de adulto —le preguntó—, o la respuesta adecuada para un niño de diez años?

Nicholas resopló. ¿Qué niño de diez años optaría por la segunda posibilidad?

—Quiero a Richard porque nunca ha querido que sea algo que no soy —dijo Maram—. Y lo que soy es una académica. Dedico mi vida por encima de todo a la Biblioteca, a nuestros libros y a la conservación del conocimiento, y Richard me ama por ello.

—Entonces, ¿le quieres porque él te quiere a ti? —preguntó Nicholas, que estaba decepcionado ante la falta de romance en su respuesta.

—¿No te parece una buena razón para querer a alguien?

Nicholas no sabía cómo responder. Se preguntó si aquella era la razón por la que él quería a Richard: porque Richard le quería a él. O, al menos, se acercaba más al amor que cualquier otra persona en su vida. ¿Era la razón por la que Nicholas, al igual que Maram, era una extensión de la Biblioteca? ¿Era la Biblioteca lo único que los mantenía unidos?

Después de aquello, había tratado de apartar sus fantasías sobre una familia. Maram era su guardiana, su amiga, y jamás sería nada más. Pero lo cierto era que, si alguien le hubiese dicho que Maram, durante todos esos años, había sido su madre en realidad, habría estado eufórico.

No se habría encogido de hombros y habría dicho, tal y como Esther dijo:

—No lo creo.

—¿No lo creo? —repitió Nicholas—. Esther, eres igualita a ella.

—Sí que tiene sentido —dijo Joanna en un tono prudente.

—No, no lo tiene —dijo Esther—. No explica por qué nos ha enviado a todos aquí a Vermont, ni por qué le dijo a Collins que bajara las protecciones, ni lo que quiere de nosotros. No explica nada en absoluto.

Nicholas estaba demasiado nervioso para quedarse sentado. Dejó que los pies lo llevaran hasta el lado contrario de la habitación, y después volvió.

—Te equivocas —le dijo—. Sí que explica algunas cosas. Vamos a ponernos en situación; digamos que Maram sí que es tu madre, y ha estado actuando para mantenerte a salvo. Eso ciertamente explicaría por qué te envió los billetes a través del espejo: para sacarte de la base de investigación, lejos de Tretheway. Y también explicaría por qué de repente ha decidido actuar en contra de los intereses de la institución a la que le ha dedicado los últimos veinticinco años de su vida. Te quedaste demasiado tiempo en la región antártica, el hechizo localizador de Escribas por fin te encontró, y Maram no tuvo más remedio que actuar.

—No está actuando en contra de los intereses de la Biblioteca —dijo Esther—, ¡está cayendo justo en ellos! Nos ha enviado aquí, a todos *juntos*, y le ha dicho a Collins que bajara las protecciones en cuanto pudiera. Se lo ha puesto más fácil a Richard estando todos en un solo sitio, no se lo ha puesto más complicado.

—Pero el hechizo localizador de Escribas ya se ha acabado —dijo Nicholas—. Bajar las protecciones no significa que Richard de repente sabrá dónde estamos, a no ser que nos quedemos aquí esperando un año entero. No tiene ninguna otra forma de localizar…

Las palabras murieron en sus labios, porque al otro lado de la habitación el rostro de Joanna estaba bañado en terror. Ella lo miró y negó con la cabeza.

—Ah —dijo él—. Mierda.

El libro de la alacena. El libro que, claramente, estaba estampado con el hechizo localizador de la Biblioteca.

—A las pruebas me remito —dijo Esther—. Así que propongo que dejemos de forzar esta situación sin sentido, nos llevemos ese libro y lo tiremos al océano.

—El océano no le hará nada —dijo Joanna—, no mientras esté activo.

—Podría dañarlo —dijo Nicholas—. Y también Esther.

—No —dijo Collins.

Se había puesto justo delante de la puerta del salón. Sus hombros ocupaban todo el espacio, y su postura emitía una energía tensa, como si fuese un depredador preparándose para atacar. Nicholas a veces olvidaba lo grande que era Collins, y lo grande que podía hacerse.

Esther se acercó a él.

—¿A qué te refieres con que no?

—¿Tienes una ligera idea —preguntó Collins— de a cuánta gente ha matado la Biblioteca a lo largo de los años? ¿De cuántos libros han conseguido con sobornos y chantajes, o simplemente robándolos? Hablamos de siglos de esa mierda, un monopolio mágico. ¿Por qué te crees que vosotros dos sois los últimos Escribas que quedan? El resto de ellos murieron escribiendo los hechizos de la Biblioteca. La Biblioteca no quiere «conservar el conocimiento», solo quiere conservar su propio poder y ser el único espectáculo de la ciudad, para que así la gente tenga que comprar las entradas e ir a verlo. —Miró a Nicholas—. No sé qué les pasó a tus padres, pero apuesto lo que quieras a que no fue... ¿Qué fue lo que tío te contó? ¿Un robo que se torció? Nicholas, eso son gilipolleces. Tu padre murió por su sangre, igual que todos los demás Escribas que ha tenido la Biblioteca. E igual que lo harás tú.

Todas y cada una de las palabras de Collins lo golpearon, y le pitaron las orejas.

—Creo que Maram sí que tiene un plan —dijo Collins—. Y creo que está harta de la mierda de Richard, y por fin está preparada para hacer algo para acabar con ello. Y yo también estoy preparado. No quiero huir, y no quiero tirar nada al océano. Quiero averiguar qué es lo que Maram quiere que hagamos, y ver si podemos hacerlo. Quería que supierais el momento en el que las protecciones estuvieran deshabilitadas, y dijo que encontráramos lo que... lo que Richard usaría para localizarnos, y debía referirse a ese libro. Hay algo ahí, solo tenemos que averiguarlo. Por favor.

Lo último lo dijo muy suavemente, un ruego directo. Collins mantuvo la mirada firme, y una expresión tan sincera que Nicholas tuvo que apartar la mirada. Joanna se mordió el labio inferior, pasándose el pelo de un hombro a otro con el ceño fruncido. Esther se miró las uñas, como si todo aquello la aburriese.

—¿Cuánto tiempo tenemos antes de que las protecciones caigan? —le preguntó Nicholas a Joanna.

—Unas dos horas.

—Entonces tenemos dos horas —dijo Nicholas, que miró a Collins a los ojos—. Dos horas para pensarnos todo esto bien, y decidir si el plan de Maram realmente nos hará daño, o nos ayudará.

—Y después, ¿qué?

—Después me devuelves las protecciones y las volvemos a activar —dijo Joanna.

—Ella dijo que las dejáramos caer —dijo Collins, aunque se encogió de hombros, como arrepentido—. Voy a dejar que caigan.

—Entonces nos vamos —dijo Esther—. Destruimos el libro, nos vamos de esta casa y no regresamos.

Joanna tomó aire de forma temblorosa, pero no protestó. Su rostro reflejó entonces una determinación, y tuvo el presentimiento de que en sus planes no entraba huir. Incluso después de todo lo que había descubierto, no dejaría los libros o la casa en la que estaban. Podía ver aquella verdad en cada parte de su cuerpo, y supo que Esther también lo veía.

—Gracias —dijo Collins.

Su postura cambió, relajó los hombros, los músculos, y durante un instante pareció más pequeño. Nicholas se preguntó cómo había aprendido a hacer aquello, y después se preguntó si alguna vez tendría la oportunidad de descubrirlo, de llegar a conocer de verdad a aquella persona a la que estaba confiándole su vida.

—¿Puedes ir a por el libro otra vez? —le pidió Nicholas a Joanna, e infló las aletas de la nariz, como si fuese a protestar. Pero entonces ella asintió y fue a recoger el libro de la despensa.

Nadie dijo nada hasta que volvió y le entregó el libro a Nicholas, el cual sostuvo con un escalofrío de asco, como si fuese a tocarlo y estuviese supurando y putrefacto. Pero parecía igual que antes, casi un libro normal, de tapa blanda y elegante. Lo abrió por la primera página, se sentó en el banco del piano, y pensó en el borrador que había visto en el estudio de Richard.

«Carne de mi carne».

Aquel libro se había encuadernado con restos humanos (los restos de un Escriba). Fuese quien fuere el que había extendido su vida, había sido ligada a una pieza de ese mismo cuerpo.

Pensó en el propio estudio de Richard, el cual tenía suvenires por todas partes y en cara rincón: pájaros disecados, murciélagos momificados, animales de arcilla, todos ellos probablemente hechizados. Pensó de nuevo en cómo Richard jamás enfermaba, que siempre parecía contratar guardaespaldas para Nicholas y Maram, pero nunca para sí mismo. Y pensó en el retrato del cirujano que había sobre el escritorio, su antepasado y fundador de la Biblioteca, que se parecía a Richard en casi todos los aspectos, a excepción de aquella mirada fría tras las gafas. Pensó en cómo jamás había visto ninguna fotografía de Richard de joven, y en que siempre había tenido el mismo aspecto que ahora: de unos cincuenta, atractivo, y con las canas de la sien que nunca avanzaban.

Pensó de nuevo en el retrato, en el primer Escriba de la Biblioteca, que era la propia hermana del cirujano, y en el fémur del cuadro de marfil. «Hueso de mi hueso».

Había asumido que Richard quería encontrar a Esther para poder obligar a Nicholas a usar el borrador que había encontrado en el archivador, obligar a Nicholas a desangrar a Esther, cortar su cuerpo, y escribir un hechizo que hiciese que Richard viviese para siempre.

¿Qué más había malinterpretado?

Los otros tres comenzaron a hablar en voz baja mientras él leía, pero no esperó a que guardasen silencio. Habló sobre ellos.

—Es la vida de Richard.

Tres rostros se giraron para mirarlo.

—La vida de Richard —repitió, sujetando el libro con cuidado—. Estoy seguro. Nunca envejece, nunca se pone enfermo... —dijo mientras temblaba, ya que de repente estaba helado, aunque estuviese justo al lado de la estufa de leña—. Creo que lleva viviendo mucho tiempo. Creo que quizá sea la persona que fundó la Biblioteca.

Joanna se tapó la boca con las manos y miró a su hermana, a quien le tembló de forma infinitesimal el párpado, aunque se quedó totalmente quieta. Nicholas contuvo el aliento. No sabía si podría soportar que le llevaran la contraria en cuanto a aquello, y no sabía si tendría la energía suficiente como para discutir sobre algo que sabía de forma instintiva, con tanta seguridad como cuando había descubierto que Esther era una Escriba. Se preparó para lanzar su defensa de forma lógica.

—Sí —dijo Collins—. Suena básicamente al tipo de cosas jodidas con las que estamos tratando.

Nicholas lo miró agradecido, pero Esther dijo:

—Incluso si eso fuera cierto, tan solo es otra complicación, otra pregunta.

—No —dijo Nicholas—. No, no es una pregunta, es una respuesta.

Daba igual desde qué ángulo lo pensara: solo se le ocurría una razón posible por la que Maram los había enviado tanto a él como a Esther (su hija, una Escriba) a aquella casa en mitad de la nada. Solo una razón para haberlo enviado al estudio de Richard, y obligarlo a enfrentarse a la verdad sobre la crueldad de su tío para después navegar las imposiciones de su acuerdo de confidencialidad en enrevesados círculos para dirigir su atención hacia aquel libro, el libro de Richard, la vida de Richard.

El libro había sido escrito por dos Escribas. Hacían falta dos Escribas para destruirlo. Pero había una medida de protección en el hechizo, una protección que también era un vacío legal.

«Solo mi propia sangre puede acabar conmigo».

Nicholas debía ser uno de los Escribas.

Esther se inclinó hacia él y le quitó el libro de las manos. Él la dejó; no tenía fuerzas para sostenerlo.

29

El recuerdo regresó a Esther en cuanto rozó la cubierta engrasada y oscura del libro de Richard. Recordó dónde lo había visto antes. Su padre, en cuclillas frente a ella: «¿Puedes romper esto? Solo quiero probar algo».

El tacto tan extraño del papel que no se rompía, la manera en que su inconsistencia parecía imposible, la frustración de haber fracasado, y la mirada decepcionada de Abe. Había tratado de prenderlo con una cerilla, lo había tirado a las llamas, lo había sumergido bajo agua y jabón en el fregadero... No importaba lo que intentara hacer, puesto que el libro permanecía intacto.

—¿Y si me equivoco? —preguntó Nicholas entonces—. ¿Y si Esther y yo destruimos el libro y después resulta que no era de Richard, sino de algún alma inocente que morirá de repente en medio de una cena de domingo con su familia? ¿Y si...?

—¿Alma inocente? —preguntó Collins—. Nadie que se haya adueñado de este libro en particular podría ser inocente jamás.

—¿Quiénes somos nosotros para juzgar eso?

Esther pensó que el nerviosismo de Nicholas era entendible. Ella también estaría nerviosa si pensara que quizá tendría que matar a alguien que conocía, incluso si esa persona le hubiera hecho todo lo que el tío de Nicholas le había hecho a él. Aunque no era que Esther tuviera ningún tío, que ella supiera. Se preguntó, a pesar de que estaba tratando de no hacerlo con todas sus fuerzas, si Maram tendría hermanos, y si Isabel tendría hermanos, y si esos hermanos imaginarios serían las mismas personas.

Durante toda su infancia había devorado historias sobre niños con madres muertas o desaparecidas, las cuales a veces eran más fáciles de encontrar que las historias de niños con madres que estuviesen vivitas y coleando. La ausencia de una madre era una promesa de aventura; las madres hacían que las cosas fuesen seguras y demasiado reconfortantes. Los niños que tenían madre no necesitaban buscar fuera de sus hogares una afirmación de su supremacía en la historia de otras personas. No necesitaban crear su propio protagonismo.

Esther recordó que Cecily se había quejado de aquello cuando habían visto *La sirenita*, *Cenicienta* y *Blancanieves*. Le ofendía la falta de madres biológicas y la prevalencia de las madrastras villanas. Había abrazado a Esther muy fuerte, y le había dejado la mejilla llena de besos rojos. «Esta madrastra malvada te quiere muchísimo», le había dicho. Pero, a pesar del amor de Cecily, el cual Esther jamás había puesto en duda, se había visto a sí misma reflejada en la falta de madre que llevaba a Ariel a la orilla, a la Cenicienta al baile, o a Blancanieves al bosque. Su falta de madre era intrínseca a su naturaleza, y su sentido de la naturaleza era lo único que había tenido durante todos los años que había pasado sola.

¿Qué significaría para ella si resultaba que su madre estaba viva? Y, no solo viva, sino que era perfectamente consciente de la existencia de Esther, y la vigilaba, le pasaba notas a través de espejos mágicos y la protegía desde la lejanía; como tener su propia hada madrina. ¿Qué significaría para ella que su madre no hubiese muerto, sino que la hubiese abandonado?

Esther se sentó en un sillón con el libro de Richard en las manos, y cuidadosamente erigió en su mente unas particiones: una pequeña habitación donde aquellos pensamientos podían pasearse tanto como quisieran, rebotar contra las paredes, tirarse al suelo y tener pataletas en busca de una atención que no obtendrían a no ser que Esther abriese la puerta. Pero no tenía tiempo de abrir la puerta. La puerta podía esperar. Giró la llave con firmeza y la cerró.

—Deja de intentar convencerte de lo contrario —le dijo Collins a Nicholas.

Nicholas se dejó caer contra el piano.

—Quizá sí que quiero convencerme de lo contrario —dijo él—. A lo mejor no me apetece protagonizar una tragedia shakesperiana y asesinar a mi tío.

—Si hablas de Hamlet, no asesinó a su tío, de eso va precisamente —dijo Collins—. No pudo tomar una decisión, y todos murieron por ello.

—¡Lo mata en el tercer acto!

—Bueno, ¿y en qué jodido acto se supone que estamos?

Esther se levantó. Aún sostenía el libro, y ajustó el agarre de forma sutil, colocando los dedos de una manera concreta antes de alargar la mano hacia Nicholas.

—Toma —le dijo—. No quiero seguir tocándolo.

Nicholas, que aún fulminaba con la mirada a Collins, alargó la mano para agarrarlo. Esther esperó hasta ver que hubiera cerrado los dedos alrededor de la cubierta y tuviera un buen agarre, y entonces, *tiró* del libro.

Nicholas, a su vez, tiró hacia sí mismo de forma instintiva, como un juego de la cuerda que terminó en cuanto entendió lo que estaba pasando y soltó el libro, furioso.

—¡Esther! —dijo Joanna, y sonó impresionada.

—Me... —tartamudeó Nicholas—. Me... Me... ¡ibas a engañar para matar a alguien!

—Sí —dijo Esther, y miró el libro, que estaba intacto y como si nada en sus manos—. Y debería de haber funcionado. Hemos tirado lo suficientemente fuerte como para arrancar una o dos páginas, pero mira esto: el papel ni siquiera está arrugado.

El rostro de Nicholas aún reflejaba su ira, pero se atenuó en favor de su curiosidad.

—Qué extraño —dijo, agarrándolo para verlo por sí mismo—. Tienes razón.

—¿Lo intentamos otra vez?

La miró bruscamente, pero de repente pareció desinflarse. Apoyó la mano libre contra la pared para sujetarse.

—Vale. Vamos a intentarlo otra vez.

Nicholas sostuvo el libro abierto mientras Esther trataba de arrancar una página imposible de arrancar. Después intercambiaron los papeles y Esther agarró la cubierta mientras Nicholas tiraba del frágil papel antiguo con todas sus fuerzas. Luego sostuvieron cada uno una parte del libro para tirar de él a la vez como si estuvieran jugando al tira y afloja. Intentaron prenderle fuego, y lo pusieron bajo agua caliente en el fregadero de la cocina.

Nada, nada y nada. Era tan inútil como Esther recordaba de cuando había querido destruirlo para Abe.

Para cuando sacaron el libro del fregadero, tenían las manos empapadas, pero el libro estaba completamente seco. Nicholas parecía agotado y enfermo, y Esther no se sentía mucho mejor.

—No sirve de nada —dijo Nicholas, sentado en la mesa de la cocina y encorvado sobre una taza de té de ortiga que no se bebía—. Debería de haberlo sabido. No podremos destruir el libro hasta que destruyamos el objeto al que vinculó su vida, el cual estoy seguro de que es el hueso que hay en el marco del retrato. Maram lo sabría... es demasiado inteligente como para no saberlo, lo cual significa que toda la teoría es inútil. No nos mandaría al otro lado del océano para hacer algo cuando sabía que fracasaríamos.

—Tenemos treinta y cinco minutos hasta que caigan las protecciones —dijo Joanna, como si todos los allí presentes no hubiesen estado mirando el reloj también.

—Me rindo —dijo Nicholas, y apoyó la cabeza sobre la mesa.

Esther no tenía el lujo de poder rendirse. Sabía que su hermana no abandonaría aquella casa a no ser que Esther la golpease en la cabeza y la arrastrara, lo cual tal vez tendría que ser una opción, pero ciertamente no le serviría para reparar la relación que estaban empezando a arreglar.

—Collins, ¿estás seguro de que dijo que las protecciones tenían que caer sí o sí? Porque si tan solo quería que supiéramos lo del libro, ya lo hemos hecho, así que podemos volver a instalar las protecciones.

—No —dijo Collins—, fue muy clara. Las protecciones caen.

Joanna se había desplomado en una silla junto a Esther, y Esther alargó la mano para tocarle el brazo.

—Jo, tú conoces estas protecciones mejor que ninguno de nosotros —le dijo—. Aparte de que Richard pueda localizar el libro, ¿qué más pasará cuando caigan?

—Todo el que haya sabido de la existencia de esta casa de repente recordará dónde está —dijo Joanna—, y será capaz de encontrarla de nuevo. Hasta donde yo sé, mamá es la única persona que encaja en esa descripción, pero ya hemos comprobado que, en realidad, no sé muchas cosas.

—Vale —dijo Esther, ordenando la información en su mente—. ¿Qué más?

Tanto Nicholas como Collins estaban prestando total atención a Joanna para ese entonces, así que se encogió un poco bajo la presión.

—Cualquiera podría ver la carretera de la entrada, y la casa en sí misma —dijo ella. Hizo un gesto irónico—. La compañía eléctrica probablemente se dará cuenta de que hay una corriente desviada hacia una casa. Los teléfonos y el internet empezarán a funcionar, y cualquier tipo de hechizo de comunicación como la adivinación por agua o la magia de espejos funcionará desde el exterior, así como desde el interior.

—Como el espejo que hay arriba —dijo Esther lentamente—. Si las protecciones caen, entonces quien quiera que esté al otro lado será capaz de mandar cosas a través, además de recibirlas. ¿Eso es lo que dices que pasará?

—Sí —dijo Joanna, que alzó de repente la cabeza para mirar a Esther a los ojos—. Ah.

—¿Qué significa "ah"? —preguntó Collins.

—Crees que Maram está al otro lado del espejo —dijo Nicholas.

—Creo que es muy posible —dijo Esther.

—Pero, si eso es así, solo puede recibir cosas, no puede pasar nada —dijo Nicholas—. Hasta que las protecciones caigan.

—*Ah* —dijo Collins.

30

Esther ayudó a Joanna a sacar a rastras hasta el pasillo alguna de la basura que había en su antigua habitación, para poder meterse todos allí. Después, se sentó sobre la cama con Nicholas y sir Kiwi mientras que Collins se sentó en una delgada silla de madera. Joanna se sentó en el suelo de piernas cruzadas frente a la puerta del armario, la cual estaba entreabierta, lo justo para poder vigilar el espejo que había en el interior. Las protecciones caerían en dos minutos. No habían hablado sobre cuánto tiempo iban a esperar después de eso.

—No creo que pase algo enseguida —dijo Collins—. En primer lugar, en Inglaterra es medianoche, así que es muy probable que Maram esté dormida. Así que mejor que no cunda el pánico si dan las siete de la tarde y no pasa nada de inmediato, ¿vale?

—Un minuto —anunció Nicholas.

Joanna apoyó la cabeza en las manos, y Esther vio que estaba temblando.

—Estas protecciones no han caído en treinta años —susurró ella—. Durante treinta años hemos estado totalmente protegidos, y ahora… ¿Qué estoy haciendo?

—Estás siendo valiente —dijo Collins.

—Diez segundos —dijo Nicholas. Joanna soltó un quejido y se enroscó sobre sí misma, como si le doliera el estómago—. Ahora —dijo Nicholas.

Un instante después, Collins y Joanna hicieron un gesto de dolor, agachando la cabeza como si escuchasen un estallido. Collins movió la mandíbula como si estuviese destapándose los oídos.

—Ay —se quejó.

Joanna estaba pálida como la nieve, y le tembló la voz cuando habló.

—Han caído.

Joanna no era la única que había crecido tras aquellas protecciones. Esther también había estado junto a la rodilla de Abe mientras lo observaba erigir las protecciones noche tras noche. Había escuchado cuando, a los ocho años, les había explicado que, de sus dos hijas, tan solo Joanna podría leer el hechizo, y tan solo Joanna podría aprender a mantener a salvo su hogar. A los dieciocho, lo había escuchado decirle que la única manera de que las protecciones continuaran resguardando a su familia sería si Esther se marchara. Las protecciones habían roto el matrimonio de sus padres. Las protecciones habían atado a su hermana a aquella casa. Y las protecciones habían obligado a Esther a huir durante diez largos años.

Sabía lo que aquello le estaba costando a Joanna. Su rostro reflejaba claramente su agonía, tenía una mueca en los labios, los ojos firmemente cerrados. Sintió el dolor de Joanna como si fuese el suyo propio.

Pero a Esther le alegró que las protecciones hubieran caído.

Incluso en el corto espacio de tiempo en el que había reconectado con Joanna, había visto claramente que su hermana no podía seguir con aquella vida solitaria e inalterable, al igual que Esther no podía haber seguido con su vida solitaria e inestable.

—No ocurre nada —dijo Joanna, que se arrodilló frente al espejo como si fuese a rezar.

—Acaba de pasar —dijo Nicholas—. Collins tiene razón, vamos a tener que darle tiempo.

—Pero ¿cuánto?

—Incluso si es una trampa y Richard está ahora mismo subido a un jet para volar hasta aquí y matarnos a todos, le llevará por lo menos cinco horas —dijo Nicholas—. No hay ningún hechizo en la Biblioteca que pueda transportar a una persona de forma mágica a través del océano Atlántico.

Esther se puso en pie y se golpeó los muslos con las palmas de las manos. Joanna se sobresaltó.

—Voy a hacer té —dijo Esther.

—Yo debería de sacar a pasear a la perra —dijo Nicholas, pero se quedó quieto con los brazos apoyados sobre las rodillas y encorvado hacia delante.

Esther era consciente de que todos estaban desaliñados en mayor o menos medida, pero al mirar a Nicholas, le sorprendió de nuevo lo mucho que una camisa de quinientos dólares podía compensar la pérdida de sangre, el estrés y el agotamiento. Si no se fijaba demasiado en su cara, Nicholas parecía desaliñado de una forma elegante, en lugar del desastre absoluto que parecía Esther. Si todo aquello terminaba (*cuando* todo aquello terminara), iba a permitirse «invertir» en unas cuantas cosas. Quizás en un jersey muy bueno de cachemira.

Disfrutó de aquellos pensamientos triviales como si fuesen chocolate negro, mordisqueando los bordes y dejando que se le derritieran sobre la lengua de forma intrascendente. Siguió pensando sobre jerséis de cachemira, zapatos de cuero buenos y ropa interior de seda tan fina que incluso podrías sentir el aliento de alguien a través de la tela.

En la cocina, puso el agua y, mientras esperaba a que hirviera, fue hasta el salón. Había dejado su bolso de viaje en una esquina, tras el sofá, así que lo sacó de allí y se sentó en el sofá, al lado. Cuando lo abrió, le llegó el aroma de su habitación en la base de investigación: aire estancado y detergente cítrico, y un ligero toque del champú de lavanda de Pearl. Se le hizo un nudo en la garganta. Entonces, siguió rebuscando en su bolso.

Había conservado la nota que Maram le envió a través del espejo, envuelta en un calcetín gordo de lana, así como el vial de plástico lleno de sangre. Con cuidado, desenvolvió tanto la nota como el vial, y los dejó sobre la mesita baja. Después, sacó *La ruta nos aportó…* y lo abrió por la página del título, donde su madre había escrito: «Recuerda: el camino provee el siguiente paso de forma natural».

Miró la nota que había pasado por el espejo y la etiqueta que había en el vial: «Este es el camino. Proveerá el siguiente paso de forma natural». Miró las palabras casi idénticas que había escritas en el interior de la novela, y de nuevo la nota. Comparó ambas, y midió el modo en que el pulso se le aceleró.

La letra era muy, *muy* similar.

Tanto que podría decirse que los había escrito la misma persona.

¿Cómo no se había fijado en aquello antes? Inspiró de forma temblorosa. El suelo crujió sobre su cabeza, y sintió una oleada de gratitud de que los demás estuviesen arriba para poder tener un momento de privacidad y poder, aunque fuera durante un solo segundo, creer. Pasó los dedos sobre las letras de su madre en la novela. Había una posibilidad de que, cuando volviese arriba, hubiera otra nota en el suelo de su antigua habitación, y que dentro apareciera aquella misma letra. Una posibilidad de que al otro lado del espejo hubiera una mujer que se parecía a ella, esperando.

La tetera eléctrica comenzó a silbar. Esther se metió la nota y el vial de sangre en el bolsillo y fue a terminar de hacer el té.

Se dirigió arriba haciendo equilibrio con las tazas en una mano y la tetera en la otra, y en la habitación había tanta tensión que casi dio la vuelta y volvió a salir. Nicholas estaba sentado en la cama, con los pies firmemente plantados sobre el suelo y la mirada firmemente plantada sobre el espejo; Collins se paseaba de un lado a otro, y Joanna aún estaba arrodillada frente al armario.

—Jo, ayúdame con las tazas —dijo Esther, y durante un rato se entretuvieron en echar el agua, pasarse las tazas, sorber, hacer un gesto de dolor, soplar sobre la superficie del agua hirviendo, sorber y retorcerse de nuevo.

—Ha pasado media hora —dijo Nicholas—. Pero ¿acaso alguien lleva la cuenta? Yo desde luego no, ya que al parecer estoy tomando el té tan tranquilo.

—No hace falta que nos quedemos aquí metidos toda la noche —dijo Esther—. Vayamos abajo, así podremos poner algo de música o algo.

—Quizás alguno debería quedarse en la casa, y el resto deberíamos recoger nuestras cosas e irnos —dijo Joanna.

A Esther no le gustó aquella sugerencia ni un pelo, y fue a expresarlo así, pero de repente a Joanna le cambió la cara, y aquello la silenció.

Su hermana tenía la mirada puesta sobre el espejo y la boca abierta. Esther se puso en pie antes siquiera de ser consciente de lo que hacía. El té hirviendo se derramó por los bordes de la taza y sobre sus dedos, pero el calor parecía algo muy lejano e insustancial. Escuchó a Nicholas emitir un grito ahogado mientras Joanna alargaba las manos y abría las puertas del armario por completo, para que así todos pudieran ver lo que Esther ya había visto: un trozo de papel que flotaba desde el espejo.

El cristal pareció bullir a su paso, y después se asentó. El papel flotó hasta posarse sobre el suelo. Joanna alargó la mano y lo agarró. Después se levantó y fue a dárselo a Nicholas. Esther notó que le temblaban tanto las manos que casi lo soltó de nuevo.

—Léelo tú —le dijo a Nicholas—, yo no puedo.

Esther se armó de paciencia mientras Nicholas se aclaraba la garganta y comenzaba a leerlo en voz alta:

—«Vamos a salir de la casa» —leyó—. «La Biblioteca estará vacía muy pronto. Recordad: el camino provee el siguiente paso de forma natural».

A Esther se le puso la piel de gallina en los brazos.

—¿Ya está? —preguntó Nicholas, dándole la vuelta al papel—. ¿Esto es todo lo que estábamos esperando?

—Vienen hacia aquí —dijo Joanna, que se puso en pie—. Richard sabe dónde estamos. ¿Nos está advirtiendo para que huyamos?

—Pero ¿qué pasa con eso último? —preguntó Nicholas—. «El camino provee el siguiente paso de forma natural». ¿Qué camino, qué paso?

—La Biblioteca estará vacía muy pronto —leyó Collins por encima del hombro de Nicholas—. ¿Y qué? ¿Qué quiere que hagamos, que nos subamos a un avión, alquilemos un coche, entremos en la Biblioteca, en el estudio de Richard y lo rompamos todo antes de que alguien nos descubra?

—Eh… dijo Nicholas—. ¿Puede ser?

Sus voces eran como ruido para Esther, como un zumbido sin sentido. Se puso una mano sobre las clavículas, donde tenía el tatuaje bajo el jersey: un palíndromo. Una frase que podía ser vista a través de un espejo, y permanecería inalterada. Sacó el vial de sangre y la nota de Maram del bolsillo, y los sostuvo en las manos. Pensó en la novela que había estado traduciendo en su tiempo libre, durante años. En el mundo de Gil, las mujeres se encontraban en espejos: eran hipnotizadas, y miraban fijamente sus propios ojos hasta que se reconocían a sí mismas. Y, una vez que lo hacían, el espejo dejaba de ser una trampa y se convertía en una entrada. Una ruta de escape. Un camino.

Si un espejo era un camino, entonces el siguiente paso natural era *atravesarlo.*

Esther pensó en las pobres marmotas de Abe, condenadas a morir. Pensó en el dedo destrozado de Trev, oscurecido y antinatural. Pensó en el terror que había sentido cuando su propia mano, cubierta de la sangre de Trev, pareció rozar la superficie del espejo, y cómo la había retirado al esperar que llegara el dolor, pero encontró la piel sin un rasguño.

A Esther y a Nicholas no les afectaban los hechizos corrientes, de la misma forma que las sombras dejaban de existir en una habitación en la que hubiera una oscuridad total, dado que la oscuridad no podía sumarse a la oscuridad. El hechizo de localización de Escribas necesitaba el ojo de Nicholas para ver a Esther, porque solo la magia podía ver la magia. Nicholas y Esther eran la magia. Y ella los trataba como parte de sí misma.

Si Maram estaba al otro lado de aquel espejo, si había activado el hechizo, entonces necesitaban su sangre para pasar algo a través. La suya, o la de Cecily, pero no tenían la sangre de Cecily allí.

Esther miró el vial que había sacado de su bolsa de viaje, lleno de una sustancia roja. Podría ser que sí tuvieran la sangre de Maram.

Se acercó al espejo y le dio un toquecito al cristal: era sólido e inflexible. Con cuidado, le quitó el tapón al vial y se echó en la palma de la mano una gotita del líquido que contenía, extendiendo el rojo en la piel. Tocó de nuevo el cristal con la mano, esperando una resistencia, o dolor, o un hormigueo, o algo, cualquier sensación, pero no sintió nada. Atravesó el cristal con los dedos como si fuera aire. Retiró la mano rápidamente, con el corazón latiéndole con fuerza.

—Esther —le dijo Joanna—. ¿Qué haces?

Esther la ignoró. Agarró el marco del espejo con ambas manos e inhaló aire, como si estuviese a punto de lanzarse al agua. Entonces, antes de que nadie pudiese frenarla y antes de poder cambiar de opinión, metió la cabeza a través de la superficie plateada del espejo. A su espalda, escuchó a Joanna gritar.

Tenía los ojos cerrados con fuerza, pero cuando no sintió dolor alguno, los abrió. Delante de ella había una habitación majestuosa y vacía, con una cama con dosel, pinturas al óleo en las paredes, y una preciosa alfombra azul. Y entonces, sintió cómo unas manos le agarraban el cuerpo y tiraban de ella hacia atrás: un segundo después la habitación majestuosa desapareció, y vio de nuevo el espejo dentro del armario, con la superficie ondeando ligeramente.

Joanna, que la había agarrado de la cintura para tirar de ella hacia atrás, la obligó a darse la vuelta y la miró aterrorizada. Pero cuando vio que no había daño alguno, su expresión cambió del terror a la incredulidad.

—Podemos atravesar el espejo —dijo Esther—. Nicholas y yo. Podemos entrar en la Biblioteca mientras está vacía, y encontrar el objeto al que Richard está vinculado para destruirlo.

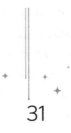

31

Nicholas llevaba tanto tiempo siendo el único Escriba, que no se le había ocurrido pensar que quizás hubiera cosas que desconocía sobre sus propios poderes. Había leído todas las notas de su padre, todos los libros de la Biblioteca al menos dos veces, por no mencionar las miles de páginas que Maram había encontrado y recopilado de las notas de otros Escribas, algunos de los cuales llevaban muertos siglos, o incluso un milenio. Maram había viajado por todo el mundo en busca de aquel conocimiento, se lo había comprado a museos y archivos privados por grandes sumas de dinero, o había hecho trueques por ello, o lo había robado. Probablemente incluso había matado por ello. Todo para poder llevárselo a Nicholas.

O eso había pensado él.

Era un error tan grande pensar que él era el experto, solo porque era la persona que tenía el poder. Y era un error tan grande creer que él tenía el poder, en primer lugar. Todo lo que sabía sobre escribir libros había sido filtrado por Maram. Todo ese tiempo, ella había sido la experta.

Era increíble que, incluso después de todo lo que había pasado en la última semana, Nicholas aún tuviera la capacidad de sorprenderse.

Pasar a través del espejo fue como ninguna otra experiencia física que hubiera tenido antes. Era como nadar en el agua, si esta estuviera hecha de melaza, y también del espacio exterior: dulce, sofocante, infinito, demoledor, y oscuro de una forma que no era un binario de la luz, sino de un estado totalmente diferente, totalmente en sí mismo. El cuerpo de la oscuridad tenía sonido: incontables alas que se rozaban entre sí, incontables briznas de hierba dorada que se movían por un viento sin fin, y cada autopista que había escuchado en la lejanía. Le mente y el cuerpo de Nicholas aún eran totalmente suyos, lo cual hizo que las cosas fueran extrañas, porque su cerebro, extremidades, nervios… todo funcionaba para darle un sentido humano y racional a algo que no tenía sentido alguno.

Fue terrible e increíble, y si hubiese tenido tiempo, habría entrado en pánico. Pero había dado un paso, y de repente, ese paso se había terminado. Cuando aterrizó con el pie en el otro lado del marco, la oscuridad que bramaba desapareció, y volvía a estar en el mundo. Primero pasó por el espejo con la cabeza, después su otro pie, y finalmente estaba de pie en el dormitorio de Maram, de forma tan natural como si tan solo hubiese atravesado una puerta.

Se puso la mano sobre la chaqueta para comprobar el bolsillo interno donde llevaba el libro de Richard, y un segundo después observó fascinado cómo Esther aparecía por el espejo. Era como ver a alguien emerger totalmente seco de una piscina vertical, y se mareó un poco ante aquella imagen.

—Qué extraño —fue lo que Esther manifestó sobre la experiencia.

Se apretó la coleta que llevaba de pelo rizado, y recorrió la habitación con la mirada. Nicholas hizo lo mismo: la cama con dosel, el guardarropa gigantesco de Luis xv, la alfombra de seda. Recordaba haberse tumbado en aquella alfombra en una de las muy pocas ocasiones en las que Maram le había permitido entrar cuando era niño, en las cuales había estado en silencio para que ella no se arrepintiera.

La puerta del dormitorio estaba cerrada desde fuera, así que se peleó con los tres cerrojos interiores hasta dar con la configuración correcta de los pestillos. Esther se quedó mientras a su espalda, y sintió su deseo tangible de encargarse de ello. Por fin, la puerta chasqueó y se abrió. Nicholas la empujó muy lentamente, por si acaso alguien del personal doméstico estuviera por allí, pero la antecámara de Maram estaba tan vacía como su dormitorio. Esther lo siguió en dirección al pasillo.

Tras la revelación de Esther, habían esperado alrededor de una hora para asegurarse de que las garantías que Maram les había dado fueran ciertas y que Richard y ella ya no estuvieran en la casa para entonces. Así, la Biblioteca estaría vacía. Eran las nueve en Vermont, y las dos de la madrugada en Inglaterra, así que los pasillos estaban poco iluminados, y las ventanas estaban totalmente oscuras y casi tan reflectantes como el espejo por el que acababan de entrar. El suelo de mármol brillaba bajo la luz de los apliques de la pared.

—¿En serio hay gente que vive aquí? —susurró Esther—. ¿En serio *tú* vives aquí?

Nicholas miró a su alrededor, sin entender su asombro. Era cierto que, comparada con la desgastada casa de la infancia de Esther, la Biblioteca era como un palacio, pero los descubrimientos que había hecho en los últimos días habían deformado tanto sus recuerdos que su forma de verlo todo también había cambiado. Se había pasado la mayor parte de su vida en aquella casa, y hasta hacía poco, había pensado que la conocía de la misma forma despierta e instintiva en la que conocía su propio cuerpo. Conocía sus frías piedras, los sofás más suaves, sabía qué sitio era el mejor para tomar el sol a media tarde, sabía qué habitaciones limpiaban los empleados a ciertas horas y cuáles apenas se limpiaban. Conocía cada pasillo, cada cuadro... Torcer una esquina era como abrir los brazos, y abrir una puerta, como abrir los ojos.

O, al menos, así había sido antes.

Ahora, Nicholas sentía como si, al entrar por el espejo, hubiera aterrizado en un mundo paralelo. Físicamente, todo estaba tal y como lo recordaba, pero su percepción había cambiado de forma tan irreversible que incluso el entorno físico parecía estar alterado. La altura de los techos se sentía cruel en lugar de ostentosa, al haber sido construidos a una escala que no pretendía ser cómoda para una persona, y las alfombras de colores abundantes e intensos que decoraban los suelos parecían esconder manchas.

—Es como un museo —dijo Esther.

—Sí, y al igual que en un museo, no deberías de tocar nada —dijo Nicholas, y Esther dejó el jarrón de mil años de antigüedad que había agarrado, alzándolo de su atril. Entonces, se dio cuenta de lo que acababa de decir—. De hecho, toca lo que quieras.

—Que les jodan, ¿no? —dijo Esther, agarrando de nuevo el jarrón y rotándolo en las manos.

—Que les jodan —afirmó Nicholas—. Diría que deberíamos de destrozarlo todo formalmente, pero estas cosas no han hecho nada malo. Es injusto castigarlas por los pecados de la Biblioteca.

—Y, además, son bonitas.

—Exacto. Venga, vamos.

Era inexplicablemente extraño caminar por aquellos pasillos y sentirse un fugitivo, así que Nicholas tuvo que deshacerse a la fuerza del encorvamiento de sus hombros. Era demasiado tarde para que nadie estuviese caminando por allí, pero si alguien lo veía, quería parecer tan natural como siempre, el dueño del terreno, alguien a quien no debían cuestionar ni molestar. No tenía ni idea de qué les habían dicho Maram y Richard a los empleados sobre su desaparición; probablemente no les hubieran contado nada.

Los dos recorrieron la galería de retratos que había en las escaleras, y Esther redujo la velocidad para examinar los rostros solemnes y oscurecidos que los observaban desde su posición.

—Ese se parece a ti —dijo, señalando uno de ellos.

—Bien visto —dijo él—. Era mi padre.

—¿Y esta mujer?

—Mi madre —Echó un vistazo a su alrededor, nervioso.

—¿Crees que tu tío los asesinó?

Nicholas tragó saliva.

—Probablemente. Pero venga, vamos a seguir.

Se dirigían hacia la Biblioteca, al pasadizo secreto que conducía al estudio de Richard. Aunque no tenían muy claro cómo iban a atravesar la estantería exactamente, dado que ninguno de ellos podía leer el hechizo. Cuando Nicholas les había explicado aquel problema aún en casa de Joanna, Esther sugirió arrancar la estantería de la pared.

—¡Está llena de libros! —le dijo Nicholas, que se quedó horrorizado ante la sugerencia.

—Podemos quitarlos antes.

—Y luego, ¿qué? —preguntó Nicholas, alterado—. ¿Los apilamos en el suelo? Son volúmenes de un valor incalculable, irreemplazables, son...

—El suelo no se los va a tragar —dijo Esther—. No les pasará nada.

—A las muy malas —aportó Collins—, puedes ir abajo y despertar a Sofie, ella puede leeros el hechizo. Es una buena chica, confío en ella.

—¿Quién es Sofie?

—Joder, ¿en serio? Sofie. Trabaja en la cocina, probablemente ha hecho cada trozo de pan que te has metido en la boca.

—Ah, sí, claro, Sofie —dijo Nicholas.

—Sigues sin tener ni idea de quién es, ¿no?

Pues no, ya que a Nicholas siempre lo habían disuadido de fraternizar con los empleados, pero pensó que la cosa no iría muy bien si decía aquello en voz alta.

Pero resultó que, después de todo, no necesitaron a Sofie.

Esther y Nicholas llegaron al final del pasillo, donde los esperaban las enormes puertas de la Biblioteca, y Esther observó con interés cómo Nicholas acercaba el ojo al escáner. Ambos se encogieron cuando los engranajes comenzaron a chirriar y las puertas se abrieron con un quejido, pero nadie apareció por el pasillo para investigar, así que entraron rápidamente y cerraron las puertas tras ellos.

Nicholas comenzó a avanzar de inmediato, pero se dio cuenta de que Esther no lo seguía. Cuando se giró, la encontró mirando fijamente el alto techo con filigranas, el laberinto de estanterías y las gigantescas ventanas decoradas con unas lujosas cortinas.

—Todo esto no pueden ser…

—¿Libros mágicos? Sí.

Esther negó con la cabeza.

—Si Joanna pudiera ver esto… se volvería loca.

—A lo mejor algún día pueda venir de visita —dijo Nicholas a la ligera, aunque le costaba concebir un futuro en el que se le permitiera hacer algo tan mundano como invitar a gente a su casa. No sabía qué significaría para su vida, o para la Biblioteca, si su plan funcionaba y… sacaban a Richard de la situación, por decirlo de forma delicada, el cual era el único modo en que Nicholas se veía capaz de pensar en ello. Siempre había asumido que la casa y los libros en su interior se transferirían a él, pero se dio cuenta en ese momento de que, casi con absoluta certeza, en el caso de la muerte de Richard, los libros los heredaría Maram.

O quizá no hubiera ningún testamento. Después de todo, parecía que Richard no tenía planeado morir nunca.

Nicholas estaba tan distraído con sus pensamientos en círculos que se metió por el pasillo incorrecto, y tuvo que desandar lo recorrido. Cuando por fin guio a Esther a la sección bajo el techo con vigas de madera de roble que en una ocasión había sido una capilla, y comenzó a subir a la tarima, tuvo que esforzarse por entender lo que estaba viendo.

Los bordes de la estantería y los lomos de los libros que había en ella estaban borrosos, insustanciales. Y tras la fina neblina que era la estantería, veía la pared de piedra y la madera de la puerta secreta.

Nicholas alzó un brazo y Esther se estrelló contra él.

—¿Qué? —le preguntó, pero entonces vio la estantería—. ¡Ah! Pues solucionado.

—Shhh —la silenció Nicholas. Fue lo único que fue capaz de hacer, ya que sentía que no podía hacer ni un sonido, y sintió que los pulmones le fallaban, tratando de aspirar un aire que no le llegaba. Vio el cartel del hechizo en su mente.

Duración: Máximo seis minutos por lectura.

Lo cual significaba que alguien había leído aquel hechizo en los últimos seis minutos. Alguien había estado allí. Alguien *estaba* allí.

Muy pero que *muy* lentamente, se giró y buscó entre los estantes con la mirada por si veía el pelo canoso de Richard, o la blusa de seda de Maram. Aguzó los oídos en busca de una respiración, algunos pasos sobre la alfombra, el chirrido de una puerta… lo que fuera. Esther, que notó lo tenso que estaba, se quedó totalmente quieta a su lado. Los altos estantes brillaban bajo las luces de latón, y el humidificador zumbaba en la distancia. Los libros estaban quietos en sus hileras, y los sillones rojos orejeros a cada lado de las vitrinas de Seshat estaban como siempre. Pero la vitrina…

Nicholas ahogó un grito.

La parte delantera de la vitrina estaba ligeramente abierta sobre sus bisagras, y cuando Nicholas se acercó lentamente, vio que la losa de caliza estaba descentrada sobre su plataforma de metal, y que había una mancha oscura en una de las esquinas que no recordaba haber visto anteriormente. Pero lo más disonante (y anacrónico) era que había un Post-it amarillo pegado sobre la cara en relieve de Seshat.

En él, ponía: «Hasta las 3:54 a.m.».

Nicholas lo entendió enseguida. Dejó escapar un suspiro de alivio, y se giró hacia Esther, que aún estaba quieta como una estatua con un pie sobre el escalón de la tarima.

—Todo bien —le dijo, y quitó el Post-it—. Maram leyó el hechizo para nosotros antes de irse.

De hecho, había leído dos hechizos. Uno era el hechizo para desvanecer la estantería. El otro era el hechizo compañero de cuatro mil años de antigüedad, que tenía un valor incalculable, era extraño y preciado. Y lo había leído para mantener el camino abierto para ellos.

Cuando Nicholas habló de nuevo, se dio cuenta de que tenía un nudo en la garganta.

—Venga —dijo, y alzó la mano hacia el pomo de la puerta.

—¿Todo bien? —dijo Esther.

—Todo bien.

Se introdujo en la oscuridad del pasadizo, con Esther siguiéndolo de cerca. Dio un paso con los ojos entrecerrados, y una luz brillante apareció sobre su hombro. Se dio la vuelta y vio que Esther tenía una pequeña linterna en la mano.

—¿De dónde demonios has sacado eso?

—Collins me dijo que la necesitaríamos.

Por algún motivo, aquello sirvió para terminar de calmar sus nervios, así que subió las escaleras más tranquilo.

—Pasadizos secretos —dijo Esther—, mansiones inglesas, hombres mayores malévolos… Cuando era niña, esto era lo que pensaba que era la magia. No algo escondido en un sótano y usado solo para ocultarte.

—¿Y qué? ¿Es tal y como lo habías imaginado?

Esther hizo un sonido que, en otra situación, quizás habría sido una risa.

—Bueno, en la práctica da bastante más miedo.

—¿No te habías imaginado a alguien queriendo despellejarte viva y convirtiéndote en un libro?

—Pues por extraño que parezca, no.

Llegaron a un estrecho pasillo de madera al final de las escaleras, y Esther apuntó con su escasa luz por encima del hombro de Nicholas. Iluminó a unos cuantos pasos por delante de ellos, pero despés todo se lo tragaba la oscuridad.

—¿Cuán largo es?

—Un paseo de unos minutos, creo. —Rozó la pared con la mano conforme andaban—. Solo he venido por aquí una vez.

—¿Cuántos pasadizos secretos hay en este sitio?

—¿Sinceramente? No lo sé. Hay algunos de los empleados de las cocinas que sí conozco, y uno va hasta la sala de banquetes. Pero no son secretos, sino discretos. —El dedo se le enganchó en un trozo saliente de madera, así que retiró la mano con un gesto de dolor—. Pero ¿pasadizos realmente secretos como este? Podría haber cientos, o podría no haber ninguno más. Nadie me lo ha dicho.

—Pero te llevabas bien con él, ¿no? Con Richard —preguntó Esther, así que siguió hablando cuando Nicholas no respondió—. Aún estoy intentando entender la naturaleza de vuestra relación.

—Yo también —dijo Nicholas.

No podía permitirse centrarse en ese momento en nada más que en actuar, ya que, si empezaba a considerar las insinuaciones, quizá no sería capaz de hacer lo que teóricamente había ido allí a hacer. Las insinuaciones le llevarían a hacerse preguntas como: el acto que Nicholas se había propuesto llevar a cabo, ¿sería asesinato? Deseó, de forma breve pero total, poder ver de nuevo a Richard para darle una oportunidad de explicarse antes de que Nicholas tomase una decisión que no podría deshacer.

—¿Podrías acelerar el paso un poquito? —preguntó Esther, dándole un golpecito en la espalda—. Me pone nerviosa andar tan despacio.

Había hecho justo lo que había decidido no hacer: darle vueltas a la cabeza.

—Lo siento —dijo él.

—Literalmente estás arrastrando los pies —dijo ella—. ¿También es en sentido figurado?

A pesar de los nervios, aquello le sacó una sonrisa.

—Supongo que sí.

—Aun así, ¿estás bien como para seguir? ¿Como para hacer lo que hemos venido a hacer?

—Sí —le dijo, y se alegró de que el tono de su voz fuese mucho más firme que su determinación, que se tambaleaba. A lo mejor podría convencerse a sí mismo, además de a Esther.

Parecía que a él la vista ya se le estaba acostumbrando a la oscuridad, y las paredes de madera comenzaron a volverse más claras. Y entonces, se dio cuenta de que no era su vista, sino que, de hecho, había luz. Estaban al final del pasadizo, y la pared de repente apareció frente a ellos, así como la trampilla a sus pies. Cuando Nicholas se agachó y la abrió, vio que las escaleras estaban iluminadas.

¿Habría sido Maram de nuevo, preparándoles el camino?

Esther y él se quedaron allí plantados, muy quietos y callados. Escucharon y esperaron. El silencio creció a su alrededor, y las estrechas paredes parecían contenerlo como si fuese la presión aumentando en el interior de una botella: ningún sonido en absoluto excepto el latir del corazón de Nicholas, y la respiración de Esther sobre su hombro. Cuando comenzaron a bajar, lo hicieron de forma cuidadosa y en silencio, y sus pasos apenas se escuchaban sobre los escalones.

La puerta se abrió con facilidad cuando Nicholas la empujó hacia dentro sin un sonido, y la escalera dio paso a la habitación de espejos destellantes. En aquella ocasión, el cristal tan solo reflejaba muchas repeticiones de Esther y de Nicholas, y todas ellas parecían cansadas y sombrías. Aunque la vanidad de Nicholas cobró vida al ver lo alto que parecía en comparación a la pequeña mujer que había a su lado. Aquel pensamiento tan vanidoso casi lo hizo sentirse él mismo durante un momento. Fuese cual fuere el modo de alcanzar la victoria, esperaba que le permitiese aquellos pequeños momentos de frivolidad tan familiares. La introspección forzada de la última semana lo había hecho sentir que iba a la deriva.

Esther hizo una pausa frente a uno de los espejos y se agachó. Puso la mano sobre el suelo, y Nicholas vio que aún había una pequeña mancha de sangre sobre la alfombra.

—¿Es aquí donde acabó Trev? —preguntó, en un tono de voz que apenas era un susurro.

—Sí.

—No iba a matarme, después de todo, ¿no? —preguntó Esther—. Iba a meterme a través del espejo y dejar que Richard me matara mientras tú escribías un libro con mi sangre.

—Es muy probable.

Se levantó y lo miró. Los ojos le brillaban bajo la escasa luz, y de repente sí que parecía la persona a la que Nicholas había visto vencer a un hombre armado que era el doble de grande que ella.

—¿Lo habrías hecho? —dijo ella—. ¿Habrías tomado mi sangre y hecho lo que Richard te hubiera ordenado sin hacer ninguna pregunta?

—Quiero creer que habría hecho al menos alguna pregunta —dijo Nicholas, rebuscando para hallar algo de indignación.

—Pero, al final, lo habrías hecho.

—No lo sé —dijo él, y se sintió de repente tan cansado, que casi se sentó allí mismo. En su lugar, se inclinó contra un trozo de pared sin espejo—. Richard y Maram siempre tenían explicaciones para todo, explicaciones de verdad, sensatas y racionales. Incluso si las cosas parecían… la elección incorrecta… No veía ninguna alternativa que estuviese bien.

Esther se cruzó de brazos y se quedó mirando el espejo por el que el cuerpo retorcido y roto de Tretheway había entrado. Nicholas esperó, abatido e indeciso. Tal vez debería disculparse por la versión de sí mismo que quizás habría aceptado la pérdida de su vida y habría mojado la pluma en su sangre. Pero ¿cómo se disculpa uno exactamente por una monstruosidad hipotética? Ni siquiera se le daba bien disculparse por las cosas que sí había hecho.

—Bueno —dijo Esther—. Gracias.

Aquello lo hizo detenerse.

—¿Por qué?

—No te han dado muchas opciones —dijo ella—. Pero, ahora que sí las tienes, has escogido ayudarme. Así que te lo agradezco.

—Ah. —Sintió que la cara se le enrojecía—. También estoy ayudándome a mí mismo.

—Podrías entregarme a tu tío y seguir con tu vida de zapatos lujosos y feliz ignorancia.

Nicholas bajó la mirada.

—Sinceramente, me encanta que hayas notado la calidad de mi calzado. Estas botas están hechas por encargo.

—Gracias —dijo Esther de nuevo.

«De nada» no parecía una respuesta apta para darle. Avanzó hasta la puerta que llevaba hacia el estudio de Richard con una oleada de nervios, los cuales eran un sustituto bastante pobre de la energía, pero tendrían que servir. No dudó frente a la puerta. O, al menos, no de forma física, aunque sí que se preparó para ver de nuevo su ojo flotando en el tarro. Sentía como si su cuerpo se moviese más deprisa que su mente, lo cual probablemente era lo mejor, ya que dejó que lo llevara hacia delante: puso la mano sobre el pomo, aspiró hasta llenarse los pulmones, y movió los pies mientras su cerebro trataba de ponerse al día. La vida de Richard, o el final de ella, estaba a una puerta de distancia.

Nicholas giró el pomo.

El estudio estaba a oscuras, con todas las luces apagadas. Dio unos pasos y tanteó la pared en busca del interruptor de la luz, pero entonces se frenó. Esther se chocó contra él, y se agarró a su brazo.

—¿Qué? —le preguntó.

Nicholas no podía decir qué era lo que pasaba. Sintió algo: un cosquilleo que lo recorrió como si la temperatura hubiera cambiado, como un cambio barométrico en el aire. Incluso cuando encontró el interruptor y la luz del techo se encendió, ya estaba encogiéndose ante lo que iba a hallar allí.

Y lo que vio fue a Richard y a Maram, con los ojos entrecerrados ante la repentina luz.

Nicholas escuchó a Esther aspirando por la nariz a su lado, pero sus pulmones dejaron de funcionar por completo. No podía respirar, no podía pestañear, tan solo podía quedarse allí mirándolos, congelado. Maram estaba sentada en un sillón de respaldo alto frente al escritorio de Richard, y Richard estaba de pie junto a ella, con una mano puesta de forma posesiva sobre el hombro de ella. En aquel sillón alto, y con Richard tan alto junto a ella, rodeada de todas las estanterías llenas de reliquias y curiosidades, Maram parecía

380

muy pequeña. Nicholas le miró las muñecas y los tobillos... ¿estaba atada? Pero no, no parecía estar atada de ninguna manera visible.

—¿Ves? —dijo Maram. Hablaba con Richard, y parecía estar sonriendo, o al menos, tenía los labios curvados. Ni siquiera miró a Esther—. Te dije que vendrían.

—Sí que me lo dijiste —dijo Richard, que asintió con aquella expresión silenciosa y satisfecha suya, la cual Nicholas siempre había anhelado poder sonsacarle—. Supongo que tendré que perdonarte por todas las maquinaciones, después de todo.

Esther apretó los dedos que tenía alrededor del brazo de Nicholas. La vista le falló, y los muchos detalles del estudio se volvieron borrosos y después demasiado nítidos, un tumulto de imágenes aleatorias: las manos de Maram, apoyadas de forma tranquila sobre su regazo; el color rojo de una caja de terciopelo; el mono disecado, y su mirada infinita y oscura desde donde estaba posado en un estante superior; las curvas suaves del ánfora de arcilla; el brillo de un tarro de cristal donde aún yacía su ojo, suspendido.

Richard se alejó de Maram y caminó hacia Nicholas y Esther, y algo en su mano destelló. Sus largas zancadas absorbieron el espacio de forma tan rápida que Nicholas no se percató de lo que estaba pasando hasta que ya había ocurrido.

Richard sostenía un arma.

Esther se quedó inmóvil y muda junto a él. Incluso su respiración agitada se detuvo, y le soltó el brazo a Nicholas. El cañón de la pistola estaba apuntado directamente a su cabeza.

32

Collins estaba bebiendo. Joanna incluso podría haber añadido «en exceso». Se había tomado tres cervezas en la última media hora, y la había dejado sola en el porche para ir adentro a por otra. Pero cuando volvió a salir, tenía las manos vacías.

—No me estaba ayudando —dijo como explicación, dejándose caer sobre el escalón junto a ella y pasándose las manos de forma enérgica por el pelo—. Aún estoy jodidamente estresado.

Había sacado a Joanna de su vigilia alterada junto al espejo cuando le sugirió que su amigo el gato podría tener hambre, y después había insistido en abrir una de las latitas de sir Kiwi de comida de perro de calidad que Nicholas se había traído, y murmuró algo sobre el alto porcentaje de mercurio y sodio del atún que Joanna había estado dándole. Estaba claro que necesitaba algo que hacer, así que le había dejado abrir la lata y verter el contenido en un cuenco. Pero, por ahora, el gato no había mostrado los bigotes por allí. Probablemente porque le habían ofrecido comida para perros.

—El frío me está calmando un poco —dijo Joanna—. Tenías razón sobre lo de salir.

Los nervios la habían sobrecalentado, hasta el punto en el que solo allí, ante aquella brisa fresca, empezó a secarse el sudor que tenía en la frente.

—Estarán bien —dijo Collins—. Maram sabe lo que hace, no habría pasado por toda esta mierda tan enrevesada si no creyera que fuera a dar resultado.

Llevaba repitiendo esa frase de distintas maneras desde que Esther y Nicholas habían desaparecido a través del espejo, y Joanna aún no había dado con una respuesta que darle. En parte, porque no estaba segura de creerlo. Y, por otra parte, porque no estaba segura de cómo hablar con él ahora que los otros dos se habían marchado. Nunca había pasado mucho tiempo a solas con una persona adulta de su misma edad antes, y mucho menos, con un hombre adulto. Y mucho menos, con un hombre adulto que además le parecía atractivo. Respiró profundamente y se apretó la chaqueta a su alrededor, mirándolo por el rabillo del ojo. Bajo la luz dorada del porche, las pestañas de Collins trazaban largas y oscuras sombras sobre sus mejillas, y estaba mordiéndose el labio inferior de una forma en que le daban ganas de dar un pisotón contra el suelo. Al menos, aquella vista era una buena distracción para el miedo de Joanna.

—Bueno, ¿cómo acabaste involucrado en todo esto? —le preguntó—. Quiero decir, con los libros en general, no solo con la Biblioteca.

Collins se agachó para sacar un guijarro de entre la tierra que había a sus pies. Parecía muy pálido bajo la luz del porche, como un trozo de hueso.

—Mi abuela tenía un libro —dijo él. Tiró el guijarro hacia el jardín y después buscó otro—. Mi madre lo heredó de ella, así como su habilidad para escucharlos. El nuestro era de los Estados Unidos, del 1900. Te permitía ver a través de los ojos del pájaro más cercano. La tinta ya estaba bastante desgastada, pero mi madre nos dejó leerlo a mi hermana y a mí cuando cumplimos dieciséis años. Nos llevó fuera de la ciudad, para que no nos tocara una paloma.

—¿Cómo fue?

Collins sonrió mientras miraba los árboles oscurecidos.

—Mi cumpleaños es en mayo, así que sobrevolé el río Assabet en el cuerpo de una garza. Había lilas florecidas por todas partes. Aún sueño con aquel día.

—¿Tu hermana también escucha la magia?

—Sí, aunque ella es más bien una… aficionada. Yo fui el que se volvió loco con todo ello. Me metí en internet y navegué, y encontré un montón de mensajes en foros que, al final, me conectaron con la gente de Boston.

Para Joanna, la conexión a internet era algo que solo pasaba una vez a la semana, una obligación de diez minutos en la biblioteca local. Aunque sabía que la gente lo usaba para contactar con otros y establecer vínculos, nunca se le había ocurrido que ella también podría haberlo usado de esa forma, ser una de esas personas.

—¿Podrías haberme contado todo esto bajo el contrato de confidencialidad? —le preguntó.

Collins observó otro guijarro cruzar el jardín, y negó con la cabeza.

—Debe de ser increíble ser capaz de decirlo ahora —dijo ella.

—Sí que lo es. —Él se limpió las manos y las dejó colgadas entre las rodillas—. Sabes, cuando por fin conocí a otra gente que sabía sobre esto, fue como si el mundo entero hubiese abierto los ojos ante mí.

—¿Y eso fue bueno o malo?

—Para mí, algo bueno —dijo Collins de forma intensa—. Como si por fin pudieran entrar la luz y el aire. Al menos, hasta que la Biblioteca se hizo conmigo. E incluso eso no ha sido todo malo. He aprendido muchísimas cosas.

—Nicholas y tú parecéis llevaros bien —se atrevió a decir Joanna.

—Claro, si dejamos a un lado que es un consentido y básicamente inútil —dijo Collins—. Como su estúpida perrita —agregó, aunque lo hizo con una sonrisa, como si no pudiera evitarlo.

Tenía que preguntárselo.

—¿Tú y él sois...?

—No —dijo Collins, y la miró de reojo—. Yo, eh... Prefiero el... pelo largo.

Joanna se alegró de que no hubiera demasiada luz, y de tener su propio pelo largo sobre el hombro para taparle una parte de la cara, ya que sintió que las mejillas se le ponían coloradas.

Trató de mantener un tono de voz sutil.

—¿Por qué no te dejas crecer el pelo, entonces?

—En el instituto lo llevaba por los hombros —le dijo—. Y teñido de negro. Era un aspirante a gótico, incluso me pintaba las uñas de negro.

Extendió la mano como para que se lo imaginara, pero ella pensó en algo totalmente diferente.

—¿Cómo pasaste de ser un aspirante a gótico a un matón por contrato?

Collins alzó los hombros, algo que estaba a medio camino de encogerse de hombros pero no del todo.

—Ya tenía este tamaño cuando andaba por los catorce años —le dijo—. Los chicos del colegio se lo tomaron como una especie de desafío, supongo. No dejaban de atacarme, y mi madre se cansó de verme siempre con un ojo morado. Así que me metió en una clase de kárate, y en el instituto empecé a boxear. Cuando cumplí los dieciocho, empecé a trabajar de portero en discotecas, y eso me pagó la universidad.

Joanna sintió una punzada de envidia.

—¿Fuiste a la universidad? ¿Qué estudiaste?

—Hostelería —dijo, riéndose de sí mismo antes de terminar de decirlo—. Mi tía tuvo un motel de mala muerte durante un tiempo, y me convenció. Pero solo me faltaba una clase para hacer una asignatura secundaria de historia del arte. Imagino que eso es más de tu rollo, ¿no?

—La hostelería también suena bien —dijo con cautela, ya que no tenía ni idea de cómo se podía estudiar tal cosa. ¿Les harían exámenes sobre cómo atender a alguien en el mostrador de un hotel?

—¿Qué habrías estudiado? —le preguntó él.

—Filología —dijo de inmediato.

—¿Qué clase de cosas te gusta leer? Aparte de hechizos, quiero decir.

—Cualquier cosa, en realidad —dijo ella. Y entonces, porque su vida ya se había vuelto una locura, decidió ir un paso más allá: giró la cara hacia la luz, lo miró a los ojos y le dijo—: Romance, sobre todo.

Collins no apartó la mirada.

—Ah, ¿sí?

—Sí.

—Dime por qué.

Quiso decirle algo seductor, algo sobre las escenas de sexo, quizá. Pero, en vez de eso, le contó la verdad.

—Las novelas de romance tratan sobre la conexión. Tratan sobre alguien que conecta con otra persona contra todo pronóstico, a pesar de sus diferencias, sus defectos y sus secretos. En una novela de romance no tienes que preocuparte, porque sabes que todo tendrá un final feliz.

—A diferencia de la vida real —dijo Collins—. En la vida real sí que hay que preocuparse.

—Exactamente. Es por lo que solía preferir las novelas.

—¿Solía?

—Ahora no estoy tan segura.

Collins inclinó la cabeza.

—Me he pasado seis meses bajo un hechizo de silencio que básicamente descartaba cualquier posibilidad que tuviera de conectar con ninguna otra persona —dijo él—. Así que hazme caso: lo real merece la pena, a pesar de todas las preocupaciones que puedas tener.

Había algo en su postura que había cambiado, un movimiento muy sutil que hizo que todos los nervios del cuerpo de Joanna se encendieran de forma repentina y explosiva. Tenía la mirada puesta en sus labios.

—¿Estás preocupado ahora mismo? —le preguntó ella.

Collins se inclinó un poco hacia ella.

—Sip.

Se quedó sin aliento. Los ojos de Collins eran todo pupila, con aquellas puntiagudas sombras temblando en su mejilla. Se acercó más y más a ella, centímetro a centímetro, de forma terriblemente lenta, como si estuviera esperando a que ella lo parase. Una parte muy lejana de su interior quería reírse ante eso. *¿Pararlo?*

Cuando al fin la besó, lo hizo de forma incierta y suave. Durante un segundo. Porque entonces ella le rodeó el cuello con los brazos y separó los labios ante los suyos, así que él la acercó más, con las manos en su cintura, en la espalda, con los dedos enredados en su pelo. Y entonces dejó de ser suave. Aquel beso no tenía absolutamente nada que ver con los besos con demasiados dientes que recordaba del instituto. Aquello era algo totalmente diferente; una sensación de cuerpo completo que detuvo el tiempo, y que hizo que sintiera una oleada de calor recorriéndole la piel mientras temblaba bajo las manos de Collins. La besó de forma inquisitiva, como si fuese la página de un libro que no podía esperar a terminar, y la emoción fue tan grande que, por un momento, pensó que la ruidosa máquina que escuchó provenía de su propio cuerpo, como si la maquinaria que tanto tiempo llevaba latente hubiera cobrado vida con un gruñido y una explosión. Pero entonces, más rápido de lo que había empezado (demasiado rápido), el beso se detuvo.

—Collins —protestó, agarrándose a las solapas de su chaqueta. Pero él se había girado hacia el camino, y se dio cuenta entonces de que la máquina que había escuchado no estaba en su interior, después de todo.

—Alguien viene hacia aquí —dijo Collins.

Joanna no creía que fuera posible que el corazón se le pudiera acelerar incluso más, pero eso fue lo que hizo. Se sentía aturdida, como si la sangre de su cerebro se hubiera redirigido a otro lado. Se tocó con incredulidad los labios, que le cosquilleaban.

—¿Es Richard?

—No puede ser él mismo, no le ha dado tiempo —dijo Collins. Le apoyó una mano en la rodilla a Joanna y apretó un poco. Después, se puso en pie dándole la espalda. Irradiaba tensión—. Pero puede haber mandado a alguien antes que él, tiene gente en Nueva York, probablemente también tenga en Boston. ¿Dónde tienes el rifle con el que nos recibiste cuando llegamos?

Joanna se puso en pie de un salto, pero hizo una pausa. El coche se estaba acercando más, y cuando lo hizo, se dio cuenta de que el rugido del motor le resultaba familiar. Cuando miró a través de los hombros de Collins, vio el chasis de un intenso color azul brillando ante la luz del porche, y sintió que en el pecho se le encendía una chispa de esperanza. Conocía el coche.

—Espera —dijo ella—. Creo que es mi madre.

Y lo era.

Cuando llegó al final del camino, el motor apenas se había apagado cuando Cecily salió disparada del asiento del conductor con una mirada enloquecida y los labios sin su distintivo color rojo. Collins aún estaba delante de Joanna, así que Cecily corrió hacia él y le golpeó el pecho con los puños, haciéndolo trastabillar hacia atrás y cubrirse con ambas manos para tratar de bloquear los golpes sin hacerle daño.

—¿Dónde está mi hija? —le gritó—. ¿Qué le has hecho a mi hija?

—¡Estoy aquí! —le dijo Joanna, interponiéndose entre ellos y llevándose un golpe en la clavícula—. ¡Mamá, estoy aquí mismo!

Cecily le agarró los brazos y la miró, para después mirar a Collins con una expresión confusa y el rostro lleno de lágrimas.

—¿Joanna?

—¡Sí, estoy bien!

—¿Quién es este *hombre*?

La respuesta más complicada se le escapaba, así que le dijo:

—Se llama Collins. Collins, esta es mi madre, Cecily.

—Encantado —dijo sin mucha convicción.

—Las protecciones han caído —dijo Cecily, que aún sujetaba con fuerza a Joanna mientras examinaba su rostro—. Estaba en la cama, ya casi dormida, y pensé en ti. Y, de repente, supe dónde estaba tu casa. ¡Sabía cómo llegar aquí! Pensaba… ¡Ay, no sé lo que pensaba! Lo peor de lo peor. Pero ¿ya sabes que las protecciones no están alzadas? ¿Lo has hecho tú?

—Sí —dijo Joanna, porque, aunque no había sido su elección, había dejado que ocurriera.

—Entonces Richard estará de camino —dijo Cecily—. Vendrá a por su libro.

Joanna se quedó mirándola fijamente.

—¿Cómo sabes tú lo de Richard?

Cecily la miró también.

—¿Cómo lo sabes *tú*?

—Joanna dijo que estabas bajo un hechizo de silencio de la Biblioteca —dijo Collins—. Ni siquiera deberías de ser capaz de decir su nombre.

Cecily se quedó boquiabierta y retrocedió, pero un segundo después se recompuso.

—El hechizo de silencio se ha roto —dijo mientras miraba a Joanna—. Es lo que pedí en la nota, la que metí a través del espejo. Accedí al hechizo hace veintitrés años para proteger a tu hermana, pero no podía aguantarlo más. Sabía que, si no era capaz de decirte la verdad, te perdería.

Todas las veces que Joanna había pensado en su madre recientemente, lo había hecho tras un velo de sospecha tan grueso, que la forma verdadera de Cecily había estado borrosa. Joanna no sabía cómo alzar aquel velo de forma total, ya que lo había llevado durante tanto tiempo que no podía simplemente alzar las manos y quitárselo.

—Hay otro hechizo de silencio en el sótano —dijo Cecily—. Uno que le leí a otra persona, y que solo yo puedo romper. Quiero romperlo ahora, ya hemos tenido suficiente silencio para una vida entera. —Alargó la mano y le estrechó a Joanna la suya con un agarre decidido—. ¿Me dejas entrar, Joanna? Por favor.

No había protecciones. Cecily podría haber pasado junto a Joanna y simplemente haber entrado como si fuera cualquier otra casa. Pero se lo estaba pidiendo. Le estaba dando una elección a Joanna.

—Vale, pues entra —dijo Joanna—. Entra y cuéntame la verdad.

33

—Dame el libro —le dijo Richard a Nicholas—. Sé que lo has traído, puedo escucharlo.

—Maram —dijo Nicholas—. ¿Qué significa esto?

Los sentidos de Esther estaban divididos en dos. Una mitad estaba centrada en la pistola de aspecto más que capaz que estaba apuntada directamente a su cabeza, y la otra mitad estaba centrada en la mujer de pelo oscuro que había junto a Richard. Aquella era Maram, sentada al filo de un enorme escritorio de madera, y sosteniendo su propia arma de forma prácticamente descuidada sobre su regazo. Tenía la mirada puesta en Nicholas, y ni siquiera le echó un vistazo rápido a Esther. Y aquellas gruesas cejas… No eran muy distintas a las de Esther, Nicholas tenía razón. Y las tenía fruncidas mientras se disculpaba.

—Lo siento, Nicholas —dijo Maram—. No me ha gustado engañarte, o a Richard. Pero después de que esta de aquí —dijo, haciéndole un gesto a Esther con la mano, pero sin mirarla— empujara a Tretheway a través del espejo en lugar de al revés, como debería de haber pasado, bueno… A grandes males…

—¿Qué? —dijo Nicholas—. Pero tú… tú…

Maram interrumpió su tartamudeo.

—¿Tu amiga no te contó lo que le hizo al pobre Tretheway?

—Una manera terrible de morir —dijo Richard.

—Pero tú enviaste a alguien para que salvara a Esther en el aeropuerto de Auckland —dijo Nicholas—. Actuaste a espaldas de Richard.

—Ambos sabemos que tu tío puede ser algo cabezota —dijo Maram—. Nunca habría accedido a un plan que involucrara dejarte salir de la casa y recorrer el mundo por tu cuenta. ¿A que no, cariño?

—Probablemente no —dijo Richard, arrepentido, pero de forma afectuosa.

Esther apenas escuchaba lo que decían. Miraba fijamente a Maram, buscando en aquel rostro las similitudes que Nicholas había visto en ella. Las cejas eran parecidas, sí, y tal vez la forma de la cara. Pero eso no era suficiente como para formarse una teoría, y ciertamente no era suficiente como para haber arriesgado sus vidas por una suposición. Solamente allí, con la repentina claridad del presente inducida por la adrenalina, se dio cuenta de lo nublado que había estado su juicio tan solo unos minutos antes. Su escepticismo había sido sincero, pero no se había originado en la incredulidad: había venido, como casi ocurre con el escepticismo, de la esperanza. Había querido creer lo que Nicholas le contaba: que su madre estaba viva, y que había estado viva todo ese tiempo y esforzándose para protegerla.

Pero, incluso si aquella persona había dado a luz a Esther, lo cual quizá fuera cierto, Maram no era su madre. Y la única persona que protegía a Esther había sido, como siempre, ella misma.

—El libro, Nicholas —dijo Richard, haciéndole un gesto con el arma—. O le disparo a tu nueva amiga directamente a la cabeza.

Tenía un rostro tan agradable de mirar, que sus palabras eran incluso más terribles en comparación. Tras él, sobre el escritorio, estaba el retrato que Nicholas les había descrito: un Richard de rostro severo con un delantal manchado de sangre, una sierra de hueso en la mano, y el marco de huesos que lo rodeaba.

—No la matarías —dijo Nicholas—. La necesitas viva.

—Sí —dijo Richard—. Pero el estado de su mente no importa mientras su cuerpo siga funcionando. En una ocasión fui cirujano, ¿sabes? —Con la mano libre, se dio un toquecito en la cabeza—. Me atrevería a decir que podría infligir el máximo daño sin que perdiera la vida. Si acaso pudieras llamar «vida» al estado en el que quedaría. ¿Eso es lo que quieres para ella?

Nicholas giró la cabeza de un lado a otro: no estaba negando con la cabeza, sino mirando a su alrededor, como buscando una respuesta. Miró a Esther a los ojos, y ella se sintió tan desolada como él parecía estar. De nuevo, había tenido la oportunidad de huir, igual que había huido tantas otras veces, pero en su lugar había venido aquí con él, directa a aquella trampa. Sabía que él quería que Esther hablara, que dijera lo que fuera, pero no podía imaginar qué podría decir. Si abría la boca, sería para gritar.

—Tenemos gente al otro lado de la puerta —dijo Richard, que vio la mirada desesperada que Nicholas le echó a la habitación—. Y en la propia Biblioteca, esperando junto al pasadizo que te ha llevado aquí. Tienen sus órdenes, así que, por favor, no hagamos que esto sea desagradable. Dame el libro.

—Antes de nada —dijo Nicholas—, ¿por qué no me respondes a algunas cosas?

Richard lo miró con una sonrisa compasiva.

—No estás precisamente en posición de negociar.

—Ah, deja que te haga las preguntas —dijo Maram. A Esther le pareció que su acento era británico, pero era tan entrecortado y perfecto que sonaba casi fingido—. No queremos perderte, Nicholas. Sé que hablo en nombre de Richard y de mí misma cuando te digo que nuestro afecto por ti es enteramente real.

—Eso es cierto —asintió Richard—. Y siempre lo ha sido. Esto no cambia en absoluto lo que sentimos por ti.

—¿Lo que *vosotros* sentís por *mí*? —preguntó Nicholas.

—Es natural que necesites un tiempo para acostumbrarte —dijo Maram—, para ordenar tus ideas sobre esta nueva situación, pero...

—Fingisteis que me secuestraban y me arrancasteis el ojo —dijo Nicholas—. ¿A eso te refieres con *situación*?

Richard hizo una mueca.

—¿Crees que acaso disfruté con ello? Cielo santo, fue uno de los peores días de mi vida.

Nicholas soltó una risa ronca y sorprendida.

—¿Me ves siquiera como a una persona? ¿Y a mi padre? ¿O para ti somos herramientas, como un bisturí o las bolsas de sangre?

—Por supuesto que eres una persona para mí —dijo Richard—. Todo lo que he hecho, lo he hecho por nuestra familia y nuestro legado. Por la Biblioteca.

—Nuestra familia —dijo Nicholas—. ¿Cuántos años tienes? No eres mi tío, ¿estamos acaso emparentados?

La mirada de Richard se entristeció.

—Sí —dijo él—. Admito que duele que lo cuestiones. Mi hermana era una Escriba. Tú y tu padre sois descendientes de ella.

Esther no pretendía hablar, pero le daba vueltas la cabeza tratando de hacer cuentas a través de las generaciones, y cuadrándolas con lo que Nicholas le había contado.

—El hechizo del linaje —dijo ella—. ¿Fuiste tú?

Richard se tensó ante su voz, y después se obligó de forma evidente a relajarse. Volvió a apuntarle a la cabeza con el arma.

—Nicholas te lo ha contado, ¿no? Sí, tienes razón. El hechizo lo diseñé yo, y mi hermana escribió el libro.

—¿Con qué sangre? —preguntó Nicholas—. ¿Con qué cuerpo?

Richard hizo un gesto despectivo con la mano libre.

—En aquellos años había muchos más Escribas.

Esther aún miraba a Maram. No podía evitarlo. A pesar de todo, y a pesar de que tenía un arma apuntándole a la cabeza y otra en la mano de Maram, y a pesar de que Maram apenas parecía notar que estaba allí, una parte traicionera de su mente aún procuraba catalogar todos los detalles: la forma de sus dedos, la curva de las aletas de su nariz, la frente ancha, el ligero subtono rosado de la piel, que era algo más oscura que la de Esther. Pero si se mezclaba con el tono de Abe…

Esther exhaló, ya que la frustración se le mezcló con el miedo, lo cual dio lugar a la rabia. Tenía un arma apuntándole a la cara, y mientras tanto, la niña soñadora y tonta de su interior estaba tratando de unir dos cables mal emparejados, y esperaba la chispa que no llegaría en lugar de buscar los cables correctos, las conexiones de verdad.

Pero la niña habló de nuevo a través de ella.

—¿Y tú qué ganas? —le preguntó Esther a Maram, porque quería saberlo, y quería que Maram la mirase a la cara, aunque fuese solo una vez.

Maram miró a Richard, como si estuviese pidiendo permiso para responder. Richard asintió.

—No hay nada de malo en decírselo.

Pero fue Nicholas el que respondió, con una voz casi irreconocible por la rabia.

—Va a escribir un nuevo hechizo para ti, ¿no es así? —dijo—. Va a hacer que vivas para siempre.

—Bueno, al menos durante mucho, mucho tiempo —dijo Maram, y les dedicó una gran sonrisa de satisfacción—. Sí.

—Maram es la única persona que he conocido que ama la Biblioteca tanto como yo —dijo Richard—. Cuidar de todo esto es una responsabilidad muy grande. No sabía cuán difícil era hacer todo esto yo solo hasta que Maram llegó y me demostró que no tenía por qué hacerlo solo. No puedes imaginar todos estos años, lo solitario que ha sido. Ver que mi familia y mis seres queridos morían uno a uno, y me dejaban a mí para cargar con todo eso.

—Responsabilidad —escupió Nicholas—. Fingida. Nadie le pidió a nuestra familia que se ocupara de esto.

Siguieron hablando, pero Esther no los escuchaba. Aún miraba fijamente a Maram, y Maram tenía la vista fija en Richard. ¿Demasiado fija? ¿Estaba evitando mirar a Esther? Eso era una pista en sí mismo, ¿no?

Y dado que Esther la estaba observando, fue ella la única que vio el cambio en el rostro de Maram.

Su expresión había sido de atención y serenidad, pero de repente abrió mucho los ojos y se agarró la garganta con las manos. Abrió la boca al tiempo que las mejillas se le oscurecían con la sangre que viajó a ellas, y hacía un sonido como el de un siseo, como una rueda pinchada. Se dobló sobre sí misma mientras trataba de respirar, pero cuando Richard se interrumpió en mitad de una frase y la miró, preocupado, ella inhaló de forma exagerada y se incorporó tan erguida que parecía como si se hubiera electrocutado.

—¿Estás bien? —le preguntó Richard, y su compostura dejó entrever una preocupación tan clara, que Esther casi sintió pena por él.

—Ah —dijo Maram con voz ronca. Aún tenía una mano alrededor de la garganta, aunque suelta, pero alzó la otra en un gesto que pretendía calmarlo—. He… tragado saliva, y se me ha ido por otro lado. Pero estoy bien ya. —Tomó aire de forma cuidadosa—. No pierdas de vista el objetivo, cariño.

Richard volvió a mirar a Esther y a Nicholas, y se esforzó de forma visible por relajarse.

—Como podrás entender, estoy algo tenso —dijo, casi como si estuviera excusándose—. Sería increíblemente irónico que Maram muriera ahora.

—Ojalá pase eso —le dijo Nicholas a Maram, aunque sin convicción. La ira había desaparecido de su voz y sonaba más agotado que otra cosa. Esther, por otro lado, estaba llena de energía. Aún podía ver en su mente la cara de Maram cuando se había atragantado sola, la forma en que los ojos se le habían abierto, el siseo al intentar respirar, y el modo en que había inhalado para llenar los pulmones. Había visto un rostro muy parecido esa mañana, y había escuchado un siseo similar. Collins, justo cuando el hechizo se había roto.

—Vaya unas cosas que dices, Nicholas —le dijo Richard en tono recriminatorio, un tono practicado a través de miles de castigos anteriores—. ¿Cuánto tiempo hace que conoces a esta chica? ¿Unos días? Y mientras tanto Maram ha estado aquí, cuidándote toda tu vida. No quieres que muera de verdad.

—No quiero que nadie muera, de hecho —dijo Nicholas—. Quiero que pares esta locura y dejes que Esther se vaya, y que Maram viva una vida normal y muera de vieja, como un ser humano.

—Quizá podríamos hacer un trato —dijo Richard—. Esther vive unos años más, los suficientes para tener unos cuantos hijos contigo y ver si alguno nace con tu talento, y después…

—Para —dijo Nicholas, alzando las manos como para taparse los oídos—. Dios bendito, para.

Richard se rio con cierto cariño.

—Sí, ya suponía que tus gustos iban por otro lado.

Maram se levantó y se colocó junto a Richard. Al igual que Nicholas, tenía un aspecto opulento, con la blusa de seda perfectamente hecha a medida para ella, la piel cuidada y maquillada con exquisitez y el pelo brillante recogido en un moño.

—Quizá te ayude a entenderme si piensas en la Biblioteca como si fuera uno de mis hijos —dijo Maram—. Todo lo que he hecho para traerte aquí hoy ha sido para proteger a mi descendencia.

Nicholas se tensó ligeramente a su lado, como si estuviera aguzando su atención. Y a Esther también le costaba respirar en ese momento.

—Nicholas, tú más que nadie sabes que no soy lo que llamarían «maternal» —dijo Maram, y Richard se rio entre dientes, mostrando que estaba de acuerdo—. Pero te guste o no, aun así, soy madre. Y como toda madre, si piensas que alguien va a apuntar a tu hija con un arma... —Maram se encogió de hombros—. Entonces tomas las medidas necesarias para protegerla. Haces lo que sea necesario para asegurarte de que toda amenaza no sea más que un zumbido inofensivo, y toda posible herida no sea peor que una picadura.

Richard la miró entonces con el ceño fruncido.

—Me imagino —continuó hablando Maram— que ser madre es como recorrer un camino. Y ese camino te lleva al siguiente paso natural.

Esther dio un paso adelante. Richard se giró para mirarla.

—No te muevas.

Esther dio otro paso. Sintió que Nicholas le agarraba de la muñeca con aquellos dedos fríos suyos, pero ella se soltó.

—Ya basta —dijo Richard—. Nicholas, dame el libro.

—Nicholas, no se lo des —dijo Esther, que dio otro paso hacia delante. La pistola estaba solo a un metro de su cabeza, y Richard un poco más alejado.

—Nicholas ya ha hecho suficiente para protegerte —le dijo Richard—. ¿De verdad quieres que me vea hacerlo? Ya tiene unas pesadillas horribles.

Esther miró a Maram, y por primera vez, vio que Maram la miraba también a ella. Sus miradas se cruzaron, y Esther sintió como si se electrocutara con un cable. Maram asintió de forma infinitesimal, pero no lo suficiente. Richard vio el movimiento por el rabillo del ojo.

—¿Qué estás...? —dijo él.

Esther no dejó que acabara la frase. Se lanzó a por él, borrando el espacio entre ellos de una sola zancada. Nicholas gritó horrorizado, pero su voz se ahogó con el sonido del disparo del arma.

34

Aparte del vampiro que había desangrado a su padre, había solo otro libro en la colección de Joanna que hubiera estado activo durante toda su vida. Estaba encuadernado en un cuero natural impecable, y a menudo se había preguntado cosas sobre el hechizo que había entre sus páginas, y se preguntaba quiénes lo habrían leído y qué habría pasado con ellos.

Ahora, ya lo sabía.

Collins y ella habían observado cómo, en el sótano, Cecily se pinchaba el dedo y apretaba la sangre contra la última página del libro de cuero, rompiendo así el hechizo de silencio que había leído más de dos décadas antes. Joanna escuchó el ligero cambio en el ambiente cuando el hechizo terminó, e incluso después de cerrar la puerta que conducía a la colección y subir las escaleras, le parecía que aún podía sentir el zumbido de los libros bajo sus pies.

Sir Kiwi estaba esperándolos sentada en el pasillo, así que en cuanto los vio salir por la puerta del sótano, saltó y meneó su suntuosa cola. Cecily se agachó para acariciarla, y la mano le tembló ligeramente. Ahora que la impresión de ver a Cecily se estaba desvaneciendo, Joanna se dio cuenta de que su madre solo se había puesto unas zapatillas de estar por casa, unas mallas negras y una camiseta de los Beatles de *Revolver*, la ropa con la que probablemente se había ido a la cama, así que tenía la piel de gallina por el frío. Joanna se escabulló hacia el armario del vestíbulo principal, y volvió con un grueso jersey de lana que había pertenecido a Abe.

—Aquí tienes —le dijo a su madre—. Puedes ponértelo.

Cecily sostuvo el jersey entre las manos mientras temblaba, aunque no hizo ningún movimiento para ponérselo. Pasó un dedo por el patrón negro cosido sobre el fondo de color beis.

—Este jersey tiene más años que tú —dijo ella—. Se lo compré a tu padre cuando vivíamos en Ciudad de México.

Joanna estaba girándose para seguir a Collins y a sir Kiwi hacia la cocina, pero aquellas palabras la hicieron detenerse.

—¿Cómo es eso posible? Papá y tú os conocisteis cuando vino aquí.

—No —dijo Cecily—. Esa fue la historia que decidimos contaros. Pero, en realidad, nos conocimos en Ciudad de México. Cuando tu padre aún estaba con Isabel.

El tono calmado y firme de su voz no se correspondía con la imposibilidad de sus palabras. Joanna sintió un escalofrío.

—¿Cómo? ¿A qué te refieres?

Cecily metió los brazos dentro del jersey y se lo puso por la cabeza.

—Vamos a sentarnos.

Las luces de la cocina estaban encendidas, así que todo parecía demasiado intenso, desde el brillo de las sartenes de cobre colgadas, hasta el resplandor reflectante del frigorífico, pasando por las líneas decididas del rostro de Cecily. Joanna apagó la luz del techo, atenuando el brillo de la habitación. Se quedaron iluminados tan solo por la lámpara que pendía sobre la placa de cocina, que daba una luz muy suave, dado que la bombilla estaba borrosa por la grasa acumulada. Cecily se sentó a la mesa de la cocina, y Joanna frente a ella.

Collins alzó el hervidor de agua y, haciendo un buen uso de su graduado de hostelería, dijo:

—¿Té?

Tanto Cecily como Joanna negaron con la cabeza, pero aun así Collins llenó el hervidor de agua y se apoyó contra la encimera con sir Kiwi a sus pies, mirando fijamente a Joanna. Incluso con el poco tiempo que lo conocía, había llegado a reconocer su expresión preocupada, así que trató de sonreírle, pero sabía que había fallado. La miró incluso con más intensidad.

Cecily estaba observando a Collins con una expresión de desconcierto.

—¿Quién has dicho exactamente que...? —empezó a preguntar Cecily, pero Joanna la interrumpió.

—Has dicho que habías venido a decirme la verdad. —Imitó las posturas de Collins, y cuadró los hombros al tiempo que apretaba la mandíbula—. Así que dime la verdad.

Durante un momento, pareció que su madre iba a protestar, pero entonces asintió. Pasó las manos por la mesa como si estuviera desenrollando un mapa, y cerró los ojos. Respiró profundamente antes de abrirlos de nuevo.

—Todo comienza —empezó a decir— con Isabel.

* * *

Isabel siempre había sido ambiciosa. Nació en Ciudad de México, con una madre zapoteca y un padre medio español, y fue criada en la librería familiar. La librería era una reliquia de la fortuna colonial que su familia paterna casi había conseguido gastar por completo, y que había sido abierta por sus abuelos paternos por pasión cuando tenían unos treinta años. En aquellos tiempos no pretendían que diera ganancias, sino alzar su capital social entre los escritores y artistas, quienes deseaban que asistieran a sus cenas. Fue la abuela paterna de Isabel, miembro de la alta sociedad mexicana y escritora en ocasiones, Alejandra Gil, de quien sus padres heredaron no solo la librería, sino también una de las colecciones más grandes de libros mágicos de Norteamérica: y fue de parte de aquella misma abuela de la cual Isabel heredó su habilidad para escuchar la magia.

También debía de haber heredado de uno de sus abuelos su ambición, porque sus padres no tenían nada del impulso feroz de su hija. Para cuando Isabel nació, la riqueza generacional de su familia yacía en dos campos: las conexiones y los libros. Sus padres, que habían mantenido sus hábitos costosos mucho después de poder permitírselo, solo deseaban capitalizar lo primero y vender lo segundo, para consternación de Isabel. Desde muy joven, estaba convencida de que en los libros de su familia se escondían las respuestas a las preguntas que habían ocupado la mente humana desde el principio de los tiempos, respuestas que creía que encontraría en el mecanismo que permitía que los libros fuesen escritos.

¿Se canalizaba el poder desde el exterior, o provenía del interior? ¿Era Dios, o los dioses, o los espíritus, o los demonios? ¿Los milagros que se describían en muchos textos religiosos eran, de hecho, el producto de libros poderosos, o esos libros habían sido escritos para tratar de emular aquellos milagros?

Fuera lo que fuere ese poder, y sin importar de dónde proviniera, ella lo escuchaba hablar. De pequeña, se imaginaba a sí misma como a una Juana de Arco, escogida por una voz sagrada para dirigir y proteger. Cuando creció, se volvió más práctica pero no menos dedicada. ¿Cómo podía estudiar los textos y protegerlos si sus padres no dejaban de venderlos?

Fue Isabel quien se dedicó en cuerpo y alma a mantener la colección de la trastienda de sus padres, y fue ella quien viajó por toda la ciudad, y más tarde por el país, para hacer contactos, hacer preguntas y perseguir pistas sobre mercancía nueva. Aprendió a valorar y tasar. Leía cada libro de la colección tantas veces que se los aprendía de memoria, y comprendió los patrones de repetición y la complejidad en las frases que, al parecer, la magia requería. A través del estudio, comenzó a entender el mundo lo suficientemente bien como para comprender que el mundo quería entenderla a ella.

Intentó, sin éxito, convencer a sus padres de cambiar a un modelo de préstamos: «Como una especie de biblioteca», no dejaba de repetir. Para que así pudieran ganar menos, pero de forma continua, en lugar de ganar una sola gran suma de dinero. De aquella manera, serían capaces de mantener los libros en su posesión, en lugar de dejar que se desvanecieran de entre sus manos, y que la colección que en una ocasión había contado con un número impresionante de ejemplares, lentamente disminuyera hasta venderse uno a uno. Pero sus padres se negaron. Demasiado difícil, cuando era tan fácil simplemente vender un libro una vez que ya habían gastado la suma de dinero del anterior.

En ese momento, cuando Isabel estaba creciendo a finales de los setenta, las cinco comunidades de libros más grandes estaban en Ciudad de México, Estambul, Tokio, Manhattan y, la más peculiar para Isabel, en Londres.

Y la de Londres era peculiar por los rumores.

Isabel había escuchado los rumores de vendedores de libros y coleccionistas a los que había buscado desde que fue lo suficientemente mayor como para ello: rumores sobre cierta organización, y un hombre sonriente en traje que pagaba grandísimas cantidades de dinero por colecciones enteras. Rumores de que, si te negabas a acceder, aun así, encontraba una manera de llevárselas, y después prestártelas a precios exorbitantes. Aquellos rumores se contaban en tonos de voz siniestros, como advertencia. Pero lejos de amedrentarse, a Isabel le intrigaba. Aquella organización sonaba exactamente a lo que ella había querido construir en la tienda de sus padres.

Y entonces, escuchó los otros rumores, y su intriga se solidificó en un propósito.

Y esos eran los rumores que decían que alguien de Londres no solo coleccionaba, sino que producía. Por precios prácticamente impagables, al parecer alguien podía encargar un libro específico, un hechizo específico, lo que significaba que alguien allí estaba escribiendo de forma activa la magia a la que Isabel había dedicado toda su vida a tratar de entender.

Para ella, estaba claro que todos aquellos rumores describían a la misma organización, y quizás a la misma persona: el hombre sonriente en traje. Fuera quien fuere, Isabel quería conocerlo. Así que puso Inglaterra en su punto de mira, lo alcanzó, y llegó a Oxford para estudiar un doctorado en teología con una maleta llena de los libros más valiosos de sus padres. Enseguida se estableció en los círculos relevantes y dejó que se supiera que tenía una pequeña pero impresionante colección que estaba dispuesta a vender al completo, incluyendo la joya de la corona: un volumen de quince páginas de protecciones recargables, pequeño, antiguo y poderoso.

Le llevó dos años hasta que Richard contactó con ella.

Para ese entonces, ya era conocida de forma profesional como Maram Ebla, y era a Maram Ebla a quien Richard se dirigió en su carta de presentación. Había escogido Maram porque su familia tenía una predisposición hacia los palíndromos, y el apellido era un tributo a la antigua biblioteca de Ebla, que en ocasiones se decía que era la más antigua del mundo. Para sí misma, sin embargo, seguía siendo Isabel.

Isabel había escuchado que el hombre del traje era apuesto, pero también que tenía unos cincuenta años, lo cual, para una mujer de unos veinte, parecía muy viejo de manera abstracta. Así que, cuando Richard apareció en la puerta de su piso, ligeramente encorvado por el techo bajo del pasillo, y le sonrió con una mirada tierna pero astuta, se sorprendió al descubrir que no solo era atractivo, sino que se sentía atraída por él.

En términos decididos, le dijo que buscaba no solo compensación por su colección, sino también un empleo. Más que un empleo, de hecho. Un sustento. Una vida en la Biblioteca, entre todos los libros que tanto amaba, y tan cerca del origen de la magia como estaría jamás. Para cuando aquella primera visita terminó, Richard ya había hecho un trato con ella. Le daría un periodo de prueba de siete años, durante los cuales se graduaría y volvería a Ciudad de México como representante de la Biblioteca en América del Norte, viajaría por el continente y usaría sus conexiones para localizar colecciones privadas y convencer a los dueños para venderlas. Enviaría los libros que adquiriera a la Biblioteca, a través de un hechizo que permitía pasar cosas a través de un espejo. Así sería como Richard y ella se mantendrían comunicados, mandando notas de un lado a otro a través del espacio.

Si impresionaba a Richard de forma adecuada, Isabel le entregaría la colección de sus padres y él la invitaría a la Biblioteca, le mostraría sus secretos en el núcleo de los encargos, y le haría una oferta de trabajo permanente.

Como primera muestra de lealtad, le entregó el códice de protecciones, aunque no mencionó que el libro tenía una copia gemela, la cual quedó guardada y a salvo en su piso. Los secretos eran una moneda, e Isabel tenía la intención de seguir siendo rica.

Richard ojeó las protecciones de forma analítica. Le dijo que era cierto que eran mucho más fuertes que las que la Biblioteca usaba en ese momento, pero eso haría que bloquearan los hechizos de espejos que le servían para comunicarse con los empleados que tenía en todo el mundo, como la propia Isabel. Aun así, se lo llevó. Le dijo que pensaba que quizá podría alterar el hechizo para permitir que la magia de espejos pudiera pasar: un comentario casi informal que la dejó sin aliento por lo que eso insinuaba. Alterar hechizos era igual de increíble que escribirlos.

Y aquel era el conocimiento que llevaba buscando toda su vida.

Aquellos siete años se le harían muy largos.

Isabel completó su diploma, se graduó en Oxford y después se mudó de vuelta a casa para, en apariencia, ayudar a sus padres con la tienda. Pero realmente lo hizo para expandir sus contactos y asegurarse de que los únicos libros que vendieran sus padres fueran a coleccionistas que Isabel conocía, y que podría volver a comprar (o llevarse) más adelante con ayuda de la Biblioteca. Viajó a Nueva York, a Chicago, Los Ángeles, y realizó el hechizo de los espejos en las habitaciones de hotel, metiendo los libros a través de ellos y hacia un lugar en el que ella nunca había estado, pero en el cual pensaba constantemente, como una luz que iluminaba su camino.

Todo fue tal y como lo había planeado... hasta que conoció a Abe.

Había ido a Ciudad de México por invitación suya, ya que era un colega coleccionista con el que esperaba poder hacer un trato, como tantos otros tratos que había hecho en los tres años que llevaba trabajando para la Biblioteca. El trato sería el siguiente: Abe compartiría su conocimiento con ella, y compartiría sus libros con la Biblioteca, y a cambio, sus bolsillos se llenarían con el dinero de la Biblioteca.

Pero, en lugar de eso, lo que Isabel encontró fue lo mismo que había visto en Richard: alguien igual de apasionado que ella por los libros, alguien que creía que su capacidad de escuchar la magia era una vocación sagrada, y una que Abe también compartía. Él también estaba decidido a preservar los libros, y él también quería estudiarlos y protegerlos.

Isabel ya estaba medio enamorada de Richard, pero desde aquel primer encuentro en su piso de Londres, no había vuelto a verlo ni a hablar con él. Se comunicaban únicamente a través de las notas que intercambiaban por los espejos hechizados, y frente a la presencia sólida y real de Abe, y su claro interés en ella, el encanto de Richard se ensombreció y se hizo más difícil de recordar. Abe y ella comenzaron a acostarse, y cuando se quedó embarazada de forma inesperada, él le pidió matrimonio.

Isabel se negó. No le había contado a Abe de su promesa a Richard y hacia la Biblioteca, pero en ese momento, lo hizo. Solo le quedaban unos tres años en su periodo de prueba, y si Richard le ofrecía un trabajo al final de esos años, su intención era aceptarlo, sin tener en cuenta a Abe, y sin tener en cuenta al bebé que tanto quería.

Isabel no quería un hijo. Pero tanto Abe como ella provenían de familias mágicas, y ambos, a su manera, estaban comprometidos en mantener el linaje mágico. Cualquier hijo que tuvieran nacería casi con certeza con el don con el que ambos habían nacido, su habilidad de escuchar la magia y de seguir con el trabajo familiar. Aquel fue el argumento que convenció a Isabel de tener al bebé.

Isabel nunca le contó a Richard que estaba embarazada, y no le contó tampoco que Esther había nacido, ya que no quería decirle nada que pudiera poner en peligro sus posibilidades de recibir la oferta de trabajo que, aún por aquel entonces, era su objetivo. Suponía que revelaría la existencia de su hija solo si iba a trabajar oficialmente a la Biblioteca, y tenía una gran visión de cargar con Esther con ella, entrenarla desde la infancia tal y como Isabel había hecho.

Pero Abe creía (porque quería creerlo) que tener un hijo cambiaría las prioridades de Isabel y que, en cuanto viera el rostro de su hija, su sueño sobre la Biblioteca se difuminaría como una niebla arrastrada por la oleada de amor maternal que la inundaría.

Pero aquello no ocurrió.

Isabel era impaciente en casi todos los aspectos que requerían cuidar de un bebé, y también era impaciente respecto al recelo de Abe sobre lo involucrada que seguía estando con la Biblioteca. Lo que habían parecido unos ideales similares, comenzaron a bifurcarse de forma irreconciliable. Era cierto que Abe compartía su interés en proteger los libros, pero, a diferencia de Isabel, no tenía ningún interés en sacar dinero de ellos, y desconfiaba del modelo de negocio monopolístico de la Biblioteca. Quería seguir expandiendo y protegiendo la colección de su familia en secreto, y deseaba mantener la tienda de fachada de libros normales como su fuente de ingresos real.

Para cuando Esther cumplió un año, Isabel y Abe habían dado por finalizada su relación romántica. Y Abe, que ya había estado ocupándose en mayor medida de sus cuidados, se llevó a Esther con él cuando se mudó del apartamento que compartían. Isabel pasaba la mayor parte del tiempo en viajes para buscar colecciones, y veía a su hija los fines de semana. Ella fue quien sugirió contratar a una niñera: una amiga suya involucrada de forma tangencial con los libros, una joven belga que adoraba a Esther.

Y aquella mujer resultó ser Cecily.

Los tres se dieron cuenta enseguida (para consternación y decepción de Isabel, y para la preocupación de Abe y Cecily) que los hechizos no parecían tener efecto ninguno en Esther. Cecily tenía un libro que fijaba un perímetro infranqueable, y que usó una noche en la sala de estar, con la intención de mantener a Esther a salvo dentro de los límites de una alfombra mientras ella hacía la cena. Menos de diez minutos después de haberlo instalado, Esther apareció gateando por la puerta de la cocina. Isabel y Abe le hicieron pruebas con otros libros, y descubrieron que Esther podía romper jarrones hechizados para volverlos irrompibles, y no parecían afectarle los demás hechizos que trataron de lanzarle. Ninguno de ellos sabía qué hacer con aquella información.

Pasó otro año, durante el cual la madre de Abe (que llevaba más de una década viuda) murió y le dejó su casa de Vermont. Abe y Cecily ya estaban juntos, Esther casi tenía tres años, y Cecily estaba embarazada de seis meses cuando el periodo de prueba de Isabel terminó, y Richard la invitó formalmente a Inglaterra.

Por fin había llegado el momento. Le estaban ofreciendo a Isabel aquello que había querido más que nada en el mundo: una invitación a la Biblioteca, y a conocer todos sus secretos. A pesar de las protestas incrédulas de Abe, se marchó de inmediato, como siempre le había dicho que haría. Sin ninguna razón que los mantuviera en Ciudad de México, Abe y Cecily se mudaron a Vermont, a la gran y antigua casa a los pies de la montaña, y Joanna nació solo unos meses después.

Tendrían que pasar otros dos años antes de que volvieran a ver a Isabel.

Y entonces, una noche, cuando ya era tarde y tanto Esther como Joanna estaban profundamente dormidas, Isabel apareció en la puerta de la casa. Había volado a Nueva York por un viaje de negocios y, a espaldas de Richard, alquiló un coche y condujo ocho horas desde la ciudad. Pero no estaba allí de visita. Había ido para decirles a Abe y a Cecily lo que había descubierto en los últimos dos años en la Biblioteca. Había descubierto, por fin, cómo se escribían los libros.

Y había descubierto la existencia de los Escribas.

Y no solo eso, sino que también había conocido a uno: un joven hombre llamado John, a quien le faltaba un ojo, y que recientemente había tenido un hijo. Un niño al que la magia no le afectaba.

Un niño como Esther.

Al principio, Isabel había estado eufórica al descubrir que, lejos de no tener nada de magia, su propia hija tenía el poder al que Isabel había dedicado toda su vida a entender. Sin embargo, no pudo evitar darse cuenta de que John no parecía muy feliz ante la idea de haber engendrado a un hijo con ese mismo poder. De hecho, tanto él como su mujer parecían abatidos. De hecho, más que eso. Parecían estar aterrados.

Isabel corrió un riesgo deliberado, y le confesó al padre que ella también había engendrado a una Escriba. Esperaba que exponer aquella vulnerabilidad animara a John a confiar en ella y contarle la verdad sobre por qué tenía miedo. Y la apuesta le salió bien. Le contó que los Escribas no solo eran la materia prima más valiosa para Richard, sino también su mayor amenaza. Cientos de años atrás, había vinculado su vida a un libro y al hueso de un Escriba, que era su propia hermana, y viviría mientras que ese libro y ese hueso permanecieran intactos. Solo dos Escribas podían acabar con el hechizo, y uno de ellos tenía que pertenecer al linaje de Richard, como John y su hijo.

Por este motivo, Richard había decidido que, para su propio beneficio, era mejor que nunca vivieran en libertad dos Escribas al mismo tiempo. Y, por esa razón, había encargado un hechizo para localizarlos, o bien para matarlos o capturarlos, asegurándose así de que los únicos Escribas que hubiera estuviesen bajo su control. Aquel hechizo requería el ojo de un Escriba en edad madura y vivo. Dado que había sido escrito a mediados del siglo xix, la «madurez» se especificaba como los trece años de edad, momento en el que John había perdido su propio ojo, al igual que el Escriba anterior a él. Así que el destino de su hijo (y de la hija de Isabel) era, en el mejor de los casos, perder un ojo y vivir el resto de sus días en una cautividad lujosa, y en el peor, morir. Y probablemente, muy pronto. Tres Escribas vivos eran demasiado.

El único consuelo de Isabel era que el hechizo de localización solo podía iniciarse una vez cada doce meses, en el aniversario de la primera vez que había sido activado y durante veinticuatro días. Y Richard se había vuelto algo indulgente en los últimos años, así que había dejado que la fecha de noviembre pasara sin leerlo. Llevaba toda la vida de John buscando sin encontrar ninguno otro, y estaba empezando a creer que John sería el último de su especie. La llegada del hijo de John había cambiado la situación. Aquel año, Richard tenía pensado poner el hechizo en marcha de nuevo. Ese año, si John aún vivía, y si el hechizo aún estaba activo, encontraría a Esther.

Richard accedió a llevar a John y a su mujer en un inusual viaje a Escocia para ver a la familia de ella, y John le dijo a Isabel que planeaban usar aquella oportunidad para escapar. Le dijo que el hechizo de localización no sería capaz de determinar dónde estaban si no dejaban de moverse, así que cada año, el dos de noviembre, su familia y él se moverían durante veinticuatro horas seguidas. Isabel, a la que nunca se le escapaba nada, hizo sus propios planes. Lo organizó para ir a Nueva York el día después de que Richard y el Escriba se marcharan hacia Escocia, y volvería a casa un día antes de que ellos regresaran. Tuvo cuidado de dejar que Richard creyera que aquel viaje y su organización tan conveniente habían sido idea suya.

También tuvo cuidado, casi de manera despiadada, de asegurarse de que Richard se enterara de los planes de escapada de John. Para proteger a Esther, necesitaba que el hechizo de activación estuviese desactivado. Necesitaba que John muriese.

Cuando llegó a Vermont, le explicó todo aquello a Abe y a Cecily, que la escucharon horrorizados, y después les contó su plan. Tenía una salvaguardia para el día en que el niño Escriba cumpliera los trece años, cuando Richard inevitablemente activaría de nuevo el hechizo y lo seguiría para encontrar a Esther. Su plan era el siguiente: en Vermont, les dio a Abe y a Cecily dos libros. Uno de ellos era el códice gemelo con las protecciones que usaban para la Biblioteca, excepto que aquellas protecciones no habían sido alteradas, así que bloquearían todos los hechizos de comunicación. El otro libro era la mitad de un hechizo de espejos bidireccional.

Abe y Cecily lo lanzarían contra uno de sus espejos de Vermont, para comunicarse con el hechizo de Isabel en la Biblioteca. Mientras tanto, Isabel volvería a Inglaterra y robaría el libro de vida de Richard de inmediato, y se lo mandaría a Abe y a Cecily a través del espejo. El Escriba y su mujer intentarían escaparse al mismo tiempo, después de todo, así que sabía que, cuando Richard volviera de Escocia y viera que el libro no estaba, los culparía a ellos de su desaparición. En cuanto el libro de vida pasara de Inglaterra a Vermont, Abe y Cecily leerían el hechizo de las protecciones para esconderse ellos y aquel libro por completo, y para siempre. De esa manera, cuando Richard tratara de encontrar a Esther algún día, tendrían algo con lo que negociar con él. Tendrían un aval.

Y había un último paso en su plan.

Para eludir el hechizo de la verdad que Richard usaría con todos los empleados cuando descubriera que su libro no estaba, Cecily le leería a Isabel un hechizo silenciador, para que así, incluso bajo el poder de la magia, no pudiera hablar de lo que había hecho. Isabel, por su parte, les leería el mismo hechizo a Cecily y a Abe.

Después, unidos por el silencio, se marcharían cada uno por su lado, e Isabel Gil desaparecería para siempre.

* * *

Cecily tenía la voz ronca para cuando acabó de hablar, a pesar del té que Collins había insistido en servirle y de que sir Kiwi había acabado en su regazo. Joanna se quedó mirando fijamente un gran arañazo que había en la mesa de la cocina. Lo había hecho Esther con un tenedor cuando tenía cinco años, en un intento de grabar sus iniciales.

—Pero ¿por qué nos dijisteis que Isabel había muerto? —preguntó Joanna—. ¿Por qué dejasteis que Esther creyera eso?

—En lo que respecta a lo legal, es cierto —dijo Cecily—. Isabel dejó toda su vida atrás cuando se unió a la Biblioteca, incluyendo también su nombre. Falsificó los documentos de su muerte. No queríamos que Esther fuera a buscarla.

—Y queríais que tuviéramos miedo —dijo Joanna.

Cecily, que estaba acariciando el suave pelaje de sir Kiwi, se quedó quieta.

—Sí. Pero por una buena razón. Richard es un hombre increíblemente peligroso, ahora ya lo sabes.

—No sé si hay una razón lo suficientemente buena como para aterrorizar a unas niñas —dijo Joanna, que trataba a toda prisa de procesar la oleada de información, y no quería tener que procesar también los sentimientos, así que empujó la ira, el dolor y la pena a un lado. En algún momento resurgirían y tendría que hacerles frente.

Collins habló desde donde estaba sentado de piernas cruzadas en el suelo.

—Si el libro de Richard se supone que es una garantía —dijo él—, ¿cómo es que no lo usasteis cuando Maram te dijo que el hechizo de localización de Escribas había sido activado? Esther tendría… ¿qué, dieciocho años? ¿Por qué la mandasteis fuera si teníais el libro todo este tiempo?

—Yo quise usarlo —dijo Cecily—. Es por lo que traté de quemar las protecciones, para que Richard supiera que lo teníamos, viniera aquí, y pudiéramos hacer un trato para que Esther se quedara con nosotros. Pero Abe no creía que fuera a funcionar. Cuando Isabel nos dijo que el hechizo localizador había sido activado de nuevo, también nos dijo que el libro no importaba, después de todo, ya que, en esencia, era indestructible, y jamás seríamos capaces de destruir la vida de Richard con él. Dijo que lo importante era que Esther siguiera moviéndose una vez el año. Así era como la mantendríamos a salvo.

»Pero Isabel y yo solíamos ser amigas, ¿recuerdas? Así que supe que estaba enamorada de Richard… en ese entonces, y aún hoy en día. Me parecía muy obvio que estaba mintiendo para protegerlo. Pensaba que tu padre estaba siendo un cobarde. —Miró a Joanna—. Y, a pesar de lo de Richard y de todo lo demás, quería quitar las protecciones porque quería sacarte de la trampa que habíamos construido para ti.

Joanna dejó caer la cabeza entre las manos. No podía mirar a su madre a la cara en ese momento, su expresión angustiada, culpable y de pronto muy mayor bajo la grasienta luz de la cocina, como si aquella conversación hubiera hecho que envejeciera una década.

—Lo siento, cariño mío —dijo Cecily con la voz tomada—. Esta no era la vida que quería para ti, ni para Esther.

Un repentino sonido de arañazo les llegó desde el pasillo y a través de la cocina, y todos se sobresaltaron.

—¿Qué es eso? —preguntó Cecily. Sir Kiwi alzó las orejas y Collins amagó con levantarse.

—Es el gato —dijo Joanna—. Tiene hambre. —Se levantó de la mesa, agradecida por tener una razón para alejarse durante un momento—. Dadme un segundo.

Recorrió el pasillo y se permitió respirar. Le costaba centrarse en un solo pensamiento, así que abrió la puerta de forma automática. Estaba tan distraída que apenas procesó que, junto a una ráfaga de aire frío, algo más había entrado a la casa.

El gato.

Se metió dentro, pasó junto a sus piernas sin mirarla siquiera, como si ya lo hubiera hecho cientos de veces, y Joanna se quedó mirándolo estupefacta mientras el gato se encaminaba hacia la cocina. A pesar de todo lo que estaba pasando, y a pesar de lo que su madre acababa de contarle, esbozó una sonrisa. Aquello debía de ser una señal, ¿verdad? Una señal de que todo saldría bien.

—Ah, ¡hola, gatito! —escuchó decir a Collins—. ¿Qué has hecho con Joanna?

—¿Jo? —la llamó su madre.

Cerró de nuevo la puerta y apoyó la frente contra ella para respirar. Después, se giró y siguió al gato. Lo encontró agachado en el suelo junto a Collins, a algo más de un brazo de distancia, con las orejas pegadas a la cabeza mientras miraba fijamente hacia sir Kiwi. La perra gimoteaba, entusiasmada, y trataba de liberarse del agarre de Cecily.

—Entonces… Isabel… —le dijo a su madre—. Maram. Ha estado protegiendo a Esther. De eso es de lo que va todo esto.

Cecily agarró mejor a sir Kiwi mientras miraba al gato.

—Tu padre estaba locamente enamorado de Isabel —dijo ella—. Incluso cuando nosotros ya estábamos juntos, creo que él nunca dejó de esperar que ella entrara en razón y volviera con él y con Esther. Y cuando eso no ocurrió… Creo que nunca confió en ella de nuevo, no de verdad. Pensó que quería mantener a Esther en secreto respecto de Richard no solo para protegerla, sino también porque eso le daba poder sobre él. Pensaba que Esther solo era una baza más para Isabel, una que podría usar en el momento correcto.

—Pero tú sí confías en ella —dijo Collins. A Joanna le sonó casi a pregunta—. Tú sí crees que está de nuestra parte.

Cecily negó con la cabeza.

—La lealtad de Isabel siempre ha sido para con la Biblioteca.

—Pero eso ya no es cierto, ¿no? —Joanna notó lo insignificante que había sonado su propia voz, así que habló de nuevo en un tono más alto y fuerte—. Quería acabar lo que empezó cuando te dio ese libro. Quiere mantener a salvo a Esther.

Cecily alzó la mirada. Tenía el rostro pálido, los ojos entrecerrados y llorosos.

—No sé qué es lo que quiere —dijo.

35

Lo que Richard había dicho era cierto. Nicholas tenía ya pesadillas que eran suficientemente horribles.

No quería añadir al repertorio la sensación de Esther zafándose de su mano, o la forma en que el rostro de Richard se había endurecido cuando apretó el gatillo de la pistola. No necesitaba conservar el recuerdo de aquel estallido inconfundible, la colisión del percutor con la pólvora, el punzante olor de la explosión, y no necesitaba revivir la forma en que se había sentido cuando vio a Esther echarse hacia delante. Las rodillas apenas podían sostener su peso, y el corazón se le encogió mientras veía a Esther caer.

Y, como ya era usual en las pesadillas, aquello tampoco parecía tener ninguna lógica.

En lugar de arrodillarse en el suelo, Esther continuó moviéndose hacia delante, no hacia abajo. Como si no estuviera cayéndose, sino embistiendo. A Nicholas le zumbaban los oídos tras el disparo, un zumbido que aumentó y aumentó, y quizás aquello no fuera una pesadilla, después de todo, sino un sueño, porque había abejas. Unas abejas grandes del tamaño de una bala, que zumbaban por el aire. Una de ellas pasó volando junto al ojo de Nicholas, con las patas llenas de polen, y tras ella, vio a Esther chocando contra el cuerpo de Richard.

Maram había hechizado el arma de Richard tal y como había hecho con la de Collins. Las balas eran inservibles.

Richard soltó un grito incongruente cuando el placaje bajo de Esther lo hizo trastabillar hacia atrás, hacia su escritorio. Los papeles volaron por todas partes cuando barrió el escritorio con los brazos en un intento de agarrarse. Pero no sirvió de nada, ya que estaba cayendo. Golpeó el suelo con un estremecedor ruido sordo al tiempo que Maram saltaba para alejarse de él y ponerse tras el escritorio.

—¡Nicholas! —le gritó—. ¡Nicholas, el retrato! ¡El marco!

Nicholas estaba agotado. La falta de sueño había instaurado una neblina en su mente, y sus glóbulos rojos estaban muy lejos de haberse repuesto. Y, aunque Esther no había recibido realmente un disparo, su cuerpo había reaccionado como si hubiera pasado de verdad, así que estaba impactado y tembloroso. Pero incluso la confusión de los últimos minutos no consiguió borrar los años de estar acostumbrado a seguir las órdenes de Maram, de modo que actuó por instinto, moviéndose antes de haber decidido qué hacer.

Saltó hacia el retrato al tiempo que Richard le propinaba un revés a Esther para alejarla de él, y trataba de ponerse en pie. Pero Esther le rodeó las piernas con los brazos, arrastrándose tras él cuando se lanzó hacia delante. Richard trató de librarse de ella con una patada, pero Esther se aferró, y Richard se cayó de rodillas de nuevo mientras Nicholas conseguía evitarlo por muy poco, y rodeaba el escritorio. Maram ya estaba allí de pie, a los pies del cuadro manchado de sangre, con una mano sobre el lienzo y una expresión de apremio.

—Está cubierto de hechizos protectores —le dijo—. No puedo tocarlo.

Nicholas agarró el marco y tiró, pero el cuadro estaba anclado a la pared, así que apenas se movió bajo sus dedos. Tras él, escuchó a Esther gruñir de dolor, y cuando se giró vio que Richard había conseguido librarse de los intentos de Esther por mantenerlo en el suelo, y ya se estaba poniendo de pie. Esther estaba a cuatro patas, quizás aturdida por el golpe que al parecer le había ocasionado un corte sobre el ojo, del cual le salía sangre. Nicholas se sorprendió, de manera ridícula, de que Richard malgastara sangre de un Escriba de aquella manera. Pero entonces escuchó un *clic* y sintió el acero frío contra su mano.

Maram le había dado su arma.

—Dispárale —le dijo—. Dispárale al hueso.

Nicholas, que durante toda su vida había estado acompañado de un guardia armado, había estado en presencia de muchísimas armas pero jamás había sostenido una, y mucho menos aún, disparado una.

Pero no tenía tiempo de dudar de sí mismo. Richard ya estaba tras el escritorio, y se dirigía hacia Maram, quien era mucho más menuda que él, y a diferencia de Esther, no tenía años de entrenamiento ni ninguna fuerza real. Richard la sostuvo con energía contra su pecho, casi como si estuvieran abrazándose, con los brazos de Maram sujetos contra los costados.

—¿Por qué haces esto? —le preguntó en un tono de voz angustiado, pero sus ojos jamás se habían parecido tanto a los del hombre del retrato: fríos, relucientes e insondables. No vio el arma que Nicholas sostenía contra el fémur amarillento que había en la base del marco, con los dedos rodeando la empuñadura.

—Lo siento —dijo Maram—. Tengo que hacer lo mejor para...

—¿Para quién? —Richard la estrelló contra la pared, y la cabeza de Maram impactó con un golpe seco—. ¿Para Nicholas? ¿Para esta chica? ¿No para ti misma...? Podrías haber vivido para siempre conmigo, pero ¿en vez de eso has elegido *esto*? ¿Para qué? ¿Por quién?

Maram alzó las manos, pero no para tratar de librarse de él. Las puso sobre el rostro de Richard, le tocó los labios, fruncidos de forma furiosa, con el dedo.

—Por los libros —dijo ella—. Por el futuro de la magia.

Richard alzó la mano para golpearla de nuevo, y Nicholas apretó el cañón contra el centro del fémur, donde era más fino. Apretó el gatillo.

El sonido del disparo fue tan fuerte que ahogó el resto de las sensaciones, difuminando el dolor por el retroceso en la mano de Nicholas, y convirtiendo a Maram, Richard y Esther en figuras de una pantomima, todo muecas y gestos en silencio: Richard terminó de golpear con la mano a Maram en el lateral de la cabeza, Maram se tambaleó bajo el golpe, Esther se puso en pie. Nicholas pestañeó con fuerza para tratar de despejar la mirada y la mente, y observó lo que había hecho.

Tras el cañón del arma, el hueso amarillento estaba partido en dos.

Los oídos le pitaban por el estruendo del disparo, pero, aun así, pudo escuchar el sonido que hizo Richard: un quejido agudo, como el de un animal que se quejaba. Nicholas le dio la espalda al retrato para ver a su tío tambalearse hacia atrás, alejándose de Maram. Puso una mano sobre el escritorio para sostenerse, con los dientes ensangrentados y una mueca de dolor. Maram estaba doblada de dolor aún por el golpe que había recibido, y de repente Esther estaba junto a Nicholas. Le metió las manos en la chaqueta, cacheándolo. Tenía el labio inferior partido, el pelo enmarañado y una expresión agitada. Su habitual autocontrol se había resquebrajado como el hueso del cuadro.

—Nicholas —dijo ella—, deprisa. El libro, Nicholas.

Y entonces, lo entendió. No pudo mirar a su tío, quien tenía ambas manos sobre el escritorio y apenas se mantenía en pie, con la cabeza colgando entre los hombros. Nicholas sacó el libro del bolsillo de su chaqueta y lo agarró por un extremo. Esther lo agarró por el otro.

Abe y Joanna habían cuidado bien de la colección. Nicholas lo había notado en el sótano: la temperatura del archivo, la humedad, las estanterías de cristal para mantener a raya el polvo, las cubiertas de cuero flexibles… Nicholas lo sabía por experiencia propia, tanto con los libros como con las muchas botas de cuero bueno que tenía, las cuales se aseguraba de lubricar cada pocos meses, ya que el cuero bien tratado duraba mucho más tiempo y era extremadamente difícil romper uno con las manos. Incluso el cuero hecho de la delicada piel de un humano podía curtirse para ser resistente, y con los cuidados adecuados, podía mantenerse flexible, duro y difícil de romper.

Pero aquel libro cedió ante las manos de Esther y de Nicholas como si hubiera estado esperando que su contraparte de hueso se rompiera, para así poder hacerse también añicos. Las páginas se despegaron del lomo como una mariposa con las alas desgarradas, y la cubierta de cuero se rompió con tanta facilidad que Nicholas y Esther se cayeron hacia atrás cuando el libro se rajó entre ellos, con los papeles flotando por doquier. Cuando la primera página tocó el suelo, también lo hizo Richard.

Richard cayó de rodillas y después se enroscó sobre sí mismo hacia delante. Su pelo ligeramente canoso se transformó en un gris cenizo y después en un blanco hueso, y luego dejo paso a un cuero cabelludo rosado pero que se volvía moteado, y después sepia y tirante sobre la calavera. Por algún instinto vestigial de amor, Nicholas le dio la espalda a Esther y se arrodilló junto a él, aunque no lo suficientemente cerca como para tocarlo. Richard giró la cabeza para mirarlo.

Aquella era la pesadilla.

Aquellos rasgos tan familiares, los agradables ojos, los labios que siempre le sonreían... todo ello estaba retorcido en un gesto de sufrimiento. Y, bajo ese sufrimiento, una incredulidad tan pura que casi era inocente. El rostro de Richard comenzó a derrumbarse como si fuese una calabaza en mal estado, y la piel envejeció delante de los mismísimos ojos de Nicholas. Aparecieron arrugas, y después se endurecieron sobre los pómulos y la mandíbula al tiempo que los ojos se volvían lechosos, y después amarillentos. Se le hundieron los ojos en las cuencas, y los labios se despellejaron y alejaron de los dientes, que aún estaban teñidos de rojo por la sangre. Las encías se le hincharon y se encogieron hasta que solo quedaron los alargados y amarillentos dientes, y la lengua morada. Estaba haciendo un sonido terrible, como si respirara a través de unos pulmones hechos de cristal, y alzó la mano hacia Nicholas con unos dedos agarrotados y retorcidos, con las uñas rotas y las muñecas como ramitas, ya que la carne había perdido toda la fuerza, y la piel se le adhería al hueso.

Y entonces, se desplomó con los ojos y la boca aún abiertos: una momia con un bonito traje.

—¿Estás bien? —escuchó que Esther le preguntaba a Maram.

La mano retorcida de Richard estaba a solo unos centímetros de la rodilla de Nicholas, y se quedó mirándola fijamente. Era imposible reconocerla como la mano que había pertenecido a un ser humano vivo hasta solo unos segundos antes. ¿Richard había tratado de llegar hasta él en sus últimos momentos por ira? ¿Por su necesidad de atacar? ¿O había sido algo diferente, como un último intento ineficaz de conectar?

—Entendiste lo que te decía —le dijo Maram a Esther—. Sobre las balas. Esperaba que uno de vosotros lo hiciera, que lo entendiera todo.

—Sí —le dijo Esther.

Hubo un silencio, y a Nicholas se le nubló la vista mientras aún miraba la mano de Richard.

—¿Y entendiste también lo de…? —dijo Maram—. ¿La relación que compartimos?

Si Nicholas hubiera estado en condiciones de reírse, quizás lo habría hecho. Nunca había escuchado a Maram tan torpe e insegura de sí misma. Pero apenas podía sostener la cabeza entre los hombros, y mucho menos, podía reunir la energía suficiente como para sonreír. La parte de él que había crecido buscando la seguridad en el agradable rostro de Richard quería aferrarse a los dedos retorcidos e inhumanos de su tío y encontrar un hechizo que lo trajera de vuelta a la vida para poder explicárselo, y para que él le dijera a Nicholas que todo había sido un malentendido. Nicholas pediría que lo perdonara, y Richard lo haría.

—Me gustaría escucharte a ti decirlo de forma clara —dijo Esther.

Maram se aclaró la garganta, recuperando cierta parte de su oficiosidad.

—Pues soy… Bueno, no sé si puedo realmente usar la palabra «madre», dadas las circunstancias. Pero es cierto que soy la persona que te dio a luz.

—Gracias por eso —dijo Esther.

Nicholas comenzó a verlo todo negro, como un agujero vertiginoso, y se permitió caer por él. Apoyó la cabeza entre las rodillas y sintió la punta de los dedos sin vida de Richard tocándole el pelo, casi como una caricia. Y, durante un momento, se permitió fingir que así era. Pero entonces los dedos con vida de Esther aparecieron en su hombro, tan cálidos y sólidos que barrieron toda pretensión, y Nicholas entendió, con una mezcla de pena y triunfo, que todo aquello era real.

36

L as nubes eran diferentes si las mirabas desde arriba. Tenían picos y valles, como un paisaje, con huecos morados por el agua sin derramar, y cimas de un centelleante color blanco y rosa que dejaban los últimos resplandores del sol de media tarde. Había lomas y mesetas que escaseaban en los bordes, que se difuminaban contra el cielo azul como si fuesen humo, y rompían la ilusión de solidez que casi hacía creer que el avión podía desplegar las ruedas y aterrizar allí mismo.

Esther le tocó el brazo que Joanna mantenía sobre el reposabrazos junto a ellas.

—Jo —le dijo, de forma que le hizo sospechar que no era la primera vez que la llamaba.

—¿Sí? —dijo Joanna, con la frente aún apoyada contra la ventanilla.

—Decía que si quieres algo de beber.

Joanna por fin se giró. Había en su visión puntos de luz cuando parpadeaba, y el interior del avión parecía amarillento, atestado y apagado en comparación con el exterior. Tanto Esther como la azafata de vuelo estaban mirándola. Esther tenía un vaso de algo pálido y con burbujas en su bandeja.

—Café —le dijo Joanna a Esther, y cuando su hermana le hizo un gesto a la azafata que esperaba, especificó su petición—. Café, por favor. Con leche.

La azafata le entregó una taza, y siguió empujando el carrito por el pasillo. Joanna le dio un sorbo.

—Ugh —dijo—. Es terrible.

—Ah, ¿sí? —dijo Esther, y le dio un toquecito en el hoyuelo a Joanna—. Entonces, ¿por qué estás tan feliz?

Joanna le golpeó la mano para apartarla, pero no podía dejar de sonreír.

—Resulta que me gusta volar.

—Resulta que a mí también cuando es en primera clase —Esther estiró las piernas de forma agradecida—. No le digas a Nicholas que te lo he dicho.

Esther no había querido usar el dinero de la Biblioteca para nada, y mucho menos para pagar unos carísimos billetes de avión. Había dicho que era, literalmente, dinero manchado de sangre. Pero Nicholas al final la había convencido haciendo que contara los ceros en las varias cuentas de banco que Maram le había transferido. Las cuentas no se habían transferido hasta días después de haber destruido el libro de Richard, y en ese momento Maram ya había desaparecido.

Despareció en los treinta minutos que había demorado Nicholas, quien había vuelto a Vermont con Esther después de haberle quitado la vida a Richard, en darse cuenta de que no deberían de haberla dejado a solas en la Biblioteca. Su primer miedo había sido que diera por terminado el hechizo del espejo y que cortara el vínculo que unía ambas casas, dejándolos atrapados en Vermont. Pero había dejado el hechizo intacto. Nicholas volvió a través del espejo sin problemas, y encontró un sobre de manila esperándolo sobre la cama de Maram.

También había una nota. Era tan críptica como Joanna había esperado de parte de la madre de su hermana.

Queridos Nicholas y Esther: siempre he querido lo mejor para la Biblioteca. Y también he querido siempre, a mi manera, lo que era mejor para vosotros. Creo que está claro que yo no entro dentro de esa categoría. ¿Cuál puede ser mi propósito? Aspiro a descubrirlo. Aún hay mucho que aprender, acerca de todo.

El sobre contenía documentos que Nicholas necesitaría como nuevo encargado de hecho de la Biblioteca: la escritura de la casa, información sobre las cuentas de la Biblioteca que ahora estaban a nombre de Nicholas, instrucciones sobre cómo encontrar todo el papeleo e información sobre los seguros médicos de todos los empleados de la Biblioteca… Cuando Nicholas inspeccionó la colección, vio que

Maram se había llevado varios libros con ella, incluyendo un hechizo de invisibilidad, que le permitía caminar a través de las paredes, y el hechizo de transformación de balas a abejas. Si la fecha de caducidad no hubiese terminado con la vida de Richard, podrían haberla localizado, pero en ese momento no era posible dar con su paradero. Ya había demostrado lo fácil que era conseguir unos pasaportes falsificados.

—Gracias de nuevo por haber venido conmigo —le dijo Joanna a su hermana mientras echaba el paquetito de azúcar en el asqueroso café—. Teniendo en cuenta… ya sabes.

Teniendo en cuenta que su hermana no necesitaba viajar en avión para llegar a Inglaterra.

—Pues claro —dijo Esther—. No iba a dejarte volar sola tu primera vez.

Desde que los dos Escribas volvieron a Vermont a través del espejo meses atrás, ambos habían estado pasando de un continente a otro, y la habitación de la casa de Joanna, que en una ocasión actuó como dormitorio de Esther y después como habitación de los desastres, ahora se parecía mucho a una extensión de la Biblioteca.

—Una filial —la había llamado Nicholas no hacía mucho tiempo, mientras observaba los libros colocados con cuidado en sus estanterías, y el escritorio que Joanna y Collins habían llevado escaleras arriba, con el nuevo humidificador zumbando en una esquina.

Durante las últimas semanas, Nicholas había estado trabajando casi de forma incansable en el texto para un hechizo que era la razón de que Joanna estuviera atravesando medio mundo para leerlo; un hechizo que la mismísima Joanna había ayudado a escribir.

Cuando Nicholas empezó a pedirle consejo, apareciendo a través del espejo para gritarle que fuera a mirar una frase u otra, o para preguntarle su opinión sobre si usar diente de león o consuelda, había sospechado que simplemente estaba siendo condescendiente, para hacer que se sintiera involucrada a pesar de que estaba atrapada a un lado del espejo, mientras que su hermana y él podían atravesar el Atlántico en solo dos pasos.

Pero cuando usó su recién adquirido móvil y compartió sus incertidumbres con Collins, quien también estaba limitado por las leyes de la física y por ello era quien más probablemente simpatizaría con ella, se rio ante su sugerencia.

—Nicholas no está tan bien socializado —le dijo—. Si te está pidiendo ayuda, es porque quiere que le ayudes, no porque quiera hacerte sentir mejor.

Cuanto más le daba su opinión, más consejo le pedía Nicholas, hasta que, al final, mudó su oficina de escribir casi enteramente a Vermont. Joanna estaba especialmente encantada porque aquello significaba que Esther también estaba allí más a menudo. Sentada en una silla en la que no paraba de moverse, o caminando de un lado a otro de la habitación mientras Nicholas les narraba las decisiones que Joanna y él estaban tomando con el borrador. Nicholas estaba enseñando a Esther a escribir magia, aunque fue el primero en admitir que un hechizo tan difícil como el que estaban tratando de hacer no era una introducción ideal.

—En cuanto terminemos el libro, empezaremos las lecciones de verdad —le dijo Nicholas, en un tono resentido—. Lecciones diseñadas por un experto.

Él se había tomado bastante mal la desaparición de Maram. Mucho peor de lo que parecía estar llevándolo Esther, aunque con ella siempre era difícil de decir.

—Por supuesto que hay muchísimas cosas que quiero saber —dijo Esther—. Pero no estoy segura de querer hacerme amiga de alguien que básicamente se ha pasado su vida adulta siendo una secuaz perversa.

—Para ti es Dra. Secuaz Perversa —le dijo Nicholas, de forma bastante triste.

Joanna supuso que tenía sentido que Nicholas fuera el que peor lo estuviera llevando, dado que, a pesar de los lazos de sangre, claramente Nicholas había visto a Maram como su familia: la única familia que le quedaba después de Richard. Y ella había desaparecido la misma noche en que había perdido a su tío. Había tratado, sin éxito, de camuflar su dolor, pero no se había molestado en disimular su enfado. Pero el optimismo de Esther acerca del tema venía, en parte, por el último objeto que habían encontrado en el sobre: un pequeño espejo de mano plateado, marcado con sangre.

—Claramente tiene pensado ponerse en contacto con nosotros —dijo Esther—. Solo tenemos que tener paciencia.

—La paciencia no es precisamente una virtud que haya cultivado —dijo Nicholas mientras se arreglaba el pelo en el espejo de mano.

—Demasiado ocupado con la modestia —bromeó Collins.

Solo unos días más tarde, Esther le confesó a Joanna que había tenido algo de tiempo a solas con Maram (¿O era Isabel? Nadie estaba muy seguro de cómo pensar en ella) antes de volver a través del espejo. Había tenido multitud de preguntas toda su vida, pero olvidó la mayoría en el momento en que Maram la miró con aquellas cejas suyas, alzadas de forma expectante.

—Venga —le dijo Maram—. Pregúntame.

—La novela —le dijo Esther, ya que fue lo primero que le vino a la cabeza—. La de Alejandra Gil. ¿Por qué significa tanto para ti?

Maram parecía sorprendida, como si no fuera esa la pregunta que había esperado.

—La escribió mi abuela —le dijo, y añadió—: Tu bisabuela. Era escritora… y supongo que, como Escriba, tú también eres escritora, a tu manera. La escritura está en tu sangre, así como la magia. Pero, en realidad, fue el título lo que me impresionó de niña. Siempre pensé que sugería, de una manera capicúa, que son los pasos en sí mismos los que proveen el camino, en lugar de al revés. Creamos incluso cuando creemos que estamos siguiendo algo.

Esther se tiró del cuello del jersey para mostrarle las primeras palabras tatuadas sobre la piel. Vio el momento exacto en el que Maram se dio cuenta de lo que eran. Por primera vez, notó una emoción de verdad en su rostro: le temblaron los labios antes de volver a la normalidad.

—Me gusta —le dijo.

—¿Cómo se llamaba la tienda de libros de tus padres? —le preguntó Esther.

Maram se puso una mano sobre el cuello de su blusa de seda. Su mirada parecía muy lejana, como un barco que se aleja de la orilla.

—Los Libros de Luz Azul —dijo Maram en español.

Esther lo tradujo al inglés en su interior, y sonrió.

—Luz Azul.

Maram, que se había dado a sí misma un nombre que pudiera leerse en el espejo, sonrió también.

—A nuestra familia le encantaban los palíndromos. Son magia de la antigua, ¿sabes?

—¿Qué pasó con la tienda? —Esther se tragó su propio orgullo y admitió—: La estuve buscando.

—Aún sigue allí —dijo Maram—, aunque tiene una forma muy diferente. Algún día te contaré esa historia.

Esther decidió tomárselo como una promesa.

—Una última pregunta. Por ahora —le dijo.

—Adelante.

—¿Qué pensabas que iba a preguntarte?

—Ah —dijo Maram. Miró durante un largo rato a Esther, quizá por el mismo motivo por el que Esther se había quedado mirándola en el estudio de Richard: buscando señales de sí misma—. Pensaba que me preguntarías si me arrepiento de lo que hice.

Esther no sabía a qué parte se refería Maram. ¿Se arrepentía de dejar a su hija durante todos esos años, o de traicionar a la Biblioteca a la que le había dedicado su vida? Pero decidió morder el anzuelo, y le preguntó:

—Y ¿te arrepientes?

Maram alargó el brazo y le acarició a Esther el dorso de la mano con la suya. Era un contacto extraño, íntimo incluso en su rareza, y Esther sintió un escalofrío.

—Aún no lo sé —dijo Maram, y Nicholas volvió entonces a la habitación.

* * *

Fue Collins el que recogió a Joanna y a Esther de Heathrow, esperándolas junto a la acera en un Lexus negro gigantesco con las ventanas tintadas. Tenía la ventanilla bajada a pesar del frío, y al verlo de perfil, a Joanna le dio un vuelco el estómago.

No habían tenido realmente oportunidad de hablar desde aquel beso en el porche delantero, hacía ya dos meses. O, más bien, no habían hablado sobre el beso en sí mismo. Sí que habían hablado de muchas otras cosas, algunas relativas a la logística, y otras, a lo personal. Intercambiaron historias a través de llamadas de teléfono y mensajes de texto y, en una ocasión, mediante una videollamada en la cual Joanna no consiguió que el audio funcionase. Collins se marchó unos días después de que Esther y Nicholas volviesen a través del espejo: primero, para devolverle el coche a sus amigas en Boston, y explicarles todo a ellas y a su hermana. Luego viajó en avión de vuelta a la Biblioteca para hacerse cargo de las protecciones y para hechizar otro espejo que usara su sangre y la de Joanna, para así no tener que depender de la de Maram ni de la de Cecily. También lo hizo porque Nicholas no tenía absolutamente ni idea de cómo lidiar con los empleados de la casa, y ya estaban empezando a amotinarse bajo su inepta capitanía. A diferencia de Collins, el resto de los empleados de la Biblioteca habían sido contratados de forma más o menos legítima, y reaccionaron con una consternación comprensible cuando Nicholas, de manera magnánima, declaró que eran libres de marcharse.

—No son trabadores explotados, idiota —le había explicado Collins—. Son empleados a los que les pagas, y creen que acabas de despedirlos. Además, ¿qué pensabas hacer? ¿Cocinarte tú mismo la cena? ¿Limpiar el polvo de los candelabros? Claro que sí.

Collins, aunque de manera algo torpe, había invitado a Joanna a que fuera con él, pero ella se negó. Aún no estaba preparada para abandonar su hogar y los recuerdos de su padre; todavía los sentía como una mano puesta en su hombro, que a veces le parecía reconfortante y otras opresiva. Nicholas había decidido, por el momento, mantener las protecciones de la Biblioteca, pero Joanna no había vuelto a alzar las suyas desde la noche en que Collins las había robado. Las había escondido en el bosque, envueltas en una bolsa de plástico y metidas en el interior húmedo y podrido de un árbol hueco. Y, aunque se las había reintegrado, ella no las había vuelto a usar. Se sentía expuesta sin la protección, como si hubiera siempre una puerta abierta, pero no dejaba de pensar en lo que Collins le había dicho sobre el mundo abriendo los ojos ante él y dejando entrar la luz. Hasta ese momento, lo único malo que había pasado era que, oficialmente, había tenido que conectar la casa a la red eléctrica.

Aunque esa tarea en particular se la había dejado a Esther, ya que, después de todo, aquel era su territorio.

Cecily, por supuesto, estaba encantada. Se echó a llorar en cuanto Esther atravesó el espejo, y no había parado de llorar en días. Al principio, Esther había estado serena, como ella solía estar siempre; vio a Cecily allí sentada en su antigua habitación, y le dijo: «Hola, mamá», en un tono de voz perfectamente neutral, como si estuviera saludando a su madre después de unos minutos, y no después de años. Pero cuando Cecily la tocó, fue como si algo en su interior se hubiese roto. Su expresión controlada se resquebrajó, abriéndose en dos como una falla geológica que hubiera estado en calma durante una década.

—Ay, mi pequeña —dijo Cecily, acariciándole el pelo rizado—. No pasa nada, no pasa nada. Ya estás en casa.

—Me mentiste —le dijo Esther entre llantos—. Me mentisteis todos.

—Sí —dijo Cecily, sollozando también—. Te mentimos, lo siento muchísimo.

—No vuelvas a mentirme nunca.

—No lo haré, lo prometo. No te mentiré.

A pesar del flujo casi constante de lágrimas, Cecily estaba tan claramente encantada de tener a sus dos hijas en un mismo lugar, que también abrazó y besó a Nicholas y a Collins cada vez que los vio. Estaba emocionada no solo por la presencia de Esther, sino también por el hecho de que ahora podía aparecer por la carretera cada vez que quisiera, con la cabeza peluda de Gretchen asomando por la ventanilla, y el coche lleno de recipientes a rebosar de lasaña, ensalada, curry y todas las demás comidas que llevaba diez años deseando cocinar para sus hijas. Después de la sexta vez que Esther se fue a la cama en un cuarto cerrado, y se despertó con Cecily acariciándole con cariño el pelo, sugirió que todos deberían tener una charla sobre los límites. «Psicológicos, no mágicos». Pero, al final, no la habían tenido.

Cecily, de hecho, iba a quedarse en la casa durante las dos semanas en las que Joanna estaría fuera, para alimentar al gato. Una vez que se dignó a entrar, era como si hubiera vivido allí toda su vida, y no había ni un rincón de la casa en el que no soltara su pelaje. Durante un tiempo, Joanna lo usó como excusa para no visitar la Biblioteca, pero incluso ella misma sabía que era eso: una excusa.

La verdad era que estaba aterrada.

Jamás había estado en ningún sitio en realidad, ni había hecho nada que no fuera cuidar de los libros. Y nunca había conocido a nadie que no fuera su propia familia, ni había intentado dejarse conocer por los demás. Y no sabía si podía hacerlo.

Y, aun así, allí estaba intentándolo. En Inglaterra.

Esther vislumbró el Lexus un segundo después que Joanna, pero ella no sentía el nerviosismo de su hermana, así que gritó el nombre de Collins de inmediato y lo saludó con un ademán que la hizo parecer un policía dirigiendo el tráfico. Joanna llevaba la ropa de siempre: vaqueros negros y una chaqueta de lana roja (aunque sí que había dejado que su madre le cortara el pelo), pero, por algún motivo, le preocupaba tener un aspecto diferente al de aquella noche en el porche, y que Collins la viera de otro modo.

A Joanna le parecía que Collins no estaba igual. Tenía un aspecto incluso mejor.

Ante el sonido de la voz de Esther, Collins alzó la mirada y abrió la puerta. Un segundo después, Joanna estaba envuelta en un abrazo tan fuerte que tuvo que darle unos toquecitos en la espalda para que aflojara.

—Collins, deja que respire —le dijo Esther.

—Lo siento, lo siento —dijo Collins, que hizo retroceder a Joanna para poder sostenerla a un brazo de distancia y observarla con una sonrisa demente, y después volvió a acercarla.

Ella también sonreía de oreja a oreja, una sonrisa que escondió tras el suave doblez de la chaqueta negra de Collins. Él se había echado una colonia demasiado dulce que le produjo un picor en la garganta, pero no le importó en absoluto. Para cuando la soltó, ya se había calmado, y en lugar de los nervios, sintió entusiasmo.

Collins también abrazó a Esther, que le llegaba por las axilas y desapareció tanto con aquel abrazo que solo se le veían las piernas. Después, las condujo hasta el coche y abrió las puertas para dejarlas entrar.

—No traéis maletas, ¿no? —preguntó, y ellas negaron con la cabeza.

Joanna había metido su maleta a través del espejo en Vermont en lugar de facturarla, así que viajaba libre de equipaje, a excepción de una pequeña mochila de cuero negra que había conseguido hacía años en una liquidación de patrimonio.

Sabía que allí la gente conducía al otro lado de la carretera, pero aun así le pareció extremadamente confuso subirse en lo que para ella era el asiento del conductor, con Collins tras el volante a su derecha. Puso las manos en el salpicadero de forma nerviosa mientras él comenzaba a despegarse de la línea de coches que había en Heathrow.

—Bonito coche —dijo Esther desde el asiento trasero.

Estaba sentada al filo del asiento del centro, prácticamente entre Collins y Joanna.

—Abróchate el cinturón —le dijo Collins—. Tenemos como una hora y media de viaje. —Aún sonreía, y puso el intermitente con un poco más de fuerza de la que era necesaria—. Bienvenidas a la vieja y alegre Inglaterra. ¿Cómo ha ido el primer viaje en avión de mi chica?

—Me ha encantado —dijo Joanna—. No dejaban de darnos aperitivos. Mira, te he traído un recuerdo. —Rebuscó en su mochila hasta dar con un brownie envuelto en plástico, que dejó sobre la palma de Collins.

—Viajar en primera clase es una locura —dijo Esther mientras Collins abría el paquete con los dientes y escupía el trozo de plástico—. Los asientos son…

Dejo de hablar de repente, y Joanna se giró para ver que su hermana estaba mirando fijamente su móvil con una expresión inmóvil y los hombros ligeramente encogidos como si estuviera preparada para recibir un golpe. Joanna sintió que su cuerpo se ponía en alerta.

—¿Qué? —preguntó Collins, alternando la mirada de la carretera con el espejo retrovisor una y otra vez.

—Pearl me ha llamado —dijo Esther.

Joanna dejó escapar un suspiro.

—Eso es bueno, ¿no?

—Aún no lo tengo claro.

—¿Te ha dejado un mensaje?

—No. —Esther se tocó la garganta y cerró los ojos—. Debe de haber leído el libro.

Esther se había pasado días atormentada por escoger el libro que mandar a la base de investigación, el libro que le diera a Pearl una prueba de que la magia era real. Tenía que ser romántico, pero no cursi; increíble, pero no alarmante; bonito, pero no de forma aterradora. Al final, había escogido un libro de la Biblioteca que Nicholas le había ofrecido, el cual hacía que en las plantas cercanas brotaran grupos de bayas doradas que sonaban como unas campanas. Envió el libro con unas instrucciones específicas para que Pearl fuera hasta el invernadero, se pinchara el dedo y leyera el libro leyera sin parar, hasta que creyera en la magia.

Joanna sabía que no era en la magia en lo único que Esther le estaba pidiendo a Pearl que creyera.

De repente, el móvil que Esther tenía en la mano dejó escapar una vibración larga, y todos se sobresaltaron en el coche.

—Ay, Dios —dijo Esther con la voz temblorosa y el rostro pálido—. Es Pearl. Es una videollamada. ¿Qué hago?

Collins estrelló la mano contra la radio y le lanzó un cable desde el compartimento hasta el asiento trasero.

—¡Ponla en manos libres!

—Que te den —dijo Esther, tirándole el cable de nuevo. Después, se incorporó, cuadró los hombros y se hizo una coleta—. ¿Cómo estoy?

—Mágica —le dijo Joanna.

Esther pasó el dedo por la pantalla del móvil.

—¿Hola?

No había sonido alguno en el coche a excepción del rumor de las ruedas contra el asfalto, y a Joanna se le encogió un poco el corazón... Pero entonces, perceptible incluso a través del débil altavoz del móvil, le llegó el repique de unas campanas. Esther se puso la mano sobre la boca con los ojos llenos de lágrimas.

—Esto es una locura absoluta —dijo una voz de mujer—. Los tomates están *resonando*, Esther.

—¿Es *australiana*? —preguntó Collins en voz alta.

Esther se limpió las lágrimas de los ojos y le dedicó una gran sonrisa al móvil.

—Pararán en algún momento —le dijo—. Madre mía, Pearl. Estoy tan feliz de verte.

—Esto no compensa lo de dejarme tirada en la Antártida con una pérdida de memoria y el brazo roto —dijo Pearl—. Pero es un primer paso maravilloso.

—¿Cuál es el siguiente paso? —preguntó Esther.

—Una explicación en persona de veinticuatro horas, y un hechizo que me convierta en una pianista del más alto nivel.

Esther miró a Joanna con una ceja alzada, quien negó con la cabeza.

—No tenemos nada así aún —dijo Esther—. Pero veré lo que puedo hacer.

—Espera, ¿dónde estás? ¿Estás con alguien más?

—Estoy en Inglaterra, en un coche con mi hermana.

Collins soltó un sonido de ofensa incluso con la boca llena de brownie.

—¡A ver! —le dijo Pearl.

Esther giró el móvil y Joanna se vio cara a cara con una chica rubia muy guapa y con el rostro lleno de lágrimas, con un mono de Carhartt. La saludó de forma dubitativa.

—Ay, te pareces a Esther —dijo Pearl.

—¡Gracias!

Esther volvió a girar el móvil y le dijo:

—Voy a quitar el video, ¿vale?

El repiqueteo de las campanas desapareció cuando Esther se llevó el móvil a la oreja y se apretó contra la esquina del asiento como si aquello le otorgara más privacidad.

—Te he echado muchísimo de menos —dijo en voz baja.

Collins, en una rara muestra de discreción, encendió la radio y el sonido de un violonchelo acogedor llenó el coche mientras Esther le murmuraba a Pearl.

—¿Esto te gusta? —le preguntó Collins—. Puedes encontrar alguna emisora de pop si lo prefieres. ¿Eso es lo que te gusta?

—Creo que mis gustos de música pop están algo anticuados —le dijo Joanna—. Esto está bien.

—Iremos a Londres a finales de semana —dijo Collins, haciendo un gesto hacia lo que Joanna supuso que sería el centro—. Nicholas tiene todo un plan turístico programado: la Torre de Londres, el Museo Soane, la Abadía de Westminster... Básicamente un montón de mierdas de frikis que cree que te gustarán. Y quizá podríamos, no sé... comer una cena. Quiero decir, tener una cena. Ir a cenar. Tú y yo, si te apetece.

—Sí, por favor —dijo Joanna. Le embargó la necesidad de echarse a reír, así que lo hizo, y Collins relajó las manos sobre el volante.

—Nicholas me ha dado una tarjeta de crédito —le dijo Collins—. Me ha dicho que te llevase a un sitio elegante.

—No necesito un sitio elegante.

—Nadie lo necesita, pero puede que te guste. Además, a este lado del charco, lo elegante es lo normal si te gusta alguien. —Le echó un vistazo de reojo—. Aunque probablemente ya lo sabes por todos tus libros de romance, ¿no?

—Sí —le dijo ella—. Pero los libros no te lo enseñan todo.

* * *

Atravesaron campos ligeramente blanqueados por la nieve, algunos de ellos salpicados de vacas de un intenso color rojizo. No era muy diferente a Vermont en ciertos aspectos, excepto que había menos árboles y no había montañas. Después de un rato, Collins aminoró la velocidad hasta parar en la carretera vacía, y Joanna miró a su alrededor, confusa. Había campo invernal allá donde mirase, pero ni una casa ni granja que rompiese la monotonía de la tierra y el cielo. La estrecha carretera secundaria seguía delante de ellos, y desaparecía en una colina a la distancia.

—¿Preparada? —le preguntó Collins, que estaba mirándola—. Añadiremos tu sangre a las protecciones en cuanto lleguemos a la casa para que no tengas que pasar por esto de nuevo.

Con un sobresalto, Joanna se dio cuenta de lo que quería decir.

—¿Hemos llegado?

—Estamos en la frontera de las protecciones, sí —le dijo—. El camino está justo aquí.

Siguió el gesto de su mano y entrecerró los ojos para mirar a través de su ventanilla, pero lo único que veía era hierba, nieve y matorrales. Cuanto más trataba de enfocar la mirada, más borroso lo veía, como si alguien le estuviera untando vaselina en los ojos. Comenzó a dolerle la cabeza un poco. Ella jamás había estado a este lado de las protecciones.

—¿Puedes verlo? —le preguntó a Esther, y se giró para mirarla, aunque ya sabía la respuesta. Esther asintió.

—Iré rápido —dijo Collins, y giró a la izquierda, directo hacia los setos.

Joanna se preparó, pero lo que sintió no fue el impacto, sino unas náuseas que le revolvieron el estómago y la mente, como si su cabeza se hubiese intercambiado con los pies, y sus órganos estuvieran reorganizándose de forma imposible bajo su piel. El corazón se le deslizó hasta los riñones, los pulmones se le partieron en dos y bajaron hasta los brazos. Todo estaba manchado de negro y mojado, como si sus ojos hubieran rotado dentro de sus cuencas. Se escuchó quejarse, un sonido animal que le salía de la garganta y apenas parecía ser suyo. Y la garganta le quemaba con la bilis que le subió con las arcadas. Trató en vano de encontrarse a sí misma en su propio cuerpo, como si el mundo hubiese girado y se deslizara a su alrededor.

Y entonces, de forma tan abrupta como había aparecido, el caos paró y Joanna fue consciente de nuevo. Estaba doblada sobre sí misma, con el cinturón sosteniéndola, la cabeza colgando entre las rodillas, saliva en la barbilla, el pelo metido en los ojos y la mano de Esther agarrándola del hombro.

—Puf —consiguió decir.

Se limpió la boca con el dorso de la mano, y Esther, que estaba inclinada sobre el asiento delantero, le quitó el pelo de la cara. Joanna esperó que Collins no estuviese mirando.

—Ya está —le dijo Esther, y sintió la mano de ella fría contra su frente—. Estamos aquí. ¿Estás bien?

Joanna tragó saliva, comprobando si las náuseas habían desaparecido, y parecía que así era.

—Ha sido una experiencia que me gustaría no repetir jamás —dijo, y se desabrochó el cinturón mientras miraba a través del parabrisas.

Estaban en lo que parecía ser un garaje, un sitio sin ventanas, sombrío y de hormigón. Había otro coche grande y negro aparcado junto a una pared, idéntico al coche en el que estaban. Collins ya se había bajado y rodeado el coche, y le ofreció la mano para salir, la cual aceptó ya que aún estaba algo inestable.

El camino desde el garaje estaba también oscuro y húmedo, tanto que cuando Collins abrió la puerta Joanna tuvo que hacer una pausa, desorientada. Había suelo de mármol, y los guio hasta una habitación enorme y radiante. Tenía unas ventanas gigantescas por las que se veía la campiña que acababan de atravesar: las colinas ondulantes, matorrales que eran como puntadas en un edredón, un cielo del color de un pez. A lo lejos Joanna vio un lago quieto y oscuro, y un antiguo invernadero con los cristales rotos, y unas enredaderas muertas tras el invierno.

El sonido de unas uñitas sobre el mármol hizo que alzara la mirada justo en el momento en que sir Kiwi entraba en la habitación brincando, con Nicholas a unos pasos por detrás. Llevaba unos zapatos muy azules y unos pantalones muy planchados. Joanna lo había visto solo hacía un día, pero de repente, al estar allí en su grandísima casa, se sintió tímida y fuera de lugar. Se cruzó de brazos cuando se acercó a ellos; la sonrisa que Nicholas había exhibido se desvaneció en una expresión de timidez, como si Joanna lo hubiera contagiado.

—Hola —les dijo de manera formal—. Habéis llegado.

—Sí —dijo Joanna—. Gracias por habernos invitado.

Con indecisión, alzó la mano como si fuera a darle un golpecito en el hombro, pero pareció cambiar de idea a mitad de camino, y al final la envolvió en un fuerte abrazo, rodeándola con ambos brazos. Tras un momento, ella le devolvió el abrazo de forma poco elegante, pero encantada. Aparte de a Collins, nunca había abrazado a nadie que no fuese de su familia, y ciertamente nunca a nadie que oliera a colonia cara, como una tienda de ropa.

—Tu jersey es muy suave —le dijo.

—Lo sé —dijo él—. No me puedo creer que estés aquí. ¡Tu primer vuelo! ¿Cómo ha ido? Venga, he dejado vuestras cosas en vuestra habitación, os la enseño. Esther ha insistido en que compartierais habitación, porque le da miedo la oscuridad…

—No me da miedo la oscuridad, me da miedo tu gigantesca casa encantada y asesina, por si te lo…

— … pero si quieres tu propia habitación, tenemos de sobra, así que simplemente dilo. ¿Tenéis hambre? ¿Sed? La cena se sirve en una hora, pero he pensado que primero podríamos tomar unos cócteles en la sala de estar invernal.

—Nicholas —le dijo Collins.

—¿Qué? ¿Es mejor en la habitación de desayunos?

—No, no, ya basta de habitaciones. Deja que se sienten un rato antes de que les comas la cabeza.

—Nunca he tenido invitados antes —dijo Nicholas—. Perdonad si estoy un poco sobreexcitado. Obviamente, este es el salón de baile, y allí está la sala de estar invernal. La cocina para hacer la tinta está a vuestra derecha, y la cocina de los empleados al fondo de ese pasillo. Vosotras os alojaréis arriba, en el ala este.

A Joanna ya empezaba a dolerle el cuello de mirar hacia arriba y estirarlo para ver mejor; incluso los techos eran complejos, altos, con tallas y recamados en oro. El suelo pulido de piedra apenas parecía afectado por los pies que lo pisaban, tragándose el sonido, pero cuando ascendieron las escaleras curvadas, sus pasos empezaron a resonar de forma ligera. Y también había un sonido que comenzó a aparecer: un gran y agitado zumbido.

Sin pretenderlo, Joanna disminuyó el paso y se quedó atrás, mirando el pasillo por el que habían venido. Los libros de la Biblioteca estaban bajo sus pies, podía sentirlos con tanta claridad como sentía sus manos, colgadas a ambos lados. Era como estar de pie sobre una colmena gigantesca, sus suaves vibraciones goteaban lentamente de su cuerpo y una brisa caliente acariciaba todos sus sentidos, así que cerró los ojos, abrumada.

—Te acabas acostumbrando —le dijo Collins, que estaba de repente muy cerca. Abrió de nuevo los ojos y lo vio esperando junto a ella—. Hay habitaciones en el piso superior, si es demasiado.

—No —dijo Joanna rápidamente, ya que no era un sentimiento desagradable sino casi reconfortante, como pasarse los dedos por el pelo—. Pero quiero verlos.

—¿Ahora?

Asintió. Nicholas, que había estado escuchando desde el otro lado del pasillo, volvió sobre sus pasos de forma rápida, ansioso.

—Abajo —les dijo.

Pero Joanna no necesitaba que se lo dijera, o que la guiara a través de la habitación de suelo de mármol, ni por el largo pasillo con una alfombra de color azul turquesa y con las paredes llenas de cuadros al óleo gigantescos, hasta llegar a una enorme puerta de metal. Podría haber encontrado aquella puerta con los ojos cerrados y las manos atadas a la espalda, ya que podría haber seguido aquel sonido que no era del todo el del océano. Cuando Nicholas abrió la puerta con un chirrido de los engranajes y le hizo un gesto para que entrara ella primero, lo hizo con mucho gusto.

Dio un paso, y se encontró en un sueño. Las luces se encendían conforme avanzaba hacia el interior, y el candelabro de cristal que había sobre sus cabezas cobró vida e iluminó el ornamentado techo y las paredes curvas, las pesadas cortinas de brocado, la moqueta con suntuosos patrones, la madera de un brillante color oscuro, los sillones con acolchado de terciopelo, el reluciente bronce… Y los libros. Los libros que había en todas y cada una de las paredes, libros que la observaban desde todas las direcciones, tras puertas de cristal, apoyados en estantes, con las cubiertas hacia afuera, con carteles en todas las bases…

Joanna pensó en el sótano de su casa, en el orgullo con el que había cuidado su mísera colección limpiando el polvo de las páginas, memorizando las palabras, y mientras tanto, creyendo que Abe y ella eran únicos en su propósito, escogidos para su aislamiento. Abe siempre había sabido que este lugar existía y, aun así, había incitado aquellas creencias. ¿Había sido para mantenerla a salvo, o para mantenerla estática? ¿O ambas cosas? Nunca podría preguntarle.

—¿Estás pensando en papá? —le preguntó Esther, que estaba a su lado.

Joanna la miró con un nudo en la garganta y asintió.

—¿Cómo lo has sabido?

—Porque yo también pienso en él cada vez que vengo aquí.

Había muchísimas conversaciones que Joanna jamás podría tener con su padre, pero también quería tener muchas con su hermana, e incluso varios meses después de que Esther hubiera vuelto a su vida, aún parecía un milagro que fuese posible hacerlo en algún momento. Todavía había muchísimas cosas que no se habían dicho, tantas cosas que no sabían de la otra, y tanto tiempo en el que descubrirlas. Se inclinó sobre el hombro de su hermana, y dejó que su calidez la anclara allí.

—¿Qué vas a hacer con todo esto? —preguntó.

—Bueno, ese es un tema de debate —dijo Nicholas, y Esther resopló—. Como la base concentrada de conocimiento mágico más grande del mundo —siguió diciendo, echándole a Esther una mirada cortante—, creo que tenemos algo de responsabilidad de asegurarnos de que sea correctamente archivada y mantenida. Yo tengo un montón de dinero, empleados, y la casa es lo suficientemente grande como para un millón de invitados…

—Veinticinco invitados —lo corrigió Collins—. Treinta a lo sumo.

— … así que estaba pensando en que, no sé… quizás… ¿Una escuela?

—Porque la historia de los internados es muy noble —dijo Esther—. Para nada basada en el colonialismo y la integración.

—Esther quiere que embalemos todos los libros y los mandemos a sus países de origen —dijo Nicholas—. Pero, personalmente, creo que sería algo difícil que regresaran a, no sé… Prusia, Ceilán o Bengala, por ejemplo. Y, de todas formas, incluso los lugares que aún existen en un mapa necesitan direcciones a las que enviarlos, y alguien que esté al otro lado para recibir esos paquetes.

—Y esa es la razón por la que necesitamos establecer conexiones con más comunidades mágicas globales —dijo Esther—. Collins está de acuerdo conmigo, ¿no es así, Collins?

—Yo nunca he dicho que estuviese en contra de establecer conexiones —protestó Nicholas mientras Collins y Esther chocaban los puños.

Joanna pensó que Collins tenía razón: ya estaba acostumbrándose al rugido de la Biblioteca. Dejó que el zumbido se instalara dentro de su cuerpo, que recorriera sus venas como si fuese su propia sangre. Ya lo sentía como una parte de sí misma.

* * *

Al final, sí que tomaron unos cócteles en la sala de estar invernal, y después, la cena en el grandísimo comedor que Nicholas les dijo que llevaba años sin usarse. Los cuatro se agruparon al final de la gigantesca mesa, y Joanna trató de no disculparse ante los empleados uniformados de negro que entraban y salían para servirles el vino, retirarles los platos, y quejarse en voz baja a Collins sobre un piloto fundido, o la fecha elegida del siguiente viaje a la ciudad a por provisiones.

—Últimamente todo ha sido muy informal por aquí —dijo Nicholas, como pidiendo disculpas, y como si Joanna supiera o le importara la formalidad lo más mínimo—. Pero Collins aún no le ha pescado el truco a eso de ser el jefe.

—Tú, sin embargo —dijo Collins—, eres todo un jefazo.

Nicholas tenía a sir Kiwi en el regazo, y en ese momento le estaba dando un trocito de filete.

La comida estaba muy buena, aunque Joanna no fue capaz de comer demasiado. No dejaba de pensar en lo que pasaría después de la cena, cuando leyera el hechizo que había ayudado a escribir, y que había sido potenciado por la sangre de su hermana.

Aquello, después de todo, era la razón por la que por fin estaba allí.

El hechizo le había llevado a Nicholas semanas escribirlo, en parte porque era complicado, pero también porque tenía que dejar que sus glóbulos rojos se repusieran para volver a perderlos en servicio de la escritura. El resto de la sangre sería de Esther, razón por la que el hechizo había sido tan complejo: Nicholas jamás había escrito un hechizo para dos Escribas antes. Había jurado no escribir ningún libro más durante, al menos, un año después de aquel. Y, por razones de salud, probablemente no debería de haber escrito aquel, pero era inflexible en su elección de no esperar.

Joanna entendía el porqué. Aquel hechizo era la forma de Nicholas de hacer algo de penitencia por el daño que la Biblioteca había causado durante siglos, en gran parte tan enmarañado que era imposible encontrar el final del hilo con el que tratar de desenredar todo el mal ocasionado. Pero uno de los males, al menos, tenía un camino muy directo hacia el bien.

Habían pasado dos siglos desde que Richard había lanzado el hechizo que restringía todo el talento mágico a los linajes. Podrían transcurrir años antes de saber si el hechizo había dado resultado. Una nueva generación de personas podría nacer antes de que supieran con certeza si habían tenido éxito al romper el hechizo de herencia de Richard.

O quizás ellos mismos perderían su propia magia. Quizá Collins y Joanna repentinamente dejarían de tener su sexo sentido, y la sangre de Esther y de Nicholas se volvería corriente. Quizá todo su poder saldría despedido de sus cuerpos y aterrizaría en los de otra gente, en otras vidas, tan aleatorio como había sido durante los miles de años antes de que Richard lo concentrara en unas pocas familias. Aquel era un riesgo que todos habían accedido a correr, así que Joanna disfrutó del zumbido de la Biblioteca, tratando de memorizarlo por si no volvía a escucharlo.

Por fin, llegó la hora.

Se reunieron en la habitación que había sido la oficina de Richard, y que ahora era un desastre lleno de cristales rotos, lienzos rajados, páginas arrancadas y el suelo cubierto de libros y artefactos. Collins le había contado a Joanna que Nicholas había destrozado el tarro que contenía su ojo, pero no había mencionado dónde había acabado dicho ojo. Joanna miró las estanterías vacías a su alrededor y le dio un escalofrío.

Durante un momento, sintió la necesidad de dejar su recién escrito libro y alejarse de aquel lugar donde se habían cometido tantísimas cosas horribles. Se subiría a uno de los grandes coches negros, de alguna manera conduciría a través de las protecciones y de vuelta al aeropuerto, y volaría a casa, hasta sus familiares montañas, el cielo, los árboles, el gato, y las inmutables paredes que conocía tan bien como la palma de su mano.

—¿Estás preparada? —le preguntó Esther.

Joanna la miró. Diez años habían pasado por ella, y Esther ya no era la niña que había conocido en su infancia. Ya empezaban a aparecer frágiles líneas en los extremos de sus ojos, alrededor de su boca y

sobre sus expresivas cejas, y a Joanna le parecieron tan insoportable-
mente bellas que tuvo que apartar la mirada. Durante años no había
sabido si llegaría a ver aquello: a su hermana, crecida. Los cambios en
el rostro de Esther eran como un regalo.

Nicholas se sentó de piernas cruzadas sobre el escritorio vacío y
apoyó la barbilla en la mano. Collins estaba a su lado sosteniendo un
plato con hierbas en polvo, listo para el momento en el que tendría
que actuar. Al igual que Esther, todos miraban a Joanna, esperando
a que ella diera el siguiente paso.

Joanna puso la mano sobre la de Esther. Esther se la agarró con
seguridad mientras apretaba la punta del cuchillo plateado sobre el
dedo de Joanna y florecía una gota de la piel, con una superficie tensa como si tuviera la necesidad de echar a correr. El zumbido de la
magia llenó el aire: el dulzor sin final de un cielo azul de verano, el
sonido de mil alas delgadas batiéndose, el viento que movía todo lo
que podía moverse sobre la tierra, que era absolutamente todo.

Joanna abrió el libro.

AGRADECIMIENTOS

Bienvenidos a los agradecimientos de una escritora a la que le encantan los agradecimientos. Para los lectores con clase que prefieren una declaración de agradecimientos corta y al grano, el resumen es este: ¡¡¡¡MUCHAS GRACIAS A TODOS!!!! Para los que seáis como yo (o sea, unos entrometidos), seguid leyendo para hallar las respuestas a las preguntas más importantes, como el nombre de mi agente, quiénes son mis amigos, qué instituciones me han donado dinero, y si le daré las gracias o no a un animal analfabeto (*spoiler*: sí que lo voy a hacer).

Para empezar, el nombre de mi agente es Claudia Ballard, y es magnífica. Claudia, estoy tan agradecida de que te quedaras conmigo tras años de borradores, decepciones, y de una renuncia completa del realismo literario por el cual originalmente firmaste conmigo. Gracias por tu aguda mirada editorial y tu firme entusiasmo. De WME, gracias también a Matilda Forbes Watson por las apasionantes negociaciones al otro lado del charco, a Sanjana Seelam por su delicadeza en la costa oeste, a Camille Morgan por su incansable lluvia de ideas para el título, a Caitlin Mahony por llevar el libro a todas las partes del mundo, y por su entusiasmo al leerlo de forma anticipada, lo cual alentó mi corazón.

En William Morrow, gracias a mi increíble editora, Jessica Williams, por tu magnífica y creativa visión de lo que el libro era, y lo que podía llegar a ser. Gracias también a Julia Elliot por su hechicería a la hora de tramar un argumento. Gracias a mis editores de Reino Unido, a Selina Walker en Century, Sam Bradbury en Del Rey… la señorial casa de Nicholas sería una ruina sin vosotros.

Gracias a Melissa Vera de Salt & Sage Books, por leerlo tan detenidamente y con tanta amabilidad, y a Ronkwahrhakónha Dube, gracias por tu magia tan generosa, y por tu perspicacia y tus preguntas.

Gracias a Jacoby Smalls por su información sobre la Antártida.

Gracias a mi madre, Gail Mooney, por criarme en un hogar lleno de libros, y por darme el amor por el idioma, viajar, las gangas y los buenos ratos. A mi padre, Frederic Törzs, gracias por la generosidad de tu amor y la absurdidad de tu humor. Gracias a mi divertida, graciosa y sabia hermana, Jesse Törzs. Las primeras historias fueron para ti, esta historia es para ti, y todas las historias hasta el fin de los días serán para ti.

Gracias a mi madrastra, Niki; a mi padrastro, Steve, y a mis hermanastras: Ella, Sophie y Tessa. Estoy muy agradecida de que seáis mi familia.

Mi más sincero agradecimiento a Douglas Capra, cuyo regalo de despedida pagó las deudas de mis estudios y me permitió tener tiempo para escribir. Dougie, tenías un excelente gusto en libros, y solo puedo desear que te hubiera gustado este. Te echaremos de menos para siempre.

Gracias a mis primeros lectores: a Lesley Nneka Arimah, por aportarme el ímpetu y el apoyo para empezar esta novela, y a Abbey Mei Otis, por las fechas de escritura bajo cero en mi caravana a medio acabar.

Gracias a la clase de Clarion West de 2017, Equipo Eclipse: Shweta Adhyam, Elly Bangs, David Bruns, Mark Galarrita, Aliza (A.T.) Greenblatt, Iori Kusano, Patrick Lofgren, Robert Minto, Stephanie Malia Morris, Andrea Pawley, Joanne Lim-Pousard, Vina Jie-Min Prasad y Gordon B. White. Os estoy increíblemente agradecida, y estoy inmensamente orgullosa de vosotros. Gracias en especial a Andrea Chapela, quien escribió el párrafo original en español que Esther traduce en el capítulo 4, y quien me dio una lección por Zoom de estructura y puntos de vista que puso el mundo de esta novela patas arriba. Y a Alexandra Manglis, Adam Shannon e Izzy Wasserstein, gracias por todos los hilos de la telaraña que han sido nuestras conversaciones. Vuestra brillantez, humor, tenacidad y afecto han mejorado mi vida y mi estilo de forma inconmensurable.

A Sally Franson, gracias por tus investigaciones a fondo y tu alegría sin filtro. Gracias a Nicole Sara Simpkins, la guardiana de nuestros mitos y recuerdos. Gracias a Eric Andersen por hacer de la casa un hogar, y gracias también a Nate White, Gabriela Farias, Dr. Aaron Mallory y Ashton Kulesa, por mantener alejada la soledad incluso en los momentos más profundos de la cuarentena del COVID-19, y del aislamiento que es escribir una novela.

Gracias a mi terapeuta, Heather Smith. Sé que tu trabajo consiste en escucharme, pero eres muy buena haciendo lo que haces.

Gracias a Joanna Newsom por hacer una gira en el otoño de 2019.

Gracias a Lauren Joslin, por darle forma a mi imaginación temprana.

Gracias a: Minnesota State Arts Board, Minnesota Regional Arts Council, Loft, Jerome Foundation, McKnight Foundation, Norwescon y al National Endowment for the Arts, por su apoyo financiero a lo largo de los años. Gracias al programa de Norton Island por arrancar de nuevo este libro abandonado después del duro verano que fue el 2020, y a la beca de Lighthouse Works, donde le robé el apellido a Daphne (gracias, Daphne) y escribí «fin del libro» con el sonido de las olas de fondo.

Gracias a mis profesores de escritura de la Universidad de Montana, en especial a Debra Magpie Earling, por tu apoyo y por todas las cosas de brujería. Gracias a mis profesores de Clarion West. Gracias a Peter Bognanni por tu apoyo, primero como tu estudiante, y ahora como tu colega. También en Macalester, gracias a Mark Mazullo por la buena comida y la conversación incluso mejor, y gracias a Matt Burgess, quien resolvió el argumento cuando me preguntó: «¿Quién está manteniendo cosas en secreto y a quién?».

Gracias a Igor, el gato de mi corazón y de mi alma, por establecer la estética.

Por último, gracias a todos los que pueden leer, trabajar o ayudar de alguna forma en este libro después de escribir mis agradecimientos. Os lo agradezco a todos y cada uno de vosotros enormemente.

ACERCA DE LA AUTORA

Emma Törzs es una autora, profesora y ocasionalmente traductora de Mineápolis, Minnesota. Su ficción ha sido galardonada con la beca NEA para prosa, el Premio Mundial de Fantasía por novela corta, y un Premio O. Henry. Su obra ha sido publicada en revistas como *Ploughshares*, *The Missouri Review*, *Uncanny Magazine*, *Strange Horizons* y *American Short Fiction*. Recibió la maestría en Bellas Artes de la Universidad de Montana, Missoula, y es miembro entusiasta de la clase de Clarion West de 2017.